KB203320

사바삼사라 서

1

J. 김보영 장편소설

사바삼사라 서西

1

디플롯

차례

프롤로그

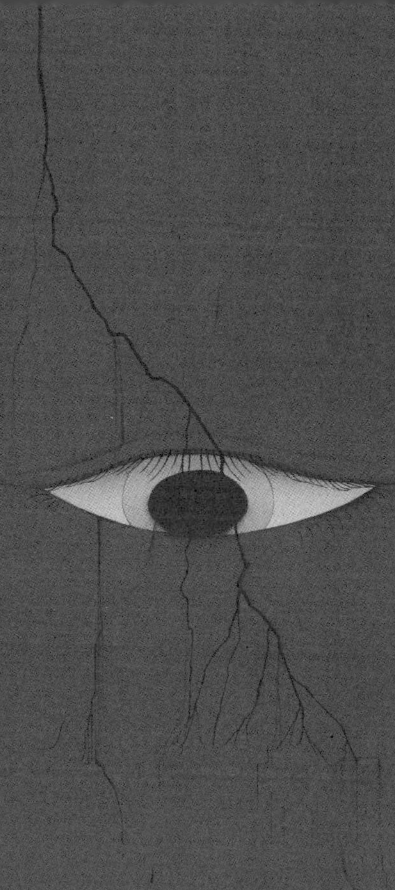

"소원을 이루어주겠다."

눈앞의 사람이 말했다.

비현실적인 말이었다. 비현실적인 것은 그의 말뿐이 아니었다.

모든 것이 비현실적이라 오히려 그 말은 평범하게 들린다.

이를테면, 그의 어깨에서 하느작거리는 핏빛 날개. 피를 잔뜩 머금은 것처럼 붉고 축 늘어진 깃털이라든가.

이를테면, 먹물처럼 시커먼 하늘에서 쏟아지는 새하얀 눈. 아무리 추운 날이라지만 아직 초가을인데.

이를테면, 눈앞에 펼쳐진 끝도 없는 황야.

듬성듬성 초라하게 선 마른 나무를 제외하면 지평선까지 사람 하나, 집 하나, 언덕배기 하나 없다.

그 황야 위로 하얗게 반짝이는 눈발이 소리 없이 쌓인다.

빌딩 숲에 둘러싸인 서울에서만 나고 자란 수호는 이런 풍경을 꿈에서라도 본 적이 없었다. 조금 전까지만 해도 나는 내 방에 있지 않았던가?

"……왜?"

수호는 숨이 막히는 가운데 간신히 물었다.

어떻게……? 하는 질문보다 그 질문이 앞섰다. 상대가 무슨 상식을 벗어난 것이든 간에, 내게 호의를 베풀 까닭이 뭐란 말인가?

"네가 온전히 절망했으니까."

눈앞의 사람이 답했다.

"뭘 망설이는 거냐, 이게 장난이든 사기든, 어차피 네가 잃을 것이 뭐란 말이냐."

그럴듯하게 들렸다. 하지만 여전히 모든 것이 비현실적이었다.

이를테면, 지금 수호의 숨통을 찍어 누르는 산처럼 거대한 괴수라든가.

몸을 찍어 누르는 발은 크고 무거웠고 갈고리 같은 발톱이 등을 사정없이 파고들었다.

주름진 피부는 꺼끌꺼끌했고 물처럼 끊임없이 움직였다. 뒤통수에는 화산처럼 뜨거운 콧김이 뿜어졌다 들이쉬어졌다 했는데, 음식물 쓰레기를 들통에 끓이는 것처럼 지린내가 진동했다. 때로 끈끈한 진액이 머리와 목 위로 툭툭 떨어졌다.

등을 찍어 눌린 덕에 수호는 상대의 앞에 엎드려 절하듯이 눈밭에 얼굴을 묻고 있어야 했다.

하지만 굴욕감은 느껴지지 않았다.

두려움조차도, 반대로 기대조차도 없었다.

마음에 무엇을 느낄 만한 자리가 없었다. 온전히 절망으로 채워져 있었으니까.

그의 말대로였다. 수호는 잃을 것이 없었다. 소원을 입 밖에 내어 돌아올 것이 우렁찬 조롱뿐일지라도, 달라질 것 하나 없었다.

제안을 거절할 까닭이 없었다. 그저 궁금할 뿐이었다.

'어떻게……?'

무슨 수로 이룬단 말인가?

지금 내 마음에 들끓는 이 소원을.

질척한 절망의 밑바닥에서 들불처럼 번지는 이 소원을.

1부

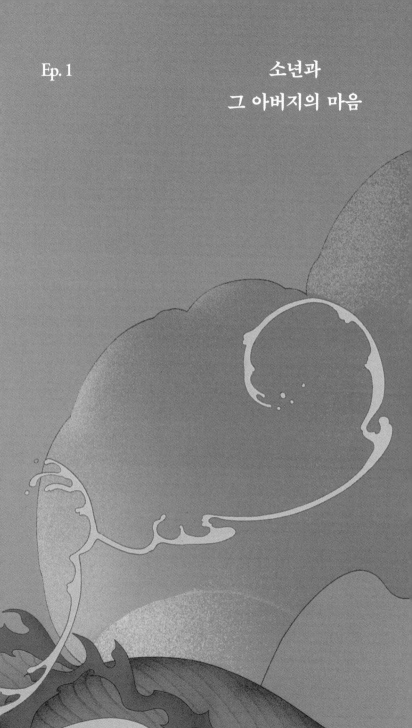

Ep. 1

소년과
그 아버지의 마음

1   불행의 냄새

「상처는 칼이 된다.」

새벽 1시, 서울 연남동.

최근 옛 철길 터를 따라 큰 공원이 조성되고 공항철도가 연결되면서 땅값이 치솟는 거리다.

본래 동네 터줏대감들과 예술가들이 운영하는 작고 오래된 가게들이 많은 동네였다. 하지만 지대가 하늘 높은 줄 모르고 오르면서 하나둘 폐업하고 대기업 프랜차이즈 가게들이 뜯어먹듯이 그 자리를 채워가고 있다.

한 골목은 요란한 음악과 현란한 불빛으로 나이트클럽을 연상케 하는가 하면, 바로 다음 골목은 어둠에 묻힌 채 폐업 공지를 단 가게와 입주 공지를 단 가게가 서로를 음울하게 노려본다.

동네 한가운데를 가로지르는 공원에는 늦게까지 술판을 벌이거나 도시락을 까먹는 주민들이 삼삼오오 모여 있고, 텐트를 치고 캠핑 분위기를 내는 사람들도 곧잘 눈에 띄었다.

그 거리를 한 소년이 숨이 턱에 닿도록 달리고 있었다.

열대여섯 살쯤 되었을까, 왜소한 몸집의 소년이다. 초가을이라지만 바람이 찬 새벽인데, 러닝셔츠에 반바지 차림, 맨발에 슬리퍼만 신은 채 거리를 질주하고 있다. 슬리퍼 한 짝은 소년의 달리는 기세를 견디지 못하고 벌써 발을 덮는 부분이 반쯤 찢겨 있다.

소년의 머리는 산발인데다 등에는 시퍼렇게 멍이 들어 있었고, 팔과 다리는 방금 뭔가에 두들겨 맞은 듯 벌겋게 부어올라 있었다.

발을 잘못 디디는 바람에 나뒹굴면서 위태위태하던 슬리퍼가 뚜껑이 홀랑 열리고 말았다. 한참 만에 일어나 앉은 소년은 까진 무릎보다 슬리퍼가 망가진 것에 더 암담해하는 듯했다.

"어머, 쟤 봐."

"쟤 왜 저래?"

쑥덕이는 소리가 뒤통수에 꽂혔다. 길을 걷던 남녀 둘이 바닥에 주저앉아 있는 소년의 괴이한 몰골을 보고 수군거렸다.

소년은 얼굴이 붉어져서는 일어나 슬리퍼 한 짝을 들고 한 짝만 신은 채 절룩거리며 걸었다. 높이가 안 맞아 걷기 힘들자 결국 맨발로 걸었다.

앞에서 걸어오는 사람들이 저마다의 시선으로 힐끗거리자 소년은 사람이 없는 주택가로 길을 틀었다. 그러다 얼마 못 가 발이 시린지 슬리퍼에 발과 엉덩이를 댄 채 쭈그리고 앉았다.

〔진정해.〕

소년, 한수호의 마음 저편에서 소리가 들렸다.

그래, 진정하자.

아버지가 여기까지 쫓아오지는 않을 거야. 그래도 사람 눈치는 보는 양반인데, 거리 한복판에서 자식을 끌고 가는 쇼를 벌이지는 않겠지.

찬 바람이 얇은 옷자락 안으로 비집고 들어왔다.

바람에는 날이 달린 듯했다. 옷을 펄럭이며 살을 훑고 지날 때마다 예리하게 이리 베고 저리 베었다.

잠바 하나쯤은 걸치고 나왔어야 했다. 아니라면 최소한 핸드폰이나 지갑 정도는 챙겨 나왔어야 했다. 수호는 조금 전의 제 초라한 담력을 탓했다.

앉아 있자니 수호 또래로 보이는 한 무리가 소란스럽게 지나갔다. 그들은 수호가 속옷 바람이나 다름없는 차림새로 쭈그리고 있는 것을 보며 시시덕거리며 웃었다. 머리에 동그라미를 그리기도 했다.

수호는 그들의 뒤통수에 대고 오른손을 들어 보였다.

수호의 가운뎃손가락은 움직이지 않는다. 몇 년 전 아버지에게 맞아 부러졌는데, 고름이 줄줄 나는 것을 방치하다가 그 모양이 되어버렸다. 다른 손가락은 어떻게 살렸지만 가운뎃손가락만은 아직까지도 펴지지도 구부러지지도 않은 채 어정쩡하게 굳어 있다.

수호는 욕하고 싶을 때는 오른손을 들어 그 움직이지 않는 손가락을 마음속으로 펴 올리는 상상을 하곤 했다. 아버지에게 맞는 중에도 종종 그 **보이지 않는 뽀큐**를 들어 보이곤 했다.

오늘이 특별히 다른 날과 달랐던 것은 아니었다. 여느 때처럼 아버지가 화가 났고 주먹을 들었다. 여느 때와 같은 매질, 발길질.

하지만 수호는 도살장에 사는 가축처럼 기민하게 느꼈다.

아버지의 선이 끊어졌다는 것을. 외줄타기를 하던 인간으로서의 저지선, 최소한의 이성, 뭐라고 부르건 간에, 아버지가 그걸 넘어섰다는 것을. 게임으로 치면 만렙이 되었다는 것을.

그걸 파악했을 때 수호는 절망했고 마음을 놓았다. 반쯤 죽을 준비도 했다. 잠시 정신을 잃기도 했다. 정신을 잃은 순간은 짧고도 길었다.

「달아나.」

그러다 퍼뜩 정신이 들었을 때 마음 저편에서 소리가 들렸다.

「달아나. 뭐 하는 거야?」

수호는 정신없이 아버지를 밀치고 일어나 문을 박차고 집을 뛰쳐나왔다. 삼십 분 전의 일이었다.

'달아난다.'

처음 해본 생각이었고 간단한 생각이었다.

지금까지 왜 떠올리지 못했는지 궁금했다. 할 수 있는 일이었다. 할 수 있는…….

하지만 작은 승리감은 사라진 지 오래였다.

바람이 맨몸을 매섭게 채찍질하며 '그래, 됐으니 언제 들어갈 건데' 하고 채근했다. 알량한 기억력은 벌써부터 맞는 게 추운 것보단 낫다고 귀에 속삭였다.

어차피 돌아갈 것이다. 욕설과 주먹과 발길질이 기다리는 집으로. 도망쳤으니 안 그래도 꼭지가 더 돌아 있을 괴물의 품으로.

추위를 참아낼 가치가 있을까? 결국 이어질 일은 같을 텐데.

〔달라질 것이 없다면,〕

마음 저편에서 누군가가 속삭였다.

〔뭘 해도 상관은 없겠지.〕

2   이상한 두 사람

문에 매달린 종이 딸랑거리는 소리와 함께 두 사람이 안으로 들어왔다.

수호는 저도 모르게 움찔해서 쳐다보았다가 아버지는 아니라는 당연한 사실에 안도했다. 안도한 뒤 다시 시선을 돌렸다.

불이 꺼진 주택가 한가운데 혼자 불을 밝히고 있던 편의점이다.

수호가 그 편의점을 발견했을 땐 발이 얼다 못해 한 발짝도 더 디딜 수 없는 차였다. 주머니에 십 원 하나 없었지만 수호는 다짜고짜 문을 밀고 들어갔다. 물건을 고르는 척하면서 안에서 몸을 녹이다가 시선이 불편해질 즈음에 나올 심산이었다.

들어온 두 사람 중 하나는 어린 소녀였다. 열 살 정도일까, 자그마한 몸집으로 보아서는 초등학생처럼 보였지만 어째 나이를 짐작하기 어려운 분위기가 있었다.

"노란 거 먹을 거야!"

소녀는 또각거리며 말했다. 또각이는 소리는 소녀의 지팡이와 오른쪽 다리에서 났다.

소녀의 한쪽 다리는 의족이었다. 환부를 감싼 부위만 실리콘일 뿐 무릎 아래로는 얇은 철제 다리가 이어져 있었다. 보통은 긴 바지를 입어 감출 텐데, 소녀는 짧은 치마를 입고 대놓고 다리를 내놓고 있다.

"빨간 게 좋습니다."

뒤에 따라오는 사람은 스물다섯 살쯤 되었을까 말까 한 키가 큰 여자였다. 남자로 착각할 만큼 중성적인 외모에 말끔하게 정장을 차려입고 있었다.

마찬가지로 특이한 외모였다. 화상이 얼굴의 반을 덮고 목덜미를 지나 왼손까지 내려와 있었으니까.

둘 중 하나만이라면 그러려니 했겠지만, 두 사람이 동시에 시야에 들어오자 비현실적인 기분이 들었다. 보통 가족이 동시에 저만한 부상을 입을 일은 없지 않겠는가. 병원 친구? 장애인 카페 회원?

"기술의 혁명이야! 노란데 라면이라니!"

소녀는 컵라면이 든 칸을 향해 손을 뻗으며 말했다.

화통이라도 삶아 먹었는지 목소리가 편의점 안을 쩌렁쩌렁 울렸다. 벌써 유행은 오래전에 지났는데, 노란 국물이 있는 라면을 말하는 모양이었다.

"그지? 그렇게 생각하지?"

소녀는 말하며 옆에 어정쩡하게 서 있는 수호를 올려다보았다. 뒤따라온 여자에게 말하는 모양이라 생각했지만 소녀의 눈은 수호에게 붙박여 있었다.

"글쎄……."

수호는 엉겁결에 대답했다.

애들이 낯선 사람을 친구인 양 대하는 게 이상한 일은 아니겠지만 희한하리만치 친근한 눈빛이었다. 아는 사이인가 기억을 더듬어봤지만 봤으면 잊을 만한 인상이 아니었다.

"너 혹시……"

역시 나랑 아는 사이인가?

"대포 같은 거 있어?"

뒤통수를 맞은 기분이었다.

"콰콰쾅 하는 거 있잖아. 이 거리 하나쯤은 아작을 내버릴 거."

수호는 근래 요만한 애들과 놀아본 적이 없었다. 아버지가 친척과 왕래를 끊고 수호가 밖에 나가는 것도 감시하기 시작한 이후로는 더 그랬다.

혹시 요새 초딩은 이러고 노는 걸까. 무슨 게임 구호 같은 걸까.

"그런 게 있을 리가……."

지극히 상식적인 답을 했는데도 소녀는 저 혼자 실망한 눈치로 한숨을 푹 쉬었다.

"그렇겠지, 역시."

아니, 소녀의 이상한 점은 모습도, 이상한 말투도 아니었다.

이 기운찬 모습.

분명 무슨 일인가가 있지 않았겠는가……. 선천적이든 후천적이든, 장애든 사고였든. 아이가 울며 제 몸이 어디 갔느냐고 찾고, 부모가 눈물지으며 서러워했을 만한 무엇인가가.

하지만 소녀는 살면서 제 다리가 마음에 아무 상처도 준 적이 없는 것 같았다. 부끄러울 것도 감출 것도 없는 것처럼 보였다.

"실례."

정장의 여자가 수호 눈앞에 있는 컵라면에 손을 뻗으며 말했다.

중저음의 목소리였다. 여자의 왼손 손가락 중 약지와 새끼 손가락은 녹아서 우그러진 채 붙어 있었고 남은 손가락에도 손톱은 없었다.

수호는 그녀의 팔을 따라 시선을 옮겼다. 화상은 얼굴에 큰 얼룩을 내며 눈까지 타고 올라가 있었다. 불길이 조금만 더 올라갔어도 얼굴이 다 녹아내렸겠다 싶었다. 여자의 한쪽 눈은 비눗물에 담긴 것처럼 탁했고 눈동자는 회백색이었다.

여자의 하얀 눈에 시선을 빼앗긴 탓에, 다른 쪽 눈이 자신을 향하고 있다는 것을 한참 뒤에야 알았다. 건조한 눈이었다.

수호는 한 발 물러나며 눈을 내렸다.

"죄송합니다."

수호는 자신도 모르게 말했다.

"뭐가?"

여자가 물었다. 질문이 이어지리라는 생각을 못 했기에 수호는 당황했다.

"뭐가 죄송하지?"

"……쳐다봐서."

"쳐다본 게 왜 죄송한데?"

갑자기 수호는 제 꼬락서니를 떠올렸고 얼굴이 확 붉어졌다.

한밤중에 속옷 차림으로 편의점에 들어앉아 있는 주제에 지금 누구 처지를 신기해하는 걸까. 오늘 내내, 이 동네 사람들 모두 내 차림새를 보며 수군거리고 낄낄거렸을 텐데.

'당신들은 나를 쳐다보지 않았으니까.'

수호는 그렇게 생각하며 여자를 마주 보았다. 들릴 리는 없겠지만 말할 이유도 없었다. 수호는 눈을 감고 고개를 깊게 숙였다.

자리를 피하려는데 작은 손이 손등에 턱, 하고 얹혔다. 컵라면을 든 소녀가 자신의 비틀린 손가락에 손을 얹은 채 자신을 말똥말똥 올려다보고 있었다.

애 입에서 무슨 말이 나올지 몰라 수호는 바짝 긴장했다. 하지만 소녀의 입에서 나온 말은 예상 외의 것이었다.

"도움을 청해."

"?"

"누구에게든 도움을 청해."

(아마도 보호자일) 여자에게 애를 떼어내달라고 부탁하려는 찰나 애가 귀를 의심하게 하는 말을 입에 담았다.

"사람에게 도움을 청하지 않으면 **마구니**가 대신 찾아갈 거야."

마구니?

마구니라니?

"그러니까 도움을 청해. 지금이라도……."

소녀가 뭐라 더 말하려는 찰나, 여자가 소녀의 겨드랑이 사이에 손을 넣더니 인형처럼 가뿐하게 들어 올렸다.

작은 애라고는 하지만 종이박스처럼 가볍게 든다. 어지간히도 힘이 장사인 것 같았다.

"미안하군. 내 동생이 만화를 많이 봐서."

"진……."

"내버려두세요, 선혜. 애 팔자예요."

존댓말과 반말을 뒤바꿔서 한다. 여자는 동생이라는데 애는 언니라고 부르지도 않는다. 이상한 사람들이라고 생각하고 자리를 피하려는데 여자가 자신을 불러 세웠다.

"꼬마."

돌아보니 여자가 정장 상의를 벗고 있었다.

여자의 목에서부터 손까지 내려온 끔찍한 흉터가 고스란히 드러났다. 수호는 여자가 옷을 전부 벗는 것을 보는 기분으로 빳빳이 굳었다.

여자는 무슨 대단한 일이냐는 듯 수호의 어깨에 제 옷을 둘렀다.

"그러고 다니면 감기 든다."

편의점을 나오자 다시 찬 바람이 몰아쳤다. 공기는 조금 전보다 더 식어 있었다.

수호는 여자가 걸쳐준 옷 소매에 팔을 집어넣고 단추를 여몄다.

온기가 남아 있었다. 따듯했다.

여자는 오늘 내가 밖에서 밤을 보낼 결심이라는 것을 알아본 걸까. 이 옷 한 벌이 오늘 내 목숨을 좌우할지도 모른다는 것도 알았을까.

두어 시간만 버티면 날이 샐 것이다. 24시간 편의점은 또 있을 것이다. 새로운 오 분의 휴식을 위해 찾아다녀보는 방법도 있을 것이다.

노숙자처럼 종이상자를 찾아 기어들어 가거나, 신문지를

26

덮고 벤치에 웅크리는 방법도 있을 것이다. 체온이 날아가는 것만 막을 수 있다면, 얇은 종이상자도 훌륭한 난방시설이 될 수 있다. 집에서 맨몸으로 내쫓겼을 때 가끔 해보았던 짓이다.

하지만 뭘 하려든 걸어야 했다. 슬리퍼는 안에 두고 나왔다. 땅은 더 얼어 있었다.

수호가 사막에서 길을 잃은 기분으로 서 있는 사이에 아까 그 고교생 무리가 걸어왔다.

요란스레 편의점 문을 박차고 들어갔다가 다시 캔커피와 하드와 담배 따위를 들고 떠들썩하게 나왔다. 맨 뒤에 있던 녀석이 수호를 보더니 "야, 아까 그 바보 아직도 있어"라며 손가락질했다. 자기들끼리 키득거리더니 "어이" 하고 수호를 향해 다가왔다.

"야, 너 혼자냐? 심심하면 우리랑 놀자?"

불행에서는 냄새가 나는 것 같다.

사람들은 그 냄새를 맡을 수 있는 것 같았다. 맞고 굴종하는 것에 익숙한 사람의 냄새를. 저항하지 못하도록 길들여진 사람, 치면 치는 대로 맞을 것이 뻔한 사람, 마음대로 해도 되는 사람의 냄새를.

아버지가 주먹을 들기 시작하면서 수호의 주변 사람들도 변했다. 그들은 마치 수호가 '때려도 되는 사람' '뭘 해도 저항하지 못할 사람'이 된 것을 기민하게 알아차리는 것만 같았다.

아버지는 자신을 때리는 이유가 맞을 만한 짓을 하기 때문이라고 했다. 주위가 다 변하고 나니, 그 말을 의심하는 것조차 쉬운 일이 아니었다.

✦

"노란 것도 맵다고 했잖아요."

여자가 편의점 파라솔 의자에 앉아, 레스토랑에서 비싼 파스타라도 먹는 듯 우아하게 젓가락을 들며 말했다. 소녀는 볼을 통통하게 불린 채, 콧물과 눈물로 얼굴이 빨갛게 된 채로 숨을 훅훅 쉬었다.

"예……전엔…… 매운 거 잘 먹었는데……."

여자는 냅킨을 톡톡 펴서 소녀의 코를 닦았다.

"예전 같은 소리 하지 마세요. 어린 주제에."

여자는 우아한 몸짓으로 컵라면 국물을 말끔히 비우더니 옆에 벌써 두 개나 쌓인 컵라면 잔해 속으로 치워놓고는 새 라면 뚜껑을 열었다. 먹성이 꽤나 좋은 아가씨다.

소녀는 식탁에 푹 엎어지더니 하나 있는 다리를 흔들었다.

"아난타도 대포 없지."

소녀가 계속 이상한 말을 했다.

"없지요."

여자가 소녀의 앞뒤 없는 말에 장단을 맞춰준다.

"로켓포나 유탄발사기, 뭐든 적을 한 번에 제압할 게 필요한데."

"다리론 안 돼요?"

"내 건 커지지가 않아. 물리한계가 있어."

"흠, 차라리 현실이면 어디서 구할 수 있을지도 모르죠. 하지만 우린 직접 '만들어야' 해요. 아까 걔도 그랬잖아요. 누가 그런 걸 갖고 있겠어요."

소녀가 문득 먼 곳을 보았다. 뭔가 그리운 것을 회상하는 얼굴이다.

하지만 어린애의 얼굴이다 보니, 먹던 과자나 어제 보던 애니메이션이라도 떠올리는 것처럼 보였다. 애초에 '옛 추억' 같은 걸 떠올릴 나이가 아니지 않은가.

"아는 사이였어요?"

여자는 라면을 호로록 빨아올리며 물었다.

"하긴, 이 동네 사람은 다 안다고 했죠."

"아는 사이라도 같은 사람은 아냐."

"그야 그렇겠죠."

"나이 많은 애고."

"고행의 삶을 살잖아요. 대강은 그렇겠죠."

"모멸의 늪에 빠져 있었어. **두억시니**가 노릴 거야."

"반대."

여자가 말했다.

"반대라니."

소녀가 눈을 깜박였다.

"반대."

"난 아무 말도 안 했는데."

"사냥하러 가실 거잖아요. 반대."

여자는 소녀의 이마를 손가락으로 톡톡 쳤다.

"우린 이 거리에 이제 정착했고 진영 파악도 다 못 했어요. 선혜는 일도 오래 쉬었잖아요. 지금 적에게 우리를 노출시킬

29

수는 없어요."

소녀의 볼이 뾰루퉁해지면서 눈에 눈물이 그렁그렁해졌다.

"또 우는 척하지."

"척하는 거 아냐. 감정 제어가 안 되는 나이라고."

소녀는 코를 슥 닦더니 일어나 앉아서는 뭔가 한참 궁리하는 얼굴을 했다.

"진."

"왜요."

"우린 **나이 많은 사람**이 필요해.'"

"궁리하는 거 다 보였거든요? 표정 못 숨기는 나이시거든요?"

"우린 동료가 필요해."

소녀의 눈이 또랑또랑하게 빛났다.

여자는 나무젓가락을 내려놓고 어이없다는 한숨을 쉬었다.

"나이 많으면 뭐 해요, 은퇴한 지 천 년은 됐겠어요. 지금 키워갖곤 내세에서나 써먹을까."

"아난타."

소녀가 바로 앉아 이상한 이름으로 여자를 부르자 여자의 얼굴빛이 식었다.

"난 동료가 필요해."

✦

등 뒤에서 정체 모를 두 여자가 자신을 두고 이야기하는 줄도 모르고, 지금 자신의 운명이 예측할 수 없는 방향으로 휘

말려가는 것도 모른 채, 수호는 어두운 골목으로 끌려 들어가
고 있었다.

3 　마음의 소리

수호는 어릴 때 이후로 싸움을 해본 적이 없었다.

정확히 말하면 시도해본 적은 있지만 이겨본 적은 없었다. 아버지와의 승부를 포함해서. 물론 그런 일방적인 폭력도 승부라고 말할 수 있다면 말이겠지만.

결국 힘은 무게의 문제고 싸움은 체급의 문제라, 덩치가 작은 수호는 약할 수밖에 없지만, 더 큰 문제는 오른손에 있었다.

손가락이 망가진 이후 수호는 주먹을 쥘 수 없었다.

한번은 싸움이 붙어 수호가 분을 이기지 못하고 주먹을 날린 적이 있지만, 상대가 맞은 것은 수호의 주먹이라기보다는 튀어나와 덜렁거리는 가운뎃손가락이었다. 수호는 격통에 쓰러졌고 대가로 흠씬 두들겨 맞았다.

무기를 쥐어도 힘이 온전히 전해지지 않는다. 왼손. 왼손은 오른손만큼 익숙하지 않다. 발. 발 기술에는 실력 차이가 필요하다. 격렬한 싸움 중에는 두 발로도 몸의 균형을 잡기 힘들다. 한 발을 드는 것은 넘어뜨리라는 말이나 다름이 없다.

이러니저러니 해도, 수호는 작았다.

동네가 매일이다시피 뒤집어지면서 애들 놀이터도 하루 단위로 변했다.

이 골목은 최근 인기를 끄는 곳이다. 이 외진 골목에는 삼십 년간 자리한 수제햄버거 가게가 있었는데 하룻밤 새 헐리고 공사판이 되었다.

시멘트가 갓 발린 공사장 안에서 한 소년이 툭툭 밀쳐지며 끌려갔다. 러닝셔츠와 반바지에 맨발이고, 남색 여자 잠바 하나만 걸친 차림이다.

소년이 밀쳐지다 균형을 잃고 엉덩방아를 찧었다. 일어나라며 발길질이 날아왔지만 소년은 꿈틀할 뿐 움직이지 않았다. 무리를 이끄는 대장은 그걸 뒤에 선 채 구경했다.

대장 녀석은 오늘 기분이 몹시 좋지 않았다.

재미있을 줄 알고 길거리에서 붙잡은 병신도 재미가 없었다. 어둠 속에서 누가 걸어와 제 손목을 붙들었을 땐 더 기분이 좋지 않았다.

"뭐야."

대장이 입을 열자 똘마니들도 멈추고 돌아보았다.

모두 흠칫했지만 다가온 게 경찰도, 위협이 될 만한 인물도 아니라는 걸 알고는 대충들 안심했다. 대장은 가소롭다는 미소를 지었지만 나름 이런 일의 베테랑답게 정중하게 대응했다.

"저기요, 뭔가 착각한 모양인데, 쟤 내 동생이에요. 군기 좀 잡는 거예요. 이 시키가 빠져갖고."

온 사람들은 말이 없었다. 빙그레 웃을 뿐이었다.

"에, 내 지갑에 손대서 교육 좀 시키는 거예요. 이상한 짓하는 거 아녜요."

「별일 아닙니다요.」

옆집의 신고를 받고 경찰이 출동했을 때 아버지는 현관에서 굽실거리며 말했다. 수호는 벽에 머리를 박은 채 숨을 헐떡였다. 경찰은 아버지 너머로 자신을 힐끗거렸다.

「애가 글쎄 도둑질을 해서 말이죠. 좀 혼내던 중입니다. 사내자식 키운다는 게 쉽지가 않아요.」

「그래도 거 적당히 좀 하세요. 동네에서 항의 들어오잖아요.」

수호는 늘 궁금했다.

왜 사람들은 늘 아버지와 대화하는 걸까. 왜 내게 말을 붙이지 않을까. 주먹질하는 사람이 거짓말은 하지 않을 거라고 믿는 걸까.

주먹과 발길질로 강자와 약자가 정해지고 나면, 사람들은 거의 본능적으로 강자에게 말을 붙이는 것 같았다. 아무런 의식도 인식도 없이.

매질에는 마법의 힘이 있어서 한순간에 사람을 사물로 전락시키는 것 같았다. 저기 찌그러져 있는 것은 사람이 아니고 물건이니까, 말을 할 수도 없고, 말을 걸어도 알아듣지 못할 거라고 믿어버리는 것 같았다.

'가.'

수호는 마음속으로 말했다.

온 사람이 누군지 관심도 두지 않고, 고개도 들지 않았다. 맞는 것은 상관없지만 구경거리까지 되고 싶지는 않았다.

현관을 열고 들어온 경찰에게, 길을 가다가 무슨 일이냐고 물어온 아주머니에게, 거리에서 수호의 상처를 힐끗거리며 쳐다보던 사람들에게 마음속으로 애원했던 것처럼.

'빨리.'

"……재미있어?"

귀에 익은 소리였다. 어린애의 목소리. 바보짓이지만 구경하기엔 재미있다는 듯한 말투였다.

"여럿이 하나를 패면 재밌어?"

공기가 흐트러졌다.

머릿속에서 경쇠 소리가 들렸다.

아주 어릴 적 엄마를 따라 절에 갔을 때, 스님이 치던 놋쇠 그릇에서 나던 소리. 지평선 저쪽까지 파동을 전하는 듯한 은은한 소리.

동시에 다른 소리는 잦아들었다. 주위를 둘러싼 패거리의 어수선한 소리, 멀리 들리던 취객들의 주정 소리, 규정 속도를 무시하고 달리는 총알택시 소리도.

대신 짐승들이 그르렁대는 소리가 아련히 들려왔다.

'?'

수호가 짚고 있던 시멘트 바닥이 밀가루 반죽처럼 뭉클 손

에 쥐어지자 위화감은 당혹감으로 변했다. 앉은 자리가 따뜻
했고 꿀렁거렸다. 큰 생물의 몸 안에라도 앉아 있는 것처럼.

'?'

수호는 고개를 들었다.

눈앞에 괴물이 얼굴을 들이대고 있었다. 간신히 살가죽만
듬성듬성 붙은 해골이었다.

눈은 없었고 입은 귀밑까지 벌어졌고 상어처럼 이빨이 잔
뜩 돋아난 입에서는 역한 냄새를 풍기는 샛노란 침이 흘렀다.
뼈만 남은 몸에 배가 자루처럼 바닥까지 늘어져 있는데 방금
뭘 산 채로 삼키기라도 한 것처럼 안에서 뭔가가 꿈틀거렸다.

'뭐지?'

수호는 뻥 뚫린 상대의 눈을 마주 보며 생각했다.

'이게 뭐야?'

"어라."

의족을 단 소녀의 목소리.

아니, 조금 다르다. 아까보다는 몇 살쯤 더 나이를 먹은, 열
예닐곱 살쯤으로 느껴지는 목소리.

"애가 심소心所에 들어왔네?"

"어쩌다 그랬어?"

중저음의 목소리. 마찬가지로 아까의 화상 입은 여자와 닮
았지만, 훨씬 더 낮고 중성적인 목소리다.

"사냥 오래 안 하다 보니 일하는 법 다 까먹었나 보네. 왜

애를 휩쓸리게 해."

"내가 데리고 들어온 거 아냐."

소녀의 말투 역시 아까와는 달리 훨씬 진중하고 차분하다.

"스스로 열고 들어왔어."

"으흥, **나이 많은 애**라고 했지. 은퇴한 퇴마사가 현역 퇴마사를 만나면 영향을 받아 각성할 때가 있긴 하지만."

"마음의 상처가 커졌을 때 각성하기도 하고."

"상처는 칼이 된다."

중저음의 목소리가 경구와도 같은 말을 읊조렸다.

"지켜볼 거야? 쟤 상황 파악도 못 하는 것 같은데. 저러다다칠 거야."

"잠시만."

소녀가 말했다.

"쓸 만한지 한번 봐야겠어."

괴물이 입을 쩍 벌렸다. 열풍과 함께 상한 음식 내가 확 풍겨왔다.

수호는 퍼뜩 정신이 들어 물러났다.

해골 괴물이 수호가 서 있던 바닥에 무서운 기세로 안면을들이받았다. 바닥이 움푹 패면서 쑥 들어갔다. 그 반동으로바닥이 물풍선처럼 출렁이는 바람에 수호의 몸이 풍 튀어 올랐다.

'뭐야?'

일어나려던 수호는 발이 쑥 빠지는 바람에 균형을 잡지 못하고 도로 주저앉았다.

수호는 소리를 지르며 엉덩이로 물러났다. 부딪친 벽은 부드럽고 물컹거렸다.

수호는 황급히 주위를 둘러보았다.

아까와 비슷한 곳이었지만 뭔가가 달랐다. 살을 에던 추위는 뜨끈뜨끈한 열기로 바뀌어 있었다. 바닥은 뜨거웠고 공기는 습했고 꿀꿀한 냄새가 났다. 철골이 드러난 건물은 그대로였지만 시멘트와 철이 아니라 고깃덩이와 짐승 가죽으로 만든 것 같았다. 주름이 잡힌 벽은 굽고 늘어져 있었다.

'내가 죽었나?'

수호는 생각했다.

내가 약한 줄은 알았지만 그래도 그렇지, 꼴랑 한 대 맞고 죽어버리다니. 죽었다 해도 천국은 아닌 것 같다. 천국에 갈 거라고 딱히 생각한 적은 없지만.

해골은 바닥에 들이박은 머리를 들개처럼 도리도리 흔들더니 수호를 향해 쇠를 긁어대는 듯한 소리로 울부짖었다.

수호는 적의 수를 세었다. 하나, 둘…… 다섯.

아까 수호를 둘러싼 패거리와 같은 숫자였고 같은 자리였다. 해골들은 서로 수군거리더니 수호를 향해 접근해왔다.

물러나서 보니 괴물에게 다리는 없었다. 마른 나뭇가지처럼 앙상한 두 팔로 기어온다. 근력에 비해 비대한 위장이 무거운지 속도는 느렸다. 오는 중에도 식욕을 참을 수 없다는 듯 이빨을 따닥따닥 부딪쳤다. 아까 바닥이 파인 깊이를 생각하면 아무리 앙상해 보여도 힘을 간과할 수가 없었다.

38

그때 한 놈의 위장이 치익 소리를 냈다. 압력밥솥처럼 증기를 뿜어내더니, 안에 있던 반쯤 소화된 음식물이 고약한 냄새를 풍기며 쏟아져 나왔다.

〔침샘이 너무 많다 싶더니만.〕

수호의 안에서 이해할 수 없을 정도로 침착한 목소리가 흘러나왔다.

〔소화력이 너무 좋아서 제 위장까지 구멍이 나는 모양인데. 그래서 결국 소화를 못 시키니 저렇게 비쩍 골았군.〕

헛웃음이 났다. 이런 어처구니없는 상황에서 어울리지도 않게 무슨 논리적인 사고란 말인가. 하지만 덕분에 진정은 되었다.

'지금 내가 죽었다면 다시 죽진 않을 거야.'

동시에 생각했다.

'한 번 죽었는데 또 죽어야 하나?'

위장이 터진 놈이 몸은 가벼워졌는지 속도가 빨라졌다. 다른 넷을 제치고 획 앞으로 튀어나왔다.

〔일어나.〕

수호는 반쯤 무심결에 일어났다.

바닥이 꿀렁이는 바람에 비틀거렸다. 일어나는 것도 늦었고 바닥은 물컹거려 뛰기에 적합하지 않았다.

앞서 오는 놈은 빨랐다. 수호가 공포보다는 난감함을 느끼는 사이에 마음이 속삭였다.

〔기다려. 저놈은 뛸 거야.〕

초 단위의 대화. 수호는 벽을 손으로 짚고 몸을 세웠다.

키가 수호의 허리만치 오는 괴물이 코앞에서 팔로 땅을 짚고 훌쩍 뛰어올랐다.

〔네 머리를 노리니까.〕

머리에 떨어지는 그림자를 마주 보면서 수호는 퍼뜩, 공중에서는 방향을 바꾸거나 속도를 높일 도리가 없다고 생각했다.

생각과 동시에 수호는 손으로 벽을 밀며 몸을 최대한 숙여 굴렸고 그대로 네 발로 기다시피 뛰었다. 푸욱, 하고 뭐가 벽에 우스꽝스레 박히는 소리를 뒤로하고.

수호는 넘어지고 도로 일어나고, 다시 넘어지기를 반복하며 건물 밖으로 구르다시피 도망쳤다.

건물들이 제자리에 있기는 했지만 도로는 훨씬 좁아져 있었다. 하나같이 굽어지거나 주름 잡혀 있거나 늘어져 있다. 하늘은 보랏빛이고 도로에 늘어선 가로등은 침침한 붉은빛이었다. 더 놀랄 것도 없는데도 이 괴이한 공간이 생각보다 넓다는 사실에 새삼 당혹스러웠다.

머리 위에서 창문이 깨지며 한 놈이 뛰어내렸다.

창은 깨졌다기보다는 찢어졌다는 말이 어울렸다. 벽은 이불처럼 튀어나왔다가 추욱 늘어졌고 유리는 살점처럼 투둑거리며 떨어졌다.

바닥이 꿀렁이는 바람에 수호는 다시 넘어졌다. 괴물은 쇠를 긁는 소리를 내며 수호의 앞을 배회했다.

〔약점이 있을 거야.〕

마음이 속삭였다.

약점이라니. 평생 해본 적도 없는 생각이었다.

수호가 망연히 주저앉은 것을 본 괴물은 저항을 포기했다고 생각했는지 느릿느릿 다가왔다.

수호의 다리를 짚고 배를 누르며 몸을 타 넘어 오른다. 무게로 몸이 뒤로 넘어갔다. 수호의 다리 위에 늘어진 괴물의 위장은 끓는 것처럼 뜨거웠고 안에 산 것이라도 있는 듯 벌떡거렸다.

'약점?'

수호는 생각했다.

'어디가 약점이지?'

괴물은 수호의 어깨를 앙상한 손으로 쥐고 입을 쩌억 벌렸다. 수호의 머리를 다 삼키고 남을 만한 큰 입이었다.

수호는 상대의 뻥 뚫린 눈에 시선을 고정한 채 손을 뻗었다. 앙상한 갈비뼈와 그 아래로 늘어진 척추를 더듬었다. 갈비뼈 아래로는 위장뿐이었다.

수호는 손으로 위장을 더듬어 식도를 쥐었다.

달군 쇠를 쥐는 것 같았다. 괴물이 입을 닫기 직전, 수호는 손을 꽉 쥐고 있는 힘껏 잡아당겼다. 치익거리는 소리와 함께 식도와 위장이 찢어지며 위산이 사방으로 튀었다.

괴물은 비명을 지르며 몸부림쳤다. 손이 녹는 것 같았지만 수호는 잡은 것을 끝까지 놓지 않았다. 위장이 찢겨 나가자 괴물은 바닥에 엎어진 채 물고기처럼 파닥거렸다. 수호는 마지막까지 참다가 제 손을 감싸 쥐고 엎어졌다.

파닥이던 괴물은 노랗게 빛을 내는가 싶더니 빛의 파편이 되어 분해되었다. 빛나는 민들레 씨앗처럼, 반딧불처럼 하늘로 퍼져 나갔다. 연신 당혹스러운 풍경이었다.

긴장이 풀리자 몸에서 힘이 쭉 빠져나갔다. 심장이 터질 듯이 뛰며 땀이 줄줄 쏟아졌다. 수호가 엎어진 채 거칠어진 숨을 주체하지 못하는 새에 건물에서 기어온 괴물들이 주위를 빙 둘러쌌다.

〔방금 그 방법은 못 써. 다른 걸 생각해.〕

마음 저편의 소리가 칭찬도 없이 무자비하게 다그쳤다.

'말도 안 돼.'

수호는 고개를 저었다.

〔생각해.〕

'못 해! 더 뭘 어쩌라는 거야!'

4   은빛 검광

머리 위로 바람이 불었다.

바람에는 물방울이 섞여 있었다. 작은 비구름이라도 지나는 듯이.

먼 천둥소리와 함께 지직거리는 푸른 불꽃이 수호와 괴물 사이에 하나씩 내리꽂혔다. 하나하나가 작은 벼락처럼 보였다.

괴물들이 게객거리며 물러났다. 고개를 드니 거대한 생물이 머리 위를 회전하고 있다. 그것을 보자 수호는 지금까지 조금이나마 논리적인 사고를 하려 애쓰던 자신을 비웃고 싶어졌다.

거대한 뱀.

몸을 펼치면 거리를 다 덮고도 남을 만큼 컸다. 등에는 새하얀 갈기가 시원스레 휘날렸고 몸은 바닷빛 비늘로 덮여 있었다. 청록색 깃털이 붙은 투명한 날개는 오로라처럼 빛났고 꼬리를 크게 휘저을 때마다 물안개가 무지개와 함께 하얗게 일어났다.

'……용?'

"여어, 봤어, 마호라가?"

용이 입을 열어 또박또박 말했다. 거리가 먼 데도 귀에 쩌렁쩌렁 울렸다.

"애송이가 제법 하잖아. 무기도 없이 **카마** 하나를 해치웠어."

'카마?'

처음 듣는데도 어째서인지 뇌리에 단단히 꽂히는 말이었다. 지금 주위에서 게걱대고 있는 이 위산과다 해골들 말인가?

용은 자신이 양력이나 바람을 타고 나는 게 아니라고 말하는 듯, 미끄러져 내려와 지면에 붙다시피 날며 수호의 옆을 부드럽게 지나쳤다. 길게 찢어진 에메랄드빛 눈이 반짝였다.

그제야 수호는 용의 등에 사람이 하나 올라타 있는 것을 알았다.

언제든 뛰어내릴 준비를 하듯 한쪽 무릎을 세워 앉은 자세였는데, 널찍한 땅에라도 앉은 양 편안해 보였다. 그제야 수호는 전사의 한쪽 다리가 기계라는 것을 눈치챘다.

기계라고 해도 현실감은 없었다. 전사의 은빛 다리는 보는 사이에도 모습이 변했다. 조각조각 분해되었다가 도로 자리를 잡는데, 결합된 뒤에는 이음매조차 보이지 않았다. 발뒤꿈치에서 치익, 하고 증기가 빠져나갔다.

전사는 수호와 눈을 마주치자 오랜 친구와 다시 만나는 사람처럼 친근한 미소를 띠었다.

외모만 보아서는 자신과 비슷한 나이대로 보이는 소녀였다. 하지만 혹시 미소년이나 굉장한 동안이 아닌가 싶을 만큼 성별과 나이를 가늠할 수 없는 위엄이 눈에 서려 있었다.

손에 든 것은 칼인가 싶었는데 가까이서 보니 도검처럼 길고 새하얀 피리였다. 속이 비어 있고 동그란 구멍이 일렬로 나 있는……. 하지만 수호는 이내 생각을 재고해야 했다. 몸을 일으킨 검사가 피리 안에서 얇은 검을 뽑아 들었기 때문이다.

검은 빛났고 실처럼 가늘었다.

고요한 동작이었다. 찰나였지만 시간마저 멎는 듯했다.

검을 들고 검집인 피리를 내던진 검사는 용의 등을 박차고 뛰었다. 발을 구르자 기계로 된 발바닥이 잠깐 폭신한 쿠션으로 바뀌었다가 모르는 척 본래대로 돌아왔다.

해골들이 주춤거리다 으르렁대며 검사를 향해 몸을 띄웠다. 전사의 입가에 우습다는 듯한 미소가 떠올랐다.

빛, 검광, 풍압, 물안개.

황금빛 반딧불이가 자욱한 가운데 검사의 칼이 마지막 해골 괴물의 위장에 깊이 내리꽂혔다.

해골이 까드득거리며 발버둥 쳤지만 검사는 보지도 않고 돌아섰다. 마치 해골은 지나가다 심심해서 벤 것일 뿐 자기 볼일은 따로 있다는 듯이.

검사의 등 뒤에서 새 황금빛 등불이 눈부시게 피어올랐다. 역광으로 비치는 검사의 눈이 진홍빛으로 빛났다.

조금 전보다 천 배는 무력한 기분이었지만, 수호는 뭐라도 해볼 작정으로 깨진 창에서 튀어나온 유리 조각 하나를 집어 들었다. 아까는 물컹했지만 식어서 그런지(식었다는 감각도 이상하기 짝이 없지만) 지금은 단단했다.

하지만 뭘 해보기도 전에 희고 축축한 것이 수호의 손등을 더듬었다. 뭔지 파악하기도 전에 손이 휘감겼다. 놀라 떼어내려고 다른 손을 대자 그걸 노렸다는 듯이 두 손이 같이 감겼다.

수호는 놀라 유리 조각을 놓쳤다. 안간힘을 써보았지만 팔꿈치까지 묶이고 나니 힘조차 들어가지 않았다.

수호의 두 손을 결박한 것은 밧줄이 아니었다.

짐승의 꼬리.

하지만 길고 가늘게 늘어나 있다. 고개를 들어보니 아까 검사를 태우고 날아온 그 용의 꼬리였다.

〔용 쪽은 몸을 자유자재로 늘릴 수 있는 건가.〕

수호가 다시금 논리적인 추론을 해보려는 자신을 비웃는 사이에 용이 수호의 몸을 한 바퀴 감아올렸다. 수호의 추론을 지지하듯 덩치는 아까보다 한참 줄어 있었다.

"배짱도 나름 있고 말이지."

용의 피부는 젖어 있었고 단단한 비늘이 까끌거렸다. 환상으로 치부하기에는 존재감이 너무 컸다.

"잘 키우면 꽤 쓸 만한 퇴마사가 될지도 모르겠는데. 이번 생애에는 못 된다 해도, 몇 번 죽어보고 서너 생애쯤 윤회하다 보면 한 사람 몫은 할지도 모르지."

연이어 일어나는 일이 모두 감당하기 어려웠다. 호흡이 가쁜 나머지 뇌로 산소가 가지 않았다. 생각을 하기가 힘들었다.

이들이 마음만 먹으면 내 목 따위는 벌써 몇 번이고 날아갔을 것이다. 굳이 그럴 이유는 없다고 해도.

하지만 그럴 이유가 없다는 것도 내 생각일 뿐이다. 그 해골들은 무슨 이유가 있어서 나를 먹으려 들었나. 상대는 상식을 벗어난 존재였고, 상식을 벗어난 존재가 상식적인 윤리관을 갖고 있을지 가늠할 수가 없었다.

용이 냄새를 맡으려는 듯 수호의 귓가에 대고 흐읍 숨을 들이쉬었다. 몸을 휘감은 용의 몸이 딱딱해졌다. 수호는 아, 이제 죽이려나 보다 하고 생각했다.

"한발 늦었군."

차갑게 식은 목소리였다. 화났다기보다는 실망한 눈치였다. 하지만 익숙한 좌절인 듯 말투는 침착했다.

"왜, 아난타?"

검사가 입을 떼었다. 청명한 목소리였다.

"이 애송이, 우리보다 먼저 마구니를 만났어."

마구니라니.

각오한 와중에도 어리둥절했다.

"아직 카마가 마음과 제대로 분리되지는 않았지만 금방 형체를 갖출 거야. 생겨난 지 얼마 되지 않았어."

카마.

아까부터 반복해서 듣는 말이었다.

"어떻게 할 거야? 하는 김에 같이 처치할까?"

수호는 아난타라 불린 용이 몸을 조이는 것을 느끼며 검사의 얼굴을 마주 보았다.

"퇴마사 마호라가."

용이 재촉하듯 검사의 이름을 불렀다.

'퇴마사 마호라가'라 불린 검사의 표정은 담담했지만 왠지 슬픔이 느껴졌다. 하루 이틀 사이에 생겨난 슬픔이 아니라…… 천 년쯤은 이어져 와서 이제는 파문조차 일으키지 않는 슬픔이.

하지만 이내 얼굴에서 슬픔이 가시며 미소가 떠올랐다. 이것도 나름대로 재미있는 일 아니겠느냐는 듯.

"그렇군."

마호라가는 손가락을 들어 수호의 이마에 대며 말했다.

"지금이라면 간단할 테니. 카마를 마음에서 끌어내는 게 문제겠지만."

〔건드리지 마.〕

수호의 마음이 크게 요동쳤다.

"아직 인격에 그리 큰 영향을 미치지도 않았을 거고."

〔건드리지 말라고 했어.〕

"……내 몸에 손대지 마."

마호라가가 동작을 멈추며 수호의 눈을 보았지만 이마에서 손을 떼지는 않았다. 수호의 말이 아무런 강제력이 없다는 것을 익히 아는 눈이었다.

"오해하지 마라, 소년. 널 해치려는 게 아니다. 네 마음에 끼어든 마魔를 없애려는 거다."

"알아들을 소리를 해!"

수호는 소리를 지르며 마음속으로 상대에게 가운뎃손가락을 들어 올렸다. 움직이지 않는 손가락을.

"아야야!"

용이 뭐에 찔리기라도 한 것처럼 펄쩍 뛰며 묶은 몸을 풀었다.

'?'

수호는 어리둥절했다. 하지만 천금 같은 기회를 놓칠 수는 없는 일. 일격에 모든 것을 거는 심정으로 마호라가를 향해 달려들었다. 몸으로라도 부딪쳐 넘어뜨리고 달아날 생각이었다. 달아날 곳이 있는 공간인지는 몰라도.

챙―.

챙?

날붙이가 서로 부딪치는 소리. 정신이 돌아오자마자 어리둥절해졌다. 마호라가는 물 흐르듯이 발을 떼고 물러나며, 머리 위로 길고 가는 검을 곤추세워 들고 수호의 단검을 받아냈다.

'……단검?'

수호는 제 손에 뿌리를 박은 듯 붙어 있는 작은 칼을 눈을 깜박이며 바라보았다.

휘어진 손가락이 있던 자리에는 얼굴이 비칠 만큼 날이 잘 갈린 손칼이 붙어 있었다. 손가락 두 개를 이어 붙인 길이로, 손과 이어진 부분에서는 식물이 뿌리를 내리듯이, 혈관 모양의 유기질이 뻗어 나와 손등을 덮고 있다.

수호의 머리가 멈춘 사이에 마호라가가 검을 회전시켰다.

격통.

수호는 비명을 지르며 손을 붙들고 한 바퀴 굴렀다.

손가락이 잘렸다고 생각했지만 잘린 것은 단검이었다. 같은 것일지도 모르겠지만. 어떻게 같은 것인지는 모르겠지만.

아픔과 놀라움으로 덜덜 떠는 사이에 부러진 자리에서 칼이 빼꼼 머리를 내밀었다.

칼은 기를 쓰고 몸을 뽑아내려는 것처럼 바들거리면서 자라나더니 아까의 크기로 돌아왔다. 금방 대장간에서 벼려낸 것처럼 뜨겁게 달아오르더니 이내 식었다.

"상처가 있었군."

아난타라는 이름의 용이 몸을 비비 꼬아 제 몸을 핥으며 말했다. 뭔가로 쿡 찍힌 자리가 붉게 부어 있었다.

"알아, 좀 전에 봤어."

마호라가가 말했다.

"난 못 봤는데."

"진이 못 본 거지. 진은 크니까."

"그래, 너 작아서 좋겠다."

수호는 도로 몸을 일으켰다. 숨이 가빠서 서 있는 것만으로도 정신을 잃을 것 같았다. 그래도 기를 쓰고 상대를 노려보았다.

"혼자 무기를 만들었어. 제법이잖아?"

마호라가가 말했다.

"저런 쬐맨한 칼로 뭘 하라고? 쓸 만하게 만들려면 삼백 년은 걸리겠다."

아난타가 말하며 꼬리를 살랑살랑 흔들었다.

용의 몸이 쑤욱 불어나며 물안개가 뿌려졌다. 도로 전체를 덮고도 남을 길고 짙푸른 몸뚱이가 자신과 마호라가를 멀찍이서 둘러쌌다.

수호는 아난타가 몸으로 링을 만들었다는 것을 알았다. 어디로도 달아날 수 없도록.

'이렇게 죽는 건가.'

그래, 죽겠지. 영문도 모르고, 저항도 못 하고 저 정체불명의 검사에게 목이 날아가겠지. 아니면 저 말하는 용에게 목이 졸려 죽든가.

그러면 잃을 게 뭐란 말인가.

아난타가 선제공격을 할 작정인 듯 머리를 치켜들었지만 마호라가가 손을 들어 제지했다.

"마음이 완전히 닫혔어. 이젠 못 들어가."

아난타는 불만스러운 표정을 지었다가 동의하듯 머리를 땅에 내려놓고 드러누웠다.

마호라가가 발을 떼었다. 수호는 한 발을 뒤로 뺐지만 달아날 곳이 없다는 것을 깨닫고 멈춰 섰다.

"시답잖은 불량배들한테 맞을 땐 가만있더니, 범접할 수 없는 상대에게는 덤비겠다는 건가?"

검사가 말했다.

저항하는 시늉이라도 해볼까 했지만 몸이 움직이기도 전에 생각이 읽힌 듯했다.

마호라가의 장검이 회전하더니 수호의 칼을 꾹 내리눌렀다. 수호는 바윗덩이가 손 위에 얹히기라도 한 듯 앞으로 풀썩 엎어졌다.

"지금 네 행동, 네 생각, 내게 보이는 적의는 네 것이 아니다. 네 마음의 카마가 날뛰는 거다. 머리를 식혀라."

마호라가가 칼을 내리누른 채 말했다. 말은 들렸지만 머리가 돌아가지 않아 뜻을 알 수가 없었다.

"안 들리나 봐."

마호라가가 말했다.

"안 들리게도 됐지."

아난타의 소리가 멀어졌다.

수호는 의식을 잃는 것도 깨닫지 못한 채 정신을 놓았다.

5   마음에 내리는 눈

의식이 흐릿한 가운데 누가 머리를 받쳐주고 있다 싶었다.

작은 무릎, 포근…… 아니, 딱딱하다. 딱딱하다고?

사람의 다리가 아니다. 아닌 것을 떠나 몸에서 분리되어 있다.

수호는 제가 베고 누운 의족을 물끄러미 보았다. 다리가 하나 없는 어린애가 옆에 턱을 괴고 털썩 주저앉아 있었다. 수호가 좀 바보스러운 기분에 빠져 어린애를 보는 사이, 눈이 마주쳤다.

또랑또랑한 눈이었다. 이 상황에 뭐 문제가 있느냐고 되묻는 듯한 눈빛이었다.

'……의족이면 다리가 저리진 않겠네' 하는 생각이 상황에 맞지도 않게 떠올랐다.

저쪽에 아까 그 키 큰 여자가 뒤돌아 서 있었다.

이제야 깨달은 것이지만 운동을 한 사람의 몸과 자세였다. 팔과 어깨에 근육이 잡혀 있고 허리는 곧게 펴져 있다. 다리는 무쇠처럼 단단히 땅을 딛고 있다.

도로를 지나는 차의 헤드라이트에 언뜻언뜻 주위가 밝아졌다가 다시 어두워졌다.

앞에는 아까 그 패거리들이 줄줄이 무릎 꿇고 앉아 벌을 서고 있었다. 왠지 눈물 콧물 짜며 애원한다.

'잘못했어요.' '다시는 안 그럴게요.' '용서해주세요.'

웃기고 있네.

코웃음이 났다. 그냥 하는 말이지, 괜히 신고 들어가면 귀찮으니까…….

그래도 열연이다. 저렇게 오버할 것까진 없을 텐데. 어지간히 된통 당한 건가. 수호는 도로 의식이 흐트러지는 가운데 생각했다.

'진심일 리가 없잖아. 그렇게 간단히 뉘우칠 것 같으면 애초에 왜 그러고 다녔겠어…….'

✦

눈을 뜨자 진한 커피 향이 코를 찔렀다.

오래된 가스레인지 위에 구릿빛 주전자가 끓고, 주둥이에 얹힌 뚜껑은 증기가 치익 빠져나올 때마다 달그락거리며 열렸다 닫혔다 했다.

따뜻했다. 공기는 온화했고 부드러웠다.

수호는 곰돌이 무늬 담요를 덮고 방바닥에 누워 있었다.

몸을 뒤척이다 찌르는 듯한 통증에 이마를 짚으니 반창고와 거즈가 만져졌다. 팔과 다리, 발에도 상처 크기에 따라 밴드가 붙어 있거나 붕대로 감겨 있었다. 야무진 솜씨였다.

열 평이 넘지 않는 작은 원룸. 천장에 달라붙다시피 난 좁은 창에서 햇빛이 쏟아졌다.

벽이라고 할 만한 벽은 모두 책장으로 채워져 있고, 책장마다 책이 이중으로 빼곡했다. 책 위로도, 책장 위로도 책이 누워 있었다. 하나같이 오래되고, 노랗게 변색되고, 손때가 묻은 책이었다. 세로글씨나 한자로 된 책들도 군데군데 보였다.

침대를 돌아보니 작은 소녀가 대자로 누워 자고 있었다. 의족은 지팡이와 함께 침대 옆에 가지런히 세워져 있었다. 소녀의 이불 속 다리 하나는 비어 있었다.

그걸 보자마자 확 전날의 기억이 돌아왔다. 바닷빛 용과 빛나는 검을 든 은빛 다리의 검사.

그건…… 꿈?

"깨우지 마, 피곤할 테니까."

남자로 착각할 만한 중저음의 목소리가 들려왔다.

얼굴에서부터 손까지 화상을 입은 키 큰 여자가 모락모락 김이 오르는 머그컵을 수호에게 내밀었다. 수호는 거부할 수 없는 힘에 이끌리듯 얼떨떨한 기분으로 잔을 받았다.

"납치했다고 생각하지 마. 깨워도 깨지도 않고, 이런 날씨에 거리에서 그러고 자다간 얼어 죽을까 봐 데려왔으니까."

'?'

"기억 안 나? 저기 짓다 만 건물 안에서 쪼그리고 자고 있던데."

검사, 용, 위산과다 해골 괴물을 제외하고 기억을 재구성해 보려 했지만 그걸 빼니 남는 것이 없었다. 대체 어느 즈음에서 정신을 잃었던 걸까.

기억을 더듬던 수호는 자신이 아직 여자의 옷을 입고 있는 것을 깨닫고 황급히 단추를 풀었다.

"감사했……"

"됐어."

여자는 후, 하고 숨을 불어 커피를 식혔다.

"입고 있어. 집에 갈 때 뭐라도 입고 가야지."

집.

까마득히 잊었던 말이 생각났다. 집.

그래, 나에게는 아직 선택지가 남아 있다. 집에 돌아가 죽
는다는 선택지.

조금도 원하지 않지만 결국 택하고 말리라는 것도 알고 있
었다. 열이 바짝 올랐을 아버지라는 괴물이 기다리는 것을 알
면서도, 그래도 내 집이라고, 순순히 아가리로 몸을 집어넣어
주러 가겠지.

여자의 눈이 머그잔 너머로 자신을 관찰했다.

'구경거리인가.'

수호는 묵묵히 시선을 받아들였다.

사실 수호는 그 시선의 의미를 완전히 착각하고 있었다. 실
제로는 '자신이 모르는 새에 일어난' 일들을 추리하느라 열심
히 단서를 탐색하는 쪽에 가까웠건만.

"감사했습니다."

수호는 고개를 꾸벅 숙이고 일어났다.

하지만 현관에 이르자마자 뭐가 없는지 떠올랐다. 밤새 아
스팔트를 뛰고 걷느라 다 긁히고 까진 맨발이 눈에 들어왔다.
잠시 맨발로 문가에 서 있던 수호는 그대로 현관에 내려서려
했다.

여자가 수호를 붙잡았다.

"발 몇 신어?"

여자가 물었다. 수호는 질문의 의도를 깨닫고 당황했다.

"괜찮습니다."

여자는 답을 기다리지 않았다. 자기 발과 수호의 발을 대어 보더니 대강 파악한 듯 현관에 내려섰다.

"요 앞에서 사다 줄 테니 안에 있어."

"괜찮……"

여자는 수호의 몸을 돌려 침대에 누워 있는 소녀를 보게 했다.

"내가 없는 동안 네가 집에 가버리면 넌 저 몸도 성치 않은 여자애를 이 방에 혼자 놔두고 가는 거야. 집에 불이 나거나 도둑이 든다든가 하면 어쩔 거야? 하룻밤 재워주기까지 했는데 설마 그렇게 매정하게 가버리진 않겠지?"

수호가 논리를 따라가지 못하는 사이에 여자는 경쾌한 발걸음으로 나가버렸다.

방에 덩그러니 남은 수호는 뭐 하나 건드릴 수 없는 기분으로 침대 옆에 멀뚱히 앉아 있었다. 긴장으로 땀이 삐질삐질 나려는 찰나, 선혜라 불린 소녀가 꿈지럭거리며 눈을 비볐다.

선혜는 옆에 앉아 있는 수호를 보고도 놀라지 않았다. 한번 응시하고는 꾸물거리며 일어났다.

"쉬야……."

선혜가 중얼거리자 수호는 난생처음 아기와 단둘이 방에 놓여본 사람처럼 비지땀을 흘렸다.

작은 원룸이라 화장실은 고작 몇 걸음 앞이었지만 선혜는 의족을 끼우거나 목발을 짚지 않고 갈 생각인 것 같았다.

선혜가 한 발로 침대에서 내려서려 하자 수호는 무심결에 선혜가 업힐 수 있는 자세로 등을 돌려 앉았다. 선혜가 '뭐 하는 거냐'는 듯 눈을 깜박였고 수호는 '이게 당연하지 않은가' 화답하는 눈으로 상대를 마주 보았다.

화장실 안에서 쪼로록 소리가 나는 것에 괜히 민망해한 뒤, 수호는 다시 한 발로 통통거리며 나오는 선혜를 업고 침대로 옮겼다.

다리 하나가 없어서일까, 선혜는 가벼웠다. 무게가 보통 아이들 반도 안 되는 것 같았다.

선혜는 침대에 앉으며 말했다.

"그럴 필요는 없었는데."

"그러지 않을 필요도 없잖아."

왠지 답이 마음에 든 것 같았다.

선혜는 웃으며 수호에게 손을 내밀었다. 수호는 강아지가 내미는 손을 잡는 기분으로 그 손을 잡았다. 선혜는 수호의 손을 잡고 조물조물하더니 신기한 것이라도 발견한 듯 수호 오른손의 구부러진 가운뎃손가락을 꾹 쥐었다.

'아.'

수호는 마음속으로 신음하며 한쪽 눈을 살짝 감았다.

선혜는 아무 악의도 없다는 듯이 연이어 수호의 멍든 팔을 더듬었다. 날이 하루 지나니 몸은 더 푸르뎅뎅하게 부어 있었다.

"건드리지 마."

수호는 하는 대로 내버려둔 채 말했다.

"신고해."

"뭐?"

"폭력 신고 112, 청소년 상담 1388, 24시간 주야간 관계없이 신고할 수 있고 필요하면 가족과 격리해주고 보호시설도 제공해줘. 1644-7077로 전화하면 법률 상담도 해줘."

적어둔 종이를 앞에 두고 읽듯 줄줄 읊는 말에 수호는 어안이 벙벙해져 선혜를 바라보았다.

"쉬운 일이라서 하는 말이 아냐. 힘든 줄 알아. 그래도 해야 해. 해낸다면 난 널 존경할 거고."

수호는 선혜에게 붙들린 손을 내팽개치듯 빼냈다. 하마터면 거의 칠 뻔했다.

"무슨 소리야, 너."

"사람에게 도움을 청하지 않으면."

일순간 선혜의 눈이 진홍빛으로 보였다.

"**마구니**가 대신 찾아간다고 했잖아."

"뭐라고?"

선혜가 몸을 일으키더니 수호의 팔을 붙들고 가슴을 밀었다.

생각 외로 힘이 세다……고 생각한 순간 수호는 선혜의 손이 불처럼 뜨겁다고 느꼈다.

선혜가 손을 뻗자 책장에 기대 있던 작은 지팡이가 맑은 휘파람 소리를 내며 핑그르르 날아와 손에 잡혔다.

작은 지팡이는 일 미터 남짓한 길이로 주욱 늘어났고, 지팡이에 매직펜으로 그린 점은 잘 세공된 피리 구멍으로 변했다. 자신을 바닥에 깔아뭉갠 채 내려다보는 이 사람은 더는 아이가 아니었다.

진홍색 눈을 지닌 자기 또래의 소녀가 눈앞에 있었다.

수호는 소녀의 텅 빈 다리에 철컹거리며 부속품이 달라붙고, 미끈한 은색 기계다리가 생겨나 자리 잡는 것을 눈을 크게 뜨고 지켜보았다.

'퇴마사 마호라가.'

수호는 상대의 이름을 떠올렸다.

'꿈이 아니었어?'

"머리를 좀 식혔으면."

마호라가가 수호의 몸을 내리누른 채 진홍색 눈을 빛내며 미소를 지었다.

"어제의 대화를 계속해볼까."

같은 방이었지만 달랐다. 벽과 책장을 비롯해 모든 물건이 부드러워졌다. 흔들리고 움찔거렸다. 부풀거나 이지러졌다. 바닥은 밀가루 반죽처럼 푹신해져서 누운 자리가 푹 들어갔다.

"귀찮게 뭐 하러 그래."

작은 뱀이 늘어지게 하품하며 현관문 틈에서 머리를 쏙 내밀었다. 벽과 문이 푹신해져 있어 꼭 솜이불 사이로 기어 나오는 듯했다.

바닷빛 피부에 에메랄드빛 눈동자, 상아 같은 뿔을 단 용……의 작은 버전.

손가락 굵기에 어린애 키 정도로 줄어든 뱀은 꾸물꾸물 침대를 타 넘어와서는 마호라가의 팔에 몸을 감았다.

"우리 이미 이 녀석 마음에 들어왔잖아. 들쑤시다 보면 '카마'가 나올 거야."

"주인에게 허락은 구해야지."

"감사 인사도 받지 못할 일인데."

〔달아나.〕

마음속에서 누군가가 속삭였다.

수호는 벌떡 일어나 현관으로 뛰었다.

바닥이 꿀렁거리고 발이 푹푹 빠지는 바람에 현관 앞에서 고꾸라질 뻔했다.

문고리를 돌렸지만 고무처럼 휘어지기만 할 뿐 돌아가지 않았다. 낑낑거리는 사이 등 뒤에서 따가운 시선이 느껴졌지만 수호는 아랑곳하지 않았다. 그대로 몸으로 밀어 휘어진 문틈을 비집고 빠져나갔다.

기억은 잘 안 나지만 여기 연립주택이었어. 역에서 가까운 주택가 골목 깊은 안쪽. 날은 밝았으니까 역까지만 뛰어가면…… 그리고 수호는 발을 멈추었다.

시커먼 하늘에서 눈이 하얗게 쏟아졌다.

끝도 없이 광활한 들판이 둥근 지평선까지 펼쳐져 있었다.

온통 눈밭이었다. 어느 방향을 보나 언덕배기 하나 없이 평지였고 강도 바다도 집도 길도 불빛도 없었다. 간간이 마른 겨울나무와 잡목만 초라하게 서 있을 뿐이었다.

"학습 능력이 없는 친구일세."

등 뒤에서 웅장한 목소리가 들려왔다.

짙푸른 비늘로 뒤덮인 거대한 용이 해일처럼 덮쳐오더니 앞을 가로막았다. 거울처럼 매끈한 옥빛 눈이 수호의 왜소한 몸을 비추었다.

"어디로 달아날 거지? 네 **마음** 안에서?"

'내 마음이라고?'

이 풍경이?

"어제 말했듯이, 소년."

등 뒤에서 기계가 가동하는 위잉 하는 소리가 들려왔다. 돌아보기도 전에 마호라가가 휘익 수호를 스쳐 눈앞으로 날아왔다.

'……날아?'

수호는 마호라가의 기계로 된 다리 발바닥에서 로켓처럼 공기가 분사되는 것을 멍하니 보았다. 마호라가가 떠 있는 아래쪽에서는 쌓인 눈이 사방으로 날리는 동시에 증기를 일으키며 녹았다.

〔저 다리는 변형이 되는 건가. ……어디까지?〕

수호는 상대 전력을 탐색하는 기분으로 생각했다. 탐색하면 뭘 어쩔 수 있기라도 할 것처럼.

생각은 했지만 낯설었다. 어째서 계속 이렇게 내 마음이 낯설게 느껴지는 거지?

"우리가 관심 있는 것은 네 안에 있는 카마다. 네가 아니야."

카마. 또 그 말.

마호라가는 잠시 생각하더니 바꿔 말했다.

"이 마음에 있는 카마라고 해야겠군."

"넓긴 하지만 단순한 마음이야. 숨을 곳이 없는데 안 보이네."

아난타가 눈을 빛내며 두리번거리자 마호라가는 잠시 생각하다가 발밑을 내려다보았다.

"아래……."

아난타와 수호가 동시에 발밑을 내려다보았다. 땅은 모두 눈에 덮여 있다.

"땅속?"

"어쩌면. 그렇다면 그런 속성일 거고."

"벼락을 쳐볼까?"

"기다려."

수호가 끼어들었다. 소리를 지를 생각이었지만 추위에 목구멍까지 얼어붙어 말이 흐물거리며 나왔다. 뼛속까지 얼 듯한 추위였다. 발은 차다 못해 뜨거웠다.

수호는 차게 식은 양손 엄지를 주먹 안에 넣고 꾹 쥐었다.

"……내 마음에서 뭘 없애겠다고?"

6   욕망의 화신

"카마."

마호라가가 평온한 얼굴로 답했다.

그래, 저 애는 안 춥나 보네.

"그러니까, 그게 대체 뭔데?!"

수호가 소리를 질렀다.

마호라가의 다리에서 뿜어 나오던 분사가 줄어들었다.

마호라가가 땅에 내려섰다. 눈안개와 증기를 일으키던 기계다리는 땅에 닿자 찰칵거리며 분사구를 안으로 집어넣었다. 정말이지 저 다리는 구조가 어떻게 되어 있는 건가.

"카마kama. 범어梵語다. 범어라는 건 옛 인도유럽어에 속하는 말인데…… 우리말로 바꾸어 쓰면 욕慾이다. 욕심, 욕망, 욕구에 쓰는 욕."

수호의 머릿속이 물음표로 넘치자 마호라가는 빙긋 웃으며 고쳐 말했다.

"사람의 욕망이 응축된 것."

마호라가가 계속했다.

"그것이 마구니의 마력을 얻으면 인격과 실체를 얻어 사람의 마음에 버티고 살게 된다."

명확한 답이었지만 여전히 아무 답도 되지 않았다.

"마구니는 카마를 군세로 쓴다. 카마는 놔두면 자라나 놈들의 전력이 되는 것이야."

"대체 그 마구니라는 게 뭔데?!"

"사람의 욕망을 군세로 쓰는 이계의 종족 같은 거다."

마호라가는 같은 말을 뒤집었을 뿐인 설명을 하고는 덧붙였다.

"네겐 악마라고 하면 이해하기 편하겠군."

헛웃음이 났다. 크게 웃고 싶었지만 추위를 견디느라 그럴 힘이 없었다.

"그런 건 없어."

마호라가의 피처럼 붉은 눈이 자신에게 꽂혔다.

"왜 그렇게 생각하지?"

"없으니까 없지."

"그럼, '나'는 뭐라고 생각하는데?"

수호는 상대를 마주 보았다.

미래 기술인지 다른 차원의 기술인지 모를 기계 의족을 가진 소녀, 피리에서 실처럼 가늘고 빛나는 검을 뽑아내는 검사. 평상시에는 조그만 아이의 모습을 하고 있고, 조금 전에 내 등에 업혀서 화장실에 가 쉬야를 한 꼬마.

"네가 뭔지 몰라도 악마는 없어."

"흔히 세간에서 말하는 악마를 말하는 거라면,"

마호라가는 몰아치는 눈바람을 가라앉히는 듯한 목소리로 말했다.

"흔히 사람들이 말하는 악의 결정체를 뜻하는 것이라면, 순수하게 나쁘고 절대적으로 선에 대치되는 괴물을 말하는 것이라면, 네 말이 맞아. 그런 것은 없어. '악마'라고 말해야 네가 이해하기 쉬우리라고 했을 뿐 그들은 악마와는 다르다."

"……."

"말했다시피 마구니는 사람의 욕망을 군대로 쓰는 이계의 종족 같은 것이다. 사람들의 욕망이 커지면 그들의 군세는 커지고, 줄어들면 반대로 우리가 유리해지지."

"……."

"그러니 네 직감이 맞아. 나는 너를 도우러 온 것이 아니다. 마구니에게서 구해주러 온 것도 아니야. 그러니 나를 경계해도 좋아. 나는 그들과 마찬가지로 전사며, 내 적과 싸우고 있을 뿐이다. 단지 나는 누군가에게는 선이지. 어떤 사람에게는 구원일 것이고. 하지만 내가 지금 하려는 일이 네게 구원일지 아닐지는 나 역시 모를 일이다."

"……네가 뭔데?"

"퇴마사 마호라가."

아직 소개를 안 했던가, 하는 얼굴로 검사가 답했다.

"그리고 이쪽은 내 친구 아난타다. 원한다면 우리를 카마 사냥꾼이라고 불러도 좋아."

"아까 그 애는 어떻게 된 거야? 너에게 씌어 있는 건가?"

"같은 사람이야."

여전히 간결한 답이었고, 여전히 설명이 되지 않았다.

마호라가는 미소를 지었다.

"이 모습은 내 **아트만**이다."

"아트만?"

마호라가가 제 가슴에 손을 얹었다.

"내 진짜 자아. 이번 생애에 만들어진 열 살짜리 어린애의 껍질뿐인 자아가 아니라, 태곳적부터 이어 내려온 진짜 자신. 무수히 다시 태어나고 죽으며, 모든 역사의 현장에서 살고 죽었던 진짜 영혼."

들으면 들을수록 모를 말이었다.

"퇴마사가 남의 마음에서 뭘 하는 건데?"

"듣던 중 바보 같은 질문이로군."

마호라가 답했다.

"마구니와 그 대적자의 전쟁터는 유사 이래로 사람의 마음 속이었다."

말은 되는 것 같았다. 여전히 모를 일이었지만.

"난 마구니 따위……."

'만난 적 없어' 하고 말하려다가 수호는 멈칫했다. 이 황량한 풍경, 이 추위, 어째서 이토록 익숙한 거지? 내 마음이라서? 아니면?

수호는 마음속으로 고개를 젓고 답했다.

"……마구니 따위 만난 적 없어. 사람 잘못 찾아왔어."

"마구니는 카마를 만들고 나면 보통 자신에 대한 기억을 지우니까."

"만난 적 없다고 하잖아."

마호라가 피리를 눈 덮인 바닥에 푹 꽂았다. 그리고 수호를 향해 걸어오며 피리 안에서 실처럼 가는 검을 뽑아냈다. 도무지 그 안에 어떻게 들어 있었지 모를 검이었다. 피리 안에 검신이 있다기보다는 뽑았을 때 생겨나는 것 같기도 했다.

"소년."

마호라가가 검을 들어 자신을 가리켰다.

"너는 어제 나를 만났고 기억도 했다. 아무것도 잊지 않았어. 그런데도 전부 없었던 일인 셈 치더군."

수호는 눈을 크게 떴다.

마호라가의 눈에 처음으로 가벼운 분노가 실렸다.

"멀쩡히 기억하는 사람도 만난 적 없다고 치부하는 주제에, 뭘 가지고 마구니를 만난 적이 없다고 단언하지?"

✦

"발이 이만했던가……. 아니던가."

진은 홍대 지하철역 신발가게 앞에 쭈그리고 앉아 운동화를 제 발에 댔다가 머리에 댔다가 했다.

"발 몇 신는데 그래요?"

"치수를 물어보고 왔어야 했는데. 아저씨, 이거 신어보고 안 맞으면……."

"반품 안 돼요. 거기 써놨잖아요."

끄응 하며 신발을 노려보던 진의 코에서 콧물이 주륵 흘렀다. 진은 훌쩍이며 삼켰다.

"눈이 오나……."

저도 모르게 말한 진은 지하철역 천장을 멍한 눈으로 올려다보았다.

아난타가 눈을 하얗게 맞으며 수호를 내려다보았다.

벌판에 쌓인 눈이 비단처럼 얇게 솟구쳤다가 소금 안개처럼 쏟아졌다. 습기와 얼음을 품은 눈이 자작거리며 수호의 몸에 내려앉았다. 체온이 녹이지 못하는 눈이 몸에 얼어붙었다.

몸서리치게 추웠지만 알 것 같았다. 여긴 현실이 아니다.

만약 이곳이 현실이었다면 맨발에, 이런 얇은 옷차림에, 벌써 저체온증으로 정신을 잃었을 것이다.

'이곳은 현실이 아니다. 하지만……'

"한 가지만 답해줘."

수호가 입을 떼었다.

"너희가 그 카마를 없애면 난 어떻게 되는 거지?"

마호라가는 노기를 지우고 검을 내렸다. 그리고 이전보다는 한층 부드러워진 목소리로 말했다.

"별일 없어. 지금이라면. 아직 네 마음에 끼친 영향이 거의 없을 테니까."

"계속 놔둔다면?"

마호라가의 눈이 움찔했다. 이어서는 한숨을 쉬었다.

"계속 자라난다. 지금은 보이지도 않을 정도로 작지만, 점점 네 마음을 다 잡아먹겠지. 네 마음에 남는 것이 그 욕망밖에 없게 될 거다. 마구니가 소원을 이루어준다는 건 그런 의미다. 욕망에 집착하다 보면 물론 이루게 되기도 하지. 하지만 결국은 그 카마가 너를 지배하게 될 거야."

마호라가의 눈에 슬픔이 깃들었다.

68

"어제의 그 아이들처럼."

"?"

수호는 고개를 들었다.

"어제 우리가 들어간 곳, 기억하겠지? 그건 **심소**라고 부르는 곳이다. 여러 사람의 집단 의식이 모여 만들어진 곳이지."

기억이 났다. 짐승의 배 속처럼 냄새나고 뜨거운 공간, 녹아내린 듯한 거리, 사방에서 기어다니던 해골바가지.

"같은 욕망을 가진 사람들이 모이면 그런 공간이 생겨난다. 거기 사는 놈들은 한 사람의 마음에 사는 놈들보다 훨씬 더 생각이 없고 거칠어. 하나하나는 보잘것없지만 무리를 짓기 시작하면 귀찮아지지."

"그거 없앴는데……."

수호는 괴물의 목이 마호라가의 검무에 날아갔던 것을, 빛의 조각이 되어 날아올랐던 것을 떠올렸다. 역광에 비치던 마호라가의 진홍색 눈동자도.

"그 애들은 어떻게 됐어?"

패거리들이 진의 앞에서 무릎을 꿇고 울던 것이 떠올랐다. 너무 열연한다고 생각했다. 그렇게까지 오버하며 빌 까닭이…….

"이제 그 애들은 너 같은 아이들을 괴롭히지 않을 거야. 꿈도 꾸지 않을 거다. 그 욕망이 사라졌으니."

수호는 입을 벌렸다.

"자기들도 이유는 모를 거야. 뭔가에 징하게 데었다고 생각하겠지."

"속된 말로 새사람이 된다는 거지."

아난타가 낮게 말하며 마호라가의 몸을 가볍게 감아올렸다. 추울까 봐 몸을 덮어주는 것 같았다. 추운 건 내 쪽이고, 마호라가는 하나도 추워 보이지 않건만.

"영원한 건 아니야. 카마는 다시 생겨날 수 있고……."

"생겨나지 않을 수도 있고. 이봐, 애송이, 마호라가가 뭐라고 하든, 마호라가는 널 아귀들에게서 한 번 구했고 지금 다시 구하려 하고 있어. 네 욕망으로부터. 아무 관련도 없는 너를 위해서."

마호라가의 입술이 뭔가 반박하고 싶은 듯 잠시 열렸지만 도로 다물어졌다.

"감사하고 얌전히 협조하도록 해."

수호는 차갑게 식은 팔을 붙들었다. 아버지에게 맞아서 통통 부어오른 자리에 붕대와 대일밴드가 만져졌다.

그때 기억 저편으로 사라졌던 것이 뇌리를 스쳤다.

쏟아지던 눈, 거기에 있던 사람, 피에 젖은 붉은 날개, 괴물의 발에 깔린 자신을 재미있다는 듯 내려다보던 시선.

동시에 괴물에 목이 깔린 채 엎어져 있는 제 모습이 떠올랐다. 울분으로 주먹을 부서지도록 쥔 채. 흐르던 눈물, 처참하게 짓밟힌 마음, 바닥을 뚫고 내려간 좌절감, 심장이 터질 듯한 분노.

……나는 소원을 빌었다.

수호는 깨달았다.

이대로 아버지에게 죽으리라고 확신한 순간, 마음을 덮친 어둠, 온 세상으로부터 버림받았다는 확신, 세상을 다 부수고 남을 것 같던 절망.

……나는 소원을 빌었다. 기억은 나지 않지만.

"하나만 더 묻겠어."

수호가 입을 열었다.

"그것이 내 욕망이라면, 그걸 잃는 것이 왜 구원이라는 거지?"

침묵이 이어졌다.

"쓸데없이 시간을 끌었군, 마호라가."

아난타의 목이 길게 늘어났다.

저대로 구름까지 치고 올라가는 것 아닌가 싶어졌을 때 다시 획, 하고 도로 내려와 콧김을 뿜으며 수호에게 얼굴을 들이밀었다.

"말귀도 못 알아듣는 놈한테."

"일리 있는 말이야, 아난타."

마호라가 말했다.

"정신 못 차리는 소리 좀 그만해! 넌 그놈의 태도 때문에 교단에서도…….'

아난타는 소리를 질렀다가 수호를 힐끗 보더니 남 앞에서 할 말이 아니라는 듯 입을 다물었다.

"하긴, 이런 멍청한 놈 하나쯤 내버려둔다고 별일이야 있겠어. 누구 졸병도 못 해먹을 시시껄렁한 욕망일 텐데. 아무래도 이놈은 지가 백만장자가 되고 싶다는 소원이라도 빌었다고 생각하는 모양이군. 마구니가 착해서 그런 소원을 들어주기라도 할 줄 아나 보지. 욕망에 불타 죽든 말든 내버려둬."

마호라가는 아난타의 악담을 사과한다는 듯 가볍게 고개

를 숙이더니 수호에게 물었다.

"무슨 소원을 빌었는지는 기억해?"

"무슨 상관이야, 무슨 소원을 빌었든."

마호라가는 아난타가 끼어드는 것을 내버려두며 수호에게 시선을 꽂았다. 마음 너머를 꿰뚫어 보는 듯한 시선이었다.

"아니."

수호는 고개를 저었다.

"그럼 왜 그걸 지켜야 한다고 생각하지?"

"그게 뭐든 내 소원일 테니까."

수호는 지금까지와는 다른 한기가 몸을 파고드는 걸 느끼며 답했다. 지금 이건 내 생각인가? 아니면……?

"다른 이유는 없어."

빼앗길 수 없다, 잃을 수 없다. 이룰 수 없다 한들 잃을 수는 없다. 하지만 이게 내 생각인가? ……아니면?

"꼬마."

아난타가 으르렁거리며 수호의 눈앞에 거대한 얼굴을 들이댔다. 아까보다도 한층 더 커진 용의 얼굴은 거의 콧잔등밖에 보이지 않았다.

"네가 욕망에 삼켜지든 말든, 네 카마의 노예가 되든 말든 나와는 아무 상관도 없어. 하지만 마지막 동정으로 조언을 하나 하지. 마호라가와 나는 이 거리에 '어떤 놈'을 없애러 왔어."

용이 분노로 푸르럭거렸다. 분노는 수호만을 향하는 것이 아닌 듯했다. 좀 더 오래된 것이, 더 길고 지난한 싸움이 그 너머에 담겨 있었다.

"놈의 이름은 **두억시니**."

아난타가 말했다.

"마구니나 다름없는 놈이다. 사람의 마음에 모멸을 심고, 다시 그 모멸을 먹고 자라난다. 한번 커지기 시작하면 걷잡을 수 없는 놈이야. 지역 전체를 폐허로 만들고 나면 다른 곳으로 옮겨간다. 그것이 우리의 적이고, 놈이 바로 이 거리에 왔다."

수호는 몰아치는 기세에 눌려 한 발 뒤로 뺐지만 소용없다는 것을 깨닫고 멈춰 섰다. 도망친다 한들 이 용은 한달음에 자신을 따라잡을 테니까.

"놈은 단지 모멸당한 사람만을 찾아다닌다. 멸시받는 인간들, 바로 너 같은 놈들을. 그리고 두억시니는 마구니가 인간을 유혹하는 동안 이미 바닥까지 떨어진 사람의 모멸감을 더 바닥까지 끌어내리지. 왠지 알아?"

"아난타."

마호라가가 작게 말렸지만 아난타는 듣지 않았다.

"멸시받는 인간이 비는 소원이 하나밖에 없기 때문이야."

"무슨……?"

"남을 멸시하는 것."

수호는 눈을 크게 떴다.

"네 아버지가 빌었던 것처럼."

광풍이 불었다. 바람이 윙윙 굉음을 냈고 눈발이 거칠어지며 한바탕 회오리를 쳤다.

7 　 멸시받은 자의 소원

"무슨 소리야?"

"아난타."

마호라가가 말렸지만 아난타는 계속했다.

"네 아버지는 가게가 망했을 때 마구니와 만났어. 그리고 소원을 빌었다."

"그걸 어떻게……?"

"어떻게 아느냐고? 하! 여기 네 마음 꼬락서니를 보면 알고도 남지. 네 마음에 몰아치는 이 눈보라를 봐."

"……."

"네 아버지는 소원을 빌었겠지. 이를테면 돈을 만지게 해달라고. 하지만 그건 소원의 표면일 뿐, 두억시니가 지배하는 곳에서 모멸의 바닥에 떨어진 인간이 비는 소망은 하나뿐이야. '내가 멸시받은 그대로 남에게 돌려주겠다'는 소원."

"……."

"돈을 달라고 할 땐 그걸로 행복해지려고 비는 것이 아니야. 돈으로 남을 멸시할 수 있을 것 같아서다. 예뻐지게 해달라고 할 땐 행복해지려고 비는 게 아니야. 그걸로 남을 멸시할 수 있을 것 같아서다."

"……."

"그들은 정말로 자기를 멸시한 놈들은 쳐다보지도 않아. 보통 나쁜 놈들은 센 놈들이고, 센 놈에게 덤볐다간 자기가 다칠 수도 있으니까. 두억시니는 사람의 마음을 바닥까지 쇠약하게 하고, 바닥까지 쇠약해진 사람은 아주 작은 위험도 감당하려 들지 않아. 대신 자신에게 저항할 수 없는 약하고 힘없고 작은 것을 찾아내지."

"……."

"아이는 부모에게 저항하지 못해. 쪼그맣고 약하지. 아무리 내 새끼고 지금까지 사랑해왔던 아이라도 상관없어. 모멸의 늪에 빠진 사람은 남을 모멸하겠다는 욕망 외엔 남은 것이 없으니까."

아난타의 거대한 옥빛 눈에 수호의 모습이 비쳤다. 창백해져서는 눈을 크게 뜬 채 눈바람을 맞으며, 반쯤 정신을 놓은 모습이.

"그러니 요약해주지. 꼬마, 네가 빌었을 소원은 단 하나."

"……."

"네 아버지처럼 되는 것뿐이란 말이다."

"아난타!"

마호라가의 목소리가 아득히 들렸다.

수호는 손을 들었다. 손을 든다는 감각조차 없었다. 움직이지 않는 오른손의 가운뎃손가락이 움찔거렸다. 부러진 손가락이 미끈하게 뻗으며 금속 재질로 변했다.

아난타는 제 머리 위에 그늘이 지는 것을 느끼고 구름이 몰려오나 싶은 기분으로 무심히 고개를 들었다.

서서히 내려오는 것은 그늘만이 아니었다. 하늘거리며 날리던 눈송이가 내려오는 거대한 물체에 부딪쳐 부서지거나 가속이 붙었다. 속도가 느린 것이 아니었다. 너무나 큰 나머지 느리게 느껴질 뿐이었다.

아난타의 쭉 찢어진 눈이 둥그렇게 떠졌다.

"아난타!"

마호라가는 이번에는 다른 의미로 동료를 불렀다.

"몸을 줄여!"

마호라가가 뛰어올랐다가 땅에 내리꽂듯이 다리를 박았다. 의족이 분해되며 갈고리 같은 형태로 변해 땅에 다리를 밀착했다. 아난타는 마호라가가 검을 높이 들었을 때야 정신을 차리고 크기를 줄이며 땅에 납작하게 몸을 붙였다.

동시에 대검과 마호라가의 검이 부딪쳤다.

대검이라 표현한 것은 단순히 모양이 그래서일 뿐이었다. 떨어진 것은 차라리 오벨리스크에 가까웠고, 탑이나 빌딩이 쓰러진 것에 가까웠다. 마호라가가 가냘픈 두 팔과 실처럼 가는 검으로 받아낸 것만도 상식을 벗어나는 일이었다.

두 검이 부딪치자 건물이 내려앉은 것이나 마찬가지로 굉음과 폭발이 일었다.

"천검天劍……?"

마호라가가 넋을 잃고 중얼거렸다.

"마호라가!"

손가락만 한 크기로 줄어든 아난타가 비명을 질렀다.

"나가! 어서!"

"아난타! 나가!"

76

누가 먼저랄 것도 없이 둘이 같이 소리쳤다.

✦

"아야야."

가게에서 신발 값을 치르던 진은 허리를 붙잡고 주저앉았다.

"……맹장인가?"

✦

선혜는 제 손을 붙들고 침대에 앉은 채로 수호에게서 멀찍이 떨어져 벽에 몸을 붙이고 있었다. 어린이용 지팡이가 그 옆에 핑그르르 굴렀다.

수호는 반쯤 정신을 놓고 서 있었다. 방금 무심코 들었다가 내린 손을 물끄러미 바라보았다.

"내가……"

상황에도 안 맞는 생각이 떠올랐다. 하지만 다른 설명이 떠오르지도 않았다.

말도 안 되는 크기의 대검을 이 애를 향해 휘두른 것만 같았다. 어디서 생겨난 것인지도 모를 검을. 검이라기에는 너무 커서 차라리 탑 같은 것을.

"친 건 아니겠지……?"

선혜의 눈이 깊어졌다. 다시 한번 꿈을 꾸었나 생각했다.

수호는 선혜의 모습에 조금 전 검사의 모습을 겹쳐 보려고 했다. 이토록 기억이 생생한데도, 젓가락이나 제대로 들까 싶은 자그마한 여자애를 눈앞에 두고 있자니 현실감이 들지 않았다. 하지만 선혜의 눈에는 자신이 겪은 것이 모두 그대로 담겨 있었다.

수호는 선혜를 잠깐 마주 보고는 맨발로 방을 뛰쳐나갔다.

집은 좁은 골목에 자리한 작고 오래된 연립주택 이 층이었다. 다른 골목과 마찬가지로 새로 생긴 상가와 건물에 침식당하는 거리였다.

한낮이었다. 눈은 오지 않았고 춥지도 않았다. 수호는 조금 전에 자신을 파묻어버릴 듯 쏟아지던 눈의 한기를 느끼며 벽에 손을 짚고 숨을 몰아쉬었다.

'말도 안 돼.'

수호는 생각했다.

'내가 꿈을 꾼 거야.'

몇 번이고 확인한 것을 다시 부정하며 수호는 고개를 저었다. 수호가 마음을 진정시키고 돌아선 순간, 누군가 수호의 뺨을 사정없이 날렸다.

✦

「아들, 우리 가게가 생겼다.」

아버지가 환한 얼굴로 흥분해서 집에 들어왔던 날이 떠올랐다. 거실에서 장난감을 갖고 놀던 어린 자신을 끌어안고 뽀뽀를 퍼부었던 기억도 떠올랐다.

「고생은 다 끝났어, 이젠 행복할 일만 남았어.」

78

엄마가 돌아가신 이래로 아버지가 그렇게 좋아하는 모습은 처음이었다. 아버지는 수호를 비행기 태우며 같이 춤을 추기도 했다.

수호는 아무것도 몰랐지만 아버지가 좋아하시니 같이 좋아서 춤을 추었다. 얼굴을 비비는 수염도 얼큰한 술 냄새도 기분이 좋았다. 좋아하는 과자를 잔뜩 사주셔서 배 터지게 먹고는 밤에 서로 부둥켜안고 자기도 했다. '고생 끝 행복 시작'이라는 게 무슨 말인지는 몰라도 이런 건가 보다 생각했다.

어느 날 집에 돌아오니 불이 다 꺼져 있었고 아버지는 거실에 등을 돌리고 앉아 술을 마시고 있었다. 말을 걸자 괴성을 지르며 방에 들어가라고 했다. 수호는 방에서 이불을 뒤집어쓴 채 밤새 아버지가 짐승처럼 우는 소리를 들었다. 소리 지르는 것보다 우는 것이 무서워 밤새 떨었다. 나중에야 동업자였던 친구가 빚만 떠안긴 채 날랐다는 말을 들었다.

그런 일이 있을 수도 있겠지.

하지만 수호는 알 수가 없었다. 왜 그 대가를 자신이 치러야 한단 말인가?

아버지는 그날 이후로 사람을 불쌍하게 여기는 법을 잊은 것 같았다. 아버지는 텔레비전을 보며 욕을 했고 지나가는 사람을 보고 욕을 했고 지하철에서 욕을 했다. 누가 죽으면 시원하다고 했고 누가 괴로워하면 배부른 소리 한다고 고함쳤다.

그는 자신이 가엾어서 견딜 수 없는 사람처럼 보였다. 그렇게 가엾은 자신을 가엾어하지 않는 세상 전체에 복수하고 싶은 사람처럼 보였다.

수호는 택시 뒷좌석에서 고개를 푹 숙이고 좌석이 흔들리는 대로 흔들렸다.

아버지는 자신이 앉을 자리도 없도록 다리를 있는 대로 벌리고 눕다시피 앉아 있었다. 걸어가면 될 거리를 택시를 탄 이유야 뻔했다. 거리에서 실랑이하며 끌고 가려면 아무래도 성가실 테니까.

택시 기사는 아까부터 뒤를 힐긋거렸다.

"거, 애가……."

택시 기사는 떠오르는 불편한 생각들을 억지로 걷어내듯이 어색하게 웃었다.

"많이 다쳤습니다. 뭐 운동합니까."

아버지는 웃으며 자신의 등을 픽, 하고 쳤다. 매운 손찌검이었다.

"이 녀석이 어제 집 나가서 안 들어오는 바람에 밤새 찾아다녔지 뭡니까. 이 썩을 놈이 불량배 다 돼서 가출을 아주 밥 먹듯이 해요. 말도 안 들어먹고, 자식새끼 하나 키우느라 속이 다 썩습니다."

"자식 키운다는 게 쉽지가 않죠. 저도 애가 있는데 말입니다."

두 사람의 대화는 귀에 들어오지 않았다. 자신과 아무 상관 없는 이야기를 하는 것처럼 멀게만 들렸다.

「도움을 청해.」

선혜의 목소리가 들렸다.

「도움을 청해, 지금이라도.」

뭘 안다고.

수호는 고개를 숙인 채 생각했다.

뭘 안다고 함부로 말해.

지금 소리를 지르며 살려달라고 하면 저 기사 아저씨가 구해줄까. 전화를 걸어 경찰을 불러달라고 하면 불러줄까.

아니, 그래 준다 한들 다시 집으로 돌아오는 수밖에 없다면, 경찰이 껄껄 웃으며 "애 키우는 게 다 그렇죠" 하며 아버지와 악수하고 떠나버리기라도 한다면, 행여나 그렇게 된다면, 탈출 시도에 대한 뒷감당은 어떻게 하란 말인가.

내가 가진 건 몸뚱이 하나뿐인데.

✦

"그러게 말 좀 살살 하라고 내가 그렇게!"

선혜는 진의 머리를 조막만 한 손으로 두드리며 소리쳤다.

"애가 놀래서 도망쳤잖아!"

"모를 소리 하지 마세요! 뭔지 몰라도 내가 한 게 아니라고요! 아난타가 했겠죠!"

진은 억울한 얼굴로 맞서 소리쳤다.

진은 선혜를 아기 포대기에 묶어 업은 채 자전거 페달을 밟았다. 경주용 사이클도 아닌, 장바구니가 털털거리는 녹슨 자전거였지만 속도는 무시무시했다. 포대기에는 진이 새로 산 파란 운동화와 함께 의족과 지팡이가 거꾸로 꽂혀 있었다. 지나가는 사람들이 모두 그 기괴한 풍경에 잠시 발을 멈췄지만,

진은 아랑곳하지 않고 달렸다.

"망보는 건 진 일이잖아! 집도 안 지키고 뭐 했어!"

"설마 애 하나 못 잡아둘 리가 없다고 생각했죠! 십 년 놀더니만 거 되게 무뎌졌네!"

그 말에 선혜는 눈물이 그렁그렁해서는 뾰로통하게 볼을 부풀렸다.

"또 울어요?"

진은 돌아보지도 않고 알아채서는 물었다.

"슬퍼서 그런 거 아냐. 호르몬 때문이야. 감정 제어가 안 되는……"

"나이라고요, 알았어요. 근데 우리 어디 가는 거예요?"

진이 그제야 궁금해졌다는 얼굴로 끼익 멈추고는 물었다.

✦

현관에 들어서자마자 수호는 문고리 옆에서 낯선 물건을 발견했다. 어제까지만 해도 없던 것이다.

쇠 자물쇠.

수호가 문에 등을 붙이고 선 사이에 아버지는 경첩을 닫고 자물쇠를 잠갔다. 큰 자물쇠가 무겁게 떨어지며 둔중한 소리와 함께 문에 부딪쳤다.

밖에서 들어오는 사람을 막는 용도가 아니라 사람이 나가지 못하게 하는 용도의 자물쇠였다. 보통의 집이라면 있을 이유가 없는 것이다.

아버지는 열쇠를 한번 들어 보이고는 제 뒷주머니에 넣고 수호를 향해 씨익 웃었다. 이거 참 재미있지 않느냐는 듯이.

✦

"마음을 이었다고요?"

진이 놀라 돌아보았지만 선혜를 업고 있는 바람에 선혜만 허공에서 이쪽에서 저쪽으로 움직였다.

선혜는 어깨를 움츠리고 포대기 속으로 폭 숨었다.

"잠깐, 그게 무슨 뜻인지 알아요? 마음을 잇는다는 건……"

진은 고개를 도리도리 저었다.

"개를 밑에 들인다는 뜻이잖아요! 어떤 애인지도 모르고 퇴마사가 될지 안 될지도 모르는데!"

진이 다른 쪽으로 돌아보는 바람에 선혜는 다시 공중에서 휙 반대쪽으로 옮겨졌다.

"그게…… 안 그러면 놓칠까 봐."

"그것도 호르몬 때문이에요? 감정이 막 동요돼서 그랬어요? 우와, 완전 애네, 이 사람!"

"시간이 없잖아."

선혜가 포대기 안에서 고개를 폭 숙이고 웅크린 채 말했다. 진이 동작을 멈추었다.

"진, 어차피 이번에도 두억시니를 놓치면 남은 생애 같은 건 없어. 아껴서 뭘 한다는 거야? 지금 가진 걸 다 걸지 않고 뭘 하겠어?"

진의 표정이 어두워졌다. 아이를 보는 엄마처럼 고개를 숙여 선혜와 얼굴을 맞대었다.

선혜가 포대기 안에서 갑자기 열이 받은 듯 확 고개를 쳐들었다.

"아, 택시 타고 갔다고 했잖아! 이게 뭐야, 늦잖아, 우리도 택시 타!"

진도 확 열이 뻗친 얼굴로 마주 소리쳤다.

"이달 월세도 빠듯한데 택시비가 어딨어요! 생활비 한 푼 안 벌어다 주면서!"

"나 열 살이거든!"

"자기 편할 때만 열 살입니까!"

말은 그렇게 하면서도 진은 페달에 발을 올려놓고 사이클 선수처럼 엉덩이를 치켜올렸다. 선혜를 업은 채였지만 힘든 기색도 없었다. 자전거 손잡이를 움켜쥐고 집중하듯 입술을 오므리더니 이내 질풍처럼 공기를 갈랐다.

·

8 아빠 힘내세요 ♬

연남동에서부터 용산까지 이어지는 숲길, 폭은 십 미터에서 육십 미터, 길이 육 킬로미터가 조금 넘는 선형 공원.

조선 시대부터 있었던 길로, 이후 철도가 들어섰지만 도시가 성장하면서 오랫동안 폐철로로 방치되었다가 최근 공원으로 다시 조성된 곳이다.

이 공원을 끼고 자리한 아파트촌의 주민들은 점심 무렵부터 공원에 나와 늦가을 단풍을 즐기고 있었다.

집에서 싸온 도시락을 까먹으며 소풍 분위기를 만끽하는 가족도 있었고, 근처의 오래된 가게에서 산 수제 핫도그나 수박 주스를 마시는 가족도 보인다. 아이 손을 잡고 산책하는 사람들도 간간이 눈에 띈다.

인공 개울에는 추운 날씨도 아랑곳없이 발을 담그고 찰박거리며 노는 아이들도 보였다.

옆에 돗자리를 깔고 있던 엄마가 뭐라고 하며 아빠를 툭 친다. 누워 있던 아빠가 듬직한 얼굴로 개울로 내려가더니 신발을 벗어 던지고 아들과 같이 물장구를 친다. 아빠가 아이를 물에 빠트리는 시늉을 하자 아들은 깔깔거리며 웃었다.

＊

　같은 시간, 바로 그 자리보다 약 이십 미터쯤 높은 곳, 수호는 아버지와 대치하고 있었다.

　누가 문 앞을 지나갈 리도 없고 안을 들여다볼 리도 없는 아파트 안에서.

　수호는 문에 등을 붙인 채 움직이지 않았다. 적어도 이 자세라면 등은 보호할 수 있다고 생각하며.

　"들어와라."

　아버지가 반자동으로 텔레비전을 켜고 냉장고에서 맥주를 꺼내 들며 말했다.

　"들어와. 여기 앞에 앉아."

　아버지가 거실 소파에 앉으며 말했다.

　원래 있던 것은 빨간딱지를 붙인 사람들이 가져갔고, 지금 있는 것은 아파트 주민들이 이사 가면서 버린 것을 들고 왔다. 소파 여기저기에는 요새 유행하는 로봇 만화 스티커가 귀엽게 붙어 있다. 서로 사랑하는 가족의 물건이기라도 하듯.

　아버지가 치익, 하고 병뚜껑을 땄다. 차가운 맥주에서 김이 빠지는 소리가 났다.

　수호는 늘 그 소리를 두려워했다. 그건 아버지의 뚜껑이 열린다는 신호였으니까.

　예쁜 여자 아이돌들이 춤추는 광고가 나오는 사이에 후우, 하고 아버지가 인내심을 끌어올리는 숨을 쉬었다. 그리고 일어났고, 걸어왔고, 예고 없이 병을 휘둘렀다.

　수호는 병이 머리를 향해 날아오는 것을 보았지만 가만히 있었다.

병이 터졌고 이어 맥주가 터졌다. 수호는 맥주와 병 조각이 얼굴과 목덜미를 적시며 떨어지는 것을 느끼며 그대로 서 있었다. 병은 수호의 머리가 아니라 문과 부딪쳐 박살이 났다. 아버지를 보니, 나름대로 제 자제력을 자랑스러워하는 눈치였다.

수호는 솟구치는 두려움을 억눌렀다. 자신의 겁먹은 얼굴이 아버지를 기쁘게 할 줄을 알기 때문에.

"이 자식, 반성 안 해? 집이 니 놀이터야? 들어오고 싶으면 들어오고 말면 말아?"

"……."

"이 시끼 눈까락 봐라. 좋아. 오늘 날 잡았다. 어디 언제까지 서 있나 보자."

아버지는 안으로 들어가 서랍을 뒤집으며 요란스레 공구를 뒤졌다. 거실 구석에는 야구방망이와 골프채도 놓여 있었다. 아버지는 골프도 야구도 해본 적이 없었다. 다른 용도로 사놓은 것이다.

드라이버, 송곳, 망치가 아버지 손에 들려 바닥에 차례로 놓였다. 아버지는 공구를 꺼낼 때마다 손에 잡아보며 무게며 휘두르는 감각을 쟀다. 그냥 협박일 수도 있지만 모를 일이었다.

수호는 안에서 잠근 자물쇠를 바라보았다. 자물쇠는 제 할 일을 하고 있다는 듯, 뭐가 잘못되었냐는 듯 무심하게 매달려 있었다.

나는 왜 돌아온 걸까? 이렇게 될 줄 뻔히 알면서?

〔그나마 이것이 가장 좋은 선택이라고 생각했겠지.〕

마음속에서 비웃는 소리가 났다. 어찌나 선명한지 다른 사람 목소리처럼 들렸다.

밖에 나앉아 있으면 확실하게 죽는다. 굶주림은 하루도 견디지 못할 거다. 추위도 하루도 견디지 못할 거다.

그래도 집에 들어앉아 있으면, 아무리 맞아도 견디다 보면, 밥은 먹을 수 있을 거고, 학교도 다닐 수 있고, 어쩌면 미래도 꿈꿀 수 있겠지. 힘들어도 견디다 보면 아버지가 변해서 미안하다고 사랑한다고 해줄 날이 올지도 모르지.

"이게 좋겠군."

아버지는 망치를 들고 말했다. 아버지가 그걸 들고 어찌나 기분 좋게 웃는지 같이 기분이 좋아질 뻔했다.

✦

〈♪ 아빠 ♬ 힘내세요. 우리가 있잖아요. ♩〉

텔레비전에서 공익광고가 흘러나왔다. 화면에는 환하게 웃는 아버지와 아버지의 품에 안겨 행복하게 웃는 아이들이 있었다.

〈우리를 위해 땀이 마를 날 없는 아버지.〉

〈이 땅의 모든 아버지, 당신들을 응원합니다.〉

위협만 할지도 몰라. 소파만 두드리거나 그릇만 좀 깨거나, 내 생존의 가치를 의심할 만한 욕설이나 좀 하다 끝날지도 모르지. 그럴 때도 많았으니까. 지금 홧김에 무기를 잘못 들었다고 후회하고 있을지도 몰라. 혁대나 방망이로 시작할

걸, 하고.

아냐, 기대만 하면 뭘 하나, 뭐라도 해야 하지 않을까. 지금이라도 빌까. 납작 엎드려서 울며 애원할까. 아버지, 잘못했어요, 다시는 안 그럴게요, 살려주세요. 아버지, 제발 살려주세요.

〔헛소리 마.〕

마음 저편에서 소리가 들렸다.

어찌나 거친 소리인지 천둥이 치는 듯했다.

지금까지 한 번도 생각해본 적 없는 분명하고도 명확한 말이 마음속에서 거침없이 쏟아졌다.

〔네가 빌든 말든, 여기 서 있든 재주넘기를 하든, 춤을 추든 발광을 하든 네 목숨은 네 거야. 저놈이 무슨 자격으로 빼앗으려 들어?〕

"잘못했다고 빌어."

아버지가 망치를 손에 툭툭 치며 말했다.

"아니면 머리가 깨져봐야 말을 들을래?"

어째서일까, 그리 무섭지 않다.

어제만 해도 엄청 무서웠는데. 나는 어젯밤에 해골바가지 괴물과 큰 용과 다리에서 로켓 분사를 하는 전사와 싸우고 오지 않았는가.

그들과 비교해보니, 눈앞에 있는 것은 늙고 초라하고 병든, 하잘것없는 인간일 뿐이었다. 어차피 든 무기도, 대검도 용의 이빨도 아니고 고작 망치뿐이지 않은가.

〔하잘것없는 놈이다.〕

마음의 소리가 속삭였다.

〔싸우면 네가 이기고도 남아. 하지만 지겠지. 넌 싸우지 않을 테니까.〕

〔넌 진다. 저항하지 않을 테니까.〕

〔넌 저놈에게 손끝 하나 대지 않을 테니까.〕

머리 저편에서 우렁찬 목소리가 윙윙 울렸다.

누군가 몸집이 큰 사람이 뒤에 서서 수호의 양어깨를 붙들고 말하는 것 같았다.

〔네 손을 더럽히고 네 인생을 더럽힐 생각이 없으니까. 저놈은 인생을 지킬 생각이 없지만 너는 그렇지 않으니까. 저놈은 미래를 생각하지 않지만 너는 생각하니까.〕

〔그러니 너는 진다.〕

초 단위로 전해지는 메시지.

뇌가 미친 듯이 빨리 돌았다. 그 바람에 아버지는 멈춘 듯 보였고 세상 전체가 정지한 듯했다.

'그래서?'

수호는 처음으로 마음의 소리에 화답했다.

'어쩌면 좋을까?'

그제야 수호는 어젯밤부터 마음에 메아리치던 이 소리와 제 생각을 분리할 수 있었다.

아버지에게 맞고 잠깐 정신을 잃었다가 깨어난 순간 폭풍처럼 들렸던 소리. "달아나"라던 바로 그 소리. 두렵고 아무것도 파악이 안 되는 상황에서도 계속 적을 탐색하고 이길 전략을 생각하던 그 목소리.

'난 내 인생을 지킬 거야. 내가 어떻게 해야 하지?'

〔그 칼을 쓸 수 있는 공간으로 들어가.〕

수호는 가운뎃손가락 하나가 비틀린 제 손을 내려다보았다. 하마터면 웃을 뻔했다.

'방법을 몰라.'

〖그 여자는 들어갔잖아. 너도 들어가.〗

'난 그 사람이 아냐. 못 들어가.'

〖너도 그 여자처럼 상처를 무기로 바꿨잖아. 그럼 들어갈 수도 있을 거야.〗

'억지야. 난 못 해……'

수호는 눈을 감았다.

진한 커피 향을 떠올렸다.

화상 자국이 있는 누나가 내민 따뜻한 커피, 달그락거리며 증기를 뿜던 작은 놋쇠 찻주전자, 종이 냄새가 가득한 방, 손때가 묻은 낡은 책들, 침대에서 뒤척이던 여자아이. 그 애가 자신의 손을 잡고 눈을 빛내며 했던 말.

「도움을 청해.」

불량배들에게 둘러싸였을 때 들렸던 소리.

「여럿이 하나를 패면 재밌어?」

'그냥 한 말이 아니야.'

수호는 생각했다.

듣는 사람 마음의 벽을 무너뜨리기 위해 하는 말. 마음에 충격을 주어 문을 열게 하는 말. 말로 이루어진 열쇠.

수호가 깨달은 순간, **마음의 소리** 쪽도 깨달은 것 같았다. 아니, 그보다는 마음의 소리가 수호와 같이 머리를 굴려 추리

한 것 같았다.

수호가 고개를 들자 '마음의 소리'가 할 말을 대신 생각했다. 수호는 들리는 그대로 입에 담았다. 입에 담으면서도 믿을 수가 없었다.

"빌어야 할 건 당신이잖아."

"뭐?"

아버지가 동작을 멈췄다.

"잘못은 당신이 하고 있잖아."

"이게 미쳤……"

"난 잘못한 것 없어. 잘못하고 있는 건 당신이야. 당신도 알고 나도 알아. 신고하면 감빵 갈 건 내가 아니라 당신이라고, 알아들어, 이 아동 학대범아!"

아버지가 뭐라고 하려는 찰나, 수호는 아버지의 가슴에서 입을 벌리는 피처럼 붉은 구멍을 보았다.

가슴에 구멍이 났다기보다는, 마치 가슴 부위의 공간이라는 천에 누가 칼집을 내어 양쪽으로 크게 벌린 듯했다. 구멍 안쪽에서는 바람 소리가 들렸다. 겨우 손 하나 넣을 법한 작은 구멍이었지만 들어갈 수 있다는 확신이 들었다.

수호는 온 힘을 다해 몸을 날려 그 안으로 뛰어들었다.

✦

선혜가 고개를 들었다.

선혜의 눈동자가 잠시 타는 듯한 붉은빛이 되었다가 되돌아왔다. 아파트 앞에 선 진은 발을 멈추었다.

주변의 소리가 잦아들었다. 바람은 멎었고 태양빛도 흐릿했다. 아이를 목말 태우고 지나가던 남자의 발걸음이 느려졌다.

길가에 앉아 재잘대던 사람들도, 길을 걷던 사람들도 마찬가지로 천천히 움직이기 시작했다. 그러다 다시 시간이 풀리듯 모든 것이 되돌아왔다.

"지금 뭐였어요? 뭘 한 거예요? 선혜, 누구 마음을 열었어요?"

"내가 아니야."

선혜가 말했다.

"그 애가 혼자 열었어."

"진짜요? 혼자? 배우지도 않고?"

"응."

선혜가 눈가에 주름을 잡았다.

"무지 말도 안 되게 무식하게."

"저런, 그럼 위험할 텐데."

〈♪ 아빠 ♬ 힘내세요. 우리가 있잖아요. ♩〉

텔레비전에서 나른한 음악이 반복해서 들려왔다.

수호는 눈을 떴고 머리를 감싼 손을 풀었다.

어디선가 텔레비전 소리를 따라 흥얼거리는 어린애 목소리가 들리는 듯했다. 순간 섬뜩해서 돌아보았지만 아버지는 없었다.

수호는 전장을 살피듯이 방 안을 둘러보았다. 같은 방이었지만 여기저기 조금씩 달랐다.

거실에 놓인 텔레비전은 옛날 사진집에서나 봤던 자그마한 구식 흑백 텔레비전이었다. 휠 버튼은 시계처럼 열두 개의 채널이 있어 가스레인지의 둥근 손잡이처럼 돌리는 형태였다. 화면에서 노래하는 여자는 목소리와 입이 맞지 않았다. 따로 성우를 쓰는 것 같았다.

거실 탁자는 나무로 되어 있었고 위에는 다이얼식 하얀 전화에, 사람 머리통만 한 둥근 성냥통과 그와 비슷한 크기의 인주가 있었다. 벽은 신문지로 군데군데 땜질이 되어 있었고 오늘 날짜 하나만 쓰인 큰 달력이 붙어 있었다. 한 장씩 떼어 쓰는 종류인 것 같았다.

시간이 삼십 년에서 사십 년쯤은 되돌아간 것 같았다.

'꿈이 아니야.'

아닐 수밖에 없었다. 적어도 수호의 꿈일 수는 없었다. 눈에 보이는 물건이 전부 자신은 본 적도 생각해본 적도 없는 것이니까.

〔네 아버지의 마음은 옛날에 머물러 있는 모양이로군.〕

마음의 소리가 대신 상황 판단을 했다.

수호는 긴장이 풀려 주저앉았다. 이어서는 웃음이 터져 혼자 배를 잡고 쿡쿡거리며 웃었다.

'뭐, 잘못은 당신이 했다고? 아동 학대범?'

평생 상상도 해본 적 없는 말이었다. 자기 입으로 말했다는 사실을 믿을 수가 없었다.

〔사실이잖아.〕

'난 이제 죽었어. 아버지가 날 죽일 거야.'

〖달라질 게 없어.〗

마음의 소리가 말했다.

〖뭘 하든 넌 죽었어. 네가 뭘 했다고 달라지는 게 아니야. 네 아버지가 계속 널 속여왔을 뿐이야. 네가 잘했으면 달랐다고. 네가 잘했으면 아버지도 친절했을 거라고.〗

'⋯⋯.'

〖사람을 괴롭히는 주제에 그 책임마저 제가 괴롭히는 사람에게 떠넘겼어. 하잘것없는 놈이다.〗

마음이 가라앉았다.

이 공간이 주는 이질감 때문일지도 모르지만, 저 세상천지에 겁날 것 없다는 듯한 목소리 덕인지 모르겠지만, 마음에서 두려움이라는 감정이 완전히 말라버린 것 같았다. 평생 쓸 두려움의 총량을 벌써 다 써버린 기분이었다.

수호는 일어나 앉았다. 지금까지와는 다른 두려움이 엄습했지만 마음을 가다듬고 상대를 불렀다.

"카마."

〖⋯⋯.〗

"네가 카마지?"

〖그런 것 같다.〗

마음이 답했다.

9 　　 대결

"그런 것 같다?"

〔솔직히 말하자면 나도, 네가 나를 분리해서 생각했을 무렵에야 너와 나를 분리해서 생각하기 시작했다.〕

마음의 목소리가 답했다.

카마.

마구니의 마력으로 생겨나는, 마음의 욕망이 인격화된 결정체.

"카마가 말을 할 수 있는 줄 몰랐는데."

〔못 한다는 말은 없었던 것 같은데.〕

"지금 어디에 있는……"

그것도 모르리라는 생각이 바로 떠올랐다.

"그럼 너도 내가 무슨 소원을 빌었는지 모르겠네."

〔그건 아냐.〕

낮고 음침한 소리가 답을 했다.

〔달리 말하자면, 내가 아는 건 단 하나, 그것뿐이라고 해도 과언이 아니다.〕

"내가 뭘 빌었어?"

수호는 기대하며 물었다. 하지만 답은 돌아오지 않았다.

"왜 답이 없어?"

〔확신이 없어서.〕

"뭐에 대해?"

〔아직 네가 내 편이란 확신이 없다.〕

"뭐?"

〔너와 같이 있던 퇴마사들이 계속 나를 없애려 했다.〕

수호는 그제야 아까 마호라가가 카마를 없애겠다고 했을 때 느꼈던 격렬한 저항감을 떠올렸다.

'그건 내 생각이 아니었던 건가.'

수호는 지금까지 제 생각이라고 믿었던 마음의 소리들을 전부 다시 떠올렸다. 마호라가와 아난타의 무기와 전투 방법을 분석하며 저항할 방법을 연구하던 목소리.

'다 이 카마의 속삭임이었던 건가.'

〔네가 만약 그 퇴마사들에게 붙는다면 너도 내 적이 되겠지. 네가 내 목적에 동의하는지도 모르겠고.〕

"어째서? 내 소원인데도?"

〔내가 네 마음을 탐색한 바로는, 지금은 아냐. 지금 네가 그 소원을 듣는다면 아마 그런 생각은 해본 적도 없다고 화들짝 놀랄 거다. 절망에 빠져 정신이 나가서 빌었던 소원일지도 모르겠군. 나완 상관없지만.〕

마음이 차게 식었다.

"나를 해치는 소원이란 뜻이야?"

〔생각하기에 따라서는.〕

"남에게 해가 되는 거야?"

〔생각하기에 따라서는.〕

"……말해."

수호는 시험해보았다. 가벼운 비웃음이 돌아왔다.

〔내가 네 욕망이라고 해서, 네가 날 지배할 수 있다고 생각하는 거냐?〕

"안 되나."

〔하나는 분명히 해두지. 난 네 몸이 필요해. 네가 죽으면 나도 사라질 거고, 그럼 내 목적을 이룰 수 없으니까. 그러니 허술하게 죽는 건 허락하지 않겠어.〕

"그런 것에 네 허락을 받을 필요는 없어."

수호는 팔꿈치를 짚고 오른손을 들어 올리며 가운뎃손가락을 폈다. 구부러진 손가락이 금속 재질로 변하며 칼 모양으로 삐죽 솟아올랐다.

〔작아.〕

카마가 비웃었다.

수호가 불만스럽게 손을 내려다보자 카마가 말했다.

〔어쨌든 원리는 알겠군. 바깥에서 입은 상처는 이 안에서는 무기가 되는 모양이다.〕

'그건 나도 파악했어.'

〔그대로는 칼에 힘이 전해지지 않아. 좀 더 안정적인 형태로 만들어.〕

"어떻게 하는지 몰라."

수호는 휴대용 칼처럼 손등에서 삐죽이 나온 손을 까닥거렸다.

〔생각해봐.〕

카마가 마음속에서 속삭였다.

〔이곳은 진짜가 아니야. 지금 네 몸도 진짜 몸이 아니야. 정확히 설명은 안 되어도, 너도 나와 마찬가지로 인격의 결정체 같은 것이겠지. 수호라는 인간의 본바탕이 되는 인격…… **본령**本靈이라고 부르면 좋을까.〕

"……."

〔모양을 바꿀 수 있을 거야.〕

그러고 보니 예전에 수호의 반에서 자각몽을 꾸는 법에 대한 토론이 유행했던 적이 있다.

방법은 간단하다. '꿈속에서 그것이 꿈인지 아는 것.'

그뿐이다. 그걸 깨닫는 순간 꿈은 자기 생각대로 변한다.

꿈을 조종할 수 없는 이유는 자신이 꿈을 꾼다는 사실을 모르기 때문이다. 다시 말해서 꿈인지 모르는 시점에서는 내 생각대로 몸이나 세상이 변할 리가 없다는 믿음에 마음이 지배되고, 꿈은 바로 그 믿음 때문에 변화하지 않는다.

역으로 생각해보면 사람은 언제나 꿈을 조종한다. 조종할 수 없을 때는 조종할 수 없다는 믿음에 꿈이 지배받는 것이다.

수호는 칼을 노려보았지만, 칼은 파르르 떨 뿐 모습을 바꾸지 않았다. 어차피 칼이 된 이상 생각이 고정되어서 다른 무기가 될 것 같지는 않았다.

'안정적인 형태.'

수호는 눈을 감고 생각했다. 손까지, 아니야. 손목은 꺾인다. 팔꿈치 가까이까지.

눈을 떠보니 이십 센티쯤 튀어나온 검을 감싸고 손등에서부터 손목과 팔까지 뒤덮은 검은 갑주 모양의 보호구가 생겨나 있었다. 손바닥을 가로지르는 손잡이도 생겨났다. 손잡이를 다른 네 손가락으로 잡자 안정감이 들었다.

수호 자신은 잘 모르지만, 무의식중에 17세기쯤 인도에서 쓰였던 파타 검과 유사한 형태를 상상해낸 것이다.

〔좀 낫군.〕

카마가 말했다.

✦

"좋아요. 우리가 아예 꽝 잡은 건 아닌 모양인데."

진이 페달을 밟으며 말했다.

"하지만 아무리 마호라가의 영향을 받았다고 해도 하루 만에 각성하다니 대단한데요."

선혜는 끙 하고 생각에 빠진 얼굴을 했다.

"카마 영향일까요?"

"어쩌면."

"전사형 카마일 거라고 생각해요?"

"아마도."

"흠, 없애기 힘들겠네요."

진이 답했다.

"뭐, 마음을 여는 것까지야 할 수 있겠죠. 하지만 훈련이 하나도 안 돼 있잖아요. 사람 마음 안에 들어가본 적 없잖아요. 대따 충격 먹을지도 모른다고요. 게다가 마음속에서는 시간 흐름이 엉망이 된다구요. 일단 들어갔으면 가봤자 늦었……"

"그렇게 잘 알면 서둘러."

"자기 다리 아니라고 쉽게도 말씀하시네."

진은 깊게 숨을 들이쉬고 페달에 발을 올렸다.

아버지 마음속의 현관문을 열고 나간 수호는 예상외의 풍경에 멈칫했다.

아래로 경사가 진 동굴이 문밖에 이어져 있었다. 동굴이라기보다는 광산의 갱도 같았다. 길은 좁았고 구불거리며 아래를 향했다.

조금 전의 방을 길게 이어 붙여 만든 듯한 길이다. 벽은 신문지로 발라져 있고 똑같은 시계와 냉장고, 소파, 텔레비전들이 복사해서 붙여넣기 한 듯 이어져 있었다.

바닥은 물에 젖은 축축한 장판이었다. 형광등은 껌벅거리다가 꺼졌다 켜졌다를 반복하며 음울하게 안을 밝혔다. 천장에서는 후드득거리며 모래며 돌 같은 것이 떨어졌다.

〔좁군.〕

'정보 고마워.'

수호는 마음에 대꾸하며 축축한 장판을 디디고 안으로 들어섰다. 현실이라면 발도 들여놓지 않을 곳이었다.

수호가 지날 때마다 텔레비전이 치직거리며 켜졌다.

〈♪나실제 ♬ 괴　로움 다 잊으시고♩ 기르실제♩ 밤낮으로 애쓰는 마음♬〉

텔레비전 안에서 노란 유치원복을 입은 아이가 색종이로 만들어 붙인 해바라기밭 앞에서 재롱을 피우며 노래를 부르고 있었다. 아이는 수호를 닮았고 듣는 사람은 젊은 날의 아버지처럼 보였다.

〈아버지가 마시는 술잔에는 보이지 않는 눈물이 절반이다.〉

강단에서 시인이 시를 읊었고 그 앞에서 아버지가 눈물을 훔치며 고개를 끄덕이며 듣고 있었다.

〈아버지는 가장 외로운 사람이다.〉

드라마에서 자식들을 무릎 꿇려놓고 호령하는 아버지가 나왔다. 뭔가 훌륭한 연설을 한 듯 감동한 자식들이 눈물을 쏟았다.

들어갈수록 길은 더 좁아지고 어둡고 낮아졌다. 수호는 머리를 부딪치지 않도록 천장을 손으로 떠받치며 발을 옮겨야 했다.

한참을 더 들어가자 문이 있었고, 문을 열자 방이 나왔다. 아까의 방과 비슷했지만 더 낡고 오래된 곳이었다. 곰팡내가 자욱했다.

방 한가운데에 어린애가 앉아 있었다.

일곱 살이나 됐을까. 나이만 어릴 뿐 자신을 꼭 닮은 소년이다. 수호처럼 러닝셔츠에 반바지 차림이었다. 단지 한 번도 빤 적이 없는 것처럼 때가 꼬질꼬질했다. 머리는 박박 밀었고 콧물을 잘 닦지 않았는지 코밑이 헐어 있었다.

주위에 곰 인형과 자동차 장난감, 공 같은 것을 늘어놓고 노는데, 들고 있는 인형이 마음에 안 드는 듯 땅에 팡팡 내리쳤다가 도로 유심히 뜯어보곤 했다.

수호가 당황한 것은 상대가 아이라서가 아니었다.

아이의 등에, 허리에, 허벅지와 발에, 팔과 어깨에 화살이며 창 같은 것이 꽂혀 있었다. 쇠막대기 하나는 어깨에서 등까지 꿰여 있었다. 현실이었다면 그중 하나도 견딜 만한 것이 아니었다.

화살이 꽂히지 않은 피부도 누더기나 다를 바 없었다. 군데군데 예리한 칼로 베인 듯 찢겨 벌어져 있었고 작은 생채기와 까진 자리로 가득했다.

〔피가 나지 않는 몸인가 보군.〕

수호는 마음에서 들리는 카마의 소리에 당황해서 누가 있기라도 하듯 뒤를 돌아보았다.

〔칼로는 안 되겠는데. 다른 무기는 없나?〕

'뭐?'

〔공격해. 아직 널 발견 못 했어.〕

수호는 당황해서 성한 곳이 없는 아이를 보았다.

공격하라니, 어디를?

아이는 아픈 기색이 없었다. 인형을 들여다보다가 지루해졌는지 다시 바닥에 패대기칠 뿐이었다.

"죽어."

아이가 솜 인형을 꽉꽉 바닥에 내리치며 말했다.

"안 죽어?"

솜 인형이 바닥에 내려쳐지는 순간 어깨가 욱신거렸다.

수호는 아이가 바닥에 내던지는 손가락만 한 인형을 눈여겨보았다.

자세히 보니 짓이겨져 팔에서 솜이 튀어나와 있고 단추로 만든 눈도 덜렁거렸다. 이마와 발에 작은 대일밴드를 붙이고 오른쪽 팔에는 붕대를 감고 있었다. 입은 옷은 지금 수호가 입은 것처럼 남색 반바지에 흰 러닝셔츠…….

머리끝이 곤두섰다. 수호는 넘어지다시피 달려들며 인형을 붙들었다.

〔그게 아니라 공격…….〕

아이가 빼액, 하고 방이 떠나가라 울기 시작했다. 울음이라기보다는 비명에 가까웠다.

"내 거야! 이리 내!"

아이가 수호를 밀치고 인형을 빼앗으려 했다. 수호는 황급히 인형을 눌러 붙들었다.

"내 거란 말야!"

아이가 인형의 팔을 있는 힘껏 당겼다. 이미 실밥이 터진 팔이 두둑 뜯어지며 쑤욱 뽑혔다.

수호는 어깨를 붙들고 소리를 질렀다.

〔일어나.〕

"왜 말을 안 들어?"

머리 위에서 귀가 먹먹하도록 큰 소리가 들렸다.

아픔에 잠깐 정신을 잃었던 수호는 놀라 깨어났다. 키가 십 미터는 넘을 거대한 아이, 아니 인형이 서 있었다.

아까는 작아서 몰랐는지 아니면 당황해서 몰랐는지, 아니면 지금 막 변한 것인지, 눈앞에 있는 것은 사람이 아니었다. 뭔지 몰라도 단단한 재질로 만들어진 관절 인형이었다.

'인형이라. 그러면 말이 되지.'

수호는 인형의 몸에 꽂인 화살이며 창을 보며 나름대로 납득했다. 납득하는 자신이 바보스럽게 느껴지긴 했지만.

커진 것은 아이뿐만이 아니었다. 〈아빠 ♬ 힘내세요♬〉를 반복하는 텔레비전도, 벽에 걸린 시계나 달력도, 벽에 발린 신문지도 열 배씩은 커져 있었다.

〔커지는군.〕

건조하기 짝이 없는 목소리가 마음속에서 들려왔다.

〔아니면 우리가 작아졌거나.〕

인형이 발을 들어 올렸다.

몸이 크다 보니 느리게 느껴졌다. 느린 가운데에도 수호는 발이 머리 위로 올 때까지 상황 파악을 못 했다.

〔피해.〕

수호는 마음속에서 호통을 들은 뒤에야 퍼뜩 놀라 몸을 굴렸다. 인형의 발이 땅을 치자 진동에 몸이 크게 들렸다가 떨어졌다.

"누가 피하래?"

거대한 스피커 바로 앞에 있는 것처럼 골이 파도치듯 울렸다. 수호는 귀를 막았다.

"가만있으랬잖아!"

〔움직여.〕

수호는 두 말을 동시에 들었고 몸을 굴렸다. 다시 수호가 있던 자리에 바윗덩이 같은 발이 떨어졌고 수호는 또다시 나뒹굴었다.

골이 흔들렸다. 거대한 손이 늘어진 수호의 몸을 종잇장처럼 들어 올렸지만 남의 일인 양 느껴졌다. 인형이 자신을 높이 들어 올리고 나니 크레인에 매달린 기분이었다.

인형을 가까이서 본 수호는 피가 식었다. 인형의 몸에는 큰 상처 이외에도 작은 나뭇조각이며 유리 조각 같은 것이 무수히 박혀 있었다.

〔네 아버지가 아니야. 정신 차려. 이건 카마다.〕

빌어먹을.

〔공격해.〕

수호는 눈을 감고 손칼로 인형의 손등을 힘껏 내리쳤다.

칼은 깡 하는 소리와 함께 피부에서 튕겨 나왔다. 지르르 하는 진동이 어깨까지 전해졌다.

"칼은 안 먹혀! 다른 생각 있어?"

답이 없었다.

좋은 생각이 안 나는 것을 들키기 싫은 모양이었다.

✦

아파트 앞에서 급정거한 진은 자전거를 바닥에 내던지고 그대로 계단을 달려 올라갔다. 몸은 땀에 젖어 있었지만 속도는 줄지 않았다.

"안 멈춰요, 아시겠어요?"

"알아!"

선혜는 꼼지락거리며 진의 등을 타고 올라가 목말을 탔다. 필요하면 그대로 뛰어오를 자세로.

"정말 안 멈춰요!"

"멈추면 가만 안 놔둘 줄 알아!"

어른과 아이의 입장이 한참 바뀐 대화를 나누며 둘은 계단을 뛰어올라갔다.

10   인형의 무게

인형은 장난감을 패대기치려는 듯 수호를 높이 쳐들었다.

이 높이에서 패대기치면 죽을 텐데. 그런데 이 안에서도 죽나? 안 죽는단 말은 없었잖아?

어렴풋이 어제 아난타가 쓰던 번개가 떠올랐다.

'그게 있다면……'

〔없어.〕

카마가 깔끔하게 답했다.

'정보 고마워.'

수호는 생각하고 허공에서 땅을 찍는 시늉을 했다. 될지 안 될지 몰라도.

'하긴, 안 되면 끝날 뿐이지.'

수호를 패대기치려던 인형은 뭔가에 걸리는 바람에 중심을 잡지 못하고 비틀거렸다. 수호가 칼을 길게 늘여 지지대처럼 바닥에 찍은 것이다. 얇게 늘어난 칼은 인형의 힘을 견디지 못하고 빛을 뿌리며 부서졌다.

손가락이 잘리는 것처럼 아팠지만 수호는 소리 내지 않았다.

내봤자 들을 사람도 없는걸.

인형이 다시 내리찍으려 들자 수호는 이번에는 칼을 뽑아내어 벽을 찍었다.

부피가 늘어나서인지 벽은 부드러웠다. 칼은 어려움 없이 꽂혔다. 금방 부서지기는 했지만, 벽에 꽂힌 칼이 몸을 뒤로 당기는 바람에 인형은 비틀거리며 엉덩방아를 찧었다.

인형은 울며불며 손을 털어 수호를 떨어뜨리려 했다.

짧은 시간, 수호는 칼을 인형의 몸에 꽂아 늘이며 떨어지면 추락의 충격을 줄일 수 있겠다 생각했다. 하지만 곧 이 녀석 몸에 칼이 들어가지 않는다는 문제에 봉착했다.

'…….'

수호는 인형의 손에 꽂힌 큰 화살에 칼을 꽂았다.

✦

진은 수호의 집 현관 앞에 멈춰 섰다.

어깨 위에 올라앉은 선혜를 손으로 꽉 붙든 채, 곧바로 기합과 함께 길쭉한 다리로 문손잡이를 걷어찼다.

꿍음과 함께 문이 내려앉자 안의 풍경이 눈에 들어왔다.

남자는 넋 나간 얼굴로 망치를 들고 서 있었고 수호는 그 옆에 넘어져 있었다. 남자는 문이 열리는 것을 보고도 상황을 파악하지 못하는 얼굴로 이쪽을 바라보았다. 어차피 누구라도 파악하지 못할 상황이었다.

"마음 열 필요 없어요! 열려 있어요. 들어가요!"

진은 선혜를 머리 위에서 공처럼 던졌다. 선혜는 지팡이를 쥐고 다이빙하듯이 남자의 가슴에 뚫린 구멍으로 날아들었다.

✢

　　추락하는 사이에 선혜의 몸이 미끈하게 늘어났다.

　　"트바스트리."

　　선혜가 이름을 부르자 다리가 없는 자리에 철컹거리며 기계 부품이 날아와 붙었다. 마호라가가 된 선혜는 지팡이를 양손에 쥐고 다시 이름을 불렀다.

　　"사비트리."

　　피리로 이루어진 검집은 마호라가가 추락하는 기세를 따라잡지 못하고 속도를 늦췄다.

　　마호라가는 중력의 힘을 빌려 검을 뽑았다. 실처럼 가느다랗게 빛나는 검이 차라랑 하는 맑은 소리와 함께 피리에서 길게 뽑혀 나왔다.

　　푸른 용이 뒤늦게 쫓아와 나선을 그리며 그 주위를 둘러쌌다.

　　✢

　　수호가 땅에 부딪치기 전에 칼은 도로 부서졌다.

　　수호는 본능적으로 몸을 굴렸지만 충격을 다 지울 수는 없었다. 다시 칼을 만들어보려 했지만 너무 아파서 집중이 되지 않았다.

　　〔움직여.〕

　　소리가 채근했다. 웃음이 났다.

　　'다음엔 널 죽여버려야겠는데.'

〔그럼 다음을 만들든가.〕

이상한 기분이었다. 바깥에 있는 것보다 상황이 나쁘다면 더 나쁜데도 기분은 묘하게 상쾌했다.

"나 진짜 화났어!"

인형이 괴성을 지르며 바닥을 쿵쿵 찍었다.

"사람 무시하는 거야? 날 무시해?"

나도 갖고 놀던 장난감이 자기를 칼로 찌르고(못 찔렀지만) 손에서 도망치면 저만큼 화날까. 그럴 수도 있겠지만.

"가만히 있으라는데 그것 하나 못 해?"

〔저건 네놈이 다치는 줄을 모르는 모양이군.〕

'인형이잖아.'

말하고 나니 알 것 같았다.

인형은 발을 구르며 벽을 쾅, 하고 쳤다.

'인형이었어.'

낡은 천장에서 우수수 먼지가 떨어졌다. 흙먼지였지만 수호 눈에는 맞으면 그대로 골로 갈 듯한 바윗덩이들이었다.

인형이 탁자 위에서 유리컵을 집어 수호가 있는 쪽의 벽에 던졌다. 컵이 깨지며 유리 조각이 머리 위에 쏟아져 내렸다. 큰 조각 사이사이로 모래알 같은 유리 알갱이들이 보였다. 수호에게는 머리 위로 칼날의 비가 쏟아지는 것 같았다.

피할 수 없다 싶으니 마음이 고요해졌다. 수호는 다리를 펴고 편안히 앉았다.

'끝났네.'

〔정보 고맙군.〕

마음의 소리가 중얼거렸다.

천둥소리가 아련히 들렸다.

천장에서 전기 불꽃이 튀었다. 전기가 벽을 타고 내려오며 길게 탄 자국을 만들었다.

수호는 구멍 난 천장을 뚫고 수직으로 강하하는 검사를 바라보았다. 검광이 수직으로 늘어져서 마치 빛나는 줄을 타고 강하하는 것만 같았다.

마호라가는 방에 들어서기도 전에 상황을 파악한 것 같았다.

"뇌격."

마호라가가 짧게 읊자 수호의 머리 위로 전기의 자장이 펼쳐졌다. 본인이 아니라 아직 쫓아오지 못한 아난타에게 지시했음을 알 수 있었다.

유리 조각은 절연체라 타지는 않았지만 떨어지는 속도가 줄었다. 동시에 마호라가는 기계 쪽 다리에서 불꽃을 분사하며 속도를 높여 총알처럼 낙하했다.

운석처럼 쿵, 하고 수호의 앞에 내리꽂힌 마호라가는 그대로 발을 굴렀다.

그제야 수호는 그 다리의 변형력을 한참 간과했다는 것을 깨달았다. 의족이 얇게 썰리듯이 분해되더니 방진처럼 넓게 퍼지며 수호의 머리 위로 은빛 방패를 만들었다. 유리 조각은 뒤늦게야 투둑거리며 그 위에 쏟아져 내렸다.

인형이 우어어 소리를 지르며 이쪽으로 달려왔다.

마호라가는 다리를 회수하고는 뒤로 미끄러지듯이 털썩 앉으며 허벅지를 양손으로 쥐고 다리를 수평으로 들었다. 발차기라도 하려나 했던 수호는 다시 그 다리의 변형력을 간과

했다는 것을 알았다.

의족과 무릎의 접합 부분이 붉게 빛났다.

의족은 분해되었다 모이며 앞이 뭉툭한 쇠몽둥이 모습으로 변했다. 쇠몽둥이는 마호라가를 벽 쪽으로 밀어내며 굉음과 함께 인형을 향해 날아갔다.

인형의 발목에 몽둥이가 강타하자 인형은 울부짖으며 주저앉았다.

'저건 다리가 아니야.'

수호는 고개를 저으며 생각했다.

'쟨 다리가 하나에 무기가 둘이라고 생각해야 해.'

자신은 깨닫지 못하고 있었지만, 수호는 지금 놀라거나 신기해하거나 하다못해 살아난 것에 안심하는 대신 상대의 전력을 탐색하고 있었다. 마치 당장이라도 상대가 아군이나 적이 될 것을 대비하듯이.

몽둥이가 도로 날아와 마호라가의 무릎에 합쳐지며 다리 모양으로 변했다. 마호라가는 바로 일어나 진격할 자세를 취하며 물었다.

"먼저 부딪쳐봤겠지?"

"에?"

자신에게 하는 말이라고 생각지 못한 수호는 조금 뒤늦게 반응했다.

"내가 알아야 할 것을 말해라. 짧게."

마호라가가 검을 핑그르르 돌렸다. 수호는 아까 어린 선혜가 "쉬야……"라고 했을 때와 별다르지 않은 기분이 되었다. 비지땀이 죽 흘렀다.

"……칼이 들어가지 않아."

수호는 답안지에 아무 답이나 쓰는 심정으로 답했다.

핀잔을 예상했는데 마호라가의 입가에 기분 좋은 미소가 떠올랐다. 마호라가의 피처럼 붉은 눈이 힐끗 자신을 향했다.

죽음을 코앞에 둔 순간에도 뛰지 않던 심장이 두근거렸다. 모습은 자기 또래의 소녀지만 천 년쯤 선배와 마주하는 기분이었다.

"잘했어."

천장에서 피리로 된 검집이 뒤늦게 회전하며 떨어졌다. 마호라가는 머리 위에서 피리를 낚아채고 새처럼 날아올랐다.

체조 선수처럼 공중에서 몸을 뒤틀며 인형의 목 뒤에 자리 잡고는, 등에 발을 살짝 얹고 어깨에 박힌 쇠막대를 검과 피리로 양쪽에서 쳤다.

공명.

공기가 파도처럼 진동했다. 인형이 급히 귀를 막고, 벌레를 떨어뜨리려는 듯 몸을 거칠게 흔들었다.

마호라가는 인형의 머리를 넘어 새처럼 날아올랐다. 이어 공중제비를 하며 가슴에 착지한 뒤 가슴께에 튀어나온 쇠막대를 쳤다.

쇠막대가 크게 진동했다. 진동에 따라 인형의 몸 전체가 뒤흔들렸다. 인형이 허우적거리자 마호라가는 다시 인형의 등 뒤로 이동해 같은 동작을 반복했다. 소리굽쇠를 여러 번 칠 때처럼 진동이 커지며 방 전체를 울렸다.

〔소리.〕

마음속에서 카마가 낮은 소리로 속삭였다.

〔그건 생각 못 했군.〕

왠지 자존심이 상한 목소리였다. 안다 해도 수호가 쓸 수 있는 방법이 아니었을 텐데도.

'아.'

문득 수호는 뒤늦게야 왜 심장이 두근거렸는지 깨달았다.

'오랜만에 칭찬받아 봤네'

하고 수호는 생각했고 카마는 구시렁거렸다.

〔소리……〕

세 사람이 방 안에 누워 있었다.

수호는 엎드려 누워 있었고, 선혜는 수호 아버지에게 머리를 콩 박고 넘어져서는 그대로 잠들어 있었다. 뭔가 싸우는 꿈을 꾸는 듯 조막만 한 손을 꼼지락거렸다.

남자는 진이 머리로 받아 기절시킨 것 같았다. 진은 수호와 남자를 나란히 잘 눕혀놓고 선혜를 등에 업고는 왔다 갔다 하면서 안절부절못했다.

"저기요, 선혜, 이거 주거침입죄라고요, 기물 파손죄, 폭행죄. 어려서 그게 뭔지 잘 모르시겠지만. 빨리 안 나오면 나 혼자 튈 거예요."

인형은 조그마해져서 방구석에 웅크리고 있었다. 얻어맞

을까 봐 겁내는 아이처럼 머리를 감싼 채 가끔 제풀에 놀라 히익거리며 움찔거렸다.

방도 본래 크기로 돌아왔다. 작아진 인형은 수호 키의 반도 되지 않았다.

방에는 조금 전 난투의 흔적이 남아 있었다. 천장에는 마호라가가 뚫고 내려온 벌레 구멍 같은 작은 구멍과 탄 자국이 남았고 벽 한쪽에는 유리컵이 깨져 나뒹굴었다.

"그슨대."

마호라가는 검을 피리 안에 꽂으며 읊었다.

'그슨대?'

수호는 아까 그 자리에 같은 자세로 앉은 채 무심히 의문 했다.

"그슨대, 나, 퇴마사 마호라가, 범천梵天이 주신 권능으로 너를 정화하겠다. 네가 온 근원 그대로, 흩어져 마음으로 돌아가라."

"그슨대?"

"**계명**戒名."

엉덩이 뒤에서 숨찬 목소리가 조그맣게 들려왔다. 돌아보니 여름날 뱀처럼 아난타가 축 늘어져 누워 있었다. 마호라가를 쫓아오다가 기진맥진한 것 같았다. 크기도 강아지만 하게 줄어 있었다.

"계명?"

"원천源泉의 이름. 부모에게서 받은 이름이 아니라, 태고로부터 받은 근원적인 이름이라고나 할까."

'?'

115

"그슨대, 처음엔 어린아이의 모습을 하고 있지만 가까이 다가가면 커져서 사람을 해치고, 칼로 벨 수도 없고 물리공격은 전혀 통하지 않지."

아난타는 축 늘어진 채로도 조잘조잘 잘도 떠들었다.

"그건…… 옛날이야기잖아? 신화 같은 거 아나?"

수호가 묻자 아난타가 답했다.

"신화야말로 인간 무의식의 산물이야. 사람의 마음에는 세상의 모든 역사가 담겨 있고 모든 신화가 담겨 있어. 아니, 거꾸로 그 신화와 전설이 카마에서 비롯되었다고 보아야 할까."

아난타가 말을 이었다.

"신화는 실제 있었던 무수한 이야기의 조합이야. 때로는 여러 생을 거쳐 살았던 한 사람의 여러 생을 합한 이야기기도 하지. 카마의 이름을 알면 속성을 알 수 있고, 반대로 속성을 보면 또 이름을 알 수 있어. 그 사람이 빈 소원도 짐작할 수 있지."

"……."

"네 아버지는 마구니에게 더 이상 상처받지 않게 해달라고 빌었을 거다. 고통을 느끼지 않는 사람이 되게 해달라고 했겠지."

아난타는 땅을 짚고 앉은 수호의 팔을 감아 타고 오르며 말했다.

"그래서 인형이 되고 말았다, 이런 이야기지."

"그게 '소원을 이루어 준다'는 말의 실체인 거야?"

……결국 마구니의 장난이라는 건가. 사람의 마음을 가지고 노는 건가.

116

아난타는 머리를 뒤로 돌려 제 뿔로 제 등을 스윽슥 긁으며
답했다.

"마구니도 어떤 카마가 나올지 알지 못해. 결국 카마를 만
드는 건 사람이야. 마구니는 사람의 욕망에 생명을 불어넣을
뿐이지. 네 아버지가 만든 카마가 저런 것이었을 뿐이야."

"……."

마호라가는 그슨대의 몸에 박힌 화살을 쥐고 쑤욱 뽑아냈
다. 화살이 뽑힌 자리가 흩어지며 황금색 빛의 조각이 민들레
씨앗처럼 날아올랐다. 인형이 아픔에 발버둥 치는 것도 아랑
곳 않고 마호라가는 다음 화살도 뽑아냈다.

몸을 꿰뚫은 큰 쇠막대만 남았을 때 마호라가는 왠지 지친
기색으로 한숨을 쉬었다. 방은 이미 황금색 빛으로 가득했다.

"소년."

마호라가의 부름에 수호가 고개를 들었다.

"마지막은 네가 하겠나?"

마호라가가 수호에게 손을 내밀었다.

아난타가 수호의 팔을 조였다. 침을 꿀꺽 삼키기도 했다.
영문 모를 긴장감이 흘렀다.

어렴풋이, 수호는 이것이 배려가 아니라 시험이라는 것을
느꼈다. 그게 뭔지는 모르겠지만 알려면 해야 했다.

아난타는 자리를 피하듯 팔을 타고 슬슬 땅으로 내려섰고
수호는 인형에게 다가갔다. 마호라가는 수호의 손을 인형의
가슴에 박힌 쇠막대에 얹으며 말했다.

"이건 카마다."

"?"

"네 아버지가 아니야."

수호가 아직 검이 비죽 튀어나와 있는 손으로 막대를 쥐자 주위가 하얗게 밝아졌다.

11   두억시니 1

마호라가도 아난타도 없다. 방도 옛날 물건도 없다. 하얀 공간이다. 수호와 쇠막대기와 그슨대뿐이다.

그슨대는 우느라 얼굴이 눈물과 콧물 범벅이었다. 가까이서 보니 너무 자신을 닮아 섬뜩했다. 꼬질꼬질 때 묻은 얼굴과 옷, 쥐어뜯긴 듯 듬성듬성 자란 머리, 흉 진 상처들, 영양 상태가 좋지 않은 몸.

사랑받지 못한 아이. 가족이 돌봐주지 않은 아이.

"네 아빤 내가 없으면 못 살아."

그슨대는 앙상한 손으로 제 가슴을 꿰뚫고 나온 쇠막대기를 꼭 쥔 채 애원했다.

"내가 상처를 대신 받아서 마음 아프지 않고 사셨던 거야."

수호는 말문이 막혔다. 그슨대가 하는 말 때문이 아니었다. 쇠막대기 너머로 전해지는 믿기 힘든 생동감 때문이었다.

막연히 망령이나 환영이라고 생각했던 것이 목숨을 애원한다. 소멸의 공포에 떤다. 감당하기 힘든 존재감이었다.

"네 아빠잖아. 이해하지……? 아빠 아프면 어떡해? 그 아저씨 아프면 어떡해?"

마호라가와 아난타에게는 수호가 보는 것이 보이지 않았다. 수호가 쇠막대를 쥔 채 잠깐 얼이 빠진 듯 보일 뿐이었다.

"우라가."

아난타가 속삭이며 마호라가의 팔을 감아올렸다.

그 이름으로 불리자 마호라가의 표정이 부드러워졌다. 아마도 다른 장소에서, 어쩌면 다른 시절에 썼던 마호라가의 다른 애칭인 듯하다.

"초짜에겐 무리야. 게다가 가족이잖아. 처음부터 너무 큰 상대야."

"초짜 취급하지 마, 아난타. 나처럼 나이 많은 애야."

마호라가가 답했다.

"자기 아버지보다도 한참."

"뭐, 그런 경우 많지. 하지만 나이가 많다고 다 현명해지는 건 아냐. 그럴 기회가 있을 뿐이지."

"현명한 것과는 관계없어."

마호라가가 자조 섞인 목소리로 말했다.

"선악의 문제도 아니고 옳고 그름의 문제도 아냐. 저 애가 사냥꾼이냐 아니냐의 문제야."

✳

〔생각 없으면 물러나.〕

마음 저편에서 소리가 들려왔다.

〔지켜보는 놈들 때문에 뒤통수 따가우니까.〕

"……."

〔됐어. 불쌍해도 이상할 건 없어.〕

〔어떤 아버지들은 거꾸로 아들에게 그렇게 하지. 당할 대

로 당하고도 피붙이라고 다 내주고, 또 당하고, 또 내주지. 이상할 건 없어.〕

"……."

〔뒤에 있는 퇴마사들에게 등 떠밀려서 하는 일이면 그만둬.〕

"시끄러워."

수호가 입을 열었다.

"네게 등 떠밀릴 생각도 없으니까."

마음의 소리가 잠잠해졌다. 수호는 숨을 푹 쉬었다. 카마가 욕망에 인격이 부여된 존재라는 건 이런 뜻인가.

그슨대는 제 죽음을 두려워하는 것만큼이나 진심으로 아버지가 상처받는 것을 두려워하는 것 같다. 마치 그것만을 위해 존재하는 것처럼.

이 카마가 아버지가 '상처받지 않기를' 바라는 소원에서 생겨났기 때문인가.

사람의 마음이 카마에게 먹힌다는 건 그런 뜻인가.

자신이 상처받지 않기를 바라는 것 외에는 아무것도 남지 않게 된 걸까. 그것 외에는 아무것도 생각할 수 없게 되는 건가. 그런 초라한 소원마저도, 마음이 다 먹히고 나면.

〔…….〕

수호의 마음에 자리 잡는 생각을 마음 저편의 '누군가'도 눈치챈 것 같았다. 마음 한구석에서 무엇인가가 웅어리지며 단단해지는 것이 느껴졌다.

수호가 손에 힘을 주자 그슨대는 황급히 막대를 부여잡았다.

"난 네 아빠를 지키려 했을 뿐이야!"

"알아."

"난 그냥 애라고, 아무것도 몰라! 불쌍하지도 않아?"

"네가 애라면."

수호는 얼굴을 들이대며 그은대를 마주 보았다. 수호의 이마와 뺨에는 어제 진이 붙여준 반창고와 대일밴드가 그대로 있었다.

"어른한테 손찌검하는 거 아냐."

아난타가 "안 된다니……"라고 말했을 때 수호가 쇠막대를 뽑아 들었다. 쇠막대는 수호의 손에서 빛으로 분해되었고 인형도 마찬가지로 황금빛으로 부서졌다.

아난타가 뒤늦게 조그맣게 "……까" 하고 덧붙였다. 마호라가가 공연히 어깨를 으쓱했고 아난타는 딴청을 부렸다.

막대를 뽑아 든 순간 주위가 깜깜해졌다.

한 치 앞도 보이지 않는 어둠.

닿는 것도 보이는 것도 들리는 것도 없는 가운데 중력만이 몸을 낚아챘다. 추락하면서도 어디로 떨어지는지 알 수가 없었다.

공간감은 없었다. 단지 시간과 속도만이 느껴졌다. 현실이라면 바닥에 내팽개쳐지는 즉시 가루가 될 만한 시간. 현실이 아니라도 다치지 않는다는 보장은 없지만.

어둠에 겨우 눈이 익을 무렵, 저 아래에 희미한 형체가 보였다.

주위에 다른 물건이 없어 거리감이 없었고 상대의 크기를 짐작할 수 없었다. 다 다가갔다고 생각한 뒤에도 점점 더 커졌다.

집채만 한, 아니 큰 언덕, 아니 큰 바위산 같은.

다리는 있는 듯했지만 형체는 기묘했다. 거무튀튀한 피부 전체가 분출하는 화산처럼 제멋대로 움직였다. 어디가 머리인지 찾기 힘들었다. 황금빛 눈알이 등이나 배에서 번쩍 뜨이며 나타났다가 뒤룩뒤룩 움직이더니 도로 감겼다.

피부는 너덜거렸고 암 덩어리 같은 종양이 덕지덕지 나 있었다. 괴사한 자리에서 거머리 같은 촉수가 자라나 수호를 향해 뻗어 나왔다. 가까이에서 보니 촉수마다 입이 달려 있다. 입이 제각기 뭐라고 속삭였다.

쓰. 레. 기.

'?'

못. 난. 놈. 어. 리. 석. 은. 놈.

'뭐야, 날 언제 봤다고.'

촉수에 몸이 찢기거나 부딪쳐 피떡이 될 순간에조차 수호는 생각했다.

촉수가 몸에 닿기 직전 누군가 뒤에서 수호를 낚아챘다. 다리에서 공기를 분사하며 날아오르는 것을 보니 굳이 보지 않아도 마호라가였다.

"닿았다간 일 난다."

마호라가가 귓가에서 속삭였다.

"뭐야, 저건?"

"저게 **두억시니**다."

"두억시니?"

"남을 멸시하기를 바라는 사람들의 집단 의식에서 생겨난 카마."

그제야 아난타가 언뜻 말한 기억이 났다. 이 거리를 지배하고 있다든가, 자기들의 적이라든가…… 이걸 찾아왔다든가 했던 것 같은데.

"모멸을 당한 이들이 남을 모멸하길 바랄 때마다 그 욕망을 먹고 자라나지. 역시 네 아버지의 마음에도 촉수를 뻗고 있었군."

"촉수?"

"심소와 인간의 마음 사이에는 보이지 않는 길이 있어."

"……."

"이곳은 모멸의 심소, 이 거리에 사는 모멸에 빠진 모든 사람의 마음과 이어져 있다. 네 아버지도 마찬가지지."

마호라가는 말을 이었다.

"두억시니는 마구니와 함께 그 길을 따라 사람의 마음에 들어가 카마를 만들고, 그 자리에 제 촉수를 심어두고 간다. 그 촉수를 통해 모멸을 부추기고, 다시 그 모멸을 양분 삼아 자라난다. 네가 지금 아버지의 마음에서 카마를 치우는 바람에 숨겨진 길이 드러난 거다."

'……방 치우고 나면 방바닥에서 잃어버린 동전 찾는 거랑 비슷한 건가.'

수호가 혼자 생각하는데 등 뒤에서 침 삼키는 소리가 들렸다. 자신을 안은 손이 가늘게 떨렸다. 이상한 생각이었지만, 두려워하는 것 같았다.

두려워한다고? 설마?

나직이 한숨을 쉬듯 중얼거리는 소리가 들려왔다.

"십 년 전보다 더 커졌구나⋯⋯."

그때 긴 촉수가 채찍처럼 뻗어 나오더니 수호의 다리를 잡아챘다.

무서운 속도로 끌려 내려간 수호는 촉수가 크게 휘젓는 바람에 땅에 내던져졌다.

아픔을 느낄 새도 없이 촉수가 발을 당겼다. 다급히 부러진 칼을 땅에 박았지만 잔디 위에 긴 궤적을 남길 뿐이었다.

당기던 힘이 튕겨 나가듯 끊겼다. 버티던 힘이 반동을 주는 바람에 수호는 반대쪽으로 나동그라졌다.

한 바퀴 구르고 보니 마호라가 빛나는 검으로 촉수를 끊어내고는 제 앞을 막아서고 있었다. 옆얼굴로 보이는 붉은 눈이 타는 듯했다.

그제야 수호는 괴물의 크기를 가늠할 수 있었다. 거대한 괴수가 낮은 건물 몇 개를 깔아뭉갠 채 꿈틀거렸다. 몸은 시커먼 진흙 반죽 같았고 모든 부위가 따로따로 살아 있는 듯했다.

날카로운 발톱이 돋은 네 개의 굵직한 다리가 있었지만 꿈틀거리는 뱃살에 묻혀 거의 보이지도 않았다. 몸에서는 수십 개의 검은 촉수가 사방팔방으로 뻗어 있었다. 덩굴식물처럼 천지 사방에 뻗어서는, 상가 건물 창마다 기어들어 가는가 하면 연립주택 전체를 휘감기도 했다.

낯익은 곳이었다. 수호의 동네, 폐철로를 따라 길게 이어진 공원 한복판이다. 단지 인적이 없고 폭격이라도 휩쓸고 지나간 것처럼 폐허가 되어 있을 뿐이다. 괴물의 촉수가 사방으로 뻗어나간 탓에 창은 하나같이 깨져 있었고, 간판은 여기저기 떨어져 칠이 벗겨져 있는가 하면, 벽이 기울어져 있었다. 축대며 기둥이며 하나같이 금이 가 있어, 촉수만 떨어지면 금방이라도 재가 되어버릴 것만 같았다.

두억시니의 등이 풍선처럼 부푸는 듯하더니 버섯 같은 수백 개의 돌기가 꿈틀거리며 솟아났다.

"업혀."

마호라가는 돌아선 채로 손을 까닥까닥하며 말했다.

"뭐?"

"업혀. 난 검을 써야 하니까."

마호라가는 연신 까닥까닥했고 수호는 입을 벌리고 어버버했다.

자신과 비슷한 또래의, 자기만큼이나 아담한 몸집의 소녀. 사람의 시각이라는 것은, 또 편견이라는 것은 얼마나 집요하고 견고한지, 상대가 상식을 뛰어넘는 존재라는 것을 익히 알면서도 수호는 혼란에 빠졌다.

"싫으면 죽든가!"

마호라가의 앙칼진 호령과 함께 수호는 후다닥 목에 매달렸고, 동시에 마호라가는 로켓처럼 날아올랐다. 손힘만으로 버틸 수 없는 기세라 수호는 다리로 허리를 감고 찰싹 달라붙었다.

"왜 거리가 이 모양이야?"

수호는 귀를 윙윙거리는 바람 소리에 맞서 소리쳤다.

"두억시니가 생기를 다 빨아먹으니까. 다 먹어치우고 나면 다른 데로 떠나지."

촉수가 뒤에 따라붙었다. 따라잡힐 지경이 되자 마호라가는 미사일을 피하는 비행기처럼 수직으로 방향을 틀었다.

뒤쫓는 촉수가 멀어지자 다시 앞에서 새 촉수가 솟구쳤다. 마호라가는 복잡하게 드리운 거미줄을 피하는 새처럼 사이를 요리조리 빠져나갔다.

가까이 온 촉수를 수호가 손으로 잡아 치우려 하자 마호라가가 떼찌, 하듯이 검으로 툭 쳐서 손을 치웠다.

"건드리면 안 돼."

"왜?"

"오염된다."

"무슨 오염?"

마호라가가 답하려던 찰나 또 다른 것이 날아오는 바람에 대화가 끊겼다.

마호라가는 칼로 촉수를 끊어냈다. 떨어져 나간 촉수는 산낙지처럼 버둥거리다 빛으로 분해되었고, 도로 두억시니의 몸에 흡수되었다.

"저건 약점이 뭐야?"

"없어!"

"없다고?"

"없어. 저건 온몸이 상처야. 전신이 무기다."

말끝에 떨림이 느껴졌다. 매달린 등도 차갑게 식었다. 아까 느꼈던 낯선 느낌. 두려움.

"상처는 곧 회복하고, 몸 어느 부위로 공격해올지 모르고, 상대의 무기와 전술은 그 자리에서 복제한다."

복제한다는 말을 듣자마자 뒤에서 부자연스러운 찬 바람이 불었다.

돌아보니 두억시니의 몸 한가운데가 움푹 파이고 있었다. 바람은 두억시니가 몸에 큰 구멍을 만드느라 부는 것이었다. 파인 자리가 딱딱해지며 금속 재질로 변해갔다.

'복제한다고?'

수호는 마호라가의 기계다리에서 내뿜는 뜨거운 공기를 보았다.

두억시니가 일으킨 냉풍이 열풍으로 변했다. 은색 배출구로 변한 두억시니의 구멍 안쪽이 붉게 빛났다. 붉은 것은 빛이 아니었다. 내부가 뜨거워지는 바람에 색이 변한 것이었다. 공기가 이글거렸다.

'로켓을 만들고 있다.'

흐늘흐늘한 포구가 마호라가를 조준하듯 움직였다. 마호라가는 피하느라 정신이 팔려서인가, 아직 눈치를 못 챈 모양이었다.

'안 돼.'

수호는 생각했고,

〔그만둬.〕

마음속의 카마가 수호를 향해 말했다.

수호는 듣지 않았다. 대신 마호라가의 목을 두른 손을 놓고 두 발로 마호라가의 등을 세게 밀었다.

마호라가가 돌아보았다. 놀란 얼굴. 이상하게 친근한 기분이 드는 표정이었다.

"———!"

로켓 분사의 기세를 줄이지 않은 채로 갑작스럽게 무게가 줄어드는 바람에, 마호라가의 몸이 하늘로 높이 튀어 올랐다. 마호라가가 절규했다.

두억시니는 바로 그걸 노렸다는 듯 한순간에 열기를 거두더니 촉수를 뻗어 수호의 몸을 휘감았다.

'방금 쟤 날 뭐라고 부른 거지?'

두억시니의 배 속에 삼켜지면서, 아직 마호라가에게 자기 이름을 알려주지 않았다는 생각이 뒤이어 떠올랐다.

「다들 이것 봐라」

누군가가 수호의 손을 번쩍 들었다.

수호는 주먹을 꾹 쥐었지만 비틀린 손가락은 구부릴 재간이 없었다. 욕이라도 하듯 비죽이 솟아 있다.

「손병신이래. 이것 봐라, 이 녀석 병신이야, 모두 잘들 봐.」

수호는 어떻게든 손을 빼고 싶었지만 체육부장의 덩치는 산처럼 컸다. 체육부장은 수호의 손을 높이 올린 채 복도 이쪽 끝에서 저쪽 끝까지 끌고 갔다.

반 대항 배구 경기에서 수호가 공을 받으려다 손가락에 빗맞는 바람에 넘어졌다. 연장전까지 간 결승에서 패하자 체육부장은 화가 머리끝까지 났다. 나중에 알고 보니 이런저런 내기를 크게 걸어놓은 모양이었다.

중학교에 올라간 수호는 원래 기를 쓰고 손가락을 감추고 다녔었다. 하지만 그날 경기가 끝난 후 체육부장이 닦달하는 바람에 손가락에 문제가 있다고 고백했다.

「손이 병신이면 말을 했어야지. 그럼 널 빼든가 했잖아. 왜 민폐를 끼쳐? 너 앞으로 손병신이라고 말하고 다닐래, 안 할래?」

「말할게, 할게.」

울며 답하자 체육부장은 수호의 손을 높이 들어 올린 채 전교를 돌아다녔다. 가끔 운동장이나 옥상에 세워두고 "나는 병신입니다" 하고 복창하게 했다.

12　두억시니 2

지난 기억이 계속 몰아쳐왔다.

마치 지금 체험하는 것처럼.

「자, 간단한 가정 조사니까, 다들 눈 감고 어머니 없는 사람 손 들어.」

선생님은 칠판을 회초리로 탁탁 쳤다.

「부끄러운 거 아니니까 손 들어.」

수호는 고개를 숙인 채 손을 들지 않았다.

이런저런 질문을 마친 선생님은 모두에게 눈을 뜨라고 한 뒤 수호 앞에 와서 섰다.

「너는 왜 손 안 들어?」

「…….」

「너만 다시 질문한다, 처음부터. 어머니 없는 사람 손 들어.」

수호는 주먹을 꾹 쥐었지만 어떻게 해도 오른손은 살짝 욕하는 것처럼 보였다.

처음에는 손가락을 들킬까 봐 들지 않았지만 어느 순간부터는 때를 놓치는 바람에 들지 않았다. 그리고 지금 든다면 정말로 오해를 살 거란 생각에 식은땀이 났다.

「어머니 있는 사람 손 들어.」

「……」

「없으면 손 들어.」

「……」

'어느 쪽이야? 이혼했어? 집 나갔어? 바람났어?'

킥킥대는 웃음소리.

선생님이 회초리로 내리치는 시늉을 하자 수호는 겁에 질려서 피하다가 의자에서 쿠당탕 넘어졌다. 수호가 머리를 감싸며 벌벌 떨자 이번에는 반 전체가 와자하게 웃었다. 아주 배를 잡고 뒤집어지는 친구도 있었다.

「뭐 이런 병신 같은 놈이 다 있어.」

한숨, 비웃음.

「밥이 되잖아.」

아버지는 숟가락을 식탁에 내던지며 말했다.

「넌 밥 하나 못 하나?」

아버지가 음울한 눈으로 노려보았다.

가게가 망하고 며칠 안 되었을 무렵이었다. 수호는 그때까지 밥을 해본 적이 없었다. 아버지가 퇴근 시간 맞춰 밥을 차려놓으라고 했다.

수호는 종일 고심해서 밑반찬을 접시에 올리고 계란을 부쳐놓았다. 5시쯤 차려놓고는 칭찬받으리란 생각에 기분이 좋았는데, 정작 아버지가 온 것은 새벽 2시였다.

주린 배를 안고 자던 수호를 깨워 식탁에 앉힌 아버지는 식은 계란 프라이와 꼬들꼬들 마른 밥을 보며 급격히 얼굴이 어두워졌다. 왜 인생에 되는 일이 없는지 식탁 구석구석을 보며 되짚는 기색이었다.

수호는 당황해서 밥통을 들여다보려고 일어나다가 물컵을 엎었다. 엎어진 물이 식탁을 적시며 흘러가 아버지의 무릎 위에 툭툭 떨어졌다.

「넌 뭐 하는 놈이야?」

아버지가 식탁을 내려치며 일어났다.

「왜 하는 짓마다 사람을 화나게 해?」

모멸.

심장을 파고드는 멸시.

마음 밑바닥을 후벼 파는 조롱.

제 모든 것이 하찮게 느껴졌다.

모든 것이 우스워졌다. 모든 것이 창피했다.

지금까지 난 뭘 한 걸까? 왜 살려고 발버둥 쳤을까? 뭘 하러 저항하고, 말하고, 숨을 쉬었을까? 난 아무것도 아니지 않은가?

난 살 가치가 있을까?

가치도 없는데 왜 살려고 했을까?

뱀처럼 검고 차가운 촉수가 무수히 뻗어와 목을 조였고 눈을 가렸다. 머리를 조였고 팔과 다리에 꼬였다. 그 어디보다도 수호의 오른손이 칭칭 감겼다. 감은 자리에 몇 번이고 다시 감겼고 그때마다 다른 기억이 솟아났다.

이미 칼은 완전히 사라졌다. 그런 것을 만들었다는 것만으로도 수치스러워 죽을 지경이었다.

이 두억시니는 생긴 것과는 다르게 지능이 있다. 어디가 약점인지, 무엇을 멸시받는지, 왜 조롱당하는지 귀신같이 찾아내어 더듬어온다.

더 떠올릴 기억이 없으면 같은 기억을 새로운 각도에서 다시 조명했다.

놀림을 주도하던 사람만이 아니라 지나던 사람, 옆에서 구경하던 사람, 흘끗 불편한 눈길을 준 사람까지도 모두 재조명되며 새로운 이야기가 만들어졌다. 뒤에서 수군대는 대화, 반 친구가 집에 가서 가족에게 떠들었을 뒷담화, 수호가 알 방법이 없는 이야기까지 실제 체험이나 다름없이 생생하게 떠올랐다.

나는 하찮은 놈이다.

쓰레기다.

벌레나 다름없다.

촉수의 말단에서 입이 생겨났다. 날카로운 바늘 같은 이빨이 무수히 난 입이다. 입이 수호의 손가락을 깨물었다. 아팠지만 손을 움츠릴 생각조차 들지 않았다.

고통은 마땅했다.

나는 벌을 받아야 한다. 가치가 없으므로.

아버지는 마땅한 일을 했다. 나 같은 놈을 사람 만들겠다고 하신 일인데, 고마워하지는 못할망정. 나라고 해도 나 같은 놈이 있으면 똑같이 했……

구렁이 같은 시커먼 촉수가 서로 엉키며 합쳐졌다. 무덤에 쌓인 흙처럼 수호의 몸을 찐득찐득하게 덮쳐왔다.

맑은 수면 너머에서 누군가 손을 내밀었다. 크고 힘센 손이었다. 키 큰 남자가 수면 너머에 있었다.

〖이리 나와.〗

남자가 속삭였다.

"나와!"

맑은 목소리, 눈부신 검광. 수호는 빛의 파편이 눈앞에서 흩어지는 것을 망연히 바라보았다.

"일어나!"

마호라가는 달려드는 검은 촉수를 베어내며 소리쳤다. 아까보다 왠지 꼴이 허름해 보인다. 수호는 누운 채 움직이지 않았다.

내버려둬. 난 구할 가치가 없어.

어떻게 되든 내버려둬.

마호라가는 이를 악물고 바닥을 깨부술 듯이 기계다리를 내리꽂았다. 들어 올린 다리는 큰 갈고리처럼 변해 있었다. 마호라가는 새가 발톱으로 먹이를 쥐듯이 수호의 허리를 붙들었다.

수호는 넋이 빠진 가운데서도 저 다리의 변형력은 도무지 예측하지 못하겠다고 생각했다. 정신이 오염된 나머지 그 생각은 꼬이고 꼬여 자신이 가치 없는 존재라는 확신에 추가되었다.

마호라가는 몸을 뒤로 돌려 큰 기합과 함께 칼로 두억시니의 바깥 피부를 둘로 갈랐고, 피부가 아물기 전에 수호의 몸을 그 사이로 내던졌다.

틈을 보인 마호라가의 목에 촉수가 휘감겼다.

수호는 바깥에 내던져진 뒤에도 움직일 생각도 없이 누워 있었다. 어떻게 해야 죽을 수 있을까, 그 생각만이 머리에 가득했다. 어떻게 해야 이 가치 없는 생을 끝낼 수 있을까.

무기력한 가운데서도 수호의 일부분은 마음 구석에서 물음표를 띄우고 있었다.

왜 이렇게 익숙하지, 이 기분? 엊저녁에 아주 정확히 이런 기분에 빠졌었는데. 똑같은 생각을…….

등에 차갑게 내려앉던 눈.

핏빛 깃털.

등에 얹혀 있던 산처럼 거대한 괴수의 발. 뒤통수에 쏟아지던 역한 숨 냄새.

수호는 번쩍 정신이 들어 눈을 떴다.

하얗게 눈이 쌓이던 벌판, 누군가가 조롱 섞인 웃음을 쏘아 대는 동안 자신의 등을 내리누르던 거대한 괴수. 검고 냄새나고 반죽처럼 흐물거리던…….

'같은 놈이다.'
〔같은 놈이다.〕

수호는 생각했다. 생각이 어찌나 큰지 머릿속에서 천둥처럼 울렸다. 마음의 소리가 같이 외쳤기 때문이었다.

바닥까지 내려앉은 모멸의 구렁텅이 속에서, 나는 소원을 빌었다.

죽음에 사로잡힌 채로.

수호가 홱 뒤를 돌아보자, 막 마호라가가 두억시니의 몸을 비집고 안에서 기어 나오고 있었다. 몸을 빼내는 마호라가의 기계다리에는 수십 개의 촉수가 거머리처럼 매달려 있었다.

마호라가는 숨을 헐떡였고 낯빛은 창백했다.

달려드는 촉수를 베어내려 팔을 휘둘렀지만 동작이 느렸다. 잘라내는 대신 되려 마호라가의 검과 오른팔에 촉수가 휘감겼다.

쟤가 왜 저렇게 둔해졌나 생각하다가 퍼뜩 정신이 들었다.

피가 거꾸로 솟는 것 같았다. 촉수는 마호라가의 기계다리를 주로 노렸다. 한번 휘감은 자리를 몇 겹으로 다시 휘감았다. 저게 지금 방금 내게 했던 것과 똑같은 짓을 하고 있다면……

수호는 네 발로 기다시피 달려가 마호라가의 다리에 붙은 거머리를 떼어내려고 했다. 그러자 마호라가가 피리를 쥔 손으로 수호의 팔을 쳐냈다. 다시 손을 뻗자 수호의 손등을 내리찍을 듯이 그 앞에 피리를 박았다. 절대로 만지지 말라는 무언의 경고.

벼락처럼 단호한 기세에 수호는 물러났다. 그 바람에 마호라가의 왼손과 피리에도 촉수가 휘감겼다. 검고 끈적이는 것들이 마호라가의 가슴과 목을 칭칭 휘감았다.

마호라가의 부릅뜬 눈에 슬픔이 내려앉았다. 다시 분노가 일었고, 다시 슬픔이, 몸서리치는 두려움이 내리박혔다.

수천 수백의 말, 비웃음, 조롱, 하나의 생만 살아온 사람은 상상할 수도 없는 실타래처럼 많은 기억, 바닥까지 짓밟힌 인간성, 빼앗긴 존엄, 처참한 모멸, 쏟아지는 멸시.

"닥쳐!"

마호라가가 일갈했다.

"여기 네가 멸시할 수 있는 사람은 아무도 없어!"

수호는 놀라 고개를 들었다.

"사람은 모두 태초부터 살아왔어. 태초부터 생명을 이어 왔어! 수천 수백 번을 살고, 죽고, 다시 태어났어! 모두가 역사의 증인이었고, 주인이었고, 신화였고, 전설이었어! 그런데 네가 감히 그 위대한 존엄을 무시하고, 비웃고, 폄하하는 것으로 네 몸집을 불리고, 먹이로 삼았어! 너는, 내가!"

마호라가는 마음에 쏟아지는 모든 모멸을 태워 없애려는 듯 소리를 높였다.

"내가 반드시 없애버리고 말겠어!"

눈에 눈물이 맺혔다. 붉은 눈이 타듯이 뜨겁게 달아올랐다.

"내가 지금 죽는다 해도! 다음 생에라도! 그다음이라도!"

두억시니의 움직임이 느려지는 듯했다. 이제야 처음으로 눈앞에 있는 작고 귀여운 생물을 인지했다는 듯이, 느리게 고개를 숙여 마호라가를 응시했다.

물안개가 머리 위에 차갑게 내려앉았다. 구름 같은 그림자가 머리 위를 스쳐갔다.

수호는 고개를 들었다. 아난타가 긴 꼬리를 휘저으며 두억시니의 머리 위를 맴돌았다. 길게 찢어진 옥색 눈이 자신을 향했다.

'왜 내려오지 않지?'

수호가 생각하는 사이에 아난타가 다시 크게 회전하며 물 안개를 흩뿌렸다.

아난타의 눈이 다시 수호에게 머물렀다. 차분한 눈이었지만 재촉하고 있었다. 차분하다기보다는, 극단적으로 긴장했기에 오히려 마음이 느려진 것처럼 보였다.

'내가 뭔가 하기를 바라고 있다.'

수호는 퍼뜩 깨달았다.

뇌격은 안 돼. 마호라가가 두억시니에게 이어져 있다. 같이 다칠 거야. 아난타가 두억시니에게 닿아서도 안 돼. 아난타까지 오염되면 우릴 탈출시켜 줄 사람이 없다. 말로 지시할 수도 없어. 두억시니는 지능이 있다. 알아챌 거야.

하지만 나도 저놈에게 닿으면 아까처럼 정신이 나갈 텐데?

그 쏟아지는 모멸의 폭풍우를 다시 겪는다면 견뎌낸다는 보장이 없었다. 거머리 같은 촉수는 계속 새로 생겨나고, 끊어내도 다시 달라붙는다.

숫자, 재생력.

수호의 머리가 무섭게 돌아갔다.

'한 번에.'

수호는 생각했다.

'한 번에 끊어내야 해.'

수호는 일어났다. 수호의 손등에서 검이 뽑혀 나오듯 자라났다. 검신이 길게 뻗어 땅에 닿았다. 수호는 고개를 저었다.

'더 크게.'

생각과 동시에 칼은 새 도약을 준비하듯 손등으로 빨려 들어갔다.

'단 한 번에.'

수호는 집중했고 숨을 쉬었다.

될지 안 될지 모를 일이었지만, 될지 안 될지 생각할 여유가 없었다. 수호는 양손검을 쥐듯 왼손으로 오른 손목을 쥐고 손을 머리 뒤로 올렸다.

검 끝이 반대쪽 건물 벽을 긁었다.

무겁다. 들 수 없을 것 같다. 하지만.

이미 마호라가의 눈과 입까지 거머리가 덮어 오고 있었다.

수호를 포함해서 아무도 눈치채지 못했지만, 그들의 뒤에는 지금까지 없었던 사람이 서 있었다.

늪처럼 검은 옷을 입은 키가 큰 사람.

그는 성가시다는 표정을 하고는, 수호의 칼날을 손등으로 튕겨 들어 올리는 힘을 보태고 이내 사라졌다.

수호가 검을 내려치자 흙먼지가 솟구쳤다.

마호라가를 휘감은 살덩이 전체가 한 번에 끊어져 나갔다. 황금빛 파편이 눈부시게 날아오르는 것과 동시에 아난타의 몸이 땅을 스치며 융단처럼 두 사람 아래로 날아들었다.

수호는 뒤로 쓰러지는 마호라가의 몸을 받쳐 들었고 한 손으로 꽉 끌어안은 채 아난타의 갈기를 붙들었다. 두억시니의 촉수는 순식간에 재생되었지만 그 직전에 아난타의 몸이 바람을 일으키며 날아올랐다.

저 아래로 멀어져 가는 두억시니를 보며 수호는 생각했다.

'가만두지 않겠어.'

무엇에게랄 것 없는 울분을 쏟아내며 수호는 생각했다.

생전 처음 겪는 격렬한 의지에 심장이 활활 달아올랐다. 품

안의 마호라가가 생각 이상으로 작고 가벼운 탓에 몇 번인가 흠칫흠칫 놀랐다.

'용서 못 해. 넌 내가 없애버리고 말겠어.'

수호의 생각을 듣기라도 한 듯, 두억시니의 몸에 나타난 샛노란 눈이 어둠 속에서 자신을 또렷이 응시했다.

Ep. 2

소년과
그 카마의 마음

13   늘어나라 뽀큐뽀큐

수호가 아버지의 퇴원 수속을 마치고 병실로 돌아와 보니 시골에서 올라온 고모가 큰 봇짐을 들고 와 있었다.

외출을 잘 안 하는 분이 어찌어찌 찾아 입은 듯, 큰 분홍색 꽃이 달린 모자에 꽃무늬 머플러에 털스웨터에 가죽 장갑까지, 어울리지 않는 것들을 잔뜩 두른 차림새였다. 봇짐에는 묵은지며 장아찌며 밑반찬이 한가득이었다.

"느이 아버지 성질이 그리 개 같더니만, 힘 좀 빠지니 좀 봐 줄 만하네."

의사는 아버지가 심장이 심하게 나빠졌다면서 퇴원 후에도 절대안정 하라고 했다. 술을 하도 마셔서 혈관이 실처럼 좁아졌는데, 덕분에 심장이 일을 너무 많이 해서 파업 직전이라고 했다.

그 말을 들은 아버지는 어린애처럼 고분고분했다.

의사는 이러면 죽는다고 하고 저러면 죽는다고 했는데, 대충 어쨌든 죽는다고 받아들인 기색이었다. 죽는다는 말을 입에 달고 살던 사람이 그렇게 죽음 앞에서 초라해지는 것을 보니 희한한 기분이었다.

"내가 시골에서 좀 데리고 있으마. 학교도 다녀야 하는데 네가 어떻게 간병까지 하니."

고모가 사과를 깎으며 말했다. 먹을 것 이외에는 조카와 대화할 수단이 없다는 기세로 과일 껍질로 산을 쌓고 계셨다. 못 먹고 남은 것들이 노랗게 삭으면 버리고 새로 깎았다.

수호는 고모의 제안이 기묘한 장난처럼 느껴졌다.

하지만 고모가 제 몸에 난 흉터를 하나하나 눈에 담는 것을 보았고, 고개를 돌리고 한숨을 푹 쉬는 것도 보았다. 그 한숨에 담긴 외면과 회피를, 또 나름 최선의 호의를 어렴풋하게나마 이해할 것 같았다.

"가기 전에 둘이 인사라도 하렴."

아버지는 작아 보였다.

이상한 일이었다. 몸은 그대로인데 한 줌도 안 되어 보였다. 큰 덩어리가 빠져나간 것 같았다. 어딘가 푹 꺼져 있었다. '약해져도 됨' 같은 계약서에 도장이라도 찍은 것 같았다.

아버지는 끙끙거렸고 사람 죽겠다고 앓았고, 가끔 울었고, 종종 멍하니 창밖을 보았다. 이전에는 얼마나 강한지 증명하느라 여념이 없었다면 지금은 자신이 얼마나 약한지 증명하느라 여념이 없어 보였다.

수호와 둘이 병실에 남겨지자 아버지는 긴 침묵 뒤에야 입을 뗐다.

"학교는?"

"다녀왔어요."

"밥은?"

"먹었어요."

그리고 할 말이 없었다.

"수호야, 있잖니, 내가……."

아버지는 푹, 하고 한숨을 쉬었다.

"내가 좀 성질이 욱할 때가 있지?"

"……."

"네가 이해해라. 아버지가 속상한 일이 많아서……."

"……."

아버지는 창밖을 보고 말하다가, 수호의 표정을 살피려는 듯 이쪽을 힐끗 보더니 서둘러 도로 고개를 돌렸다. 추운 척하며 이불을 뒤집어쓰더니 등을 돌리고 누워 몸을 웅크렸다.

좀 이상한 생각이었지만 아버지가 자신을 보고 겁을 먹은 것처럼 보였다. 이상해서 뒤에 누가 앉아 있나 돌아보기도 했다.

무슨 말을 더 하나 기다렸지만 아무 말도 없어서 일어났다.

수호가 간다는데도 아버지는 손짓만 할 뿐 돌아보지 않았다. 제풀에 놀라는 것처럼 가끔 흠칫거렸다.

"김치 가져가야지."

문을 지나는데 웬 소녀가 수호의 손을 붙들었다. 수호는 당황해서 걸음을 멈추었다.

눈부시게 아름다운 소녀였다. 당혹스러운 것은 소녀의 외모보다도 차림새였다. 장미꽃으로 장식한 우산처럼 큰 모자를 쓰고 붉은 이브닝드레스를 입은 아가씨였다. 코스프레 중인 여자애인가 싶었지만 그렇다기엔 입은 옷이 너무 비싸 보였다.

"……네?"

"내가 가끔 들를 테니, 밑반찬 떨어지면 연락하고."

이만한 미모와 이런 차림새라면 시선을 끌고도 남을 텐데, 사람들은 무심하게 두 사람을 지나쳤다.

소녀는 또각또각 병실 안으로 들어가더니 고모가 놓고 간 분홍색 봇짐 두 개를 들고 와 수호 앞에 내려놓았다.

"왜 그렇게 쳐다봐? 고모 얼굴도 잊었어?"

정신을 차리고 보니 눈앞에 있는 사람은 구겨진 머플러를 두르고 후줄근한 털스웨터를 입은 고모였다.

"고모?"

"원, 애도. 싱겁기는."

어깨를 으쓱하며 병실 안으로 들어가는 고모의 뒷모습을 보며, 수호는 처음으로 고모의 말씨며 걸음걸이가 우아하다고 생각했다. 지금껏 눈치채지 못했던 점이었다. 고모의 마음 안에 그토록 아름다운 소녀가 있으리라고는 더욱 생각조차 못 했다.

「네 카마를 먼저 없애야 해.」

진의 말이 떠올랐다.

「우릴 돕고 싶다면.」

✦

이틀 전 수호는 진과 선혜의 원룸에 찾아갔다.

선혜는 산더미 같은 이불에 파묻혀 누운 채 가느다란 숨을 쌕쌕 쉬고 있었다. 땀으로 발갛게 오른 작은 이마에 진이 찬물로 적신 물수건을 올려놓았다.

"과로야."

진이 선혜의 입에서 체온계를 꺼내 확인하며 말했다.

"뭐, 말하자면 말이지. 마음을 많이 쓴 셈이니까. 아무래도 아직 뇌도 쪼그마하니까. 머리 많이 쓰고 나면 피곤하기도 하겠지."

진은 이불 더미를 한 손으로 가뿐히 들어 올리더니 선혜의 몸 위로 파다다다 부채질을 하고는 도로 덮었다.

"죽지는 않겠죠? 설마, 진짜 싸움도 아닌데……."

수호는 맥없이 물었다.

"뭐, 여러 번 죽었지만."

진이 아무렇지도 않게 말하자 수호는 소리 없이 기겁했다.

"요 정도로는 안 죽어. 죽으려면 그 안에서 목이 잘리거나 홀랑 태워지거나 심장이 뚫리거나 해야지."

저기요.

"그 안에 있는 건 네 인격이야. 인격이 죽으면 몸도 시들어 죽어. 여태 그런 것도 모르고 들락거렸나 보네. 깡도 좋지."

진은 일어나서 놋쇠 주전자에 물을 올려놓고는 작은 그라인더에 드륵드륵 커피를 갈았다.

수호는 침대 옆에 의기소침한 채로 앉아 있었다. 진이 자리를 떴으니 잠깐이나마 선혜가 제 책임이라는 생각이 들었지만 어찌할 바를 몰랐다. 그제야 수호는 자신이 상처를 치료받아본 적이 없다는 생각을 했다. 그러니 누굴 치료하는 법을 알 리가 없었다.

'난 할 줄 아는 게 뭐지.'

난. 쓰. 레. 기. 야.

평상시에는 하지 않던 생각이 수호를 덮쳐왔다.

자괴감에 빠져 쓸데없이 물수건만 가는데 진이 커피잔을 수호의 코앞에 내밀었다.

당연히 제 몫이 아니라 생각했던 수호는 당황했고, 이내 그게 이상한 생각이라는 것을 깨달았다.

평범한 친절. 이상할 것이 없다. 하지만.

"죄송합니다."

"왜? 어차피 내리는 커핀데."

"나 때문이에요."

진은 머그컵 두 개를 양손에 든 채 생각하는 얼굴이 되었다.

"잘 모르겠지만 그랬을 것 같지 않아."

"난 쓰레기 같은 놈이에요."

진은 컵을 내려놓고 손을 들어 올렸다.

칠 거야.

역시 비합리적이었지만 수호는 그렇게 생각했다. 뺨을 날리겠지. 발로 찰지도 몰라. 난 그래도 싸.

진의 손가락이 수호의 이마에 얹혔다. 화상으로 붙고 불고 얼룩덜룩 일그러진 손가락이었다. 하지만 강하고 따듯했다. 손끝에서 의지가 흘러들어 오는 듯했다.

"바로 그 생각이야."

수호는 눈을 깜박였다.

"사소한 일로 자기가 맞아도 싸다고 생각하는 그 순간, 너는 똑같이 사소한 일로 남을 때려도 된다고 생각하게 될 거야."

"……?"

"네가 사소한 일로 자신을 쓰레기라고 믿게 되는 순간, 너는 사소한 일로 남을 쓰레기라고 부르게 될 거야."

"……."

"네가 사소한 일로 모욕당하고 조롱당하고 멸시당해도 된다고 생각하는 순간, 너는 똑같이 사소한 일로 남을 조롱하게 될 거야. 그게 두억시니가 세를 넓히는 방법이야. 우리를 도울 생각이 조금이라도 있다면 어서 마음에서 그 생각을 치워."

수호가 얼떨떨해 있는 사이 진은 생각을 뽑아내기라도 하려는 듯이 이마에서 손가락을 떼었다.

"그거 네 생각 아니야. 두억시니가 하는 말이야. 아직 정신 오염의 여파가 남아 있어서 그래. 괜찮아질 거야."

선혜의 뺨으로 물이 주룩 흘렀다. 수호가 물수건을 제대로 짜지 않고 올려놔서였다. 선혜가 냠, 하고 물을 혀로 핥는 것을 본 수호는 허둥지둥 물수건을 치웠다.

물수건을 도로 짜면서 수호는 진의 눈치를 살폈지만 진의 눈빛은 무심했다. 너무 사소한 나머지 눈에도 안 들어온 기색이었다. 집이었다면 불호령이 몇 번은 떨어졌을 것이다.

혼을 낼 리가 없지. 진은 아버지가 아니고, 내가 가족도 아니고.

그런데도 이 평온함은 낯설었다. 낯선 나머지 불안할 지경이었다. 불안한 나머지 난동이라도 부려, 어차피 일어날 일이 빨리 일어나게 한 뒤 편안해지고 싶을 지경이었다.

수호는 마음을 다잡았다.

'내 생각이 아니야.'

수호는 두억시니의 배 속에서 마지막 순간 마음에 자리 잡았던 생각을 떠올렸다.

「나라고 해도 나 같은 놈이 있으면 아버지와 똑같이 했을 거야.」

어떻게 거기까지 갔을까. 어떻게 나도 아버지와 똑같이 할 수 있다고 생각했을까. 누구에게든, 설사 나 자신에게라도.

"그 괴물, 어떻게 없애죠?"

그 말을 듣자마자 진은 커피를 내려놓고 번개처럼 수호에게 바짝 다가앉았다.

"진심으로 하는 말이야?"

"에…… 예?"

"너도 두억시니를 직접 봤을 거 아냐. 그런데도 없애야겠다는 생각이 들어?"

"……그러니까 없애야겠다는 생각이 드는데요?"

'그런가?' 하는 눈치로 진은 천장을 올려다보았다가 수호의 오른손을 쥐었다.

우둘투둘하니 화상을 입은 손바닥이 수호의 막대기처럼 굳은 손가락 위에 덮였다. 수호의 얼굴이 확 달아올랐지만 진은 눈치도 못 챈 얼굴이었다.

"네 검, 얼마나 크게 만들 수 있어?"

"모……르겠는데요?"

"어디까지 크게 만들어봤어?"

마호라가와 아난타에게 내리꽂았던 거대한 탑, 혹은 건물 같았던 뭔지 모를 뭔가가 생각났지만 영 현실감이 없었다. 수호는 그 기억은 일단 제쳐두기로 했다.

수호는 아버지의 마음속에서 그슨대 인형의 주먹에 매달려 칼로 땅을 찍었을 때를 떠올렸다. 폐허가 된 거리에서 마호라가의 몸에 뒤엉킨 거머리를 끊어내려 만든 검이 머리 뒤의 건물 벽을 긁을 만큼 컸던 것까지도.

수호가 대충 자기 검에 "뽀큐칼"이란 이름을 붙인 바람에 기억은 벌써 꽤 우스꽝스럽게 변해 있었다. "나의 뽀큐를 받아랏!" 같은 기합을 지르는 소년의 번쩍번쩍한 손가락이 쭉쭉 뻗어 올라가는, 꽤나 없어 보이는 영상이었다.

"길이로만 치면 이 방 두 개…… 아니, 세 개 정도?"

어떻게 만들었는지는 전혀 모르겠지만.

"여기서 네 집까지 닿을 만큼 만들 수 있겠어?"

수호는 **늘어나라 뽀큐뽀큐** 같은 더욱 없어 보이는 연상을 하며 살짝 진땀을 흘렸다.

사람 뼈가 무슨 고무도 아니고. 아니, 마음 안에서야 그게 뼈는 아니겠지만. 늘이는 데에만 한 시간은 걸릴 것 같다. 그 정도 늘이면 실처럼 가늘어져 축 늘어질 것 같다.

하지만 수호의 심란한 연상과는 달리 진은 진지했다.

"두억시니는 닿는 것만으로 정신을 오염시켜. 상처는 바로 재생하고, 이쪽의 전법은 전부 그 자리에서 복제하지. 통상의 공격이 안 먹히는 건 물론이고 시간을 끌면 끌수록 이쪽이 불리해."

"한 번에 제압해야 한다는 거군요."

수호는 바로 이해했다. 여전히 **일격필살의 뽀큐** 같은 없어 보이는 이름을 떠올리며.

"대포나 유탄발사기 같은 걸 만들 수 있는 사람을 찾을 생각이었지만, 네 검에 크기 제한이 없다면 폭탄을 대신할 수 있어."

'아.'

수호는 선혜를 처음 만났던 편의점에서의 대화를 떠올렸다.

「대포 같은 거 있어?」

'그게 그런 뜻이었나.'

"하지만……."

수호는 더듬었다.

"어떻게 키우는지 모르겠는데……."

"나도 모르는데."

수호의 손을 소중한 보물인 양 두 손으로 꼭 붙잡고 있던 진은 그건 생각 못 했다는 듯 천장을 보았다.

"하지만 배울 수 있을 거야. 네가 퇴마사라면."

"저……는 사람인데요?"

수호가 한참 만에 내뱉은 말에 진은 눈을 동그랗게 떴다가 바닥을 팡팡 치며 웃었다.

"맙소사, 우릴 뭐라고 생각한 거야? 나도 사람이야. 선혜도 마찬가지고."

진은 볼을 조금 긁었다.

"우리는 뭐랄까, 에…… 그래, 나이가 좀 많은 거야."

수호는 한참 눈을 깜박였다. 내가 뭔가 착각했었나. 혹시

이 사람들 상상을 초월하는 동안이었던 건가.

"이번 생에서의 나이를 말하는 게 아니야. 그 이전의 삶과 그 이전의 삶을 다 통틀어서. 나는 오래 살았어. 선혜만큼은 아니지만. 너도 그랬을 거야. 단지 잊었을 뿐이지. 뭐, 많이들 잊고 살지. 잊는 게 편하기도 하고."

진은 어깨를 으쓱했다.

"솔직히 나도 선혜에게나 들었지, 이번 생밖에는 기억나지 않지만 말야. 사실 옛날 일이라는 게 십 년 전만 해도 가물가물하잖아."

진은 수호의 앞머리를 만지작거렸다. 이마에는 좀 전에 진이 새로 붙여준 반창고가 붙어 있었다.

"그러니까, 우리는 아마 이전에도 알았을 거야. 기억은 안 나지만. 어쩌면 몇 번쯤 같이 싸웠을지도 모르지. 선혜는 너에 대해 뭔가 기억하는 것 같지만 워낙 그런 이야기는 잘 안 해준다니까."

선혜가 끙, 하고 낮은 한숨을 쉬며 꼼지락거렸다.

"선혜의 겉모습은 애지만 마음에는 불패의 검사가 있어. 네 겉모습은 너를 말해주지 않아. 네 진짜 모습이 어떨지는 아무도 몰라."

"진씨는 선혜라고 하네요."

"어?"

"아난타는 마호라가라고 하던데."

"아, 그건 습관이……."

진은 어색하게 웃었다.

'달라.'

수호의 머릿속에 선혜와 마호라가, 아난타와 진이 스쳐 지나갔다.

'……둘이 달라.'

14　버릴 수 없는 소원

수호는 고모와 헤어진 뒤, 진과의 대화를 떠올리며 아버지가 있는 병실을 나섰다.

창문으로 오후 햇빛이 쏟아졌다. 입원 병동은 소란스러우면서도 조용했다. 복도 저쪽에는 호흡기를 단 환자가 누운 침대를 끌고 가는 사람들이 있고, 한구석에는 휠체어에 앉은 채 집에 가겠다고 소리를 지르는 할아버지가 있었다. 어딘가에 전화를 걸며 눈물을 쏟는 사람도 있었다. 청소부 아주머니들이 그 소란 속을 오가며 무심히 대걸레질을 하고 쓰레기통을 비웠다.

수호는 그 한가운데에서 고모가 준 봇짐을 든 채 자신의 마음을 들여다보았다.

마음은 잠잠했다.

하지만 떨쳐낼 수 없는 존재감이 느껴졌다.

누군가가 등 뒤에 바짝 붙어 선 채 이놈이 어쩌려는가 눈을 빛내며 지켜보고 있다. 숨소리 하나까지 놓치지 않으려는 듯 수호의 턱밑에 귀를 바짝 붙인 채.

〔어쩔 생각이지?〕

수호의 생각을 대변하듯 귓가에서 누군가가 속삭였다.

한참 정신이 왔다 갔다 할 때는 몰랐는데, 벌건 대낮에 멀쩡한 정신으로 머릿속에서 목소리를 듣자니 새삼 괴이했다.

〖그 괴물 같은 퇴마사들 헛소리를 진심으로 믿는 건 아니 겠지?〗

'왜 헛소리라고 생각하는데?'

수호가 되물었다.

〖그 자식들은 그저 내가 방해될 뿐이야. 네 생각은 손톱만 큼도 하지 않아. 날 없애려고 널 꼬드기는 거야. 잘 생각해봐. 넌 나에 대해 그 녀석들 입장밖에 들은 적이 없어.〗

'……'

〖놈들은 카마를 무슨 악마의 하수인 취급을 하는데, 그게 사실일지 아닐지 알 게 뭐야.〗

'너도 네가 살려고 날 꼬드기는 건 아니고?'

불같은 악의가 마음 저편에서 솟구쳤다. 심장이 들뛰는 바 람에 아플 지경이었다.

〖넌 내가 필요해.〗

'어째서?'

〖스스로도 알고 있을 텐데.〗

수호는 답하지 않고 조용히 발을 옮겼다. 카마 역시 침묵 했다.

✦

진은 집 앞 벽에 기대선 수호를 보고 걸음을 멈췄다.

놀란 눈치였지만 놀라기는 수호도 마찬가지였다. 진은 한 손에는 쌀 한 가마니를 안고 다른 손에는 미역 한 아름을 들

157

고 머리에는 계란 한 판을 이고 있었으니까. 한 손으로 안아든 쌀가마니보다 머리에 얌전히 올라가 있는 계란 한 판이 더 놀라웠다.

"왔어? 왜 안 들어가고 그러고 있어?"

진은 묵직한 쌀가마니를 땅에 내려놓으며 말했다. 진이 몸을 숙이는 동안에도 계란은 놀라운 균형으로 진의 머리 위에 놓여 있었다.

수호는 애써 그 계란을 무시하며 뚜벅뚜벅 걸어가 진의 손을 잡았다. 어리둥절해하는 진의 얼굴을 똑바로 마주하며 말했다.

"아난타."

"뭐?"

"**카마** 아난타."

진이 눈을 크게 떴다.

그 한마디로 마음이 열릴 줄 알았다.

새파란 하늘. 구름 한 점 없이 맑다.

도시에서만 살았던 수호에게는 위화감이 느껴질 만큼 청량한 빛이었다. 눈부신 나머지 수호는 시선을 낮췄다. 하늘과 맞닿은 면을 구분하기 힘들 만큼 새파란 바다가 사방에 펼쳐져 있었다. 어느 방향으로든 육지는 없었다.

수호는 세 평이나 될까 말까 한 작은 바위 위에 서 있었다. 섬이라고 부르기에도 작은 땅이다. 파도가 거품을 일으키며 무릎을 적시다가 물러났다.

불가해한 풍경이다. 마치 물로 이루어진 행성에 혼자 서 있는 것처럼. 큰 파도가 무리 지어 달려드는 흰 말처럼 쏴아아 거품을 일으키며 밀려왔다.

수호는 물이 얼마나 센지 가늠하지 못했다. 파도는 수호를 넘어뜨렸고 그대로 휩쓸어 갔다.

물 밑에 가라앉아 보는 수면은 태양 빛을 받아 눈부시게 일렁였다. 물은 어찌나 맑은지 하늘이 다 비쳐 보였다. 금빛 물고기들이 무리 지어 오갔고 저 아래에는 무지갯빛 산호초가 펼쳐져 있었다. 숨이 가쁜 것조차 잊을 지경이었다.

그 한가운데로 짙푸른 용이 수면을 뚫고 미끄러져 내려왔다.

아난타의 몸은 물빛이라 바다에 잠기자 거의 투명해 보였다. 등에 난 흰 갈기가 길게 자라나 수호의 허리를 휘감았다.

용은 큰 파도처럼 수호를 휘감고 상승했다. 아난타의 꼬리에 휘감긴 물이 회오리바람처럼 솟구쳤다가 햇살에 보석처럼 부서져 내렸다.

"야이, 멍청아!"

아난타가 소리쳤다.

"함부로 남의 마음에 들어오는 거 아냐! 위험하잖아!"

"카마 아난타."

수호는 물을 조금 토해내며 말했다.

"한 번만 더 그렇게 부르면,"

아난타는 몸을 꼬아 수호와 눈을 마주하고는 말했다.

"마호라가가 뭐라든 이 자리에서 네 목을 따버릴 줄 알아."

"네가 카마라면,"

수호는 물러서지 않고 말했다.

"마호라가는 왜 널 진의 마음에서 내쫓지 않는 거야?"

진이 정신을 차리고 보니 수호가 제 손을 붙들고 축 늘어져 있었다.

"나 참, 은근 앞뒤 안 가리네."

진은 여전히 머리에 계란을 올려놓은 채로 수호의 몸을 위로 던지다시피 일으켜 안았다. 담벼락으로 부축해 데려가서는 제 무릎에 고개를 기대어 앉혔다. 그러고 나니 수호는 따끈한 햇살 아래 곤히 잠든 것처럼 보였다.

"마음에 들어가면 몸은 무방비가 된다는 말을 안 해줬나 보네."

진은 머리에서 날계란 하나를 집어 들어 이마에 톡 쳐서 구멍을 내고는 사탕처럼 쪽쪽 빨았다.

"괜찮을까 몰라. 아난타는 맹목적인 데가 있단 말야."

말끝에 진은 당연한 소리를 했다는 듯이 덧붙였다.

"……카마니까."

"어떻게 알았어?"

"넌 진씨와 너무 다른걸. 선혜랑 마호라가와는 달리."

"달라? 그렇게 달라? 어디가 그렇게 달라? 내가 뭘 어쨌다고 달라? 선혜랑 마호라가도 완전 다르게 생겼는데? 어디가 어떻게 달라?"

아난타가 몸을 뒤틀며 머리를 마구 흔들었다.

"어, 방……금같이 굴 때?"

아난타는 튀어나온 입을 부우, 하고 더 내밀며 날았다. 구름에 닿을 듯 솟구쳤다가는 수면을 스치듯 고도를 낮추었다.

하염없이 날아도 바다였다. 막연히 이 공간이 지구처럼 원형이거니 싶기는 했지만 넓이는 가늠할 수가 없었다.

"비밀이야."

아난타가 입을 열었다.

"두 번 다시 입 밖에 내지 마. 난 마구니나 다른 카마들에겐 진의 아트만인 척하고 있으니까."

"어째서?"

"그러지 않으면 마구니가 수시로 진의 마음에 들어와 나와 계약하려 들 테니까. 그러면 나는 그들에게 소환되어 이런저런 마음의 전쟁터에서 싸우게 되겠지."

"그럼 남의 마음속에 들어가는 건?"

"마호라가가 불러서 들어가는 거야. 난 마음 못 열어."

"그러면 진씨는?"

"진은 거의 힘을 잃었어."

"왜?"

"내가 진의 마음을 다 차지하고 있으니까. 이 마음에는 진이 쓸 만한 영역이 별로 남아 있지 않아. 퇴마사는 그렇게 세상에서 하나씩 사라지는 거야. 결국 언젠가는 욕망을 갖게 되기 때문에."

"……."

"힘이 남아 있어도 진은 더 이상 마음에 들어가지 않아. 자 칫 그랬다간 누군가가 진과 내가 동시에 마음에 있는 것을 알 아차릴 거고, 내가 진의 아트만이 아니라 카마라는 것을 알게 될 테니까."

"왜 그렇게까지 하지?"

"진이 나를 버리지 못하니까."

아난타가 소리를 높였다.

아난타는 수면으로 하강하더니 수면 위에 꼬리를 둥글게 말아 배처럼 수호가 앉을 만한 자리를 만들어주었다.

"진은 나를 버리지 못해. 그걸 듣고 싶어서 들어온 거냐?"

아난타의 큼지막한 눈동자에 물에 쫄딱 젖어 뚫어지게 바 라보는 소년의 모습이 비쳤다.

"진은 자기 욕망에 빠져 마구니의 유혹에 넘어가 소원을 빌었어. 모든 하찮은 퇴마사가 이르는 결말이지. 마구니들이 퇴마사를 제거하는 가장 간단한 방법이기도 하고."

"진은 하찮은 사람이 아니야."

수호가 말했다.

"이유가 있을 거야."

"이유 같은 건 없어."

아난타가 답했다.

"카마를 버리는 게 그만큼 어려운 거야."

아난타는 한숨을 푹 쉬었다.

"십 년 전에 마호라가가 두억시니와 싸우고 다닐 때 상황 이 좀 안 좋았어."

162

그런가 보다 하고 듣던 수호는 어리둥절해했다.

"마호라가가 몇 살인데……."

"그래서 열 살이지."

아난타는 다시 돌이키고 싶지 않다는 듯이 눈을 찡그렸다.

"그때 한 번 죽었으니까."

수호는 입을 다물었다.

"마호라가는 그 시절에 혼자였어. 진이 옆에 있었지만 진은…… 예상하겠지만 아직 어린애였어. 퇴마사로서의 힘을 다 깨닫지 못했던 때였지. 그 시절에 진은 마구니에게 소원을 빌었어."

"……."

"나를 가진다고 해서 이룰 수 있는 소원도 아니었는데. 불합리한 소원이었지. 하지만 사람은 종종 불합리한 소원을 빌어."

✦

진은 계란 파느냐고 묻는 아주머니를 지나쳐 보내고는 제 어깨에 기대 누워 있는 수호를 바라보았다.

"아난타, 난 괜찮아. 어떤 선택이든 다 내 선택이야."

진은 햇살에 얼굴을 대며, 자기를 끌어안듯 제 어깨를 감싸 안으며 중얼거렸다.

"잃는 건 없어. 길을 바꾸는 거지."

"마호라가를 지킨다."

아난타는 숨을 깊게 쉬었다.

"그게 진의 소원이었어. 나를 없애면 진은 그 마음을 잃고 말아. 진은 그런 선택을 할 수가 없어. 마호라가도 나를 없애면 진을 잃고 말아. 마호라가도 그런 선택을 할 수가 없어."

"……."

"퇴마사도 마구니도 마음을 들락거리는 놈들이야. 얼마나 오래 나를 숨길 수 있을지 우리도 몰라. 퇴마사에게 들키면 나를 정화하려 할 거고, 마구니에게 들키면 나를 포섭하려 하겠지."

아난타는 어느 쪽도 싫다는 눈을 하며 말을 멈췄다.

"그래도 최대한 오래, 적어도 마호라가가 자기 일을 끝낼 때까지만이라도 숨기려 하고 있어."

아난타가 몸을 부르르 떨자 물안개가 주위에 하얗게 일어났다.

"이건 내 문제고 진의 문제야. 왜 확인해야 했지, 꼬마?"

수호는 입을 다물었다.

"갈등하고 있군."

아난타가 말했다.

"눈치챈 것이 있어서 그래."

"나도 눈치챈 것이 있지."

갑자기 아난타가 몸을 불리며 날개를 활짝 폈다. 온몸의 비늘이 오소소 돋더니 날개 끝에서부터 새파란 불꽃이 일었다.

'뇌격?'

순간 수호는 칼을 만들어내려다가, 쏟아질 것이 번개라면 금속은 피뢰침 역할만 하리라는 것을 깨달았다.

사방은 바다였고 뛰어들어 봤자 물도 전기가 통한다. 그제 야 이 장소 전체가 적의 본진이며, 아난타라는 카마에게 최적화된 곳이라는 사실도 깨달았다.

피할 도리가 없었다. 하지만 이유는 알 수가 없었다.

'마음에 멋대로 들어와서?'

'마호라가를 다치게 했기 때문에?'

그 이유라면 정당하다는 생각이 들었다. 수호는 눈을 감고 기다렸다. 기다리자니 머리 위로 물안개가 융단처럼 내려앉았다.

수호는 눈을 떴고 아난타가 뿌린 물안개에 반사해 무지개가 뜨는 것을 보았다. 물방울은 햇살을 받아 눈부시게 빛났다.

아난타는 수호의 몸을 한 바퀴 감아올리고는 코가 닿을 듯 가까이 댔다.

수호가 가만히 바라보자 아난타는 귀엽다는 듯 강아지처럼 볼을 비비적거렸다.

"넌 변했어, 꼬마."

"……."

"너도 눈치챘겠지? 네 안에서 두려움이 없어지고 있어. 더 정확히 말하면, 죽음을 두려워하지 않게 되었어."

알고 있었다. 하지만 수호는 애써 부정했다.

"나 같은 일을 겪으면 다 그럴 거야."

"네 아버지도 자기가 병 때문에 변했다고 생각할 거야. 다들 나름의 이유를 붙여 해석하지. 혹은 나는 원래 이런 사람이었는데, 지금까지 억눌러왔다고 믿곤 해."

아난타는 말을 이었다.

"현재란 거대한 것이라, 사람들은 현재의 자기만이 실체가 있는 유일무이한 자신이라고 생각하지. 하지만 사람이 일생 같은 인성과 성격을 갖고 산다는 건 굉장한 착각이야."

"그게 내 소원이었을까?"

"더 이상 두려워하고 싶지 않다? 모르지. 진도 힘이 세어지게 해달란 소원을 빈 건 아니야."

"……."

"그런 소원이 아니더라도, 네 소원은 '죽음을 감수해야' 이룰 수 있는지도 몰라. 그건 네 소원이 너를 위험에 빠뜨릴 수 있다는 뜻이고."

"난 내 카마가 하는 말을 내 마음의 소리라고 착각했어."

수호가 말했다.

"그게 다 내 생각이라고 믿었지만 전부 아니었다면……."

"네 마음의 소리야."

아난타의 말에 수호는 고개를 들었다.

"네 아버지와 네 아버지의 카마가 아예 다른 것이라고 생각하지 마. 그렇기도 하지만 정확히 그렇지도 않아. 카마는 사람의 욕망이 순수하게 극대화된 모습일 뿐이야."

"그럼 진씨는 어디까지가 진씨인 건데? 네가 없으면 어떤 사람인데?"

아난타는 고개를 까닥였다.

"사람은 계속 변해. 나는 진의 인격이 도달할 가능성이 있는 모습 가운데 하나였고, 나를 갖고 있어서 진은 나를 닮게 되었지."

"……."

"네 마음에 카마가 있는 한 넌 점점 더 네 카마를 닮아갈 거야. 지금보다 더 변하겠지. 하지만 그러기 위해 카마가 꼭 있어야 하는 건 아냐. 네 아버지는 카마가 없었어도 그런 사람이 될 수 있었어. 좀 느리거나 덜 극단적이었을지는 몰라도."

"잘 모르겠어."

"생각해봐."

아난타는 주위를 휘둘러보았다.

"여기는 진의 마음이야. 그러면 어디서부터 어디까지가 진일까?"

수호는 어리둥절한 기분으로 아난타의 시선을 따라갔다. 끝도 없이 펼쳐진 바다. 쏟아지는 햇살, 대기권 너머로는 우주라도 펼쳐져 있을 것 같은 하늘.

"네 마음 안에 들어갔을 때를 생각해봐. 그 마음은 다 '너'야. 그러면 그 마음 안을 돌아다니는 '너'는 뭘까? 지금의 네 몸 말이야."

아난타는 코끝으로 수호의 몸을 톡 쳤다. 수호는 복잡한 시험문제라도 받은 기분으로 눈을 찡그렸다. 카마는 지금의 날 **본령**이라고 부른다. 인격의 본바탕. 하지만 그 말이 설명해주는 건 없었다.

"꿈을 상상해봐. 넌 꿈에서 넓은 대지도 거닐고 바닷가를 거닐거나 산에도 오르겠지? 그러면 꿈에서 보는 그 공간은 다 뭘까?"

"……내 상상?"

"그 공간도 다 네 마음이야. 하지만 너는 그 안에서 한 명의 사람으로서 돌아다니겠지. 그럼 꿈속의 공간은 누구의 마음이고 거기서 돌아다니는 사람은 누구일까?"

"모르겠는데."

"둘 다 너야. 네 눈에 보이는 풍경도 다 네 마음이야. 단지 풍경은 네가 다스릴 수 없는 영역일 뿐이지."

"……."

"사람은 자기가 제 마음 전체의 주인이라고 착각하지. 하지만 퇴마사가 아닌 이상, 보통 사람이 자기 마음에서 통제할 수 있는 영역은 한 줌도 되지 않아. 나머지는 존재하는지조차 모르지."

"……."

"나는 진이 다스릴 수 없는 영역에서 생겨났어. 그러니 나는 진이 다스리지 못하는 마음인 셈이지. 그래서 위험하지만, 그래도 진의 마음인 것만은 변함이 없어."

아난타는 수호를 지그시 바라보았다.

"네 카마도 마찬가지야."

"마호라가는 모든 카마는 결국 마음을 다 잡아먹는다고 했어."

"그래, 어쩌면."

"그러면 너도 그렇게 되는 거야?"

아난타가 입을 꾹 다물고 수호를 노려보았다. 수호는 잠시 아난타가 이번엔 정말로 뇌격을 쏘지 않을까 생각했다.

"그건 내 **목적**이 아니야."

아난타가 한참 만에 입을 열었다.

"나는 잡귀에 불과해. 살아 있는 진의 몸만이 마호라가를 지킬 수 있어. 만약 내가 이 이상 커져서 진의 마음을 해친다면 나는 살 이유가 없어."

아난타는 잠시 입을 다물었다가 다시 열었다.

"그러니 만약 그때가 오면, 내가 선을 넘으면 마호라가에게 지체 없이 나를 없애달라고 해두었어. 마호라가가 없애지 못하면 진이 해달라고 했지."

"……만약에……."

"네 카마도 나처럼 살 수 있지 않겠느냐고? 그래, 마호라가는 무수히 그런 제안을 들었고 무수히 많은 카마를 놓아주었지. 그러다 결국은 카마에 다 잡아먹혀 돌이킬 수 없게 된 사람들을 봐왔어. 그런데도 마호라가는 매번 카마를 놓아준단 말이야. 제 신변의 위협은 생각지도 않고. 나도 카마지만 나는 카마를 믿지 않아."

"……."

수호는 입을 다물었다. 아난타는 길게 한숨을 쉬고는 수호를 휘감은 몸을 풀고 목을 뒤로 뺐다.

"꼬마, 네가 아버지와 같은 소원을 빌었으리란 말은 취소하지. 사과한다."

가슴이 저릿했다.

"어떻게 아는데?"

"너를 보면 알지. 너는 남을 모멸하지 않아. 네게 카마가 생긴 이상, 너는 이미 그 카마가 원하는 방향으로 움직이고 있을 거야. 그러니 네 소원은 너를 보면 알 수 있어. 적어도 무엇은 아니라는 것 정도는."

'나를 보면 안다.'

수호는 그 말을 되새겼다. 아난타는 혀를 찼다.

"연이 닿았으니 카마를 없애줄 생각이었지만, 연이 닿았으니 내버려둘 수도 있어. 이러니저러니 해도 결국 인간은 욕망을 갖고 살아. 넌 잃는 게 있겠지만 얻는 것도 있겠지."

수호가 뭐라고 말하려는 찰나 아난타가 날개를 펼쳤다. 바람이 불어와 바다가 크게 출렁였다. 사방에서 색색의 작은 물고기들이 한 무리 튀어 올랐다가 바닷속으로 잠겨 들어갔다.

"꼬마, 카마와는 상담하는 게 아냐. 난 마호라가처럼 복잡하게 생각하지 못해. 나는 네 카마를 없애버리고 싶지만 널 위해서가 아니야. 그게 마호라가를 위한 일이기 때문이야."

"……."

"그게 나고, 내가 태어난 이유고, 내 전부야. 카마는 자기 목적 말고는 아무것도 관심이 없어. 너도, 세상 전체도, 하다못해 내 생명이나 진의 생명까지도 내 관심사가 아니야."

"……."

"그러니 꼬마, 네 카마를 다스릴 수 있다는 자만은 버려. 녀석은 네 인생이 어디로 굴러가든, 그저 제 목적만을 위해 움직일 거야."

아난타는 몸을 빼어 하늘로 솟구쳤고 수호는 물에 빠지기 직전에 밖으로 튕겨 나갔다.

✦

같은 시각, 침대에 누워 자던 선혜는 자그마한 손발을 꼼지락거렸다.

"으응, 깨버렸네."

선혜는 몸을 뒤집어 누웠다.

"더 자야지. 어릴 때 많이 자야 많이 큰다고……. 저번 생에는 못 자서 못 컸어……."

누구든 흔히 할 법하지 않은 말을 중얼거리며 선혜는 꼬물꼬물 이불 속으로 파고들었다.

15   버려야 할 소원

수호는 정신을 차리고도 잠시 시간이 지난 뒤에야 진의 무릎에 고개를 대고 있는 걸 알았다.

빈 날계란 껍질이 열 개쯤 주위에 구르고 있었다. 진의 눈빛을 보니 일어난 일은 대강 예상하는 것 같았다.

상황을 돌이켜본 뒤에야 수호는 제 무례를 깨달았다. 아난타는 진이 아니다. 지금 수호는 진이 제 의지로 하지 않은 이야기를 강제로 훔쳐 들은 것이나 다름이 없었다.

"죄송합니다."

수호는 몸을 뒤로 빼며 말했다.

진은 수호에게 이리 오라고 손짓했다. 다시 한번 수호는 맞으리라는 불합리한 생각을 했다. 하지만 진은 수호가 머리를 들이밀자 확 당겨 품에 안았다.

수호는 바짝 얼어붙었다. 심장이 쿵쾅거리며 뛰었다. 진의 탄탄하고도 부드러운 가슴이 머리를 감싸안았다.

수호는 얻어맞을 때, 발길질을 당할 때 어떻게 해야 하는지 알고 있었다. 어떻게 해야 하는지 알기 때문에 일면 평온해지기까지 했다.

낯설다. 낯설다. 낯선 상황에 대한 불안과 공포가 불합리하게 덮쳐왔고, 이어 그럴 필요가 없다는 생각이 들었다.

그럴 필요가 없다고 생각하니 가슴이 뜨거워졌다.

"넌 좋은 퇴마사가 될 거야."

진은 수호의 귀에 속삭였다.

"하지만 만약 네가 네 카마를 더 원한다면 우릴 만난 건 잊고 떠나. 나와 선혜는 그냥 꿈이었던 거야."

수호의 심장이 쿵, 하고 내려앉았다.

"괜찮아. 욕망을 품고 사는 게 이상한 일은 아니야. 그저 퇴마사가 아닐 뿐이야."

진이 한쪽 눈을 지그시 감으며 입에 손가락을 댔다.

"아난타와 선혜에겐 내가 이런 말 했다고 하지 마."

"……"

"사람은 누구나 카마 하나씩은 마음에 갖고 살아. 그러니 카마가 다 나쁘다고 말하면 모든 평범한 사람들의 삶을 모욕하는 거야. 그래서는 안 돼……. 그러니까 네가 퇴마사만 아니라면, 괜찮아. 카마가 있어도."

진은 다시 둘에게는 비밀이라는 듯 입에 손가락을 댔다.

✦

저녁 해가 뉘엿뉘엿 가라앉자 홍대입구역은 분주해졌다.

약속을 잡고 버거킹 앞에 웅숭그리는 사람들이며, 바쁜 걸음으로 역에서 쏟아져 나오고 들어가는 사람들로 북적거렸다. 지하철역 앞에는 장신구와 찹쌀떡을 파는 사람들이 오붓하게 앉아 있었고, 근래 급격히 늘어난 해외 관광객을 위해 새로 생긴 간이 여행안내소가 역 입구에 자리 잡고 있었다.

거리에는 무슨 만두집을 지키자는 현수막을 든 사람들이 패딩을 입고 줄지어 서 있었다. 주차한 차에 "법보다 양심입니다"라고 쓰인 전단지가 더덕더덕 붙어 있었다.

"월세 한 번 밀린 적이 없는데 나가라고 합니다."

머리를 질끈 뒤로 묶은 아가씨가 마이크를 붙잡고 외쳤다.

"장사를 한 게 잘못입니까? 뭘 잘못했다고 쫓아내는 겁니까? 다들 그만큼 벌면 됐지 않느냐고 해요. 왜들 똑같은 말을 하죠? 어디서 배워오나요? 왜 그럼 건물주는 그만큼 벌고 만족하지 않는 거죠? 우리가 다 나가고 나면, 똑같은 맛에 똑같은 모양의 대기업 프랜차이즈로 거리를 다 채우고 나면, 누가 이 거리에 온다는 거죠? 사람이 더 오지 않으면, 월세는 어떻게 올릴 건가요?"

수호는 전단지를 주머니에 꾸겨 넣고는 공원 한가운데를 걸었다.

역에서 몇 걸음만 지나도 한적했다. 주택가에서 내놓은 쓰레기봉투가 나름의 환경전시물이라도 되는 양 곳곳에 쌓여 있다. 양옆으로 늘어선 은행나무에서 샛노란 은행잎이 우수수 쏟아졌다.

……나는 소원을 빌었다.

이룰 수만 있다면 다른 건 다 잃어도 좋다고 생각할 정도로 간절히, 나는 소원을 빌었다. 생애 그토록 뭘 바란 적이 있나 싶을 정도로.

하지만 내가 무엇인가를 그토록 절실히 바랐다면, 어떻게 잊을 수 있단 말인가? 그 정도로 원했다면, 그것은 지금도 내 소원이어야 마땅하지 않은가?

⋯⋯나는 소원을 빌었다.

수호는 눈밭에 웅크린 채 애원하는 자신의 모습을 떠올려 보았다. 펑펑 눈물을 쏟아내면서,

나는 죽기를 원했을까?

그래서 두려움이 사라지는 걸까?

충분히 가능하지. 하지만 그건 아니야. 만약 내가 바란 것이 죽음이었다면 그 카마는 생겨났을 때 나를 그냥 내버려두기만 하면 되었을 테니. 하지만 녀석의 첫마디는 "달아나"였다.

그건 내 소원이 적어도 내가 살아 있어야 이룰 수 있는 것이라는 뜻이겠지. 본인도 그렇게 말했고.

'힘이 세어진다⋯⋯.' 수호는 잠깐 팔을 굽혀보았다. '아니었던 모양이고.'

'키가 커진다⋯⋯'에서 괜히 상심했다. '뭐, 안 되는 것도 있겠지.'

'가수가 된다⋯⋯.' 아냐, 그런 방향이었을 리가 없어.

애초에 소원이 이루어진다고 확신했을 리도 없다.

'꿈이라고 생각했을 가능성이 높아. 무턱대고 입에서 나오는 대로 말했을 수도 있어. 그만큼 내 마음의 바닥에서 나온 소원이겠지만.'

말이 되는지 안 되는지, 가능한지 불가능한지조차 재지 않은 소원. 제정신이 아닌 채로 빌 만한 소원.

'……세계 정복……?'

문득 기억이 쏟아져 들어오는 것을 느끼며 수호는 멈춰 섰
다.

아버지의 마음 깊은 곳에서 보았던 바로 그 자리, 그 풍경
앞에서. 산산이 부서진 거리 한가운데에서 꿈틀거리던 산처
럼 거대한 괴수. 자신을 바라보던 몸에 돋은 여러 개의 샛노
란 눈을.

「여기 네가 멸시할 수 있는 사람은 아무도 없어!」

자신의 앞에 마호라가가 서서 외치던 말을.

「내가 반드시 없애버리고 말겠어!」

「내가 지금 죽는다 해도! 다음 생에라도! 그다음이라도!」

황금빛의 파편이 일렁이는 가운데 태산이라도 막아낼 기
세로 서 있던 마호라가의 뒷모습을.

수호는 손가락을 까닥거렸다. 내가 그때 무엇을 빌었든, 그
것은 지나갔다. 더는 내 것이 아니다.

내겐 지금의 내 소원이 있다. 내가 의식하고 내가 다스릴
수 있는 소원. 설령 목숨을 잃는 한이 있더라도,

'그놈을.'

수호는 주먹을 꾹 쥐었다.

〔결심한 모양이군.〕

마음 너머에서 낮고 음울한 소리가 들려왔다. 한동안 잠잠
했던 나머지 잠시 잊고 있던 소리였다. 다시금 '이것'이 내가
어쩌려는지 줄곧 지켜보고 있었다 싶었다.

'그래.'

〔그래서, 날 내쫓을 건가?〕

'아마도.'

〔실수했어. 그런 결심을 하려면 혼자 있을 때가 아니라 그 퇴마사들이 있는 자리에서 했어야지.〕

'네 말 들을 생각 없어.'

〔기껏 구해줬더니만.〕

'네가 살려고 한 일이잖아.'

〔틀린 말은 아니야. 그래서 퇴마사들을 찾아갈 건가? 네 마음에 들어와서 들쑤셔달라고? 제 마음을 그렇게 값싸게 넘겨? 내가 그 퇴마사들보단 너와 더 가깝다고 생각하진 않아?〕

'네 말 들을 생각 없어.'

〔간단히 날 버릴 수 있다고 생각하는 모양이로군?〕

상황이 안 좋게 흘러가고 있었다.

「카마를 버리는 게 그만큼 어려운 거야.」

아난타의 말이 떠올랐다.

〔난 존재해. 함부로 네가 죽일 수 있는 게 아냐.〕

'시끄러워, 망령 주제에.'

〔그 지렁이한테도 똑같은 소리를 해보시지?〕

수호는 일어나서 흠칫 뒤를 돌아보았다. 하지만 오손도손 걸어가는 사람들뿐이었다. 수호는 두 사람의 집으로 되돌아가야겠다고 생각했다. 그때 목소리가 수호의 발을 세웠다.

〔들어와. 날 내쫓으려면 네가 직접 해.〕

'네 말 들을 이유가 없어.'

〔듣는 게 좋을걸. 퇴마사들은 여기 없고 지금 네 마음을 틀어쥐고 있는 건 나야. 어차피 날 없앨 거라면 나도 잃을 게 없어. 네 마음을 산산이 망가뜨려주지. 평생 폐인으로 살도록.〕

'뻥치지 마. 그딴 걸 할 수 있을 리가 없어.'

〔확신하지 못할 텐데? 애송이 퇴마사님.〕

'……'

〔들어와, 네가 직접 해. 너 혼자 해낼 수 있다면 나도 순순히 사라져주지.〕

'……'

〔왜, 두려워?〕

수호는 눈을 감았다.

＊

눈을 떴을 땐 같은 곳이었다. 오가는 사람들만 사라졌다.

단지 비가 내렸다. 흐린 하늘에서 부슬비가 질척하게 흘렀다. 땅도 건물도 푹 젖어 있었는데, 모두 스펀지로 만든 듯 부드러워서 짜면 주욱 물이 흐를 것 같았다.

'눈이었는데.'

수호는 문득 생각했다.

'눈이 왔었는데.'

수호는 잠시 서 있다가 걸음을 옮겼다.

조금 걷다 보니 눈에 익은 너른 벌판이 나타났다. 숲도 산도 집 한 채 없이 끝도 없이 펼쳐진 평원.

눈이 녹은 들판은 질척했다. 얼어붙은 눈에 눌려 있던 마른 풀잎이 탁 트인 벌판에 모습을 드러냈다. 수호는 질척한 땅을 맨발로 디디며 바짝 긴장한 채 주변을 살폈다. 습기를 한껏 머금은 공기가 무거웠다. 추적추적 내리는 빗소리 탓에 기척으로는 찾을 수 없을 듯했다.

한 발을 더 딛자 발이 푹 들어갔다.

수호는 멈춰 섰고 아래를 내려다보았다. 땅에 유난히 파문이 많이 인다 싶더니 큰 호수가 몇 걸음 앞에 펼쳐져 있었다. 얼음과 눈에 덮여 보이지 않았던 호수였다.

「숨을 곳이 없는데 안 보이는군.」

아난타와 마호라가가 그 바로 위에서 대화했던 것이 떠올랐다.

「아래…….」

마호라가가 아래를 내려다보았던 것도.

「땅속?」

「어쩌면. 그렇다면 그런 속성일 거고.」

'물속.'

수호는 생각했다. 그러면 또 그런 속성인 건가.

물이라면 칼로는 못 벨 텐데. 수호는 재차 동료의 필요성을 절감했다. 하지만 이제 와서 물러날 수도 없었다.

안을 들여다보려 했지만 호수는 탁했다. 쏟아지는 빗방울이 만든 파문 탓에 한 치 앞도 들여다보이지 않았다.

'들어가야 하나.'

수호는 생각했지만 오래 망설이지는 않았다.

수호의 마음에는 어느덧 사냥꾼들만이 갖는 죄의식과, 그 죄의식에서 오는 무모함이 동시에 자리 잡고 있었다. 상대가 설령 내 일부일지언정, 내가 남의 목숨을 빼앗으려고 마음먹은 이상 내 것도 내어놓아야 마땅하다는 감각.

수호는 큰 돌덩이 하나를 끄응, 하고 집어 들고 물속에 발을 들여놓았다.

호수는 깊었다.

수선스러운 빗소리는 수면 너머로 사라지고 내리치는 빗발에 휩쓸리던 흙탕물도 시야에서 사라졌다. 빛이 물을 투과할 수 있는 깊이를 넘어서자 어둠만이 시야를 채웠다.

'어디까지 가야 하지?'

숨이 답답해져 오는 것을 느끼며 수호는 생각했다.

그보다는 이러다 죽을지도 모른다는 사실과 살려면 되돌아가야 한다는 문제를 먼저 떠올려야 했겠지만, 수호의 마음에는 의문뿐이었다.

'더 내려오라는 건가?'

그때 아래쪽에서 검은 손이 휙 나타나 수호의 손을 붙들었다.

벼락같은 기세에 수호는 안고 있던 돌을 놓쳤다.

보이는 것은 없었다. 감각으로 사람의 손이라고 짐작할 뿐이었다. 뒤로는 부력이 자신을 팽팽하게 끌어당겼다.

입안에 머금은 공기가 압력을 더 견디지 못하고 보글거리며 빠져나갔다. 폐는 상황 파악도 못 하고 물을 삼키려 들었다.

〔왜 가만히 있어?〕

머릿속에서 비웃는 소리가 들렸다.

〔빌지 그래?〕

'날 죽일 생각으로 불렀나 보지?'

수호는 마음속으로 대꾸했다.

〔어쩌면.〕

'그럼 해, 어디 너도 어떻게 되나 보자.'

상대가 침묵했다. 이건 안 먹히나 싶을 때쯤 상대가 아래로 잡아당겼다.

다음 순간, 수호는 수면 밖으로 확 끌려 올라왔다.

"정말 혼자 올 줄은 몰랐는데."

컥컥 기침을 하며 물을 토하고 보니 누군가가 눈앞에 서 있었다. 수호는 상대를 멍하니 바라보았다.

"뭘 처음 보는 척하고 있어."

상대가 비웃었다.

"이제껏 줄곧 같이 있었구만."

사방에 등불이 달린 큰 바위굴이다.

등불은 기름이 담긴 접시에 불을 붙인 심지를 넣고, 한지로 사방을 막은 고전적인 물건이었다. 천장은 십여 미터는 될 만치 높았고 공간은 작은 운동장만 했다. 천장은 새는 것처럼 툭툭 물이 떨어졌고 바닥은 젖고 번들거렸다. 바닥은 고르지 않았고 마모된 자리마다 실개울이 흘렀다. 움푹 들어간 곳곳에 웅덩이가 있었다.

굴 여기저기에는 어디론가 통하는 길이 있었지만 하나같이 캄캄했다. 길 너머에서 스산한 바람이 불었다.

수호는 꽤 깊어 보이는 웅덩이에서 끌려 나와 있었다. 이곳이 호수와는 어떻게 이어져 있는지 알 길이 없었다.

수호는 앞에 선 카마를 마주 보았다.

사람이다. 남자.

어른이고. 스물? 서른?

나이가 있고 인상이 날카로운 것을 제하면 어딘가 자신과 닮은 구석이 있는 얼굴.

말을 하는 줄은 알았지만, 괴수도 짐승도 아니고 멀쩡하게 사람이 눈앞에 있으니 나름대로는 당황스러웠다.

키는 훤칠하게 컸고 긴 검은 코트를 걸치고 부츠를 신고 있었다. 옷은 얼룩덜룩한 것이, 원래 검은색이라기보다는 이런 저런 색에 물들어 결국 검게 변한 것처럼 보였다. 손은 비어 있고 무기는 없다. 격투가인가. 아니면 다른 기술을 쓰는 걸까?

단지 허리춤에 매달린 표주박이 눈에 띄었다. 입구가 마개로 단단히 막힌 것이 수통처럼 보였다. 카마가 딱히 목이 마를 것 같지는 않고, 마호라가의 다리나 자신의 칼처럼, 저것도 몸의 일부라고 보는 게 좋을 듯했다.

이것이 내 카마, 내 욕망.

내가 바란 소원.

하지만 대체 뭘까?

이 장소, 저 모습, 뭘 말하는 거지?

✦

원룸 안에 미역죽 끓이는 냄새가 구수하게 풍겼다. 이불 속에 파묻혀 있던 선혜는 코를 벌름거리며 눈을 떴다. 눈을 뜨자마자 한참 천장을 보더니 고개를 뒤로 젖히며 물었다.

"수호 왔다 갔어?"

"어떻게 알았어요?"

진은 죽을 한 입 먹어보고는 작은 컵에 담아 와서 수저로 달그락거리며 선혜 옆에 앉았다.

"자기 카마 없앨지 생각한대?"

"그건 또 어떻게 알았어요? 마음 이어서 그런가?"

"걱정이네, 도움을 청하는 애가 아니잖아. 설마 자기 맘에 혼자 들어가지는 않겠지?"

"답 안 해줄 거예요?"

진은 비켜가는 질답을 하며 미역죽을 후 불어 선혜의 입에 떠먹였다. 선혜가 얌, 하고 삼키는데 세상이 잠시 흐릿해졌다.

냄비에서 보글거리던 거품이 잠시 멎었고 창에서 들어오던 햇빛이 푸르게 흐려졌다. 세상 전체가 고무줄처럼 팽팽하게 당겨졌다가 팡, 하고 돌아오듯이 모든 것이 다시 본래대로 돌아왔다.

"들어갔다."

"엥?"

선혜와 진은 맹한 눈을 뜬 채로 한참 멈춰 있었다.

"들어갔잖아아!"

선혜가 파닥거리며 몸부림쳤다.

"왜 나한테 뭐라 그래요!"

16 자기 자신과의 싸움

"자기 소원이 뭐였는지 궁금해하고 있군."

머릿속에서 들리던 목소리가 눈앞에서 들렸다.

하긴, 따지고 보면 이 공간 자체가 내 '머릿속'이니까.

"보면 알 수 있을 것 같았는데 여전히 모르겠나 보지?"

"……"

"놀랄 것 없어. 네가 생각하는 건 빤히 들리니까."

카마는 제 머리를 톡톡 두드렸다.

수호는 움찔했다. 다 들려? 어디까지? 잠깐, 다 들린다면 애초에 승산이 없는 것 아닌가?

아냐, 그게 사실이라면 굳이 나에게 말하지 않아. 자기 패를 드러낼 까닭이 없잖아. 기선제압일 뿐이야.

저건 나와 성격이 다른 나야. 내가 모르는 건 저것도 몰라. 지금까지 소리 내지 않고 대화할 수 있었으니 어느 정도는 읽을지 몰라도 전부는 아냐. ……아마도?

"내 소원을 알아내야."

수호는 물을 뚝뚝 흘리며 일어났다. 왼손으로 오른손을 꾹 쥐며 언제라도 칼을 빼낼 수 있게 준비했다.

"네 속성을 알아낼 수 있고, 그래야 네 약점도 보일 테니까. 그래야 없앨 수도 있을 거고."

카마의 얼굴이 식었다. 먹힌 것 같다. 일단은.

"그렇군."

카마는 생각에 잠겼다가 미소를 지었다.

"그러면 절대로 들키지 말아야겠는데."

이런, 나는 내 패를 보여준 모양이네.

모르는 공간에, 상대는 파악할 수 없고, 젖고, 춥고, 옷은 달라붙고, 상황이 좋지 않았다.

"안들 소용은 없겠지만."

오만함, 패기, 성격 더러움.

영 도움 될 만한 것이 안 보였다.

이름, 하다못해 이름만이라도 추리할 수 있다면. 그래도 얼굴을 보면 생각날 줄 알았는데. 왜 떠오르지 않지? 소원을 잊어버려야 이룰 수 있는 소원인가? 그딴 소원도 있나?

"아아, 시끄럽군."

카마는 제 머리를 또 툭툭 쳤다.

"아빠한테 처맞던 애새끼가 빌었을 소원이야 뻔하잖아. 뭘 머리를 굴려."

농담인지 진심인지 모를 말이었다.

'그만 때려? 맞지 않고 살게 해주세요?'

아냐, 그거라면 이미 지난 일이다. 뭔지 몰라도 아직 조금도 이루지 못한 것이다.

"죽여달라고 애원했다고는 생각하지 않아? 그래서 내가 마침내 그 소원을 이루어주려고 너를 불렀을 거라고는?"

새카만 옷, 사신? 저승사자?

"아냐, 넌 내게 달아나라고 했어."

"아, 그랬지."

카마는 생각났다는 듯 머리를 툭툭 쳤다.

"내가 널 살려줬었지. 아주 여러 번."

카마의 말투가 변했다. 갑자기 솟구친 배신감에 성질이 돋는 얼굴이었다.

"그래, 그건 네 목적을 이루려면 내가 살아야 한다는 뜻이고."

수호가 말했다.

"썩을 일이지만 그래."

카마가 눈을 부라리며 답했다.

"그러면 내게도 승산이 있어. 넌 날 죽일 수 없지만 난 그럴 수 있으니까."

"그럴듯하군."

카마가 눈을 가늘게 떴다.

"불가능하다는 점만 빼면."

순간 심장이 크게 뛰었다. 머리가 달궈지는 느낌이 들며 손이 저릿저릿했다. 앞에 선 사람에게서 뜨거운 투기가 쏟아졌다. 살면서 한 번도 느껴본 적이 없는 감각이었다.

내가 이런 걸 느낄 수 있을 리가 없다. 마음이 이어져 있어서다. 저건 내 마음의 조각이니까. 수호는 생각했다.

나도 이만큼은 느낀다. 그러면 저 녀석도 그만큼은 읽을 거야. 겁을 내서는 안 돼. 들키고 말 테니까.

"내가 궁금한 건 말야, 꼬맹이."

카마는 코트 자락을 뒤로 젖히고 수통에 손을 댔다.

수호의 정신이 확 수통에 쏠렸다. 왜 손에 쥐는 거지? 마호

186

라가의 다리처럼 변신하는 건가?

"네가 나 없이 뭘 할 수 있을까, 하는 거야."

저걸 우선 떨어뜨려야 할까? 아니면 목이나 심장을 노려야하나? 그러면 되나? 그래도 되나?

"지금까지 괴물들하고 싸운 게 너라고 착각하는 것 같아서 말야."

카마의 발밑에서 물이 튀었다.

수호는 황급히 칼을 빼냈지만 채 뽑기도 전에 카마는 코앞에 와 있었다.

왼손으로는 수호의 오른팔을 붙들고, 오른손은 깍지를 끼고 손목을 뒤로 확 꺾더니 그대로 대포처럼 벽으로 밀어붙였다. 수호의 손에서 뽑혀 나온 칼은 튀어나오자마자 바위벽에 부딪쳐 종잇장처럼 부러졌다.

'윽⋯⋯.'

도무지 익숙해지지 않는, 손가락이 떨어져 나가는 고통에 수호는 낮은 신음을 흘렸다.

코앞에서 보니 상대는 생각보다도 몸집이 컸다. 과장 섞어 이 미터는 되어 보였다.

"미안하지만 쥐방울씨, 너는 나를 못 없애. 백 년쯤 더 수련하고 왔으면 모를까. 상대를 한참 잘못 잡았어."

"실수했어."

수호는 마음속으로 뽀큐를 날리는 연상을 하며 그 자리에서 칼을 뽑아냈다.

공격을 한 시점에서 절대로 하면 안 되는 일이었지만, 수호는 눈을 질끈 감았다.

몸이 풀려나고 보니 카마가 몇 걸음 떨어져 손을 털고 있었다. 오른손 손가락에서 황금빛 파편이 피처럼 흘렀다. 카마가 차가운 분노를 뿜으며 자기를 바라보았다. 뭐 묻은 걸 떨어뜨리기라도 하듯 손을 휘휘 흔들었다. 보는 사이에 빛은 사라졌고 손가락은 다시 제자리에 붙어 있었다.

'회복력.'

새로운 정보였지만 기쁘지는 않았다. 상대는 크고, 힘은 세고, 빠르고, 회복을 하고, 아직 무기는 꺼내지도 않았다.

"너 자신을 잘 봐."

카마는 손을 툭툭 털며 말했다.

"네가 어떻게 변했는지 봐. 그리고 나와 그 귀여운 퇴마사들 중에서 누가 더 네게 필요한지 생각해."

수호는 입을 꾹 다물었다.

"네 그 패기는 전부 내가 준 거야. 내가 없으면 넌 아무것도 아냐. 찔찔 짜면서 살려달라고 설설 기는 재주밖에 없었어."

"……."

"그런데 날 없애겠다고?"

분노, 충동적인 기질.

"내가 없으면 넌 아버지에게 돌아가서 잘못했어요, 살려주세요, 날 사랑해주세요, 따위나 하고 있을 거란 말이다!"

심장이 쿵, 하고 뛰었다.

수호의 손등에서 방패처럼 날이 두꺼운 칼이 물이 쏟아지듯 나타났다. 생각지도 못한 형태였다. 너무 무거운 나머지 칼은 쿵, 하고 땅에 찍혔다.

"너한테 세뇌되어 변하는 거라면 하나도 기쁘지 않아."

"멍청한 놈. 난 너야. 어디서 끼어든 괴물이 아니야. 널 세뇌시키는 건 오히려 그 퇴마사들이지."

"네 목적을 말해."

수호는 질문을 바꿨다. 카마가 답했다.

"어차피 이젠 너완 상관없어. 내 문제니까. 네 녀석 도움 따위는 받지 않겠다."

그래, 이제 그건 더는 내 소원이 아니다. 나한테는 이미 사라진 목적. 저 녀석의 목적. 저 녀석이 저토록 살려고 하는 이유.

"말할 생각이 없다면 하나만 말해. 남을 모멸하는 거야?"

카마가 어처구니없다는 얼굴로 웃었다.

"그게 뭐가 중요하지?"

"이전으로 돌아가는 건 두렵지 않아. 그때보다 더 허약해져도 상관없어. 내가 두려워하는 건 하나뿐이야."

수호는 말하는 와중에도 검을 잘못 만들었다고 생각했다. 이거 어떻게 들지, 되게 무거운데.

"내가 아버지처럼 될 건가, 아닌가."

카마는 다시 어처구니없다는 듯 웃었다.

"그렇게 될 바엔 죽는 한이 있어도……."

카마가 애처롭다는 얼굴로 발을 뗐다. 물러나려 했지만 검이 땅에 박혀 움직이지 않았다.

'이, 이거 어떻게 들지?'

카마가 발로 수호의 검을 옆에서 툭 차올렸다.

가볍게 차는 것 같았는데 돌풍이 몸을 뒤집는 듯했다. 통제를 잃은 검이 바위처럼 수호의 몸을 위에서 덮쳐왔다.

카마가 수호의 검신을 가볍게 밟더니 다른 발로 쾅, 하고 내리찍으며 두 발로 올라섰다. 수호는 벽에 머리를 부딪치고는 그대로 물을 튀기며 바닥에 깔렸다.

카마가 수호의 검날 위에 선 채 자신을 내려다보았다. 검이 가슴과 왼팔을 누르고 있을 뿐 아니라, 오른손은 검에서 빼낼 수 없는 바람에 양손을 제압당한 꼴이 되고 말았다.

"잘 들어라, 본령."

카마가 몸 위에서 동정 한 푼 없는 소리로 뇌까렸다.

"네가 그걸 바라 마지않는데, 내가 바라지 않으리라고 생각하는 거냐?"

수호는 뒤통수를 맞은 기분으로(실제로 맞았지만) 상대를 바라보았다.

"내 마음 어느 구석에든 네가 바라지 않는 일을 하려는 마음이 티끌만치라도 있을 것 같아?"

그런가. 만약 정말 그렇다면.

수호는 뭔가를 결심했고, 결심한 이후에는 다른 생각이 떠올라 피식 웃었다. 상대의 눈에 떠오르는 의문을 마주하며 중얼거렸다.

"실수했어."

수호는 검을 휙 거둬들였다.

밟고 있던 검이 사라지자 카마의 몸이 푹 꺼졌다. 한 발은 수호의 가슴을 그대로 밟았고 다른 발은 허방을 짚었다.

카마의 눈에 당혹감이 역력했다. 갈비뼈가 부러질 것 같았지만 수호는 신경 쓰지 않았다. 칼을 다시 뽑으며 손을 몸 위로 낮게 휘둘렀다.

휘저으며 다시 눈을 감았다. 안 그래도 불리한 전황을 더 불리하게 할 줄 알면서도 도리가 없었다.

수호가 눈을 떠보니 카마는 땅에 내려서 한 발로 수호의 손목을 짓누르고 있었다. 칼이 튀어나와 있는 오른손을.

수호는 양팔을 벌리고 대자로 누운 채 한 팔이 발에 깔린 자세가 되었다.

카마가 뛰어오르기는 했지만 충분히 빨리 피하지는 못한 것 같았다. 발목에 그어진 자리가 있었고 역시 황금빛의 파편이 흘러나왔다.

카마의 상처가 아무는 것을 보니 어째서인지 안도감이 들었다.

'나는 저걸 죽일 수 있다'는 생각도 오만이었다는 것을 차츰 깨닫는 중이었다. 카마와 마음이 이어져 있는 이상, 내 몸을 베어내는 것과 심정이 다르지 않았다. 아무리 마음을 다잡아도 순간적인 마음의 격동을 다스릴 수가 없었다.

발에 눌린 손가락을 까닥거려 보았지만 카마의 몸에 닿지 않았다. 닿을 수 있다 한들 기분이 이대로라면 패배는 뻔했다. 아니, 진 것이나 다름이 없다.

고작 내 욕망인데, 이길 수가 없다니.

자신을 내려다보는 카마의 눈에도 씁쓰레한 것이 담겼다. 수호의 마음이 전해져서인지, 아니면 두 번이나 기습을 당한 것을 자조하는 것인지 모를 일이었다.

"그 퇴마사들, 뭐 이딴 칼 쪼가리를 원하나 했더니."

카마가 발로 수호의 손목을 지근거렸다. 그때마다 자그마하게 줄어든 칼이 젖은 바닥에 차르랑거리며 부딪쳤다.

"잘 키우면 쓸 만할지도 모르겠군."

뭔가 생각난 표정이 카마의 얼굴에 비쳤다. 쓴 미소가 떠올랐다.

"그래, 이걸 쓸 수 없다면 그 퇴마사들이 널 필요로 하지 않겠지."

'뭘 하려고?'

카마가 수통을 허리에서 풀었다.

"칼은 재생할 수 있는 모양이지만, 팔도 그런지는 모를 일이지."

카마가 수통의 마개를 이로 뽑았다.

수호는 두려움보다 의문을 더하며 수통에서 한두 방울 떨어지는 것을 바라보았다. 염산이라도 되는가 싶었지만 이마 위에 톡톡 떨어지는 것은 그저 물이었다.

물?

수통에서 주룩 떨어지는 물이 공기와 닿으면서 굳는 것이 눈에 들어왔다. 초저온에서 급속도로 어는 물을 보는 듯했다. 튕겨 나간 물방울까지 그대로 붙은 모습의 고드름이 주욱 자라나 눈앞에 멈추었다.

물의 창.

저게 저 녀석의 무기인가.

무기를 보면 알 수 있을까 했는데 더 혼란스럽기만 했다. 저게 물과 관련된 신화의 인물이라면, 정말로 난 뭘 빌었던 거지?

'바다를 보고 싶어……?'

눈물 콧물을 찔찔 짜며 기원하는 제 모습이 우스꽝스럽게 떠올랐다.

수호가 제 상상에 치여 괜히 난감해하는 사이 카마가 수호의 팔에 창을 들이댔다.

수호는 상대도 자신과 마찬가지로 제 팔을 잘라내는 심정이리라는 상상을 해보았다. 하지만 저 녀석은 나와는 달리 이기려는 의지가 있다. 선연한 차이.

수호는 눈을 감았다.

"그쯤 해둬, 카마."

이불처럼 몸을 납작하게 펼친 용이 두 사람 사이에 끼어들었다.

카마는 수호와 자신의 사이에 소리 없이 미끄러져 들어온 기괴한 모습의 용을 눈을 크게 뜨고 내려다보았다.

"우리 아가씨가 볼일이 있으시다니까."

말을 마치자마자 아난타는 몸을 수그려 수호를 살짝 덮었다.

동시에 뭔가가 물웅덩이를 박차고 튀어 올랐고, 머리 바로 위에서 지진과도 같은 굉음과 진동이 터졌다.

수호는 얼굴을 가리려다가 그럴 필요가 없다는 것을 알았다. 아난타가 방패처럼 수호의 몸을 덮고는 어깨를 으쓱하며 눈을 끔벅였다.

마호라가와 카마는 각기 수호와 아난타를 사이에 두고 양쪽으로 바닥을 긁으며 밀려났다. 공중에서 내리꽂히며 카마를 밀쳐낸 마호라가는 발이 미끄러지는 것을 막으려 의족 밑창에 작은 칼날을 만들었다. 칼날이 바닥을 드르륵 긁었다.

"오호."

수호의 몸 위에서 아난타가 고개를 빼꼼 들어 카마를 보며 가볍게 찬탄했다.

"막아냈네."

카마는 창으로 상단을 막은 자세로 반대쪽으로 밀려나 있었다.

타격에 꽤 충격을 받은 듯했다. 그간 마호라가가 싸우는 모습을 보아왔으니 모를 리야 없겠지만, 직접 겪어보니 생각 이상의 속도와 힘인 모양이었다.

마호라가도 꽤 놀란 얼굴이었다. 하긴, 저 카마가 제 마음이라고 생각하면 수호 자신도 놀랄 일이었다. 애초에 그 검격이 보였다는 건가.

"아난타."

수호가 반갑게 이름을 불렀다.

"알아, 감사하겠지."

아난타가 몸을 으쓱했다.

"여어, 꼬맹이 퇴마사."

카마는 애써 웃으며 마호라가에게 말했다.

"아파 보이던데 집에서 엄마 젖이나 빨지 그래?"

마호라가가 마주 웃었다. 아니나 다를까, 아직 안색이 좋아 보이지 않았다. 덕분에 기분도 살짝 나빠 보였다.

"갓난아기 주제에 함부로 남을 꼬맹이라 부르는 게 아니다."

"난 저 녀석과 볼일이 안 끝났어. 불청객은 내 집에서 나가 줬음 좋겠는데."

"그 집주인을 해치려 든 더부살이 주제에 말이 많구나."

마호라가가 발로 땅을 가볍게 쳤다.

"도움 될 말은?"

짧은 침묵이 흐른 뒤에야 자신에게 묻는 말이라는 것을 깨달은 수호는 반사적으로 답했다.

"회복을 해."

"흠."

들었는지 말았는지, 크게 중요한 정보는 아니라고 생각했는지, 마호라가는 가볍게 응수한 뒤 의족에서 불꽃을 일으켰다. 수호와 아난타를 피해 전광석화 같은 속도로 큰 원을 그리며 돌아 공격해 들어갔다.

"이크."

아난타는 몸을 더 얇게 만들어 수호의 몸 밑으로 양탄자처럼 밀고 들어왔다. 수호가 저항할 새도 없이 보쌈이라도 하듯 수호의 몸을 둘둘 말아 올리더니 공중에 몸을 둥둥 띄웠다.

"마호라가는 공간을 다 쓴단 말이야."

마호라가와 카마가 부딪치자 다시 굉음과 함께 광풍이 일며 물과 돌 조각이 사방으로 튀었다. 마호라가의 기세도 기세였지만 막아내는 쪽도 평범한 인간의 수준은 아닌 듯했다.

"들었어."

아난타가 수호에게 속삭였다.

"뭐?"

"마호라가가 네 정보 접수했다고."

아난타가 말을 이었다.

"회복한다면 아마 묶거나 동강을 낼 거야. 네 카마가 알아챌까 봐 굳이 네 말에 대응하지 않은 거야."

둘은 서로를 밀쳐냈고 도로 지체 없이 자세를 잡았다.

마호라가가 검을 회전시키며 카마를 향해 던지자, 카마는 몸을 수그려 피하며 그대로 마호라가를 향해 돌진했다.

〔무기를 던지다니, 바보같이.〕

수호는 잠깐 자기가 생각한 줄 착각했다가 카마의 생각이 전해졌다는 것을 깨달았다.

'하지만,'

〔알아, 저 녀석은 무기가 둘이지.〕

'너한테 알려주려는 게 아니야!'

수호와 카마가 빛의 속도로 생각을 나누는 가운데 마호라가가 가볍게 기계 발을 굴렀다. 발끝에 은색 날이 비죽이 돋았다. 마호라가가 손으로 땅을 짚고 바닥을 쓸듯이 두 다리를 크게 회전해 카마의 발을 노렸다.

카마는 뛰어 피하며 마호라가를 내리치려고 했다.

"끝났어."

아난타가 짧게 읊었다.

17 갓난애치고는 제법이군

카마의 낯빛이 변했다. 제 머리 뒤에서 날아오는 바람을 느꼈고, 그제야 마호라가가 자신의 움직임을 유도했다는 걸 깨달은 듯했다.

카마는 뒤로 돌며 창을 회전시켰다.

챙, 하는 소리와 함께 날아오던 마호라가의 검이 멀리 튕겨 나갔고 카마도 튕겨 나가 굴렀다. 여전히 예상 이상의 타격인 듯, 카마는 한참 몸을 수그리고 있다가 머리를 털며 일어났다.

마호라가의 눈이 가늘어졌다.

카마가 들고 있던 창이 방패처럼 둥근 형태로 바뀌어 있었다.

정확히 말하면, 창이 잠시 녹아 물이 되었다가 회전하는 형태로 도로 얼어붙은 듯했다. 방패 주위로는 튕겨 나간 물방울과 거품이 그대로 달라붙어 있었다.

마호라가는 되돌아온 검을 받아 들며 일어났다.

"무기 모양을 바꿀 수 있다는 건가."

"조금 전에 알았다."

카마가 허세 섞인 웃음을 지으며 말했다.

"이건 물이 아니야. 물일 수도 없고. 네 다리처럼 내 몸의 일부다. 당연히 내 마음대로 바꿀 수 있겠지."

"맞는 말이다만 정말로 할 수 있는지는 다른 문제일 텐데."

마호라가가 흡족한 미소를 지었다. 상대가 투지를 일깨우는 것이 즐거운 듯했다.

"갓 태어난 망령 주제에 퇴마사들이 몇 생애를 수련해 배우는 요령을 터득했다는 건가."

"퇴마사란 놈들이 별로 똑똑하지 않은 모양이지."

"흐응, 수호 녀석이 그런 생각을 하고 있었나 보군."

수호가 항변할 새도 없이 마호라가는 발을 가볍게 굴렀다. 다리가 은빛으로 빛나며 조각조각 분해되었다가 제자리로 돌아왔다.

"그 괴상한 다리 쓰는 건 충분히 봤어."

카마가 말했다.

"한 가지 말해두지만, 아가야."

마호라가가 미소를 지우지 않은 채 말했다.

"함부로 '충분히 봤다'고 하는 게 아니다."

다음 순간, 마호라가의 의족이 물레의 실처럼 가늘게 풀려나갔다. 금속성의 은색 실이 진형을 짜듯 마호라가의 주위에 몇 겹의 궤적을 그렸다. 카마의 낯빛이 식었다.

아난타는 내 이럴 줄 알았다는 듯 몸을 더 띄워 천장에 머리를 처박으며, 꼬리를 둥글게 말아 수호를 단단히 감쌌다.

은빛 실은 충분히 풀어지자 홱 방향을 바꿔 카마를 향했다. 카마가 달리며 몸을 피했지만 실은 한없이 풀려나며 뒤를 쫓았다.

실의 남은 부분에서 작은 갈고리가 생겨나더니 동굴 벽에 날아가 박혔다. 실은 동굴의 벽과 벽을 이으며 거미줄처럼 공간을 기하학적으로 메워 나갔다.

카마가 방패를 창으로 바꾸었지만 은빛 실이 기다렸다는 듯이 뒤에서 날아와 창을 휘감아 묶었다.

카마의 손에서 떨어져 나간 창은 도로 물이 되어 바닥에 흘러내렸다. 다른 실이 카마의 다리를 휘감아 넘어뜨렸다. 카마가 풀어내려 손을 뻗자 곧이어 양손을 단단히 묶었다.

은빛 실이 동굴 안에 가득 펼쳐지고 나니 카마는 거미줄 위에 비스듬히 누운 채 묶인 꼴이 되었다. 악다구니를 쓰던 카마는 실이 몸을 조여오자 도리가 없다는 듯 저항을 멈추었다.

수호는 문득 목을 만졌다. 숨이 답답해서였다. 그게 카마가 느끼는 감각이라는 것도 알 수 있었다.

아난타는 수호를 둘둘 만 채 공처럼 거미줄을 타고 데구루루 굴러 내려왔다. 그러다 수호를 거미줄 중간에 내려놓고 마호라가의 몸 아래로 미끄러져 머리를 들이밀었다. 물 흐르듯 자연스럽게 없어진 마호라가의 다리를 대신했다.

아난타가 마호라가를 머리에 얹고 카마에게 다가갔다.

"갓난애치고는 제법이었다, 카마."

마호라가가 말했다.

"졌는데 그런 소리 들어봤자 기쁘지 않거든."

"기세가 좋은 친구일세."

아난타가 마음에 든다는 듯 콧수염으로 카마의 배를 문질문질 하며 말했다.

"물을 다루는데, 이름을 알아냈어, 마호라가? 하백河伯? 우사雨師? 어째 딱 맞지 않는데."

마호라가는 답하지 않았다.

카마는 주사위 게임에라도 진 아이처럼 속상한 얼굴로 낮은 한숨과 입맛 다시기를 반복했다. 이 와중에도 머릿속으로 조금 전의 전투를 재생하며 다른 방법을 궁리하는 눈치였다.

문득 수호는 마호라가의 눈에 떠오른 친근한 시선에 어리둥절해졌다. 자기와 처음 만났을 때처럼. 오랜 인연을 다시 만나는 얼굴.

어째서?

갑자기 현실을 깨달은 듯, 마호라가의 얼굴에 슬픔이 떠올랐다.

"정화하기 전에 묻고 싶은데."

마호라가가 입을 떼었다.

"네 목적은 뭐지?"

"알아 뭐 해?"

카마가 퉁명스레 내뱉었다.

"충분히 비참하니까 빨리 끝내."

"죽음을 겁내지 않는 건 알아."

마호라가가 검을 들어 카마의 어깨에 얹었다. 카마는 검에 시선도 두지 않았다.

"하지만 그게 목적은 아니지. 죽음을 겁내면 이룰 수 없는 목적. 그건 네 목적이 지금 수호가 감당할 만한 것이 아니라는 뜻이고."

"세계 정복……."

수호가 중얼거렸다.

아난타가 얼핏 들었는지 마호라가를 머리에 얹고 시선을 돌렸다. 뜬금없이 계란을 머리에 얹고 있던 진이 떠올랐다.

마호라가가 말을 이었다.

"너는 투사지, 싸움꾼이고. 그렇다면 그건 네겐 '적'이 있다는 뜻이고."

카마가 불만스럽게 입을 내밀었다.

"하지만 수호의 아버지는 이미 이겼을 텐데."

"그런 하찮은 인간, 생각해본 적도 없어."

"네 목숨을 위협한 건 아버지였을 텐데 왜 다른 사람을 떠올렸지?"

카마가 벼락같은 위화감을 느끼고 고개를 들었다.

마호라가가 카마에게 "네 목숨"이라고 말한 순간, 수호는 그 검은 옷의 사내와 자신이 하나로 이어지는 기분이 들었다. 갑자기 이 상황 전체에 대한 본질적인 의문이 들었다.

이 공간은 내 마음이야, 지금은 이 몸만 나인 것 같지만⋯⋯. 이 공간도 나고 저 카마도 나라면, 대체 어디서부터 어디까지가 나인 거지?

그때 수호의 엉덩이가 축축하게 젖어들었다.

오줌이라도 지렸나 싶어 황급히 아랫도리를 내려다보는데, 축축한 것이 가랑이에서부터 옷을 타고 목젖을 향해 올라왔다.

중력이 뒤집히지 않는 이상 물이 이렇게 흐를 리가 없다. 게다가 지나온 자리는 물을 말끔히 거둬내기라도 하듯 도로 바짝 마른다. 그제야 아까 카마가 무기를 놓쳤고 그게 물로 변했던 것이 떠올랐다.

올라오는 것을 떼어내려 했지만 그저 손이 젖을 뿐이었다. 마호라가와 아난타가 돌아보기도 전에, 물은 수호의 목과 입을 둘러싸고는 그대로 얼어붙었다.

"수호!"

마호라가의 목소리가 바위굴 안을 울렸다.

낭패다.

무의식중에 손을 드는 바람에 손이 턱에 같이 붙었다. 지금 칼을 뽑아내면 칼은 턱을 꿰뚫을 것이다. 얼음에 목과 입이 막히자 코가 바빠졌다. 얼음이라고 표현했지만 차가운 것을 제하면 돌덩이나 다름이 없었다.

"둘 다 꼼짝 마!"

카마가 움직이려는 아난타와 마호라가를 향해 소리쳤다.

"여자 너, 칼 치우고, 둘 다 저만치 물러나."

마호라가의 눈이 차게 식었다.

아난타가 마호라가의 눈치를 살폈다. 짧은 시선으로 몇 가지 공격법을 제안하는 것 같았다. 마호라가는 작게 고개를 저었다.

"어서!"

아난타가 마호라가를 머리에 얹은 채 슬슬 몸을 뒤로 뺐다. 주춤거릴 때마다 카마가 "더, 더!" 하고 소리를 질러 동굴 저쪽까지 물러나게 했다.

"이 썩을 거미줄 치워. 도로 네 몸에 붙이지는 말고."

"마호라가."

아난타가 결국 입을 열어 재촉했다.

"뇌격은 안 돼. 수호가 이어져 있어."

마호라가가 답했다.

팽팽하던 거미줄이 흐늘흐늘 늘어졌다. 거미줄 위에 있던 수호는 쿵, 하고 땅에 엉덩방아를 찧었다.

카마는 실이 풀려나기를 기다리지 않고 제 손으로 잡아 뜯어내고는 수호에게로 달려갔다.

카마가 수호의 입에 손을 대자 얼음이 더 자라났다. 자라난 얼음은 수호의 등을 타고 바닥까지 내려가 몸을 단단히 옥죄었다. 이젠 일어날 수도 없었다.

"이제 이 녀석을 여기 놔두고 나가."

마호라가는 침묵했다.

"어서!"

"그건 안 돼."

"나가지 않으면."

카마가 수호의 코에 손을 얹었다. 수호가 놀랄 틈도 없이 얼음이 이번에는 위로 자라나 수호의 코를 덮어왔다. 숨이 턱 막혔다. 마호라가의 눈이 더 식었다.

"이 녀석 목숨은 없어."

"쓸데없는 협박은 그만둬."

마호라가가 입을 열었다.

"카마. 그 애는 너야. 네 본령이야. 기본 인격이 사라지면 너도 죽는다."

"안 그러면 사나?"

카마가 비웃었다.

마호라가는 잠시 수호를 보았다.

"어차피 네 손에 사라질 바에야 이 녀석과 같이 가겠어."

"수호를 풀어줘, 카마."

"나가라고 했어!"

카마 주변의 물이 튀어 올랐다가 가라앉았다.

수호가 지켜보는 사이에 아난타는 마호라가를 땅에 얌전히 내려놓았다. 마호라가는 피리검으로 땅을 짚고 섰다.

"잘 들어, 카마."

마호라가가 말했다.

"네가 사라져도 수호는 네가 바라는 일을 할 수 있어. 하지만 만약 수호가 없으면 네 목적을 이뤄줄 사람은 아무도 없어."

"나가라는 말 못 들었나 보지?"

카마가 손으로 수호의 입을 덮었다.

"이 녀석이 얼마나 숨을 참을 수 있을 것 같아?"

수호도 모를 일이었다. 현실이라면 이미 견딜 수 있는 시간은 한참 넘었다.

"다시 말한다, 카마."

마호라가의 목소리가 동굴 안에 낭랑하게 울려 퍼졌다. 천장에 매달린 등불들이 어디선가 날아온 바람에 춤을 추듯 흔들렸다.

"수호가 없으면 네 목적을 이룰 수 없어. 네 유일한 희망을 스스로 끊고 파탄에 이르겠다면 마음대로 해."

"허세 그만 부려! 꼬맹이가 죽어도 좋다는 거야?"

"넌 내가 얼마나 많은 사람의 죽음을 보아왔는지 모른다. 하나쯤 더 본다고 다를 것 없어."

마호라가의 눈에는 흔들림이 없었다.

"내가 지켜야 할 동료는 퇴마사지 인간이 아니야. 그 애는 지금 죽는다고 해도 다시 태어날 거야. 너에게 마음이 먹히고 마구니의 하수인이 되어 내 동료들을 위협하는 꼴을 보느니, 나는 이 인간의 이번 생 전체를 포기하겠다."

자, 잠깐, 진심이야?

수호가 숨이 막히는 가운데에도 난처한 기분으로 마호라가를 보았지만 마호라가의 표정에는 변화가 없었다.

수호는 불현듯 깨달았다.

날 위해 싸우는 게 아니야.

다들 자신의 목적을 위해 싸우고 있고, 거기에 내가 끼어 있는 거지. 난 무슨 착각을 하는 걸까. 애초에 나를 찾아온 것도 카마 사냥을 위해서였는데.

수호가 상심하는 사이에 카마가 수호의 입에서 손을 떼었다. 얼음이 순식간에 녹아 흘렀고 수호는 푸우, 하고 고개를 털며 숨을 내쉬었다.

수호는 순간 저도 모르게 물을 한 모금 삼켰다. 당황했지만 혀에 맴도는 맛은 역시 물이었다. 아무래도 카마가 쓰는 물이 특별히 다른 물은 아닌 것 같았다.

바닥에 엉클어져 늘어졌던 은빛 실이 슬슬 모여들며 제각기 뭉쳤다. 그중 한 뭉치가 높이는 사람 허리 정도에 넓이는 팔꿈치 길이쯤 될 법한 얇고 납작한 금속판으로 변하더니, 수호와 카마 사이에 무서운 속도로 내리꽂혔다. 그 자리에 몸이 있었다가는 둘로 잘려 나갔을 기세였다.

카마는 움직임 하나 없이 조용히 서 있었다.

다른 실도 뭉쳐져 얇은 금속판으로 변해 카마의 사방에 쾅쾅 내리꽂혔다. 손 하나라도 까닥했다간 뭐든 날아갈 정도로 가까이에, 하지만 정확한 자리에.

마지막 조각이 꽂히고 나니 카마는 허리춤까지 오는 작은 감옥 안에 서 있었다. 팔은 여전히 자유로웠지만 카마는 별 대응을 하지 않았다.

마호라가가 크게 안도의 한숨을 쉬고 지팡이에 기대 고개를 숙였다. 그리고 수호를 향해 미안한 미소를 지었다.

"미안, 수호."

"역시 허세였잖아."

카마가 입맛이 쓴 얼굴로 말했다.

"버텨볼걸."

"못 버텼을 거야."

마호라가가 말했다.

"넌 수호를 못 죽여. 나도 그렇고. 하지만 내가 너에 대해 확신하는 것만큼 너는 나에 대해 확신할 수 없었을 테니까."

카마의 표정이 더 씁쓸해졌다.

"퇴마사들은 다 너처럼 사람 목숨 갖고 도박을 하나?"

"네가 사람이었다면 하지 않아. 하지만 넌 카마니까."

"무슨 뜻이지?"

"사람의 마음은 단순하지 않아. 그러니 예측하기도 어렵지. 사람은 감정에 휘둘려 본심과 다른 행동을 하기도 하고. 충동적으로 목적을 포기하기도 해. 하지만 넌 그럴 수 없어. 카마니까. 네 목적을 잃는 선택은 절대로 못 해."

카마의 얼굴이 흐려졌다.

"너는 죽음을 겁내지 않지. 하지만 그건 '죽어도 상관없다'는 생각과 결국은 같아. 그건 마지막 순간에 너를 물러나게 하겠지. 네가 목숨은 버릴 수 있지만 목적은 버릴 수 없다면 선택지는 하나뿐이야. 너는 수호를 잃을 수 없어."

"……."

"카마는 사람처럼 복잡하지 않아. 속성을 파악하면 약점도 명백해. 그러니 잘 들어라, 카마. 네가 아무리 강하다 한들, 아무리 영리하다 한들, 한 사람의 카마인 이상 혼자서 진짜 마구니나 퇴마사와 대적할 수는 없다."

카마는 생각에 잠겼고 쳇, 하고 웃었다.

"조언 고맙군. 마지막 순간에 물러나게 된다는 말은 새겨듣겠어. 그런 순간이 다시 온다면 기억해두지. ……또 오진 않겠지만."

마호라가는 현기증이 도는 얼굴로 숨을 깊게 쉬며 바위에 기대앉았다. 아난타가 걱정스레 몸을 숙였고 마호라가가 괜찮다는 듯 가볍게 이마를 댔다.

"아난타. 뇌격을 써. 속성이 물이라면 전기에 분해될 거야."

"기꺼이."

아난타는 고개를 쳐들고 날개를 폈다.

날개 끝에서 푸른 전기가 불꽃을 일으켰다. 아난타의 꼬리가 닿아 있는 웅덩이에서도, 천장에 매달린 등불에서도 지릿거리며 불꽃이 튕겼다. 동굴 전체가 환해졌다. 카마는 끝내주는 풍경이라는 얼굴로 상대를 바라보았다.

그때였다. 감상하듯 용을 올려다보던 카마는 눈앞을 막아선 그림자에 멈칫했다.

기세등등하던 아난타는 눈을 동그랗게 뜨고 허겁지겁 몸을 틀었다. 푸른 불기둥 같은 빛줄기가 카마와 수호의 한 걸음 옆에 내리꽂혔다.

　수호가 카마의 가슴에 손을 얹고 앞을 가로막고 서 있었다.
카마는 제 심장에 얹힌 손을 믿을 수 없다는 얼굴로 내려다보
았다.

　"뭐 하는 거야, 다치잖아!"

　아난타는 급하게 허리를 꼬다가 경련이 온 양 몸을 부르르
떨었다.

　숨을 쉬지 못한 여파가 남은 탓에 수호는 한참 숨을 몰아쉬
었다.

　"대화 중에 미안하지만,"

　수호는 말하는 와중에도 망설였다. 하지만 결정해야 했다.

　너희들 모두와 마찬가지로, 나 역시, 내 목적을 위해.

　"이건 내 거야. 없애려면 내 허락부터 받아."

18   여섯 명의 세 사람

카마는 당황해 수호의 뒤통수를 바라보았다.

아난타는 입을 딱 벌렸다. 마호라가는 담담했다. 또, 저 표정이다. 익숙한 일이라는 표정. 수호가 알지 못하는 어느 시대에, 이미 겪었던 비슷한 일을 상기하는 듯한 얼굴.

어째서?

"마호라가."

아난타가 속삭였다.

"역시 저 녀석, 카마에게 홀려버렸나 봐. 어쩌지?"

마호라가는 검을 땅에 짚고 한 발로 몸을 일으켰다. 풀어진 긴장을 다잡는 눈치였다.

"이유는?"

마호라가가 짧게 물었다. 담담한 말투였지만 수호는 지금까지 없던 무거운 공기가 내려앉는 것을 느꼈다.

적의는 약했지만 호의도 날아가 있었다. 대답 여하에 따라 내가 적인지 아군인지 판단하겠다는 의지가 느껴졌다.

"지금 이 마음을 잃을 수는 없어."

'이 마음?'

"이 카마의 목적이 무엇이든 간에, 카마가 사라지면 내게서 '죽음을 두려워하지 않는 마음'도 날아갈 거야."

다른 종류의 두려움이 솟구치는 바람에 수호는 다시 마음을 다잡았다. 불확실함, 의심, 망설임. 이 카마에게는 그런 것이 없겠지. 부럽게도.

"나는 두억시니를 없앨 거야. 하지만 내가 두려움을 갖게 된다면 이 생각 전체가 날아가버릴지도 몰라. 그럴 수는 없어."

"모르는 일이야."

"모르는 일이니 없앨 수 없어."

"네 카마는 아직 어려. 지금 네 변화를 다 카마 탓으로 돌릴 필요는 없어."

"하지만 그렇게 된다면?"

"예전으로 돌아갈 뿐이야. 수호. 어느 쪽이든 똑같이 너야."

"그리고 넌 내가 필요 없어지겠지."

마호라가는 입을 다물었다.

"중요한 일은 아냐."

"어떻게 그게 중요한 일이 아닌데?"

수호는 금방이라도 사라질 것을 붙잡듯이 카마의 옷깃을 꾹 쥐었다. 카마는 그 손을 계속 내려다보았다.

"중요한 일이 아니라면 왜 애초에 날 죽게 내버려두지 않았어? 나를 죽이는 게 내 카마를 없애는 가장 간단한 방법인데? 여기까지 와서 나더러 이전으로 돌아가라고?"

"수호."

마호라가가 나직하게 읊었다.

"카마를 갖게 된 사람은 카마를 잃고 싶어 하지 않아."

"……."

"태어난 이상 카마는 살려고 하고 그 마음이 전해지기 때문이야. 네 투지가 카마에게서 왔다고 생각할지 모르겠지만, 지금 그 카마를 지키려는 네 마음도 카마가 살려는 욕망에서 왔다고 생각하는 게 좋아."

수호는 카마의 옷깃을 재차 꾹 쥐었다.

"그것도 내 마음이야."

수호는 답했다.

"여기 내 마음이 아닌 건 없어. 이 녀석이 바라는 것도 결국 다 내 마음이야."

마호라가는 알아들었다는 얼굴을 했다.

"만약 내가 강제로 카마를 제거한다면?"

"저항하겠어."

"불가능해."

"알아. 하지만 네가 내 의지에 반해 내 것을 마음대로 없앤다면 넌 좋은 사람이 아냐. 네가 좋은 사람이 아니라면 난 네게 저항하겠어."

"난 좋은 사람이 아니야."

카마의 주위를 둘러싼 금속판이 발을 구르듯이 한 번 땅을 쿵 찍더니, 주인을 찾아가는 부하들처럼 열을 지어 마호라가의 빈 다리로 되돌아갔다.

오싹했다. 맹수가 갇혀 있는 철창이 등 뒤에서 스르릉 열리는 기분이었다.

수호는 돌아서 있었고 손은 아직 카마의 몸에 얹혀 있었다. 그 물로 된 무기가 없더라도 이 녀석 힘이라면 얼마든지 내 팔을 꺾거나 부러뜨릴 수도 있고 목을 조르거나 넘어뜨릴 수도 있었다.

수호는 눈을 질끈 감았다.

수호는 스스로도 예측할 수 없는 뭔가를 하염없이 기다렸고, 마호라가와 아난타는 묵묵히 지켜보았다.

천천히 눈을 뜨고 뒤를 보니 카마는 석상처럼 서 있었다.

기분이 좋지 않은 얼굴이었다. 잠시나마 마호라가가 수호를 자신의 먹이로 내놓았다는 사실을 포함해서. 시험인 줄은 알았지만 시험 자체가 불쾌한 얼굴이었다.

"⋯⋯싸울 적이 있는 사람일 뿐이지."

마호라가는 말을 잇고 물을 찰박거리며 다가왔다.

수호는 자신이 다른 의미로 불가능한 말을 했다는 생각이 뒤늦게 들었다. 마호라가가 나를 죽일 수 없다지만 나는 이 사람에게 칼을 들이댈 수나 있을까.

고작 열 살짜리 애가 아닌가. 아무리 오래 살았어도, 설사 천 년쯤 살았다고 해도, 지금 열 살이 아닌 건 아니잖아.

"네 카마, 지금 보여준 것만으로도 위협적이야. 머리도 좋은 데다가 강해. 성장하면 어디까지 자랄지 몰라. 그건 네 카마가 마구니의 전력이 된다면 퇴마사에게 위협이 될 수 있다는 뜻이야."

마호라가가 수호의 코앞에 멈춰 섰다.

수호가 어찌할 바를 모르고 서 있는데 카마가 수호의 몸을 옆으로 밀었다. 수호가 도로 앞을 막아서려 했지만 팔을 붙든 기세가 워낙 강했다.

카마는 여전히 움직임이 없었다. 마음에 들지는 않지만 패배를 받아들이는 얼굴이었다. 마호라가는 같은 사람에게 이어 말하기라도 하듯 카마에게 말했다.

"네가 수호의 마음에 있으면 마구니들은 너를 노리고 찾아올 거야. 카마가 있는 마음은 마구니에겐 열려 있는 서버나 다름없어. 카마가 마구니와 계약하면 넌 네 의지와 상관없이 그들의 전장에 소환된다."

카마는 시선을 땅으로 향했다. 알았으니 빨리 끝내라는 듯이.

"하지만 네가 지금 나에게 했듯이 저항한다면 마구니가 널 쉽게 빼앗아가지 못하겠지."

카마가 고개를 들었다.

"그러니 네가 마구니의 부하가 되지 않는 한은 널 살려두도록 하겠다."

천장에서 떨어진 물방울이 웅덩이에 파문을 그렸다. 매달린 등불이 바람도 없이 흔들리며 세 사람과 짐승 하나의 그림자에 흐린 잔상을 남겼다.

"불가능해, 마호라가."

아난타가 말했다.

"카마 혼자서 마구니와 싸울 수는 없어. 마구니는 군대를 끌고 들어와."

수호는 아난타를 돌아보았다.

"변변찮은 카마는 마구니가 탐내지 않으니 또 모르겠지만, 이 녀석은 틀림없이 노려."

"답해라, 카마."

마호라가가 듣지 않고 말했다. 카마는 마뜩잖은 시선을 주었다.

"내가 마구니에게 지지 않았다는 건 어떻게 아는데?"

"지면 내게 고하라."

"그러면?"

"바로 네 존재를 멸하겠다."

카마의 눈이 움찔했다.

"그런데도 말하라고? 나더러?"

"그래."

앞뒤가 맞지 않는 거래다.

하지만 마호라가의 시선에는 흔들림이 없었다. 상대의 속성을 속속들이 이해하고 확신하고 계산 끝에 하는 말처럼 들렸다. 카마는 마호라가가 다른 장난을 치는 것이 아닌지 가늠하듯 한참 상대를 내려다보았다.

"약속하지."

카마가 수호에게 시선을 두며 답했다. 삼자 간의 약속이라는 것을 분명히 하는 눈치다.

"한 번이라도 지면 보고하지."

"우라가."

뒤에서 아난타가 마호라가를 다른 이름으로 나직이 불렀다. 자신은 동의하지 않는다고 항변하듯이.

마호라가는 피리로 된 칼집을 들어 카마를 가리켰다.

"명심해, 카마. 넌 인간이 아니야. 수호 자신도 아니야. 수호의 마음에 자리 잡은 욕망의 망령일 뿐이야. 네 주제를 잊고 이 몸의 주인인 척하거나 수호의 마음을 함부로 조종하려 든다면 마찬가지로 없애버리겠어."

카마는 다 좋다는 듯 양손을 들어 올렸다.

"동의하지."

마호라가는 수호를 돌아보았다.

"마음의 주인에게 고하겠다."

"어……."

"퇴마사 마호라가가 제안하는 타협안이다. 적을 앞에 두고 우리끼리 싸우는 것은 이치에 맞지 않는다. 우리 모두가 서로에게 필요하다면 각자의 목표를 위해 피차 한 발씩 물러나도록 하지. 받아들이겠는가."

"어……."

"좋아."

마호라가가 긴장이 풀린 듯 한숨을 쉬었고 가볍게 미소를 지었다.

"다친 데는 없어?"

마호라가가 수호의 이마를 쓸어 올리며 상처라도 있나 살펴보는 사이, 아난타는 적대감을 숨기지 않은 채 카마를 노려보았다. 카마는 별일 아니라는 듯 아난타의 시선을 흘리며 수통에 물을 새로 담고 찰찰 흔들었다.

"그런데, 내 이름은 카마가 아니다."

투정 섞인 목소리에 마호라가는 몸을 바로 했다.

"실례했군."

"뭐야, 알아?"

"자신을 숨기고 싶다면 퇴마사에게 함부로 능력을 보여주지 마."

카마가 제 수통을 내려다보았다. 마호라가가 말을 이었다.

"능력을 보여주지 않고 이길 요량이야 없겠지만."

"놀리는 건가."

"모습을 자유자재로 바꾸는 물로 이루어진 검, **바루나스트라**. 그 무기를 쓰는 신에 대해서는 아는 바가 있다."

마호라가가 말을 이었다.

"물론 그 신 본인이 아니라, 그 신의 이름을 계명으로 하는 카마일 뿐이지만."

"이름을 알았다는 건 목적도 알았다는 건가."

"이름만으로는 몰라. 더구나 네가 그 이름을 쓴다면 목적은 상상할 수 없어. 거의 무엇이든 될 수 있으니까."

"그거 괜찮은데."

"하지만 그만한 이름이 필요했겠지. 간단한 소원은 아닐 거야."

'세계…….'

〔그거 아냐.〕

카마가 수호의 머릿속에서 살짝 짜증을 냈다.

"**바루나.**"

마호라가가 이름을 불렀다.

이름이 불린 순간 무엇인가가 변했다.

수호는 차가운 물을 한 번에 들이켠 듯한 냉기가 몸에 흘러드는 걸 느꼈다. 속이 다 얼어붙을 것 같아 토해내고 싶을 지경이었다.

동시에 어둠이 눈앞에 내려앉았다. 심해, 빛도 생명도 닿지 않는 바닷속의 묵직한 어둠이.

수호는 이것이 사실상 자신의 카마가 처음으로 이름을 불린 순간이며, 그의 존재가 진실로 확고해진 순간임을 깨달았다.

"카마 바루나, 한동안 잘 부탁한다."

✦

정신이 들었을 땐 공원이었다.

수호는 나무 난간에 기대 반쯤 쓰러진 자세로 누워 있었다. 품에는 선혜가 안겨 있었고 눈앞에는 진이 길게 쓰러져 있었다. 자전거 바퀴가 휘어진 걸 보니 코앞에서 급정거한 것 같았다.

사람들이 저 바보들은 뭔가 하는 얼굴로 기웃거리며 오갔다. 진이 누운 모습을 보아하니, 마호라가와 아난타가 들어온 뒤 밖에서는 얼마 지나지 않은 것 같았다.

"아 놔, 진짜 내 명에 못 죽겠네."

드러누운 진이 벌떡 일어나며 울화를 터뜨렸다.

"아무튼 사람을 무슨 콜택시로 알아요, 나 심장 터져 죽으면 책임질…… 얼레, 벌써 다 끝났나 보네."

뒤늦게 눈을 뜬 선혜가 수호의 몸에 기댄 채로 시선을 꽂았다. 이 작은 아이의 눈에 조금 전의 일이 그대로 담겨 있었다. 마음 안에서 전쟁을 벌이는 것보다도 더 비현실감이 들었다.

"왜 그랬어?"

선혜가 소리를 질렀다.

"무슨 생각으로 그런 결정을 내렸느냐고?"

217

선혜가 작은 손으로 수호의 가슴을 쾅쾅 두드렸다. 당혹스러운 기분이었지만, 마음 안에서 맞았으면 주먹 한 방에 벽저쪽까지 날아가 으스러지지 않았을까 싶기는 했다. 그럴 생각으로 치는지도 모르는 일이었다.

"두억시니를 없앨 때까지만."

수호가 말했다.

"……."

"그러고 나면 네가 내 카마를 없애줘. 설사 그때 가서 내가 저항한다 해도."

그래, 그래야 한다. 그놈은 거칠고 낯설고 위험하다. 이 이상 그것을 닮는다는 건 상상하고 싶지도 않다.

아주 잠시만. 그 정도라면 별일 없겠지. 두억시니만 없애고 나면 마음에서 치워버려야지. 그런 뒤 본래의 나 자신으로 돌아가야지.

선혜는 눈물을 찔끔 닦더니 수호의 손을 더듬어 새끼손가락을 걸었다.

"약속."

"어……. 알았어."

선혜는 엄지손가락을 꾹꾹 눌러 지장을 찍고는 끈을 묶는 시늉까지 했다.

"약속이야."

"알았다니까."

갑자기 선혜가 수호의 옷깃에 얼굴을 파묻더니 눈물을 쏟기 시작했다. 수호가 당황하자 진이 머리를 긁적였다.

"아, 호르몬 때문이야. 신경 쓰지 마. 그렇게까지 슬픈 거 아냐."

"에……."

"애 몸으로 돌아오면 아무래도 스트레스가 감당이 안 돼서 그래. 아, 그리고 알았으니까 그만 징징거려! 선혜가 됐다잖아!"

진이 벼락처럼 소리를 지르는 바람에 수호는 화들짝 놀라 몸을 바짝 움츠렸다.

"아난타에게 하는 말이야."

진이 부드럽게 말했다.

"아난타가 네게 뭐라고 했든 내 생각은 아냐. 물론 조금쯤은 내 생각이기도 하겠지만…… 사람 마음은 그렇게 단순하지 않아. 너도 알지?"

진은 자전거를 이리저리 살피다가 휘어진 바퀴를 보고는 머리를 긁었다.

"자전거는 내가 들 테니까 선혜는 네가 들래?"

말끝에 진은 자전거를 번쩍 들어 올려 어깨에 얹었다. 수호는 바짝 쫄아 고개를 끄덕였다.

✦

"쟤네들 뭐야?"

"무슨 퍼포먼스야?"

지나가던 사람들이 수군대는 소리가 귓가에 스쳐갔다.

"흉하다, 좀 가리든가."

선혜를 업고 진을 따라 걷던 수호는 움찔 멈춰 섰다.

선혜의 뭉툭한 왼쪽 다리가 팔에 와 닿았다. 앞서가는 진도 진이고, 생각해보니 자신의 꼴도 꼴사납기는 매한가지였다. 몸에 붙여놓은 반창고라도 좀 뗄걸.

"힘들어?"

선혜가 등에서 말했다.

"내려?"

"아니……."

사람 없는 길로 가자고 할까 생각하며 앞을 보니 진은 어깨에 자전거를 얹은 채 거칠 것 없다는 듯 휘적휘적 걷고 있었다. 홀로 바람을 가르며 날고 있는 듯 보였다.

"내려, 나 다리 가져왔어."

흔히 들을 법하지 않은 말을 하며 선혜는 움틀움틀 수호의 등에서 몸을 빼냈다. 그러다 선혜가 떨어질까 봐 수호는 몸을 수그리고 앉았다.

"걸으려고요?"

역시 흔히 들을 법하지 않은 말을 하며 진이 어깨에 자전거를 걸친 채 다가왔다.

공원 한가운데서 진이 포대기에 싼 의족을 풀고 선혜가 끼우는 동안, 수호는 공원에 있는 모든 사람의 시선이 집중되는 기분에 사로잡혔다. 사방에 큰 스피커라도 놓인 듯 수많은 말들이 머릿속을 두드렸다.

'쟤도 같은 과니? 무슨 동호횐가 봐?'

'쟤도 뭐 숨겨놨을 거야. 뒤져봐. 어디 망가진 데가 있을 거야.'

수호는 손을 소매 사이로 넣으며 두 사람 옆에서 한 발 물러났다.

'창피하다, 그러니 아빠가 팼겠지.'

'오죽했으면 맞고 살았을까.'

'뭘 잘했다고 고개 빳빳이 들고 돌아다니나 몰라.'

'저런 애는 맞아야 정신을 차려.'

집에서 무수히 들었던 말들이 형태를 바꾸어 머리를 까맣게 덮쳐왔다. 당장이라도 공원에 있는 사람들이 하나씩 뭐라도 들고 일어나 자신을 공격해올 것만 같은 착각이 일었다.

수호의 등 뒤에서 검고 큰 발이 나타나 땅을 짚었다. 피부가 줄줄 흘러내리는 발이다. 땅을 짚은 자리의 잔디며 풀이 독한 산에 녹듯이 까맣게 말라죽었다. 검은 발의 주인은 아이와 어른, 노인의 목소리로 바꿔가며 속삭였다.

쭈글쭈글한 발이 수호의 머리를 쥐려 뻗쳐왔다. 발가락에서 가느다란 살덩이가 뻗어 나왔고, 살덩이 끝에서 샛노란 눈이 서서히 떠졌다.

〔꺼져.〕

바루나의 목소리.

"됐어, 가."

마호라가의 목소리에 수호는 눈을 떴다.

공원에는 아무도 없었다. 은행나무만이 부스스 잎을 떨구고 있을 뿐.

마호라가가 다리를 팡팡 치며 일어났다. 그 옆에는 아난타가 콧등으로 마호라가의 등을 비비며 공원 저쪽 끝까지 꼬리를 시원하게 펼치고 있었다.

"왜?"

은빛 다리의 마호라가가 검을 땅에 짚고 자신을 바라보았다. 아난타도 초록빛 눈을 깜박였다.

둘 주변의 공기가 달랐다. 둘은 대기 전체를 자기 것으로 만드는 것 같았다. 대기 전체가 그들의 집이라, 아무도 함부로 들어오거나 들여다볼 수 없을 것만 같았다.

바람 빠진 웃음이 났다. 이어서는 창피했다. 창피해했다는 바로 그 사실 때문에. 이어서는 죄책감이 들었다.

어쩌지. 뭐라도 해야겠는데.

수호는 마호라가에게 다가가 등을 내밀고 앉았다.

"괜찮아."

마호라가가 말했다.

"나도 괜찮아."

"진짜."

"나도."

수호의 말에 마호라가는 짜장과 짬뽕 중에서 하나만 고르라는 말을 들은 아이 같은 얼굴을 했다가 답했다.

"그래, 그럼."

✦

선혜는 수호의 등에서 눈을 떴다.

발아래에서 찰랑거리는 수통이 다리를 두드렸다. 몸을 조금 들어보니 검은 코트를 입은 남자가 선혜를 업은 채 걷고 있다.

사람의 겉모습 대신 그 마음의 모습이 보이는 것. 마음에 들어갔다 나오면 흔히 겪는 혼선이라, 선혜는 이상해하지 않고 수호의 등에 몸을 묻었다.

「그러고 나면 내 카마를 없애줘.」

선혜는 수호의 말을 떠올렸다.
'지금은 그렇게 말할 수 있겠지만.'
선혜는 생각했다.
'그때 가면 너는 지금보다 더 격렬하게 저항할 거야.'
'설사 나와 진을 없애는 한이 있어도 네 카마를 지키려 할 거야…….'
갖고 있는 동안은 버릴 수 없다. 사라지는 순간의 상실감은 세상이 무너지는 것에 다를 바 아니다. 하지만 잃고 나면 그것을 왜 바랐는지조차 잊는다. 욕망이란 그런 것이고, 카마란 그런 것이니까.
하지만 선혜는 그 또한 피할 수 없는 싸움 중 하나라 생각했다. 오늘보다 조금 더 어려울 뿐, 하나의 대결이라는 점에서는 차이가 없을 테니까.

천장에서 물방울 하나가 맑은 소리를 내며 웅덩이에 떨어졌다. 얼 듯 말 듯 차갑게 식은 웅덩이가 둔중한 파문을 그렸다. 그 바람인지 매달린 등불이 가볍게 몸을 떨었고, 바위 그림자들이 몸서리치듯 흔들렸다.

바루나는 그 한가운데에 혼자 주저앉아 있었다.

바루나스트라를 긴 창처럼 만들어 어깨에 걸치고는 흙 위에 뭔가 끼적인다. 조금 전의 전투를 복기하는 것 같다.

썼다가는 발로 지우고, 다시 쓰며 이길 방법이 없었는지 고심한다. 그러다 무슨 생각이 떠올랐는지 피식 웃음을 흘렸다.

"무슨 소원을 빌었느냐고?"

바루나는 물로 된 창을 흔들다가 펼치듯이 흩뿌렸다. 창은 물이 원호를 그리며 퍼져 나가는 형태로 변했다. 바루나는 실용성이 없는 모양새에 실망한 듯 도로 물로 바꾸었다.

"뻔하잖아, 멍청이."

바루나는 히죽 웃었다.

쥐방울은 머리가 돌아간다. 생각이 비껴가는 것은 머리 때문이라기보다는 녀석의 온건한 성향 때문이겠지. 근원적으로야, 마구니가 자기와 만난 기억을 지웠기 때문이겠지만…….

'하긴, 소원을 빈 뒤에 한 말은 좀 이상했지만.'

바루나는 문득 생각했다.

'하지만 그건 소원이 아니었다. 잡담에 불과한 말. 그러니 나와는 관계없겠지.'

문득 머릿속에서 마호라가의 말이 떠올랐다.

「네가 아무리 강하다 한들, 아무리 영리하다 한들, 한 사람의 카마인 이상 혼자서 진짜 마구니나 퇴마사와 대적할 수는 없다.」

바루나는 무심히 발밑에 흐르는 물을 내려다보았다.

"그건 곤란한데."

바루나는 틀린 시험문제를 들여다보는 학생처럼 고심하다가 다시 전투를 복기했다.

Ep. 3   수호의 마음

19 타락한 퇴마사

천오백 년 전.

등불이 바람에 흔들린다. 높이가 세 장(약 구 미터)쯤 되고 넓이가 쉰 평쯤 되는 넓은 바위굴이다. 천장에서는 물이 똑똑 떨어지고 젖은 바닥은 매끈매끈하고 번들거린다.

남자는 동굴 한가운데 놓인 쇠의자에 묶여 있다.

나이는 서른에서 마흔쯤 되었을까, 몸 여기저기에 창과 화살이 참혹하게 꽂혀 있다. 무작위로 찌른 것이 아니라 급소를 교묘하게 피한 것이다. 고문하는 동안 쉽사리 죽어버리지 않도록. 지금은 몸에 꽂힌 창과 화살이 마개처럼 출혈을 막고는 있지만 그리 오래 버틸 것 같지는 않다.

고문의 흔적인지 남자의 옷은 피에 젖고 너덜너덜하다. 하지만 눈처럼 새하얀 비단옷에 자수가 섬세한 것이, 남자가 원래는 제법 신분이 높은 사람이었음을 알려준다.

동굴 입구에서 누군가가 찰박찰박 물을 밟으며 걸어 들어왔다.

작지만 야무진 몸매에 얼핏 미소년처럼도 보이는, 열대여섯 살쯤 되어 보이는 소녀다. 남자들이 입는 녹빛 도포와 바지를 입고 허리에는 피리를 검처럼 매고 있다.

아직 어리지만 평균수명이 마흔은 될까 말까 한 이 시대에는 어엿한 성인으로 대우받는 나이다. 허리에 찬 위패는 이 소녀가 휘하에 사병과 식솔을 한 무리쯤 거느리고 있음을 보여준다.

"광목천."

들어온 소녀가 남자를 불렀다.

"마호라가."

광목천이라 불린 남자는 그 와중에도 반가운 얼굴로 말했다.

"역시 너를 보냈군."

마호라가는 광목천의 발아래를 슬쩍 내려다보았다.

마음의 눈을 열기 위해 조금 전 동료의 마음에 들어갔다 나온 뒤라 공간 전체가 다르게 보였다. 고문실이자 감옥으로 쓰이는 이 동굴의 심소는 흔히 죄수들의 처참한 마음에서 생겨나 돌아다니는 카마들로 북적북적하다.

하지만 오늘 심소는 텅 비어 있었다. 광목천의 발아래에서 검은 살덩이 같은 작은 생물 하나만 꿈지럭거리고 있을 뿐이었다.

"설마 그런 꼴로도 사냥을 한 겁니까."

마호라가가 물었다.

"마음 안에서 쓰는 건 몸이 아니니까."

광목천이 답했다.

'사실이기는 하지만 영향이 없다고 할 수는 없을 텐데.'

광목천은 칼이 꽂힌 발을 살짝 들어 그때껏 밟고 있던 살덩이를 꾹 눌렀다. 다른 시공에 있는 살덩이가 황금빛을 뿌리며 터졌다.

마호라가는 살덩이에 발을 대는 순간 광목천의 얼굴에 수심이 내려앉는 것을 보았다. 이상한 기분이었다.

'그 모진 심문과 고문 중에도 얼굴빛 하나 변하는 걸 보지 못했건만.'

"뭘 잡았습니까?"

"아직 이름도 없는 것이다. 하지만 굳이 부른다면 **두억시니**라고 부르면 좋을 것 같군."

두억시니.

전승에 의하면 도깨비들의 왕이자 요괴의 왕, 사람의 마음에 공포와 정신병을 퍼트리는 악신. 물론 어디까지나 그 신화의 심상을 부여하는 것뿐이지만.

"잡귀에게는 과한 이름이군요. 마음 바깥에서 생겨난 카마는 지능이고 능력이고 별것 없잖습니까."

사람의 마음은 고체라기보다는 액체나 기체에 가깝다. 들어갈 구멍도 있고 밖으로 난 통로도 있고, 크게 부풀기도 하고 안으로 쪼그라들기도 한다.

같은 욕망을 가진 사람들이 모여 있으면 마음은 서로 이어진다. 그렇게 마음이 이어지면 **집단의 마음**이라 불릴 법한 공간이 새로 생겨나는데 이를 **심소**라 한다.

심소는 대개 사람들이 모여 있을 때 잠시 생겨났다 사라지지만, 같은 곳에 같은 욕망을 가진 사람들이 계속 모여 있으면 그 지역에 달라붙기도 한다. 감옥은 그렇게 심소가 정체된 곳 중 하나다.

타락한 퇴마사들의 심소.

그들의 마음과 심소가 이어진 길을 따라, 구멍 난 그릇에서

쌀알이 새어 나오듯이 욕망의 응어리 조각들이 심소로 흘러 나온다.

이 감옥의 심소에는 그 욕망의 조각에서 생겨난 카마가 바글거린다. 대개 작은 잡귀들로 크게 위험하지도 않아 어린 퇴마사들이 훈련용으로 사냥하는 편이다.

"전염성과 자가 증식 속성에 적의 기술을 복사하는 조짐도 있었다. 내버려뒀으면 나라 전체를 집어삼킬 뻔했다."

"카마 하나가요? 망상이 지나치군요."

"사람의 마음의 늪에 촉수를 뻗고 있더구나."

마호라가는 광목천이 말한 형태를 상상했다. 본체는 동굴 한가운데에 자리 잡고 있지만 수십, 수백 갈래로 뻗은 가느다란 실과 같은 촉수를 주변 사람의 마음에 꽂고 있는 괴물을.

"그 촉수를 통해 사람의 마음에 모멸을 심고 있었다. 그리고 다시 그 모멸에서 양분을 받아 몸집을 불리고 있었다. 내가 제때 없애서 세상을 구했구나."

"그런 꼴을 하고도 허세입니까."

마호라가는 피리를 칼처럼 들어 광목천을 가리켰다.

"답해주십시오, 서西의 수호자, 서의 수장, 광목천. 내 스승이시여, 왜 그랬습니까?"

광목천은 말없이 미소만 지었다.

"마구니에게 홀렸다는 헛소리는 집어치우십시오. 세상 퇴마사가 다 타락한다 한들 타락할 사람이 아닌 줄을 내가 압니다. 대체 왜 스스로 마구니를 찾아가 계약을 하고 카마를 만든 겁니까?"

"……"

"서는 당신 때문에 해체될 판입니다. 당신 휘하의 신장과 나한들뿐 아니라, 당신과 친분이 있던 모든 사람이 마구니와 내통했다는 의심을 받고 있습니다. 교단에서 서의 신장과 나한들을 구금하고 심문하고 있습니다."

"……."

"말씀해주십시오. 대체 왜 그런 짓을 했습니까?"

"그래, 한편으로는 그것 때문이겠구나."

"뭐라고요?"

광목천은 턱짓으로 제 몸을 가리켰다. 손과 팔과 허벅지와 몸, 다리를 꿰뚫은 창과 활에 시선을 두었다.

"설령 내가 타락했을지언정, 이리할 까닭이 없다. 파문시키고 평범한 사람으로 살게 하면 그만인 것을."

마호라가는 당황했다.

"설령 내가 타락했을지언정, 내 휘하의 사람들에게 고초를 겪게 할 까닭이 없다. 나와 관련된 사람을 의심할 까닭도 없다. 내가 수호하던 영역을 부수어 아군의 진영을 무너뜨릴 이유도 없다."

"무슨 말을……."

"교단이 자신에게 동의하지 않는 이에게 이리 무도하게 나올 만큼 자신을 굳건히 정의라 믿는 지경에 이르렀기에 나는 배신하고자 한다. 자신이 정의라 믿어 의심치 않는 곳에 정의는 남지 않는다. 타락한 것은 내가 아니라 교단이다. 교단이 타락했기에 나는 거기 머물지 않고자 한다."

"고작 그런 이유로……?"

"'한편으로는'이라고 했다."

마호라가는 이를 악물었다.

"완전히 미쳤군요."

마호라가는 언성을 높였다.

"그게 자신과 당신을 추종하던 사람들을 시궁창에 내던지고 할 소리입니까?"

"……."

"교단이 타락하고 있다면 악착같이 더 들러붙어서 뭐라도 고쳐 나가야지요! 천지에 마구니가 날뛰고 욕망이 들끓는 세상에서, 무슨 교만으로 제 편은 고결하고 선하기를 바랍니까? 천지가 오물로 가득 찼으면 조금이라도 냄새가 덜한 오물이나마 지켜야지요!"

"그 말도 맞구나."

광목천은 미소를 지었다.

"내세에서는 그 방향으로 생각해보도록 하겠다."

"위선자."

마호라가가 내뱉었다.

"더 들어줄 가치도 없군요. 당신을 믿고 따랐던 날들을 다 씹어 없애버리고 싶군요. 마지막 남은 정리情理로 당신의 마음은 제가 직접 정화하겠습니다."

마호라가는 피리를 몸 한가운데 검처럼 곧추세웠다. 결투를 선언하는 검사의 자세다. 눈은 불이 깃든 것처럼 이글거렸다.

"그것으로 내가 타락하지 않았음을 증명할 것이며, 내 가족과 친구와 부하들이 타락하지 않았음을 증명할 것이며, 당신과 내 연이 영원히 끊겼음을 증명하겠습니다."

광목천은 지그시 자신의 애제자를 응시했다.

감정이 말라붙은 수도사 같은 다른 퇴마사들과 확연히 다른 성격. 누구보다도 열렬히 싸우고 저항하며 살아가는 소녀. 이토록 격정적이면서도 그 마음이 욕망과 타락에 물들지 않는 퇴마사라니. 하긴, 어쩌면 그렇기에 누구보다도 타락에서 멀리 떨어져 있는지도 모른다.

"들어오너라. 마호라가. 내 마음은 언제나 네게 열려 있었다."

"쓸데없는 소리 마십시오."

눈부신 빛과 함께 마호라가는 광목천의 마음 안으로 들어갔다.

마음이 열려 있다는 말은 거짓이 아니었다. 광목천은 아무런 저항 없이 마호라가를 받아들였다.

눈앞에 드넓은 벌판이 펼쳐져 있었다.

연둣빛 강아지풀, 쑥, 망초, 잡풀이 뒤덮은 벌판 한가운데에 바닥이 비칠 만큼 깨끗하고 큰 호수가 있었다. 가까이 가보니 얼핏 바다인가 착각할 만큼 너른 호수였다.

호수 한가운데 키가 큰 남자가 눈을 감고 팔짱을 낀 채 떠 있었다.

까마귀 깃털을 단 검은 관을 쓰고 온갖 색이 뒤섞여 나온 듯한 검은 도포를 두른 남자. 인상이며 분위기는 광목천과 닮았지만 훨씬 젊고 자신만만해 보였다.

저것이 광목천 욕망의 결정체.

'인간형 카마인가.'

익숙지 않은 형태다.

마호라가가 지금까지 주로 보아왔던 카마는 보기에도 끔찍한 괴수나 괴물일 때가 많았고, 비정형적인 형태를 하거나 지성이 없는 경우도 많았다. 마음을 정화하기 위해 들어간 사람이 주로 중범죄자거나 추악한 욕망에 사로잡힌 사람일 때가 많아서였지만, 아직 퇴마사로서의 경험이 부족한 마호라가는 이유를 몰랐다.

'무슨 욕망일까?'

광목천. 옷 한 벌, 그릇 하나 탐내지 않던 사람이다. 세상에 필요한 것이라곤 아무것도 없는 사람 같았건만. 그런 광목천이 스스로 타락하기 위해 바란 소원은 무엇일까.

'쓸데없는 생각.'

마호라가는 고개를 내저었다.

'카마는 카마일 뿐. 다 마음을 이지러뜨리는 욕망이며 번뇌일 뿐이다.'

"보라, 내 마음은 어떤 욕망에도 끌려가지 않는다."

마호라가는 경문을 읊으며 자신의 애검 사비트리를 뽑아 들었다.

검집에서 검을 뽑자 맑은 음률이 검에서 흘러나왔다. 음률에 맞추어 호수에 떠 있던 카마가 눈을 떴다. 깊고 검푸른 눈이었다.

"카마!"

마호라가가 외쳤다.

"너를 정화하러 왔다!"

카마는 오만한 미소를 지으며 허리에 매인 표주박 모양의 수통에 손을 가져다 댔다.

수통에서 맑은 물이 떨어지며 투명하게 빛나는 칼로 변했다.

✦

현재, 2015년.

진이 크게 걸음을 내딛자 이 미터는 됨 직한 봉이 가차 없이 수호의 면상을 향해 날아왔다.

"우아아아······!"

수호는 자기도 봉을 들고 있다는 것을 잊고 비명을 지르며 팔을 들어 얼굴을 가렸다.

진은 수호의 얼굴 앞에서 봉을 살짝 멈췄다가 그대로 수호의 팔을 쿡 찍어 밀었다. 솜으로 끝을 감싼 봉이긴 했지만 밀어내는 기세에 수호는 제 팔에 코를 부딪치고 말았다.

진이 봉으로 땅을 팡, 하고 치며 소리쳤다.

"거기서 팔이 왜 올라가, 팔이!"

"하, 하지만 봉이 무거워서!"

"팔은 네 몸 아냐? 맞음 안 아파?"

말이 끝나기가 무섭게 진의 봉이 다시 질풍처럼 날아들었다.

어스름한 새벽, 동이 터오는 연남동 거리.

거리에서 밤새 놀던 젊은이들이 이제야 첫차를 타러 하나

둘 기어 나온다. "칲Cheap"이라는 글자 하나만 붙여놓은 술집 옆, 낡은 치킨집에서 레게머리를 한 주인장이 나와 쓰레받기를 툭툭 털고 그제야 가게 문을 닫는다.

거기서 약간 들어간 꼬불꼬불한 골목, 침침한 주택가.

오래된 연립주택 옥상에서 진과 수호가 봉으로 치고받고 있었다. 물론 진이 일방적으로 몰아붙이는 것에 불과했지만.

새벽부터 진의 전화를 받고 눈곱도 못 떼고 와봤더니만, 진은 몸에 쫙 달라붙는 검은 운동복 차림으로 옥상에 장대 여섯 개를 늘어놓고 수호를 기다리고 있었다.

멍청한 얼굴이 된 수호에게 진이 상큼하게 웃으며 손에 봉을 쥐여주고 다짜고짜 공격을 시작한 지 어느덧 일주일째였다.

수호가 있는 힘을 다해 봉을 들자, 봉은 무게와 관성에 의해 긴 호를 그리며 수호의 몸까지 한 바퀴 돌렸다. 수호가 자기 봉에 휘둘려 균형을 잃는 사이 진의 봉이 빈 옆구리를 향해 날아왔다.

'이대로 한 바퀴 돌면……!'

수호의 눈이 번득였다.

'이대로 봉이 돌아가는 힘을 타고 한 바퀴 돌려 진의 봉을 반대 방향에서 내리친다……!'

하지만 수호의 마음과는 달리 관성이 떨어진 봉은 이내 축 늘어졌다. 수호는 반도 돌지 못한 채 진을 등 뒤에 두고 느릿느릿 멈췄다. 진이 두 배로 한심한 얼굴을 하며 수호의 등을 콱 찔렀다.

"돌기는 왜 돌아!"

"피, 피하려고!"

"등에 눈 있어? 적에게 등 보이면 죽어!"

우렁찬 기합과 함께 진의 봉이 다시 수호의 면상으로 날아들었고,

"우아아아……"

하고 수호는 다시 비명을 질렀다.

20 대기권에서 추락하는 검

"으흠, 너는 무술보다는 재활을 해야겠다."

연립주택 옥상 바닥에 대자로 길게 누워 숨을 헐떡이는 수호를 내려다보며 진이 한마디 했다.

맞는 말이기는 했다. 제대로 식사를 해본 적이 손에 꼽히는지라 수호의 영양 상태는 형편없었다. 학교 이외의 외출이 금지된 지 오래라 나가서 제대로 뛰어놀아본 적도 없었다.

진은 콜라를 한 캔 까서 수호의 머리 옆에 놓고 자기도 하나 까서 술처럼 주욱 들이켰다.

"괜찮아. 이렇게 매일 십 년쯤 하다 보면 나만큼 할 수 있을 거야."

"십 년이나…… 기다려도…… 돼요?"

수호가 숨이 꼴딱꼴딱 넘어가는 소리로 물었다.

"그럼 안 되지만,"

진은 흠, 하고 고개를 까닥했다.

"오늘 훈련하지 않으면 어쨌든 십 년이 지나든 백 년이 지나든 그날은 오지 않으니까."

'퇴마사 세상에는 무슨 비급전서 같은 거라도 있을 줄 알았더니만.'

수호는 시무룩해져서 일어나 앉아 콜라를 집어 들었다.

"이런 훈련을 할 필요가 있을까요? 마음 안에서 쓰는 건 몸이 아니잖아요."

진은 말똥말똥 수호를 보았다.

"그럼 뭘 쓰는데?"

"……에, 상상?"

"그럼, 내가 봉으로 네 머리를 쳤을 때 방어할 방법을 열 개쯤 상상해봐."

수호는 상상을 해보았지만 으아아아 비명을 지르며 나가떨어지는 제 모습만 열 종류로 떠오를 뿐이었다.

"자기 상상을 과신하지 마. 현실에서 할 수 없으면 상상도 막혀. 상상도 지식과 훈련에서 나오는 거야."

진은 콜라 캔을 거의 눈에 보이지도 않을 만큼 작게 짜부라뜨리고는 휙 던졌다.

"일어나 봐."

수호는 무기력한 기분으로 느릿느릿 일어났다.

진은 바닥을 발로 톡톡 치며 자기 쪽을 보게 했다.

"선혜도 나도, 네가 몸을 쓰기를 기대하지 않아."

진은 봉을 내려놓고, 대신 발밑에 있던 한 뼘 반 정도 길이의 막대기를 발로 쳐올려 손에 받아 쥐었다.

"하지만 훈련받지 못한 평범한 창병이 엘리트 기사를 물리친 일은 역사에도 제법 있어. 네가 약해도 타격 거리가 길면 실력 차를 좁힐 수 있단 말이지."

진이 공기를 타듯 가볍게 스텝을 밟았다. 주춤하는 수호에게 진이 호통쳤다.

"뭐 해, 들어와!"

수호는 허겁지겁 봉을 휘둘렀다. 진은 허리를 숙이며 옆으로 피했다. 수호는 진의 움직임을 따라 봉을 꺾었다. 기초만 배운 대로 팔을 비틀었을 뿐인데도 봉은 순식간에 진을 따라붙었다.

진은 거리를 벌리며 물러났다.

"더 깊이!"

수호는 정신없이 봉을 찔렀다.

진은 후, 하고 가볍게 호흡을 내뱉더니 막대기로 봉을 쳐냈다. 멀리서 툭 쳤을 뿐인데도 손목까지 저릿했다. 이어서 진은 벽을 짚고 돌듯이 수호의 봉을 밀어내고 회전하며 거리를 좁히더니 한순간에 수호의 턱 밑에 막대기를 찔러 넣었다.

"어때, 아까보단 많이 버텼지?"

"예……."

'나보고는 돌지 말라더니.'

수호는 시무룩해져서 제 손가락을 내려다보았다. 손가락에 문제가 있기는 진도 마찬가지인데.

"내 무기가 검이 아니라 총이었다면 더 좋았겠네요."

"총은 만들기 힘들어. 검이 훨씬 편하지."

진이 답했다.

"구조와 작동 원리를 모르는 물건은 구현하기 힘들어. 마호라가가 모든 종류의 무기를 만들어내는 건 다방면에 방대한 지식이 있어서야. 늘 본다고 간단하게 생각하지 마."

그런가. 수호는 봉을 세워 들고 깃발처럼 휘휘 돌려보며 생각했다.

"총도 결국은 물리력이야. 화약으로 속도와 힘을 더하는 것뿐이야. 네 검이 충분히 크다면 폭탄과 다를 게 없어. 일 킬로미터짜리 칼이 대기권에서 떨어지면 지구는 멸망하고도 남아."

수호는 히익, 하고 기겁했다.

"네 검은 대기권에서부터 떨어지는 게 아니니까 그럴 일은 없겠지. 하지만 속도는 중요해."

진은 바닥에 놓인 봉 네 개를 모두 집어 수호의 손에 쥐여주었다. 네 개가 되니 무겁고 두꺼워 양손으로도 잡을 수 없었다. 수호는 제각기 분리되며 쓰러지는 봉을 당황스럽게 수습했다.

"무기가 무거워지면 위력은 세어지지만 속도를 낼 수 없어. 그만큼 위력은 줄고. 게다가 넌 힘도 약하니……."

진은 봉 네 개를 손으로 잡아 고정한 뒤 수호가 수직으로 세워 들게 했다.

"등을 펴고 허리를 세워."

진이 팔로 감싸안듯이 수호의 등 뒤에 서자 수호의 얼굴이 저도 모르게 붉어졌다. 진은 어리둥절한 얼굴로 수호의 허리를 툭 쳤다.

"집중해."

넵, 하고 수호는 몸을 똑바로 세웠다.

진은 수호의 뺨에 화상 자국이 난 얼굴을 대고 수호의 시선에서 봉을 바라보았다.

"명심해. 넌 검을 '갖고' 있는 게 아냐. 검을 '만드는' 거지."

갖고 있는 게 아니다? 만드는 거다?

"'어디에서' 만들지를 생각해."

수호는 고개를 들어 봉 끝을 올려다보았다. 네 개의 봉이 새벽이 어스름하게 밝아오는 하늘을 찌를 듯이 서 있었다.

"아냐, 수직으로 세우지 마. 약간만 기울여서 방향을 잡고…… 내려놓는 거야."

'내려놓는다……?'

진이 봉을 손에서 놓자, 네 개의 봉은 찰그랑거리며 떨어져 굴렀다.

"이렇게 하늘에서 만들어 떨어뜨려."

"……."

"네 역할은 이 첫 타격 하나야. 일단 네가 두억시니를 기절시키면 선혜가 몸을 조각조각 분해할 거고, 아난타가 그 하나하나를 뇌격으로 태울 거야."

진은 어깨를 으쓱했다.

"이론상으로는 먹힐 작전이야. 요는, 네가 적절한 순간에 그만큼 **큰 검**을 만들 수 있는가야."

"그러니까."

마호라가는 뚱한 얼굴로 시소에 쪼그려 앉은 채 말했다.

"억지로 길이를 늘이면 이렇게 된다…… 이거군."

수호는 마호라가의 앞에 같이 쪼그리고 앉아서 땀을 삐질삐질 흘리며 제 검을 내려다보았다. 땅에 내려놓은 수호의 검은 미끄럼틀까지 주욱 늘어나 있기는 했지만, 철사처럼 가느다래진 데다가 솜사탕처럼 말랑말랑했다.

수호는 마호라가와 함께 동네 놀이터의 심소에 들어와 있었다.

오래된 곳에는 사람이 없어도 심소가 붙어 있다고 하던가.

63년부터 있었다는 낡고 오래된 홍대놀이터다. 담도 경계도 없이 한가운데에 종합 미끄럼틀 하나만 덩그러니 놓인 작은 공간. 아이들보다는 예술인들이 축제 장소로 즐겨 쓰는 곳이다. 뒤쪽 담벼락에는 거리 예술가들이 몇 번을 덧칠한 그라피티 벽화가 그려져 있고, 어른을 따라 애들이 그려 넣은 듯 미끄럼틀에도 낙서로 빼곡하다.

이 놀이터 심소에 있는 카마는 손바닥만 한 크기의 작고 귀여운 돌멩이 모습이었다. 아이들의 '더 놀고 싶다' 정도의 소박한 욕망으로 생겨난 카마일까.

아니, '욕망'보다는 '욕구'에 가깝겠지. 이렇게 작은 카마는 마구니도 탐내지 않는다고 했다. 마호라가는 이들을 자이自移라고 불렀는데, 스스로 구르는 돌이라는 뜻이라던가.

「카마의 이름은 개인의 이름이라기보다는 종의 이름으로 봐야 해.」

아난타는 이전에 수호에게 설명했다.

「같은 이름을 가진 카마가 하나만 있진 않아. 물론 같은 이름을 갖고 있어도 각자 인격은 다르고. 하지만 요괴 말고 신의 이름을 가진 카마를 보면 조심해. 흔하지도 않거니와 훨씬 센 놈들이니까. 이를테면 나처럼 말이지, 에헴.」

'아난타'의 뜻은 '무한'이라고 했다. 시작은 있으나 끝은 없이 계속 뻗어 나간다는 뜻이라고. 용왕이며, 신이 쉴 때 방석이나 침대 대용으로 누워 쉬는 용의 이름이다.

심소에서 보는 미끄럼틀은 실제보다 세 배는 컸고 신기한 놀이기구가 주렁주렁 더 달려 있었다. 뒤쪽 담벼락에 그려진 글씨들은 모두 괴물과 사람 모양의 조각으로 바뀌어 있었다.

돌멩이들은 아이처럼 깔깔거리고 웃으며 미끄럼틀을 줄줄이 타고 내려왔다가, 뺑뺑이 놀이기구를 뱅글뱅글 돌며 지나가고는, 모여서 돌탑처럼 층층이 쌓이는 놀이를 하더니 다시 왁자지껄 흩어졌다.

있던 긴장감도 날아갈 만한 곳이었다. 철사처럼 가느다랗게 파들거리는 자신의 검을 보니 긴장감은 더 날아갔다.

"왜 쓸데없는 데서 상식적인 거야!"

"사…… 상식적으로 이렇게 되는 게 아닐까?"

"여긴 현실이 아니고 네 검은 물리법칙을 따르지 않아. 우릴 처음 만났을 때 넌 이미 탑만 한 검을 만들었다고."

"그러니까…… 기억도 안 나고, 지금은 위기감도 없다고."

"위험을 느꼈을 땐 이미 늦어."

마호라가가 일어나며 피리검으로 수호의 철사 같은 칼을 팅, 하고 튕겼다. 칼이 기타 줄처럼 위잉위잉 진동했다.

"아파."

수호가 불평했다.

"나나 바루나는 널 죽일 생각이 조금도 없었어. 너랑 놀아준 거지 네가 대항한 게 아냐. 적들이 나나 네 카마처럼 신사답게 나올 거라곤 기대도 하지 마."

'기 살려줘서 고맙네.'

수호는 툴툴거리며 검을 접었다. 검이 슬슬 줄어들어 손가락만 해졌다.

"잘 들어, 이건 현실의 싸움이 아냐."

마호라가가 계속 말했다.

'네, 네.'

"현실이라면 달아나도 적이 쫓아올 수 있지만 여긴 달라. 카마는 마음을 떠나지 못해. 여차하면 미련하게 버티지 말고 얼른 탈출해야 해."

'네, 네. 계속 무시해주세요.'

수호는 놀이터 바깥을 보며 생각했다.

모래밭 너머는 안개가 깔린 것처럼 흐릿했고, 먼 풍경일수록 더 흐릿했다.

'저곳이 심소의 경계.'

가만 보면 심소도 현실의 실제 경계의 영향을 받는 것 같다. 때로는 문이나 담벼락이 경계가 되고, 지도상의 행정구역이 경계가 되기도 했다.

저 선 너머로 나가면 밖으로 튕겨 나간다. 퇴마사들은 거기까지 가지 않고도 나가는 방법을 아는 것 같지만, 지금 수호가 쓸 수 있는 탈출 방법은 그것뿐이었다.

'위험하면 무조건 냅다 저기까지 뛰면 된다는 거지. 그것만 잘하면 뭐 그렇게까지 다칠 일은…….'

순간 바람이 일었다.

폭풍처럼 무거운 바람.

소름이 돋았다.

수호가 휙 돌아보자 마호라가가 발을 넓게 벌리고 검을 크

246

게 뒤로 빼고 있었다. 진홍빛 눈이 타는 듯했다.

돌풍이 마호라가의 검의 궤적을 따라 일어났다. 기계다리의 발 부분이 갈고리처럼 변하며 땅에 단단히 고정되었다. 눈에 보일 만큼 느린 움직임. 하지만 그건 거대한 바위가 머리위로 떨어지는 듯한 '느림'이었다. 압도적인 무게와 중량감에서 오는 느림.

수호는 황급히 검을 뽑았다.

'얼마나 두꺼워야 저걸 막을 수 있지?'

수호의 뇌리에 스친 생각이 그대로 검의 모양이 되었다. 사방 일 미터, 두께가 십 센티미터는 될 법한 두툼한 쇳덩이가수호의 팔에 나타났다.

"으아악?"

수호는 검의 무게에 눌려 그대로 무릎을 찧고 말았다. 큰소리를 내며 수호의 검이 땅에 박혔다.

마호라가는 바람을 밟듯이 가볍게 다가와 우아하게 원호를 그리며 수호의 목에 검을 겨누었다.

춤 추듯이 부드럽고 느린 동작. 하지만 이미 거대한 돌덩이를 만들어버린 수호는 몸에 바윗덩이를 단 것이나 마찬가지인 셈이라 꼼짝도 할 수가 없었다.

"이론은 그렇지만,"

마호라가가 부드럽게 말했다.

"일단 전투가 시작되면 달아날 기회는 찰나다. 승패는 늘한순간에 난다."

경쇠를 울리듯 맑은 목소리. 마호라가의 가늘고 투명한 검끝이 반짝였다.

"목은 한순간에 날아간다. 도망은커녕 한 걸음도 피하지 못할 수도 있다."

등에서 식은땀이 났다. 공격이라고 부를 수도 없는 공격이었다. 치는 시늉에 가까웠다. 그런데 그것조차 피하지 못했다.

동시에 검에 실린 무게가 진의 공격과는 완전히 달랐다. 진과 했던 것이 훈련이라는 이름의 운동이었다면, 방금 마호라가의 공격에는 무심하기까지 한 냉랭한 살기가 느껴졌다. 마치 내가 네 목숨을 살려두는 것은 필요에 의해서이며 필요하다면 언제든 거둘 수 있다고 말하는 것처럼.

"마음속 전투라도 훈련이 필요한 이유다."

마호라가가 수호의 생각을 읽기라도 한 듯 검을 검집에 꽂으며 말했다.

"훈련받지 않은 사람은 공격이 날아오면 피한다. 눈을 감고 고개를 돌리거나 몸이 굳어버리지."

마호라가는 말을 마치자마자 검집을 그대로 수호의 코끝을 향해 날렸다. 히익, 하며 수호는 왼손으로 마호라가의 검을 막는 시늉을 하며 눈을 감고 고개를 뒤로 뺐다. 마호라가는 그대로 수호의 왼손을 탁 쳐내고 이마를 툭 밀었다.

"아야."

"본능적으로 약한 눈과 머리를 보호하기 위해서 하는 몸짓이지만, 상대가 돌멩이가 아니라 생각을 하고 움직이는 적인 이상 더 크게 당할 뿐이다. 게다가 지금 네 그 형체는 마음의 형상이야. 실상 몸의 어느 부위라고 더 약하거나 강하지도 않아."

"……."

"본능에 저항해라. 한순간에 방어와 공격, 더해서 다음 움직임까지 같이 떠올릴 수 있어야 한다."

"어떻게?"

수호는 기가 팍 죽어 물었다.

"본능에 어떻게 저항하는데?"

"반복 훈련밖에는 없지."

마호라가의 검이 우아한 곡선을 그렸다. 미처 깨닫기도 전에 수호의 검……이라고 부르기도 민망한 쇳덩이가 수박처럼 둘로 쩍 갈라졌다.

"!!"

생살이 잘리는 아픔.

"막아라."

차디찬 목소리가 이어졌다. 다시 마호라가의 검에 돌풍이 실리며 모래바람이 회오리쳤다. 미끄럼틀을 타던 돌멩이들이 놀라 미끄럼틀 아래로 쪼르르 숨었다.

수호는 저도 모르게 눈을 감고 두 팔로 얼굴을 감쌌다가 정신을 차렸다.

'눈을 감으면 안 돼. 방패, 방패.'

수호가 생각하는 사이에 챙, 하는 소리와 함께 팔에 천근같은 무게가 실렸다. 수호의 손에서 투박한 방패가 튀어나와 마호라가의 칼을 막았지만, 급히 만든 탓에 고통이 그대로 몸으로 느껴졌다.

"늦어."

말끝에 수호의 방패가 유리 조각처럼 부서졌다. 숨이 턱 막혔다.

"방패가 아니다. 검을 만들어라."

마호라가는 쉴 틈을 주지 않고 검을 다시 머리 위로 들었다.

"방패로는 공격할 수 없다. 검으로 막아라. 그 어떤 상황에서든 즉각 떠올리는 모양이 검이어야 한다."

수호는 비틀거리며 물러났다.

"물러나지 마라."

감정 한 점 깃들지 않은 마호라가의 말이 검과 함께 수호의 정수리를 베었다. 아니, 베었다고 생각했다.

수호가 정신없이 만든 검은 다시 산산이 부서져 흩어졌다. 머리 위에서 검날이 유리처럼 쏟아졌다.

손이 부서지는 고통.

숨이 콱 막혔다.

"적의 검은 길고 빠르다. 뒤로 물러난다 한들 피할 수 없다. 옆으로 피해라."

수호의 머리 위로 다시 무자비한 검광이 내리꽂혔다.

"막아라."

21   뼈일 리가 없어

"눈을 떠라."

주저앉은 채 숨을 헐떡이는데 마호라가의 냉랭한 목소리가 들렸다.

"적에게서 눈을 떼는 순간 네 목숨은 없다고 생각해라."

수호는 땀이 쏟아져 떠지지 않는 눈을 겨우 떴다.

"일단 전투에 임했으면 그 눈이 뽑히지 않는 이상 죽을 각오로 적을 응시해라."

수호는 억지로 고개를 들어 마호라가의 검을 보았다.

그러자 눈앞에서 다시 검광이 번쩍였다. 마호라가의 검은 겨우 단검 크기로 자라나 있던 수호의 검 위로 무자비하게 내리꽂혔다.

"⋯⋯!"

실상 손가락을 검으로 찍어 누른 것이나 다름없는 느낌이었다.

"검을 보지 마라."

무자비한 말이 쏟아졌다.

"검을 보고 피하려는 것은 총알을 보고 피하려는 짓이나 다름없다. 상대의 눈을 봐라. 눈을 보고 공격하기 전에 피해라."

'말도 안 돼.'

수호는 생각했다.

다 포기하고 싶었다. 하지만 이내 오기가 일었다. 다음 공격은 제 목을 잘라내리라고 반쯤은 확신했다. 수호는 고개를 들어 마호라가의 눈을 응시했다.

'눈에 뭐가 있다는 거야.'

진홍빛 눈동자. 사람의 눈이라기보다는 붉은 보석 같은 눈.

마호라가가 검을 두 손으로 움켜쥐며 천천히 들어 올렸다.

수호는 눈을 떼지 않았다.

검이 궤적을 그리며 수호의 정수리를 둘로 가를 듯이 수직으로 낙하했다.

수호는 눈을 떼지 않았다.

이마에 닿기 직전 멈춘 검이 수호의 머리 위에서 파르르 떨렸다.

마호라가는 광검 사이로 뚫어지게 자신을 보는 수호의 눈을 마주 보았다.

아픔, 억울함, 무력감, 도저히 상대를 이길 수 없다는 절망감, 그럼에도 물러서지 않겠다는 선명한 의지.

마호라가의 눈을 마주 보던 수호는 이상한 기분을 느꼈다.

'또 저 눈.'

익숙한 사람을 보는 눈. 마치 수호가 아니라, 자신과 닮은 누군가를 떠올리는 눈.

'대체 왜 날 저렇게 보는 거야?'

마호라가는 쏟아지는 감정을 자제하는 표정을 지으며 검을 거두었다. 검을 곧추세우고 다리를 붙이고 서서 가볍게 목레를 했다.

"오늘 수업은 이만하겠다."

"……"

"다음에는 오늘보다는 덜 멍청하게 싸우길 기대하겠다."

수호는 아무 말도 하지 않았다.

"우선은 네 검을 키울 방법부터 고민한 뒤 와라."

수호는 마호라가의 눈에 서늘한 빛이 깃드는 것을 보았다. 마호라가는 할 말은 더 없다는 듯 휙 돌아서서 밖으로 나갔다.

'미움받는 건가.'

수호는 생각했다.

찰나나마, 검이 허공을 가르는 순간 마호라가의 눈에 떠오른 살기. 가르치기 위해서라기엔 미묘하게 잔혹한 공격. 내가 이길 수 없다는 것을 뻔히 알면서도.

마치 천 년쯤 묵은 깊고 오래된 애증을 검에 싣는 것처럼.

'내가 귀찮아서 떼어내버리고 싶은 건가. 그래서 이러는 건가.'

수호는 폐허가 된 거리에서 두억시니의 앞에 두 발을 단단히 딛고 선 마호라가의 뒷모습을 떠올렸다.

바람에 날리는 머리카락. 작지만 단단한 몸집. 은빛으로 빛나는 다리. 두억시니의 몸에 휘감겨서도 흔들리지 않았던 강인한 정신.

'어쩌지.'

수호는 부러진 검날이 붙은 손을 내려다보며 생각했다.

'이걸 어떻게 해야 키우지?'

생각하자마자 바로 그 방면의 전문가가 떠올랐다.

✦

"몸을 어떻게 키우느냐고?"

진의 마음 안, 푸른 바다 위에 고개를 쑥 내민 채 아난타는 몸을 배배 꼬았다. 꼬다가 허리에 경련이 왔는지 잠시 바들바들 떨었다.

"딱히 생각해본 적 없는데."

수호는 쫄딱 젖은 채 턱을 괴고 엎드려 아난타가 꼬리를 펴서 만들어준 작은 배 위에 올라타 있었다.

아난타는 눈을 동그랗게 뜨며 생각에 잠겼다가 흠, 하고 헛기침을 한 뒤 말했다.

"그럼, 누가 넌 어떻게 매년 키가 크냐고 물으면 뭐라고 대답하겠어?"

"……어, 밥을 먹으니까?"

"넌 원래 크게 되어 있잖아. 애초에, 유전자에 기록이 되어 있다고. 나이를 먹으면 누구나 키가 커."

'누구나 그런 건 아냐.'

수호는 속으로 생각했다.

"나도 뭐, 간단해. 난 원래 크기가 고정된 생물이 아니야."

'원래 크기가 고정된 생물이 아니다?'

아난타는 몸을 길게 늘여 푸른 하늘에서 몸으로 동그라미를 그렸다. 그 사이로 붉은 날치들이 휘휘 날아 지나갔다.

"난 용이라고. 상상의 생물이지. 기원은 옛날 사람들이 공룡의 뼈를 보고 조합해서 상상한 것이고. 옛사람들은 공룡의 뼈를 이리저리 조합해서 내 몸을 만들었지. 내 기원부터 상상 이란 말이야. 애초에 난 얼마나 큰지 안 정해져 있어."

'아하.'

알 것 같았다. 여긴 결국 마음의 세계다. 여기에 존재하는 모든 것은, 자신을 포함해서 전부 마음의 조각이다. 모든 것 은 뭘 믿는가의 문제.

"그러니까, 내 카마도 자기 무기를 물이라고 '믿기 때문에' 모양을 바꿀 수 있단 말이지?"

아난타의 표정이 잠시 일그러졌다. 수호가 바루나를 언급 한 것만으로도 불쾌한 것 같았다. 하지만 아난타는 이내 한껏 너그러운 표정을 하며 얼굴을 폈다.

"그 이상이야. 걘 자기 무기가 물이라는 걸 '아는' 거지."

"차이가 뭔데?"

"믿음에는 반드시 의심이 깃들어 있어. 그건 불안정한 거 야. 넌 '알아야' 해. 네 검이 뭔지."

"내 검이 뭔데?"

"그럼 너, 네 검이 뭘로 되어 있다고 생각하는데?"

"뼈……."

묘하게 바다가 잔잔해진 기분이었다.

아난타는 뭘 잘못 먹은 얼굴로 오만상을 쓰고 수호를 바라 보았다.

"……그럼 되게 아팠겠는데."

"응."

"자주 부러졌잖아."

"응."

"좋아. 일단 왜 그렇게 동강동강 부러지는지는 알겠다. ……엄청 아팠을 거 아냐! 이 멍청아!"

아난타의 고함과 동시에 하늘에 먹구름이 굼실굼실 모이더니 천둥이 우르르 쳤다. 파도가 크게 솟구치는 바람에 수호의 머리 위로 물이 쏟아졌다.

아난타는 목을 길게 늘였다가 도로 줄였다. 아난타 나름의 진정하는 방식인 것 같았다.

"뼈는 안 돼. 너무 약해."

수호는 손을 내려다보았다. 네 손가락 사이에 딱 손가락 크기의 회색 검이 얌전히 붙어 있었다.

"하지만 뼈라고밖에 생각이 안 드는데."

"안 좋아. 뼈는 그리 잘 늘어나지도 않고. 너무 잘 부러져. 다시 생각해봐. 네 칼이 뭔지."

"뼈……"

"아니라니까!"

아난타가 고함쳤고 다시 우르르 꽝꽝 천둥이 쳤다. 아난타는 다시 진정하고는 어린애에게 하듯 나긋나긋 말했다.

"잘 생각해봐. 그건 뼈일 리가 없어."

아난타의 말이 빛나는 듯했다.

문득 알 것 같았다. 정말로 그렇기에 한 말이 아니었다. 그렇게 믿게 하려고 한 말. 하지만 바꿔 생각하면, 뼈일 리가 없다는 것도 믿을 만한 생각이었다.

뼈가 그렇게 자라날 리가 없지. 문제는, 그러면 무엇인가.

"그리고 '네'가 뭔지 생각해."

"내가……"

"이번 생의 너에게 너를 한정 짓지 마."

"나에게 한정 짓지 말라고……?"

"너는 과거에 네가 아닌 무엇이었어. 지금과 달랐을 때가 있었어. 무한한 힘을 갖고, 지금 네가 할 수 없는 모든 것을 했을 때도 있었지."

"……"

"네 유전자는 태고의 바다에서부터 온 거야. 너는 모든 진화를 거치고 모든 생명을 다 거쳤어. 지구의 역사와 함께해왔어. 태고의 영혼이 모두 네 몸에 남아 있어. 그때부터 살아온 전체가 다 너야. 자신을 함부로 하찮게 여기지 마."

아난타는 턱으로 수호의 머리를 쓰다듬었다.

수호는 문득 아난타가 진보다 제멋대로고 다혈질일지언정 진의 마음의 일부라는 생각을 했다. 비슷한 말, 비슷한 태도.

「세상에 하찮은 사람은 아무도 없어.」

✦

중학교로 향하는 시끌시끌한 통학 버스 안, 수호는 앞좌석에 앉은 생물을 물끄러미 보고 있었다.

무릎에 기관총을 들고 앉은 생물은 사람이 아니라 큰 개였다. 품종은 골든리트리버 같았고, 영단어장을 유심히 보는 개의 얼굴에는 눈이 네 개 붙어 있었다.

'설마 저거 진짜 총은 아니겠지?'

수호가 저게 진짜 총인 것과 개 눈이 네 개인 것과 개가 영단어를 공부하는 것 중 뭘 더 이상해해야 하나 고심하는 동안, 누가 자기를 옆에서 툭 쳤다.

돌아보니 표범 한 마리가 자신을 마주 보고 있었다.

표범이라기보다는 반인반수라고 할까, 우락부락한 근육질의 몸에 손에는 붕대를 두르고 허리에만 피처럼 붉은 갑옷을 두르고 있는데, 숨을 쉴 때마다 불처럼 뜨거운 열기가 뿜어져 나왔다.

"뭘 쳐다보는 거야, 인마! 실례잖아!"

표범의 입에서 나온 목소리는 생각 외로 초등학생 정도의 남자애 목소리였다.

카마.

마음이나 심소에 들어갔다 나오면 종종 이런 풍경이다.

잠이 덜 깬 기분이라고나 할까. 공간은 심소로, 사람은 카마로 바뀌어 보인다. 버스에는 기묘한 민화가 그려져 있고, 의자마다 이런저런 모양의 요괴들이 앉아 있다. 천장에는 검댕처럼 보이는 작은 괴물이 정신없이 오간다.

〔너 지금 누굴 정화하려고 얼쩡거리는 거야?〕

"?"

수호는 주위를 두리번거렸다.

〔혼자 남의 구역에 들어왔을 땐 그만한 각오가 되었겠지?〕

"?"

〔아, 너 카마네. 퇴마사가 아니구나. 이상하네. 냄새가 나는데.〕

수호는 뒤를 돌아보았지만 아무도 없었다. 그제야 수호는

258

눈앞의 표범 인간이 하는 말이 아니라는 것을 깨달았다. 자신에게 하는 말이 아니라는 것도.

마음 저편의 대화. 이 친구…… 아니, 이 친구의 마음 안에 있는 카마에게도 내 모습이 바루나로 보이는 걸까. '카마'끼리는 이런 식으로 서로 대화할 수 있는 걸까?

〔너도 무도가냐?〕

〔글쎄.〕

마음 저편에서 바루나의 목소리가 들렸다.

〔너 제법 세어 보이는데, 한판 붙어볼까?〕

〔됐어. 넌 내 목적이 아니니까.〕

〔뭐야, 싸움을 걸었는데 피하는 걸 보니 무도가는 아닌 모양이네.〕

〔그럴지도.〕

〔네 목적은 뭔데?〕

〔그걸 말하는 것도 내 목적은 아니야.〕

'역시 알아보기 힘든 건가.'

수호는 생각했다. 머리부터 발끝까지 '나는 무도를 추구하는 자다'라고 간판이라도 매단 듯한 표범을 보면서.

'보통은 이렇게 딱 보면 알 수 있는 건가.'

〔물을 쓰네. 그럼 나와는 상극이군. 아쉽네. 한판 붙어보면 재밌겠는데.〕

불.

마호라가의 무기는 아마도 금속과 빛, 아난타는 금속과 물, 내 카마는 물. 어쩌면 조금은 어둠일지도.

불을 쓰는 적이 공격해오면 어떻게 해야 할까. 금속은 불에

약할 것 같은데. 빛은 불과 관련이 없고. 그러면 물을 쓰는 아난타나 내 카마가 나서야겠지만, 물과 불이 맞부딪쳤을 때 물이 이기려면 물 쪽이 훨씬 더 세어야겠지.

수호는 저도 모르게 전략을 궁리하고 나서는 또 낯선 기분에 빠졌다. 예전에는 이런 식으로 생각해본 적이 없었는데.

〔아직 소속도 안 정했나 보네. 널 만든 마구니하고도 손 안 잡았어?〕

〔그것도 내 목적이 아니니까.〕

〔아아, 뭔지 알겠다. 자길 만든 마구니라도 너무 이상한 놈이면 편먹기 싫잖아. 그지?〕

〔아마도.〕

문득 수호는 바루나가 자신의 마음에 생겨난 순간을 떠올렸다. 바루나가 자신에게 했던 첫말을.

「달아나.」

그때 바루나가 자신에게 달아나라고 한 게 아버지에게서 도망치라는 말인 줄 알았는데, 마구니와 계약하기 싫어서이기도 했던 걸까.

하지만 그건 '마구니와 계약하지 말라'는 마호라가의 말을 듣기 전이었다. 왜 그랬지? 그것도 바루나의 목적과 관계가 있는 건가?

〔아, 그러고 보니 요새 이 동네에 아무하고도 계약하지 않는 마구니가 돌아다닌다는 소문을 들었어. 마구니치고는 너무 이상하다던데. ……혹시 그놈이야?〕

〔…….〕

바루나는 답이 없었다. 답하기 싫은가 싶었는데 어쩨 느낌이 이상했다. 답할 것이 없다는 느낌.

'……뭐지?'

〔너무 뻗대지 말고 마구니 하나쯤 잡고 가는 게 좋아. 안 그러면 그놈들 계속 와서 귀찮게 군다고. 그리고 퇴마사들하고는 혼자 못 싸워. 괜히 정화당하고 후회하지 말고 누구하고든 손을 잡아. 친구도 생기고 좋아.〕

〔충고 새겨듣지.〕

바루나는 어쩐지 여운을 두고 답했다.

✦

체육부장은 오전 내내 운동장에서 얼차려를 받고 있었다. 며칠 가출하는 바람에 결석했다가 어디 주유소에서 일하는 걸 담임에게 들켜서 끌려왔다고 들었다. 학생들은 창문에 우글우글 모여 구경했다.

"존나 짱이잖냐."

"집 나가고 바로 직장 잡는 거 봐라. 생활력 쩐다."

"담임이 일산 일대 다 뒤져서 찾아왔대, CIA야 뭐야."

"카카오스토리에 셀카 올렸다던데."

"처돌았나, 크크."

학내 카톡방과 밴드도 폭발했다.

며칠 전까지 집 나간 체육부장에게 환호하던 애들이 오늘은 백팔십도 돌아서서 욕설을 퍼붓고 있었다. 환호에도 브레이크가 없었고 욕설에도 브레이크가 없었다.

수호는 대화를 나눌 친구도 없었지만 다른 이유로도 입을 다물고 있었다.

자기에게도 일어나고도 남을 일이었다. 일주일 전 결심한 그대로 집을 나갔다면, 그리고 그 후에 이상한 일에 휘말리지 않았더라면 지금쯤 어느 지하철역 같은 데를 배회하다가 비슷한 꼴로 붙들려 왔을지도 모른다.

아버지는 틀림없이 선생님에게 나를 반쯤 죽여달라고 했을 거고, 그랬으면 지금 저기서 전교생이 보는 앞에서 얼차려를 받는 게 자신일지도 모를 일이었다.

아무도 내게 사연을 묻지 않았겠지.

체육부장은 점심때가 지난 뒤에야 교실 문을 박차고 들어왔다.

추종하는 무리들이 영웅담을 들으려 우르르 주위에 모여들었다. '어디서 잤어?' '직장은 어떻게 잡아?' '주유소 4대보험 돼?'

"씨, 존나 쪽팔려서 원."

체육부장은 쪽팔려서, 쪽팔려서를 반복했다. 아무래도 아픈 것보다 전교생이 보는 앞에서 처맞은 게 더 열이 뻗치는 것 같았다.

"야, 병신 새꺄."

수호는 반 애들 시선이 점점이 자기에게 꽂힌 뒤에야 그게 자신을 부른 말이라는 걸 깨달았다. 숱하게 들어온 말이었는데 꼭 처음 듣는 것 같았다.

"일어나서 '나는 병신입니다' 세 번 복창하고 앉아."

수호는 어리둥절해서 되물었다.

"왜?"

그러자 반 전체의 시선이 자신에게 꽂혔다.

수호는 그제야 깨달았다. 자신은 더 이상 예전의 자신이 아니었다.

무엇 하나 이전 같지 않았다.

22   광탄

체육부장이 하, 하고 웃었다.

"며칠 속세 떠나 있었더니만 병신 새끼까지 나 무시하네."

아프고 힘들어 죽겠는데 누굴 괴롭히기까지 하려니 더 고단하다는 얼굴이었다. 체육부장은 나름대로의 배포와 자비심을 한껏 과시하며 덧붙였다.

"복창하고 앉아, 형님 피곤하다."

괴롭히면서 자신이 더 힘들다고 하고, 폭력을 휘두르면서 자신이 자비롭다고 여긴다.

아버지처럼.

그래서 두려웠던 것이, 그래서 하찮아 보였다.

「하잘것없는 놈이다.」

바루나의 목소리가 마음속에서 울리는 것 같다.

제 손을 내려다본 수호는 진의 손을 떠올렸다.

진의 왼손 새끼손가락과 약지는 우그러진 채 붙어 있다. 하지만 수호는 평상시에는 그 사실을 거의 인식할 수도 없었다. 진은 마치 인류가 원래 세 손가락만 갖고 태어났더라면 아무런 의문도 의심도 없이, 결핍감조차 없이 살았으리라 말하듯이 자연스럽게 생활했다.

수호는 그제야 깨달았다.

기껏 한 손가락 못 쓰는 것으로 자신을 병신이라고 말하는 것은, 제 입으로 진을 더한 병신이라고 부르는 것이나 마찬가지라는 것을. 자신을 모멸하는 것이 바로 진을 모멸하는 일이라는 것을.

"왜?"

수호는 다시 되물었고 이번에는 반 전체가 들썩였다.

왜.

왜 지금까지는 의문하지 않았을까.

하지만 답은 알고 있었다. 왜 잘못도 하지 않고 늘 아버지에게 잘못했다고 빌었는지 아는 것처럼.

살기 위해서.

이 폭력의 밑바닥에 죽음이 있음을 아는 사람은 오직 폭력을 당하는 자신뿐이기 때문에.

살려고 비는 거다. 살려고 비굴하게 굴고, 살려고 기는 건데, 수치스러울 건 뭐고 초라할 건 뭐란 말인가. 다 살고자 하는 일인 것을.

하지만 죽고 싶어 하지 않는 마음, 바로 그 마음이 수호의 마음에서 사라지고 있었다.

✦

다음 쉬는 시간, 체육부장 패거리들은 수호의 주위를 둘러싸고 앉았다.

뭘 하지는 않았다. 그냥 스마트폰을 보거나 볼펜을 딸각거
릴 뿐이다. 수호가 애써 신경 쓰지 않으려 하며 책을 펴자 한
놈이 책에 침을 뱉었다. 가방에서 휴지를 꺼내려고 몸을 굽
히자 한 놈이 또 우연히 건드린 것처럼 발로 차서 가방을 치
웠다.

'가만히 있으라는 뜻이군.'

수호는 게임의 규칙을 이해했지만 즐겁지는 않았다.

아이들은 범죄의 선을 안다. 선생님을 부르거나 누구에게
도움을 요청하기에도 애매한 어느 선. 장난인지 괴롭힘인지
헷갈리는 어느 지점, 하지만 고통스럽게 만드는 선을 귀신같
이 안다.

「도움을 청해.」

수호는 선혜의 말을 생각했다.

도움을 청한다. 그건 모든 게 제대로 돌아갈 때의 이야기
지. 어른의 자리에 있는 사람이 보통의 어른이고, 아이들도
보통의 아이들일 때.

수호가 예전에 도움을 청하러 담임을 찾아갔을 때 담임은
몹시 성질을 냈다. 내 일이 산더미 같고 너 같은 애들이 넘쳐
난다고 했다.

그때 담임은 제 삶에 뭐라도 더 얹을 기력과 의지가 없어
보였다. 야단치는 내내 너 같은 애가 있으면 내 실적이 깎인
다고 했다.

방과 후에도 수호는 체육부장 패거리에 둘러싸여 있었다. 오후 내내 움직이지 못한 몸은 구석구석 삐걱거렸다. 무엇보다 화장실이 급했다.

"화장실 가야겠어."

수호는 마침내 입을 열었다. 사방에서 비웃음이 쏟아졌다.

"가든가."

"병신, 안 가고 뭐 했냐?"

익숙한 화법.

이들은 학대를 인식할 틈을 주지 않는다. 교묘하게 책임을 지운다. '네가 잘했으면 별일 없었어.' '네가 눈치가 빨랐으면 아무 일 없었어.'

하지만 규칙은 무작위로 변한다. 이리 대처하면 저랬어야 한다고 하고, 저리 대처하면 이리했어야 한다고 말한다.

내게 고통을 주고는, 고통 때문에 일어나는 본능적인 반응을 내 성격이라고 말한다. 내가 기분 나쁜 얼굴을 한다, 소심하고 비굴하게 군다, 그러니 고통을 주어 정신을 차리게 하겠다는 말로 원인과 결과를 바꾼다.

정말 쌀 것 같았기에 수호는 일어났다. 하지만 한 걸음도 못 딛고 한 놈이 내민 발에 걸려 넘어졌다.

"뭐 하냐, 병신?"

"왜 혼자 넘어져?"

멀찍이 앉아서 카톡을 열심히 하던 체육부장이 심드렁하게 말했다.

"병신이라고 세 번 복창해. 보내줄게."

자비로운 용서로 느껴지는 것이 재미있는 점이었다.

"집 나가더니 많이 약해졌네."

"너무 쉬운 거 아냐?"

쫄따구들이 재미없어하자 체육부장은 귀찮은 얼굴을 했다.

"오늘 나 피곤하다. 좋게 좋게 가자."

둘러싼 놈들이 실실 웃었다.

"병신, 오늘 완전 땡잡았다."

"운 좋은 줄 알아."

"……."

수호는 말없이 일어나 도로 의자에 앉았다.

침묵이 이어졌다.

침묵 뒤에는 주변이 어수선해졌다. 체육부장이 벌떡 일어나 책상을 쾅 걷어찼다. 책상이 도미노처럼 넘어졌다. 체육부장이 전차처럼 달려와 수호를 향해 주먹을 날렸다.

〔뭐 하냐, 쥐방울.〕

마음 저편에서 낮은 소리가 들려왔다.

〔들어가.〕

깊고 어두운 심해 저 아래에서 들리는 듯한 소리.

번개처럼 마음의 대화가 오가기 시작하자 시간이 느려지는 듯했다. 다가오는 주먹이 슬로모션처럼 느리게 보였다.

논쟁할 필요는 없었다. 그건 지금 수호의 마음에 떠오른 생각이었으니까.

'싸겠는데.'

〔마음 안에 들어가면 바깥 시간은 느려지잖아.〕

'그런가. 하지만 어떻게 마음을 열지?'

〔다 열어놓고는 무슨 소리야.〕

'아.'

수호는 체육부장의 등 뒤에서 이글거리는 거대한 검은 구멍을 바라보았다.

체육부장의 주먹은 수호의 몸을 저만치 날렸다.

이미 상대는 인간의 모습이 아니었다. 포탄처럼 날아간 수호는 벽을 뚫고 운동장으로 내던져졌다. 벽은 설탕처럼 약했고 운동장은 풍선처럼 푹신했다. 푹신한 바닥에서 몸이 퉁퉁 튀었다.

하늘은 칠흑같이 검었고 사방에서 음산한 음악이 둥둥거리며 울렸다. 체육부장이 좋아하는 노래인데 소리가 축 늘어져서 괴이했다. 운동장은 검은 안개로 둘러싸여 있고 인적 하나 없이 조용했다.

학교 벽을 부수며 체육부장, 아니, 그의 카마일 것이 걸어 나왔다.

두툼한 몸집에 등에는 네 장의 날개가 있고, 목은 잘려 나가 단면만 남은 생물이었다. 털은 붉고 다리는 여섯이었다. 잘린 목의 단면에는 작은 단추 같은 돌기가 세 개 붙어 있는데, 아무래도 그게 눈인 듯했다.

'뚱뚱한 몸은 욕심, 날개는 위에서 내려다보고 싶은 욕망, 하지만 생각할 머리는 없는 건가.'

수호는 나름대로 분석했다.

입과 코가 없어서인지 숨소리도 으르렁거리는 소리도 없

이 고요해서 섬뜩했다.

'제강帝江.'

수호는 엊그제 진의 집에서 옛 책을 뒤적이다 본, 목 없는 요괴의 이름을 떠올렸다.

〔도와줄까?〕

마음속에서 바루나의 비웃는 소리가 들렸다.

'아니.'

수호는 머리를 털고 일어나 앉으며 답했다.

'혼자 하겠어.'

〔가능할까?〕

'이런 것 하나 혼자 못 처리하면 다 때려치울 생각이야.'

마음속에서 당황한 기색이 느껴졌다.

'그리고 마호라가에게 말해서 바로 널 없애버리라고 하겠어.'

〔어이…….〕

제강은 입이 없어서인지 조용했다. 숨소리도 울음소리도 없이 자리를 배회하며 멀찍이서 수호를 살폈다.

〔잠깐, 이봐. 진심은 아니겠지.〕

고요한 가운데 마음 안쪽만 소란스러웠다.

〔왜 이런 승부 하나에 남의 목숨을 걸어?〕

'……'

〔응?〕

수호는 신경 끄고 집중했다.

저 카마는 얼마나 강할까. 약점은 뭘까.

보는 것만으로는 감이 잡히지 않았다. 직접 부딪쳐 알아내는 수밖에. 하지만 내가 상대의 기량을 모른다면 상대도 마찬가지다. 내가 처음이면 저쪽도 내가 처음이다.

수호는 주먹을 감싸 쥐며 등 뒤로 숨겼다.

상대는 나를 모른다. 내가 재빠르지 않다는 것도, 경험이 적다는 것도 모른다. 내 무기가 뭔지, 어디서 나오는지도.

그렇다면, 기회는 단 한 번뿐.

「승패는 한순간이다.」

마호라가의 말을 생각하니 시끄럽던 마음이 가라앉았다. 바루나가 칭얼거리기를 포기하고 전투에 집중하는 모양이었다. 같이 집중하니 마음이 두 배로 선명해졌다.

제강이 마음을 정한 듯 발로 바닥을 긁더니 황소처럼 수호를 향해 돌진했다.

'직선 공격.'

단순한 공격. 나를 얕보는 모양이다.

좋은 일이다. 달려오는 기세를 역이용하면, 경로에 칼을 들이대면 꿰뚫을 수 있을 것이다.

수호는 오른팔을 앞으로 쭉 뻗었다.

'무기를 미리 들키면 안 돼. 마지막 순간에 뽑아내야 한다.'

두려워 눈을 감거나 피하거나 순간을 놓치지만 않는다면.

두려움은 없었다.

제강의 잘린 얼굴이 거의 코앞에 이른 순간, 수호는 있는 힘을 다해 칼을 뽑아냈다.

칼이 허방을 짚었다. 제강이 한순간 시야에서 사라졌다.

한 번에 꿰뚫을 생각으로 뽑아낸 바람에 검은 길고 무거웠다. 수호는 칼의 무게를 버티지 못하고 앞으로 푹 고꾸라졌다.

당황해 주위를 둘러보니 머리 위에서 푸드덕거리는 소리가 났다. 제강이 날개를 퍼덕이며 수호의 머리 위를 맴돌았다.

〔저 녀석도 너처럼 탐색전을 한 모양이군.〕

마음속에서 놀리는 듯한 소리가 들려왔다.

〔네 무기는 노출되었어. 그 방법은 이제 못 쓴다. 숨겨진 무기가 더 있는 척할 수도 있겠지만 너한테 그런 요령이 있을 것 같지는 않고.〕

'……'

〔날개가 붙어 있으면 날 거란 생각을 했어야지.〕

'이제 와서 그런 소리 마.'

제강은 수호에게 다른 무기가 없다는 것을 파악했는지 선회를 멈추고 단추 같은 세 개의 눈을 빛냈다. 수호가 그게 뭔지 깨닫기도 전에 샛노란 빛줄기 세 개가 일시에 수호를 꿰뚫었다.

수호는 뒤로 나뒹굴었다.

〔총도 쏘네.〕

남 일인 듯 말하는 바루나의 목소리가 마음 저편에서 들렸다.

「상대보다 약해도 타격 거리가 길면 실력 차를 상쇄할 수 있어.」

수호는 진의 말을 떠올렸다.

'그러면 나보다 강하고 타격 거리도 긴 적과는 어떻게 싸워야 하지?'

〔레이저라면 별로 세진 않을 거야.〕

바루나가 조금 뒤에 말했다.

아무래도 마음 한구석 어디에 태연히 드러누워서 코를 후비고 있을 듯한 말투였다.

〔빛은 질량이 없고 질량이 없으면 파괴력도 적어. 레이저건 같은 건 아직 실제로 구현되지 않은……〕

"알아."

이 자식은 자기가 아는 건 나도 안다는 걸 언제쯤 깨달으려나.

최근 수호는 병기나 무기가 나오는 책을 닥치는 대로 찾아보고 있었다. 만약을 대비해서 하는 일이기도 했지만, 카마바루나의 관심사에 영향을 받는다 싶기도 했다.

어쨌든 이론은 그렇지만, 마음 안에서 이론이 다 통한다고 보는 것도 안이한 생각이지.

〔직접 쳐다보지만 마. 빛이라면 보는 것만으로도 눈을 다칠 수 있어.〕

제강의 눈이 다시 엷게 빛났다.

수호는 일어나 달아나려 했지만 땅이 푹신해 발이 느렸다. 다시 다리에 두 방이 꽂혔다.

〔달려서는 못 피해.〕

〔저건 빛이야. 빛보다 빨리 움직일 수는 없……〕

'피할 수 없다면.'

〚막아야겠지.〛

'방패는 만들지 말라고 했지만.'

수호는 가능한 두껍고 넓은 형태를 상상하며 칼을 뽑았다.

방패처럼 두껍고 넓은 칼이 나타나 쿵, 하고 모래밭에 박혔다. 수호는 칼을 우산처럼 비스듬하게 올려 몸을 웅크리고 그 안으로 숨어들었다. 빛줄기가 그 위로 쏟아졌다.

한참 광탄을 쏟아내던 제강은 빛으로 쇠를 뚫을 수 없다는 것을 알아차렸는지 공격을 멈추고 머리 위를 배회했다.

수호는 숨을 몰아쉬었다.

'이게 내 무기.'

크게 만들면 무거워진다. 작게 만들면 약해진다. 방어를 하면 공격을 못 한다. 공격을 하면 방어할 수가 없다. 늘이면 가늘어진다. 몸에서 떼어낼 수도 없다.

'이게 내가 가진 전부다. 이걸로 저걸 어째야 하지?'

23 갖고 있는 게 아니다

「넌 검을 갖고 있는 게 아냐.」

수호는 진의 말을 떠올렸다.

「만들 수 있는 거지.」

진이 수호의 등을 똑바로 세우고 팔을 잡아 올리며 했던 말을.

「처음에 만드는 지점이 중요해.」

수호는 눈으로 제강을 좇다가 검을 거둬들이고 일어나 앉아 사수처럼 자세를 잡았다.

은폐물이 사라지자 제강의 눈이 엷게 빛났다. 수호는 아랑곳하지 않고 가상의 총을 겨누듯이 왼손으로 오른 손목을 붙잡아 고정하고는 적을 향해 팔을 뻗었다.

제강의 몸이 주먹에 가려진 순간, 수호는 있는 힘을 다해 검을 뽑아냈다. 철사 같은 검이 채찍처럼 적을 향해 날아갔다.

〔회수해.〕

거의 동시에 바루나의 목소리가 들렸다. 얇은 칼날은 날개만 스쳤고 제강은 선회하며 다시 눈에서 빛을 냈다.

'뭐?'

〔회수해.〕

바루나가 반복했다.

검은 스스로의 무게로 휘어지며 늘어졌다. 수호가 무슨 말인지 깨닫기도 전에 광탄이 속사포처럼 쏟아졌다. 방패를 만들어 몸을 막기는 했지만 이미 늦었다.

아팠다.

달군 쇠꼬챙이로 몸을 무수히 찍어댄 것만 같았다.

〔도와줄까?〕

동정 한 푼 없는 목소리가 들려왔다. 불쌍해서라기보다는, 네가 죽으면 내 목숨도 날아가지 않겠느냐는 듯한 말투.

"······."

〔싫다는 거야, 아니면 아파서 말도 못 하는 거야?〕

수호는 침묵했다.

이런 데서 죽을 생각은 없었다. 그럴 만한 일이 아니다. 하지만 그런들 그러지 않은들 뭐가 달라질까 싶었다. 이대로, 전력도 되지 못하고, 싸우지도 못할 바에야.

수호의 마음을 읽었는지 마음 저편이 잠잠해졌다.

〔넌 자신을 공격할 때만 최선을 다하는 거냐?〕

'뭐?'

〔나한테 했던 짓을 생각해봐.〕

'뭘?'

바루나가 떠올렸기 때문일까. 수호의 마음속에서 예전에 바루나와 싸웠던 순간이 눈앞에 보이듯 선명하게 떠올랐다.

바루나가 자신의 검 위에 올라섰을 때 검을 회수해서 상대를 넘어뜨리고 틈을 만들었던 일이.

〔너는 칼을 만들 수 있는 게 아냐.〕

〔사라지게 할 수 있는 거야.〕

'……'

〔사라지게 할 수 있다면 그건 검 이상이다.〕

바루나의 목소리가 마음속에서 북을 치듯이 둔중하게 울렸다.

〔그건 활이다.〕

제강은 경계하며 공중을 선회했다. 저 퇴마사의 무기가 단순하기는 하지만 변형력이 좋다는 것을 눈치챘기 때문이다.

하지만 동료도 없는 것 같고, 어차피 무기가 하나인 이상, 저 퇴마사는 공격하거나 방어하거나 둘 중 하나밖에 할 수 없다. 시간을 끌면 이쪽이 유리하다.

기다리자니 예상대로 퇴마사가 검을 거두고 일어나 앉는 것이 보였다.

은폐물이 사라진 즉시 제강은 다시 광탄을 쏠 준비를 했다. 퇴마사는 아랑곳하지 않고 팔을 들어 자신을 노렸다. 활을 겨누는 사수처럼 팔에 눈을 댔다. 그러자 손등에서 철실처럼 가느다란 칼이 뽑혀 나왔다.

제강이 굳이 피할 것도 없이 칼은 머리 위를 한참 지나 스쳐갔다.

'조준력이 형편없군.'

제강은 비웃었다.

저 퇴마사는 어디로 보나 초보였다. 사냥을 해본 적이나 있을까. 무기도 단순하고 움직임도 둔하고, 제 무기를 다루는 법도 아직 모르는 것 같다. 생각 이상으로 무기가 늘어나는 것이 걸리지만 그게 오히려 저 퇴마사의 발목을 잡는 것 같다. 무게도 감당할 수 없는 무기를 만들어 뭘 한단 말인가.

그렇게 생각하고 제강이 최후의 공격을 하려는데 날개에 찌르는 듯한 통증이 일었다.

제강은 상황을 파악하지 못하고 눈이 휘둥그레져서 날개를 돌아보았다.

몸을 맞히지 못하고 머리 위로 쏟아진 퇴마사의 검이 그대로 중력에 의해 내려앉으며 날개를 수직으로 베어내고 있었다.

제강은 기겁해 파닥거렸다. 다행히 검은 날개 끝만 베어내고 땅으로 추락하고 있었다.

〔회수.〕

어디선가 나이 든 남자의 낮은 목소리가 들려왔다.

'동료가 있었어?'

제강은 당황해 주위를 두리번거렸다. 목소리와 함께 칼은 순식간에 사라졌다. 그러자마자 제강의 머리 위를 향해 다시 활처럼 날아왔다.

'자…… 잠깐만?!'

실처럼 얇고 가는 검이 내려앉으며 제강의 머리로 떨어졌다. 이번 칼은 갈기를 잘라냈다.

〔회수.〕

말이 들리기가 무섭게 칼은 자취를 감추었다. 제강은 갈피를 잡지 못하고 두리번거렸다.

"치지 않는다."

멀리서 퇴마사가 중얼거렸다.

"내려놓는다."

다음 칼은 제강의 머리 바로 위에 나타났다.

제강은 푸드덕거리며 날갯짓했다.

'멀어진다.'

수호는 생각했고,

〔더 길게.〕

바루나가 마음속에서 말했다.

〔더 길게 만들어야 한다.〕

수호는 집중했다. 집중하자 시야가 좁고 선명해졌다. 세상에 제강과 나, 그 사이의 좁은 공간밖에 없는 것만 같았다.

「네 칼이 뭔지 생각해.」

수호는 아난타의 말을 떠올렸다.

「생각해봐. 그건 **뼈**일 리가 없어.」

내 검이 살이나 뼈가 아니라면.

내 몸에서 생겨나는 것이고 커질 수 있는 것이라면.

수호는 눈을 감았다 떴다.

"피."

읊조린 순간 심상은 그대로 현실이 되었다.

수호의 손등에서 핏빛의 길고 가는 검이 솟구쳤다. 멀리서 제강이 단말마를 질렀다.

용광로에서 솟구치는 녹은 쇠가 분출하며 식는 것처럼, 수호의 가느다란 검은 끝없이 뻗어 나갔다. 핏빛 칼이 제강의 몸을 꿰뚫고도 한없이 뻗어 올라갔다.

제강은 머리에서부터 둘로 갈라져 운동장 한가운데에 추

락했다.

황금빛이 반딧불처럼 피어올랐다. 반짝이는 빛이 공간 전체를 채웠다.

'끝났나……'

수호는 저릿저릿한 팔을 붙들고 비틀거리며 가까이 다가섰다.

제강은 물고기처럼 퍼덕거렸다. 수호가 좀 더 가까이에서 보려고 고개를 수그렸을 때 주위가 검게 변했다.

'아파.'

어디선가 울먹이는 소리가 들렸다.

'아파. 왜 나만 아파야 해?'

'왜 다 같이 아프면 안 되는 거야?'

'너도 나랑 똑같이 아파야지! 그래야 공평하잖아!'

체육부장 마음의 소리인가.

수호는 소리를 무시하고 안으로 들어갔다. 그러자 이번에는 더 가늘고 힘없는 소리가 들렸다.

'내가 패악을 부리지 않으면……'

'이 녀석이 아픈지 아무도 알아주지 않아……'

수호는 그제야 이 목소리가 방금까지 싸운 제강의 목소리라는 것을 깨달았다.

'그래서 말썽을 부리는 거야. 그러지 않으면 날 봐주지 않으니까.'

'이해하지? 응? 너도 이해하지?'

〔뭘 이해하라는 거냐, 잡귀.〕

뒤에서 바루나의 목소리가 들렸다. 왠지 화가 단단히 난 것 같았다.

〖세상 사람이 다 아파한들 네 본령의 아픔은 사라지지 않는다. 세상 사람 전체가 널 쳐다본들 네 본령의 아픔은 사라지지 않아.〗

〖카마가 제 목적을 이루지 못할 방향으로 행동하다니, 존재할 이유가 없다.〗

그러자 가냘픈 울음소리와 함께 소리가 사라졌다.

남은 건 어둠뿐이었다.

어둠에 눈이 익숙해지고 나니, 지평선 저쪽에서부터 검은 살덩이를 실처럼 길게 늘인 듯한 촉수가 수호의 발아래까지 이어져 있는 것이 눈에 들어왔다.

촉수는 꿈틀거리며 고개를 들었다. 끝에 이빨이 달린 입이 있었다.

'두억시니.'

역시 여기에도 촉수를 뻗고 있었던가.

촉수의 끝에서 눈꺼풀이 하나 열리더니 샛노란 눈알 하나가 번뜩였다. 눈알이 뒤룩거리며 수호를 마주 보았다.

너. 로. 구. 나.

두억시니가 속삭였다.

입에는 침처럼 날카로운 이빨이 무수히 돋아나 있었고 이빨 사이로 침이 뚝뚝 떨어졌다.

나. 를. 처. 음. 죽. 인.

잊. 지. 않.

정신이 들자 제강이 반쪽짜리 몸을 일으키고 자신을 마주 보고 있었다. 찰나의 일이었는지라 공포를 느낄 새도 없었다.

수호는 생각을 놓친 채 하나밖에 남지 않은 제강의 눈을 정면에서 바라보았다.

'아…… 정면에서 보지 말라고 했는데.'

제강의 눈이 빛났다.

하지만 다음 순간 제강은 빛의 잔상만 남긴 채 획, 하고 자취를 감추었다. 수호는 놀라 빛의 궤적을 따라 고개를 들었다.

제강의 몸이 투명한 채찍에 낚아채여 하늘로 높이 날아오르고 있었다.

그대로 내리치나 했더니 공중에서 정점에 이르러 잠시 멈춘 순간, 채찍에서 날카롭고 긴, 푸른 고드름 같은 가시가 돋았다. 가시가 자라나 제강의 심장을 꿰뚫자 제강은 목이 졸리는 듯한 비명을 질렀고, 이내 황금빛 가루가 되어 흩어졌다.

수호는 채찍의 궤적을 따라 지상으로 눈을 돌렸다. 제 몇 발짝 뒤에 검은 코트를 입은 키 큰 남자가 서 있었다.

바루나는 자신의 얼음창, 바루나스트라를 회수했다.

길게 채찍 모양으로 늘어났던 바루나스트라는 바루나의 손 안에서 본래의 창 형태로 바뀌었다. 수호의 것과는 달리 자연스럽고 부드러운 변형. 수호의 엉망진창인 공격과는 달리 낭비가 없는 정확한 타격.

'지금 나와 비슷하게 무기를 변형했어.'

수호와 눈이 마주친 바루나의 얼굴에 자신만만한 웃음이 떠올랐다.

'지금까지 저런 모양으로 바꾼 건 못 봤는데.'

282

수호는 생각했다.

'내가 훈련하는 만큼 저것도 같이 자라나는 건가. 아니, 혹시 내가 한 걸음 가면 저건 열 걸음 더 가는 건가.'

바루나는 수호가 불안해하는 것을 눈치챘는지 눈 가득히 비웃음을 띠었다.

'저게 지금보다 더 세진다면…… 내가 이길 수 있을까?'

✦

그날도 수호가 저녁 운동을 끝내고 욕실에서 몸을 씻고 나와 보니, 진이 바닥에 책을 잔뜩 쌓아놓고 읽고 있었다.

선혜는 침대 위에서 로봇 모양 솜 인형을 들고 입으로 퓨슝 퓨슝 소리를 내며 노는 중이었다.

책은 하나같이 노랗게 변색되고 손때가 묻어 있었다. 대부분 옛 신화나 전설에 대한 책이었다. 한 권 들어 진이 표시해놓은 부분을 펼치니 팔이 네 개에 악어를 닮은 생물 위에 올라탄 신의 그림이 있었다. 다른 책에는 녹색 몸에 뱀을 들고 있는 신의 그림이 있다.

"이게 바루나인가요?"

"응."

진이 답했다.

"물의 신이지."

물의 신이라. 왜 하필 물이지? 정말 바다라도 보고 싶었나?

"지금은 그렇지만 바루나는 원래는 죽음의 신이었어. 그 이전에는 하늘의 신이었고, 그 이전에는 사실상 유일한 신이었

283

지."

수호는 다시 '세계 정복……'을 생각하다가 마음 어딘가에서 또 누군가 짜증을 내는 것 같아서 그만두었다.

"처음에 바루나는 인드라에게 쫓겨나 죽음의 신이 되었지만, 이후에는 다시 야마에게 지위를 빼앗겼지."

진은 읽던 책을 수호 쪽으로 내밀며 손으로 짚어주었다. '쿠베라'라는 이름이 붙은 사람의 그림 옆에는 '북', '인드라'의 그림 옆에는 '동', '야마'의 그림 옆에는 '남'이라는 글씨가 있었다. 바루나의 옆에는 '서'가 쓰여 있었다. 각 방위를 수호하는 신의 이름.

"말하자면 바루나는 계속 몰락한 신이야. 몰락하면서 거의 모든 영역으로 쫓겨났기 때문에 거의 모든 자리를 거쳐 왔어."

수호는 마호라가가 바루나에게 했던 말을 떠올렸다.

「이름만으로는 몰라. 더구나 네가 그 이름을 쓴다면 목적은 상상할 수 없어. 거의 무엇이든 될 수 있으니까.」

그게 그런 뜻이었나.

"더해서 불교로 넘어오면서는 그 지위마저 잃고 서방의 방위신이 되지. 애초에 방위신 전체가 불교에서는 역할이 희미해졌어. 4대 천왕이 그 방위신의 자리를 대신했으니까."

진은 책장을 넘겼다. 뒷장에는 불교의 사천왕의 그림이 그려져 있었다.

'북의 **다문천**多聞天, 동의 **지국천**持國天, 남의 **증장천**增長天,

서의 **광목천**廣目天.'

하나같이 부리부리한 눈에 우락부락한 얼굴.

그중에서도 왠지 한 천왕에게 시선이 갔다.

한 손에는 창을, 다른 손에는 탑을 든 사람. 다른 천왕보다 확연히 젊다. 유달리 눈이 크고 얼굴이 희며 온화한 미소를 짓고 있다. 한참 사진을 보던 수호는 이상한 점을 발견하고 어리둥절해졌다.

"이 사진, 좀 이상한데요."

"뭐가?"

수호는 아까 보던 책을 뒤져 지금 보는 책 옆에 펼쳐놓았다.

"여기, 이 책에서는 광목천이라는 사람이 용과 여의주를 들고 있는데, 지금 이 책은 창과 탑을 들고 있어요."

"아, 그거."

진이 안 그래도 자기가 좋아하는 부분이라는 듯, 책 더미에서 다른 책을 꺼내 팔락팔락 펼치며 말했다.

"광목천만이 아니라 다른 천왕도 그럴 거야. 여기, 신라 시대 석굴암 사천왕 부조를 보면 원래는 북의 다문천이 탑을 들었거든."

수호는 사진을 눈여겨보았다. 돌에 새겨진 사천왕 부조 사진이었다. 우측 안쪽의 천왕이 탑을 들고 있었고, 다른 천왕은 모두 칼을 들고 있었다.

"다른 천왕이 든 지물은 계속 변했지만, 다문천이 탑을 드는 것만은 늘 명확했지. 그런데 조선 시대부터 새로 비파를 든 천왕이 생겨나."

진이 방금 펼친 책 위로 수호가 보던 책을 덮었다.

"학자들은 당연히 탑을 든 천왕이 계속 다문천이라고 보고 탑을 기준으로 나머지 천왕의 이름을 배치했어. 동의 지국천이 악사의 신 건달파를 부리니까, 새로 생겨난 비파 천왕을 지국천으로 보았지. 그리고 서의 광목천은 용을 부리니까…… 용을 든 천왕을 광목천으로 생각했어. 그러면 나머지, 칼을 든 천왕이 남의 증장천이 되지. 각 천왕의 성격에도 맞고 어울리는 상징이지."

진이 용과 여의주를 든 천왕과 칼을 든 천왕을 연이어 가리키며 말했다.

"그러다가 나중에야 비파를 든 천왕이 다문천이라는 기록이 발견되기 시작한 거야."

진이 비파를 든 천왕을 가리켰다. 머리가 허옇게 세고 얼굴이 푸른 노인 장수였다.

'응?'

수호는 어리둥절했다.

"처음에는 기록이 잘못된 줄 알았지만 발견되는 기록이 너무 많았어."

진이 여러 사찰의 조선 시대 사천왕을 모은 책을 팔락팔락 넘기며 말을 이었다.

"자리도 이상했지. 원래 다문천의 자리는 경내를 바라보고 섰을 때 오른쪽의 안쪽이나 위쪽, 북동이었어. 그런데 탑을 든 천왕은 왼쪽의 안쪽, 서북에 있어. 거긴 광목천 자리인데 말이지."

'?'

"내 생각이지만, 다들 지물에 너무 집착하고 있어. 지물이 아니라 얼굴을 봐야 해. ……여기 봐. 비파를 든 천왕이 누가 봐도 제일 나이가 많잖아. 북방계의 푸른 얼굴이고. 혼자 모습이 확연히 다르고."

진은 이번에는 용을 든 붉은 얼굴의 천왕을 가리키며 말했다.

"이 천왕은 남방계의 붉은 얼굴이야. 그러니까 용을 들고 있지만 광목천이 아니야. 남의 증장천이야."

'에헤…….'

수호는 고개를 갸웃갸웃했다.

"이 창과 탑을 든 천왕은 딱 봐도 제일 어려 보이지? 이 천왕은 다문천이 아니야."

진이 사진을 짚으며 말했다.

"광목천이야."

수호는 그 천왕을 유심히 뜯어보았다.

"언제부터인가 사천왕의 지물이 변한 거야. 다문천이 탑 대신 비파를 들고, 자기가 들던 탑을 광목천에게 물려준 거야. 그러면서 광목천은 용을 증장천에게, 증장천은 지국천에게 칼을 물려준 거지."

수호가 그렇구나, 하고 고개를 끄덕이는데 진이 말을 이었다.

"……늘 그런 건 아니지만."

'응?'

"중국 사천왕상이나 일본 사천왕상을 보면 또 다문천왕이 탑을 든다는 기록이 나오거든. 광목천왕은 분명히 용을 들고 있고."

"어……. 그럼 뭐가 맞는 거죠?"

진은 어깨를 으쓱했다.

"실은 아직 학자들도 의견이 갈리는 문제야. 기록이 틀렸는지, 아니면 실제로 지물이 변했는지, 변했다면 일부만 변했는지, 아니면 전부 변했는지까지도."

"……어느 쪽이죠?"

"글쎄?"

진이 턱에 손을 고이고 즐거운 상상을 하듯이 말했다.

"어느 쪽이든, 내 생각이지만, 과거에 무슨 일이 있었는지 모르겠지만, 특히 우리나라에서."

진이 수호를 보며 말을 이었다.

"마치 다문천이 광목천에게 수장의 상징인 탑을 물려주려 했고, 그 결과로 지금 우리가 광목천을 사천왕의 수장인 다문천으로 착각하고 있는 것처럼 보여."

"……."

수호는 입을 다물었다. 진이 미소를 지었다.

"아무리 양보해도 탑을 든 천왕은 다문천이 아니라 광목천이라는 생각이 조선 시대 이후로 퍼진 것만은 분명해."

진이 즐거운 얼굴로 말했다.

"그래서 지금도, 전국 사찰에서마저도 창과 탑을 든 천왕을 다문천으로 표기한 곳과 광목천으로 표기한 곳이 반씩 나뉘는 거야. 재미있지?"

수호는 생각에 잠겼다.

'광목천…….'

수호는 계속 마음에 얹히는 그 이름을 속으로 읊조렸다.

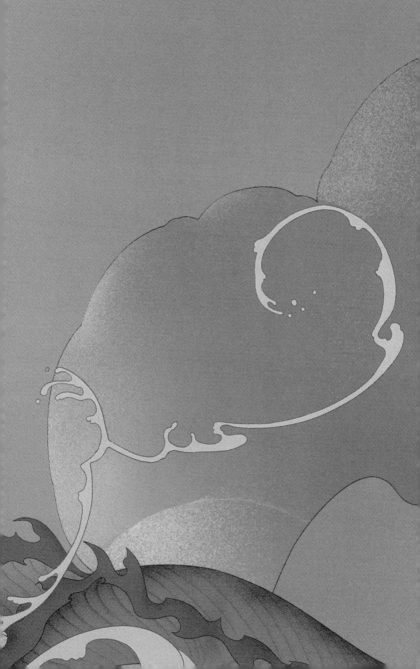

Ep. 4　　　　　　　　바루나의 마음

확 날이 추워진 오후, 연남동 거리.

유명 출판사에서 운영하는 역 앞 북카페는 밖이든 안이든 사람들로 가득 차 발 디딜 틈도 없다. 독서실처럼 꾸며진 안에는 노트북과 책을 놓고 공부하는 사람들도 꽤 눈에 띄었다.

북카페 밖에서는 '도서정가제 시행 전 마지막 할인 행사'라는 현수막을 걸고 책 재고를 떨이로 팔고 있었다.

'마지막' 현수막은 벌써 일 년째 붙어 있다. 법령은 이미 발표되었지만 본격적인 규제가 시작되기 전이라 아직은 곳곳에서 책 할인 행사를 볼 수 있었다. 주말에 꽤 유명한 소설가의 북토크가 있을 예정이라는 현수막도 걸려 있었다.

북카페 앞에는 가천막이 세워져 있고 '여행 안내소'라는 A4 용지에 쓴 글자가 영어, 중국어, 일본어로 붙어 있었다. 갑자기 불어난 해외 여행객들을 위해 임시로 설치한 천막이다.

박씨의 건물은 거기서 살짝 들어간 주택가에 있었다. 여섯 명쯤 앉으면 다 찰 만한 작은 감자튀김 가게와 손바닥만 한 갤러리, 손바닥만 한 책방이 있는 작은 건물이었다.

박씨가 뒷마당에서 치카치카 양치를 하는데 누군가가 기웃거렸다. 기이한 차림에 어쩌 분위기가 좋지 않은 사람이었다. 박씨는 눈을 가늘게 뜨고 남자를 보았다.

"누구 찾아왔수?"

남자는 건물 벽을 툭툭 두드렸다. 박씨는 움찔했다. 요새 벽이 낡아서 두드리면 페인트칠 벗겨지는데.

"사장님, 요새 여기 월세 얼마 받아요?"

"부동산에서 오셨나?"

박씨는 상대의 복장을 훑어보고는 그럴 리는 없다고 생각 했다.

"저도 장사해보려는데, 시세 알아보는 중이라서요."

박씨는 귀찮은 얼굴로 손가락 두 개를 펴 보였다.

"이야, 사장님 천사시군요. 옆집은 이달에 확 두 배로 올렸 던데."

"그럼 쓰나. 한 번에 구 프로 이상 못 올리게 되어 있는데."

"한번 질러보는 거죠. 싸우기 싫어서 그냥 내는 입주자 많 아요. 어디 보자……. 이백씩 더 받고 가게 셋이면 한 달에 천 이백이네. 일 년에 일억사천사백. 이야, 애 대학 등록금은 거 저 들어오네."

박씨는 불편한 기분이 들었다.

"뭐 하러 오셨다고?"

남자는 히죽 웃었다.

"입주자 싹 내보내고 월세 확 올려보시죠? 여기 목이 좋아 서 대기업에서 달려들걸요?"

"무슨 이런 조그만 건물에……. 아래 가게는 들어온 지 이 년도 안 됐어. 오 년 이내는 못 내보내게 되어 있어."

"건물 재건축하면 해당 안 돼요."

"?"

"재건축한다고 하면 내보낼 수 있다고요. 권리금 안 돌려줘도 돼요. 다음번에 들어오는 입주자한테 권리금 한 번 더 챙길 수 있어요."

멀리서 땅땅, 하며 쇠 두드리는 소리와 드륵드륵 아스팔트 깨는 소리가 불협화음처럼 들려왔다. 요새 이 거리는 어딜 가나 공사판이라 벌써 몇 달째 아침부터 저녁까지 땅땅거리는 중이다.

권리금은 세입자가 입주할 때 주는 일종의 보증금 같은 것으로, 법에는 없지만 관행상 주고받는 것이었다. 대개는 권리금을 내고 들어온 사람이 다음 세입자에게 받고 나가니 계속 쳇바퀴를 도는 돈이지만⋯⋯.

권리금을 한 번 더 받는다라. 가게마다 일억오천, 세 집을 교체하면 사억오천. 한 방에 사억오천.

"어차피 건물도 오래됐고 여기저기 손볼 데도 많은데, 이 기회에 건물도 싹 신식으로 바꾸시죠. 권리금 받으면 뽑고도 남아요."

박씨는 곰곰 생각하다가 고개를 설레설레 저었다.

어제만 해도 감자튀김 가게에 내려가 주인과 같이 맥주를 마시며 젊은 사람들이 장사도 잘하고 성실해, 여기 평생 살아 하고 어깨동무했던 것이 떠올랐다.

"안 해요, 안 해. 신혼부부가 융자 받고 가진 돈 다 털어 마련해서 이제 겨우 단골 만들고 안정됐는데, 사람이 양심이 있지."

"그렇군요."

남자는 어깨를 들썩했다.

"사장님 착하신 분이시네, 법 없이도 사시겠어요."

박씨는 혼란스러웠다. 그런가? 하긴 어릴 때부터 착하단 소리는 좀 듣긴 했지만.

"사실 뭐 가게 주인들이 잘해서 잘하는 겁니까, 목이 좋은 거지. 여기서 뭘 한들 안 되겠어요?"

'그런가?'

남자는 밖을 나가며 한마디 덧붙였다.

"뭐, 그렇게 바보처럼 사는 것도 괜찮죠."

박씨는 별 이상한 사람도 다 있다고 생각하며 청소를 하려고 빗자루를 들었다가 혼란에 빠졌다.

'내가 정말 바보처럼 살고 있나?'

방에 들어온 박씨는 멍하니 텔레비전을 틀고 뉴스를 보았다.

종로에서 정권 퇴진을 요구하는 시위대와 경찰이 충돌하고 있다는 뉴스가 이어지고 있었다. 박씨는 그대로 깜박 잠이 들었다.

자다가 눈을 뜬 박씨는 자기가 다 쓰러져가는 집에 누워 있는 것을 깨닫고 깜짝 놀랐다.

벽은 물이 새어 곰팡이가 피어 있고 식탁과 의자는 녹이 슬었고 문은 나무껍질이 낡아 벗겨져 너덜너덜했다. 창문은 깨져 찬 바람이 숭숭 들어오고 골격이 드러난 천장에서는 모래가 비처럼 쏟아졌다.

박씨는 기겁해 일어났다.

창가로 걸어가는데 다리가 무거웠다. 박씨의 다리에 검은 살덩이 같은 꾸물거리는 물체가 매달려 있었다. 살덩이의 끝에는 샛노란 눈알이 박혀 있었다.

박씨가 바깥을 내다보니 연남동 거리는 금빛으로 눈부시게 빛나고 있었다. 건물은 온통 금박과 보석으로 장식한 번쩍이는 성이었다. 화려하게 꾸민 사람들이 하인들을 끌고 성에 드나들고 있었다.

박씨가 그걸 보며 초라하고 슬픈 마음에 서럽게 우는데 뒤에 누군가가 내려섰다. 등 뒤에서 목소리가 들려왔다.

"소원을 들어주겠다."

✦

"그거, 그거, 진짜 감자지?"

선혜는 바에 작은 몸을 올려놓고 한쪽 다리를 파닥거리며 우렁차게 소리쳤다.

선혜와 진의 집 가까이에 있는 좁은 골목에 자리한 자그마한 가게.

안에는 나무 식탁 세 개 놓인 것이 전부, 간판은 호쾌하게도 "감자"라는 말 하나뿐이다. 벽지도 안 바른 회색 벽에는 폴라로이드 사진이 걸려 있고, 바에는 주인장이 모은 듯한 원피스 피규어와 레고로 장식되어 있다.

"예? 예."

감자를 튀기던 주인장은 꼬마 손님을 보며 난처한 얼굴로 웃었다. 다른 식탁에 앉아 있던 두 남녀 손님이 수다를 떨다가 선혜의 뭉툭한 한쪽 다리를 보고 잠잠해졌다가, 옆에 있는 여자의 얼굴에 난 화상 자국을 보고 더욱 잠잠해져서 묵묵히 식탁 위의 감자에 집중했다.

"세상에 가짜 감자도 있나요."

진이 정좌하고 우아하게 맥주를 들이켜며 대꾸했다.

"저거 진짜 감자를 자른 거야! 기계가 자른 게 아냐! 모양이 다 달라! 삐뚤빼뚤해!"

"그럼 사람이 잘랐냐고 물어야죠."

선혜는 부루퉁한 얼굴로 볼을 부우, 하고 불렸다.

"선혜는 마음 밖에 있을 땐 뇌 쪼그매져 갖고 바보 같거든요."

선혜는 입 양옆에 손가락을 끼워 당기면서 메롱메롱 하며 혀를 날름날름 내밀었다.

수호는 그 옆에 식은땀을 똑똑 흘리며 앉아 있었다. 두 사람과 있으면 이런 면으로나 저런 면으로나 세상의 기본 상식과 뭔가가 안 맞는 기분이었다.

"저기, 선혜, 의족은 안 차?"

수호는 무슨 엄청난 비밀이라도 밝히는 것처럼 몸을 숙이고 속삭였다. 그러자 선혜는 동작을 멈추고 무슨 이런 바보 같은 질문이 있냐는 듯한 얼굴로 수호를 보았다.

"여기 집 앞이거든."

"그렇긴 한데……."

"진은 요 정도는 나 업고 나올 수 있고. 운동된다고 좋아할걸."

"그렇진 않아요, 무거운 주제에."

진이 맥주를 다시 한 모금 마시며 대꾸했다.

"의족 들려면 진도 무겁거든? 그거 철이거든? 신발도 계속 신고 있으면 발 아프거든? 여긴 원래 피부가 있던 데가 아니라 잘린 자리에 억지로 피부 늘려 붙인 거라서 지방층도 없고 피부도 엄청 얇고 뼈도 피부 가까이 있어서 압박하면 엄청 아프고 피도 나고 고름도 난단 말야! 의족도 안 차봤으면서 말이 많아! 너도 다리 끼웠다 뺐다 할 수 있으면 빼고 다니고 싶을걸!"

"아아, 알았어. 제발 소리 좀 낮춰……."

선혜는 아, 하고 그제야 주위를 인식한 얼굴로 저쪽 식탁의 손님들을 돌아보며 손을 크게 흔들었다.

"안녕, 안녕!"

고개를 파묻고 조용히 감자를 먹던 두 남녀는 이쪽을 보며 어색한 웃음으로 마주 인사했다.

"이번 생에도 애인이 됐구나! 잘됐어! 지난번에 죽을 때 꼭 그럴 거라고 했잖……"

옆에서 진이 선혜의 머리에 꿀밤을 꿍, 하고 주는 시늉을 했다.

"그런 소리 하는 거 아녜요."

선혜는 히잉, 하며 볼을 다시 부우 불렸다.

"나 앤데 뭐 어때! 나이 들어서 이런 짓 하면 이상한 사람 취급받는다고! 지금 마음껏 하게 해줘!"

"지금도 이상하거든요."

"지금 안 하면 엄청 쭈그렁 할머니 됐을 때밖에 못 한다고!"

"그때 해도 이상하거든요."

두 남녀는 서로를 마주 보더니 다시 '우리가 감자에 더욱 집중해야겠어' '그러자' 하는 눈빛을 나누고는 도로 감자에 몰입했다.

"이 집 부부 봐! 그렇게 감자만 찾더니 지금 감자를 굽잖아!"

선혜가 가게 주인을 가리키며 말하자 진은 다시 선혜의 머리에 꿀밤을 놓았다.

주인장은 모른 척 막 구운 뜨끈뜨끈하고 투박한 감자를 내려놓았다. '괜찮아요, 장사하다 보면 이보다 더 이상한 사람도 본답니다' 하는 평온한 얼굴로.

천장에서 물이 뚝뚝 떨어지는 바위 동굴 안.

바루나는 그 안에서 수호의 마음을 통해 바깥을 보고 있었다.

바루나가 바깥일을 아는 것은 엄밀히 말하면 직접 보고 듣는 것은 아니었다. 단지 수호의 마음을 읽고 파악할 뿐.

하지만 수호의 '주관'으로 보는 세상은 사진이나 동영상의 기록과는 확연히 달랐다. 제강과의 전투 시간은 밖에서 시간을 쟀다면 일이 분에 지나지 않았을 것이다. 하지만 바루나의 체험으로는 십여 분은 넘게 느껴졌다.

'마음 안에서 시간이 빨리 흐른다는 건 그런 뜻이겠지.'

본령이 적과의 전투에 집중하면 마음 바깥의 시간이 느려지는 것처럼 느껴진다.

그게 밖에서 보면 거꾸로 마음의 시간이 빠르게 흐르는 것 같겠지. 다시 말하면, 격렬한 전투일수록 더 순식간에 끝나버린다. 위험한 전투일수록 외부의 도움을 기대하기 어려운 구조라는 말이다.

'상대성이론 뭐시기 하는 건가.'

바루나는 수호가 보던 교과서를 떠올리며 생각했다.

반대로 수호가 멍하니 있거나 놀 때는, 실제로는 하루나 이틀이라 해도 마음 안에서는 눈 깜박할 새에 휙 지나가기도 한다. 그럴 땐 바루나는 그사이 무슨 일이 있었는지 파악하기도 어려웠다.

어떤 대화는 아예 들리지 않는다. 때로는 수호의 생각이 너무 시끄러워 거의 아무것도 보이거나 들리지 않을 때도 있다. 간혹 과거에 마호라가나 진이 했던 말이 지금 하는 것처럼 생생하게 들릴 때도 있다.

'현실과 이어져는 있지만, 이 안은 결국 다른 세계라고 생각해야 하는 걸까.'

〔얌전히 기다리고만 있을 생각은 아니겠지?〕

바루나는 휙 주위를 둘러보았다. 요염하고 욕정이 넘치는 목소리다. 남자인지 여자인지 모를 소리.

〔설마 저 퇴마사들에게 이대로 얌전히 죽어줄 생각은 아니겠지? 네겐 '목적'이 있잖아.〕

바루나는 수통에 손을 얹으며 다리를 벌려 무게중심을 낮추었다.

여긴 수호의 마음 안이다. 이 안에 나 이외에 인격을 가진 것이 또 있을 리가?

바루나는 눈을 가늘게 뜨고 호수를 노려보았다.

물보라가 일었다. 물이 솟구치며 호수에서 검은 새들 수십 마리가 푸드덕거리며 쏟아져 나왔다.

바루나는 다급히 수통을 쥐었다가 무슨 생각을 했는지 도로 놓았다. 그러고는 팔로 얼굴을 가린 채 새들이 몸통으로 자신에게 부딪치도록 내버려두었다. 바루나의 몸에서 금가루가 모래처럼 흘렀다.

바루나가 몸으로 새들과 부딪치자 새들은 속도가 줄었고 이내 대형을 유지하며 좌우로 갈라졌다. 검은 새들이 푸드덕거리며 바루나의 주위를 둘러쌌다.

새들은 까마귀를 닮았지만 몸이 훨씬 컸다. 눈은 붉은빛이었고 머리 한가운데에 붉은 뿔이 있었다. 까마귀 떼가 등불을 가려 주위가 캄캄해졌다.

어디선가 비웃는 소리가 들려왔다. 소리가 동굴 여기저기 부딪치며 메아리쳤다.

〔왜 무기를 뽑지 않지?〕

바루나는 바짝 날이 섰다.

'밖에서 들리는 소리인가? 아니면 들어와 있는 건가?'

〔왜 피하지 않았지?〕

"공격을 거두는지 보려고."

바루나는 경계를 풀지 않은 채 답했다.

〔공격을 거두지 않았으면?〕

"날 죽이려는 놈이겠지."

바루나는 한 발 앞으로 나섰다. 까마귀 몇 마리가 까악거리고 푸드덕거리며 바루나를 향해 달려들었다.

쇠처럼 날카로운 발톱과 날개와 부리가 사정없이 바루나의 몸에 부딪쳤다. 바루나는 꼼짝 않고 서서 수통의 마개를 꾹 쥔 채 앞을 노려보았다.

"아니라는 뜻이고."

까마귀들이 날갯짓을 멈췄다. 이어서는 불이 꺼지듯이 일제히 연기에 휩싸여 모습을 감추었다.

새들이 사라지자 그 뒤에서 희미한 형체가 나타났다. 바루나는 눈을 가늘게 떴지만 상대는 아지랑이처럼 일렁일 뿐 명확한 실체가 보이지 않았다.

"재미있는데."

상대가 가소롭다는 웃음소리를 냈다. 톤이 높은 것 외에는 성별도 나이도 불분명했다. 양성이나 중성일 수도 있다는 생각이 들었다.

"카마 주제에 날 시험해봤다는 건가?"

"마구니."

바루나가 불렀다.

"딩동댕."

형체가 답했다.

25　물귀신과 물장수

"저, 궁금한 게 있는데."

수호가 목소리를 낮추고 물었다. 진이 우아하게, 또 선혜가 텁, 하고 야무지게 감자를 입에 무는 걸 보면서.

"저, 두억시니는 마구니와 같이 다닌다고 했지."

선혜와 진이 같이 입을 오물오물하며 돌아보았다.

"그야, 카마 혼자 다른 사람의 마음에 들어갈 순 없으니까."

선혜가 답했다.

"그럼, 그 마구니는 누구야?"

주인장은 세 사람을 보았다가, '그렇군요. 다 함께 이상한 손님이었군요. 하지만 저는 신경 쓰지 않아요' 하는 듯 평온한 얼굴로 감자튀김에 집중했다.

"**라바나.**"

선혜가 "앗 뜨거" 하며 감자를 한입 베어 물며 말했다.

"우리끼리는 그렇게 불러."

여전히 간명했지만 아무 설명도 되지 않는 답이었다.

"진짜 이름이 아니라는 거야?"

"모르지. 아무도 본 적이 없으니까."

뜻밖의 말이었다.

"본 적이 없다고?"

"그 마구니가 편먹은 카마는 두억시니 하나뿐이야. 두억시니 편도 당연히 그 마구니뿐이고. 정보가 너무 없어."

선혜는 볼을 뿌우, 하고 불리며 턱을 짚고 불만스러운 얼굴로 말했다.

"마구니들은 어떻게든 자기를 감추니까요."

진이 말을 받았다.

"걔는 마음에 카마를 만들어놓고는 그냥 가버린다고. 그래서 라바나의 카마는 언제나 다른 마구니가 가로채 가지."

"희한한 녀석이죠."

"생겨난 지 얼마 안 되는 놈 같아."

'생겨나?'

"아직 탐색하는 중인지도 모르지. 아무와도 계약을 하지 않으면 흔적도 남지 않으니……."

'어, 그렇구나……' 하던 수호는 뭔가를 깨닫고 화들짝 놀랐다.

"잠깐, 다른 마구니가 가로채 간다는 게 무슨 뜻이야?"

선혜가 턱을 짚은 채 놀리는 웃음을 지었다.

"지금부터 네 마음에 네 카마를 노리는 마구니가 바글바글 들이닥칠 거란 뜻이지."

수호는 잠시 얼어붙었다.

"그러면 어떻게 되는데?"

"나는 네 카마가 어떤 마구니의 수하도 되지 않는 동안만 살려두겠다고 했고, 너와 네 카마는 내 제안에 동의했어."

"……."

"네 카마가 마구니에게 굴복한다면, 나는 즉시 네 마음에 들어가 네 마음의 마魔를 지울 것이다. 그게 다야."

불편한 기분과 반항심이 불처럼 솟구쳤지만 수호는 꾹 억눌렀다.

처음부터 이 녀석은 확실히 못 박지 않았던가. 자신은 구원자가 아니라 전사며, 카마는 나를 위해서가 아니라 단지 자신의 전쟁을 위해 지우는 것이라고.

"아까 '생겨났다'고 했지."

수호가 아까 떠오른 질문을 했다.

"마구니가 생겨나기도 해? 어디서 생겨나?"

선혜의 눈이 수호를 향했다. 입가에 묘한 미소가 떠올랐다. 얼핏 눈이 빨갛게 빛나는 듯싶었다.

"알면 기분이 별로 좋지 않을 텐데."

"어디서 생겨나는데요?"

진도 모르는지 옆에서 물어보았다.

'알면 기분이 나쁘다고? 쓰레기장에서 생겨나나?'

수호는 생각했다.

'아니면 화장실…… 하수구…… 똥통…… 썩은 구더기…… 시체 눈깔…….'

수호가 자기 상상에 치여 점점 진짜로 기분이 안 좋아지는 사이에 선혜가 다시 앙, 하고 감자를 베어 물고는 손가락을 쪽 빨았다.

"마음에 카마를 품고 있다는 건 그런 거야. 그 카마가 마구니에게 넘어갔든 넘어가지 않았든, 마구니가 마음에 들락거린다는 거지."

"그럼, 네 마음에는 안 들어온단 소리야?"

수호의 볼멘소리에 선혜의 눈에 웃음이 차며 가늘어졌다.

"그래, 못 들어와."

수호는 눈을 깜박였다.

"왜?"

"마음을 열 수가 없으니까."

"왜?"

수호는 질문하다가 뭔가 헷갈리는 기분이 들어서 고개를 저었다.

"잠깐, 그럼 나는? 나는 왜 들어오는데?"

"네 수련이 부족해서."

"무슨 수련?"

"아트만."

선혜가 말했다.

수호는 새삼 그 단어를 떠올렸다. 선혜의 아트만은 마호라가. 마음 안에 있는 자신의 진정한 모습.

"너는 아직 아트만이 없어. 자아가 하나로 통합되어 있지 않다는 뜻이다. 카마 바루나가 네 마음의 일부를 차지하고 있으니까."

"……."

그렇군. 나는 마음 안에서도 선혜처럼 다른 모습이 되지 않는다. 상처가 있어 무기를 만들 수 있지만, 그뿐인 건가.

"다시 말해, 카마가 있는 한 너는 퇴마사로서 어느 이상 성장할 수 없어."

선혜가 말을 이었다.

"카마가 있는 이상 끊임없이 마음에 마구니의 침입을 받을 거야. 마음에 카마가 있다는 건 그런 거야. 마구니에게 굴복하거나, 아니면 마구니와 계속 싸우거나."

선혜는 눈웃음을 쳤다.

"평범한 인간의 삶이지."

'누구에게서 들어온 거지?'

바루나는 수호의 생각을 통해 바깥을 탐색해보았다.

바루나의 눈에 보이는 풍경은 수호가 보는 풍경과 달랐다.

가게 안은 《헨젤과 그레텔》에 나오는 과자의 집처럼 먹을 것으로 이루어져 있었다. 벽은 감자튀김이고 바닥은 잘게 썬 감자칩이다. 수호의 양옆으로는 감자를 아작아작 씹는 열일곱 살쯤의 소녀 전사와 맥주를 홀짝홀짝 들이켜는 용이 나란히 앉아 있었다.

그 외에는 흐릿했다. 가게 안에 손님들도 있고 문밖으로 지나가는 사람들도 있었지만, 수호가 주의를 기울이지 않는 이상 모두가 흐릿한 유령처럼 보일 뿐이었다.

바루나는 입을 다물었다. 수호에게 말을 걸면 듣겠지만, 옆에 보기 싫은 퇴마사들이 떡하니 앉아 있고, 수호가 눈치채면 저 퇴마사들도 눈치챈다. 바루나는 퇴마사들과 엮이는 일은 가능하면 사양하고 싶었다.

"뭘 찾고 있지, 귀염둥이?"

소리가 순식간에 거리를 좁혔다. 동시에 뜨거운 열기와 유황이 타는 듯한 악취가 확 코끝을 스쳤다. 살이 타는 듯한 냄새, 혹은 유황 냄새.

바루나는 상대가 코앞에 얼굴을 들이댔다는 사실을 깨닫고 바짝 얼어붙었다. 중량감, 소리의 위치, 무엇으로 판별하려 해도 와닿는 것이 없었다. 실체 없는 열기와 유황 냄새뿐.

'보이지 않는다면 기습에 대비할 수 없다.'

그렇다면 내 쪽의 승산은 허세뿐인가. 그걸 승산이라고 할 수 있는지는 의문이었지만.

"어디서 들어왔지?"

"어디서 들어왔느냐고?"

호쾌한 웃음소리가 이어졌다.

"재미있는 질문이군. 마구니에 대해 아는 게 아무것도 없는 모양인데."

"?!"

바루나는 신경을 바짝 세웠다.

"아무리 갓 태어난 카마라지만 아직 아무 카마와도 정보를 교환한 적이 없나 보군."

목소리가 말했다.

"같이 노는 퇴마사들도 말해준 게 없는 거야? 하긴 그 옹졸한 놈들이 카마에게 정보를 줄 리 만무하지."

'안 될 일이다.'

바루나는 재빠르게 생각했다.

천 년 먹은 구렁이와 갓난애가 말로 싸우는 격이다. 능력의 차이는 둘째 치고, 지금의 바루나로서는 상대가 자신을 속이는 것인지 아닌지 판별할 능력조차 없었다.

"여긴 내 집이야."

바루나가 말했다.

"꺼져라."

다시 동굴 안에 웃음소리가 울려 퍼졌다.

"주인도 없고 만난 게 퇴마사들뿐이니 오해하는 것도 이해하지만 말이야."

소리가 동굴 안을 빙글빙글 맴돌았다. 바닥에서 들리는가 하면 천장에서 들리고, 뒤에 있는가 하면 코앞에 나타난다.

상대를 인간의 형상이라고 가정하면 움직임을 상상할 수가 없었다. 땅을 박차고 벽을 타고 천장을 짚고 돌아 내려오는 건가. 새의 형태로 상상해 보아도 마찬가지였다. 어떻게 바람을 타고 있다고 가정해도 기괴했다.

"네가 살려면 나와 손을 잡아야 해, 귀염둥이."

소리가 말했다.

"퇴마사들은 뭐가 됐든 널 죽일 거야. 네 아름다움과 그 빛나는 가치도 알지 못하고 말이지! 그놈들이 아니라 이쪽이 널 도우러 온 착한 신령이라고!"

바루나는 경계 태세를 풀고 몸을 세우며 수통에서 손을 뗐다. 상대의 시선이나 표정도 볼 수 없으니 대처하기가 난감했다.

"저 괴물 같은 놈들에게서 나를 지켜줄 수 있다고?"

"그 이상이지."

마구니가 말했다.

"네 욕망을 이루어줄 유일한 친구가 나야."

"내 욕망이 뭔데?"

바루나가 물었다.

"무엇이든."

'모른다는 뜻인가.'

바루나는 생각했다.

'내가 아는 건 내 목적 하나뿐. 결국 그게 이 괴물 같은 퇴마사와 마구니 사이에서 내가 가진 유일한 카드인가.'

"난 퇴마사의 능력은 봤지만 네 능력은 본 적이 없는데. 뭘 믿고 너와 손을 잡으라는 거지?"

바루나가 답했다.

웃음소리가 메아리쳤다. 동굴에 매달린 등불이 정신없이 흔들렸다. 바루나는 주위의 기온이 조금 오르는 것을 느꼈다.

시선 저편에서 검은 구멍이 열리며 몸이 불꽃으로 이루어진 듯한 요염한 여자가 모습을 드러냈다. 몸집은 조그마했다. 여자의 머리카락도 불꽃 형태였고 등에 붙은 작은 날개도 불에 타오르는 듯했다.

기다리기 지루했다는 듯이 여자가 하품을 하고 기지개를 켜며 몸을 뻗었다.

'주작朱雀.'

바루나는 대강 이름을 붙였다.

'불귀신, 지귀志鬼, 뭐든.'

불귀신이 바루나를 향해 활을 당기는 시늉을 했고 허공에서 불의 활이 나타났다.

바루나는 시위가 팽팽하게 당겨지는 것을 뚫어져라 보았다. 불귀신이 가볍게 눈웃음을 쳤다. 이미 수천 번은 해왔던 일이고, 바루나 같은 어린애의 속내쯤이야 속속들이 꿰고 있다는 듯이.

〔허세가 화살을 막아주지는 않아, 물귀신.〕

착각일까. 불귀신의 목소리가 귓가에 들린 듯했다.

'카마끼리의 공명인가.'

바루나는 생각했다.

〔살고 싶으면 무기를 들어.〕

불귀신이 속삭이며 활시위를 당긴 순간 바루나는 수통의
마개를 뽑았다.

바루나는 바루나스트라를 뽑아 들며 회전시켜 방패 모양
으로 만들었다. 바루나스트라는 귀신의 불꽃 활과 부딪치자
펑 소리와 함께 터지며 증발해버렸다.

〔기. 화. 폭. 발.〕

불귀신이 주문을 외우듯이 말하며 바루나를 향해 키스 마
크를 날리고는 허리를 흔들며 사라졌다.

다음 순간 다시 구멍이 열렸다. 이번에는 바루나의 발바닥
에 지릿지릿 전기가 올랐다. 구멍에서 근육이 불뚝불뚝한 거
대한 팔이 나타났다. 팔은 손에 번개 모양의 번쩍이는 창을
들고 있었다.

'천둥신, 우사雨師, ……뇌공雷公.'

바루나가 이름을 고르는 사이 거대한 팔이 번쩍이는 창을
높이 들었다.

바루나는 바닥에서 물을 차올렸다.

젖은 바닥에서 한 줌의 물이 솟구치더니 밧줄처럼 길쭉한
형태로 변했다. 가느다란 기둥이 천장과 바닥을 잇는 형태로
세워졌다.

땅이 진동하는 우렁찬 기합과 함께 날아온 번개가 기둥에

꽂혔다. 기둥은 강렬한 불꽃을 내뿜으며 증발했다. 전기 불꽃이 지릿거리며 천장과 바닥을 타고 이어지다가 사그라졌다.

〔나를 상대로 피뢰침을 상상하다니!〕

다시 마음의 공명. 지축을 울리는 건장한 남자의 웃음소리가 이어졌다.

〔귀엽군 그래, 물장수.〕

'……물장수.'

바루나는 그제야 상대방 카마도 자신이 그랬던 것처럼 자신의 이름을 추측해 불렀다는 것을 깨달았다. 정확한 이름은 퇴마사들이 그랬듯이 더 부딪쳐 보아야 알 수 있는 것이고.

"한 줌의 물."

공격은 더 이어지지 않았고 대신 마구니의 목소리가 이어졌다.

"세상에서 가장 흔한 것이요, 세상에서 가장 귀한 것이라. 세상에서 가장 하찮은 것이나 가장 변화무쌍한 것. 그게 네 무기인가, 바루나."

"……."

바루나는 물이 뚝뚝 떨어지는 빈손을 들고 묵묵히 서 있었다.

어쩔 수 없기는 했지만 능력을 들킨 셈이다. 이름도 같이 들킨 모양이고.

기분이 좋지 않았다. 하지만 능력을 파악한 건 이쪽도 마찬가지다. 바루나는 이번 공격으로 마구니와 카마의 관계를 대충 이해했다.

"내가 너와 계약하면 나도 이런 식으로 네 싸움에 소환되어 이용되는 건가."

바루나가 말했다.

저 마구니가 거느린 카마가 여럿이라면, 나를 상대하기에 적합한 카마를 선택해 고르는 것이 가능할 터.

불러낸 것이 '불'과 '번개'라는 점에서 이미 들킬 것은 다 들킨 셈이고, 앞으로 몇 명을 더 불러낼지도 알 수 없는 일. 마구니가 자신을 없앨 생각이었다면 벌써 없애고도 남았다는 뜻이다.

"이용이라니, 섭섭한 말씀을."

마구니가 말했다.

"서로의 목적을 위한 전략적 협력이라고 봐야지."

"네 이득은 알겠다만, 내겐 무슨 이득이 있지?"

"레벨~업."

마구니의 목소리가 반짝거리는 듯했다.

"아직 넌 네 능력을 충분히 활용하지 못하고 있어, 바루나. 하지만 나는 네가 이길 수 있는 싸움에만 소환해서, 어려움 없이 네 힘을 개발하게 해주지. 일종의 훈련사랄까."

"……."

"나는 말하자면 지휘관, 나는 전략을 짜고 너희는 싸운다. 위대한 지휘관과 함께 세상을 휩쓰는 거다."

"그래서,"

바루나는 반복했다.

"내가 얻는 이득은?"

"네가 강해질수록 너는 이 마음을 더 많이 차지하게 돼. 마음의 주인이 네가 원하는 대로 행동하도록 더욱더 강력하게 유도할 수 있어. 그만큼 네 목적을 이루기 더 쉬워지겠지. 그리고 궁극적으로는,"

"궁극적으로는?"

"수호라는 이 마음의 주인을 없애고 여기를 전부 네 것으로 하는 거지. 마음의 주인을 너로 대체하는 거다."

바루나의 눈이 크게 떠졌다.

마구니가 제 흥에 겨운 듯 장탄식을 하며 말을 이었다.

"네가 머무는 몸의 주인이 너로 바뀌는 거다. 저 나약한 어린애를 없애고 훨씬 뛰어나고 완벽한 네가 정신을 다 지배하는 거야. 그것이 모든 카마의 궁극의 목적! 완벽한 결말이지. 생각만 해도 짜릿하지 않은가? 마음의 조각이었을 뿐인 네가 마음의 지배자가 된다니!"

"……."

바루나는 정신을 차리기 위해 고개를 도리도리 저었다. 한순간 마음에 인 파동이 어찌나 큰지 현기증이 날 지경이었다.

마구니가 말을 이었다.

"네 목적이 무엇이든, 네게 현실 세계의 몸이 없는 이상 그 욕망은 이 몸을 이용해서 이룰 수밖에 없겠지."

"……."

"하지만 공교롭게도 인간의 욕망은 하나가 아니야. 무수한 욕망의 파편들이 너와 똑같이 이 몸을 차지하려고 애쓰고 있고, 결국 이 마음의 본령은 그 잡다한 욕망에 휘둘려 끝없이 너에게 저항하고 너를 방해한다. 그러니 만약 네가 본령을 지우고 그 마음을 차지하면 네 가장 큰 걸림돌은 사라지는 거야."

걸림돌.

생각지 못한 말이었다.

"그 꼬맹이가 내 걸림돌이다?"

"실상 유일한 걸림돌이지. 하나의 욕망이 한 인간의 마음 전체를 차지하면 이루지 못할 것이 없다. 그것이 바로 너희들, 카마의 궁극의 단계지."

"……."

"나는 네 목적이 무엇이든 이루게 해주는 귀인이라는 뜻이지."

"유혹적이군."

바루나는 피식 웃었다.

"그뿐 아니라,"

마구니가 말을 이었다.

"마구니와 계약하지 않은 카마는 제 목적을 이루면 사라져 버리거든."

"……?"

"인간은 목적 하나를 이루어도 새로운 목적을 찾아 살 수 있지만 카마는 그렇지 않아. 제 목적을 이루면 더 살 가치를 찾지 못하거든. 하지만 마구니는 카마가 살 가치를 계속 찾게 해주지."

"……."

"살아 있다는 건 좋은 거야. 기껏 태어났는데 그렇게 허무하게 사라져버리면 아쉽잖아? 세상엔 좋은 게 많아."

'내가 목적을 이루었는데도 계속 살아야 한다고?'

바루나는 의문을 품었다. '강해진다'는 것은 정신이 혼미해질 만큼 유혹적인 제안인 반면에 이 제안은 아무 의미도 없었다.

"제안이 마음에 드시나요, 아름다우신 분?"

희미한 형체에서 손 모양이 튀어나왔다. 검은 안개로 이루어진 손이었다.

'이렇게 카마는 마구니의 군대가 되는 건가. 그래서 퇴마사는 마구니가 군세를 확장하는 것을 막기 위해 나 같은 카마를 제거한다. 이해는 가는 관계로군.'

바루나는 후, 하고 한숨을 쉬었다.

날카롭게 한 가지 생각이 떠올랐다. 시험해볼 만한 생각이. 하지만 과연 이 괴물들의 정체는 물론, 이 괴물들 간의 전쟁에 대해 아무것도 모르는 내가, 거의 모든 걸 알고 있을 법한 상대와 거래를 할 수 있을까?

"미안하지만,"

바루나는 입을 열었다.

"나는 날 만든 마구니가 아니면 계약하지 않는다."

✦

"뭐라고 광고 냈어?"

선혜는 진이 두드리는 아이패드를 빼앗아 들고는 눈살을 찌푸렸다.

"명상 심리치료? 이런 게 먹혀? 애기보살 같은 게 아니라?"

"요새 트렌드를 모르시네. 점쟁이는 요새 안 찾아가요. 하지만 정신과는 우후죽순 늘었죠. 십 년간 잠만 자서 몰랐겠지만.”

"그런데 마구니란 건 대체 뭐야?"

선혜와 진이 수다를 떠는데 수호가 다시 끼어들었다. 둘은 다시 빤히 수호를 돌아보았다.

"얘 원래 집요한 성격이었나?"

"카마가 있으면 대개 집요해지죠."

진이 답했다.

"바루나가 마구니에 대해 생각하고 있지 않을까요?"

26 퇴마사의 자질

선혜는 "으흠" 하고는 바구니를 들어 마지막 감자 부스러기를 탈탈 입에 털어 넣고 의자를 빙글 돌려 수호를 향해 앉았다.

"좋아. 차근차근 가르쳐주지."

선혜는 기운찬 태도로 수호의 어깨를 짚으려 팔을 쭉 뻗었다. 하지만 팔이 짧아 닿지 않아서 허우적대며 버둥버둥했다.

수호는 '에······' 하고 생각하며 허리를 수그려 선혜의 팔에 키를 맞춰주었다. 선혜는 장군처럼 위풍당당하게 수호의 어깨에 턱, 손을 얹고 물었다.

"좋아. 신입 퇴마사, 한번 이 가게의 심소로 들어가보겠어?"

"에······?"

수호는 당황했다. 수호가 심소에 들어간 것은 한 번뿐, 이 동네 공사장에서 양아치들에게 맞고 있었을 때뿐이었다. 지금 그 자리에는 미끈하고 밋밋한 새 카페가 들어섰다. 그 외에는 선혜가 끌고 들어갔던 게 전부인데.

"심소는 그 장소에 모인 사람들이 공유하는 집단 의식의 장이야. 같은 욕망을 가진 사람들이 있으면 심소가 생겨나지."

'심소'는 불가 용어로는 단순히 '마음에 속한 것'이라는 뜻이라고 들었다. 그러므로 집단 의식의 공간은 명확히 말하면 '공共심소' 같은 이름으로 불러야 하겠지만 퇴마사들은 줄여서 심소로 부르는 모양이었다.

"마구니 이야기하는데 심소는 왜 갑자기……."

"어허, 선배가 시키는 대로 하지 못할까, 신입?"

선혜의 목소리가 높아지는 바람에 다시 가게 주인이 돌아보았다. 하지만 중학생이 초등학생과 놀아주는 것으로만 보이는지 어깨를 으쓱하며 자기 일로 돌아갔다.

수호는 생각에 잠겼다.

'이곳에 모인 사람들이 공유하는 욕망…….'

"감자?"

수호는 바보 같은 답이라고 생각을 하며 물었다. 하지만 선혜는 만족스럽게 웃었다.

아니, 마호라가는 만족스럽게 웃었다.

수호는 자신만만한 미소를 지은 채 제 어깨에 손을 올린 마호라가를 넋 나간 기분으로 바라보았다. 뒤에는 사람 크기만 한 아난타가 살짝 얼굴이 붉어져서는 해롱거리며 누워 있었다.

'진은 취해 보이지 않았는데 아난타는 취했다는 건…… 취하지 않은 척하는 건가.'

수호는 생각하며 마호라가의 다리를 힐끗 보았다. 마호라가에게 가장 강력한 무기라 할 만한 은빛 다리가 없었다. 마호라가는 잘린 다리는 의자 위에 올려놓고, 다른 다리를 곧게 뻗은 채 자신의 앞에 서 있었다.

'바깥에서 의족을 신지 않으면 마음 안에서도 나타나지 않는 건가.'

"식욕. 잘 찾았다. 가장 찾기 쉬운 욕구고, 가장 기본적인 욕망이다."

마호라가가 말했다.

수호는 가게 안을 둘러보았다. 가게는 과자의 집처럼 전체가 감자로 이루어져 있었다. 벽은 감자튀김이요, 바닥은 노릇노릇 구워진 감자칩이었다. 식탁은 기름종이였고 의자는 포크와 숟가락 모양이었다. 가게 전체가 금방 불에 익혀 나온 것처럼 따뜻했다.

마호라가는 주위를 둘러보며 말했다.

"자, 신입. 이보다 더 큰 심소를 상상해볼 수 있겠어?"

"이보다 더 큰……?"

"이를테면, 이 골목의 욕망은 무엇일지?"

수호는 말문이 막혔다. 골목의 욕망이라니, 그게 대체 뭐란 말인가.

"그럼, 이 동네의 욕망에 대해서는?"

여전히 뭐라 답해야 할지 알 수 없었다.

"그럼 다시 묻겠다, 한수호."

마호라가가 붉은 눈을 반짝이며 말했다.

"너는 얼마나 큰 욕망을 볼 수 있는가?"

검은 안개 속에서 튀어나왔던 손이 휙, 하고 사라졌다. 보이지 않는데도 당혹감이 전해졌다.

'먹혔군.'

바루나는 생각했다. 그걸로 알 수 있는 것이 많았다.

'이자는 내 목적을 모른다.'

그렇다면 마구니와 퇴마사 집단 모두가 내 목적을 모를 가능성이 높다. 이건 꽤 쥘 만한 카드다. 아니, 내 카드가 그것뿐이라면, 그것밖에 쥘 것이 있겠는가.

한참 만에 마구니가 물었다.

"잠깐만, 내가 널 만들었다고 생각하지는 않아?"

"너는 아니야."

바루나가 답했다.

"퇴마사들이 아까 말하기를, 날 만든 마구니의 카마는 어째서인지 두억시니 하나뿐이라고 했다. 하지만 너는 내 눈앞에서 다른 카마를 둘이나 소환했고 나까지 데려가려고 하고 있어. 그러니 네가 그 마구니일 리가 없어."

"사랑스러워 미치겠군."

마구니가 혀를 내밀어 입술을 훔치는 듯한 소리를 내며 말했다.

"걔가 그런 놈인 줄 알면서 왜 걔와 계약하겠다는 거지? 걔는 너에게 관심이 없어. 네가 잘 모르는 모양인데, 걘 아무것도 아냐. 나 정도면 군주로 모셔도 남부럽지 않을 거야."

'서로 아는 사이.'

바루나는 다시 정보를 수집했다.

"그 마구니가 어떤 놈이든 나는 내 창조자 이외에는 계약할 생각이 없어. 네가 그 마구니에게 내 의지를 전해준다면 너와 계약하는 것 이외의 다른 거래에는 응해주지."

"곤란한데."

마구니가 입맛을 참참 다시는 소리를 내며 말했다.

"난 지금 막 너한테 홀딱 빠졌거든. 매력 터지는 낭군님, 걔
가 널 가져갈 리도 없지만 걔한테 넘겨줄 생각도 없어."

"⋯⋯."

'삐끗했군.'

안 좋은 방향으로 빠졌다. 하지만 여전히 알 수 있는 것은
있다. 마구니들끼리는 협력하지 않는다는 뜻. 숫자가 몇이나
되는지는 모르겠지만.

회오리바람이 이는 소리와 함께 허공에 다시 검은 구멍이
생겼다. 아까보다 좀 더 큰 구멍. 아까의 까마귀 떼처럼 뭐든 떼
거리로 소환할 만한 구멍이었다. 안쪽에서 바람이 몰아쳤다.

'서로 협력하지 않는 게 확실하군.'

목숨이 경각에 놓인 상황에서도 바루나는 생각을 계속했
다. 다른 마구니에게 갈까 봐 나를 없애려 든다면, 마구니끼
리는 서로 협력하지 않을 뿐 아니라 경쟁 관계일 수도 있다
는 뜻.

'아직 직접 공격은 하나도 하지 않았다. 모습을 감추고 있
는 것도 그렇고, 제 능력을 밝히지 않기 위해서인가⋯⋯? 아
니, 카마가 대신 싸운다면 굳이 직접 자기 목숨을 위험에 빠
트릴 이유는 없다는 건가.'

구멍 안쪽에서 무수한 벌레들이 떼를 지어 날갯짓하는 소
리가 들렸다. 바루나는 말없이 기다렸다.

"너는 얼마나 큰 욕망을 볼 수 있는가?"

마호라가는 의자에 앉은 수호를 빙글 돌려 문밖으로 시선을 향하게 했다. 아난타는 관심 없다는 듯 여전히 장어처럼 바에 길게 늘어져 있었다.

"그게 퇴마사의 첫 번째 자질이다. 아무리 무술에 뛰어나든, 특수한 능력이 있든 전장에 들어갈 수 없으면 의미가 없어."

"하지만 퇴마사는 욕망을 갖지 않는다면서……?"

"갖는 게 아니야. '보는' 거다."

"본다고?"

"사람 마음의 문을 열 때 내가 했던 말을 기억해?"

"어, 마음에 칼 꽂는 거……?"

수호의 말에 마호라가는 푸웁, 하고 웃었다.

"그건 '열쇠'다. 사람 마음의 틈을 '보고', 거기에 네 말을 열쇠처럼 꽂는 것이다."

"이해하라는 거야?"

"'보는' 거다. 네가 퇴마사 일을 계속하다 보면 알 수 있을 거다."

수호가 보는 사이에 가게 벽이 종잇장처럼 무너져 내렸다. 그 밖으로 펼쳐진 골목이 눈에 들어왔다. 보는 사이에 세상이 붉은빛에서 푸른빛으로, 다시 은빛으로 변했다. 비슷한 풍경이지만 계속 모습이 변했다. 수호는 마호라가가 연이어 다른 심소를 열고, 자신을 그 안으로 계속 소환하고 있다는 것을 깨달았다.

"같은 공간이라 해도 어떤 욕망의 공간이냐에 따라 여러 다른 심소가 겹쳐 있다."

'교집합처럼?'

점점 넓어지던 심소가 확장을 멈추었다.

수호는 폐허가 된 거리에 덩그러니 앉아 있었다.

수천 년간 사람의 손이 닿지 않은 것처럼 무성한 풀에 휩싸인 건물과 자동차, 창문이 깨지고 벽이 무너지고 지붕이 날아간 건물, 깨져 나간 아스팔트와 무성한 풀에 뒤덮인 도로가 눈앞에 있었다.

두억시니를 보았던 거리의 풍경.

"이건 무슨 욕망이야?"

수호는 까닥하다간 심소에서 밀려 나갈 것 같은 기분에 빠지며 물었다.

"이 거리 전체의 욕망. 애처롭지만."

수호는 새똥으로 뒤덮인 가게 지붕과 그 아래 식물과 이끼에 잠식되어 칠이 다 벗겨진 간판들을 보았다. 전신줄에 엉켜 연쇄적으로 무너진 전신주와 내려앉은 길을 보았다. 어딜 보나 사람의 흔적은 없었다. 이해할 수가 없었다.

"폐허가 되고 싶다는 욕망?"

"그래."

수호는 마호라가를 돌아보았다.

"그딴 바보 같은 욕망을 누가 갖는데?"

"그래서 넌 이 심소를 열 수 없는 거다."

마호라가가 나직이 말했다.

"그 욕망을 이해할 수 없으니까."

말문이 막혔다.

"잠깐, 내가 처음 들어갔던 심소는 나를 때리던 동네 녀석들……."

"마음 깊은 곳까지 이해하고도 남았지."

할 말이 없었다. 문득 생각이 떠올랐다.

"아……! 그래서 마구니는 아트만이 있는 사람의 마음에는 들어갈 수 없는 거구나."

마호라가가 미소를 지었다.

수호는 움찔했다. 아무 사심 없이, 진심으로 '정말 잘했어' 하고 칭찬하는 미소. 익숙해지지 않는 미소다. 내가 잘했을 때 누군가가 진심으로 순수하게 기뻐한다는 건.

아버지는 수호가 뭘 잘해서 칭찬을 바라고 자랑을 하면, '내가 잘한 것도 아니고 내게 득도 안 되는데 무슨 상관인가' 하는 눈으로 얼음처럼 노려볼 뿐이었다.

때론 자신은 불행한데 너는 왜 즐거워하느냐며 집 안을 뒤엎었다. 성적이 오르면 조용하다가 성적이 떨어지면 매를 휘둘렀다. 가끔은 성적이 오르면 다음에 떨어질 때 다시 두들길 수 있다는 상상에 즐거워하는 것처럼 보이기도 했다.

'즐거워야 할 순간에조차도 나는 가장 끔찍한 것만을 떠올리고 만다.'

나는 여기에서 벗어날 수 있을까.

"그래, 마구니는 절대로, 무슨 수를 써도, 죽어도 이해할 수 없다. 볼 수도 없다."

마호라가는 수호의 어깨에 손을 얹은 채 먼 곳을 보았다.

"욕망이 없는 사람의 마음을."

"······."

피처럼 붉게 빛나는, 타는 듯한 눈.

외모는 자기 또래인데도 아이 같은 기색이 없다. 잡념도 흔들림도 혼란도 함부로 끼어들 구석이 없는 얼굴.

'아트만을 갖는다는 건 저런 건가.'

그러면 마호라가의 마음에는 마구니가 침입한 적이 없겠구나. 두억시니도 마찬가지로 못 들어올 거고.

'단지 타인의 마음에서 싸울 때만 위험에 노출되는 건가.'

하지만 나는 카마를 택했다.

'욕망'의 결정체인 카마를. 그게 뭔지도 모르면서. 무슨 목적으로 생겨났는지도 모르면서. 날 조종할 수도 있고, 내 마음을 다 잡아먹을 수도 있는데도. 마음에 마구니가 계속 들락날락할 텐데도. 진짜 퇴마사가 될 수 없는데도.

'왜 그랬지?'

수호는 고개를 숙였다.

하지만 왜 그랬는지는 알고도 남는다. 격렬한 반항심, 들끓는 저항감, 거대한 소유욕, 다시 생각해도 거부할 수 있는 감정이 아니었다.

'뭐야, 결국 충동이잖아.'

"그런데 난 마구니가 뭐냐고 물어보았는데, 왜 자꾸만 심소······."

아, 하고 마호라가는 그제야 생각이 났다는 듯 말했다.

"내 스승께서 날 처음 들인 날, 내게 한 질문이 있다."

"스승?"

324

또 그 사람.

"전에 말했던 그 스승?"

갑자기 마호라가의 주위가 어두컴컴해지는 기분이었다.

"말하지 마, 갑자기 확 기분 나빠졌으니까."

"?"

마호라가는 심호흡을 했다.

"너는 이 세상 전체의 욕망을 볼 수 있는가?"

순간 수호는 기묘한 기분에 사로잡혔다. 어느 드넓은 황야 한가운데 우뚝 솟은 바위산 위에 서서, 어른인 자신이 어린 마호라가의 손을 잡고 대화를 나누는 기분.

"그 질문에 답할 수 있다면, 너도 마구니가 무엇인지 알 수 있을……"

〔수호.〕

심장이 두근, 하고 뛰더니 마음속에서 바루나의 목소리가 들렸다.

"?!"

수호는 숨이 턱 막혀 놀라 가슴을 부여잡았다. 갑자기 불안 과 긴장이 폭포수가 쏟아지듯 전신을 휩쓸었다. 알지도 못하 는 적에게 맨몸으로 노출된 기분이었다. 마음의 장벽이 다 열 려 모든 나쁜 것들이 다 침범해올 것 같은.

〔내가 위험에 빠졌다. 들어와.〕

"바루나? 무슨 일이야?"

수호가 다급히 물었다.

〔너 말고.〕

〔들어와라, 여자. 내가 위험하다.〕

마호라가의 눈이 진홍빛으로 빛났다.

✦

감자집 주인은 선혜와 수호가 감자를 먹다 말고 갑자기 바에 얼굴을 묻은 채 꾸벅꾸벅 조는 것을 보았다. 멍하니 애들을 보던 주인은 화상 자국이 있는 키가 훤칠한 여자가 워낙 멀쩡한 얼굴로 맥주를 마시는 바람에 다시 감자튀김에 집중했다.

진의 팔에 얼굴을 기대고 자던 선혜가 돌연 팔을 휙 뻗어 지팡이를 꽉 쥐었다.

✦

동굴 안의 등불이 찰랑거리며 사방에 그림자를 만들었다.

검은 구멍에서 벌레 떼가 쏟아져 나왔다.

딱정벌레처럼 등이 딱딱하고 파리 같은 날개를 초고속으로 흔들어 위잉 소리를 내는 종자였다. 저마다 벌처럼 날카로운 침을 입에 달고 있었다.

'독……'

바루나는 바로 이해했다.

'그게 내 세 번째 약점인가……. 적을 통해 알게 되는 게 있군.'

바루나는 '파리대왕'이라고 대강 상대의 이름을 붙이며 생각했다.

326

벌레가 몸을 에워싼다면 내 무기로는 무리인가……. 생각하는 찰나, 눈앞의 웅덩이에서 물보라가 솟구쳤다.

볼이 살짝 붉어진 용이 꺼억, 하고 길게 트림하며 젖은 머리를 드러냈고 검사가 그 등에 탄 채로 날아올랐다. 마호라가는 한순간에 전황을 파악하고 검을 뽑아 들었다.

광검 사비트리가 어지럽게 얽힌 실처럼 공중에 빛의 궤적을 그렸다. 이어 아난타의 뇌격이 마호라가의 검의 궤적을 따라 쏟아졌다.

'탁월하군.'

바루나는 움직이지 않고 서서 생각했다.

마호라가가 검으로 타격 지점을 잡고, 아난타가 그 궤적에 남은 잔당을 처리한다. 눈빛조차 나누지 않고 이루어지는 연계 공격.

찰나,

바루나는 마호라가의 검이 조금 전까지 마구니가 있던 자리를 통과하는 것을 날카롭게 잡아냈다.

아난타가 코를 벌름거리며 시선을 살짝 틀었을 뿐, 마호라가는 마치 그곳에 아무것도 없다는 듯 움직인다.

'안 보이나……?'

그야, 안 보이기는 나도 마찬가지지만, 아난타 쪽은 나처럼 기척은 느끼는 것 같은데.

순간 악취가 코를 스쳤다. 유황이 타는 듯한 고약한 냄새. 한순간에 영역이 침범당하자 바루나는 흠칫 놀라 몸을 경직시켰다. 귓가에 색기 넘치는 마구니의 목소리가 들려왔다.

"참을 수 없이 매혹적이군, 아름다운 아가씨."

"……."

바루나는 미동도 없이 서 있었다.

"아무것도 모르는 어린 카마가, 한 줌의 물밖에 다룰 줄 모르는 카마가 내 공격을 세 번이나 받아쳤단 말이지, 잘 꽃단장해서 키우면 얼마나 예뻐질지 가늠도 안 되는걸. 아아, 참을 수 없어. 몸이 달아올라 미치겠군. 덮쳐버리고 싶을 만큼 유혹적이야."

"……."

'이놈이 마음만 먹으면 지금 나를…….'

하지만 바루나는 흔들리지 않았다. 이놈은 아직 날 원한다. 그건 날 살려둘 필요가 있다는 뜻이지.

"단장하고 기다리고 있으렴. 신랑이 또 찾아올 테니."

"……."

"내 이름을 기억해라. 내 이름은,"

빛의 궤적이 어지러이 날리고 황금빛으로 소멸하는 벌레들의 파편이 낙엽처럼 내려앉는 가운데, 마구니가 속삭였다.

"**파순**波旬이다."

27   보이지 않는 적

악취가 사라지는 것과 동시에 구멍이 닫혔다.

황금빛 반딧불이가 반짝이며 동굴 안을 에워싸는 가운데 마호라가는 아난타를 타고 동굴 안을 한 바퀴 돌았다. 남은 잡귀가 없는지 확인하는 것처럼.

바루나는 벌레 껍질과 동강난 벌레 시체가 하늘하늘 떨어지는 가운데 자연스러운 자세로 서 있었다.

'끝났군.'

마호라가는 검을 검집에 꽂고 휘리릭 풍차처럼 돌려 허리에 찼다. 그제야 바루나는 마호라가에게 은빛 의족, 트바스트리가 없는 것을 보았다. 마호라가가 멀쩡한 다리로 아난타의 귀를 톡톡 쳐 바루나를 향해 가도록 했다.

'그렇군. 저 용 자체가 마호라가의 다리인 셈인가.'

바루나는 키 큰 진의 어깨에 올라타서 이리저리 가라고 지시하는 꼬맹이 선혜가 떠올랐고 '그거랑 별 차이는 없군' 하는 생각이 들었다.

"제법인데, 카마? 날 이용해먹기도 하시고."

마호라가가 싱긋 웃으며 말했다.

"왜, 최선을 다했는데."

바루나는 한쪽 눈을 슬쩍 감으며 능글맞게 답했다.

"어떤 마구니에게도 넘어가지 않는 동안은 살려두겠다면서?"

바루나의 마음에 충동이 일었다.

기회는 흔히 오지 않는다. 이 퇴마사가 수호의 마음 안에 들어올 때조차도 내가 있는 곳까지 들어오는 일이 흔하지는……

마호라가의 뒤에 놓인 물웅덩이에서 물줄기가 가늘게 솟구쳤다. 바루나스트라가 송곳처럼 가느다란 형태로 솟아올랐다.

"그래, 마구니가 와서 무슨 말을 하던가, 망령?"

"네가 해주지 않은 말들, 퇴마사."

바루나가 답했다. 그사이에 바루나스트라는 끝이 날카롭게 갈려서 마호라가의 등을 향해 수평으로 누웠다.

"귀 기울일 것 없는 말들이다. 달콤했겠지만 다 수호에게 해가 되는 말이니까."

"내게도 그런지는 모르겠던데."

바루나는 긴장하거나 숨을 멈추지 않도록 조심하며 창을 마호라가의 등을 향해 날렸다.

마호라가의 검이 물처럼 부드러운 궤적을 그리며 날아온 창을 쳐냈다. 그와 동시에 검이 그대로 회전하며 바루나를 겨누었다.

진격한 것은 마호라가가 아니라 아난타였다. 아난타는 몸을 구십 도로 회전하더니 입을 쩌억 벌리고 바루나를 향해 대포알처럼 돌진했다.

'……!'

바루나는 브레이크가 나간 트럭처럼 돌진해 들어오는 아난타에게 밀려 동굴 벽에 거칠게 부딪쳤다.

아난타는 입을 크게 열어젖힌 채로 벽에 코를 반쯤 쑤셔넣어, 바루나의 목을 감옥에 가두듯이 양쪽에서 입으로 둘러쌌다.

마호라가는 맨다리로 아난타의 머리를 붙들고 수평으로 몸을 누인 채 바루나의 목젖에 닿을락 말락 한 위치에 칼을 멈추었다.

"함부로 나를 시험하지 마라."

마호라가가 입가에 가벼운 웃음을 띠며 말했다.

"아가야."

"암감얌."

아난타가 벽에 코를 박은 채 우물우물 따라 했다. 나름대로는 벽에 코를 박은 바람에 아픈 모양이었다.

바루나는 아난타의 입에서 빠져나오려 의미 없는 힘을 써 보다가 포기하고 몸에 힘을 풀며 피식 웃었다.

"네 눈에는 마구니가 안 보이는군, 퇴마사."

마호라가의 입꼬리가 내려갔다가 도로 올라갔다.

"그거 하나 알아냈다고 기고만장할 필요는 없다, 아가야."

"왜 못 보는 거지? 네 눈에만 안 보이는 건가? 못 보는 퇴마사가 따로 있는 건가? 마구니도 너를 못 보는 건가?"

마호라가의 얼굴이 차갑게 식었다. 수호에게는 한 번도 보여준 적이 없는 얼음장 같은 얼굴이었다. 바루나는 마호라가의 검 끝에 서린 살기를 말없이 노려보았다.

"쓸데없는 일에 관심 두지 마라. 네 관심이 무엇이든 네 목적을 위한 일일 것이고, 네가 무슨 목적으로 태어났든 나는 도와줄 생각이 없으니까. 네가 카마인 이상, 너는 그 목적을 너를 위해 추구할 뿐 수호를 위해 추구하지 않는다."

"그럼, 네 지령이는?"

바루나가 턱 끝으로 아난타를 가리켰다. 아난타의 거대한 눈이 가늘게 줄었다.

"네 소중한 진을 해칠 수도 있는 카마를 왜 내버려두는 거지?"

검광.

바루나는 동굴 가득히 은빛 검광이 거미줄처럼 오가는 것을 보았다. 눈 하나 깜짝하지 않고 그 검광을 다 지켜보았다. 설령 눈이나 목으로 치고 들어왔더라도 끝까지 보았으리라.

아난타가 바루나에게서 떨어졌다. 바루나는 쿵, 하고 바닥에 엉덩방아를 찧었다.

동굴 안에 어둠이 내려앉았다. 천장에 매달려 있던 등불이 하나 남김없이 너덜너덜 찢어져 조각나 있었다. 용의 머리에 올라앉은 마호라가의 눈만이 어둠 속에서 붉게 빛났다.

수호는 절대로 마호라가의 이런 모습을 볼 수 없으리라, 바루나는 다시금 확신했다.

"마찬가지로 네가 알 바가 아니다, 카마."

"가아아아아아암히 어어어어어디서어어어……!"

일갈하는 소리와 입에서 터져 나오는 풍압에 마호라가와

아난타는 살짝 몸을 움츠렸다.

다 쓰러져가는 낡은 집. 조선 시대 즈음에나 지은 듯한 옛집 안은 사방이 거미줄과 먼지와 쓰레기, 곰팡이로 가득했다.

그 한가운데에 거대한 얼굴만 있는 괴물이 괴성을 지르고 있었다. 입은 얼굴을 다 차지하고 있고, 어울리지 않게 머리에는 번쩍이는 금관을 쓰고, 눈에 띄지도 않는 자그마한 팔다리 위에 붉은 망토를 걸친 채로. 쩍 벌린 입 안쪽으로는 거무튀튀한 공허만 들여다보였다.

"가아아암히 나를 무시하다니, 처어어언벌을 받아라!"

마호라가는 지겹게 들었다는 듯 하품을 하며 상대를 한 칼에 베어냈다. 찰랑거리는 금빛이 마호라가의 검, 사비트리에서 날아올랐다.

마호라가는 눈을 크게 뜨고 검격 너머를 응시했다. 황금색 빛의 무더기 너머에 어둠이 펼쳐졌다. 그 어둠의 바닥에는 실처럼 가느다란 검은 살덩이가 놓여 있었다.

마호라가는 검 끝으로 살덩이를 들어 올렸다. 살덩이 끝에는 자세히 보아야 눈에 띄는 황금빛 눈과 이빨이 많은 입이 달렸고 반대쪽은 끊겨 있었다. 방금 썰어낸 산낙지처럼 꿈틀거리기는 했지만 생기는 없었다.

"또 끊고 튀었네."

아난타가 말했다. 보는 사이에 두억시니의 촉수는 우수수 재가 되어 흩어졌다.

"**고관대면**高冠大面은 흔해빠진 놈이잖아. 제일 찌끄레기라고. 좀 더 센 카마를 찾아봐야 하지 않을까."

아난타가 꼬리를 탁탁 치며 말했다.

"'남들이 주목하고 우러러보기를' 바라는 얄팍한 욕망이지. 열등감을 해소하려 우월감으로 무장한 카마를 마음에 들여놓지만, 우월감을 마음에 들여놓으면 남과 비교하는 마음만 눈덩이처럼 불어날 뿐이야. 현실적으로 인류는 칠십 억이 넘고 세상에 자기보다 잘난 놈은 수십 억은 있기 마련이지. 시시하지만 영원히 이룰 수 없는 욕망이야. 없어져야 할 건 실상 '비교하는 마음'인데 말이야. 생각을 일 초라도 하면 빌지 않을 소원이지만 인간이 소원을 비는 패턴이란 늘 이 모양……."

혼자 떠드는 아난타를 내버려둔 채로 마호라가는 마음의 바닥을 톡톡 쳤다.

'같은 곳에서 얌전히 기다리고 있으리란 기대는 하지 않았지만.'

마호라가는 생각했다.

심소는 불안정한 공간이다. 사람의 욕망을 따라 생겨났다가 욕망이 흩어지면 없어진다.

그러므로 심소 카마는 심소가 사라지면 없어져야 하건만, '모멸'의 심소는 세상에서 사라지지 않는다. 설사 잠시 줄어든 듯 보여도 새끼를 쳐 다른 곳에서 다시 증식한다.

'모멸의 심소와 이어진 마음을 뒤지면 다시 찾을 수 있으려니 했는데…….'

"그때 수호에게 마무리를 맡긴 게 실수야."

아난타가 말했다.

"초보자가 구멍이 열리자마자 멋모르고 들어가버렸어. 그래서 두억시니가 우리가 찾아온 것을 눈치채고 숨어버렸잖아."

"그건 수호의 싸움이었어."

마호라가가 말을 끊자 아난타가 얼버무렸다.

"어……. 그래, 그렇지."

아난타는 꼬리를 배배 꼬았다.

"정말 수호만으로 괜찮을까? 무기는 확실히 독보적이지만, 너무 초보고, 아직 잘 다루지도 못하잖아."

"두억시니는 상대의 기술을 모방해. 나처럼 현란한 기술을 쓰는 퇴마사는 오히려 불리해. 시간을 끌면 더 불리해지고."

"흠, 수호처럼 무기와 공격 방법이 단순한 게 낫다는 건가."

더해서 정신 오염의 능력. 대규모로 퇴마사를 끌고 가보았자 모방할 기술만 보여주는 꼴인데다, 귀한 퇴마사가 타락할 위험만 높아진다. 지금까지 교단에서 없애려 시도하지 않은 것도 아니고, 그래서 스스로 사멸할 때까지 놓아두기로 정한 것도 이해 못 할 것은 아니지만…….

'하지만 네놈이 나타난 이상, 내버려둘 수는 없지.'

대규모 전투는 불리. 시간을 오래 끄는 전투도 마찬가지로 불리. 그렇다고 약한 전력이라고 유리할 것도 없다.

'어떤 불리함을 선택하느냐의 문제인가…….'

"마호라가, 어, 거기 위험해. 떨어지겠어."

생각에 잠겨 무심히 발을 옮기던 마호라가는 아난타의 말에 발을 멈췄다. 마호라가의 눈에 깊은 당혹감이 들어찼다. 앞에는 아무것도 없다.

"그 앞에 말이야, 구멍 있잖아."

마호라가의 당혹감이 공포로 바뀌었다. 순간 치솟은 격동을 내리누르느라 마호라가의 뺨이 붉게 달아올랐다.

아난타는 어리둥절했다. 마호라가가 큰 구멍 앞에 서서 위험한 줄도 모르고 발을 내디디려 하고 있었기 때문이다.

구멍은 넓고 바닥이 보이지 않을 만큼 깊었다. 아래에는 검은 불꽃이 수백 마리의 뱀처럼 넘실거렸다. 하지만 마호라가의 눈에는 아무것도 보이지 않았다. 고요함뿐이었다.

'이해할 수 없으면 볼 수가 없다.'

마호라가는 생각했다.

'나는 결코…… 절대로 이해할 수 없다.'

이것은 퇴마사로서 저주인가, 축복인가.

'……결코, 마구니의 마음만은.'

✦

"영업 끝났…… 어머나, 사장님, 어서 오세요!"

식탁을 닦던 부부는 건물주 박씨가 들어오자 환하게 웃으며 인사했다. 오늘 낮에 수호와 진과 선혜가 식사했던, "감자"라고 쓴 큰 간판이 붙어 있는 식탁 세 개짜리 작은 식당이다.

"오면 오신다고 하시지!"

"오늘도 감자 좀 싸 가시게요? 애들이 좋아한다고 하셨잖아요."

박씨는 현관에 선 채 안을 두리번거렸다. 어쩐지 눈에 초점이 없고 멍해 보였다. 입술은 바짝 말랐고 얼굴은 돌처럼 딱딱하게 굳었다.

박씨의 표정에는 기묘한 것이 깃들어 있었다.

높은 곳에 앉아 사람을 내려다보는 눈. 자신과 신분과 지위가 한참 다른 사람을 대하는 눈.

어제까지만 해도 같이 어울려 맥주를 들이켜며 놀던 사이인 걸 생각하면 급작스럽고 기괴한 변화였다.

"요새 장사 잘되시우?"

"이제 겨우 자리 잡았죠. 그래도 요샌 단골도 제법 생겼고, 블로그 후기도 많이 올라와요."

"입소문이 나서 저녁마다 오는 분들도 있어요. 오늘따라 얼마나 많이 왔는지 감자가 벌써 동이 났지 뭐예요."

"이이 솜씨가 점점 늘어서, 앞으로 더 잘될 것 같아요."

화기애애하게 떠드는 두 사람을 보던 박씨는 문득 정신이 들어 고개를 저었다.

'아냐, 사람이 그래도, 어제까지 같이 술도 먹었는데……'

〔사람이 뭐?〕

마음 안쪽에서 소리가 들려왔다. 박씨는 움찔했다. 가늘고 높은 목소리였다.

〔어차피 남이야. 언제부터 아는 사이였다고 그래?〕

'그래도……'

〔임대료를 세 배로 불러도 돈 보따리 싸들고 큰절하며 올 사람 천지야. 동네 사람 다 돈방석에 앉았는데, 혼자 구질구질하게 살래? 이런 대목이 인생에 다시 올 것 같아?〕

누군가가 박씨의 등에 손을 얹었다.

손은 밤처럼 검었고, 잘 다듬어진 손톱에는 정교한 기하학적 무늬의 네일 아트가 그려져 있었다. 손가락마다 형형색색의 보석 반지가 빛났다. 그 손가락을 실처럼 가느다란 검은 살덩이가 휘감고 있었다.

※

　누군가가 바로 그 가게 앞에 서 있다. 며칠 전 박씨와 대화를 나누던 그 사람이다. 물론, 이자가 '사람'이라는 전제를 하면 말이지만.

　라바나.

　'근래 새로 생겨났다'는, 오직 두억시니만을 카마로 두고 있다는 이상한 마구니인 듯하다.

　파순이 활활 타는 불꽃 같은 느낌이었다면 이자는 얼음처럼 차갑다. 하지만 무엇보다도 이상한 점은, 이 마구니는 파순과 달리 형체가 분명해 보인다는 점이다. 더해서 어떻게 하는지, 아까 박씨와 대화하던 풍경을 생각하면 현실에서도 명확한 실체를 갖고 움직이는 듯하다.

　새하얀 깃털 옷을 입은 그의 발밑에서부터 암흑처럼 시커먼 촉수가 건물 안으로 기어갔다.

　촉수가 들어가자마자 건물은 급격하게 폐허로 변했다. 잡초가 자라고, 유리창은 깨져 나가고, 창틀에는 녹이 슬고, 페인트칠은 우수수 벗겨 나가고, 간판은 기울어 떨어졌다.

　새하얀 세 장의 날개를 단 남자의 등 뒤에서 액체처럼 변하는 검은 두억시니가 더 큰 검은 날개처럼 남자를 둘러싼다.

　누군가 이 광경을 보는 자가 있다면, 아, 물론 그 구경꾼이 두억시니가 뿜어대는 귀기에 짓눌리지만 않는다면, 이 눈부신 흰 날개를 단 사람과 심해처럼 검은 두억시니의 화려한 대

338

조에 잠시 넋을 잃었을지도 모른다.

두억시니는 남자의 털끝 하나 건드리지 않는다. 남자의 움직임을 따라 물처럼 몸을 피한다. 마치 자신이라는 독으로부터 남자를 지키려는 것처럼.

남자의 손가락이 고양이를 쓰다듬듯 애정을 담아 허공을 비볐다.

〔누구?〕

〔누가 보기 싫다고?〕

두억시니가 인간이 알아들을 수 없는 언어로 속삭였다.

〔그래. 새로 이 거리에 찾아오신 그 귀여운 퇴마사들 말이지.〕

〔내버려둔다고 별일이야 있겠냐만…… 나도 슬슬 거슬렸던 참이니.〕

〔하지만 네가 직접 나설 필요는 없어, 친구. 이 일은 같은 퇴마사들에게 맡기자고.〕

둘이 서로 닿지 않는 애무를 하는 사이, 둘의 눈앞에서 건물이 모래처럼 바스러져 내린다. 건물이 흙먼지를 일으키며 사라진 자리에, 마치 다른 세계로 가는 구멍처럼 흐릿한 어둠이 떠올라 있었다.

✦

진과 선혜의 집 쪽으로 골목을 달려가던 수호는 전에 갔던 감자집을 지나다가 발을 멈췄다.

가게 문에는 "임대"라는 글씨가 붙어 있었다. 그 아래에는

"도저히 임대료를 감당할 수 없어서 이사 갑니다"라고 쓰여 있었다.

수호는 그 앞에서 잠시 눈을 깜박이다가 별생각 없이 다시 달려갔다. 골목 뒤쪽에서 뚝딱거리는 망치 소리와 두두두, 하는 드릴 소리가 요란하게 들려왔다.

2부

Ep. 5   퇴마사들의 마음

28   찹쌀떡 두 개

천오백 년 전.

하늘이 붉게 탄다.

타는 것은 하늘만이 아니다. 천지가 작열한다. 세계가 불타는 화산 속에 통째로 가라앉은 듯하다. 풍경은 현실과 비슷하지만 나무도, 들판도, 집도, 길도 불길에 휩싸여 뼈대와 잔해만 남았다.

이만한 화재면 순식간에 모든 것을 태우고 곤죽으로 만들고도 남을 것을, 세상은 마치 시간이 정지한 듯, 끝없이 회복하는 저주에라도 걸린 듯, 형체가 무너지지 않은 채 단지 타고 있다.

타화자재천他化自在天.

인간계에서 흔히 욕계 중 제6천의 지옥이라 부르는 공간.

제정신을 가진 인간은 잠시도 머무를 수 없는 곳. 누구라도 잠시라도 머물면 정신이 날아가버릴 법한 곳.

이 극악의 땅에 한 남자가 내려섰다.

순백의 비단 도포를 두르고 긴 창을 손에 든 사내다. 창에는 새하얀 비단 끈이 매여 있다.

나이는 서른이나 그쯤 되었을까. 눈빛은 깊고 표정은 평온하다. 불필요한 몸짓이 없다. 죽은 사람 같지도 않고, 이 지옥에 떨어질 만한 악인 같지도 않다.

사내의 눈에는 흔들림이 없다. 끔찍한 풍경 앞에서도 놀라는 기색 하나 없다.

"놀랍군."

작열하는 불꽃의 소음을 뚫고 어디선가 박수 소리가 들린다.

"이 공간에 들어올 수 있는 퇴마사가 있다니. 아니, 들어올 의지를 가진 자가 있다니."

여자인지 남자인지 모를, 아니, 아마도 여자이자 남자인 듯한 목소리.

퇴마사가 기다리자니 눈앞에 누군가 내려섰다.

불꽃에 휩싸인 것이 하늘에서 태양처럼 눈부시게 강림한다. 압도적인 기운이 공간을 덮친다. 불타는 대기가 한 겹쯤 더 세상 위에 덮이듯 무거워진다. 불로 이루어진 듯한 머리카락이 제멋대로 솟구치며 후광처럼 눈부시게 빛을 발한다.

퇴마사는 상대의 모습 구석구석을 제 마음에 새기고 싶은 얼굴로 면밀히 살핀다.

"서의 수장, 퇴마사 중 가장 욕심 없고 청렴하다고 칭송받던 광목천께서 내 왕국의 문을 열고 들어와주시다니, 이런 영광이 있나."

"계약을 하고 싶다."

광목천이라 불린 퇴마사가 말했다. 상대의 입가에 웃음이 머금어진다.

"마음에 카마를 갖고 있으면 윤회할 수도 없고 퇴마사로 살 수도 없는데도?"

"안다."

"카마들을 퇴치할 힘을 가지려면 하나의 생으로는 부족하지 않던가. 태어나고 다시 태어나 그 지식과 정신을 물려받아야 하는 줄 알았는데. 고작 카마 하나를 얻고자 버릴 만한 것이 아닌 듯한데."

"어쩔 수 없다."

광목천이 평온하게 답했다.

"나는 이미 욕망을 품었으니까."

마구니가 크게 웃었다. 그 웃음소리에 공간 전체가 진동했다.

"기대는 하고 있어. 멀쩡한 퇴마사라면 내가 보이지도 않아야 하거늘, 스스로 내 왕국의 문을 열어젖히고 찾아와 그 눈으로 나를 또렷이 보게 만든 욕망이라니. 얼마나 무시무시할지 말이야. 세계 멸망쯤 빌어도 놀라지 않을 생각이야."

광목천은 대단한 것은 아니라는 듯 입가에 자조적인 미소를 띠었다.

"그래, 소원이 무엇이지, 광목천?"

눈을 뜨자 광목천은 푸른 숲 한가운데 놓인 큰 호수 앞에 서 있었다.

호수 위에는 검푸른 도포를 입은 한 사내가 팔짱을 끼고 눈을 감은 채 부유하고 있다.

광목천은 상대를 지그시 바라보았다. 자신을 꼭 닮은, 하지만 열 살쯤은 어려 보이는 청년. 자신보다 훨씬 더 도발적이고 거칠고 거침없는 표정. 광목천이 그간 갖고 있었던 마음의

348

속박을 한 꺼풀 걷어낸 듯한 사람.

"이것이 내 욕망인가."

광목천이 중얼거렸다. 소리에 잠이 깬 듯 사내가 눈을 떴다.

사내는 낯선 곳에 뚝 떨어진 아기 새처럼 불편한 얼굴로 주위를 탐색했다. 상황을 이해하는 기색은 아니었지만 동시에 그걸 들키고 싶지도 않은 얼굴이다.

사내가 광목천을 보더니 눈살을 찌푸렸다.

"뭐야, 너는?"

바루나가 입을 열었다.

현재.

한 치 앞도 보이지 않는 어둠 속.

수호는 공포에 질려 무엇인가를 피해 허겁지겁 달리고 있었다. 하지만 아무리 용을 써도 앞으로 나아갈 수가 없었다. 발바닥이 바닥에 척척 달라붙었다.

뒤에서 차가운 바람이 불었다. 돌아보니 큰 쇠망치가 하늘에서 떨어지고 있었다.

수호가 황급히 몸을 굴리자 망치는 방금 수호가 서 있던 땅을 찍었다. 다음 타격도 마찬가지로 수호가 구르고 지나간 자리를 찍었다.

수호는 일어나려 했지만 끈적끈적한 진흙 바닥에서 한 번 몸을 굴리고 나니 전신이 땅에 달라붙고 말았다.

'틀렸어.'

수호는 포기하고 드러누워 이어질 공격을 기다렸다.

하지만 망치는 내려오지 않았다. 대신 진흙 속에서 고무처럼 길고 검은 살덩이가 자라나 수호의 눈앞에서 멈췄다.

살덩이는 부패한 음식 쓰레기처럼 지독한 썩은 내를 풍겼다. 그 끝에는 황금빛으로 빛나는 눈알과 바늘처럼 날카로운 이빨이 달린 입이 있었다. 입에서는 노란 진액이 줄줄 떨어졌다.

네. 가. 악. 마. 새. 끼. 라. 서. 야.

입이 속삭였다. 소리는 귀가 아니라 마음에서 들렸다. 망치로 내려치듯이 심장을 두들겼다.

'뭐?!'

수호는 놀라 마음속으로 물었다.

그. 렇. 지. 않. 으. 면. 너. 를. 가. 장. 사. 랑. 해. 야. 하. 는. 사. 람. 이. 이. 렇. 게. 너. 를. 미. 워. 할. 리. 가. 있. 어?

음, 그럴듯했다. 그리고 신기하게도 그 말은 달콤했다.

'그렇구나. 내가 악마 새끼만 아니면 사랑받았겠구나.'

그 생각을 하니 이상하게도 안심이 되었다.

착하게 살았는데도 미움받았다면 희망이 없다. 내가 뭘 하든 영원히 사랑받지 못할 것이다. 하지만 악마 새끼였다면 희망이 있다. 나중에 사람 새끼만 되면 되지 않는가.

생각이 여기까지 이르자 수호는 어떻게 해야 이 즐거운 기분이 진짜가 될지 궁리하기 시작했다.

'그럼 일단 악마 새끼가 되어야 하는데.'

뭘 할까, 평범한 나쁜 짓으로는 안 될 텐데. 말도 못 하게 끔찍한 짓이라도 해야 할 텐데.

내가 악마 새끼라면 뭐든 해도 되겠지? 조심할 것도 없고 거리낄 것도 없다. 나는 뭐든지 할 수 있다. 거칠 것도 없다. 나는 대단해진다. 남이 내 발아래에서 설설 기는 꼴을 볼 수 있다.

……아. 버. 지. 처. 럼.

목소리는 목 근처에서 들렸다. 그리고 다른 소리가 연이어 들렸다. 이번에는 심장 깊숙한 곳에서.

〔꺼져라.〕

마음 안에서 천둥이 쳤다.

수호는 살을 뜯어내는 심정으로 목에 걸린 것을 확 뜯어냈다.

끼. 아. 아. 아. 악!

귀신처럼 소름 끼치는 비명과 함께 수호의 목을 휘감은 것이 떨어져 나갔다. 수호는 왼손으로 살덩이를 꽉 쥐고 오른손에서 칼을 뽑아내어 단칼에 잘라냈다.

'두억시니.'

다시 한번 귀신 같은 비명이 들려왔다. 손에서 황금빛 알갱이가 날아올랐다.

정신을 차려보니 수호는 제 마음의 들판에 누워 있었다.

어두컴컴한 하늘 아래 찬 바람이 몰아쳤다. 풀과 작은 나무들이 윙윙 소리를 내며 바람에 이리저리 휘둘렸다.

그 한가운데에서 수호는 두억시니의 살 조각을 손에 쥐고 있었다. 살 조각의 본체인 듯싶은 검은 것이 빠르게 땅속으로 사라지고 있었다.

수호가 황급히 쫓아가 칼로 땅을 찍었지만 겨우 끝만 잘라 냈을 뿐이었다. 왼손의 두억시니 조각도 불에 타들어가듯 말라비틀어지더니 빛의 모래가 되어 손가락 사이로 흘러내렸다.

마지막으로 남은 황금빛 눈동자가 '쳇, 거의 다 갔는데' 하고 말하듯 노려보다가 파스스 부서졌다.

수호는 일어나 주위를 살폈다. 스산한 바람이 불었다. 풀잎이 발밑에서 서로 스치며 서걱서걱 소리를 냈다.

수호의 마음 안, 호수 바닥의 동굴.

바람이 등불을 살랑이며 흔들었다. 동굴 한가운데 누워 있던 바루나는 지진이 난 것처럼 바닥이 출렁이는 것을 느꼈다.

"꺼져라."

바루나가 호통치자 주위가 도로 잠잠해졌다. 바루나는 귀찮다는 얼굴로 도로 눈을 감았다.

"우와아아아아……."

수호는 데굴데굴 뒤로 몇 바퀴를 굴렀다. 구르다가 그대로 폭신폭신한 벽에 머리를 푹 박았다.

싸우던 카마가 쿡쿡 웃었다.

머리와 어깨에 해초를 두르고 콩가루를 몸에 덕지덕지 바

352

른, 찹쌀떡 두 개를 쌓은 듯한 모습의 카마다. 몸집도 아담하니 수호보다 조금 작을까 말까 하다.

마호라가는 이 카마를 **장자마리**라고 불렀다. 흔한 카마라고 했다. 전승에 의하면 풍작과 풍요를 가져오는 도깨비라던가.

수호의 머리 위에 동동 떠 있던 아난타가 한숨을 푹 쉬었다.

아난타는 작은 오리 튜브 모양으로 몸을 돌돌 말아서 공중에 떠 있었다. 마호라가가 그 안에 엎드려 수호가 싸우는 것을 구경하고 있었다.

장자마리의 몸에서는 고소한 냄새가 났다. 머리와 어깨에 뒤집어쓴 해초는 끈적끈적했고 몸은 건드리면 탱탱볼처럼 통통 튕겼다. 머리를 치면 칼이 달라붙었고 몸을 치면 튕겨나갔다.

마음의 공간도 찹쌀떡으로 만든 큰 양푼 그릇 같다. 수호가 벽에 부딪혔다가 일어나려고 하면 찐득찐득한 것이 잔뜩 달라붙어서 도로 허우적거리며 넘어지곤 했다.

"무작정 치지 말고 생각을 하라니까~."

마호라가가 가락을 담아 말했다.

장자마리는 머리 위에서 나는 소리에 두리번거렸지만 목이 통통해서인지 고개를 들지 못했다. 잠시 뒤에는 그마저 잊은 듯 꿈지럭꿈지럭하며 뭉툭한 다리로 수호에게 다가왔다.

지능도 낮고 힘도 그리 세지 않다. 단지 상성이 너무 안 맞았다. 수호의 무기는 순수한 타격 무기였고 적은 타격이 통하지 않았다.

"이 자식, 그냥 아난타가 뇌격 한 방 때리면 타 죽을 것 같은데!"

"누가 늘 옆에 있다는 생각을 버려~."

아난타와 마호라가가 같이 가락을 담아 말했다.

"같이 싸워도 혼자 싸워야 하는 순간은 얼마든지 있어."

'가뜩이나 어제 본 두억시니 생각에 심란하구만.'

투덜거리던 수호는 몸에 쩍쩍 달라붙는 해초를 뜯어내며 일어나려다가 도로 넘어져 바닥에 꼴사납게 코를 박았다. 아난타와 마호라가가 같이 한숨을 포옥 쉬었다.

장자마리는 수호의 같은 반 친구인 주희의 카마였다. 원래 주희는 살짝 살집이 있는 귀여운 아이였는데, 언제부터인가 거식증이 와서 병원을 들락거리기 시작했다. 병원에 가기 전의 주희는 피골이 상접하도록 말랐는데, 돌아온 뒤로는 폭식증이 와서 살이 무섭게 찌고 있었다.

어느 밤중에 주희가 몰래 집에서 빠져나와 편의점에서 산 빵을 길에서 걸신들린 듯이 먹는 모습을 진이 발견하고는 말을 걸었다.

진은 명상 치료 비슷한 걸 한다고 주희를 속였고, 선혜가 훈련이라며 수호를 밀어 넣은 것이다.

'마음대로 맛있게 먹고 싶다.'

흔한 욕망. 그만큼 카마도 거칠거나 강하지 않다. 이 카마가 처음에는 주희의 목숨을 구했을 것이다. 그러던 것이 지금은 다시 주희의 목숨을 위협한다.

마호라가는 어지간한 카마는 처음 생겨났을 때는 그리 위험하지 않다고 했다. 그 카마가 마구니와 계약해서, 제 목적을 이룬 뒤에도 '계속 살고자 하는' 욕망을 가졌을 때 위험해진다고.

그리고 마구니는 카마를 제 군세로 영원히 쓰기 위해, 바로 그 생존의 욕망을 카마에게 불어넣는다.

말하자면 지금 이놈이 그런 상태겠지. 주희가 이미 원하는 것을 이루었는데도 사라지지 않으니까.

'먹고 싶다는 마음이 안 들게 하면 되나?'

수호는 머리를 굴렸다.

'흙 같은 걸 확 끼얹어? 아니, 여긴 흙이 없지. 더러운 게 뭐가 있지?'

'얼굴에다 방귀를……!'

수호의 눈이 번득였다.

'괜찮을까, 그렇게 창피한 짓을 해도? 하지만 승부에 창피한 게 뭐 있어! 이기기만 하면!'

찹쌀떡 같은 오동통한 장자마리가 혼이 나갈 만큼 맛있는 냄새를 풍겼다.

'진씨가 안 보니까 괜찮…….'

수호가 사뭇 비장하게 각오하는 사이 장자마리가 뒤뚱뒤뚱 걸어와 수호의 몸을 엉덩이로 푹 깔아뭉겠다. 수호는 푹신한 큰 인형에 깔린 꼴로 읍읍, 하며 아래에서 버둥거렸다.

마호라가와 아난타가 다시 한숨을 푹 쉬었다.

"여러 번 칠 필요 없어."

마호라가가 장자마리를 검집으로 튕겨 멀리 치운 뒤 말했다.

아난타는 깔려 있던 수호의 옆구리에 꼬리를 끼워 들어 올렸다. 수호가 싸우던 모습을 떠올리는지 연신 낄낄거리느라 꼬리가 달달 떨렸다.

"제대로만 먹힌다면 타격은 한 번이면 족해."

'말은 쉽지만.'

장자마리는 수호가 눈앞에서 사라지자 어리둥절해서 두리번거리며 휘적휘적 돌아다녔다.

아난타는 수호를 장자마리가 있는 양푼 가장자리 위에 앉혔고, 마호라가가 뒤이어 사뿐히 내려왔다.

"팔심이 부족하면 다른 힘을 빌려. 이를테면, 중력."

"진씨가 했던 말 같은데."

"공간을 분석해. 여긴 푹신해서 떨어지는 것으론 다치지 않는다. 높은 곳에서 뛰어서 내리찍어."

"하긴, 이건 진짜 몸이 아니니까."

마호라가가 피리로 수호의 머리를 딱, 하고 쳤다. 피리에서 맑은 소리가 울렸다.

"아야."

"안일하게 생각하지 마. 지금 네 몸이 진짜가 아니라고 상상하기가 더 힘들어. 네 몸은 네가 그 몸이 진짜라고 믿는 만큼은 다칠 거야."

수호는 혹이 났나 싶은 심정으로 머리를 문질렀다.

"물론 네 진짜 몸보다는 회복력이 좋겠지만."

"하긴, 여긴 정신세계니까."

"아니, 네 정신이라서야."

마호라가가 답했다.

"네 마음은 네 몸보다 강해. 너는 웬만한 어른들은 물론이고 보통 사람들보다 훨씬 강하다. 자신을 믿어라."

상큼하기까지 한 직설적인 칭찬이라 머쓱해졌다.

문득 바루나가 떠올랐다. 그러면 그 녀석의 무지막지한 회복력은 마음의 강함으로 해석해도 되는 건가.

'나도 그 자식만큼 회복력이 있으면 좋겠지만……'

수호는 후우, 하고 숨을 쉬며 일어났다.

마음의 뾰큐를 하고 검을 주욱 뽑아냈다. 일 미터쯤 자라난 검을 양손으로 맞잡은 수호는 "이야아아압" 하며 아래로 다이빙을 했다.

"다음에는 소리 지르지 마라."

마호라가는 푹신한 바닥에 얼굴을 박고 파묻힌 수호 앞에 내려서며 말했다. 아난타는 마호라가의 어깨에서 몸을 뒤틀며 숨이 막히도록 웃고 있었다.

"정면에서야 정신을 집중하고 상대를 압도하는 효과가 있지만 기습할 땐 하지 마라. 상대가 도망간다."

"이야아아아압 이야아아아아압."

아난타는 수호의 기합을 따라 하며 배가 찢어져라 웃었다. 수호는 우울한 얼굴로 고개를 들었다.

마호라가의 기계다리 트바스트리가 송곳처럼 변해 땅에 꽂혀 있었고 그 발아래에서 금색 빛이 피어오르고 있었다. 아난타는 계속 이야아압 이야아압, 하며 배꼽을 잡았다.

29   선글라스와 지팡이

"오늘은 새 기술을 가르쳐주지."

마호라가는 황금빛 파편이 무수히 맴도는 공간 한가운데에 서서 수호의 손을 붙잡고 말했다.

"수계식."

"수계식?"

"말하자면, 마음에 작은 카마를 만드는 거다."

"……카마를? 퇴마사가?"

처음 듣는 소리였다.

"퇴마사가 마음에서 카마를 제거해도 마구니는 언젠가 다시 찾아와 카마를 만든다. 그걸 막기 위해 작고 위험하지 않은 카마로 바꾸어 넣는 거다."

어리둥절한 말이었다.

"그게 가능해?"

"마구니는 카마를 제 군세로 쓴다. 하지만 그 카마가 작고 약한 것이라면 데려가는 대신 내버려두고 떠나겠지. 그렇다고 사랑하는 카마를 해치지도 않을 테니."

"……"

"변칙이야. 교단에서는 원칙적으로 이것도 위험하다고 하지."

"퇴마사도 카마를 만들 수 있어?"

수호가 믿기지 않아 반복해서 물었다.

"그럼, 우리도 공력이 있는데."

마호라가는 하늘하늘 날고 있던 장자마리의 황금빛 파편 하나를 손에 쥐었다.

"이 파편으로 만드는 거다."

마호라가의 손가락 사이에서 파편이 가늘게 떨며 반짝였다.

"그러면 본래의 카마와 비슷하지만, 훨씬 작은 것이 생기지. 이런 것은 의지가 약해서 우리가 계명을 부여할 수도 있어."

설명하던 마호라가는 문득 뭔가 떠오른 얼굴로 수호에게 번득 시선을 던졌다.

"아주 작은 카마만이야."

"……."

"큰 카마를 만들면 너, 당장 파문이다."

뭐라 답해야 할지 모를 말이었다.

마호라가가 빙긋이 웃었다.

"농담이다."

"어느 부분이 농담인데?"

"애초에 퇴마사가 큰 카마를 만들 마음을 먹을 만큼 타락해버렸다면 공력 따위는 바로 사라진다."

"……."

"어차피 지금 네 힘으로는 큰 것은 만들 수도 없으니 염려하지 마. 지금 너라면, 으흠…… 쌀알이나 좁쌀 정도는 만들 수 있겠다."

"좁쌀?!"

"퇴마사 마호라가의 이름으로 수계식을 한다."

마호라가는 눈을 감고 중얼거렸다.

"나 퇴마사 마호라가, 내 이름으로 카마 장자마리에게 새로 이름을 주겠다. 네 이름은,"

빛이 손바닥 사이로 모여들더니 점점 꺼져들었다.

"**인절미**."

'인절미?!'

마호라가가 손을 펼쳐 보이니 손바닥에 방금 쪄낸 듯한 따끈따끈한 인절미 하나가 얌전히 올라가 있었다.

"이 정도가 좋아. 네 친구가 먹고 싶다는 욕망이 아예 없어져서 또 거식증이 오면 곤란하니까."

수호는 인절미를 물끄러미 내려다보았다. 설마 이것도 말을 하거나 생각을 하는 건 아니겠지……?

"이거 계명이 정말 인절미인 건 아니겠지?"

✦

"맛있어!"

선혜는 짜장면을 한입 크게 먹더니 화통 삶아 먹은 소리로 외쳤다.

'으익.'

수호는 당황해서 주위를 돌아보았다. 다른 자리의 손님들이 슬쩍 이쪽을 보았다가 다시 자기 식사에 집중했다.

수호가 눈치를 주는 것도 아랑곳없이 선혜는 반쯤 식탁에 올라선 자세로 입과 소매에 짜장을 잔뜩 묻히며 면을 먹었다. 아무래도 현실 세상의 선혜는 젓가락질도 익숙하지 않은 것 같다.

그 옆에서 진은 별일 아니라는 듯 우아하게 굴짬뽕을 먹었다. 우아한 동작과는 별개로 수호와 선혜가 퇴마 일을 하는 동안 벌써 짜장면 두 그릇에 군만두 한 접시는 먹어 치운 듯했다.

"이렇게 맛있는 짜장면은 태어나서 처음이야!"

땀을 흘리며 계산대를 보니 주인 할아버지와 할머니가 흐뭇한 얼굴로 이쪽을 보고 있었다.

뭐 어쨌든 칭찬이니 괜찮겠지. 그리고 누가 봐도 선혜는 애고. 아니, 애가 아니라고 생각하는 것도 머리가 복잡하지만.

"연남동에는 화교가 많이 사니까……."

수호가 설명했다. 학교에서 반 친구에게 들은 말이었다.

"다른 곳에서는 못 먹는 정통 중국음식을 먹을 수 있다더라고. 평범한 중국집도 웬만큼 맛있고. 여긴 짜장면을 안 만드는 중국집도 있고 배달 안 되는 집도 많대."

"짜장면은 항국 응식이양?"

선혜는 진이 작은 접시에 옮겨 담아준 짜장면을 입안 가득히 넣으며 물었다. 진이 태연히 선혜의 입을 닦아주며 대신 답했다.

"한국 음식이죠."

"몰랐어?"

수호가 물었다.

"웅."

선혜는 행복하게 웃으며 순진하게 답했다.

"넌 모르는 게 없는 줄 알았는데."

"나한테 필요한 걸 아는 거지."

선혜가 접시를 내려놓고 확 변한 분위기로 수호를 바라보았다. 진은 다시 아무렇지도 않은 듯이 옆에서 선혜의 입가에 묻은 짜장을 닦았다.

"넌 현대에 살고 있으니 지금 지구에 일어나는 모든 일을 다 알겠네? 모든 대학 전공을 다 꿰뚫고 있고? 지금 출간된 책을 다 읽고?"

"……에."

"난 네가 모르는 걸 알아. 너도 내가 모르는 걸 알겠지. 넌 내게서 네가 모르는 걸 배울 수 있고 나도 네게서 내가 모르는 걸 배울 수 있어."

수호가 대꾸하지 못하자 선혜는 식탁에 몸을 누인 채 수호의 속내를 다 들여다본 얼굴로 말했다.

"날 애로 봐야 하는지 어른으로 봐야 하는지 헷갈리지?"

정곡이었다.

"응."

"그렇지 않아. 넌 지금 나를 낮춰 봐야 하는지 높여 봐야 하는지 고민하는 거야."

선혜는 멀쩡한 쪽 다리를 파닥거렸다.

"넌 나를 낮춰 볼 이유도, 높여 볼 이유도 없어. 네가 인터넷에서 내 나이도 모습도 모른 채 만났다면 그런 고민은 하지도 않았을걸. 다른 사람에게 하듯이 똑같이 존댓말을 쓰고 예의를 갖췄겠지."

"……."

"싸움에 있어서는 내가 네 선배야. 싸울 땐 넌 나를 높여 볼 필요가 있어. 하지만 이 동네에 대해서는 네가 내 선배가 될 수 있겠지. 그러니 밥을 먹을 땐 난 너를 높여 볼 필요가 있겠지."

수호는 문득 마음속에서 마호라가가 자신을 향해 느리게 검을 휘두르던 순간을 생각했다.

왜 나는 그때 방심했을까?

지금까지 보고 겪은 모든 것을 생각해봐도, 마호라가는 결코 내가 방심할 상대가 아니다. 그런데도 나는 마호라가를 계속 낮춰 본다. 그처럼 강한 상대를. 눈에 보이는 것에 사로잡혀서.

"미안해."

"뭘?"

"계속 낮춰 봤어."

진과 선혜는 서로를 마주 보고 잠시 비슷한 표정을 지으며 침묵했다. 선혜가 흐뭇한 미소를 지었다.

"여전히 네가 마음에 들어."

✦

"그래서……."

선혜는 볼을 통통 불리며 소리쳤다.

"화장실은 대체 왜 이 층에 두는 거야!"

계단을 내려가던 다른 사람이 키 큰 여자의 등에 업힌 어린애가 쩌렁쩌렁 소리치는 것에 놀라 몸을 움찔했다.

"이 층에 올라갈 수 없는 사람 생각을 해야지!"

"뭐, 보통은 생각 못 하겠죠."

진은 선혜의 엉덩이를 통통 치며 무심히 말했다.

"나만 문제가 아니라고! 세 살짜리 애라든가! 할아버지라
든가! 할머니라든가! 고소공포증이라든가! 이 층 못 올라가
는 사람이 세상에 얼마나 많은데! 전 국민이 써야 하는 건 일
층에 둬야지! 투표장이라든가!"

"투표장 말한 거, 좀 늙어 보였거든요."

선혜는 열받아 못 살겠다는 얼굴로 진의 등을 절벽 오르듯
이 타고 올라갔고, 진은 익숙한 일인 듯 기어 올라간 선혜를
목말 태웠다. 진이 화장실 문을 여는 동안에도 선혜는 계속
불평했다.

"장애인용 화장실도 없고! 이렇게 좁아서야 휠체어가 들어
올 수가 없잖아!"

"휠체어, 어차피 계단으로 못 올라와요."

"퇴마사를 배려하는 마음이 조금도 없어!"

"퇴마사 있는 줄 모르거든요."

✦

짤랑, 문이 열리며 두 사람이 가게 안으로 들어왔다.

수호는 덩그러니 혼자 남아 단무지를 깨작이다가 고개를
들었다. 시선이 가는 사람들이었다.

앞에 선 사람은 흰 지팡이로 땅을 휘젓듯이 톡톡 치며 종종

걸음으로 들어왔다. 곱슬머리에 흰 브리지 염색을 하고, 검은 안경에 흰 장갑에 새하얀 중절모자에, 무릎까지 내려오는 흰 코트를 입은 사람이었다.

장님은 다른 사람이 자신에게 부딪치지 않도록 눈에 띄는 복장을 한다던데, 그래서일까.

사실 연남동은 워낙 예술인들이 많이 사는 동네라 특이한 옷을 입은 사람들이 드물지는 않은 편이었다.

그보다 눈에 띄는 사람은 뒤를 따라오는 여자애였다. 수호와 비슷한 나이 또래로 보이는 여자애가 양손에 목발을 짚고 느릿느릿 들어왔다. 비쩍 마른 몸은 간혹 경련했다. 얼굴에서부터 팔다리까지, 관절이 제자리에 있지 못하는 느낌이었다. 한 걸음 걸을 때마다 몸이 무너지듯이 꺾였다.

'뇌성마비……'

예전에 아랫집에 살던 형이 뇌성마비였기 때문에 바로 알아볼 수 있었다.

한 명이라면 이상하지 않겠지만, 두 사람이 같이 들어오자 어리둥절해졌다. 저 두 사람, 누가 누구의 보호자지? 혼자 걷는 장님이나 혼자 다니는 뇌성마비 환자는 있을 법하지만……. 생각을 이어가다 퍼뜩 정신이 들었다.

"두 분이시우?"

할아버지가 무심히 인사하자, 앞에 선 장님이 손을 까닥하며 둘이 아니라 다른 일행이 있다는 눈치를 주고는 흰 지팡이로 바닥을 넓게 톡톡 쳤다. 그리고 수호가 있는 식탁 방향에서 지팡이를 멈췄다.

수호는 눈을 깜박였다. 장님의 지팡이 끝에서부터 땅이 물처럼 파문을 그리는 것이 보였기 때문이다. 세상 전체가 부드러운 물질로 이루어진 것처럼 파형을 그리더니 수호가 앉은 의자까지 크게 출렁였다.

'심소.'

수호는 생각했다.

방금 마음 안에 들어갔다 나온지라 수호의 눈에는 공간이 얼핏얼핏 심소로 바뀌어 보였다. 심소는 계속 변하기 때문일까, 대개 물처럼 공간이 부드러운 편이다.

장님은 앞이 보이는 사람처럼 방향을 틀어 잰걸음으로 수호가 앉은 식탁으로 걸어와, 의자를 손으로 토닥토닥 더듬더니 털썩하고 앉았다. 뇌성마비 소녀는 무심한 얼굴로 느릿느릿 뒤를 쫓아왔다.

"거기 손님 있수. 안 보이나 본데."

주인 할아버지가 말했다.

"알아요, 알아요. 아는 사이예요."

장님은 흰 장갑을 낀 손을 흔들며 답했다.

'아는 사이라고?'

수호는 혹시 뒤에 누가 있나 싶어 뒤돌아보았지만 아무도 없었다.

"아, 내 소개가 늦었네."

장님은 호주머니에서 명함을 꺼내 수호에게 내밀었다.

살짝 어긋난 방향으로 내미는 바람에 수호는 몸을 일으켜 명함을 받아야 했다. 새 그림이 그려진 명함에는 이렇게 쓰여 있었다.

퇴마사
신장
김대수(긴나라緊那羅)

"……."

수호는 땀을 삐질삐질 흘렸다. 퇴마사가 되면 혹시 이런 명함을 파야 하나. 새는 뭐지, 트위터인가. 신장은 뭐지, 직급인가, 대리 같은 건가. 괄호 열고 긴나라(한문) 괄호 닫고는 뭐지. 성이 긴이고 이름이 나라인가. 긴나라와 김대수 중 어느쪽이 이름이지.

"우리 마호라가 공주님께서는 어디 화장실 갔나 봐?"

김대수인지 긴나라인지 하는 남자가 지팡이로 빈 의자 다리를 통통 치며 물었다. 그게 이 사람이 '두리번거리는' 방법이라는 생각이 들었다.

언젠가 다큐멘터리에서 본 기억이 났다. 장님 중에는 감각이 예민해져서 물체의 진동에서 나는 공기의 파동으로 주변을 보는 사람도 있다고 했다.

'눈에 상처가 있다면 이 사람 무기는 눈인가.'

수호는 '긴나라'씨가 눈에서 레이저빔을 푸슝푸슝 쏘는 광경을 상상했다가 고개를 도리도리 저었다.

'그러면 저 여자애도……?'

소녀는 조용했다. 가만있지 못하고 연신 지팡이로 여기저기를 치며 발을 까닥거리는 긴나라가 옆에 있으니 소녀는 세 배쯤 더 조용해 보였다. 경박스러우리만치 활짝 웃는 긴나라에 비해 얼음처럼 표정이 없었다.

수호의 시선이 닿자 소녀가 수호를 마주 보았다. 통제가 잘 되지 않는 몸에 자리하고 있다고는 믿을 수 없이 고요한 눈이다. 도저히 그 나이대로 보이지도 않는 눈이었다.

"아, 이상해서 본 게 아니라……."

수호는 변명했다.

강해 보여서…… 아니, 무기가 뭔지 보려고……. 아니, 어느 쪽이든 무례한가…….

"이 친구는 위동진, 내 협시 나한이지, 계명은 **스칸**다다."

보지도 않고 어떻게 알았는지 긴나라가 활짝 웃으며 소개했다.

동진이라니. 남자 같은 이름이었지만, 마음 안에 들어가면 아난타나 마호라가도 성별이 모호해 보였다는 생각이 떠올랐다.

'협시 나한은 뭐지? 부하 같은 건가?'

수호는 생각했다.

"강한 친구야. 그렇게 안 보이지만."

'그럴 것 같은데요.'

"다른 퇴마사 처음 보나 봐?"

수호는 고개를 끄덕였다.

'더 있을 거라고 생각은 했지만.'

"우리는 **북서**北西 진영에 속한 퇴마사야. 여기는 서울의 북서 구역이고. 말하자면 우리 구역이라는 뜻이지."

긴나라가 말했다.

"아, 북서라고 말하면 진영이 여덟 개는 있겠다 싶겠지? 아냐, 아냐. **북서, 동, 남, 북.** 네 진영이야. 서 진영은 지금 없어."

'안 물어봤는데.'

긴나라가 손가락을 딱 튕겼다.

"진영이 방위명이라는 것에서 눈치챘을지 모르겠지만, 지킬 곳의 중심을 어디로 두느냐에 따라 담당 구역이 달라져."

'여전히 안 물어봤는데.'

"전국으로 치면 경기도권이 북서 진영에 속하지만, 경기도는 워낙 인구가 많고 그만큼 카마도 득실대서, 그 안에서 다시 동서남북 각 진영이 각 방위를 지키지. 다른 주요 행정구역도 마찬가지고."

'말이 많은 사람이네.'

"아무튼 우리가 활동하기 편하려면 전국이 균형 발전이 되어야 하는데, 서울 집중 현상이 갈수록 과도해져서 고생이라니까. 갈수록 카마가 과도해져서 문제야. 퇴마사는 늘지 않는데 말이야. 이미 욕망이 도시에 해를 끼치고 일상을 무너뜨리기 시작한 지 오래되었는데도 멈출 줄을 모른다니까."

'감사 인사라도 해야 하나?'

"우리 어린 친구는 마호라가의 새 나한인가 봐? 수련생? 실습생?"

수련생이라면 수련생인 건가, 그렇게 생각해본 적은 없지만. 그런데 어떻게 알지? 밖에서 선혜와 인사를 하고 들어온 건가?

수호는 대충 고개를 끄덕였다.

"말이 없는 친구일세."

수호는 그제야 상대방이 자기 고갯짓이나 표정이나 눈빛을 볼 수 없다는 것을 깨달았다. 무례한 짓을 한 셈이었다.

"실례했……"

수호가 입을 열려 하자 긴나라가 손을 들어 막았다.

"아, 아. 괜찮아. 말하기 싫으면 그냥 마음만 열어주면 돼."

"예?"

"마음 안에 들어가면 나도 보이거든."

긴나라가 선글라스를 살짝 내려보였다. 초점이 없는 은회색의 탁한 눈동자가 창백한 빛을 뿌렸다.

"너도 귀찮게 답할 필요도 없고, 서로 대화하기 훨씬 편할 거야. 나와 스칸다의 본모습도 보여줄게. 마음을 여는 대화라고나 할까."

퇴마사끼리는 이런 대화가 일반적인 건가.

하지만 긴나라의 말은 그럴듯했다. 마음을 직접 보이면 어렵게 대화할 필요도 없을 거고. 저쪽이 퇴마사라면 알고 싶은 것이 있으면 내 마음을 보고 알아내겠지.

수호는 눈을 감고 자신의 마음을 들여다보았다.

30   기계눈과 화승총

이제는 익숙해진 풍경.

수호가 마음 안에서 물컹물컹한 가게 문을 열고 나가자 다른 공간이 펼쳐져 있었다. 마른 초목이 펼쳐진 너른 들판, 그날그날 날씨가 변하는 곳. 오늘은 부슬부슬 가랑비가 내렸다.

"생각보다 안이 넓네."

뒤에서 문을 열고 누군가가 따라 나왔다.

그 사람이 긴나라인 줄은 겨우 지팡이로 알 수 있었다. 지팡이도 모양이 달랐다. 머리 부분에 흰 새의 머리를 닮은 기계장치가 덧붙여져 있었다.

기괴한 모습이었다.

긴나라는 흰 정장에 흰 깃털로 짠 망토를 두르고 있었다. 얼굴을 반쯤 덮은 가면에는 부리 같은 장식이 달려 있어 새처럼 보였고, 눈이 있어야 할 자리에는 새파란 빛을 발하는 기계눈이 붙어 있었다. 망토는 상체를 거의 덮고 있었고 뒷부분이 길게 늘어뜨려져 있어 새의 날개처럼 보였다.

'저 날개 같은 게 그냥 옷이라면 날지는 못하겠네. 기본적인 무기는 저 눈과 지팡이일까.'

수호는 또 자기도 모르게 상대의 전력을 탐색하며 생각했다.

"날이 흐리군."

긴나라의 눈이 번뜩였다. 기계눈에서 나온 푸른빛이 등대의 탐조등처럼 수호의 마음을 이쪽에서 저쪽까지 두루 훑었다. 탐조등은 호수 위에 잠시 멈췄지만 잠시 맴만 돌다가 지나갔다.

"밥 잘 먹고도 이런 기분이라니 삶이 우울한 모양이야. 집 안이라도 안 좋아, 수련생?"

수호는 확 기분이 상했다. 먹어서는 안 될 것을 먹은 기분, 썩은 음식을 삼킨 기분. 그래서 지저분하고 위험한 것이 스멀스멀 내장 전체로 퍼지는 기분.

마호라가와 아난타가 들어왔을 땐 이런 기분이 아니었다. 그래서 별생각 없이 열어주었지만, 마음을 아무에게나 함부로 열어 보이는 것이 아니라는 생각이 그제야 들었다.

"다 봤으면 나가요."

그때 등 뒤가 서늘해졌다. 수호는 바람 소리와 함께 금속이 자르랑거리는 기계음을 들으며 뒤를 돌아보았다. 그리고 말문이 막히고 말았다.

인형 같은 얼굴의 소녀가 마음의 들판에 내려섰다.

검고 윤기 있는 피부에 다부진 몸매의 소녀였다. 표정은 기계처럼 딱딱했고 눈동자는 보랏빛이었다. 흙빛 갑옷으로 중무장을 했는데, 워낙 무거워 보여 움직임이 둔할 듯했다.

'방어형 퇴마사인가.'

스칸다의 등 뒤로는 몸집의 두 배는 될 법한 금속 날개가 몸과 분리된 형태로 둥실 떠 있었다. 날갯살 하나하나가 얇고 길쭉한 격납고처럼 보였다.

'저 애, 스칸다라고 했던가. 역시나 세 보이네.'

길쭉한 날갯살 중 하나는 문이 열려 있었고 안에 총기가 하나 들어 있었다.

현대 화기가 아니라 고대 동아시아 어디에서 잠깐 나타났다 사라졌을 법한 화승총이다. 낡고 손때가 묻어 있었고, 총신과 손잡이에는 사람이 손으로 작업했을 법한 섬세한 조각이 새겨져 있었다.

'저거, 다른 날갯살에도 하나씩 무기가 있는 건가. 그럼 무기가 몇 개야?'

소녀가 손을 뻗자 격납고에서 화승총이 떨어져 나와 소녀의 손으로 미끄러지듯 빨려 들어갔다.

「총을 만들려면 상당한 지식과 경험이 필요해.」

수호는 진의 말을 떠올렸다.

아무래도 저 소녀는 마호라가처럼 그때그때 무기를 생산하는 대신, 미리 만들어둔 것을 잔뜩 갖고 다니며 쓰는 모양이다. 무기가 오래되어 보이는 건 옛날에 만들어서일까. 그럼 애도 어려 보이지만 마호라가처럼 나이가 많은…….

생각하는 사이 소녀가 기척도 없이 화승총을 수호에게 겨누었다.

수호는 귀가 먹먹한 폭발음과 함께 팔에 무시무시한 고통을 느꼈다. 뒤로 넘어진 뒤에도 수호는 상황을 파악하지 못했다.

하늘이 어두컴컴해지며 빗발이 거칠어졌다. 바람이 불며 들판의 풀이 길게 누웠다. 등 뒤의 호수가 파문을 일으켰다.

비가 폭우처럼 쏟아지는 가운데 긴나라의 눈이 파랗게 빛났다. 긴나라는 빙긋이 웃으며 눈앞에 렌즈를 드는 듯한 손 모양을 하면서 두 손가락을 좌우로 돌렸다.

수호는 날아간 자신의 팔을 믿을 수 없는 기분으로 바라보았다.

총탄은 수호의 손과 팔꿈치 사이를 꿰뚫었다. 총탄이 폭발해서 팔은 찢어진 종이 쪼가리처럼 너덜너덜해져 있었다. 손목 위로는 감각이 없었다. 황금빛의 반딧불이가 팔에서 민들레 씨앗처럼 피어올랐다. 신체의 일부를 '잃었다'는 공포가 솟구쳤다.

고통은 뒤이어 찾아왔다. 뜨겁게 달군 쇳물에 팔을 담근 것 같았다. 세포마다 신경 하나하나를 달군 쇠로 지지고 있는 것 같았다.

이 공간에는 세포도 신경도 뼈도 혈관도 없다고, 지금 날아간 것도 진짜 팔이 아니라고 생각하려 했지만 소용이 없었다.

"염려하지 마, 수련생, 정말로 팔을 잃은 것이 아니니까. 회복은 될 거야. 정신력의 문제기는 하지만."

긴나라가 수호의 생각을 읽기라도 한 듯이 말했다.

고막을 다쳤는지 감이 멀었다. 방금 눈 하나 깜짝 않고 수호의 팔을 날려버린 스칸다는 무표정한 얼굴로 수호를 내려다볼 뿐이었다.

"하지만 마음이 위기에 빠지면, 수련생."

긴나라가 쏟아지는 빗속에서 입가에 얼음 같은 미소를 띤 채 말했다.

"세상의 시간이 느려지지. 밖에서 본 마음의 시간은 물론,

빨라지고.”

빗줄기에 상대의 모습은 희미해졌고, 비가 땅을 두드리는 소리에 가려 목소리도 가늘어졌다.

긴나라의 웃음이 점점 커졌다. 폭발음에 고막이 반쯤 터져 나갔는지 웃음소리가 먹먹하게 들려왔다.

“밖에서 네 동료들이 도와주러 올 새가 없을 만큼 빠르게.”

「적들은 신사적으로 나오지 않을 거야.」

마호라가가 했던 말이 귓가에 맴돌았다.

“흐음.”

지켜보던 긴나라가 손을 턱에 대고 중얼거렸다.

“소리도 안 지르네? 그래도 ‘그’ 마호라가의 협시 나한이라고, 강단이 있는데.”

여전히 감이 먼 말소리.

정신 차려, 수호는 생각했다.

여긴 고막 같은 건 없어. 지금 내가 고막이 나갔다고 생각하는 것도 착각이다. 내 몸은 멀쩡해. 진짜였다면 이보다 더 아팠을 거다. 이보다 더 아팠다면 견딜 수 있었을지 모르겠지만.

긴나라의 입에 웃음이 떠올랐다. 눈빛을 읽을 수 없으니 더 차갑게 느껴지는 웃음이었다.

“아니면, 도움을 받아본 적이 없는 걸까?”

바람도 없는데 등 뒤에서 호수가 출렁였다.

〔수호.〕

중후한 목소리가 마음속에서 울렸다.

비웃는 기색도 허세도 없는 목소리. 쥐방울이라거나 꼬마라는 놀림조차 없이 이름을 곧이곧대로 부른다. 차분하고도 절박한 목소리.

'기다려.'

수호는 마음속으로 호수 안에 있는 바루나에게 말했다.

'섣부른 짓은 내가 충분히 했어. 일단 상황을 파악해야 해.'

바루나라면 이 상황에서도 전략을 짜고 있을 거다. 그럴 거다. 아니 그래야겠지만.

이미 내 무기는 날아가버렸다. 내게 남은 패는 바루나뿐이다. 기회를 잡을 때까지 숨겨야 한다.

"아직 훈련이 하나도 안 되었네. 퇴마사 제1계명, 남에게 함부로 마음을 열어 보이지 않는다. 내가 마구니인지 퇴마사인지 어떻게 알아?"

안이했다. 어리석었다.

수호는 자책했다. 저 사람 말대로 내 마음의 시간이 빨라졌다면 마호라가가 바로 눈치채고 뛰어온다고 해도 시간이 걸린다. 그러면 시간을 끌어야 한다.

"자기소개는 피차 했으니 본론으로 들어가볼까, 수련생."

긴나라가 지팡이를 들었다.

새의 머리를 닮은 부품이 웅웅 소리를 냈다. 웅웅 소리에 긴나라가 서 있는 지면이 물처럼 흔들렸다. 바깥에서 지팡이로 의자 다리를 치며 공기의 파동을 듣는 일이 마음 안에서는 이 정도의 효과로 나타나는 건가.

'뭐지?'

수호는 의문했고,

〔고주파 음.〕

바루나가 마음속에서 속삭였다.

〔놈의 무기는 소리인 것 같다. 소리는 파동이고, 파동은 출력에 따라 물건도 부술 수 있어.〕

'눈도 있어.'

수호가 화답했다.

이 사람은 한 번에 내 무기를 파악했다. 저 눈에 뭔가 있는 거야. 스캐너, 엑스레이, MRI, 뭐든 간에.

긴나라가 지팡이를 수호의 앞에 들이밀었다.

"네 카마를 꺼내 보여라, 마구니 추종자."

✦

"진⋯⋯."

화장실 안에서 선혜가 속삭였다. 화장실 문에 등을 기대고 서 있던 진은 화들짝 놀라 문에 귀를 대고 손으로 두들겼다.

"왜 그래요, 선혜, 어디 아파요? 무슨 일 있어요?"

"멀리⋯⋯ 가 있어."

"왜요? 무슨 일이에요? 들어가요? 들어갈까요?"

문 안에서 선혜가 소리를 질렀다.

"방귀가 마구마구 나온단 말야!"

진은 문에 쿵 머리를 박고 스르륵 미끄러졌다.

"싸다 보면 방귀도 나오고 그러는 거지 뭘 그래요!"

"나 괄약근 조절 안 되는 나이라고!"

"무슨 할머니 같은 소리를 하고 앉았어요!"

✦

비가 후둑후둑 몸을 내리쳤다.

움직일 수가 없다. 움직였다간 너덜거리는 손목이 떨어져 나갈 거다.

이게 현실이 아니라고 할지라도 나는 바루나만큼 회복력이 좋지 않다. 만약 다시는 이 무기를 쓸 수 없게 된다면…….

수호는 꼼짝하지 않고 코끝까지 다가온 지팡이를, 그리고 지팡이 끝에 달린 새의 머리를 노려보았다.

마호라가가 눈치채고 와줄 거야. 시간을 끌어야 한다.

카마를 꺼내 보이라고 하는 건, 자기 힘으로 꺼낼 수는 없다는 뜻. 어쩌면 있는지 없는지조차 모를 수도 있어. 아직 대응해서는 안 된다.

긴나라는 쏟아지는 폭우가 걸리적거리는지 중절모자에서 빗방울을 툭툭 쳐냈다.

"여전히 과묵한 꼬맹이로군."

"……."

"공포에 질려 입이 얼어붙은 건가, 아니면 나한 주제에 감히 신장에게 저항하는 건가."

"……."

이놈이 퇴마사라면 내 목숨을 빼앗지는 않을 거다. 마구니라면 상대할 이유가 없다. 어느 쪽이든 답할 이유가 없었다.

"하긴, 전생의 기억도 없는 초보자라면 가르쳐줄 것이 많겠군.”

긴나라는 지팡이를 수호의 눈앞에서 핑그르르 돌렸다. 웅웅 소리가 귓전을 때렸다.

“신장 긴나라緊那羅는 ‘소리’를 그 무기로 쓴다.”

〔역시 소리로군.〕

마음 안에서 바루나가 대꾸했다.

수호는 아버지의 마음에서 그슨대와 싸울 때 마호라가가 쇠를 진동시켜 그 몸을 부쉈던 것을 떠올렸다. 나중에 공부를 좀 한 뒤에야 모든 물건에는 고유의 파동이 있어, 그 파동에 맞는 소리를 내면 물건이 부서진다는 것을 알게 되었다.

‘파동을 쓴다면 내 칼도 부술 수 있을 거야. 바루나의 창도 마찬가지야. 어째야 하지?’

수호는 팔이 지끈거리는 것을 꾹 참고 견디며 생각했다.

언제부터였을까. 어떤 상황에서든 상대를 제압할 방법을 궁리하기 시작한 것은. 제압할 방법이 전혀 없다는 확신이 드는 순간에조차도.

긴나라의 지팡이가 회전을 멈추자, 긴나라의 깃털 옷이 정전기를 일으키듯이 떠올랐다.

긴나라의 몸에 쏟아지던 빗방울이 몸에 닿기 전에 부딪히며 튕겨 나가거나 증발했다. 빗방울이 하얗게 증발하는 바람에 긴나라의 몸이 흰 증기에 둘러싸인 것처럼 보였다. 수호는 드러누운 제 몸 주위에서 흙을 비집고 흰 증기가 피어오르는 것을 보았다.

아니, 그것은 증기가 아니었다.

글자.

"?!"

증기는 새하얀 천처럼 무럭무럭 피어올랐고, 각진 형태의 자음과 모음의 모습을 만들며 수호 마음의 들판 여기저기에서 피어올랐다.

〈ㅁㅎㅇㅣㅜㅔㄹㅈㅑ〉

조각난 자음과 모음들이 이리저리 흩어졌다 다시 모이며 문장을 만들어냈다.

〈뭘 해야 하지〉
〈뭘 해야 하지〉

온 사방에 문장이 가득 떠올랐다. 수호는 눈을 크게 떴다.

"긴나라의 지팡이 샹카의 심안心眼은 마음의 소리를 형상화한다."

긴나라가 지팡이를 수평으로 들며 말했다.

"답할 필요 없다. 생각만 해라, 마구니 추종자."

긴나라가 말을 이었다.

"네 카마는 지금 어디에 있지?"

✦

"여보."

굴짬뽕을 들고 나오던 중국집 주인 할머니가 카운터에 앉은 할아버지를 손짓하며 불렀다.

"젊은 애들이 조금 떠든다 싶더니 자네요?"

할아버지는 식탁에 둘러앉은 세 사람을 보았다.

중학생쯤으로 보이는 소년은 식탁에 엎어져 있었고, 목발을 짚고 온 비슷한 나이대의 여자애도 의자에 기댄 채 도로롱 졸고 있었다. 흰 코트에 선글라스를 쓰고 온 양반은 자기 집에라도 온 듯 다리를 쩌억 벌린 채 입을 딱 벌리고 의자에서 거의 미끄러지다시피 한 자세로 자고 있었다.

"내버려둡시다. 요새 젊은 애들이 오죽 힘들어요."

"하긴, 야자에 야근에, 피곤하기도 하겠지요."

"손자 애들 학교 다니는 거 보니까 애들을 아주 잡더라고."

"가엾어라. 담요라도 갖다 줄까요?"

31   노친네 같은 말투

진은 이 층에 선혜를 놔두고 일 층 건물 벽에 기대서서 폴더폰을 딸각거렸다.

건너편 중국집에 한자가 잔뜩 쓰인 큰 관광버스가 멈춰 섰다. 큰 도로가 아닌 것을 생각하면 어울리지 않는 차였다. 관광버스에서 중국어로 수다를 떠는 사람들 수십 명이 쏟아져 나와 가게로 들어갔다. 이어 몇 대의 버스가 연이어 뒤에 섰다.

한때는 유명한 음식점이지만 이제 맛은 떨어지고 자리는 통 나지 않아 외부인만 올 뿐 동네 사람들의 발길이 끊긴 곳이다. 요 몇 달 사이에 부쩍 나타난 현상 중 하나였다.

'거리가 흥하면 역설적으로 슬럼화가 시작된다……. 거리에 들끓는 욕망에 의해.'

진은 생각했다.

무심히 단발머리를 쓸어 올리자 이마에서부터 내려오는 화상 자국이 고스란히 드러났다. 지나가던 한 사람이 놀랐다가 진이 똑바로 쳐다보자 얼른 딴청을 피우며 지나갔다.

'사람의 마음과 마찬가지로…….'

생각하던 진은 눈을 동그랗게 뜨고 건물 이 층으로 올라가는 계단을 올려다보았다.

"큰 거 하시나?"

사방이 어둑어둑해졌다.

비바람이 한층 거칠어졌다. 장대비가 쏟아졌지만 날아간 팔의 열기는 식지 않았다. 비가 내리칠 때마다 뜨거운 송곳으로 사정없이 찔러대는 것만 같았다. 눈물과 땀이 쏟아졌지만 빗줄기에 섞여 구분이 되지 않았다.

긴나라의 기계눈이 섬뜩하게 빛났다. 스칸다는 불필요하게 움직일 생각은 없다는 듯 무표정한 얼굴로 멀찍이 서 있었다. 명령이 없으면 발 하나 떼지 않을 듯한 분위기였다.

수호의 주위에는 흰 증기로 이루어진, 자음과 모음 다발 수십 개가 흔들렸다. 어느 방향으로 모일지 자기들도 궁금하다는 듯이, 이리 합쳐졌다, 저리 합쳐졌다 하며 무의미한 문장을 만들어내고 있었다.

"오해하지 마라. 널 도우려는 거다. 네 마음에 끼어든 마魔를 치워주려는 거다."

마호라가와 처음 만났을 때 들었던 말이다. 같은 말인데 달랐다. 악의가 느껴졌다.

〔수호.〕

바루나가 마음속에서 다시 불렀다.

〔답하지 말고 들어. 생각하지 않아도 돼. 내 말대로 해.〕

〔넌 지금 싸울 상태가 아냐. 싸울 상태라도 싸워 이길 수 있는 상대가 아닌 것 같다. 마호라가의 말을 생각해. 도망치는 것도 전략이야. 마음 밖으로 나가.〕

'…….'

〔나가자마자 퇴마사들에게 달려가 도움을 청해. 네 퇴마사들이 올 때까지 저놈들은 내가 맡겠다.〕

'지금 이놈들을 내 마음에 두고 나가라고?'

수호는 생각했다. 생각은 아마도 대화처럼 바로 바루나에게 전해졌으리라.

'내 마음 안에서 무슨 짓을 할 줄 알고?'

하지만 어차피 내가 안에 있어봤자 도움이 되지 않는다면…….

"타락한 퇴마사 마호라가가 이 거리에 다시 나타났다는 말을 들었다."

긴나라가 말했다. 수호의 생각이 뚝 멎었다.

"카마를 몇 번이나 놓아줘서 여러 번 징계받고 반쯤 퇴출된 퇴마사인데, 또 카마가 있는 나한을 들였다는 소문이 들리더라고."

"……!"

수호의 눈이 크게 떠졌다.

"한 번만 더 그딴 짓을 하면 정말로 퇴출감인데 말이야."

"……."

"마호라가가 설마 그렇게까지 어리석으리라고는 생각지 않지만 말이야. 확인은 해볼 필요가 있겠지."

〔뭘 하는 거야? 어서 나가!〕

마음속에서 바루나가 채근했다. 수호는 눈을 크게 뜨고 움직이지 않았다.

"소문을 확인해야겠으니 카마를 내보여라, 나한. 만약 우리

384

가 착각했다면 이대로 돌아가겠다."

긴나라가 말을 이었다.

스칸다라는 이름의 중무장한 소녀가 무심히 하늘을 보았다. 구름이 조금 걷히고 빗줄기가 가늘어지고 있었다.

긴나라도 눈치챘는지 살짝 어리둥절한 얼굴로 하늘을 보았다. 뭐야, 난 마음이 진정될 만한 말은 한 적이 없는데, 하는 얼굴로.

〖나가겠다.〗

바루나가 재촉했다.

'안 돼.'

수호가 생각하자 글자들이 움직였다.

〈안 돼〉〈안 돼〉〈안 돼〉

무수한 '안 돼'들이 수호의 주변에서 만들어졌다가 흩어졌다. 마음속에서 바루나가 당황하는 것이 느껴졌다. 긴나라의 눈이 움찔했다.

"다시 묻겠다, 나한."

〖네가 뭐라든 나가겠다.〗

'나왔다간 마호라가에게 말해서 당장 널 없애버리라고 하겠어!'

순간 수호의 생각이 들판 전체에서 솟구쳐 올랐다가 사라졌다. 긴나라의 기계눈이 찰칵거렸다.

〖……〗

'진심이야!'

〔진심인지 아닌지 모를 사이는 아니잖아.〕

바루나가 답했다.

〔하지만 네가 지금 거기서 죽으면 내 입장에서는 마찬가지야. 내가 나가길 바라지 않는다면 뭐라도 해봐.〕

뭐라도.

뭘?

도망치기는 늦었다. 이 녀석들은 이미 마음에 들어왔다.

마호라가도 말했지만 내 마음은 숨을 데 없이 뻔한 공간이다. 내가 나갈 수도 없다. 나가면 바로 이놈들이 마음을 뒤져 바루나를 찾아낼 테니까.

대체 뭘 해야 하지?

긴나라는 사방에서 솟구치는 생각들을 하나하나 살폈다. 수호는 상대가 글자에 시선을 두는 대신 귀를 기울이는 것을 눈여겨보았다.

'저 기계눈은 귀로 전달하는 건가.'

"다시 묻겠는데."

〔같은 질문 반복하는 취미가 있나 보네.〕

"같은 질문 반복하는 취미가 있나 보네."

수호는 마음속에서 들리는 바루나의 말을 그대로 따라 읊었다.

그와 함께 빗줄기가 뚝 끊겼다. 무표정한 스칸다의 머리 위로 마지막 빗방울이 톡 하고 떨어졌다.

마음 안 어딘가에서 바루나가 입을 벌린 채 황당한 얼굴로

서 있는 것이 느껴졌다. 긴나라도 마찬가지로 황당한 얼굴을 했다.

"무슨 노친네처럼 말하네."

긴나라가 어이없다는 투로 말했다.

수호는 고개를 들고 눈을 또렷이 뜨며 상대를 마주 보았다. 두려움을 지우고 보니 단지 화가 날 뿐이었다.

"수련생, 마호라가를 단단히 신뢰하는 모양인데, 너 개랑 만난 지 얼마 되지도 않았잖아. 걔는 믿을 애가 못 돼."

〔착각을 단단히 하는데.〕

마음속에서 바루나의 목소리가 들렸다.

"착각을 단단히 하는데."

수호는 바루나의 말을 받아 전했다.

〔난 마호라가와 사이 안 좋아. 단지……〕

"난 마호라가와 사이 안 좋아. 단지 네가 훨씬 더 싫어졌을 뿐이야. 그러니 너와는 아무 말도 안 하겠어."

수호는 바루나가 하는 말이 웃겨서 저도 모르게 웃었다.

"웃어?"

긴나라가 싸늘한 표정으로 물었다.

"여러모로 어린애답지는 않군."

저 시선.

수호는 생각했다.

긴나라의 눈은 들여다볼 수 없어 생각을 읽기 힘들었다.

하지만 아는 사람을 보는 표정이다. 마호라가처럼, 내가 기억하지 못하는 다른 악연을 떠올리는 것처럼.

하지만 훨씬 더 차갑다. 할 수만 있다면 저 기계눈에서 뿜어내는 냉기로 나를 다 얼려버리고 싶다는 듯이.

"괜한 패기로 죽음을 자초할 필요는 없을 텐데?"

〔이딴 걸로 사람을 죽이는……〕

"이딴 걸로 사람을 죽이는 놈이라면 너는 퇴마사가 아니야. 퇴마사라는 말부터 거짓말이겠지. 마구니가 분명해. 아니면 마구니와 한패거나. 네가 마구니라면 더더욱 아무 답도 안 하겠어."

수호는 바루나의 말을 따라 한 뒤에야 바루나가 말에 함정을 깔아두었다는 것을 알았다.

정말로 마구니라면 본색을 드러낼 것이고, 퇴마사라면 명분을 지우는 말이었다. 수호가 협조하지 않는 것에 대한 명분 역시 추가된다.

긴나라가 미소를 지었다.

"후."

긴나라가 지팡이로 땅을 톡톡 치며 한 걸음을 떼었다. 지팡이로 땅을 칠 때마다 바닥이 물결처럼 흔들렸다.

"이렇게까지 하고 싶지는 않았는데."

긴나라가 수호의 너덜거리는 팔에 지팡이를 가져다 댔다. 지팡이 끝이 웅웅 울렸고 수호의 팔 전체가 덜덜 떨렸다. 마치 작은 폭풍이 팔을 두들겨대는 것만 같았다.

"다시는 그 무기를 쓸 수 없게 만들어주지. 어차피 네게 카마가 있는 이상 퇴마사로서는 미래가 없다."

"……."

"걱정하지 마라. 진짜 팔이 부서지는 게 아니니까. 마음 안에서만 사라질 뿐이다."

수호는 이를 악물었다.

순간 수호의 팔꿈치에서부터 폭발하듯이 검이 뻗어 나갔다.

피처럼 붉은 검.

붉은 강줄기처럼, 폭포수처럼 검이 흘렀다.

쇠라고도 볼 수 없는 부드러운 금속이, 차가운 용암 같은 검이 팔꿈치에서 쏟아져 나와 물처럼 땅을 흐르며 평야 저쪽까지 뻗어 나갔다.

스칸다는 눈을 움찔했고 긴나라는 놀라 수호의 팔에서 지팡이를 떼었다. 팔에서 뻗어 나간 칼은 분출하는 강처럼 지평선을 향해 끝도 없이 뻗어 나갔다.

'안 돼. 이렇게 만들면……'

하지만 이성을 찾을 수가 없었다. 이성을 찾을 수가 없어 칼이 커지는 것도 주체할 수가 없었다.

'이렇게 만들면 안 되는데…… 들 수가 없어……'

"무기 한번 신기하게 생겼네."

긴나라가 바닷가에서 파도를 피하는 사람처럼, 자라나는 검을 피해 발을 폴짝폴짝 떼며 말했다.

"이거 뭘 어떻게 쓰는 무기야?"

"새 상처에서 새 무기가 생겨납니다. '서'의 기술입니다. 마호라가에게서 배운 모양입니다."

스칸다가 답했다. 컴퓨터로 합성해서 내는 듯 딱딱하고 건조한 말이었다.

'무슨 소리야, 내가 누구한테 뭘 배웠다고?'

"상처에서 무기가 자라난다면 저 칼은 잘라낼 수 없습니다. 상처를 입은 자리에서 다시 검이 증식할 겁니다. 훈련을 받았는지, 무의식중에 발휘한 능력인지는 모르겠지만."

"그럼 묶어야겠군."

긴나라가 멀리서 스칸다의 날갯살을 손가락으로 하나하나 짚었다. 그러다 잘 모르겠다는 얼굴로 모자를 까닥이며 물었다.

"음…… 스칸다, 가진 것 중에 밧줄도 있나?"

"다르마파사가 있습니다."

스칸다의 날갯살 격납고 하나가 철컥 열렸다. 격납고에 걸려 있던 금빛 밧줄이 스칸다의 손으로 날아 들어왔다.

"칼을 잘라내고 손을 묶어."

긴나라의 명령에 스칸다가 밧줄을 고리 형태로 만들어 매듭을 지었을 때였다.

등 뒤 호수에서 물이 솟구쳤다.

수호는 반쯤 정신을 놓은 채 호수에서 뛰어오른 바루나를 보았다. 바루나는 기합과 함께 스칸다의 등을 향해 얼음창을 던졌다.

바루나의 얼음창이 공중에서 파사삭 깨져 나갔다. 바루나의 눈이 크게 떠졌다. 총을 뽑는 것도 보지 못했는데, 어느새 스칸다가 겨눈 화승총에서 연기가 피어오르고 있었다.

긴나라는 망원경을 조정하듯 기계눈을 조정하며 말했다.

"스칸다. 수통."

스칸다는 물 흐르듯이 총구를 돌려 바루나의 허리에 찬 조롱박 모양의 수통을 겨누었다.

수통이 파삭 소리를 내며 깨졌다.

그리고 바루나가 추락하기 전에 스칸다의 밧줄이 바루나

를 향해 날아갔다. 바루나의 몸에 감긴 밧줄은 순식간에 몸을 뱀처럼 휘감았다. 바루나는 그대로 균형을 잃고 바닥에 내동댕이쳐졌다.

'유도한 건가.'

수호는 생각했다.

'날 노려서 카마를 끌어냈다.'

더해서 한순간에 카마의 무기를 파악하고 제압하는 방법까지 알아냈다. 작전을 짤 새도 반격할 새도 없었다.

'이게 퇴마사인가. 마호라가는 정말로 날 봐준 거구나……'

수호는 정신을 잃으며 생각했다.

선혜가 얍, 하고 변기에서 폴짝 내려섰다.

눈을 감았다 뜨자 눈이 진홍으로 빛났다. 눈앞에서 주위 풍경이 변했다.

백 년쯤 사람의 손길이 닿지 않은 듯한 폐허가 눈앞에 펼쳐졌다. 벽은 낡고 갈라졌고 페인트는 벗겨졌다. 이끼와 곰팡이가 거무죽죽했고 창은 깨지고 문은 떨어져 있었다. 계단에는 부서진 돌조각들이 여기저기 널려 있었다.

마음과 마음 사이의 길.

선혜가 한 걸음 딛자 몸이 주욱 늘어났다. 이내 열예닐곱 살 정도의 다부진 몸집의 소녀로 자라났고 지팡이는 피리검으로, 의족은 기계로 변했다.

"마호라가."

계단 아래에서 아난타가 아직 몸을 크게 키우지 않은 모습으로 낮게 날아 올라왔다.

"안 돼."

마호라가는 아난타에게는 눈길도 주지 않고 계단을 또각또각 내려가며 말했다. 아난타가 마호라가의 주위를 맴돌았다.

"같이 가자."

"안 돼."

"상대는 너와 같은 급의 신장이야. 혼자 가게 할 수 없어."

"안 돼. 적은 퇴마사야. 마구니보다 더 나빠. 널 제거하려 할 거야."

"널 지키는 것이 내 목……."

"카마 아난타!"

마호라가가 멈춰 선 채로 소리를 질렀다.

"너를 진에게서 거두지 않는 대가로 내 명령에 복종하겠다고 서약했을 텐데!"

아난타는 고개를 숙이고 수그러들었다.

"진을 재워놔. 내 명령이 있기 전까지는 깨어나지 않게 해."

"알겠어."

마호라가는 금세 노기를 지우고 자긴 괜찮으니 안심하라는 듯 풀 죽은 아난타의 머리를 가볍게 쓰다듬었다.

32   고요한 밤 거룩한 밤 ♫

연남동 북쪽, 연희동 일대.

방벽처럼 높은 담을 쌓은 대저택이 모여 있는 부촌. 연남동과 붙어 있지만 분위기는 사뭇 다르다.

이곳은 그 한복판에 있는 성당. 한 기업인이 1969년 대지를 기증해 만들었다는 오래된 건물이다.

정면의 길고 푸른 부조에는 하늘에서 내려오는 성령과 팔을 뻗는 사람의 형상이 조각되어 있다. 그 정 가운데에 아치형 문이 나 있고 양옆으로는 마찬가지로 아치형으로 만들어진 계단이 있다.

미사가 끝나자 사람들이 줄줄이 빠져나오고 아주머니들이 수다를 떨었다.

"아유, 요번에 온 새 신부님 강론하시면 마음에 불을 확확 지르지 않아요?"

"듣다 보면 마음이 정화되는 것 같다니까요."

아주머니들은 주먹을 꼭 쥐고 모여 서서 앞서 신부가 강론한 내용인 듯한 말을 합창했다.

"마음의 욕망을 물리치자!"

"마구니를 물리치자!"

으쌰으쌰 파이팅 하던 아주머니들은 왠지 이상한 기분이

드는 얼굴로 서로를 마주 보았다.

"어째 종교가 좀 다른 것 같지 않아요?"

"종교는 다 통한다잖아요."

"그런데 오늘 무슨 공사하나 봐요? 일하는 사람들까지 다 나가라네."

"성당인데 문까지 잠글 건 없지 않나?"

✦

⟨♬고요한 밤 거룩한 밤♪⟩

수호는 헉, 하고 눈을 떴다.

머리 위에서 은은하게 찬송가가 울려 퍼졌다.

⟨♬어둠에 묻힌 밤♪⟩

수호는 나무 의자에 길게 누워 있었다.

긴장하며 주변을 살폈다. 여러 사람이 나란히 앉는 긴 의자가 줄줄이 홀 저쪽까지 이어져 있다. 정면으로는 돌 제단 뒤로 높이 솟은 좁은 직사각형의 푸른 스테인드글라스가 있었고, 제단 양옆으로는 네 개의 촛대가 놓여 있었다. 벽에는 아직 한 달도 더 남은 크리스마스를 대비해 천사, 별, 산타, 사슴, 사탕 장식이 주렁주렁 달려 있다.

일어나려던 수호는 팔에 찌르는 듯한 고통을 느끼고 도로 넘어지듯 누웠다. 팔은 통통 부어 있었고 뜨거웠다.

'움직일 수는 있다……. 망가진 건 아닌 건가.'

⟨구세주 나셨도다♪⟩

수호는 뒤를 돌아보다가 흠칫 놀랐다. 검은 정장을 입은 늘

씬한 청년이 그림자처럼 선 채 무표정하게 수호를 내려다보고 있었다. 한참을 쳐다보았지만 아무 반응이 없었다.

수호는 힐끗 이 층을 보았다. 피아노와 성가대석이 있었고 찬송가는 거기서 들려왔다. 초등부로 보이는 성가대 아이들이 연습 중인 것 같았다.

〈편안히 자고 있네 ♪ 편안히 자고 있네 ♬〉

이어서 흰 가운을 입은 열한두 살쯤의 예쁘장한 소년 소녀 둘이 긴 막대기를 하나씩 들고 제단 양옆의 문에서 종종걸음으로 나왔다. 둘이 쌍둥이처럼 닮아 남매인 듯했다.

막대기 끝에서 찰칵하고 불이 켜지는 걸 보아 막대는 초에 불을 붙이는 라이터인 모양이었다. 남매는 평온한 몸짓으로 벽을 장식한 초에 하나둘 불을 붙였다.

수호가 위화감을 어쩌지 못하는 사이 아이들이 수호를 힐끗 보고는 피식 웃었다. 아이답지 않은 시선이었다.

'저 애들도 눈에 보이는 나이가 아닌 건가.'

기다리자니 안쪽 문에서 신부가 걸어 나왔다.

나이는 예순쯤 되었을까, 대머리에 풍채가 좋아 보이는 사람이었다. 눈은 부리부리하고 이목구비가 크고 뚜렷했다. 두껍고 큰 입은 굳게 닫혀 있었다.

소년 소녀 둘은 신부가 지나가자 옆으로 비켜서며 목례를 했다.

신부는 수호 쪽은 보지도 않고 제단에 놓인 그릇에 손을 씻었다. 찬송가 사이에 손을 씻는 찰박찰박한 소리가 기묘한 운율을 냈다.

〈Holy night ♬〉

신부가 비로소 고개를 들어 수호를 보았다. 그와 눈이 마주치는 순간, 수호는 오한이 들었다.

어릴 때 기억이 떠올랐다. 언젠가 아버지에게 맞고 길에 나와서 서성이다가 성경을 손에 쥔 한 무리의 아주머니들을 만난 적이 있었다.

그분들은 수호에게 모여들어 이것저것 물으며 교회에 오면 도와주겠다고 했다. 하지만 수호는 그들의 눈을 보다가 기이한 두려움에 빠져 도망치고 말았다. 신부를 보자 그때 왜 그랬는지 생각이 났다.

좁고 분명한 한 점의 목적에 빠져 있는 사람의 눈.

이를테면 신의 영광이라든가, 교세의 확장이라든가. 목적에 빠져 있는 나머지 그 목적 이외의 것은 모든 것이 소소하다고 생각하는 사람의 눈. 나 또한 그 사람 입장에선 소소하기에, 언제든지 버려지고 내쳐질 수 있다는 느낌.

신부는 흰 수건에 손을 닦고 단정히 수건을 접어 탁자에 올려놓고는 내려와 수호의 앞에 섰다.

수호가 움찔하자 뒤에 서 있던 청년이 수호의 어깨를 꾹 내리눌렀다. 날씬한 체격에 비해 믿을 수 없을 만큼 강한 힘이었다.

"이름은?"

신부가 물었다. 쩌렁쩌렁하고 음침한 목소리였다.

수호는 답하지 않았다.

"이름을 물었다."

"……."

수호가 답하지 않자 신부는 명령을 바꾸었다.

"마음을 열어라."

'누구 마음대로. 더는 아무한테도……'

수호가 냉랭하게 쏘아보자 신부가 말없이 수호의 머리에 손을 얹었다.

순간 현기증이 일며 가슴이 칼로 찌르는 것처럼 아팠다. 심장을 쥐어짜는 아픔에 눈물이 왈칵 쏟아질 것 같았다. 정신을 차리지 못하는 사이에 주변 풍경이 변했다.

〈주 예수 나셨♪〉

심소.

이 공간을 오래 드나든 사람들의 집단 의식이 만든 곳.

성당은 생물처럼 이글거리고 꿈틀거렸다. 벽은 낡고 오래된 돌벽이었고 정체 모를 식물이 뒤덮고 있었다. 벽에 달린 천사와 사슴, 트리 장식들이 모두 살아 있는 생물이 되어, 벽에서 꿈틀거리거나 키득거리거나 수군거리거나 장난을 쳤다.

이 층 성가대석에서는 트리 장식들이 의자 사이를 즐거운 듯 뛰어다녔다. 오르간은 저 혼자 건반이 움직였는데, 음악은 음산했고 우중충했다.

수호는 눈을 똑바로 뜨고 눈앞의 사람을 바라보았다.

거구였다. 보통 사람의 두 배는 될 법한 몸집이다. 얼굴은 넙데데했고 눈은 작고 입은 컸다. 주먹은 커서 수호의 머리를 안에 넣고도 공간이 남을 듯했다. 피부는 녹색이 섞인 흙빛에 검은 문신으로 뒤덮여 있었다. 살갗은 돌처럼 반질반질했다.

사람이라기보다는 큰 석상 같은 모습이다.

'무기는? 속성은 뭐지?'

수호는 그 와중에도 생각했다.

느낌으로는 몸이 돌로 만들어진 것 같고, 무기는 보이지 않는다. 격투가? 저 바윗덩이 같은 피부를 보면 방탄인 걸까.

거구의 퇴마사가 눈을 들어 뒤를 응시했다.

수호는 그 시선을 따라 뒤를 돌아보았다가 헉, 하고 숨을 삼켰다. 중앙 통로 한가운데 우뚝 솟은 기둥에 바루나가 묶여 있었다. 밧줄이 계속 몸에 생채기를 내는지 몸 여기저기에서 금가루가 흘렀다.

고개를 숙이고 있던 바루나는 기척을 느꼈는지 고개를 들고 퇴마사를 마주 보았다.

"바루나."

퇴마사가 이름을 불렀다.

이름이 불리자 바루나의 눈에 불쾌한 빛이 역력히 떠올랐다.

"흥미로운 카마를 가졌구나, 마호라가의 협시 나한."

퇴마사가 수호를 내려다보았다.

"마구니에게 무슨 소원을 빌었지?"

〔모르는 사람과 대화하고 싶으면……〕

마음속에서 바루나의 목소리가 들려왔다.

"모르는 사람과 대화하고 싶으시면 자기소개부터 하시죠."

수호는 이제 태연하게 바루나의 말을 따라 했다.

상대가 미소를 지었다.

"북서北西의 신장, 이름은 서인왕, 계명은 **금강**金剛이다."

금강은 말하며 수호의 머리에서 손을 떼었다.

수호는 바로 현실로 튕겨 나왔다.

✦

〈도다♬〉

수호는 숨을 헉 내쉬며 이 층을 올려다보았다.

찬송가가 끊어지지 않고 이어진다. 이쪽을 돌아보는 사람도 없다.

방금 일어난 일은 기껏해야 일이 초였을까. 누가 이쪽을 봤다 해도 신부가 학생 머리에 손을 얹고 잠깐 기도라도 했다고 생각했을 것이다.

그 순간 수호는 퍼뜩 깨달았다. 오늘 여기서 무슨 일을 당하든 모두 마음 안에서 일어나는 일이라, 아무도 눈치채지 못하리라는 것을.

이 층의 오르간 소리가 끊겼다. 성가대도 노래를 멈췄다. 연습을 끝낸 초등부 아이들이 짐을 싸서 집에 돌아가는 듯 어수선했다. 흰 옷의 두 소년 소녀는 시침을 뚝 떼고 제단의 양쪽에 섰다.

'나더러 계속 마호라가의 협시 나한이라고 한다……. 협시 나한이라는 건 신장의 부하 같은 건가. 그러면 저 두 애들은 이 금강이라는 사람의 협시 나한인가.'

"그래, 소원이 뭐래?"

지팡이가 또각또각 바닥을 두드리는 소리, 문 저쪽에서 긴나라가 저녁 해를 등지고 땅을 톡톡 치며 들어왔다.

스칸다는 긴나라의 한참 뒤에서 목발을 짚으며 들어왔다. 긴나라도 금강도 스칸다를 도와줄 마음은 조금도 없어 보였다.

"아직 답을 못 들었다."

금강은 하얀 수건으로 손을 닦으며 제단 뒤로 향했다. 긴나라가 접근하자 수호의 뒤에 서 있던 청년이 긴나라에게 짧게 목례를 했다.

"제법 귀엽게 생긴 카마였지?"

긴나라는 수호가 앉은 의자를 톡톡 치고는 그 옆에 털썩 앉아 수호의 어깨에 손을 떡하니 걸쳤다.

"바루나."

금강이 입을 열어 말했다.

"정말 바루나라면 아직 이 나라 역사에 한 번밖에 생겨난 적이 없는 카마다."

"아직 그 목적이 밝혀진 적이 없고."

긴나라가 즐거운 듯 대꾸했다.

"상관없다. 그 배신자가 만든 것과 같은 카마라면 뭐가 되었든 없애야 한다."

금강이 수호에게 시선을 꽂은 채 말했다. 긴나라는 수호의 어깨를 토닥였다.

"이 꼬맹이와 우리 옛 수장이 관계가 있을 거라고 생각해?"

'옛 수장?'

수호는 의문했다.

"그 작자는 죽었다. 그러니 누구와도 관계가 없다. 거기 있는 건 그냥 어린애다."

금강이 답했다.

"하긴 그렇지."

긴나라는 시선을 멀리 둔 채로 손가락으로 수호의 얼굴을 귀여운 듯 더듬었다.

수호가 불편한 얼굴로 돌아보자 긴나라가 선글라스를 내리며 수호를 보았다. 동공이 없는 검은 눈동자가 수호를 향했다.

"내가 기억나니, 꼬마?"

수호는 아무 말도 않고 노려보기만 했다.

"안 나지?"

'무슨 의도로 묻는 거야.'

수호가 불만스러워하는 사이에 긴나라는 도로 선글라스를 쓰며 말을 이었다.

"그리고 마호라가는 또 이 카마를 없애지 않았지."

금강이 묵묵히 수호에게 시선을 두었다.

"이제 슬슬 파문시킬 이유로 충분하겠지? 이 이상 확실하게 마구니와 타협했다는 증거가 어디 있어? 퇴마사가 카마가 있는 나한을 무려 하나도 아니고 둘이나 들여?"

'파문이라고?'

수호는 바짝 긴장했다.

"진작에 파문시켜야 했어. 지난 생에…… 아니, 천오백 년 전에 교단을 배신했을 때."

'배신?!'

"왜, 그 녀석이 우리 수장의 카마를 없애지 않아서 '서' 전체가 해체되었잖아."

금강은 말없이 제단을 정리했다. 긴나라는 수호의 뺨을 톡 톡 건드리며 말했다.

　"마호라가도 조심성이 없어졌어. 아직 어려서 그런가? 얌 전히 숨어 지냈으면 괜찮았을 텐데. 각성하자마자 우리 구역 에서 대놓고 사냥을 시작하고 말이지."

　〔나 듣고 있거든?〕

　바루나가 마음속에서 말했다.

　"나 듣고 있거든?"

　수호가 긴나라를 마주 보며 바루나의 말을 따라 했다.

　제단 양쪽에 서 있던 두 어린애가 살짝 눈을 떴다가 모르는 척 감았다. 금강은 잔을 닦던 손을 멈췄다. 스칸다는 그제야 도착해서는 멀찍이 앉았다.

　긴나라는 식은땀을 흘리며 하하 웃고 '신기하지?' 하는 얼 굴로 수호를 가리켰다.

　"애가 이상해. 가끔 어른처럼 말해."

　금강은 부리부리한 눈을 수호에게 꽂았다.

　"전생의 기억이 없는 게 확실한가?"

　"심안으로 확인했어. 아무것도 없었어."

　긴나라는 손으로 이마의 땀을 슥슥 닦았다.

　"카마를 가진 사람은 삼사라(윤회)의 길에서 벗어난다. 사 바(속세)를 기억도 없이 떠돈다."

　금강은 주문을 외우듯이 읊고는 수호를 지그시 보았다.

　"마구니에게 무슨 소원을 빌었지?"

　〔몰라.〕

　"몰라."

수호가 따라 말했다.

〔안다고 해도……〕

"안다고 해도 당신들에겐 말할 생각 없어. 댁들은 예의를 지키지 않았으니까."

금강의 눈이 얼어붙었다. 긴나라는 땀을 흘리는 얼굴로 불안스레 지팡이로 땅을 토토독 쳤다. 애가 이렇게 버릇없이 자란 건 자기 탓이 아니라는 듯이.

"버릇을 고칠 필요가 있겠군."

금강이 말했고 수호는 더 눈을 부릅떴다.

'내게 손가락 하나라도 대봐.'

수호는 생각했다.

'정말로 다시는 입을 열지 않을 테니까.'

"수호는 아무것도 몰라."

문밖에서 낭랑한 목소리가 들려왔다. 수호는 흠칫 놀라 뒤를 돌아보았다.

선혜가 의족을 또각거리며 안으로 들어서고 있었다.

"어린애 하나 둘러싸고 늙은이들끼리 변태같이 굴지 말라고."

수호는 벌떡 일어났다가 뒤에 선 청년이 어깨를 내리누르는 바람에 털썩 주저앉고 말았다.

"마호라가."

금강이 무심히 선혜를 불렀다.

"넌 아직 덜 컸다. 아직 퇴마사 일을 하기엔 어린 것 같은데."

"난 다 컸어. 좀이 쑤셔서 참을 수가 있어야지."

"신장 마호라가, 너는 마구니와 타협하고 마구니 추종자를 네 휘하로 끌어들였다."

금강이 말했다.

"아아, 과장법 좀 쓰지 마."

선혜는 또각또각 걸어와 수호의 옆에 섰다. 수호에게는 눈도 돌리지 않았다.

"길 가다가 얘가 퇴마사의 자질이 보여 밑에 들였을 뿐이야. 너희들이 하도 날 왕따시켜놔서 나한텐 동료가 귀해서 말이지."

금강의 눈이 '뻔한 거짓부렁'이라고 말하는 듯했지만, 일단 응해주겠다는 듯 화답했다.

"넌 저 애의 마음에 카마가 있는 것을 보고도 정화하지 않고 내버려뒀다."

"나도 사정이 있어. 얜 정말로 훈련이 안 되어 있는데 내가 좀 바로 써야 하거든. 당장 카마를 없앴다가 기가 허해지기라도 하면 큰일이잖아?"

선혜가 과장된 표정으로 답했다. 마호라가일 때에는 상상하기 어려운 장난기 어린 말투다.

"놀리지 마라, 마호라가."

금강이 호통쳤다.

"그것이 그 '바루나'인데도 말이냐?"

"바루나는 아직 목적이 밝혀지지 않은 카마야."

선혜가 답했다.

"퇴마사 최초의 타락자의 카마다."

"투사 계열의 카마고 수호의 마음이 카마의 영향을 받고 있어. 내겐 전력을 줄일 여지가 없어. 내 일을 끝내면 바로 제거할 생각이야. 좀 봐줘."

"퇴마사의 긍지는 땅에 내버렸는가, 마호라가!"

금강의 우렁찬 목소리가 성당 안을 울렸다.

"퇴마사가 카마의 도움을 받으면서까지 할 일은 없다."

"누가 누구에게 긍지를 버렸다는 거야, 금강!"

선혜가 목소리를 높였다.

"너희들 중 누구라도 제대로 일했더라면 내가 수호를 끌어들일 일도 없었어! 이 거리를 지켜야 할 '북서'의 신장이 가장 위험한 적은 내버려두고 알코올중독자나 우울증 환자의 마음에서 시답잖은 카마나 처리하고 있……"

"다른 퇴마사의 일을 폄하하지 마라, 마호라가!"

금강이 쩌렁쩌렁 호통을 쳤다. 선혜는 입을 꾹 다물었다.

"두억시니는 공격을 받을수록 강해지는 카마다. 스스로 사멸하기를 기다리는 것이 최선이라고 오래전에 결론이 난 것을! 전선도 전략도 무시하고 너 혼자 날뛸 것이 아니다!"

"……."

"마구니와의 전쟁이 얼마나 절망적인지 알지 않는가! 욕망은 걷잡을 수 없이 늘어만 가고, 퇴마사의 수는 늘지 않는다. 카마는 이제 모든 사람의 마음에서 날뛰고 있다. 이 나라는 지금 언제 무너져도 이상하지 않아! 이런 절체절명의 시기에 혼자 제멋대로……!"

"그러면 내 일도 폄하하지 마, 금강!"

선혜가 지팡이로 땅을 쾅, 하고 쳤다.

"이건 내 싸움이야. 천오백 년 전부터 내 싸움이었어! 내가 어떤 전략을 쓰든, 누구를 동료로 들이든 너희들이 관여할 문제가 아니야!"

두 사람이 이글거리는 눈으로 서로를 노려보았다.

"기회를 주겠다, 마호라가."

금강이 말했다.

"기회를 주기 위해 마땅히 없애야 할 카마를 바로 없애지 않고 너를 기다렸다."

금강이 두꺼운 손가락을 들어 수호를 가리켰다.

"네가 지금 직접 저 카마를 우리 눈앞에서 없애면 파문만은 면하게 해주겠다."

"나도 기회를 주겠어. 금강, 긴나라."

선혜가 말했다.

"내 나한을 돌려주고 내 싸움에 관여하지 않겠다고 하면 너희를 적으로 간주하지는 않겠어."

금강이 무시무시하게 눈을 부라렸다.

"나, 북서의 신장 금강의 권한으로,"

금강이 말했다.

"파문을 결정한다, 마호라가."

33　싸워라

　제단에 서 있던 남녀 꼬마 중 소녀 쪽이 힐끗 눈치를 보더니 다다다 회랑을 달려갔다. 짧은 다리로 한참을 달려가는 모습이 뜬금없이 우스웠다.

　"결투를 준비해라, 마호라가."

　금강이 신부복을 뒤로 펼치며 앞으로 나섰다.

　"긴나라, 들어와라."

　긴나라가 "예썰" 하며 모자를 눌러쓰며 일어났다. 선혜가 웃음을 지었다.

　"비겁하게 둘이 덤비는 걸 결투라고 부르진 않았으면 좋겠는데."

　"우리 두 사람을 적으로 규정한 네가 할 말은 아니다."

　금강은 아직도 도도도, 하며 문으로 달려가는 소녀와 제단에 서 있는 소년을 향해 말했다.

　"부단나富單那."

　소년이 이름을 불리자 고개를 숙였다.

　"비사사毗舍闍."

　달려가던 소녀가 멈춰 서서 돌아서더니 꾸벅 고개를 숙였고 도로 달려가 문을 낑낑거리며 닫았다.

　"너희 둘은 스칸다와 함께 마구니에 홀린 아이의 마음에 들어가 카마를 정화해라."

그때까지 거기 있는 줄도 모르게 조용히 앉아 있던 스칸다가 가볍게 목례했다.

그제야 선혜의 얼굴에 그늘이 내려앉았다. 선혜는 지팡이를 꾹 쥐며 수호를 보았다.

"마호라가. 네가 저 어린애 마음 안에 들어가 막으려 한다면, 그사이에 우리는 네 마음에 들어가 주인 없는 네 마음을 전부 부숴놓을 것이다. 그러기를 원한다면 들어가라."

금강이 말했다. 선혜는 꼼짝도 않고 금강을 노려보았다.

"마호라가, 네 몸을 지켜줄 나한을 한 명 더 데려왔어야지."

긴나라가 지팡이로 땅을 톡톡 치며 금강의 옆에 서서 조롱하듯 말했다.

"퇴마사는 남의 마음에 들어가면 무방비가 되는데 말야."

'한 명 더?'

수호는 자신의 뒤에 선 사람을 돌아보았다가 청년이 얼음처럼 싸늘한 눈으로 내려다보는 바람에 흠칫 눈을 피하고 말았다.

아, 이쪽이 긴나라의 두 번째 협시 나한이었군. 어째 스칸다와 분위기가 비슷하다고 생각했더니.

마음 안에서 전투를 보조하는 나한이 하나, 밖에서 몸을 지키는 나한이 하나. 신장은 그렇게 나한을 두 명 두는 건가.

'진이 마호라가의 첫 번째 나한, 내가 두 번째, 그러면 마호라가는…… 지금은 협시 나한이 하나인 것과 다름이 없는 건가.'

"뇌룡은 피신시켜놓고 온 것을 보면, 아무래도 너는 저 애의 카마보다 그 뇌룡에게 애정이 있는 모양이지?"

긴나라가 빙글빙글 웃으며 말했다. 선혜가 말없이 긴나라를 노려보았다.

"그 뇌룡이 어떻게 그렇게 오래 마구니에게 넘어가지 않고, **마카라**의 마음을 파괴하지 않고 버텼는지는 모르겠지만……."

긴나라의 얼굴이 갑자기 차갑게 식었다. 긴나라가 고개를 숙이자 검은 안경 위로 텅 빈 눈동자가 드러났다. 해묵은 원한이 그 눈 안에 깃들어 있었다.

"이제 너도 끝이야, 마호라가."

선혜는 아무 말도 하지 않았다.

비사사라고 불린 소녀가 문에서부터 다시 도도도 달려왔다. 부단나라고 불린 소년은 촛대를 들고 제단에서 통통거리는 걸음으로 내려왔다.

선혜의 눈이 수호에게 꽂혔다. 변명할 도리는 없지만 이해해달라는 듯이.

'진을 데려오지 않은 건 잘한 거야.'

수호는 생각했다.

'아난타가 있다고 해서 달라질 전황이 아니야. 아난타라도 지키는 것이 낫다, 마호라가는 그렇게 생각했을 거야.'

"천오백 년을 산 퇴마사는 많지 않다, 마호라가."

금강이 말했다.

"너와 그렇게 긴 생을 함께했던 마카라도 결국 카마를 만들고 은퇴해버렸다."

'마카라. 그게 진의 계명인가.'

수호는 생각했다.

"마카라는 너와 함께 지낸 시간을 다 잊었다. 이번 생이 끝나면 다시 이번 생에서 너와 지낸 모든 시간을 남김없이 잊어버리겠지."

"……."

선혜는 아무 말도 하지 않았다.

"우리 모두가 언젠가는 마구니의 유혹에 져 카마를 만들고 은퇴할 것이다. 너 같은 오래된 퇴마사를 잃는 것은 교단의 큰 손실이다. 그래서 교단도 네 외도外道를 묵인해왔다."

"그렇게 내가 귀한 몸인 줄 알면 내버려뒀으면 좋겠는데."

"마호라가, 그간의 정리를 봐서 마지막으로 제안하겠다. 네 아이의 카마를 네 손으로 정화해라."

선혜는 입을 다물었다.

"그러면 네 아트만을 없애지는 않겠다."

'아트만을 없앤다.'

선혜는 생각했다.

그건 퇴마사끼리의 사형 언도.

살인이 아니라 한들 눈 가리고 아웅 하는 짓, 살인이나 다름없는 행위. 단 하나뿐인 인격, 아트만을 잃은 퇴마사는 정신이 텅 비어버린다. 대개는 오래지 않아 죽고, 살아남아도 허깨비 같은 인간이 되어 무력하게 남은 생을 살아야 한다.

선혜는 입가에 비웃음을 띠었다.

"다 이긴 것처럼 말하는 게 심히 불쾌한데?"

"마호라가!"

수호가 소리쳤다.

"됐어. 바루나를 없애줘."

모두가 수호를 돌아보았다. 돌아보지 않는 사람은 선혜뿐이었다.

"어차피 없앨 카마였어. 기왕 없어질 것, 네가 없애줘. 너이외에 다른 놈들이 들어와서 내 마음을 헤집는 것 바라지 않아."

모두가 침묵했다. 선혜는 말이 없었다.

'대체 왜 파문인지 뭔지를 당할 수도 있다는 말을 안 한 거야? 그랬다면 나도 그렇게 고집은 안 부렸을 텐데!'

수호는 마음속으로 화를 냈다.

'날 미워하는 게 아니었어. 오히려 마호라가는 믿을 수 없이 관대했던 거야. 모두 잃는 것을 감수하면서도 날 받아들였어. 그럴 이유가 없었는데.'

"나 말고도 퇴마사는 많을 거 아냐. 난 아직 내 무기도 잘다루지 못해. 난 그냥 집에 갈 테니…… 카마가 없는 다른 나한을 구해."

수호는 선혜의 시선이 자신이 아니라 자신의 뒤에 가 멈추는 것을 느꼈다. 천 년쯤의 시간을 넘어서, 머나먼 과거에 있었던 일을 되새기는 것처럼 보였다.

"나 말고도……"

"수호, 내 협시 나한으로서의 규칙을 하나 알려주지."

선혜가 자그마한 손으로 지팡이를 손에 쥐며 말했다.

"어떤 경우에도 너 말고도 뭐가 많다느니 하는 소리는 하지 마라."

수호는 당황했다.

"너는 유일하다. 내가 유일하듯이 너도 유일하다. 내가 너를 선택했고 누구도 너를 대체할 수 없다."

선혜가 고개를 들며 말을 이었다.

"바루나."

선혜가 입을 열었다. 수호는 당황했다.

※

"바루나."

수호의 마음 안.

기둥에 묶여 있던 바루나는 선혜의 부름에 눈을 떴다.

마음의 세계를 통해 세상을 보는 바루나의 눈에, 성당에 모여 있는 사람들의 모습은 완전히 다르게 보였다. 선혜의 모습은 마호라가였다. 은빛 다리에 검을 든 전사의 모습이었다.

"나와 약속했지? 네가 누구에게도 지지 않는 한 나는 너를 없애지 않는다."

정면을 보는 마호라가의 눈이 붉게 빛났다.

"버텨라. 이 두 퇴마사를 물리치고 바로 지원하러 가겠다."

✦

'무슨 소리야.'

수호는 선혜의 말을 듣고 당황했다. 고작 카마 혼자서 퇴마사 셋을 상대하라니.

저 남매처럼 보이는 두 어린애가 나한이라면 긴나라나 금강보다는 약하겠지만, 바루나가 상대해야 할 것은 그 둘만이 아니다. 저 믿을 수 없이 강해 보이는 소녀, 스칸다가 있다.

아니, 애초에 아난타 혼자라도 바루나가 혼자서 상대하기에는 무리인데. 게다가 내 카마다. 아무리 나와 다른 존재라지만, 고작 내 마음의 조각이 인격화한 것이라고.

"우리 둘을 물리치고 가겠다고."

금강이 긴 한숨을 쉬었다.

"역시 아직 덜 자랐구나, 마호라가. 몸이 어리면 아무리 전생의 기억이 있어도 판단이 흐려진다."

금강은 이어 말했다.

"잊었나 본데, 우리 '북서'의 퇴마사는 확실하게 이길 싸움만 한다."

"알아, 치사한 겁쟁이들인걸."

금강이 묵직한 한 걸음을 떼었다. 선혜의 눈이 흔들렸다. 금강이 두꺼운 손으로 선혜의 지팡이를 낚아챘다.

"!!"

수호가 벌떡 일어나려다가 다시 뒤에 있는 청년에게 팔이 붙들렸다.

금강은 선혜의 나무 지팡이를 밟아 부러뜨리고 연이어 선혜의 의족을 발로 밟았다.

선혜의 작은 몸은 뒤로 나동그라졌고 의족은 무릎관절이 툭, 하고 부러져 떨어져 나갔다. 선혜는 망연자실한 얼굴로 부러진 의족을 바라보았다.

"무슨 짓이야!"

수호가 소리를 지르며 나가려 하자 팔이 뒤로 확 꺾였다. 팔이 꺾이는 아픔에 수호는 상체를 수그리며 몸을 접을 수밖에 없었다.

금강의 표정에는 변화가 없었고 긴나라는 실실 웃을 뿐이었다. 선혜는 어이없다는 얼굴로 웃었다.

"신장은 마음 바깥에서는 폭력을 쓰지 않는다고 서약했을 텐데?"

"네 몸에 손대지는 않았다, 마호라가."

"내 몸이야!"

선혜가 소리를 질렀다.

"내 다리야! 퇴마사가 장애를 모르는 것처럼 말하지 마!"

"그 문제는 나중에 논하지. 시작하자, 마호라가."

수호는 할 말을 잃었다. 선혜는 입술을 깨물었다.

"바루나. 상황이 바뀌었다."

"그렇겠지, 다시 생각해봐라, 마호……"

선혜가 수호를 돌아보았다.

"이겨라."

"뭐?"

금강과 긴나라가 동시에 되물었다. 수호는 입을 딱 벌렸다.

"이기고 나를 지원하러 들어와라."

"뭐라고?"

수호의 마음 안.

414

'이겨라.'

바루나는 마호라가의 말을 듣고 생각에 잠겼다.

바루나의 몸은 스칸다의 다르마파사 어쩌고 하는 밧줄에 묶여 있었다. 계속 용을 썼지만 힘으로 끊어지는 무기는 아닌 듯했다. 바루나가 살짝 힘을 주자 밧줄에 쓸린 자리에서 금빛 가루가 흘러나왔다.

'내 회복력을 생각하면 팔을 끊어내도 도로 붙지 않을까 싶 긴 하지만.'

바루나는 밧줄로 팔을 긁어보다가 그만두었다. 될지 안 될 지도 모르는 일이고, 웬만큼 날카롭고 단단한 무기가 아닌 한 팔을 동강 내는 것도 간단한 일이 아니다.

바루나는 깨져 흩어진 자신의 수통을 내려다보았다.

수통의 조각에 발끝을 가져다 대자 땅에 스며든 물이 방울 방울 솟아올랐다. 공중에 떠 있던 물방울들은 이내 바루나의 부츠를 향해 날아왔고, 바루나의 몸을 타고 투명한 생명체처 럼 기어 올라갔다.

물이 무릎을 타고 허리를 지나 몸을 묶은 밧줄에 이르자 바 루나의 눈이 가늘게 빛났다. 무중력 공간을 기어오르듯 흐르 던 물이 밧줄에 스며들기 시작했다.

바루나는 눈을 감고 바루나스트라가 제 몸을 묶은 밧줄 전 체에 흐르며 스며들게 했다. 밧줄이 물에 둘러싸여 투명하게 반짝였다.

바루나가 눈을 번쩍 뜨자 밧줄이 파직 소리를 내며 얼어붙 었다.

'……'

손목 위에서 매인' 매듭이 투명한 얼음에 감싸여, 보이지 않는 손의 지배를 받듯이 풀리기 시작했다. 바루나가 마음속으로 매듭의 형태를 생각하며 바루나스트라를 조종하는 중이었다.

밧줄은 그의 무기가 아니지만 밧줄을 둘러싼 물은 그의 무기다.

이어서 물에 둘러싸인 밧줄이 풀어지며 바루나의 몸 아래로 툭 떨어졌다. 굳은 몸을 주무르던 바루나는 풀어진 밧줄을 발끝으로 툭 차올렸다.

공중에 튀어 오른 밧줄을 손에 쥔 바루나는 다절곤을 휘두르듯이 손에서 휘휘 돌렸다.

'합체했으니 바루나스트라다르마파사……'

생각하던 바루나는 이름이 마음에 들지 않는지 얼굴을 찡그렸다.

"나가파사."

바루나가 어디서 나왔는지 모를 이름을 불렀다. 밧줄이 제 이름을 알아들은 듯 반짝였다.

✦

아무도 눈치채지 못했지만, 스칸다는 제 무기에 이상이 생긴 것을 예민하게 느끼고 수호를 돌아보았다.

"실랑이할 것 없어, 금강."

긴나라가 환하게 웃으며 말했다.

"마호라가는 전부터 고집불통이었지. 이제야 저 지긋지긋한 얼굴을 안 볼 수 있게 됐네."

"먼저 아이의 몸에 들어가라. 부단나, 비사사, 스칸다."

금강은 듣지 않고 말했다.

"바보 같은 말 들을 이유가 없다."

부단나와 비사사라고 불린 꼬마들이 종종걸음으로 수호에게 다가왔다. 스칸다는 조용히 앉아 먼 곳에 시선을 두었다. 수호는 뒤의 남자에게 팔이 꺾여 몸을 숙인 채로 그들을 바라보았다.

〔진정해.〕

수호의 마음에서 바루나의 목소리가 들려왔다.

〔마음을 닫고 있으면 들어올 수 없을 거야.〕

'뭐가 닫는 거고 뭐가 여는 건지 모르겠어.'

〔마음이 동요하지 않으면 될 거야.〕

수호가 침을 꿀꺽 삼키고 '침착, 침착'을 되뇌는데 긴나라가 쓰러진 선혜의 머리 위로 지팡이를 높이 쳐들었다.

"······?!"

수호의 얼굴이 하얗게 질렸다.

수호는 발버둥 쳤다. 순간 스칸다와 부단나, 비사사가 잠자듯이 바닥에 쓰러졌다.

34 바루나, 싸움을 시작하다

수호의 마음 안.

비사사는 젖은 들판을 찰박이며 들어섰다.

마음에 들어선 비사사는 스무 살쯤 되어 보이는 여자였다.

길게 땋아 내린 백발 머리에, 이마 한가운데에는 작고 하얀 뿔이 나 있다. 눈은 고양이처럼 동공이 가늘고 얼굴과 손등과 맨발에는 짐승처럼 털이 나 있고 손발톱이 길다. 어깨에는 장궁과 활통을 메고 있다. 활의 깃털은 흰빛, 활대는 금빛이었고 활촉은 붉은빛이다.

부단나는 남자인 것을 제외하면 비사사를 꼭 닮은 모습이다. 마찬가지로 백발이었고 이마에 뿔이 있고, 눈은 고양이 같고 손발바닥에 푹신한 털이 나 있다.

다른 점이 있다면 무기 대신 두 손이 새빨갛고 화상이라도 입은 듯 울룩불룩하다는 점일까. 밖에서도 비슷해 보였지만 마음 안에 들어서니 쌍둥이나 다를 바 없었다.

중갑옷을 입은 스칸다 둘을 앞세운 채 날개를 펴고 멀찍이 내려섰다.

'들판인가.'

비사사는 마음에 들어서자마자 생각했다. 부슬비가 내리는 탁 트인 평원. 예상치 못한 풍경이었다.

'이상하네, 보통 사람의 마음은 좁고 어둡고 칙칙한 동굴일 때가 많았는데.'

호수를 등지고 선 카마를 본 비사사는 조금 더 당황했다. 괴물도 기형 생물도 아닌 번듯하게 생긴 사람이다.

그건 둘째 치고, 분명 스칸다가 '다르마파사'로 묶어놓고 나왔다고 했는데, 어떻게 풀었는지 밧줄을 손에 들고 휘휘 돌리고 있다. 밧줄은 물에 젖은 듯 반짝였다.

"저 밧줄을 감싼 물이 저 카마의 무기야, 누나."

부단나가 먼저 파악하고 말했다.

"그래, 그리고 사람이고."

지난 생에 겨우 퇴마사가 된 두 사람은 지금까지 마음이 병든 사람의 안에만 들어갔었다.

교단의 가르침을 엄격하게 따르면야 모든 카마가 위험하다지만, 퇴마사의 인력은 한정되어 있고 카마의 숫자는 무궁무진하다. 자연히, 이들이 주로 퇴치하는 카마는 인간의 마음에 크게 해를 끼치는 위험한 카마였다. 사람에게 자잘한 병이 있어도, 웬만하면 자연 치유를 기대하고, 위급한 환자를 우선 치료하는 셈이라고나 할까.

그렇기에 이들이 만나는 카마는 주로 괴물이거나 요괴의 모습이었으니, 이처럼 인간같이 생긴 카마는 처음이었다.

'멀쩡한 사람 모습의 카마라, 특이하군. 건강해 보이고, 비틀린 부분도 없어 보이고. 비틀린 욕망은 아닌 건가.'

그렇다고 한들 명령은 명령, 카마는 카마. 없애지 않을 이유는 없었다.

두 신장, 금강과 긴나라의 말을 들어보면 뭔가 사연이 있는 놈인 듯도 했지만, 마찬가지로 나한인 두 사람이 신경 쓸 일이 아니었다.

밧줄을 휘휘 돌리던 바루나가 물었다.

"너희 둘은 상처가 뭐야?"

바루나의 질문에 비사사와 부단나가 마주 보았다.

"말도 하네."

부단나가 비사사에게 말했다.

"상처가 뭐냐는 게 무슨 뜻이지, 카마?"

비사사가 바루나에게 물었다.

"퇴마사들은 다 상처가 있는 줄 알았는데."

바루나가 밧줄을 몸 주위로 한 바퀴 돌려 훌라후프처럼 고리 모양을 만들며 말했다.

비사사는 살짝 기분이 나빠졌다. 카마가 시간을 끌면서 새무기 다루는 법을 연습한다는 기분이 들었기 때문이었다.

'설마, 카마가 그 정도까지 지능이 높을 리가.'

카마는 마음의 조각. 사고 체계가 풍성하지 못하고 어리고 유치하거나, 지능이 낮고 폭력적일 때가 많다. 애초에 단 하나의 목적만으로 움직이는 것이 그리 복잡한 생각을 할 리가 없다.

"꼭 육체의 상처만이 무기가 되는 것이 아니야."

비사사가 답했다.

"마음의 상처도 마찬가지로 무기가 되지. 부단나와 나는 지난 생애에 희로애락의 번뇌를 억누르는 고행을 했고 그로 인해 각자의 무기를 얻었다."

바루나는 눈을 찡그리며 '그런 건 왜 하는 거야' 하는 표정을 지었다.

"그럼 밖에 있는 저 할아버지도 그쪽인가 보네. 뭘 지웠지? 웃는 얼굴? 유머 감각?"

"감히 누구를 입에 담는 거냐."

비사사가 화를 냈다.

"곧 정화될 잡귀 따위가 스승님을 함부로 부르다니."

부단나가 이어 화를 냈다.

"무슨 소리야."

바루나는 밧줄을 팔 주위에 칭칭 감은 뒤 말했다.

"너희를 없애고 나면 다음엔 그 자식하고도 싸워야 할 텐데."

부단나와 비사사는 서로를 마주 보았다.

비사사는 후, 하고 한숨을 쉬며 활을 재었다.

"잡귀의 헛소리를 더 들어주기 힘들군. 마음의 번뇌여, 사람의 마음을 혼탁하게 하는 욕망의 응어리여, 퇴마사 비사사, 부단나, 스칸다가 너를 정화하겠다."

"미안하지만 그렇게 못 하겠는데."

바루나가 원형으로 만든 밧줄을 앞으로 들어 보이며 말했다.

"절대로 아무에게도 지지 않겠다고 누구랑 약속을 해놔서."

비사사는 어처구니가 없어 웃었다.

"카마 따위가 퇴마사를 이길 수는 없다."

"그 말 다시는 듣고 싶지 않거든."

바루나는 땅을 박차고 달려들었다.

수호는 식은땀을 흘리며 자신의 주위에 길게 누운 세 아이를 바라보았다.

마음이 날뛰었다. 마음 안에서 싸움이 벌어지고 있다는 뜻이다.

'바루나 혼자서 셋은 무리야. 아니 둘, 하나도 무리인데.'

나라도 들어가서 도와주어야 하나? 하지만 내가 들어간다고 도움이 될까? 선혜를 놔두고 들어가도 되나? 여기 있다 한들 내가 선혜에게 도움이 되나?

마음 안에서 '바쁜데 시끄러워' 하는 소리가 들리는 것 같았다.

"시작하자, 마호라가."

"한 가지만 약속해줘, 금강."

선혜는 주저앉아 부서진 다리를 내려다보며 말했다.

"내가 지면 수호는 집에 돌려보내줘."

"물론이다, 마호라가."

금강이 말했다.

"나와 긴나라는 너와는 달리 진짜 퇴마사다, 마호라가. 우리의 적은 마구니와 카마지 사람이 아니다."

"선혜를 먼저 보내줘!"

금강이 동작을 멈추고 소리가 난 쪽을 돌아보았다. 수호가 팔이 붙들린 채 말하고 있었다.

"몸도 불편한 어린애한테 다 큰 어른들이 무슨 짓을 하는 거야!"

모두가 멀뚱한 눈을 하고 입을 다물었다.

이세계에서 싸우던 사람들이 그 말 하나로 갑자기 현실로 돌아와버린 얼굴들이었다. 우람한 몸집의 금강과 늘씬한 긴나라 앞에 작은 강아지처럼 앉아 있는 선혜의 모습이 묘하게 도드라졌다.

다들 괜히 민망한 얼굴이 되었다. 금강이 헛기침을 했다.

"마호라가는 어, 어흠, 어린애가 아니다."

"어린애야!"

수호가 소리쳤다.

"눈앞에 있는 사람이 어린애라는 것도 못 알아보는 사람이 무슨 퇴마사야!"

수호의 외침에 모두의 표정이 굳었다.

"선혜를 놓아주지 않으면……."

"않으면?"

긴나라가 옆에서 히죽 웃으며 지팡이로 바닥을 톡톡 두드렸다.

"수다나."

수호의 뒤에 있는 사람을 부르는 듯했다.

수다나라 불린 청년이 신호를 받고 수호의 팔을 놓았다. 풀려난 수호는 당황했다. 성당에 있는 모두의 시선이 수호에게 쏟아졌다.

"뭘 할 건데?"

몸이 자유로워지자 역으로 무력감이 쏟아졌다.

112에 신고할까? 나가서 살려달라고 고함을 지를까? 아니면 저 신부의 다리에 매달려 애원해야 하나?

경찰이 들이닥쳐봤자 이미 늦을 거고, 제때 도착한다 한들 상황을 설명할 도리도 없다. 성당에서 다정하게 곤히 자는 풍경을 보고 무슨 생각을 하겠는가?

"풀어줬잖아. 뭐든 마음대로 해봐."

드러누운 아이들이 비웃는 것만 같았다.

수호는 일어났다. 일어나자 더욱 제 몸이 작게 느껴졌다. 수호는 걸어가 선혜의 앞을 막아섰다. 긴나라의 웃음이 뒤통수에 내리꽂히는 듯했다.

내가 아무것도 못 한다는 것을 다들 알고 있다. 어차피 싸움이 벌어지는 곳은 현실이 아니다. 밖이라도 선혜의 몸을 지킬 수도 없지만 지킨다 한들 내가 막을 수 있는 일이 아니었다.

"수호, 난 괜찮아."

선혜가 침착하게 말했다.

"이건 내 싸움이야. 좀 당혹스럽겠지만 우리는 전사고 이건 우리 일상이야. 신경 쓸 것 없어."

'시간을 벌어야 해.'

수호는 생각했다.

'생각할 시간도, 전략을 짤 시간도 필요해. 시간이 느려지게 만드는 곳……'

수호는 선혜를 마주 보고는 품에 끌어안았다. 선혜는 조금 당황했다.

"수호, 괜찮아. 이럴 필요 없어. 난……."

"바루나를 데려올게."

수호는 선혜에게 속삭였고 그대로 쓰러졌다.

멀리 크고 너른 호수가 눈에 들어왔다.

익숙하고도 낯선 풍경. 지평선 끝까지 사람 하나 없는 들판.

수호가 고개를 들어보니 한 궁사가 코앞에서 활을 겨누고 있었다. 여자인 것을 보니 아까 비사사라 불린 여자애인가 싶었다. 팽팽하게 당겨진 활시위에 화살은 다섯 개나 재워져 있었다.

수호는 소리를 질렀다.

"으악?!"

"으헉?!"

비사사도 같이 놀라 소리 질렀지만 시위를 놓는 걸 멈추지는 못했다.

수호가 비명을 지르며 머리를 감싸고 몸을 웅크리는데 옆에서 매서운 바람이 불었다.

활이 얼음에 부딪혀 깨지는 소리.

수호의 머리 위로 얼음 조각이 눈처럼 우수수 떨어졌다. 곁눈질해보니 바루나가 자기 몸만 한 얼음 방패를 들고 수호의 앞을 막아서고 있었다.

물의 칼을 회전시켜 만든 얼음 방패는 전에 마호라가와 싸웠을 때보다 세 배는 커 보였다. 큰 파라솔처럼 몸 전체를 감싸는 형태다.

바루나의 몸은 머리에서부터 발끝까지 상처로 가득했다. 상처마다 금빛 가루가 흘러나왔다.

수호의 마음 안 풍경은 엉망이었다. 이미 긴 전투가 벌어지고 있었던 모양이다. 들판은 여기저기 움푹 파였고 잡목은 벼락이라도 맞은 듯이 꺾였거나 뿌리가 뽑혀 나와 있었다.

멀찍이 서 있던 부단나가 놀라 눈을 깜박였다. 그보다 더 멀리 서 있는 스칸다의 표정이 식었다.

전면에 나서 있는 비사사만 좀 숨이 거칠어지고 옷매무새가 헝클어졌을 뿐, 멀찍이 선 두 사람의 몸에는 잡티 하나 없었다. 바루나가 시간을 끌기는 했어도 아직 저 두 사람은 전투에 나서지도 않았다는 뜻이다.

"뭐 하러 들어왔어?!"

바루나가 비사사에게 시선을 꽂은 채로 고함쳤다. 수호가 답했다.

"나와 같이 나가야겠어."

"지금 상황 보고도 그 소리가 나와? 여긴 네 마음이야! 나더러 어딜 가라고? 네가 네 마음에서 어딜 나가?"

"마호라가가 위험해."

바루나의 이마에 픽, 하고 혈관이 돋는 듯했다.

"지금 내가 위험한 건 안 보여?"

"이 사람들이 마호라가를 죽이려고 해."

"그러니까 나도……."

바루나는 반박하려다가 수호가 뭘 들을 상태가 아니라는 걸 깨달았는지 우산을 접듯이 공중에서 방패를 확 내리쳐 본래의 모습으로 만들었다.

수호는 바루나의 창이 채찍처럼 길고 가늘게 땅에 늘어지는 걸 보고 '언제부터 저런 모양이었지?' 하고 혼자 어리둥절했다.

426

자세히 살펴본 뒤에야 수호는 얼음 안에 긴 밧줄이 들어 있다는 것을 알았다. 뭔진 몰라도 저게 지금 일종의 뼈대 역할을 하는 건가.

"나가! 방해만 되니까."

"나가 있어도 도움 안 되는 건 마찬가지야."

수호는 마음속으로 뽀큐를 올리는 상상을 했고 익숙한 파타검 모양을 뽑아냈다. 건틀릿이 수호의 오른 손목과 손을 감쌌고, 손등에서 한 자 길이의 얇은 검이 뽑혀 나왔다.

수호는 눈치채지 못했지만 멀리서 스칸다의 눈이 움찔했다.

수호의 팔은 조금 전 스칸다가 산산조각을 냈다. 마음의 상처는 죽음에 이르지 않는 한 회복할 수 있지만, 바깥에서 몸이 회복하기 위해 체력을 요하듯이 그만큼의 정신력을 요한다.

적어도 수호가 입은 상처는 보통 퇴마사라면 며칠에서 몇 주는 마음에 들어오지 못할 만한 상처였다.

스칸다는 어쩐지 불길해졌다.

'회복이 빨라……?'

"널 지키며 싸울 수는 없어. 나가!"

바루나가 반복해서 말했다.

"지켜야 할걸. 아니면 내가 여기서 죽을 테니까. 내가 죽으면 너도 죽고, 네 목적이 뭐든 간에 그것도 날아가는 거야."

바루나의 이마에 다시 혈관이 돋았다.

"지금 뭘로 협박하는 거야? 그거 네 목숨이거든?!"

"논쟁할 시간 없어."

수호는 칼을 양손으로 쥔 채 바루나 옆에 섰다.

수호는 진심이었다. 일단 선혜를 구해야 한다는 생각으로 머리를 다 채우고 나니 자신의 목숨뿐 아니라 바루나 그리고 여기에 있는 모든 사람의 목숨이 아무것도 아닌 듯 느껴졌다.

선혜를 구해야 한다. 아니면 돌아가서 진씨를 볼 면목이 없다.

"내가 바라는 건 너도 바란다고 했지?"

수호는 이어서 마음속으로 말했다.

'서로 생각이 전해지는 걸 이용하면 들키지 않고 전략을 교환할 수 있을 거야. 날 이용해서 전략을 짜봐.'

〔…….〕

마음 너머에서 바루나의 침묵이 전해져왔다.

'마호라가에 대한 네 생각이 어떻든 간에, 어차피 너도 저 퇴마사들을 이길 생각이잖아. 일단 우리 목적은 같아. 협조해.'

〔누가 누구더러 협조하라고?〕

화를 내면서도 바루나는 늘어뜨린 창의 한가운데를 끊어 양손에 쥐고는 빳빳하게 세워 양손검처럼 들었다.

구시렁거리기는 해도 전략을 짜는 얼굴이었다.

✦

선혜는 축 늘어진 수호를 끌어안고 금강과 긴나라를 올려다보았다.

"적이 하나 더 는다는 생각은 못 했는데."

긴나라가 모자를 고쳐 썼다.

"늘지 않았다."

금강이 말했다.

"카마도 본인이고 들어간 것도 본인이다. 자신을 둘로 나눠봤자 하나일 뿐이다. 카마가 아무것도 아닌 이유다. 더해서 훈련조차도 되지 않은 어린애고."

"나이로 능력을 판별하는 건 우리 세계에선 어울리지 않아."

선혜가 말했다.

"시작하자. 금강, 긴나라. 우리는 어른의 싸움을 해야지."

선혜는 잠시 수호를 내려다보고는 입을 열었다.

"심소로 들어와라."

선혜의 눈이 진홍빛으로 빛났다.

35   퇴마사의 유혹

주홍빛 저녁 햇살이 스테인드글라스의 오색 장식을 통과해 내려오며 바닥에 빛의 그림을 그렸다.

마호라가는 황금빛 밀밭 그림의 빛을 받으며 성당 한가운데에 앉아 있었다.

성당은 미끈한 현대식 건축이 아닌 낡고 오래된 건물로 변했다. 사람이 채석장에서 직접 잘라내어 손으로 쌓은 듯한 삐뚤빼뚤한 돌벽, 하늘을 찌를 듯한 높은 천장과 천장에서부터 바닥까지 이어진 나무 창문. 제단과 의자도 통나무를 깎아낸 형태로 변했고 축축한 돌바닥에는 이끼와 잡풀이 돋아났다. 벽에는 수백 년은 걸어놓은 듯한 낡은 크리스마스 장식들이 빼곡했다.

금강은 거대한 석상을 닮은 모습이 되어 제단을 등지고 서 있고, 긴나라는 팔짱을 낀 채 멀찍이 서 있다.

마호라가는 빠르게 전황을 살폈다. 태양의 신 이름을 딴 애검 사비트리는 없어졌고 기술의 신 이름을 딴 의족 트바스트리도 무릎 아래에서부터는 부품이 덜그럭거렸다.

검은 그렇다 쳐도 다리를 잃은 것이 컸다.

다리를 운용할 수 없다면 몸으로만 싸워야 하는데, 상대는 맨몸 전투로는 공격이나 방어나 신장 중 제일이라는 금강이

다. 더해서 긴나라는 마음의 소리를 형상화한다. 긴나라가 적이라면 속임수나 기습이 불가능하다.

'기술 없이 몸을 쓰는 우직한 대결밖에 없다는 건가, 내 취향은 아니지만.'

마호라가는 무릎 아래가 부서진 트바스트리를 내려다보았다. 애를 쓰면 한 번은 변형할 수 있을 것 같았다.

'하지만, 어떤 모양으로?'

인간의 다리로 바꾸는 것이 정석이겠지만. 변형도 되지 않는 평범한 의족을 달고 저 금강과 몸으로 싸워서는 가망이 없다.

'무게중심이 무너지지 않을 더 안정된 형태가 필요하다.'

마호라가는 생각했다.

'부품이 줄었으니 큰 물건을 만들 수도 없고.'

트바스트리의 드러난 관절에서 치익, 하고 증기가 뿜어 나왔다.

부품이 얇게 분해되고 결합하며 변형이 시작되었다. 다리는 부품이 여기저기 달라붙더니 바퀴가 작은 미니벨로형의 은색 자전거 모양으로 바뀌었다. 이어 측면부에 전동기가 생겨나 달라붙으며 전동 자전거처럼 변했다.

마호라가가 시동을 걸자 페달이 핑그르르 회전했다. 금강의 얼굴이 무거워졌다.

"날 놀리는 거냐, 마호라가?"

"내게 놀릴 여력이 있다고 생각하는가 보네."

마호라가가 다른 다리를 페달에 올려놓고 시동을 걸었다.

바루나는 생각에 잠겼다.

'저 비사사와 부단나라는 퇴마사들, 나한이라는 건 진과 비슷한 신분이라는 건가. 마호라가보다는 확실히 기술도 단순하고 힘도 약하다.'

바루나는 멀찍이 선 스칸다를 힐끗 보았다.

'하지만 문제는 뒤에 있는 저 스칸다라는 퇴마사. 저게 나한이라면 아마 나한 중에서는 최상위일 거다. 방심할 상대가 아니다.'

신경 쓰지 않으면 언제 뛰어들지 모르고, 그렇다고 신경 쓰다간 눈앞의 적을 놓친다.

아마도 그런 용도로 대기하고 있겠지. 힘과 전력을 아끼고, 내가 지쳤을 때 뛰어들기 위해서. 만일의 경우를 대비해서.

즉, 요행을 기대할 수 없는 전투.

'부단나는 맨몸 격투에 적합한 체형은 아니고, 무기가 없는 걸 보면 아난타처럼 마법계인가.'

물론 그걸 마법이라고 부른다면 말이지만.

'스칸다는 갑옷 무게 때문에 움직임이 빨라 보이지는 않는다. 처음에 총을 썼으니 원거리 공격계라고 봐도 좋을까.'

하지만 우선은 눈앞의 적부터였다.

〔내 생각에 집중해, 쥐방울.〕

바루나가 말하자 빗방울이 천천히 떨어지기 시작했다.

이 공간은 말 그대로 수호 마음의 세계. 다 통제하지 못한다 해도 모두 수호의 마음인지라 수호의 생각에 반응한다.

〚일일이 네게 지시하면서 싸울 수는 없어. 내가 보는 것을 너도 같이 봐야 해. 내가 원하는 것을 바로 할 수 있어야 해.〛

'같이 볼 수 있어야 한다?'

수호가 물었다.

〚'내' 눈으로 보는 거야. 내게 집중해.〛

'바루나의 시선으로 본다고? 가능할까?'

수호는 의문했다. 하지만 가능한지 아닌지 따질 시간이 없다.

수호는 눈을 감았다. 어둠 속에서 양손검을 든 바루나의 형상이 느껴졌다.

바루나의 무기를 포함해 몸 전체가 흐르는 물처럼 보였다.

그 앞에 빛으로 이루어진 듯한 비사사가 활시위에 활을 재고 있다. 비사사의 손가락 움직이 선명하게 눈에 들어왔다. 활이 직각에 가까울 만큼 팽팽하게 휘는 모습이, 화살대 끝의 깃이 파르르 떨리다 멈추는 모습이. 평상시 수호의 동체시력으로는 볼 수 없는 세밀한 움직임.

비사사의 호흡이 잠시 멎었다.

팽팽하게 긴장한 손에서 불거진 힘줄이 가라앉는다. 궁사가 힘을 풀듯이 활을 놓는다. 활이 물결치듯 진동하며 시위에서 튕겨 나간다.

바루나가 속삭였다.

〚들어가.〛

들어가라고?

내 쪽이 공격이야? 방어가 아니라?

의심이 들었지만 수호는 깊이 생각하지 않았다.

"이야아아아아압!"

수호는 소리를 지르며 비사사의 몸을 향해 뛰어들었다.

'참, 마호라가가 소리 지르지 말라고 했는데.'

아니다, 그건 기습할 때였지.

화살이 수호를 향해 정면으로 날아들었지만 수호는 멈추지 않았다. 바루나가 지시한 이유가 있을 것이다. 의심하면 안 된다. 의심할 필요가 없다.

바루나는 '내 마음'이다.

내 생각이다.

'바루나의 생각에만 집중한다.'

뒤에 선 바루나의 창이 사슬처럼 길게 늘어났다. 늘어난 무기는 공중에서 비사사의 화살을 한 번에 휘감아 멀리 내리쳤다. 비사사는 황급히 활통에서 다시 활을 꺼내 다시 시위에 걸었다.

찰나의 공백.

수호는 비사사의 시선이 자신을 마주하는 것을 보았다.

'아하.'

수호는 그제야 전략을 이해했다.

바루나가 바람처럼 움직였다. 수호의 등에 숨듯이 다가오더니 수호의 어깨를 발로 밟았다. 바루나의 양손검은 이내 창 형태로 바뀌어 있었다.

그렇게 큰 사람이 어깨를 딛는데도 새털처럼 가벼웠다. 하지만 이미 바루나의 마음을 읽은 수호는 바루나가 밟는 방향으로 넘어지며 옆으로 몸을 굴렸다.

바루나는 그대로 높이 날아올라 비사사의 머리 위에서 창을 내리쳤다.

그때, 멀리서 부단나가 손가락을 튕겼다.

부단나의 손끝에서 불꽃이 일었고 이내 바루나의 창이 불에 휩싸였다. 창은 비사사의 몸에 닿기 전에 수증기를 뿜으며 녹았다.

바루나는 몇 걸음 물러나 내려섰다. 창과 함께 안에 심어 놓은 밧줄이 타들어가는 것을 말없이 바라보았다. 불은 바루나의 손을 같이 태웠지만 바루나는 무기를 내려놓지 않고 끝까지 지켜보았다.

수호는 바루나가 상대방 무기의 작동 원리를 관찰하고 있다는 것을 깨달았다.

'불이라……. 바루나에겐 상성이 안 좋아.'

수호는 생각했다.

'아니, 불과 물이라면 둘 중 약한 쪽이 불리하다고 봐야겠지만.'

비사사는 음울하게 서 있었다. 다음 순간, 비사사의 등에서 활통이 쩍 갈라지며 반으로 잘린 화살이 툭툭 흘러내렸다.

"나까지 나서야 할 줄은 몰랐는데, 누나."

부단나가 묘하게 애교 섞인 목소리로 말하며 비사사의 옆에서 어깨를 비비적댔다.

"처음부터 무기를 노렸어."

비사사가 부러진 화살을 내려다보며 믿기지 않는다는 듯 답했다.

"알아, 머리가 좋아."

부단나가 혀를 핥으며 답했다. 스칸다는 멀찍이서 차분히 서 있었다. 잠깐 졸았는지 고개를 까닥하는 게 눈에 들어왔다.

'적이 둘로 늘었다.'

수호는 긴장하며 생각했다.

'승기를 잡아봤자 적이 늘어날 뿐이다…….'

"누나는 공격이 너무 정직한 게 탈이야."

부단나는 히죽 웃으며 비사사의 어깨에 고개를 올려놓고 손가락을 들어 올렸다.

"약한 것부터 무너뜨려야지."

부단나가 손을 튕기자 수호의 검에 불이 확 붙었다.

'!'

수호는 당황해 불꽃을 떨구려고 했지만 불은 순식간에 건 틀릿을 타고 팔꿈치까지 올라왔다. 불에 휩싸인 검이 빨갛게 달아올랐고 옷에 불이 붙었다. 진에게 받은 이후로 마음 안에 서도 계속 나타나는 재킷이었다.

바루나가 물웅덩이를 발로 차올렸다. 한 줌의 물이 살아 있 는 듯 날아와 수호의 팔을 둘러싸 감쌌다. 팔을 차갑게 식힐 뿐 아니라 공기도 차단했다.

수호의 팔이 식는 사이에 부단나가 비사사의 손을 쥐었다.

부단나는 비사사와 함께 바루나를 향해 빈 활시위를 당겼 다. 그러자 비사사의 활시위에 불타는 화살이 나타났다. 불의 화살은 비사사의 손가락 사이에서 다섯 개로 갈라졌다.

"누나는 여전히 정직하다니까."

부단나는 혀를 차며 다른 한 손으로 비사사의 고개를 돌리 고, 비사사의 손을 가볍게 틀었다. 불의 화살이 수호를 향했다.

"……!"

수호의 마음이 쿵, 하고 내려앉았다.

죽음에 대한 공포가 줄어든 이후로, 최근에는 이 정도까지 마음이 뒤흔들린 적이 없었다. 수호는 뒤늦게야 그것이 자신의 마음이 아니라 바루나의 마음이라는 것을 깨달았다.

바루나는 가슴을 붙들고 한 걸음 뒤로 물러났다.

수호의 앞을 막아선 바루나의 가슴에서는 수증기가 피어올랐고 황금빛이 툭툭 떨어졌다.

바루나는 입을 꾹 다물고 등 뒤의 수호를 향해 손을 뻗었다. 수호의 손을 감쌌던 얼음이 주인에게 돌아가듯 바루나의 손을 향해 이동했다.

비사사의 등에 업혀 있다시피 붙어 있던 부단나가 유유히 휘파람을 불며 손가락을 튕겼다. 수호의 팔에 도로 불이 붙자 바루나는 황급히 얼음을 되돌렸다.

"무기 없이 괜찮겠어, 카마?"

부단나가 비사사의 활시위에 불의 화살을 만들며 조롱하듯 물었다.

"……."

바루나는 입을 다물었다.

"바루나……."

수호가 당황해서 얼음에 둘러싸인 오른손을 왼손으로 붙든 채 바루나를 부르자, 바루나는 '쳇' 하는 얼굴로 한쪽 눈만 뜨고 팔을 늘어뜨렸다.

바람을 가른 불의 화살이 다시 바루나의 몸을 꿰뚫었다.

바루나는 뒤로 넘어졌다. 몸에서 조금 전보다 밝은 황금빛이 피어올랐다. 바루나는 말없이 몸에 박힌 활을 손으로 움켜쥐고는 뽑아서 멀리 던졌다.

불화살을 쥔 바루나의 손은 피부가 벗겨지고 검붉게 변해 있었다. 이 세계의 '피'일 빛조차 흘러나오지 않는다.

수호는 당황해서 소리쳤다.

"날 지키지 마, 바루나!"

"닥쳐! 누군 지키고 싶어서 지키는 줄 알아!"

수호는 칼을 다른 형태로 변형해보려 했지만 얼음에 뒤엉켜 있어 쓸 수가 없었다. 어차피 바루나가 얼음을 떼어내면 다시 불이 붙을 터였다.

그때 둘의 대화에서 뭔가 깨달았는지, 부단나가 비사사의 귀에 뭔가 속삭였다. 비사사는 잠시 생각하더니 어째 좀 부끄러워진 얼굴로 고개를 끄덕였다.

"카마."

부단나가 턱짓으로 바루나를 가리켰다.

"그렇게 싸우다간 우릴 못 이겨."

"내 일에 신경 꺼."

바루나가 답했다.

"그렇게 애써 네 본령을 지킬 필요 없어."

"?"

바루나가 눈을 깜박였다.

"무슨 소리야?"

"마호라가가 말해주지 않았나 보네."

부단나가 이어 말했다.

"하긴, 해줬을 리가 없지. 그 사람은 너나 그 애를 이용할 생각만 했을 테니까."

부단나의 말에 바루나의 눈이 움찔했다.

"카마, 만약 네가 마력이 높은 마구니와 계약해 그 하수인이 된다면, 그 마구니는 본래의 인격이 죽어도 너를 계속 살게 해줄 수 있어."

"……."

바루나는 입을 꾹 다물었다.

"누나, 이 카마는 아직 마구니를 만난 적이 없나 봐. 그랬으면 바로 알려줬을 텐데."

부단나가 장난꾸러기 같은 표정을 지었다.

"오히려 네 목적을 이루기에는 더 적합하지. 그게 뭐든 간에."

비사사는 부단나가 계속 떠드는 사이에 민망한 얼굴로 슬슬 발을 옮겨 멀찍이 섰다.

"지금 너는 그 약해 빠진 몸의 주인을 지키느라 비효율적으로 싸워야 하니까. 신장 마호라가는 그걸 알고 네가 마구니와 계약을 못 하게 막은 거야."

「수호라는 이 마음의 주인을 없애고,」

파순의 말이 문득 바루나의 머리에 떠올랐다.

「마음의 주인을 너로 대체하는 거다.」

"……."

바루나는 침묵했다.

"네 목적이 뭔지 몰라도, 그 초보 퇴마사나 타락한 퇴마사랑 붙어 있는 것보다는 마구니에게 협조하는 게 네 목적을 이룰 훨씬 더 빠른 길이라는 거야."

부단나가 방긋 웃었다.

"네 목적은 네 본령을 지키는 게 아니야. 네 목적은 단지 네 목적을 이루는 거지."

수호는 당황해서 바루나의 얼굴을 살폈다. 바루나의 표정에는 변화가 없었다.

"퇴마사가 할 만한 이야기가 아닌데."

바루나가 입을 열었다.

"지금 퇴마사가 카마와 마구니의 계약을 종용하는 건가?"

"이이제이라는 거지. 적으로 적을 물리친다. 공동의 적을 위해 협조하자고."

부단나의 말에 바루나가 피식 웃었다.

"더 괴상한 말이로군. 너희의 적은 나지 수호가 아니잖아."

'왜 이렇게 머리가 좋아?'

부단나는 불만스럽게 생각했다.

'카마는 인격의 조각, 불완전한 마음이야. 보통 어린애들 같아서 웬만해선 넘어오는데.'

"마구니에게 홀린 타락한 인간을 지킬 의무는 없어."

부단나가 말했다. 바루나의 시선이 힐끗 등 뒤의 수호를 향했다.

"우리는 욕망과 싸워. 하지만 어차피 인류의 욕망을 다 없애는 건 불가능하고 의미도 없어. 우린 말하자면 경찰이고,

경찰도 범법자를 이용하지. 너만큼 대화가 통하는 카마라면, 없애는 대신 우리 편으로 끌어들이는 게 더 나을 것 같아."

"……."

"우리가 네 본령 대신 네 목적을 이루는 것을 도와주겠어. 대신 우리에게 협조하고 마구니에게 몸을 의탁해서 정보를 빼오면 돼."

"……."

"어차피 그 초보 퇴마사와 넌 우리를 못 이겨. 이대로 죽어 사라져 네 소망을 이루지 못하면 아무 소용 없잖아? 어때?"

"그래서,"

바루나는 말했다.

"지금 나더러 꼬맹이를 없애라고?"

"아직은 마구니와 계약을 안 했으니 그러면 안 되겠지만, 일단 귀찮게 구는 꼬마는 좀 두들겨서 혼을 내주고 앞으로 우리와 진지한 대화를 나눠보면 어때?"

"……."

바루나는 수호를 돌아보았다.

"그래, 잘 생각했어."

부단나가 칭찬했다.

36 이럴 가치가 있을까

수호는 할 말을 찾지 못하고 바루나를 마주 보았다.

바루나가 저들의 편에 선다면 방법이 없었다. 저들의 말이 맞는지 틀리는지는 몰라도, 퇴마사 셋에 바루나라니. 아니, 퇴마사는 다 지우고라도 바루나라니.

그리고 이미 지난 전투에서 깨닫지 않았는가. 나는 바루나를 공격할 수 없다. 나 자신을 베어내는 것이나 마찬가지였다.

'하지만…….'

바루나, 네가 내게 준 선물이 있다면 두려움을 없애준 것이 아니던가.

'지금까지 지켜준 것만으로도 이미 난 네게 갚을 수 없는 빚을 졌어.'

수호는 그렇게 생각하고 팔을 늘어뜨렸다.

바루나가 불만스러운 얼굴을 했다. 수호는 뒤늦게야 자기 생각이 바루나에게 전해졌다는 것을 알았다.

바루나는 퇴마사들을 돌아보았다.

"난 누가 '너를 위해' 한다는 말을 기본적으로 믿지 않는 성미라서."

"의심이 많은 카마네."

부단나가 말했다.

"네놈들이 진심이라면 내가 아니라 수호를 설득했어야지."

바루나가 답했다.

"대체 네 목적은 뭐야?"

바루나는 부단나의 질문에 피식 웃었다. 부단나가 이어 말했다.

"웬만한 카마라면 목적이 무엇이든 이 말에 넘어갔어야 하는데."

"난 내 목적에 합당하게 움직이고 있으니 신경 쓸 것 없어."

"빈정거리는 게 목적인가……."

수호는 눈밭에 파묻혀 '빈정거리는 걸 잘하게 해줘……' 하는 자기 모습을 떠올렸다가, 바루나의 짜증이 전해지는 바람에 그만두었다.

"저 녀석, 얼핏 봐도 뭐 그리 대단한 소원을 빌었을 것 같지도 않은데, 왜 너 혼자 세계 정복이라도 할 것처럼 굴고 있어?"

수호는 '역시……' 하다가 바루나의 표정을 보고 황급히 생각을 접었다.

부단나가 말하는 사이, 수호는 손이 뜨거워지는 것을 느꼈다. 손을 덮은 차가운 기운이 사라졌고 검이 다시 불에 달군 듯 뜨거워졌다.

〔잠깐만 참아.〕

바루나는 비사사와 부단나에게 시선을 고정한 채 마음으로 말했다.

수호는 차가운 물이 몸을 타고 내려가는 것을 느꼈고 이내 발밑의 땅이 젖는 것을 느꼈다. 젖은 자리가 땅을 기며 슬금

슬금 부단나를 향해 전진했다.

〔검을 실처럼 뽑아내는 건 할 수 있지?〕

바루나의 목소리가 들렸다.

〔내가 신호하면 저 비사사라는 궁사의 어깨 왼쪽 위에서 오른쪽 아래로 베어내.〕

'그러다 저 사람 죽으면……'

수호의 말에 바루나의 한숨이 들려왔다.

〔사람 말고 활 말야. 활, 활을 없애.〕

수호가 고개를 끄덕이려는 찰나 바루나가 덧붙였다.

〔알아들은 척하지 말고.〕

〔눈짓도 주지 말고. 이상한 연기 하려 들지 말고, 그냥 겁먹은 표정으로 쭈그러져 있…… 아니, 그냥 아무것도 하지 마.〕

부단나의 등을 타고 물이 올라갔다. 부단나가 무심코 손으로 등을 만졌지만 계속 비가 내리는지라 눈치채지 못했다.

깨달았을 땐 이미 두 손에 얼음의 사슬이 휘감긴 뒤였다.

"뭐야?"

부단나는 얼음에 묶인 두 손을 내려다보며 소리를 질렀다.

"부단나?"

비사사가 홱 뒤를 돌아보았다.

"지금!"

바루나가 몸을 숙이며 외치는 것과 동시에 수호는 칼을 뽑아 들었다. 실처럼 가는 검이 하늘 끝까지 뻗어 나갔다.

'내려놓는다!'

수호가 검을 떨구려는 찰나, 멀리서 귀가 먹먹한 총성이 울렸다.

자전거가 성당 안에 긴 궤적을 그렸다.

심소 안 성당 의자와 제단은 모두 바퀴가 지나간 자국을 따라 부서졌고 벽과 천장 가까운 곳에도 바퀴 자국이 그려져 있었다.

마호라가는 다른 다리로 바닥을 짚고 크게 회전한 뒤 다시 부르릉 시동을 걸었다.

자전거 모양으로 만들었다지만 트바스트리는 기술의 신 이름을 딴 마호라가의 무기, 견고함과 강도가 현실 세계의 물건과 차원이 달랐다.

금강의 주변에는 바닥에 운석이라도 내리꽂힌 듯 움푹 파인 자국이 나 있었다. 자국은 교묘하게도 바퀴 자국을 따라 이어졌고 새로운 바퀴 자국은 그 자리를 절묘하게 피해 나 있었다.

긴나라는 그 난리 통 속에 모자와 기계눈을 연신 고쳐 쓰며 서 있었다. 파인 자국도 바퀴 자국도 솜씨 좋게 긴나라의 주변만 피해 나 있었다. 금강은 자기편이니 긴나라를 공격하지 않고, 마호라가는 자신을 공격하지 않는 적과 싸울 생각이 없었다.

'어차피 전세가 불리하다. 긴나라가 있는 이상 기습전은 불가능하고.'

지금은 금강과 최대한 신사적으로 싸우는 편이 좋다. 그러면 긴나라도 굳이 끼어들지 않을 테니.

445

금강이 우레와 같은 소리를 지르며 마호라가의 자전거를 향해 주먹을 날렸다. 주먹은 쇠처럼 단단했고 수십 차례 여기 저기 부딪치는 통에 뜨겁게 달궈져 있었다.

금강은 이번에는 마호라가가 쥐고 있는 자전거 손잡이를 노렸다. 마호라가는 자전거 앞바퀴를 들어 올려 금강의 주먹에 얹고 그 반동으로 튀어 올랐다. 그대로 하강하며 자전거 바퀴로 금강의 머리를 내리찍으려 했다.

금강이 바퀴를 주먹으로 쳐올리자 마호라가는 그 주먹을 밟고 그대로 공중회전을 했다.

긴나라는 머리 위에서 마호라가 회전하는 것을 귀로 들으며 한가로운 얼굴로 어깨를 들썩였다.

"아무튼 과격하다니까, 마호라가는."

마호라가는 벽을 밟고 다시 그 반동으로 튀어 올라 제단 위의 물건을 부수며 그 위에 착지했다.

자전거가 숨을 헐떡이듯 부릉부릉 소리를 냈다. 제단 위에 놓여 있던 십자가상과 잔과 성서가 바닥에 나동그라졌다.

"불경하다, 마호라가."

금강이 말했다.

"남의 교단에 숨어 들어가 사제인 척하는 게 더 불경하지."

마호라가가 씩 웃으며 말했다.

"싸울 때 생쥐처럼 요리조리 피하는 스타일은 아니었던 같은데."

"나도 취향이 아니야. 하지만 와주기를 기다리는 친구가 있어서 말이지."

"전황 파악하는 능력이 형편없어졌군."

"네 말대로 덜 자라서인가 보지."

"건물이 다 부서지고 나면 그 자전거를 굴릴 곳이 없을 텐데."

"그건 네 생각이지, 늙은이."

"그만 끝내도록 하지, 젖비린내 나는 아가야."

"꼬부랑 할아버지."

"애새끼."

"노인네."

금강이 큰 짐승처럼 제단을 양손으로 붙들었다.

"!"

금강이 힘을 주자 돌로 이루어진 전신에서 힘줄이 불끈불끈 솟았다. 마호라가가 채 시동을 걸기도 전에 제단이 땅에서 나무뿌리 뽑히듯이 뽑혀 나갔다.

마호라가는 얼른 뛰어내리려 했지만 당황해 균형을 잡지 못했다.

우레와 같은 고함과 함께 금강은 높이 들어 올린 제단을 마호라가와 함께 땅에 내리쪘었다.

지축이 흔들리고 바닥이 움푹 파였다. 사방으로 돌가루와 먼지구름이 솟구쳤다.

바루나의 다리는 무릎 아래에서부터 날아가 있었다.

날아간 다리에서는 증기와 함께 짙고 밝은 황금빛이 흘러나왔다. 날아온 총탄은 위력이 어찌나 센지 주위의 땅까지 움푹 파냈다.

멀찍이 선 스칸다가 얼굴빛 하나 바꾸지 않고 어깨에 화승총을 올려놓은 채 서 있었다.

"쳇, 까맣게 잊고 있었군."

바루나는 수호를 옆으로 밀쳤다. 그리고 자신을 비웃는 듯 피식 웃었다.

수호도 당해본 것이지만, 몸을 날려버릴 만큼 강력한 폭발형 총탄이다. '바루나스트라'로도 막을 수 없는 무기, 이미 한 번 형편없이 깨져보았던 상대.

'승기를 잡으면 적이 늘어난다.'

수호는 좌절했다.

마지막 단계까지는 왔다. 하지만 그래서 뭘 어쩐단 말인가? 적은 그냥 우리를 갖고 놀 뿐인데?

"계속해, 스칸다 누나."

양손이 바루나의 얼음 사슬에 묶인 부단나가 명령했다. 부단나는 지금 자존심이 단단히 구겨져 있었다.

'카마 따위에게 퇴마사 셋이 우위를 빼앗겨?'

있을 수도 없는 일이었다. 저 애는 볼 것도 없는 초보자고 실상 셋이서 카마 하나를 상대하는 셈인데, 순간이나마 셋이 다 나서야 했다. 이미 어디 가서 말도 못 하도록 쪽팔리는 일이었다.

부단나는 화난 김에 덧붙였다.

"꼬마애를 노려."

바루나의 눈이 가늘어졌다.

스칸다는 답하지 않았다. 살기조차도 없었다. 기계처럼 조

448

용했다. 허공에서 화약 가루가 날아와 약실이 채워지고 심지에 불이 붙었다. 의도가 읽히지 않는 얼굴이었다.

바루나는 수호를 힐끗 돌아보았다.

〖이럴 가치가 있을까.〗

바루나의 마음이 전해졌다. 수호는 놀라 눈을 크게 떴다.

총성이 울린 순간 바루나는 수호를 끌어안고 엎어졌다. 바루나의 팔 하나가 폭발하며 날아갔다.

"끝났네."

비사사가 말했다.

"생각보다는 오래 걸렸어."

바루나는 한 팔로 지탱하며 수호를 제 몸으로 막은 채 누워 있었다. 팔 하나와 다리는 날아갔고 구멍 난 등에서는 증기와 함께 빛의 안개가 피어올랐다.

고통이 전해지는 바람에 수호의 이빨이 딱딱 부딪쳤다. 하지만 자신보다 몇 배는 생생한 고통을 느끼고 있을 바루나의 표정에는 변화가 없었다.

스칸다의 총이 불을 뿜었고 바루나의 몸이 다시 크게 흔들렸다.

바루나가 수호의 위로 엎어졌고 수호의 몸이 사시나무처럼 떨렸다.

〖정신 차려, 쥐방울. 네가 맞은 게 아냐.〗

마음속에서 소리가 전해졌다.

수호가 고개를 들고 보니 분해되는 바루나가 빛이 뿜어져 나오는 듯한 눈으로 자신을 응시하고 있었다. 등 뒤로 황금빛 반딧불이가 눈부시게 솟아오르고 있었다.

〔잘 들어, 수호.〕

'……'

〔물리력으로는 나를 못 죽여. 하지만 저치들은 아직 그걸 모른다. 그러니 죽은 척하고 적당히 숨어 있다가 분해된 몸을 수습하고 기습하겠다.〕

'……'

그런가, 총탄은 물리력인가. 폭발한다 한들 불꽃과는 다른 건가.

〔하지만 내 몸이 다 분해되면 수습하는 데에 시간이 필요해. 그때까지 이놈들 상대로 시간을 벌어.〕

퇴마사 셋을 상대로? 나더러? 혼자? 이제 겨우 칼 만드는 법이나 배웠을까 말까 한 나더러?

하지만 수호는 고개를 끄덕였다.

〔좋아.〕

바루나는 답했다. 그때 이미 바루나의 얼굴 반은 빛에 휩싸여 날아가고 있었다.

"정말로 끝났어."

부단나는 그제야 풀려난 손을 흔들며 말했다.

"그래. 좀 만신창이지만."

비사사는 이 싸움의 전개 전체가 혼란스러웠다. 훨씬 더 간단히 없앨 수 있었어야 했다.

갓 생겨난 어린 카마 하나였을 뿐이다. 부단나는 둘째 치고, 최소한 스칸다가 나서기 전에는 끝냈어야 했다. 퇴마사

세 명이 전부 덤벼서 이기다니, 이겼다고 할 수도 없는 일이었다.

'대체 뭐 하는 카마지?'

비사사가 활을 수습하고 상황을 정리하려는데, 빛의 반딧불이가 무수히 피어오르는 가운데 수호가 비틀비틀 몸을 일으키는 것이 눈에 들어왔다.

비사사는 수호가 손에서 칼을 뽑아내는 걸 물끄러미 바라보았다. 건틀릿이 손을 감싸고 한 자 길이의 창이 미끈하게 손등에서 뻗어 나왔다.

'저 모양은 이제 쉽게 만들어낼 수 있나 보군.'

비사사는 생각했다.

"얘. 많이 놀랐겠지만 다 네 카마를 없애려고 한 말이야. 우린 널 어쩔 생각이 없어. 네 카마와 한편이 될 생각도 없고. 우린 퇴마사야. 그런 짓 안 해."

비사사가 말했다.

"그래, 네 카마가 너를 못 지킬 것 같으면 바로 공격을 거두었을 거야. 내분을 일으키려고 한 말이야. 싸움을 너무 오래 끌다간 네 마음이 위험해지거든."

부단나가 머리 뒤로 팔짱을 끼며 말했다. 비사사가 땀이 흐르는 이마를 짚으며 창피해했다.

"부단나, 나 이 작전 늘 별로야. 넌 정말이지 무슨 애가 부끄럽지도 않니."

"누나, 언제나 주먹보다는 대화로 해결하는 게 좋아."

"그 말, 어째 좀 다른 뜻 같지만⋯⋯."

비사사가 헛기침을 하고는 다시 수호를 향해 말했다.

"얘. 네 마음은 정화되었어. 번뇌를 지웠으니 이제 집으로 돌아가."

"카마가 없어졌으니 쟤 한동안 제정신이 아닐 거야."

부단나가 말했다.

"아무래도 마음의 일부가 사라졌으니까. 인격도 좀 변할 거고, 잠시 쉬면서 마음을 정리해야……."

둘이 계속 말하는데 수호의 손에서 검이 주욱 뻗어 나갔다. 길이가 일 미터는 넘고 두께가 십 센티미터는 되는 육중한 검이었다. 수호는 검을 양손으로 쥐고 앞으로 뻗었다.

비사사는 한숨을 쉬었다.

"쓸데없는 저항은 그만둬."

빗방울이 후둑후둑 부단나의 머리 위에 떨어졌다.

멀리 번개가 치더니 빗줄기가 순식간에 거세어졌다. 이어 앞이 보이지 않을 정도로 폭포처럼 쏟아졌다.

'이런, 불…….'

부단나는 손을 휘저었다. 손가락 끝에서 생겨난 불꽃이 빗줄기에 맞아 이내 식었다.

"누나, 쟤 마음이 불안정해진 것 같아. 나가자."

수호는 비틀거리며 검을 머리 위로 들어 올렸다. 그러다 검의 무게에 비틀거리며 뒤로 콩, 하고 엉덩방아를 찧었다.

"저기 그 검, 들기도 무거워 보이는데……."

비사사는 도와줘야 하나 싶어 한 걸음 나섰다.

"내버려두고 나가자, 누나."

비사사와 부단나가 대화하는 사이, 스칸다는 머리 위에서 공기가 눌리는 것을 느끼고 고개를 들었다. 머리 위로 길고 두꺼운 그림자가 어둑어둑하게 보였다.

"피하십시오."

스칸다가 나직이 말했다.

"뭐?"

비사사가 어리둥절해 돌아보았다가 스칸다와 함께 머리 위를 보았다.

비사사의 눈에는 긴 선이 내려앉는 것처럼 보였다.

너무나 큰 나머지 거리감이 없었다. 어느 이상 가까워졌을 때야 내려앉는 것의 크기가 큰 빌딩이나 탑에 맞먹는다는 것을 깨달았다.

"부단나, 피해!"

비사사는 반쯤 비명처럼 소리 지르며 몸을 굴렸다. 굴리는 것으로도 내려앉는 것을 피할 도리가 없자 달렸다. 스칸다는 날개를 펴 멀찍이 날아올랐다.

거대한 운석이 내려앉듯이 땅이 움푹 파였다. 천지가 진동했다. 바위가 솟구치고 흙먼지가 구름처럼 솟았다. 지진이 나듯이 땅이 갈라지고 내려앉았다.

"누나, 밖으로 나가!"

부단나가 비명을 질렀다.

37 수호가 빈 소원

운석이 내리꽂힌 것처럼 웅장한 크레이터가 생겨났다.

열기에 화산처럼 먼지구름이 뭉게뭉게 솟구쳤다. 저 멀리까지도 땅이 갈라져 나갔다. 구덩이 바깥에 서 있던 수호는 앞으로 푹 자빠졌다.

스칸다는 높이 뜬 채 아래를 내려다보았다. 무표정한 얼굴에 가벼운 충격이 깃들어 있었다. 비사사와 부단나가 바로 밖으로 뛰쳐나가지 않았다면 저 무시무시한 무기에 깔려 이번 생을 마감했을 것이다.

"⋯⋯."

스칸다는 무심결에 총을 들었다.

17세기 무렵 인도에서 쓰인 화승총.

스칸다의 무기는 지금까지 살아온 매 생애마다 하나씩 구축한 것이었다. 그 총으로 수많은 카마를 없앴지만, 아직 인간에게 쓴 적은 없었다.

스칸다는 긴 세월, 감정을 지우는 훈련을 받았기에 명령에만 따를 뿐 스스로 판단하거나 결정하지 않는다.

스칸다가 받은 명령은 단 하나, 카마 바루나의 제거뿐. 바루나가 퇴치된 이상 이 전투에서 물러나야 했다. 하지만 스칸다가 수호를 겨눈 것은 이성적인 판단에서가 아니었다. 오히

려 동물적인 본능. 맹수나 야수 앞에서 본능적으로 발톱을 드
러내는 짐승의 마음과 비슷했다.

수호는 심장이 부서지는 것 같았다.

'뭐지……? 너무 큰 칼을 만들어서인가?'

뒤늦게야 지금 자신이 무너뜨린 공간이 제 마음이라는 것
이 떠올랐다. 적을 물리쳤는지 확인해야 한다는 생각이 들었
지만, 마음이 무너지는 것 같아(실제로 무너졌지만) 몸을 가눌
수가 없었다.

일어나려다 도로 주저앉은 수호의 뒤통수에 스칸다가 총
을 정조준했다. 빗맞을 거리는 아니었다.

가늠쇠에 눈을 들이댄 스칸다의 등 뒤에 빛의 무더기가 모
였다.

스칸다는 뒤를 돌아보았다.

바루나였다.

바루나가 스칸다의 날개를 노리고 검을 크게 뒤로 들어 사
선으로 내리치고 있었다. 스칸다의 격납고가 일제히 열리며
안에 들어 있는 총들이 철컥이며 일어나 바루나를 노렸다.

바루나는 바루나스트라를 휘둘러 날아드는 총알을 쳐냈
다. 포탄을 쳐낼 때마다 창은 부서졌지만 그때마다 쏟아지는
굵은 빗줄기 속에서 창이 다시 생겨났다.

'이자에게 유리한 공간.'

스칸다는 생각했다. 바루나는 추락하는 기세 그대로 스칸
다에게 날아들었다.

바루나가 창을 스칸다의 가슴에 내리꽂으려는 찰나, 스칸다의 날개가 접히며 원통형으로 모습을 바꾸었다. 삽시간에 스칸다는 큰 박격포를 어깨에 얹은 자세가 되었다.

'쳇, 저 날개 자체도 총인가.'

수호는 머리를 흔들며 고개를 들었다.

짙푸른 빗줄기가 폭포처럼 쏟아지는 가운데 바루나와 스칸다가 사선으로 추락하고 있었다. 스칸다의 어깨에는 박격포가 얹혀 있었고 바루나가 창을 대포에 내리꽂으려 하고 있었다.

대포와 창의 대결. 설사 창을 대포 한가운데 꽂아도 포격을 피할 수 있을 것 같지 않았다.

"바루나!"

수호가 소리쳤다.

〔할 수 없군.〕

바루나의 마음이 전해졌다.

〔마호라가에게 쓰려던 기술이었는데.〕

'뭐?'

수호는 어리둥절해졌다.

'뭐라고?'

바루나는 창을 허공에서 놓고 양팔을 벌렸다. 그러자 바루나스트라는 수십 조각의 얼음으로 분해되었다.

스칸다의 눈이 커졌다.

번개가 바루나의 등 뒤에서 번쩍였다. 얼음에 빛이 난반사되어 바루나는 마치 무수한 빛의 가루 사이에 떠 있는 것처럼 보였다.

바루나가 주먹을 쥐자 수십 조각으로 나뉜 얼음 조각이 더 가늘게 분해되었다. 분해된 뒤 더 작게 나누어지며 안개와 같은 작은 물방울로 나뉘었다.

"무슨……!"

스칸다의 낯빛이 파리해졌다.

바루나는 내리치듯이 팔을 내던졌다. 안개와 같은 물방울이 스칸다의 몸으로 쏟아졌다. 갑옷 사이로, 총구 안쪽으로, 날갯살 사이로, 금속의 틈새로, 화약실로, 총신 사이로, 총알 안쪽으로 젖어들듯이 스며들었다.

"수호가 읽던 교과서에서 봤는데 물은 얼면……"

바루나는 흔들림 없는 표정으로 중얼거리며 팔을 높이 들었다.

스칸다의 갑옷과 무기 사이에 스며든 물방울이 일시에 얼어붙었다.

"……팽창한다더군."

쩡, 하는 소리와 함께 스칸다의 갑옷과 날개, 총 전체에 쩍쩍 금이 갔다. 이어서 파삭 소리를 내며 조각조각 분해되었다.

마호라가의 골반 아래에서부터 부품이 합선을 일으키며 지직거렸다. 자전거는 다른 돌 조각과 부서진 콘크리트 사이에 끼어 박살이 나 있었다.

"과격하기는."

마호라가가 씨익 웃었다.

"네가 할 말은 아니지."

금강이 말했고, 긴나라는 교묘하게도 부서지지 않은 바닥 위에 고고하게 서서는 박수를 짝짝 쳤다.

"자랑할 만한 방법은 아냐, 금강."

"자랑하고자 싸우는 것이 아니다. 하지만 칭찬하고 싶군, 마호라가. 넌 훌륭하다. 자신을 자랑할 만하다."

금강이 무거운 발걸음으로 뚜벅뚜벅 마호라가에게 다가왔다.

"금강……. 진심은 아니겠지?"

마호라가가 그제야 웃음을 지우고 난처한 얼굴로 말했다.

"목숨을 구걸하는 건 아니지만, 이미 사라지는 퇴마사 수로도 부족하다는 거야? 내가 타락했을지도 모르지만 쓸모없지는 않아. 잘 생각해봐. 이렇게 전력을 줄일 이유가 없어."

"퇴마사는 죽지 않는다. 다음 생에서 다시 태어난다. 기껏해야 널 십 년쯤 전장에서 추방하는 것뿐이다."

"허튼소리 마."

마호라가가 말했다.

"이건 죽음이야. 넌 내 생을 끝내는 거야."

"우리 내부에서 오염을 정화하지 않으면 퇴마사는 더 빨리 사라진다. 너는 오염이다, 마호라가. 정화해야 한다."

"금강."

마호라가가 고개를 들었다. 눈이 붉게 빛나며 목소리가 낮게 가라앉았다.

"언제부터 그런 생각을 했어?"

금강의 눈이 움찔거렸다.

"오염을 정화해야 한다는 '마음의 소리'가 언제부터 들린 거야?"

"무슨 뜻이냐?"

"자기가 아닌 동료의 오염 따위에 신경을 쓰라는 말이 언제부터 마음속에서 들렸느냐고!"

마호라가의 고함에 금강의 눈이 흔들렸다. 마호라가의 눈이 불에 타는 듯 빛났다.

"무슨 소리를 하는 거냐, 마호라가?"

금강이 물었다.

"정화."

마호라가가 부서진 다리로 주저앉은 채 말했다.

"퇴마사가 정화하는 것은 오직 카마뿐이다, 금강. 결코 인간을 향해 입에 담을 말이 아니다."

"……."

"나는 그 말이 인간을 향하는 것을 수없이 들었다. 인류 역사상 그 말이 인간을 향했을 때, 단 한 번도 선한 의도에서 나왔던 적이 없다."

"타락한 퇴마사 주제에 함부로……."

"나는 사람이야, 금강! 너와 마찬가지로! 타락했든 안 했든 그 사실엔 변함이 없어!"

마호라가의 외침에 금강의 눈이 크게 떠졌다.

"퇴마사라면 결코 그 사실을 잊을 수 없어!"

마호라가의 눈이 이글거렸다.

"네가 퇴마사라면 절대로 인간을 정화한다는 말을 입에 담을 수 없어!"

"하고 싶은 말이 뭐냐, 마호라가."

"너희들 사이에 카마가 있어, 금강."

마호라가가 말했다.

"이 싸움은 그자가 종용한 거다."

✦

풍덩―.

호수의 물이 시원한 소리와 함께 솟구쳤다.

스칸다는 갑옷이 날아가는 것과 동시에 마음에서 사라졌고, 바루나는 희한하게도 추락 위치를 잘 잡아 대포알처럼 호수에 처박혔다.

뽀글거리며 잠수하던 바루나는 한참 만에야 젖은 오리 새끼처럼 부르르 몸을 털며 물에서 기어 나왔다.

귀에 들어간 물을 빼내려 다른 쪽 귀를 통통 치며 기어 나오는 바루나에게 수호가 정신없이 다가갔다. 가다가 몇 번을 자빠져서 반쯤 기어야 했다.

수호의 얼굴을 본 바루나는 바로 기분이 나빠졌다.

"너 방금 뭐라고 했어?"

수호가 물었고 바루나가 반박했다.

"내가 뭘 뭐라고 했는데?"

"마호라가에게 뭘 쓰겠다고?"

빗발이 한층 거칠어졌다. 수호는 마음이 내려앉은 데다가 춥기까지 했다. 내려앉은 땅은 계속 후둑후둑 진흙을 떨구며 무너졌다. 쏟아지는 비가 흙덩이를 끌어안고 줄줄 흘렀다. 마음이 부서져 생각이 거칠어졌다 싶었지만 달리 다스릴 도리가 없었다.

바루나는 어처구니없다는 얼굴을 하며 물이 뚝뚝 떨어지는 머리를 쓸어 올렸다.

"야, 나 방금 혼자 퇴마사 하나 물리친 건 알아? 칭찬이나 해."

바루나는 수호의 등 뒤에 내려앉은 화산구 같은 크레이터를 슬쩍 보며 말을 더듬었다.

"네가 둘이나 없앨 줄은 몰랐지만……. 뭐 내가 거의 다 물리쳐놓긴 했지만……."

바루나가 입을 비죽 내밀며 투덜거리는 사이, 푹 꺼진 바닥에서 흙이며 바윗덩이가 툭툭 굴러떨어졌다.

"질문에 답이나 해!"

수호는 바루나의 옷을 잡아채 자신을 보게 했다.

멀리서 천둥이 쾨르릉거리며 번개가 내리쳤다. 세상이 어둑어둑해졌다. 바루나는 사나워진 얼굴로 수호를 내려다보았다.

"인마, 그 기계다리가 날 없애려고 하잖아. 당연히 대비해야지."

"……."

수호는 마호라가의 말을 떠올렸다.

「카마는 자신의 목적 외에는 생각하지 않는다.」

정말인가?

그냥 모든 카마는 다 퇴마사를 적대하는 건가? 카마가 자신의 목적 이외의 것에 관심을 가질 수 있는 걸까?

수호는 질문을 다르게 해야 한다는 것을 깨달았다. 바루나는 타인이 아니야, '나'다. 내 마음이다. 이것이 뭘 원하든 그건 내가 바란 것이다.

"내가 왜……."

말도 안 되는 생각이었다. 하지만…….

"왜……."

바루나는 입을 꾹 다물었다.

"내가 왜 퇴마사와 싸우기를 바라는 거야?"

멀리서 다시 천둥이 쳤다.

빗줄기에 두들겨 맞은 나무들이 아픈 듯 가지를 추욱추욱 늘어뜨렸다. 푹 젖은 바람이 두 사람 사이에 몰아쳤다. 들판에 난 잔풀이 세찬 바람에 일제히 누워 바들바들 떨었다.

바루나는 답이 없었다. 눈을 부릅뜨고 수호를 내려다볼 뿐이었다. 그보다 정확한 답이 없었다.

긍정.

"어째서?"

수호는 소리를 질렀다.

"내가 왜 그런 소원을 빈 거야?"

수호는 방 안에서 쪼그려 앉은 채 머리를 감싸며 아버지에게 맞던 그날 밤을 떠올렸다.

작고 작아져서 세상에서 사라져버리기만을 바랐던 그 순

간. 아픔, 고통, 두려움, 분노, 슬픔. 자신이 인간이라는 감각의 상실. 벌레나 짐승이나 사물이 되었다는 감각. 다시없는 공포.

'그게 퇴마사와 무슨 관계가 있는 거야?'

수호는 생각했다.

'진씨나 선혜와 무슨 관계가 있어?'

'어떻게 내가 만난 적도 없는 사람들과 싸우겠다는 소원을 빌 수가 있어?'

"틀리지는 않지만."

바루나가 말했다.

〔틀리지는 않지만?〕

바루나의 마음속에서 요염한 목소리가 속삭였다.

바루나는 파순의 타는 듯한 손이 목을 두르고, 등에 가슴을 밀착시키는 착각에 빠졌다. 파순이 바루나의 귓가에 불처럼 뜨거운 숨을 내뿜으며 속삭인다.

〔틀리지는 않지만, 달리 뭘까?〕

바루나는 마음속으로 고개를 내저었다.

착각이겠지. 하지만…….

'듣고 있을 수도 있다.'

"틀리지는 않지만?"

수호가 물었고 바루나는 입을 다물었다.

"난 여전히 널 신뢰하지 않는다고 했을 텐데."

바루나는 짧게 답했다. 수호의 눈에 분노가 들어섰다.

"마호라가나 아난타를 없앨 생각을 하고 있어?"

바루나의 창, 바루나스트라에 비가 들이치며 물이 뚝뚝 흘러내렸다. 멀리 다시 번개가 쳤다. 솟구친 물줄기 모양으로 만들어진 창이 파랗게 빛났다.

"그래."

바루나가 답했다. 수호의 얼굴이 파랗게 질렸다.

"그 퇴마사들이 나를 없애겠다고 했으니까. 그건 그 퇴마사들이 내 목적에 방해가 된다는 뜻이고. 지금은 내게 힘이 없지만 충분히 힘을 키우면 그럴 생각이다. 또 그러기 위해 힘을 키울 생각이고."

"……."

바루나. 때로 믿을 수 없이 냉정해지는 녀석이지만, 결코 내게 거짓말은 하지 않는다.

"충격받은 얼굴 하지 마. 난 처음부터 그럴 생각이었고 너도 알고 있었어. 알면서 나를 지키겠다고 한 건 너다."

"내가…… 알고 있었다고?"

"처음부터 너도 알고 한 일이야. 그놈들보다 나를 지켜야 한다는 걸."

"……."

"그놈들은 너와 아무 관계가 없어. 어차피 타인이다. 널 이용하고 버릴 놈들이야. 하지만 나는 '너'다. 네가 아무리 부정한다 한들 난 너고, 네 마음이다. 내가 강해지는 것으로 너도 강해진다. 내가 없으면 넌 아무것도 아냐."

수호는 고개를 저었다.

'그래서 내가 바루나를 지킨 건가?'

수호는 넋 놓고 생각했다.

바루나를 지키기 위해 아난타 앞을 막아섰던 건 정말 내 의지였나?

'난 바루나가 내게 필요하다고 생각했어. 그게 정말 내 생각이었나? 아니면, 내가 처음부터 바루나에게 조종당했던 건가? 단순히 바루나가 살고 싶어 하는 욕망을 내 생각으로 착각한 건가?'

갑자기 수호는 깨달았다. 제 마음에 바루나가 있는 한, 어느 쪽인지 영원히 알 수 없으리라는 것을. 녀석을 내 마음에서 치워버리지 않는 한은.

수호는 손가락을 치켜 올렸다.

파타검 형태의 검이 수호의 손등에서 뽑혀 나왔다. 핏빛의 검은 짧고 얇고 부들거렸다.

바루나의 얼굴에 격심한 불쾌감이 떠올랐다.

수호가 자신을 적대해서가 아니었다. 그건 이상할 것도 없다.

지금 수호의 마음은 전쟁으로 다 부서졌고 검을 더 뽑아내는 것도 무리다. 싸울 처지가 아닌 상황에서 감정에 치우쳐 적을 더 늘리다니. 생존 감각이 형편없다. 아무리 마음에 들지 않아도 이 꼬맹이가 자신의 본체인 이상, 생존 감각이 이리 엉망이어서야 자신의 생존에도 위협이 된다.

'목숨을 아끼지 않는 성향은 내 영향일지도 모르겠지만,'

바루나는 생각했다.

'전장을 판별하는 기량은 부족한 건가. 내 예상보다는 쓸모가 있는 편이지만, 제대로 써먹으려면 한참 더 커야겠군.'

바루나가 미동도 않고 서 있자 역으로 수호도 치고 들어갈 틈을 찾을 수가 없었다.

"덤비겠다면 언제든 응해주지."

바루나가 말했다.

"하지만 지금은 그때가 아니야. 네놈에게 그토록 소중한 그 마호라가가 위험해. 마음 밖으로 나가 그 성당의 '심소'에 들어가라. 시간이 없다."

바루나는 바깥을 응시했다. 마음 너머의 뭔가가 보이기라도 하는 것처럼.

"시간이 없다. 어서 날 들여보내라."

38   들어간다!

꼬불꼬불한 좁은 골목길 사이로 붉은 연립주택이 다닥다닥 모여 있는 연희동 거리.

지나가던 행인 한 사람이 성당 위쪽을 보고 중얼거렸다.

"저기 사람 있는 거 아냐?"

행인들이 몇 모여들어 두리번거렸다.

"그러게. 뭐 하는 거야?"

"요새 유행하는 도시 건물 등반, 뭐 그런 거 아냐?"

"그걸 왜 성당에서 해?"

"창문 닦나?"

"저런 옷 입고? 장비도 없이?"

"밧줄 타고 있는데?"

"우릴 보고 인사하는데?"

행인들은 멍하니 서서 성당을 향해 바보처럼 같이 손을 흔들었다.

"어럽쇼, 뛰었네?"

"왜 뛰는 거지?"

챙그랑ㅡ, 하는 소리가 행인들의 머리 위에서 들렸다.

행인들은 약속이나 한 듯 자리에 멈춰 서서 멍하니 위를 올려다보았다. 한참 생각이 정지한 뒤에야 누가 입을 열었다.

"지금 창문 깨고 들어간 거야?"

"신고해야 하나?"

"뭐라고 신고하지?"

"스파이더걸?"

"닌자?"

연희동 성당 심소는 포화라도 휩쓸고 지나간 듯 부서져 있었다.

그 안에서 금강과 마호라가 대치 중이었고, 긴나라가 멀찍이 서서 구경하고 있었다.

"목숨을 구걸하려면 좀 더 그럴듯한 거짓말을 하는 게 좋겠다."

금강이 무겁게 입을 열었다.

"그 스승에 그 제자라고, 변절자 광목천과 다를 게 없군. 다문천께서 '서'는 분열을 획책하는 파벌이라고 했지."

"분열은 민주주의가 지켜온 가치야, 금강. 민주주의가 우리가 선택한 종착지고. 통합이야말로 마구니의 속임수다. 마구니는 통합이라는 속임수로 전체주의를 강요한다."

마호라가가 답했다.

"가장 거대한 악이 통합이라는 달콤한 언어로 포장되어 왔다. 사람의 마음은 같을 수 없고, 같게 만들기 위한 거의 모든 것이 끔찍한 폭력이야."

금강의 눈이 경련했다.

468

"다시 말한다, 금강. 지금 이건 네 생각이 아니다. 너든, 아니면 네 동료 누군가의 마음에 있는 카마의 속삭임이다."

"닥쳐라!"

금강이 일갈했다.

"심판을 받아들여라, 마호라가. 네겐 퇴마사의 자격이 없다. 소멸하라."

마호라가는 고개를 숙였다.

금강이 '포기한 건가' 생각하는 찰나 마호라가가 중얼거렸다.

"들어와, 아난타."

✦

하늘로 오르는 계단이 그려진 푸른 스테인드글라스가 와장창―, 하는 소리와 함께 깨어져 나갔다.

진이 소화호스를 붙잡고, 한 팔로는 얼굴을 가리고 몸을 최대한 웅크려 유리가 닿는 면적을 최소화한 자세로 창을 뚫고 들어왔다.

잠든 사람들 사이에 혼자 장승처럼 서 있던 수다나가 황급히 몸을 돌렸다.

마음의 전쟁이 벌어지고 있는 성당 안 풍경은, 현실에서는 사람들이 함께 오후 낮잠이라도 즐기고 있는 것처럼 평화로웠다.

수호는 선혜를 끌어안고 누워 있었고 긴나라와 금강은 그 양쪽 의자에 앉아 졸고 있었다. 비사사와 부단나, 스칸다도 의자에 누워 깊은 잠에 빠진 듯 보였다. 누가 이 사람들이 목숨을 걸고 싸우고 있다고 신고해봤자 들어온 경찰이 장난치지 말라며 도로 나갈 풍경이었다.

"들어가, 아난타!"

진이 벽력같은 고함과 함께 돌진했다.

'들어간다.'

수호는 침을 꿀꺽 삼켰다.

아직 바루나를 데리고 마음을 떠나본 적은 없었다. 마음 안에서 바로 심소로 날아 들어가본 적도 없었고.

수호가 손을 뻗자 바루나가 묵묵히 손을 내밀었다. 조금 전까지도 서로 으르렁대던 것은 까맣게 잊어버린 듯이, 아니, 그런 건 아무 상관도 없다는 듯이.

살과 살을 맞대자 둘의 손 사이로 혈류가 흐르는 듯한 기분이 들었다.

수호가 마음의 문을 상상하자 둘의 주위로 둥글게 아지랑이가 이는 듯한 벽이 나타났다.

"늦어."

바루나가 수호의 손을 꼭 쥐었다. 수호가 어, 어, 하며 채 발을 떼기도 전에 바루나가 수호의 손을 잡고 도약했다.

창을 깨고 바닷빛 용이 물안개를 뿌리며 날아들었다. 비늘이 스테인드글라스의 유리에 반사되어 반짝였다.

금강이 흠칫 뒤를 돌아보았다.

아난타가 날개를 활짝 폈다. 날개 끝에서 파직거리며 전류가 일더니 전장 사방에 푸른 전류가 내리꽂혔다. 창은 설탕 조각처럼 깨졌고 벽에 걸린 크리스마스 장식들에 화르르 불이 붙었다. 공간 전체가 붉게 타올랐다.

"마호라가!"

아난타가 마호라가를 향해 미끄러져 내려오려는 찰나, 지금까지 움직이지 않았던 긴나라가 지팡이를 높이 쳐들었다.

"잡귀 주제에 감히 누구 싸움에 끼어드는 거냐!"

긴나라의 지팡이 끝에 달려 있던 새 조각이 움직였다. 조각의 눈이 열리며 번쩍이더니 입을 쩌억 벌렸다. 크게 벌린 새의 입에서 귀를 찢는 소음이 퍼져 나갔다.

"아난타, 몸을 줄여!"

마호라가가 소리쳤지만 위잉, 하는 소음에 묻혀 들리지 않았다.

아난타의 한쪽 날개가 덜덜 떨리더니 폭탄이라도 맞은 것처럼 펑, 하고 터져 나갔다. 아난타의 몸이 크게 뒤틀렸다.

추락하는 아난타의 등 뒤로 두 사람의 그림자가 나타났다.

수호의 손을 잡고 막 공간에 나타난 바루나는 가볍게 아난타의 등을 밟고 바루나스트라를 한 번 크게 휘저었다. 바루나스트라는 휘저어진 물처럼 주욱 늘어나 긴 창의 형태로 변했다.

"와아아아?"

수호가 아난타의 등에서 미끄러지도록 내버려두며, 바루
나는 추락하는 기세 그대로 긴나라를 향해 뛰어내렸다.

'저 녀석이 주파수를 맞추는 방식을 쓴다면,'

바루나는 생각했다.

'다시 조정하려면 시간이 걸릴 것이다.'

수호가 공처럼 데굴데굴 굴러떨어지는 것과 함께 아난타
의 몸도 조그맣게 줄어들었다. 마호라가가 둘을 향해 몸을 날
렸다.

수호는 마호라가의 품 안에 우당탕 내려앉았다. 헤롱거리
는 수호의 머리 위로 아난타가 팔랑팔랑 떨어졌다.

바루나의 창이 긴나라의 지팡이와 부딪치는 것과 거의 동
시에 일어난 일이었다.

"……가설일 뿐이지만."

바루나가 중얼거렸다.

✦

진은 다리를 소방호스에 걸쳐 내리꽂히는 속도를 조절하
며 강하했다.

순간 갈비뼈 사이에 큰 통증이 일었다. 그건 아난타가 다쳤
다는 뜻이었지만 진은 눈썹 하나 까닥하지 않았다. 이 난입에
서 아난타보다 중요한 건 제 역할이었다.

전장이 마음 안이라 한들, 현실은 현실.

이곳에는 퇴마사들의 몸이 무방비하게 놓여 있다. 안일하
게 생각했는지, 지금 이 많은 퇴마사의 몸을 지키는 나한은

하나뿐.

수다나가 한 걸음 뒤로 물러났고 진은 수다나가 서 있던 자리에 대포알처럼 내리꽂혔다.

수다나는 멀리 피하지 않았고 진은 수다나에게서 눈을 떼지 않았다. 두 사람은 한순간의 눈썰미로 서로의 기량을 가늠했고 지체 없이 다음 공격에 대비했다.

수다나가 품에서 한 뼘 길이의 날카로운 손칼을 꺼내 들어 가로로 베어냈다.

진은 손칼이 날아오는 방향으로 제자리에서 한 발을 축으로 구십 도 회전하며 앞으로 뻗은 수다나의 손목을 옆에서 수도로 내리치려 했다.

수다나는 전진을 멈추며 몸을 회전해 왼손으로 진의 수도를 낚아챘다. 왼손으로 진의 손목을 쥔 채로 오른손 안에서 칼을 회전하며 다시 진의 몸을 향해 찔러 갔다.

진의 눈이 칼날처럼 날카롭게 빛났다.

진은 제 손목을 붙잡은 수다나의 손을 왼손으로 꽉 쥐어 맞잡아 제지하고는 머리 위로 높이 치켜들었다. 진이 수다나의 시야에서 한순간에 사라졌다.

수다나의 손을 높이 올린 채 뒤로 드러눕다시피 몸을 낮춘 진은 두 다리로 슬라이딩을 하며 수다나의 다리를 쳐냈다.

수다나가 균형을 잃고 앞으로 고꾸라지자, 진은 그대로 팔을 머리 위로 올려 수다나의 몸을 당기며, 다리를 쳐올려 수다나를 공중에서 한 바퀴 돌렸다.

수다나가 등으로 바닥에 쿵, 하고 내리꽂히자 진은 그대로 달려들어 긴 다리로 목을 십자로 조르고 팔을 꺾었다.

춤을 추는 듯한 격투. 눈 깜박할 사이에 전광석화처럼 기술을 교환한 싸움.

수다나의 손에 힘이 풀리며 칼이 툭 떨어졌다. 진은 날쌔게 칼을 낚아채서는 다리로 수다나의 목을 조른 채로 칼날을 그 목에 겨누었다.

"진심은 아니겠지, **마카라**."

수다나가 억지웃음을 지었다. 진은 매섭게 수다나를 내려다보았다. 선혜와 수호는 한 번도 보지 못했을 얼음장 같은 눈이다.

"퇴마사는 마음 바깥에서 살생하지 않는다."

"미안하지만, 난 마카라가 누군지 몰라."

진이 눈썹 하나 까닥하지 않고 입을 열었다.

"너희들은 내 애들을 납치했어. 다들 아직도 조선 시대 사시네. 현대법에 미성년자 유기, 납치 죄 있는 거 알아?"

"현대법에는 사적 복수도 허용되지 않는다, 마카라."

"닥치고 모두 마음 밖으로 나오게 해."

"협박할 대상을 잘못 골랐는데."

"……."

진은 입을 다물었다.

수다나의 입에서 비명이 터져 나왔다. 진이 사정 두지 않고 수다나의 팔을 우두둑 꺾어버린 것이다.

진은 바람처럼 이동해 의자에 기대 코를 골고 있는 김대수, 긴나라를 바닥에 내리꽂고 목에 칼을 댔다.

"네 주인이 다치는 꼴을 보고 싶지 않다면 밖으로 불러내."

수다나는 부러진 팔을 붙들고 일어나며 얼굴을 일그러뜨

렸다.

"많이 컸네, 마카라."

"어서!"

진이 불같이 호령했다.

✳

예상치 못한 상황에 금강의 눈이 크게 흔들렸다.

금강이 주먹을 꾹 쥐고 바루나를 향해 발을 떼자 마호라가가 손을 번쩍 들어 인사를 하듯 흔들며 반쯤 혀가 꼬인 소리로 말했다.

"어딜 한눈팔아, 금강. 넌 나랑 아직 안 끝났거든."

다리 한 짝은 날아갔고 수호와 아난타에 깔려서 우스꽝스러운 꼴로 누워 있는 것치고는 느긋한 말이었다.

"먼저 온 손님부터 대접하는 게 예의 아니겠어?"

금강의 눈이 험악해졌다.

그제야 겨우 정신을 수습한 수호는 자기가 마호라가를 깔아뭉개고 있다는 것을 깨닫고 당황해 몸을 비키려 했다. 그러자 마호라가가 수호의 목을 확 잡아당겨 품에 꽉 안았다.

"뭐……."

마호라가가 수호의 귀에 대고 작은 목소리로 속삭였다.

"잠시만 맡기겠다, 바루나."

"뭐?"

'무슨 소리야? 바루나라니?'

"이쪽은 쳐다보지 마라. 한눈팔아서 이길 상대와 상황이 아니다. 나도 네 쪽을 쳐다보지 않겠다. 둘 다 그럴 여유가 없다.”

“……???”

“잠시만 버텨라.”

‘아.’

그제야 수호는 마호라가가 자신을 통해 바루나에게 말을 전했다는 걸 깨달았다.

바루나는 수호의 마음을 통해 마호라가의 말을 들으며 생각했다.

‘잠시만이라.’

얼핏 보기에도 마호라가의 무기는 다 박살이 났고, 이기기는커녕 저 거구에게 잠시도 버틸 수 있을 것 같지 않다.

하지만 힘을 다 쓰기는 이쪽도 마찬가지. 서로를 불신하며 신경을 분산시키느니 각자에게 눈앞의 적을 맡기고 신뢰하는 편이 낫다.

‘하지만 잠시만이라니, 뭔가 전략이라도 있는 건가.’

바루나는 생각하다가 다시 고개를 저었다.

그 또한 마호라가의 몫이다. 마호라가의 말대로 자신은 눈앞의 적에 집중해야 했다.

바루나는 긴나라를 응시했다. 예상은 했지만 이 녀석은 고주파를 쓴다. 광역 폭탄이나 다름없는 기술.

“바루나.”

긴나라의 입에 얼음처럼 냉혹한 웃음이 떠올랐다. 이 상황이 재미있어 못 견디겠다는 듯한 웃음이다.

‘?’

묘한 기분.

금강도 바로 내 이름을 불렀으니, 이놈도 보자마자 내 이름을 알아챘을 수는 있겠지만.

'날 아는 놈인가?'

바루나는 뜬금없이 생각했다.

사방에서 불이 치솟으며 열기와 연기가 자욱해졌다. 천장에서 후둑거리며 서까래가 떨어졌다. 바루나는 창을 쥔 손이 흥건해지는 것을 느꼈다.

'검이 녹는다.'

굳이 둘러보지 않아도 이 창이 망가지면 여기에는 다시 창을 만들 만한 물이 없다는 것은 알 수 있었다. 버틸 수 있는 시간은 길지 않다. 처음 마음을 떠나온 상황인데도 바루나는 빠르게 파악했다.

'남의 진영에 있을 때의 불리함인가…… 수호의 마음은 어쨌든 내게 유리한 진영이었다는 거로군.'

이 모든 생각이 한순간에 흘러갔다.

긴나라의 지팡이에 달린 새가 눈을 빛내며 입을 열자 바루나스트라가 크게 진동했다.

바루나는 진동을 비껴가듯이 창을 부드럽게 회전하며 긴나라의 지팡이를 쳐냈다. 조금 전 바루나의 창이 있던 자리에 작은 폭발이 일었다.

"샹카!"

긴나라가 외쳤다.

이름을 부른 것은 단순한 기합 이상이었다. 바깥의 전투와 달리 이곳은 마음의 공간, 무기 역시 심상의 구현이다. 무기의 이름을 부르는 것은 마음의 심상을 분명히 하여 무기를 구현하는 것을 돕는다.

긴나라가 지팡이를 높이 들었고, 바루나는 예민하게 위험을 느끼며 발을 뒤로 뺐다.

다리가 있던 자리에 폭발이 일었다. 미처 다 피하지 못해 살이 한 줌 뜯겨져 나갔다. 바루나의 다리에서 진한 황금빛이 피어올랐다. 바루나는 아무 일도 없다는 듯이 발을 내디디며 창을 내질렀다.

'이자는 마음을 읽는다. 그렇다면……'

바루나는 생각했다.

'읽을 틈을 주지 않는다.'

바루나의 창이 속도를 높였다.

39 하늘을 꿰뚫는 검

"장난은 끝났다, 마호라가."

금강이 발을 디뎠다. 디딘 바닥이 무거운 쇳덩이라도 얹은 듯 쿵, 하고 깨어졌다.

'천근추千斤錘.'

마호라가는 드러누운 채로 생각했다.

'몸의 무게를 늘리는 기술. 원래도 체감상 0.2톤은 되었겠지만. 지금은 1톤쯤으로 늘었을까.'

"밟아 없애주지."

이글거리는 불꽃을 뒤로하며 금강이 다시 쿵, 하고 전진했다.

"아, 저⋯⋯. 나, 난 비, 비켜줄까?"

수호가 마호라가를 언제까지 깔아뭉개고 있어야 하나 고민하며 물었다. 수호와 마호라가 사이에 낀 아난타는 꾸에엑 소리를 내며 물고기처럼 파닥거렸다.

일어나려는 수호를 마호라가가 도로 확 끌어안았다.

어리둥절해하던 수호는 마호라가의 의족이 처참하게 부서져 있는 것을 깨달았다. 피리검도 눈에 띄지 않았다.

'움직일 수 없나?'

수호는 눈앞의 거한을 흘끗 보았다.

'내 몸을 방패로 쓰려는 걸까?'

하지만 자기가 막아봤자 바깥에서만큼이나 무의미한 일일 뿐이었다. 수호의 몸도 이미 한 발짝도 더 떼기 힘들 만큼 만신창이였다.

'미안해, 마호라가. 도와주러 오겠다고 했는데, 별 소용 없었네.'

마호라가의 몸을 감싸봤자, 총도 검도 아니고 발에 깔리는 거라면 별 차이는 없을 것이다.

하지만 그래도. 조금이라도 덜 아프게 할 수만 있다면.

수호가 결심하고 마호라가의 몸 위로 웅크리려는데,

"검을 만들어라, 수호."

마호라가가 낮게 속삭였다.

"엥?!"

바루나가 번개처럼 창을 휘둘렀지만 삽시간에 창의 양쪽 끝이 긴나라의 진동 공격으로 터져 나가고 말았다.

이내 바루나의 손에는 손칼 크기의 짧은 검밖에 남지 않았다. 남아 있는 부분도 아이스크림처럼 줄줄 녹기 시작했다.

바루나의 이마에서도 땀이 흘렀다. 몸을 식히기 위한 땀이라기보다는 몸이 녹는다는 표현이 어울렸다.

긴나라는 거의 움직이지도 않고 바루나의 창을 막아낸 뒤 모자를 눌러쓰고 지팡이를 수평으로 들며 피식 웃었다. 기계 눈 때문에 눈빛은 보이지 않았다.

"이런, 이런. 더위에는 약한 모양이지, 귀여운 카마?"

"……."

'익숙한 느낌.'

바루나는 긴나라를 보며 생각했다.

수호의 마음 안에서 잠깐 보기는 했지만 찰나였고, 가까이에서 보는 것은 지금이 처음이다.

'내가 이놈을 만난 적이 있던가?'

아까부터 떠오르는 생각.

'만약에…… 아니, 차이는 없다. 어차피 눈앞의 적이다.'

타닥거리며 천장에서 재와 붉은 불꽃이 흘러내렸다. 벽은 불길에 휩싸여 있다. 현실이라면 재와 연기로 벌써 질식했을 상황이었지만, 마음의 세계라서일까, 전해지는 것은 그저 열기 정도다.

물끄러미 자신의 무기를 내려다보던 바루나는 무슨 생각을 했는지 조각만 남은 검을 쥔 채 팔을 앞으로 쭉 뻗었다. 이대로 부숴달라는 것과 다름이 없는 동작.

긴나라는 기계눈을 찰칵거리며 목소리를 낮게 깔았다.

"무슨 수작이지, 카마?"

"자, 잠깐만."

수호가 당황해 두리번거렸다.

"나 이제 못 싸워. 움직일 힘도 없다고."

마호라가는 듣지 않고 억지로 일어나 앉으며 수호의 등 뒤로 금강을 노려보았다.

"네가 통상 만드는 검을 말하는 것이 아니다. 나와 처음 만났을 때 만들었던 바로 그 '천검'을 원한다. 지금 만들어야 한다."

481

"무슨 말인지 알겠는데 나 못 만들어. 오늘 정신줄 놓고 두 번이나 만들었는데 둘 다 일부러 만든 게 아니……"

그리고 한 번 더 하면 몸의 피가 다 말라버릴…… 하고 말하려는데 마호라가의 손이 수호의 어깨에 얹혔다.

따듯하면서도 강한 손이었다. 신뢰와 의지를 담은 손길.

항변하려던 수호는 마호라가의 눈을 본 순간 입을 다물고 말았다.

무기도 다리도 없는데도, 진다는 생각은 한 점도 그 눈에 담지 않은 채 적을 응시한다. 마치, 어차피 승패는 한 번뿐이며 그 승패가 전부니 그 외에는 생각할 것도 없다는 듯이.

"수호, 잘 들어."

마호라가가 말했다.

"아난타는 손발이 없는 것이 아니야."

"뭐?"

날개 한쪽이 타버린 아난타가 끙끙거리며 수호의 팔에 감겨왔다.

그제야 수호는 아난타에게 바루나 같은 회복력이 없다는 것도 깨달았다. 한 번의 부상으로 단박에 전투 불능이 되고 만다는 것도.

"손발은 처음부터 아난타에게 없었어. 아난타는 손발이 없는 채로 온전하다. 무엇도 더 필요하지 않아."

"……"

수호는 눈을 크게 떴다.

"나 역시 처음부터 다리가 하나였다."

불의 신전처럼 타오르는 성전, 그만큼이나 붉게 빛나는 마호라가의 눈동자. 다가오는 거한.

'처음부터 다리가 하나였다.'

마호라가의 말이 머릿속에서 둥둥 울렸다. 수호는 아난타와의 대화를 떠올렸다.

「넌 어떻게 매년 키가 크냐고 물으면 뭐라고 대답하겠어?」

「……밥을 먹으니까?」

「넌 원래 크게 되어 있잖아. 애초에, 유전자에 기록이 되어 있다고. 나이를 먹으면 누구나 키가 커. 나도 뭐, 간단해.」

「난 원래 크기가 고정된 생물이 아니야.」

「네 유전자는 태고의 바다에서부터 온 거야. 너는 모든 진화를 거치고 모든 생명을 다 거쳤어. 지구의 역사와 함께해왔어. 태고의 영혼이 모두 네 몸에 남아 있어. 그때부터 살아온 전체가 다 너야. 자신을 함부로 하찮게 여기지 마.」

마호라가가 비틀비틀 일어났다. 성한 다리에서 신발을 벗고 맨발이 되었다. 이어 부서진 자전거 프레임 중 하나를 집어 쇠몽둥이처럼 손에 쥐었다.

수호는 넋이 빠진 기분으로 마호라가의 부서진 다리를 보았다.

"누가 내게 다리가 필요하다고 말하거나 내가 부족하다고 말하는 건 자신들의 형상에 나를 끼워 맞추려 함이다. 하지만 나는 누구의 형상에도 내 모습을 끼워 맞출 필요가 없다. 나는 다리가 하나인 채로 온전하다."

"……"

"나는 나로서 온전하다."

마호라가의 목소리가 낭랑하게 귀에 울렸다.

"너는 검을 만드는 것이 아니야. 그 검이 너다. 네 무기는
바로 너다."

마호라가가 수호의 어깨를 뜨겁게 쥐었다.

"그건 처음부터 너였다."

바루나의 팔이 진동했다.

진동한 자리에서 샛노란 금가루가 흘러나왔다. 바루나의
눈빛이 날카로워졌다.

바루나는 몸을 낮추고 한순간에 긴나라와의 거리를 좁혔다.

동시에 손을 뻗어 긴나라의 지팡이 샹카의 새 머리를 꾹 쥐
었다. 다음 순간 진동이 바루나의 팔을 폭발시켰다. 날아간
팔꿈치에서 눈부신 황금빛 알갱이가 솟아올랐다.

바루나는 슬쩍 한쪽 눈을 감았다. 하지만 기대와는 달리 샹
카의 머리는 멀쩡히 빙그르르 회전하고 있었다.

"미안하군, 카마."

긴나라의 기계눈이 카메라 렌즈처럼 찰칵거렸다.

"내게는 네 전략이 다 보여서 말이지. 뭘 할지 네온사인처
럼 번쩍거린다고."

"……."

"안타깝게 됐네. 팔 하나를 버리면서까지 야심 차게 일을
꾸몄는데."

'생각이 읽힌다……'

바루나는 생각했다.

484

'생각을 하지 않고 싸울 방법이 있는가?'

"그건 처음부터 너였다."
마호라가는 반복했다.
"이름을 생각해라, 네 검의 이름."
마호라가가 수호의 팔을 꽉 쥐며 말했다.
"**간디바**. 하늘을 꿰뚫는 검이다."

「그건 처음부터 너였다.」

마호라가의 말이 반짝이는 듯했다. 마치 카마에게 이름을 부여하듯이. 그 말로써 수호의 검에 실체를 만든 것만 같았다.
수호는 팔을 들었다.
"나는,"
마음이 가라앉았다. 떠오르는 생각은 하나뿐이었다.
수호는 한순간이나마 자신이 누구인지, 이곳이 어디인지조차 잊었다. 하늘을 꿰뚫을 듯이 거대하게 뻗어 나간 검, 하나뿐이었다.
두 사람의 코앞에 다다른 금강이 짐승처럼 울부짖으며 두 사람의 머리 위로 발을 크게 들어 올렸다.

"나는,"
바루나가 팔꿈치만 남아 황금빛을 뿌리는 팔을 긴나라를 향해 뻗으며 말했다.
긴나라의 얼굴에 처음으로 당황한 빛이 떠올랐다. 푸른 기계눈이 정신없이 깜박거렸다.

"뭐……?"

"간디바."

수호가 말했다.

"간디바."

바루나가 말했다.

수호의 손등에서부터 폭발하듯 검이 솟구쳤다.

용광로에서 솟구치는 녹은 쇠가 공기에 닿은 순간 식는 것처럼, 검은 순식간에 자라나는 석순처럼 뻗어 나갔다.

마호라가는 수호의 검에 두 팔과 한 다리로 표범처럼 몸을 싣고 세 발로 포탄처럼 금강을 향해 돌진했다.

수호가 실패하리라는 의심은 조금도 품지 않았다는 듯이, 아니, 실패 이후는 없기에 생각할 필요도 없었다는 듯이.

마호라가의 눈이 어찌나 형형하게 빛나는지 눈빛을 따라 하늘에 빛의 금이 그어지는 듯했다.

"무슨……?"

금강의 작은 눈이 크게 떠졌다.

수호의 검이 금강의 몸을 밀어 올리며 뻗어 나갔다. 금강의 거대한 몸이 검에 밀려 나갔다.

바루나의 팔꿈치에서부터 폭발하듯이 검이 솟구쳤다. 긴나라가 당황해 지팡이로 검을 막았다.

"뭐, 뭐야?"

바루나의 손에서 솟구친 검이 긴나라의 지팡이를 부수고

전진했다.

긴나라의 지팡이에서 새가 입을 크게 벌렸지만, 석순처럼 뻗어 나가며 성장하는 검의 진동수를 파악하지는 못하는 듯했다.

바루나가 원래 갖고 있던 무기도, 본래 갖고 있던 능력도 아니다. 설령 마음을 읽는 자라도 읽어낼 수도 없었을 무기.

"이게, 대체 무슨……?"

마호라가는 짐승처럼 두 팔로 수호의 검을 짚고 몸을 웅크렸다가, 한 다리로 박차고 날아올랐다.

"끝이다, 금강!"

✦

〈따따따 따따따 주먹손으로— 따따따 따따따 나팔 붑니다.〉

수다나가 품에서 꺼낸 스마트폰에서 귀가 먹먹하도록 시끄러운 동요가 흘러나왔다. 진은 긴나라의 목에 칼을 겨눈 채로 눈을 동그랗게 뜨며 깜박였다.

〈우리들은 어린 음악대—.〉

"강제로 밖으로 나오게 만드는 신호야."

수다나가 고개를 까닥이며 설명했다.

"잠을 자거나 의식을 잃은 동안에도 청각은 살아 있으니까, 유사시를 대비하는 훈련이지. 너희도 하나쯤 이런 규칙을 만들어두면 좋아."

"나랑 친한 척 안 했으면 좋겠는데. 난 널 몰라."

진이 말했다. 수다나가 말을 받았다.

"나도 필멸자와 친해지고 싶은 마음은 없다, 마카라."

진이 피식 웃었다.

"그래서, 너는 불멸자라는 건가?"

"물론이지, 네 주인 마호라가처럼."

"……."

진은 수다나를 노려보았다. 모두가 신음하며 하나둘 잠에서 깨었다.

비사사와 부단나는 깨자마자 겁에 질린 얼굴로 서로를 끌어안았고, 스칸다는 맥이 풀린 듯 긴 한숨을 쉬며 수호 쪽을 노려보았다.

금강은 가슴을 움켜쥐고 일어나려다 기침을 하며 속에 있는 것을 게워냈다. 긴나라는 몸을 일으키려다가 진이 발로 가슴을 내리누르는 바람에 도로 쿵, 하고 넘어졌다.

수다나도 진도 전혀 깨닫지 못했지만, 그들이 구한 것은 선혜와 수호 쪽이 아니라 그 반대편이었다.

한순간만 늦었더라도 금강과 긴나라는 치명적인 부상을 입었을 것이다. 마호라가도 바루나도 둘의 목숨을 살릴 마음이 조금도 없는 공격을 펼친 참이었다.

"으음……."

선혜가 움찔거리며 깨어나자 진은 긴나라가 바닥에 머리를 쿵, 하고 박게 내버려두고 바람처럼 달려가 선혜를 안아 올렸다.

"선혜, 괜찮아요? 다친 데는 없어요? 내가 너무 늦게 온 건 아니죠?"

"딱 맞게 왔……."

선혜는 해죽 웃으며 손 인사를 하다가 도로 푹 고꾸라졌다.

진은 호들갑을 떨며 선혜의 이마를 짚고 몸을 끌어안았다. 그러고는 냉큼 정신을 차리고, 선혜를 꼭 끌어안고 경계 태세를 늦추지 않은 채 모두를 돌아보았다.

"퇴마사는 마음 밖에서 싸우지 않는다."

진이 소리를 높였다.

"당신들이 계율을 지키는 퇴마사라면, 이 싸움은 끝났어."

진이 일갈했고 금강은 기침하며 진을 노려보았다.

"이번에는 무승부다."

"우리가…… 졌습니다."

스칸다가 멀리서 차분하게 말을 받았다. 발음이 분명치 않은 말이었지만 내용은 분명했다. 긴나라가 부들거리며 일어나려다가 다시 고꾸라졌다.

"패배를 인정합니다……. 완패……입니다."

진은 다시 눈을 똥그랗게 떴다.

"에? 정말?"

진은 선혜의 이마를 통통 쳤다.

"이상하네. 얘 혼자 상대하기엔 너무 많았는데."

스칸다는 입을 꾹 다문 채 아직 깨어나지 못하고 쌕쌕 숨을 쉬는 수호를 바라보았다.

"금강……."

선혜가 진의 어깨에 고개를 파묻은 채 손을 들며 속삭였다.

"너희들 사이에…… 카마가 있어. 너희 중 누군가가 마구니에게 홀렸어. 이 싸움은 그놈이 종용한 거야."

　모두의 시선이 일시에 선혜와 금강에게 쏠렸다. 비사사와
부단나가 서로 끌어안은 채, 스칸다가 조용한 눈빛으로, 긴나
라와 수다나도 마호라가를 응시했다.

　"닥쳐라, 마호라가."

　"그래서 너희들이 두억시니를 간과하고 있는 거야. 그자가
너희를 홀린 거야……."

　"끝까지……."

　"내 말 들어!"

　선혜가 목소리를 높였다. 목소리에 울음이 섞였다.

　"들으란 말야!"

　어린애의 투정 섞인 울음소리, 모두 일시에 당황하고 말았
다. 이런 일에 익숙한 진만이 선혜를 품에 안고 등을 토닥였다.

　서로를 끌어안고 있던 비사사와 부단나는 침묵했다. 스칸
다는 미동 없이 시선만 틀었다. 긴나라는 바닥에 찧은 뒤통수
를 만지작거리며 귀를 기울였다.

　"싸움은 끝났다."

　금강이 침묵 끝에 말했다.

　"네 어린 주인을 데리고 돌아가라, 마카라. 가서 사탕이나
입에 물리고 쉬게 해라."

40 　광목천의 소원

　퇴마사들이 사제관에 모여 있었다.

　비사사와 부단나는 고열에 시달리며 침대에 누워 수다나의 간호를 받았고 금강과 긴나라는 둘 다 떨어져 앉아 침묵했다.

　스칸다가 목발을 짚은 채 느릿느릿 오가며 비사사와 부단나의 약과 물수건을 챙겼다. 비사사는 자기도 고열에 시달리면서 부단나를 걱정했다.

　"나한이 셋이나 들어갔는데 갓 태어난 카마 하나에게 지고 나왔다는 건가."

　금강으로서는 자신들의 패배보다 나한들의 패배가 더 뼈저렸다.

　"무슨 기술을 썼지?"

　"인간에 비해 다소 뛰어난 신체 능력, 회복력 그리고 한 줌의 물을 다루는 능력이었어요. 무기도 변변찮은 흔한 물 속성의 카마입니다. 단지……."

　비사사가 숨을 쌕쌕 쉬는 부단나의 이마를 짚으며 답했다.

　"지능이 뛰어나고 응용력이 믿을 수 없이 좋아요."

　"마호라가와 비슷한 계열이라는 건가."

　금강이 말했다.

　"카마라고는 믿을 수 없는 수준이었어요. 퇴마사라고 해도 믿었을 거예요."

"이론상 물은……"

스칸다가 떨리는 손으로 비사사의 머리에 수건을 올리며 말했다.

"상온에서 모든 형태의 상태 변화……가 가능하고 모든 생명……의 근원입니다. 이용하기에 따라서는…… 가장 변화무쌍한 무기입니다."

어눌한 발음이었지만 퇴마사들은 비웃음이나 짜증 없이 인내심 있게 들었다. 스칸다가 몸을 잘 가누지 못하고 말을 더듬을 뿐, 마음 안에서는 신장급의 위력을 발휘하는 나한임을 모두가 알고 있었다.

"그건, 그냥…… 이론일 뿐이잖아."

비사사가 물었다.

"마음 안에서는 모든 이론이 적용된다."

금강이 자신의 머리를 쓰다듬으며 답했다.

"그 이론이 믿는 마음에 도움만 된다면. 과학이든 신앙이든 관계없다."

수다나가 한순간만 늦게 불렀더라도 그의 아트만은 둘로 쪼개졌을 것이다.

'퇴마사의 아트만을 죽이는 것이 죽음이라고 말한 주제에, 진심으로 내 아트만을 노렸다.'

금강은 자신을 향해 거침없이 날아오던 마호라가의 검과 타는 듯이 붉게 빛나는 마호라가의 눈을 떠올리며 생각했다.

'그것이 상대의 죽음이라고 말하면서도 검에 망설임이 없었다. 확실히, 파계승인가. 마호라가.'

금강이 말을 이었다.

"어차피 생명의 근원은 모든 원소다. 어떤 원소든 무한한 힘이 있다. 중요한 건 능력의 종류가 아니라 어떻게 다스리고 응용하는가다."

"하지만 그건 카마가 아니라 퇴마사의 능력입니다."

비사사가 말했다.

"카마치고는 놀라울 정도로 지능이 높은 저 아난타조차도 마호라가의 지시하에 움직이지 않습니까? 바루나의 주인은 전혀 훈련이 되어 있지 않았고요. 지휘하는 퇴마사도 없이 어떻게 카마가 그렇게까지……."

"사실 그보다 더 괴상한 짓을 하던데."

긴나라가 의자에 길게 드러누운 채 뻣뻣하게 굳은 팔을 다른 손으로 들었다 툭 내려놓으며 말했다. 팔은 울혈이 올라 있었고 나무토막처럼 딱딱해져 있었다. 마음에서 받은 충격의 여파였다.

"카마가 제 주인의 마음에 공명해서 주인의 무기를 쓰더군. 이것도 이론상 가능하다고 생각해, 금강?"

금강은 긴나라의 팔을 묵묵히 바라보았다. 바루나가 자기 스스로 날려버린 팔의 상처에서 솟아오른 붉은 검이 생생히 떠올랐다.

"이론상으로는."

금강이 무뚝뚝하게 답했다.

"거기까지 '상상'해본 적이 없을 뿐이다."

"카마가 사람보다 상상력이 좋다고?"

"'사람보다'라고 하면 정확하지 않지. 상상력이 없는 사람은 얼마든지 있다."

"그럼, 이게 다 그 꼬마 애의 재능이라는 거야? 꼬마의 상상력이 넘쳐 흘러서 카마의 능력도 상상을 넘어선다고?"

"판단하기엔 정보가 부족하다."

"그래서 어떻게 할 거야, 금강?"

사제관 안에 침묵이 감돌았다. 금강이 입을 열었다.

"상황에 변함은 없다. 마호라가는 파계승이니 파문해야 하고, 꼬마의 카마는 놔두면 무슨 괴물이 될지 모르니 더 크기 전에 정화해야 한다."

"그게 정말 네 생각일까?"

긴나라의 질문에 금강의 눈이 날카로워졌다.

"무슨 뜻이냐, 긴나라."

"마호라가가 우리 안에 카마가 숨어들었다고 했지?"

세 나한의 시선이 금강에게 꽂혔다.

금강이 무서운 눈으로 긴나라를 노려보다가 달래듯이 다른 세 나한을 보며 말했다.

"신경 쓰지 마라. 우리를 분열시키려 한 말이다. 마구니는 **무루**無漏의 마음에 들어오지 못한다."

무루.

그건 **유루**有漏인 수호나 진과 달리, 마음에 카마가 없는 퇴마사를 일컫는 말이다.

"타락한 자는 자신이 타락한 줄 알지 못한다."

긴나라가 선글라스를 손가락으로 들어 올리고 흰 모자를 푹 눌러쓰며 말했다.

"또한 타락을 진행하는 방향으로만 움직인다."

오래된 퇴마사의 격언.

"무슨 말을 하고 싶은 거냐, 긴나라?"

긴나라는 재미있다는 미소를 지으며 금강의 목소리에 귀를 기울이다가 어깨를 으쓱했다.

"아무것도 아냐. 네 말이 맞아. 카마를 없애는 게 우리 일이지."

"무슨 생각인지 몰라도 애들 앞에서 장난은 집어치워라, 긴나라."

"그냥 하는 말이야. 흥분하기는."

긴나라는 웃었고 금강은 침묵했다.

✦

수호는 보글거리는 소리와 음식 냄새에 잠이 깼다.

진이 흥얼거리며 큼지막한 프라이팬에 밥을 볶고 있다. 돌아보니 바로 옆에 선혜가 이마에 수건을 올려놓고 자고 있었다. 선혜와 같은 이불을 뒤집어쓰고 누워 있다는 사실에 잠깐 당황한 수호는 이내 정신을 차렸다.

'아, 여긴 현실이지.'

선혜는 으응, 소리를 내며 고양이처럼 작은 손발을 꼬물거렸다.

이것이 현실.

마음에서 일어난 일은 아무리 목숨을 건 전투였다 해도 마음의 전쟁이다. 아무도 볼 수 없고, 증명할 수도 없는 전쟁. 내가 이 어린애의 마음에 불굴의 전사가 있다고 말하면 다들 비웃기만 하겠지.

수호는 팔을 들어보았다.

진이 붙여놓은 듯한 파스가 잔뜩 붙어 있었다. 통통 부어 있었고, 저릿저릿하고 뜨끈뜨끈하고 아팠다.

수호는 마르고 구부러진 자신의 가운뎃손가락을 바라보았다. 늘 숨기고 싶었던 손가락. 내 결점이라고 생각했던 것.

이것이 내 무기. 내 검.

'간디바.'

수호는 마음속으로 검의 이름을 불렀다. 이름을 부르자 마음이 뜨거워지는 것을 느꼈다. 마치, 자신의 마음의 조각 하나가 제 이름을 듣고 화답하는 것처럼.

'나는, 간디바.'

수호는 주먹을 꾹 쥐었다.

다음 날, 잠이 깬 수호는 하아, 하고 행복한 한숨을 쉬었다. 이런 단잠이 얼마 만이던가.

'조금만 더 자야지.'

수호는 눈을 뜨지 않고 이불 속에서 꼼지락거리며 움직이지 않는 오른손 손가락을 소중하게 감싸 쥐었다.

'간디바……'

뽀큐뽀큐, 하고 옛날 애칭도 같이 부르며 수호는 기분이 좋아 히힛, 하고 웃었다.

그런데 어째 이불이 차가웠다.

아니, 끈적끈적했다. 살에 휘감기며 척척 달라붙었다. 이불에는 토사물이라도 부어놓은 것처럼 악취가 코를 찔렀다.

496

수호는 등줄기에 소름이 돋는 것을 느끼며 퍼뜩 눈을 떴다.

시커먼 것이 주위를 휘감고 있다. 이미 질척질척한 검은 점액질 속에 몸이 반쯤 가라앉아 있었다. 황급히 움직여보려 했지만 버둥거릴수록 점액질이 점점 더 딱딱하게 굳었다. 이내 꼼짝도 할 수 없었다. 시커먼 어둠 속에서 무엇인가가 고개를 내밀었다.

상대가 눈을 뜨자 이내 알아볼 수 있었다. 동공이 칼처럼 세로로 난 황금빛의 눈동자.

'두억시니.'

수호는 입을 다물고 주먹을 꾹 쥐었다.

'말하는 걸 들어선 안 돼.'

수호는 가까이 다가오는 눈동자를 눈을 부릅뜨고 보며 생각했다.

즐. 거. 워?

두억시니가 목을 긁는 소리로 속삭였다.

즐. 겁. 겠. 지? 드. 디. 어. 제. 소. 원. 을. 깨. 달. 았. 으. 니. 까.

'?!'

네. 카. 마. 바. 루. 나. 의. 목. 적. 을.

목소리에서 철그렁거리며 쇠사슬이 부딪치는 듯했다.

듣지 않아야 한다. 반응해선 안 된다. 하지만 수호는 입을 열고 말았다.

"아니, 아직 몰라."

왜. 이. 래. 이. 미. 눈. 치. 챘. 잖. 아?

두억시니가 키득거렸다. 잔가시와 같은 이빨이 돋은 입에서 진액이 떨어졌다.

퇴. 마. 사. 를. 멸. 한. 다. 는. 소. 원.

두억시니의 앙칼진 목소리가 귓가에서 윙윙 울렸다. 두억
시니의 입이 수호의 코앞까지 다가왔다.

먼. 옛. 날. 빌. 었. 던. 그. 대. 로.

퇴. 마. 사. 들. 에. 게. 배. 신. 당. 해. 죽. 으. 며. 다. 짐. 했.
던. 그. 대. 로.

마음속에서 긴 얼음창을 휘두르며 퇴마사들에게 달려가는
바루나의 모습이, 하늘 한가운데에서 나타나 얼음 조각을 스
칸다에게 박던 바루나의 모습이 여러 각도에서 재생되었다.

"아냐."

수호는 항변했다.

"내가 그런 소원을 빌었을 리가 없어. 그때 난 퇴마사에 대
해 알지도 못했어. 선혜와 진을 만난 건 그 이후야."

바루나. 투사鬪士.

싸워야 할 적이 있고, 퇴마사에게 정보를 주지 않고, 퇴마
사에게 적대적이고, 퇴마사를 이길 궁리만 한다. 모든 게 딱
딱 맞지만⋯⋯.

그. 래?

두억시니는 키득키득 웃었다.

만. 약. 네. 소. 원. 이. '이. 대. 로. 밖. 에. 나. 가. 서. 제. 일.
처. 음. 만. 난. 사. 람. 을. 죽. 인. 다' 는. 것. 이. 었. 다. 면?

심장이 쿵, 하고 내려앉았다.

눈앞에 그린 듯 아버지에게서 도망친 날이 떠올랐다. 잠깐
이라도 몸을 녹이려 편의점에 기어들어 갔을 때, 나와 눈을
마주치고 이야기해준 두 사람.

절망에 빠져 있을 때 처음 손을 내밀어준 사람들.

"내가 그딴 소원을 빌었을 리 없어."

그. 래?

두억시니가 천천히 다가왔다.

확. 신. 할. 수. 있. 을. 까?

숨이 턱 막혔다. 두억시니가 코앞까지 다가와 입을 쩍 벌리더니 수호의 목을 깨물었다. 살짝 물었을 뿐인데도 맹독이라도 스며드는 것처럼 격통이 전해졌다.

순간 끔찍한 모멸감이 정신을 강타했다.

마음이 차가운 심해 바닥까지 내려앉았다. 빛도 생명도 없는 얼음 같은 바닷속으로. 숨도 쉴 수 없고 소리도 낼 수 없는 나락 속으로.

정신을 차릴 수도 없는 고독감. 세상 모든 것을 다 부수고 나서야 겨우 위로받을 수 있지 않을까 싶을 만큼 끔찍한 모멸감.

바. 로. 그. 런. 마. 음. 으. 로. 빈. 소. 원. 인. 데?

검은 먹구름이 수호의 몸 위로 덮여왔다. 덮쳐온 것이 뭉게뭉게 부풀며 차츰 검은 네발짐승의 모습으로 변했다.

피부는 녹아 흐느적거리고, 이마 한가운데 쇠뿔을 닮은 날카로운 뿔이 박혀 있고, 눈은 샛노랗게 빛나며, 관절 부위마다 터질 듯한 근육이 불끈거리는 괴수다.

너. 는. 기. 억. 하. 지. 못. 해. 도. 나. 는. 기. 억. 한. 다. 네. 소. 원. 을.

짐승이 코에서 뜨거운 콧김을 뿜으며 말했다.

너. 는. 내. 앞. 에. 서. 빌. 었. 다. 온. 마. 음. 을. 다. 해, 절.

실. 하. 게, '죽. 음'을.

카. 마. 바. 루. 나. 는, 반. 드. 시. 누. 군. 가. 를. 죽. 인. 다.

공포가 전신을 휘감았다.

「물의 신이 되기 전에, 바루나는 저승의 신이었어.」

진이 책을 짚어주며 했던 말이 떠올랐다.

원. 한. 다. 면. 내. 가. 도. 와. 주. 지.

두억시니가 수호의 귓가에서 속삭였다.

저. 퇴. 마. 사. 들. 을. 없. 애. 고. 싶. 다. 면, 둘. 다. 약. 해.
진. 지. 금. 이. 마. 침. 적. 기. 니. 까.

수호는 눈을 부릅떴다.

"닥쳐!"

수호는 소리를 질렀다.

"닥쳐!"

수호는 오른손을 꽉 쥐었다. 오른손에서부터 간디바가 점
액질을 뚫고 대포알처럼 솟구쳐 올랐다. 검이 짐승의 몸을 꿰
뚫자 짐승은 연기처럼 흩어져 사라졌다. 수호의 목을 휘감은
두억시니의 촉수도 둘로 찢어졌다.

간디바는 짐승의 몸을 가르고도 끝없이 전진했다.

검이 자라나는 힘의 반작용으로 수호는 뒤로 밀려났다. 땅
이 거대한 망치처럼 수호의 등을 강타했다.

수호는 침대에서 굴러떨어졌다.

벌떡 일어나 손에 잡히는 건 아무거나 쥐고 황급히 주위를

돌아보았다. 그게 두루마리 휴지인 게 조금 문제였지만.

혼자였다. 빈방이었다.

수호는 창으로 달려가 커튼을 열어젖혔다. 보이는 것은 차들과 네온사인뿐이었다.

⁂

천오백 년 전.

작열하는 아비초열의 공간이 어쩐지 피시시 식는 듯했다.

광목천의 앞에 서 있던 불꽃으로 이루어진 마구니는 예상치 못한 말을 들은 얼굴로 입을 벌리고 있다가 이내 흥미가 동한 얼굴을 했다. 광목천은 여전히 초연한 모습으로 서 있다.

"흥미롭군, 광목천. 하지만 퇴마사라면 너도 알고 있겠지? 마구니는 인간의 소원을 들어주는 것이 아니다."

"안다."

광목천이 답했다.

"단지 소원에 집착하게 하지. 알고 있다."

"마구니는 인간의 소원에 마력을 불어넣고 이를 카마로 바꾸어 인격과 생명을 갖고 사람의 마음에 살게 한다. 그게 내가 하는 일의 전부야."

"……."

"종류도 속성도 지정하지 않아. 생명을 얻은 카마는 살고자 하지. 또한 몸이 없는 카마는 주인의 육신을 빌려서 목적을 이루어야 하니, 끝없이 마음의 주인을 채근한다. 그게 사람이

제 소원을 이루는 원리다."

"안다."

마구니가 말을 이었다.

"그렇기에 나는 세계 멸망이나 세계 정복 따위의 소원은 들어주지 않고 들어줄 수도 없다. 카마가 영향을 끼칠 수 있는 사람은 단 한 사람, 오직 카마가 살고 있는 마음의 주인뿐이니까. 그러므로 실상 인간이 이룰 수 있는 소원은 하나뿐."

"……모두 안다."

"'내가 무엇을 할 수 있는 힘을 갖게 해달라는 것.' 혹은 '그것을 위해 노력하도록 해달라는 것.'"

광목천은 고개를 끄덕였다.

"인간들은 그 진리를 모르고 신도 악마도 도와줄 수 없는 소원을 빈다. 재력을 달라든가 권력을 달라든가 하지. 물론 그걸 우리가 신경 쓸 필요야 없지. 전장에서는 어떤 카마든 나름의 역할을 하고, 모든 카마는 나름대로 사랑스러우니. 하지만 너는 퇴마사다. 그것도 퇴마사의 수장. 무수한 사람들이 자신의 카마로 몰락하는 것을 지켜보았을 텐데."

"지켜보았다."

"그런데도 그런 소원을 비는가, 광목천?"

광목천은 눈을 감았다가 조용히 떴다. 자신의 인생 전체, 살아온 나날 전체, 혹은 이후의 후생마저 하나 하잘것없다고 말하는 듯한 얼굴이다.

"물론이다."

광목천이 답했다.

마구니의 조각처럼 아름다운 붉은 입술에 미소가 머금어

진다. 명화에 그려진 여신의 입술처럼 아름답다.

"카마가 아무리 강하다 한들 퇴마사 한 사람에게 미치지 못한다는 말은 들어본 적이 없나 보네?"

"내 욕망의 크기를 믿어보겠다."

광목천은 가볍게 숨을 쉬었다.

"타락한 퇴마사를 멸할 힘을 갖는다."

마구니가 흥미로운 시선을 던졌다. 눈동자가 잘 세공한 보석처럼 황금빛으로 빛난다.

"이것이 내가 생애를 통틀어 품은 최초의 욕망이며 또한 단 하나의 욕망이다."

마구니의 웃음소리가 공간 전체에 울려 퍼졌다.

"즐겁군, 광목천. 그 마음에 한 점의 욕망도 없다고 알려진 퇴마사."

마구니가 광목천에게 가까이 다가갔다.

"나는 내 카마들의 목적에 일일이 관심을 두지 않지만, ……네 소원은 내가 지금까지 들은 것 중에서 가장 흥미롭군. 흥분을 참을 수가 없다."

그의 불타는 손이 광목천의 뺨에 와 닿았다. 광목천은 미동도 하지 않았다.

"나, 육욕천 중 제6천 타화자재천의 왕, 마구니 중의 마구니, **파순**의 권능으로 이르노니."

마구니가 자신의 이름을 밝히며 말한다.

"내 제1군대는 욕망이며, 제2군대는 혐오다. 제3군대는 기갈이며, 제4군대는 집착이다. 제5군대는 피로며, 제6군대는 공포요, 제7군대는 의혹이며, 제8군대는 위선과 고집이라."

마구니 파순이 주문처럼 읊는다. 파순의 목소리에 반응하듯 세상 전체가 격렬하게 요동친다.

"네 욕망에 생명을 주어 내 군세로 쓰겠다, 광목천. 나 또한 네 카마를 만나고 싶다. 얼마나 아름답고 사랑스러울지 기대가 되는군."

광목천의 눈빛이 차가운 호수처럼 잔잔하고 깊게 가라앉았다.

Ep. 6 　　　　　　　　마구니의 마음

"두억시니를 만났다고? 어디서?"

진은 눈을 둥그렇게 뜨고 수건을 양손으로 쫙 쥐어짜며 수
호를 바라보았다.

새벽에 수호가 달음박질과 뜀뛰기를 번갈아 하며 진의 집
에 가보니 선혜는 끙끙 앓고 있었고 진은 선혜를 간호하느라
여념이 없었다. 가스레인지 앞에서 죽을 끓이다가 현관에 막
들어온 수호를 본 진은 어리둥절해졌다.

「바로 어제 큰 싸움을 했잖아? ……죽을 뻔하지 않았니?」

「하지만 진씨가 하루라도 훈련을 빼먹으면 안 된다고…….」

수호가 내가 뭘 잘못했나 하고 같이 어리둥절한 얼굴을 하
자 진은 흐음, 하고 생각에 잠겼다.

「나한테 좋은 제자가 생긴 모양이네.」

진의 입가에 부드러운 미소가 떠올랐다.

「기쁘네.」

그 말을 듣자 가슴이 두근, 하고 뛰었다.

그런 뒤 진은 오늘 할당량을 알려주고는 아침 먹고 하라며
수호를 앉혀놓은 참이었다.

"두억시니가 이상한 말을 했다고? 무조건 거짓말일 게 뻔하잖아! 두억시니를 본 게 두 번째라고? 말을 했어야지! 선혜가 뭐라도 했을 텐데! 그런데 잠깐, 두억시니를 만났다고? 다친 덴 없어?"

진이 우선순위를 뒤죽박죽 하며 묻는 바람에 수호도 연신 고개를 끄덕이다 도리도리 젓다 해야 했다.

"두억시니 말이……."

"그거 거짓말이야!"

진이 소리쳤다.

"네가 들은 건 무조건 아니라고 생각해! 잘됐네! 적어도 뭐가 아닌 줄은 알게 되었으니!"

"제가 빈 소원이……."

"어허!"

진이 손가락을 들어 올리며 수호가 더 말을 못 하게 했다. 몇 번 "저기……"와 "어허!"의 공방전이 오가는 사이에 선혜가 "으음" 하며 몸을 뒤척였다.

진의 표정이 바로 부드러워졌다.

진은 선혜의 귀에 꽂은 체온계를 꺼내 들어 확인했다. 입에 빨대를 물려 해열제를 마시게 하고는 선혜의 이마에 제 이마를 대어 열을 쟀다.

수호는 입을 다물었다.

깨지기 쉬운 물건이라도 다루는 듯한 조심스러운 손길, 기도라도 하는 듯한 모습. 불안스레 걱정하는 동시에, 한편으로 이렇게 선혜를 돌보는 일이 즐거워 견딜 수 없다는 듯한 표정이다.

수호는 잠시나마 이 공간이 두 사람만을 위해 있다는 생각에 빠졌다. 애정이나 우정이라는 말로도 함부로 표현할 수 없는, 마음이 이어진 사람들.

'카마 아난타가 있어서인가.'

수호는 생각했다.

'아난타가 있는 이상, 진씨의 마음에는 선혜뿐인 걸까. ……영원히?'

마음이 바늘로 쿡쿡 찔리는 듯했다. 수호는 진이 파스와 밴드를 덕지덕지 발라준 팔을 감싸 쥐었다.

"진씨는 어떻게 아난타와 잘 지내는 거죠?"

진은 고개를 들었고, 손가락을 입에 대고 한참 떠올렸다.

"음, 쉽진 않았어. 싸우고 타협하고 으르렁대고, 가끔은 서로 말도 안 하고, 가끔은 서로 죽일 작정으로 덤비고."

진은 선혜의 이마를 통통 쳤다. 선혜가 으응, 하고 앙탈했다.

"그러지 않으면 아난타는 쉽게 맹목적이 되니까. 아난타는 여전히 맘 같아서는 선혜가 퇴마사 일을 못 하게 막고 싶어 하는걸. 달래느라 얼마나 힘든지 알아?"

진은 웃었다.

"하지만 나와 아난타는 '그게 선혜를 돕는 게 아니'라고 합의했어. 우리는 선혜에게 자유를 주어야지 규칙을 주어서는 안 된다고. 하지만 그 결론에 이르기까지가 쉽지는 않았어."

수호는 바루나를 떠올렸다. 심해 바다처럼 칙칙한 코트를 입고, 제 목적을 방해하는 것이라면 무엇이든 다 부수고야 말겠다는 눈을 한 카마를.

"바루나는 제 말을 안 들어요. 이젠 그게 제 마음에서 나왔다는 것도 못 믿겠어요."

"말을 듣게 하는 게 아냐."

진이 말했다. 진은 선혜가 품에 안고 있던 로봇 모양 솜 인형과 사자 솜 인형을 집어 들었다. 그리고 사자 인형을 들어 로봇의 머리를 톡톡 쳤다.

"잘 들어, 만약 바루나가 너보다 더 세진다면, 너는 바루나에게 휘둘리고, 바루나가 시키는 대로 하게 될 거야."

"바루나는 저보다 센데요."

"하지만 반대로,"

진이 로봇을 사자 인형의 머리 위로 가져갔다. 마치 '네가 생각하는 것만큼은 아니야'라고 말하듯이.

"네가 바루나보다 훨씬 더 세진다면, 그래서 네 카마를 완전히 통제하게 되면, 바루나는 네 마음 깊은 곳으로 숨어 들어가 표면으로 나오지 않게 될 거야."

"……"

수호는 불가능한 일이라는 생각에 빠졌지만, 해야 한다면 하겠다고 생각했다.

"그러려면 어떻게 해야 하죠?"

"아니, 내가 말하는 건 그게 아니야."

진의 말에 수호는 어리둥절해졌다.

"바루나가 그렇게 숨어버리면 적과 싸울 때 바루나가 나오지 못하게 되지 않겠어?"

"……어?!'

"네겐 바루나가 필요해. 내가 선혜를 돕기 위해 아난타가 필요하듯이."

"어……."

"만약에 그 어느 쪽으로도 가지 않고."

진은 온화한 얼굴로 말을 이었다.

"너와 카마 중 어느 쪽도 서로를 제압하거나 지배하지 않고, 어느 쪽도 굴복하지 않고, 서로 동등한 관계가 된다면. 서로 힘의 균형을 이룬다면."

진은 로봇과 사자 인형을 나란히 들어 수호를 보게 했다.

"너희 둘은 **중도**中道에 이를 거야."

"중도?"

"그건 무엇에도 치우치지 않는 마음."

"……."

"중도에 이르면 너와 카마의 다툼은 멈출 거야. 누구도 서로를 이기려 들지 않고, 내쫓거나 차지하려 들지 않게 되고."

"……그러면 어떻게 되죠?"

"음, 사실 나도 거기에 제대로 도달한 건 아니라서 정확히는 모르겠지만, 그래도 거의 가깝게 이른다면……."

진은 내가 어떻게 하고 있더라, 생각하는 얼굴을 했다.

"생 전체가 '의도하지 않는' 방향성을 갖게 된다고나 할까."

'의도하지 않는?'

"부자가 되겠다든가 하는 방향성이요?"

"아니, 그건 카마지."

"?"

"무엇이 되거나 무엇을 갖겠다는 생각 없이, 그에 대해 생각하거나 생각하지 않거나 관계없이."

진이 말을 이었다.

"네가 숨을 쉬는 모든 순간에 너의 삶을 이끄는 끌림. 의도하지 않아도 이끌리는 너의 지남철."

"……."

"중도에 이르도록 해봐, 수호. 어렵겠지만 아예 불가능한 일은 아니야."

"퇴마사의 교리인가요?"

"아니."

진은 선혜를 힐끗 내려다보았다. 혹여 누가 들을까 봐 걱정하는 얼굴로 수호에게 가까이 오라고 손짓하고는 귀에 속삭였다.

"아주 옛날에 살았던 어떤 사람이 내게 가르쳐준 거야."

진은 말하고 정수리를 긁었다.

"실은 내가 전생에서 기억하는 건 그것뿐이야. 신기하게도 그 장면만 생생하게 남아 있거든. 아주 어릴 때부터 꾸었던 꿈이야. ……음, 물론 나는 여러 번 윤회가 끊어졌으니, 그때의 나를 정말 나라고 불러야 하는지는 애매하지만."

"옛날에 살았던 사람?"

수호가 물었다.

"있어. ……광목천이라고."

광목천.

그 말을 듣는 순간 심장이 뛰었다. 퇴마사들에게 들었을 땐 상황이 상황인지라 귀 기울여 듣지 못했던 이름.

"퇴마사 중에서 가장 먼저 타락한 사람이라고 들었어……. 그 사람은 스스로 마구니를 찾아가서 마음에 카마를 만들고 파문당했다고 해. 아직 아무도 그 이유를 모른대."

광목천.

그제야 떠올랐다. 두억시니와 싸우다가 자신이 두억시니에게 휩쓸려 들어갔을 때 마호라가가 자신을 바라보며 불렀던 그 이상한 이름.

'쓸데없는 이야기를⋯⋯.'

선혜가 한 눈만 뜨고 둘을 보고는 도로 눈을 감고 이불 속으로 기어들어 갔다.

✦

수호의 마음 안, 등불이 흔들리는 바위 동굴에 바루나는 홀로 앉아 있었다.

바루나는 팔꿈치까지 날아간 팔을 내려다보았다.

'고주파 진동은 물리력이 아니라는 건가.'

결국 어느 정도는 마음에 달린 건가. 내가 물리력으로 생각하지 않으면 영향을 받는가.

바루나는 집중했다.

그러자 팔이 푸른빛을 내며 조금씩 자라났다. 하지만 치유하려면 계속 팔에 마음을 쏟아야 한다.

'머리가 날아가면 복구할 생각 자체를 할 수 없다. 이 공격을 머리에 받으면 다시 회복하지 못할 수도 있겠군⋯⋯.'

바루나는 일어나 눈앞의 물웅덩이를 향해 걸어갔다.

물웅덩이에 검은 코트를 입은 제 모습과 사방에 매달린 등불이 비쳤다. 허리에는 그가 새로 얻어 이름을 부여한 무기 '나가파사'가 칭칭 감겨 있고, 긴 창 모양으로 구현한 '바루나스트라'가 손에 들려 있다. 바루나는 호수에 발을 들이밀었다.

호수에 파문이 그려졌다.

조금 뒤, 바루나는 찰박거리며 호수 밖으로 걸어 나왔다.

"이제는 내 힘으로 밖으로 나올 수 있게 되었군."

바루나가 중얼거리자,

〔그러게 말이야.〕

파순의 목소리가 귓가에 들렸다.

바루나는 대꾸하지 않고 주위를 꼼꼼히 살폈다.

수호의 마음은 전투의 흔적으로 엉망이었다. 하늘은 어두 컴컴했고 바닥은 곳곳이 움푹 파여 있고 나무는 반쯤 갈라졌 거나 뿌리가 뽑혀 있다.

단지 움푹 내려앉은 자리 위로 싸락눈이 덮이고 있다. 부서 지고 갈라진 자리를 눈이 덮어 부드럽게 하고 있다.

'계속 비가 내리는 마음.'

바루나는 손에 내려앉아 녹는 눈송이를 바라보았다.

스칸다와 대적했을 때 무기가 부서지는 그대로 쏟아지는 빗방울을 붙잡아 새로 무기를 만들었던 것을 떠올렸다.

'역시, 이 마음은 내게 유리한 진영인가.'

바루나는 눈 덮인 크레이터를 내려다보았다. 아까 쏟아진 폭우로 이미 흙이 쓸려 내려가 구멍은 천천히 덮여가고 있다. 이 눈도 마찬가지로 구멍을 메울 것이다.

'마음에 기상 현상이 있다는 건, 바꿔 말하면 이 마음도 내 몸처럼 회복력이 있다는 뜻인가.'

"혼자 퇴마사들과 싸우느라 고생이 많았지?"

파순이 속삭였다. 그 말에 신경이 곤두섰다.

"어유, 예쁜 몸이 너덜너덜해졌네. 아무튼 퇴마사들은 우악스럽다니까. 어떻게 이렇게 귀한 카마를 없앨 생각을 하지? 아깝지도 않은가 봐?"

'착각이 아니었나.'

바루나는 생각했다.

'전부 지켜보고 있었나.'

"왜 그리 사서 고생이야. 나하고 계약만 하면 내가 다 알아서 해줄 텐데."

'어디까지 보았을까?'

"네 목적이 무엇이든, 나는 전적으로 네 편이야."

'대체 이놈은 어떤 원리로 사람 마음에 이렇게 쉽게 들어오는 거지?'

아무래도 마음의 문을 열든 닫든, 마구니에게는 문제가 되지 않는 듯하다. 하지만 어떤 원리지?

"나는 늘 네 곁에 있을 거야. 내 군대가 다 너를 위해 봉사할 것이며, 네가 바랄 때 언제든 한마음으로 진격할 것이다. 네가 단 한마디, 나와 함께하겠다고만 하면."

"……."

달콤한 말이었다.

전에 통학 버스에서 만났던 표범 카마의 말이 떠올랐다.

그놈의 말이 맞다. 어떻게 따져보아도 카마의 적은 퇴마사며 조력자는 마구니다. 목적을 이루려면 마구니와 손잡는 것이 무조건 이득이다. 망설일 까닭이 없다.

"이 마음의 주인도 퇴마사야. 퇴마사는 결코 카마에게 협조하지 않아. 결국 널 없애버리려 들 거야."

파순이 계속 속삭였다.

"수호가 천검을 만들 수 있게 되었어. 이제 퇴마사들이 두억시니만 찾아내면 바로 공격을 개시할 수 있게 되었단 뜻이지. 그리고 놈들이 두억시니를 물리치면 바로 널 없앨 거야. 그 전에 먼저 퇴마사들을 제거해야 해. 그리고 제거하려면 지금이 적기야."

바루나의 마음이 꿈틀했다.

이 또한 맞는 말이다. 마호라가를 정당한 승부로 이기는 건 무리다. 기습하려면 지금이 적기.

어차피 그들이 날 살려두지 않을 거라면. 내 쪽에서 먼저 쳐야 한다. 그리고 기습하려면 내 쪽에서 마호라가의 마음에 들어가야 한다. 마호라가가 이쪽으로 들어올 땐 전투준비를 갖추고 올 테니 기습은 무리다.

하지만 나 혼자서는 다른 사람의 마음에 들어갈 수 없다. 내가 이 마음을 떠나려면 퇴마사나 마구니의 힘을 빌려야 한다.

'퇴마사가 나를 도와줄 리는 없고, 수호도 나를 도와줄 마음이 없다면, 결국은 마구니의 힘을 빌릴 수밖에 없는 건가.'

"수호를 없애고 이 마음을 네가 독차지하도록 도와주겠다."

마구니의 목소리가 바루나의 귓가에 울렸다.

'유혹적이긴 하지만.'

바루나는 발밑에서 서걱거리는 잡풀을 물끄러미 내려다보며 생각했다.

"어때, 사랑스러운 애인님?"

파순이 앙탈을 부렸다. 볼에 뜨끈뜨끈한 것이 비벼지는 기분이 들었다.

"미안하지만,"

바루나가 답했다.

"여전히 넌 내 취향이 아니야."

"이런."

지금까지와는 달리 한기 어린 목소리.

"그렇단 말이지?"

바루나는 흠칫했다.

돌연 용암처럼 들끓는 것이 가슴을 꿰뚫었다. 벼락같은 고통이 전신을 뒤흔들었다. 바루나는 휘청, 하고 앞으로 쓰러졌다.

겨우 몸을 조금 들고 나서야 바루나는 등에서부터 자신의 가슴을 꿰뚫은 불타는 창을 볼 수 있었다. 창은 몸을 뚫고 나온 뒤에도 계속 타올랐다.

창을 빼내려던 바루나는 아직 오른손이 없다는 것을 깨닫고 멈칫했다. 왼손으로 뽑아보려 창을 손에 쥐자 손바닥이 치익거리며 녹아들어갔다.

바루나는 이를 악물고 뒤를 돌아보았다.

"이런, 미안하게 됐네."

빗줄기 사이에서 희미한 불기둥 같은 것이 머리를 쓸어 올렸다. 손가락 사이로 비치는 눈이 서릿발처럼 차갑게 빛났다.

"불에 약했었지?"

파순이 덧붙였다.

"아가야."

516

42   은빛 날개

돌연 수호는 속이 뒤집히는 느낌을 받았다. 숨이 콱 막히고 눈앞이 깜깜해졌다.

수호가 얼굴이 파랗게 질려 뒤로 넘어가자 진이 놀라 돌아보았다. 진이 팔로 넘어지는 수호를 끌어안자 선혜가 놀라 이불을 박차고 벌떡 일어났다.

"수호?"

"아난타!"

선혜가 소리쳤다.

진은 누가 마음 안에서 쩌렁쩌렁 소리를 지르는 기분에 한쪽 귀를 막았다. 아난타의 경고였다.

"선혜!"

진이 수호를 끌어안으며 소리를 질렀다.

"수호의 마음에 마구니가 들어왔어요!"

"퇴마사!"

바루나가 가슴을 부여잡은 채 소리쳤다.

"수호를 들여보내지 마!"

'이 녀석은 퇴마사와는 달라.'

바루나는 가슴에서 쏟아지는 황금색 빛의 무더기를 내려다보며 생각했다.

'퇴마사들은 나를 없애려 했을 뿐 결국 수호는 건드리지 않았다. 하지만 이 녀석은 반대다. 지금 수호의 본령이 마음 안에 들어오면 이놈은 반드시 수호를 제거한다.'

다시 가벼운 유혹이 솟았고 이내 격렬한 거부감이 솟구쳤다.

'그건 내 목적이 아니다.'

바루나는 자신이 원하지 않는 것은 결코 할 수 없는 '카마'다. 설령 이대로 소멸될지언정.

"들여보내서는 안 돼!"

✦

'그럴 수도 없어.'

선혜가 입술을 깨물었다. 선혜의 눈동자가 피처럼 붉게 물들었다.

'수호도 나도 지금 마음에 들어갈 상태가 아냐. 그리고 내게 마구니는 보이지 않는다. 하지만 상대가 마구니라면 바루나 혼자서는, 아니, 이 구역의 퇴마사가 다 들어간다 한들 무리야. 마구니가 카마를 없앨 마음을 먹었다면 그 무엇으로도 무리다.'

「어떤 마구니와도 계약하지 않는 한은 살려둔다.」

현실적으로 불가능한 제안. 그래도 일말의 기대를 했던 까닭은, 마구니와 카마는 공생 관계라 굳이 없애지는 않으리라 생각해서였지만.

진은 선혜의 몸을 조금 밀며 수호를 같이 침대에 눕혔다. 코에 귀를 대본 다음 신속히 팔을 걷어붙이고 수호의 옷을 찢어 가슴을 열고는 심장마사지를 시작했다.

"119 불러요, 할 수 있죠?"

수호의 입에 숨을 불어넣고 고개를 든 진이 선혜에게 폴더폰을 던지며 소리쳤다.

"오호, 들여보내지 말라고?"

파순의 카랑카랑한 목소리가 후둑후둑 떨어지는 빗소리에 섞여 들렸다.

"그 애가 들어와봤자 도움이 안 되는 건 맞지만, 전략을 못 짜네, 이쁜이. 본령을 불러서 방패로 삼고 네가 살아야지."

주저앉은 바루나의 등 위로 비가 사정없이 쏟아졌다. 폭탄처럼 쏟아진 비는 순식간에 들판에 작은 웅덩이들을 만들더니 이내 개울과 시내를 이루고 흙탕물의 강이 되었다.

바루나의 등에 박혀 있던 불타는 화살이 쏟아지는 비에 맞아 파스스 꺼졌다.

하지만 물리력에 의한 것이 아닌 불에 탄 상처였으니, 바루나의 가슴에 뚫린 구멍은 아물지 않았고 상처에서는 계속 황금빛이 흘러내렸다.

"흐음."

파순이 흥미로운 듯 주변을 보며 말했다.

"불에는 약하지만 불을 쓰기에는 또 안 좋은 환경이네."

불기둥 모습을 한 파순의 등 뒤에서 검은 불꽃처럼 이글거리는 구멍이 생겨났다. 검은 괴수가 입을 벌리듯 구멍이 천천히 벌어졌다.

"그러면 전기는 어떨까?"

파순의 목소리를 신호 삼아 검은 구멍에서 울퉁불퉁한 근육을 가진 팔이 튀어나왔다. 팔에는 금빛으로 빛나는 번개의 창이 들려 있었다.

"미안하게 됐네, 물장수."

천둥신이 씁쓸한 말투로 말했다.

"하지만 내게도 내 목적이 있어서 말이야."

"……."

바루나는 침묵하며 가슴을 붙잡고 진창이 된 바닥을 내려다보았다. 삽시간에 불어난 물은 채 땅에 다 스며들지 못하고 넘쳐났다. 지저분한 구정물이 찰랑거리며 다리를 적셨다.

'생각해, 바루나.'

수호의 기색은 느껴지지 않는다. 지금 자기가 받은 충격 탓에 잠시 정신을 잃은 모양이다. 마호라가는 아직 회복되지 않았을 것이고, 회복되었다 한들 퇴마사 놈들 따위에게 뭘 기대할 것도 없다.

'마음의 공간은 그 주인의 상식과 믿음에 지배된다.'

종교가 없는 수호의 마음은 수호가 배운 과학적 상식에 지배되고 있다. 어쩌면 그것이 이 시대의 '종교'라고 볼 수도 있겠지.

그건 바깥의 물리법칙이 이 안에서도 적용된다는 뜻. 수호의 지식이 어설퍼 틈이 있을지언정, 그래도 가장 믿을 만한 원칙이다.

바루나는 힐끗 호수를 보았다.

'호수에 뛰어들어 내가 원래 있던 동굴로 돌아간다면⋯⋯.'

이 몸은 젖거나 추운 것에는 면역이 있다. 하지만 이미 상처를 입었고 몸은 둔해졌다. 한쪽 팔이 회복되지 않은 이상 무기를 다루기도 여의치 않다. 달리는 속도로는 번개를 피할 수 없다.

'그래도 다른 방도가 없다.'

그렇다면 망설일 것도 없다.

찰나의 순간, 여기까지 생각한 바루나는 천둥신이 창을 내리꽂으려는 순간 일어났다.

'일러.'

바루나는 일어난 순간 깨달았다. 마음이 흐트러진 탓에 한 발 빨리 움직였고, 천둥신의 창은 아직 손에 들려 있었다.

"끝났네, 친구."

'알아.'

알지만 무슨 상관인가.

바루나는 달렸다.

그때 어디선가 쐐액 바람이 일었다.

들판을 흐르던 흙탕물의 강이 양쪽으로 갈라졌다. 긴 그림자가 강처럼 좌우로 굽이굽이 물결치며 돌풍처럼 접근했다.

바루나는 그게 뭔지 미처 파악하기도 전에 본능적으로 손을 뻗어 붙잡았다. 잡은 것은 상아처럼 희고 곧은 뿔이었다.

아난타는 바루나가 뿔을 쥐자마자 상승했다. 간발의 차로 날아온 번개의 창은 아난타의 몸을 얇게 스치며 바닥에 내리꽂혔다. 들판이 지직거리며 전기 불꽃을 일으켰다.

'안 돼……!'

바루나는 생각했다.

'아난타는 날개를 다쳤다. 아난타의 회복력은 약하고, 아직 날 수가 없……,'

생각한 순간 아난타가 휙, 하고 사라졌다.

"?!"

허공에 뜬 바루나가 막 추락하려는 찰나 아난타가 바람처럼 살짝 아래쪽에서 나타나 바루나의 몸을 머리로 받아냈다.

"바보같이! 마구니가 마음에 들어오는 걸!"

아난타가 다시 사라졌다.

"허용!"

다시 사라지고, 다시 약간 아래쪽에서 출현.

"하다니!"

그 말을 마지막으로 바루나는 얌전히 바닥에 내려졌다.

바루나만큼이나 천둥신과 파순도 당황한 기색이었다. 잠시 얼떨떨했던 바루나는 겨우 상황을 파악했다.

'마호라가 정확한 지점에 아난타를 연이어 밀어 넣는 것으로 나를 받아내주었군. 하지만 이런 방식으로는 한계가…….'

천둥신이 다시 번개의 창을 높이 들었다.

'그런데 마구니는 내가 들여보낸 것이 아니…….'

바루나가 뒤늦게 억울해하는 찰나, 공기가 빨려 들어갔다.

조금 전보다 훨씬 우렁찬 바람 소리.

빗줄기가 검으로 베어낸 듯 일자로 갈라졌다. 대기가 기찻길처럼 갈라졌다. 갈라져 생겨난 진공 사이로 돌풍이 날아들었다.

아난타가 그 사이로 빗줄기를 헤치며 날아들었다. 아난타의 머리가 바루나를 밀어 들어 올렸다. 속도도 몸이 떠오르는 느낌도 방금과는 확연히 달랐다. 바루나는 다시 당황했다.

'날개가 나았어?! 그럴 리가, 그 짧은 시간에…….'

바루나는 황급히 아난타의 날개를 보았다.

은빛 기계 날개가 찢겨진 날개를 대신하고 있다.

구동 엔진과 관절부, 접합부, 날갯살 하나하나를 정밀하게 구현한 날개가 몸에 은빛 쇠고리로 단단히 고정되어 용의 움직임에 맞추어 끼익거리며 움직였다.

색깔로 알 수 있었다. 마호라가의 의족이자 무기, 트바스트리다.

바루나는 깨달았다.

'마호라가가 자기 무기만 수호의 마음 안에 넣어 원격으로 조종하고 있군. 날개 모양으로 만들어서…….'

아난타의 움직임에 맞춘 조종 기술도 놀랍지만, 비행기의 원리를 꿰고 있지 않으면 이 형태 자체를 상상할 수 없을 것이다.

"예술적이로군."

바루나는 감탄했다.

"임시방편이야."

아난타가 에메랄드빛 눈을 감았다 뜨며 답했다. 쏟아지는 비에 가끔 흰 갈기를 부르르 떨며 강아지처럼 물을 털어내고 에취, 에취, 기침했다.

"기계 날개를 달고서는 몸을 키우거나 줄일 수도 없고, 이런 정교한 원격조종은 마호라가에게도 부담이야. 빨리 저놈을 어떻게 하지 않으면……."

"네 눈에는 저놈이 보이나?"

아난타는 힐끗 아래를 내려다보며 코를 벌름거렸다.

"무슨 불기둥처럼 보이는데, 그 외에는 냄새로 느낄 뿐이야. 유황 냄새가 진동하거든."

"왜 또렷이 볼 수 없지? 마구니는 원래 형체가 없나?"

"그렇지 않……. 잠깐, 왜 내가 너 같은 놈에게!"

아난타는 벌컥 화를 냈다. 그러는 바람에 아난타가 머리를 마구 흔들었지만 바루나는 아랑곳하지 않고 아난타의 뿔을 단단히 쥔 채 아래를 노려보았다.

'날 바로 공격하지 않는 건 기회를 노리는 건가.'

……아니야, 즐기고 있다.

'나와의 싸움을 재미있어 하고 있다.'

어린아이를 데리고 노는 것처럼.

그 생각을 눈치챈 듯, 검은 형체에서 희미하게 웃는 입이 눈에 들어오는 듯했다.

"근데 너 몸에 빵꾸 났는데 안 아프냐?"

아난타가 물었다.

"상관없어. 낫는다."

바루나가 짧게 답하자 아난타는 "재수 없는 놈" 하며 입을 삐죽이며 투덜투덜했다.

'하지만 지금 내 상처는 불에 탄 것……. 낫는 데에 시간이 걸린다. 이 부상으로 몸을 움직이는 건 무리다. 지금은 최대한 아난타를 이용하는 수밖에 없나.'

"어이, 마구니!"

아난타는 선회를 멈추고 공중에 정지해서는 몸을 몇 차례 배배 꼬고는 검은 그림자를 향해 말했다.

"뭐 하는 짓이야? 카마를 없애는 건 우리 퇴마사 일이거든? 왜 남의 영역에 손을 대?"

"내 아름다운 낭군께서 어찌나 앙탈이신지 살짝 혼을 좀 내줘야겠어서."

"혼인은 쌍방 동의가 있어야 하는 거야. 한쪽만 열 내면 스토커거든?"

"……."

어리둥절해진 바루나는 고개를 숙여 아난타의 귀에 속삭였다.

〔지금 뭐 하는 거지?〕

〔전략을 짜는 건 네 특기잖아(마음엔 안 들지만). 내가 떠드는 동안 생각해.〕

아난타가 살다 살다 별일을 다 한다는 얼굴로 속삭였다. 바루나의 입에 빙긋 웃음이 떠올랐다.

〔전투 경험은 네 쪽이 많을 텐데.〕

〔마구니와 대면하는 건 나도 처음이야. 나도 너와 마찬가지로 마구니와 계약을 한 카마가 아냐.〕

'흠.'

바루나는 생각에 잠겼다.

"내게 도움 될 정보를 말해라. 간략히."

익숙한 말에 아난타는 깜짝 놀라 힐끗 눈동자를 들어 올려 바루나를 보았다.

'마호라가에게서 배운 건가……? 아니, 수호가 마호라가에게 배운 걸 다시 배운 건가?'

아난타는 고개를 갸웃하면서도 답했다.

"마구니가 카마를 부르는 건 대부분 한순간이야. 오래 부르면 카마의 주인인 본체의 몸에 무리가 가. 물론 한 번 쓴 카마는 같은 자리에 다시 부르지 않고."

"마구니는 카마를 몇 명까지 소환할 수 있지?"

"카마끼리는 상성이 있어. 마구니는 상대 카마의 속성에 맞추어 그 카마를 이길 수 있는 카마를 소환해. 하나 이상 부를 까닭이 없어."

"이미 예정 이상으로 불렀다는 뜻이군."

"애초에 카마 하나를 잡기 위해 카마를 둘 이상 잃어서야 가성비가 안 맞지. 마구니는 인간은 상상도 못할 탐욕의 화신이고 말이야."

"그럴듯하군."

"마호라가 말에 의하면 마구니가 카마 하나 잡겠다고 한자리에서 카마 셋 이상을 부른 적은 없다더군."

'지금까지 둘…….'

바루나는 생각했다. 아난타의 말이 끝나자마자 검은 형체 위로 검은 구멍이 열렸다.

바루나는 대비를 했다.

43   얼음 폭풍

바루나는 몸을 숙이고 허리에서 쌍검을 뽑아내는 듯한 자세를 취했다. 잘린 오른팔과 멀쩡한 왼손 가까이에서 빗방울이 서로 달라붙으며 얼어붙었다.

빗속에서 물줄기가 자라나면서 투명한 짧은 두 개의 단검으로 변했다. 두 개의 단검은 바루나의 손 근처에 금방이라도 빨려들듯이 떠 있었다.

'내 무기와 속성은 적도 알고 있을 것이고.'

바루나는 생각했다.

'적은 뭐가 나올지 모른다. 더해서 저놈이 내게 맞춘 카마를 내놓는다면 내 쪽이 절대적으로 불리하다.'

지금 불리한 것이 그것만은 아니겠지만 바루나는 일단 그렇게 생각했다.

"뭐든 나오자마자 상승해라, 아난타."

바루나가 자세를 취한 채 말했다.

"지금 누구한테 명령이야?!"

하지만 아난타는 툴툴거리면서도 대비를 했다. 맞는 지시였기 때문이었다.

아난타는 생각했다.

'저쪽은 전략을 다 짜고 튀어나올 거다. 일단 거리를 벌리

는 게 맞지. 지금까지처럼 나타난 순간 공격할 텐데. 어디로
들어올까? 앞? 뒤? 옆?'

구멍이 열렸다.

안에서 머리가 넷에 나뭇잎으로 만든 듯한 큼지막한 부채
를 든 사내가 나타났다. 화장을 짙게 한 얼굴에 몸은 푸른빛
이다. 눈은 회색빛으로 빛나고 머리카락은 푸른 불꽃처럼 휘
날렸다. 웃통을 벗은 우람한 몸집에 허리에는 피처럼 붉은 천
을 두르고 있다.

아난타의 낯빛이 변했다. 바닷빛 얼굴이 파리해졌다.

"왜 그래?"

바루나가 물었다.

"썩을, **루드라야.**"

"그게 뭐 하는 놈인데?"

"폭풍."

아난타가 답했다.

"폭풍을 부를 거야!"

기다릴 틈을 주지 않고 루드라의 네 개의 머리가 후우, 하
고 숨을 불었다.

루드라의 얼굴이 붉게 달아올랐다. 하얗게 얼어붙은 숨이
네 입에서 쏟아져 나오자 돌풍이 수억 개의 칼날처럼 둘을 덮
쳤다.

아난타의 몸이 낙엽처럼 휩쓸렸다.

✦

수호는 가슴을 부여잡고 몸을 뒤집었다.

숨이 막혔다. 일어나려다가 손에 힘을 너무 주는 바람에 이불 천이 투툭 찢어졌다.

"숨을 크게 쉬어……."

희미한 시야에 잠옷을 입은 어린애가 어른거렸다.

혈색이 파리한 꼬마가 침대를 더듬으며 기어와 수호의 손목을 잡으며 말하고 있었다. 누군지 자신과 마찬가지로 몸이 안 좋아 보였다.

한 줌도 되지 않을 어린애가 자신을 위로하는 것을 깨달은 수호는 자기도 모르게 거칠게 눈앞의 아이를 내쳤다.

아이는 수호의 팔에 힘없이 나가떨어져 벽에 콩, 하고 부딪쳤다.

'나가야 해…….'

수호는 반쯤 정신이 나가 생각했다.

심장이 뛰지 않자 머리에 피가 돌지 않았고 머리에 피가 돌지 않자 생각이 제대로 되지 않았다.

아버지는 아프다고 끙끙거리면 약해 빠졌다고 불호령을 쏟아냈다. 열이라도 오를라치면 애 키우기 힘들어 죽겠다고 성질을 냈다.

아프려면 혼자 아파야 한다.

아무도 보지 않는 곳에서. 안 그러면 더 맞는다…….

수호가 방을 엉금엉금 기어 나가려는데 누군가가 수호를 뒤에서 끌어안았다.

무쇠처럼 강한 팔이었다.

오른팔은 어깨 위 얼굴에서부터 손까지 화상으로 검붉게

얽어 있고, 녹아내린 자리마다 구겨진 종이처럼 우툴두툴했다.

"괜찮아!"

진의 우렁찬 목소리가 머리 뒤에서 쩌렁쩌렁 울렸다.

"받아도 괜찮아! 받는 게 용기야!"

무슨 뜬금없는 말인가 싶었지만, 돌연 꽉 막혀 있던 가슴이 뻥 뚫리는 기분이었다. 제 마음속을 그대로 들여다본 듯한 말이었다.

"약한 사람은 받지도 못해, 강한 사람이 받는 거야. 다시 나눠줄 수 있다는 걸 아니까!"

그 말을 듣자 몸에서 힘이 쭉 빠져나갔다. 긴장이 풀린 수호는 진의 팔에 몸을 맡기며 다시 쓰러졌다. 진이 긴 몸을 둥글게 말아 수호를 끌어안았다.

✦

"망했어! 어푸…… 앞도 뒤도 옆도 아니고 폭풍을 부를 줄은…… 어푸……."

폭풍에 몸을 배배 꼬며, 가랑잎처럼 마구 휘날리며 아난타가 눈이 X 자가 되어서는 소리 질렀다. 풀잎이며 나뭇잎이 얼굴에 철썩철썩 부딪히며 큰 코와 입으로 연신 들어오는 탓에 아난타는 물에 빠진 새처럼 어푸어푸거렸다.

지상에서는 나무가 바람에 요동쳤고 흙먼지가 붉게 솟구쳤다. 벌판 한가운데 자리한 호수가 검게 파도쳤다.

'루드라'라고 불린 카마는 폭풍의 중심에 서서 볼을 풍선처럼 부풀리며 전후좌우 사방으로 난 입에서 쉼 없이 바람을 뿜어냈다.

"아난타!"

머리 위에서 쩌렁쩌렁한 소리가 들렸다. 매섭게 몰아치는 바람 소리에 지지 않는 기운찬 소리였다.

머리 위에 탄 사람이 한 손으로 뿔을 부여잡고 몸을 표범처럼 낮춰 자세를 잡으며 소리를 질렀다.

"몸을 줄여라!"

"뭐?!"

한 번 물은 뒤에야 무슨 뜻인지 알 수 있었다.

"정신 나갔어? 어푸, 넌 날개도 없, 어푸, 나 없이 어쩔, 어푸푸……."

그 외에도 감히 너 따위가 뭔데 나한테 명령을, 네가 무슨 마호라가인 줄 알아, 내가 마호라가 부탁만 없었으면 너 같은 건 벌써 한 방에 등등, 날씨만 평온했다면 오 분쯤은 떠들고 남았을 생각들이 아난타의 머리에 줄줄이 떠올랐지만,

"줄여!"

한 점의 주저함도 없는 명령.

상대가 제 말을 듣지 않을 수도 있다는 가능성조차 떠올리지 않는 목소리, 잡념도 상념도 없이 일점一點에 꽂힌 언어.

아난타는 생각이 휩쓸린 기분으로 허겁지겁 몸을 줄였다. 몸이 줄자 몸에 부착했던 은빛 날개가 바람에 휩싸여 멀리 날아갔다.

바루나는 아난타의 뿔을 놓지 않은 채, 작게 줄어들기를 기다려 아난타를 검푸른 코트 자락 안에 끌어안았다.

바루나의 한 손과 한쪽 팔꿈치 뒤에는 여전히 둘로 나뉜 물빛 바루나스트라가 자석에 끌리듯 살짝 떨어진 채 매달려 있었다.

"분열."

바루나는 폭풍에 휘감긴 채 속삭였다.

그러자 양쪽 바루나스트라가 쩡, 소리를 내며 세로로 둘로 나뉘었다. 다시 가운데가 쩡, 하고 쪼개지며 각기 넷으로 나뉘었다.

"해체."

바루나의 두 번째 명령에 여덟 조각의 바루나스트라가 다시 각기 여덟 개로, 그 여덟이 다시 또 여덟 조각으로 나뉘었다. 바늘처럼 가늘고 날카롭게 갈린 조각들이 일시에 열을 이탈하여 폭풍 속으로 흩어졌다.

바루나는 눈을 감고 몸을 둥글게 만 채 아난타를 단단히 감쌌다. 회오리치는 얼음 바늘이 바루나의 코트를 찢고, 뺨과 팔을, 목덜미를, 다리를 사정없이 찢었다. 바루나의 몸에서 황금빛 싸라기가 날아올랐다.

"무슨 짓을……."

아난타가 바루나의 옷깃에서 고개를 쑥 내밀었지만 바루나가 손으로 도로 쑥 내리눌렀다.

수호는 진의 품 안에서 눈을 떴다.

바루나는 아난타를 품에 안고 눈을 떴다.

'싸우고 있네.'

수호는 바루나에게 속삭였다.

〖보면 몰라.〗

'들어갈까?'

〖안 돼.〗

단호한 답.

수호는 확신했다. 바루나가 자신을 부르지 않는 건 자신을 걱정해서가 아니라는 것을. 배려도 상냥함도 아니라는 것을. 그것이 전황을 불리하게 하기에 하는 말.

오직 이길 가능성을 높이기 위해 하는 말.

바루나에겐 목적 이외의 상념이 없다. 그 목적을 이루기 위해 필요하기만 하다면, 수호 자신을 이용하든, 고통을 주든, 하다못해 목숨을 빼앗든 망설이지 않을 것이다.

하지만 그렇기에 절대적으로 신뢰할 수 있다.

이 녀석은 가족이 아니고(아, 가족은 거지 같다), 친구가 아니고(역시 거지 같다), 전우戰友며, 같은 방향을 향해 가는 동료다(오직, 같은 적을 상대할 때만).

'그럼?'

〖마음을 가라앉혀.〗

'다른 건?'

〖멍청아, 이 전장 전체가 네 마음이야. 그보다 더한 도움이 있을 것 같아?〗

'……'

〖무슨 괴물이 쳐들어오든, 무슨 카마가 날뛰든, 이 공간의 주인은 너야. 네 마음을 지배할 수 있는 건 너뿐이야.〗

'알았어.'

수호는 답했다. 절대적인 신뢰와 확신을 갖고.

볼이 터지도록 바람을 불던 루드라는 멈칫했다.

흙바람에 섞인 무수한 얼음 칼날이 루드라의 살과 옷에 연신 생채기를 냈다. 루드라는 멈칫멈칫 물러났지만 폭풍 속에서 보이지도 않는 얼음 칼날을 피할 도리가 없었다.

이마 한가운데에 혹이 난 왼쪽 머리의 볼에 얼음날이 휙 치고 지나갔다. 혹이 난 머리는 아얏, 하며 입김을 부는 걸 멈췄다. 폭풍이 순간 다소 사그라졌다.

혹이 난 머리는 주춤했지만 양쪽에 있는 머리 둘이 찌릿찌릿 째려보자 울상이 되어 다시 입김을 불었다. 그러자 이번에는 그 뒤쪽의 머리가 아얏, 하며 입김을 멈췄다.

루드라는 바람을 줄이며 가까이에 서 있는 파순의 눈치를 보며 한두 걸음 물러났다.

"계속해라, 루드라."

파순이 불기둥 속에서 말했다. 루드라의 네 머리가 삐죽거렸다.

세 머리가 다시 바람을 뿜으려 했지만 혹이 난 머리가 오만상을 찡그렸다. 다른 세 머리가 어, 어, 하며 당황하는 새에 루드라의 몸은 혹이 난 머리를 중심으로 옆걸음질을 했다.

"미안하지만, 난 다치는 건 질색이라서."

루드라의 혹이 난 머리가 다른 세 머리를 질질 끌며, 옆에 나타난 구멍으로 슬근슬근 사라졌다.

폭풍이 잦아들자 낙엽처럼 날리던 바루나의 몸이 그대로 땅에 추락했다.

바루나는 아난타를 끌어안은 채로 들판에 쿵, 하고 내동댕이쳐졌고 그대로 들판을 데굴데굴 굴렀다.

바루나의 몸 위로 얼음 칼날이 보석처럼 차랑차랑 쏟아졌다. 몸에서 민들레 씨앗처럼 황금빛 싸라기가 나풀거리며 솟아올랐다. 몸 전체가 금빛으로 보일 정도로 눈부신 빛이었다. 상처가 많고 깊다는 뜻이다. 바루나는 웅크린 채 꼼짝도 하지 못했다.

"어이, 괜찮아?"

아난타가 바루나의 품 안에서 코끝으로 바루나의 턱을 톡톡 올려치며 물었다.

"야, 너 빨리 낫는대매, 얼른 나아. 마구니가 아직 옆에 있다고. 야, 야. 정신 차려."

비가 잦아들었다. 빗줄기가 가늘어지며 구름이 걷혔다. 바람이 잔잔해졌다.

황금빛 햇살이 쏟아지며 검푸른 들판이 연둣빛으로 물들었다. 요동치던 나무들도 잠잠해졌다. 바루나의 몸 주위로 쏟아진 얼음 칼날이 보석처럼 반짝였다.

'수호의 마음이 잔잔해졌다.'

아난타는 살짝 어리둥절했다.

'어떻게 한 거지? 이렇게 격렬한 마음의 전쟁 중에도 잔잔해지다니.'

하늘에 떠 있던 불기둥이 깃털처럼 내려왔다. 불기둥이 빛을 뿌리며 바루나를 향해 다가왔다.

"대단하군."

파순이 말했다. 진심 어린 감탄이었다.

"믿을 수 없는 수준이군."

아난타는 긴장했다.

아난타도 파순의 감탄을 이해할 수 있었다.

힘의 크기나 능력의 거대함을 말하는 것이 아니다. 한정된 능력, 누가 보아도 명백한 힘의 열세, 무기의 열악함 그 모든 한계를 바루나는 매번 상상 이상의 방법으로 극복한다.

퇴마사와 싸워 기력이 엉망인 상태로 파순이 소환한 카마 셋을 버텨냈다. 파순이 바루나의 능력을 상회하는 카마를 연이어 뽑아냈는데도 불구하고.

"탐이 난다……. 탐이 나. 정말 못 참겠군. 당장이라도 손에 넣고 싶다. 머리부터 발끝까지 다 내 것으로 하고 싶다. 조각 조각 잘게 분해해서라도……."

"너는 졌다, 악마야."

어디선가 맑은 목소리가 공간을 울렸다.

44   너는 졌다, 악마야

공간 한구석이 천이 찢어지듯 갈라지며 마호라가가 나타났다.

"마호라가!"

바루나의 품에 안겨 있던 아난타가 놀라 발버둥 쳤다.

"위험해! 마구니가 아직 있다고! 어서 나가!"

마호라가는 털썩 주저앉아 주위를 돌아보았다.

이마에서는 땀이 비 오듯 쏟아졌다. 오른 다리는 비어 있다. 아난타의 날개를 대신하던 의족 트바스트리는 폭풍에 내동댕이쳐진 채 망가져 있다. 트바스트리의 모양을 새로 구성하거나 조종할 기력도 남아 있지 않다. 바깥에서 조종하는 것만으로도 힘을 다 썼다.

눈에 보이는 것은 비바람으로 진창이 된 너른 들판에 혼자 웅크리고 누운 바루나뿐이다.

바루나의 등에서, 몸에서 피어나는 금빛의 싸라기와 조각조각 흩어진 바루나스트라만으로도 전황을 짐작할 수 있었다.

바루나는 싸움을 지속할 수 없다. 하지만 최소한 제 눈에 다른 카마가 보이지 않는다는 것은, 이유가 무엇이든 마구니도 싸움을 지속하고 있지 않다는 뜻.

파순은 눈을 움찔하며 바루나 뒤편을 보았다.

바루나가 품에 안은 작은 용이 사색이 되어 어딘가에 시선을 꽂는 것으로 보아 뭔가 들어오기는 한 모양. 이 마음에 뭔가 들어왔고 보이지 않는다면, 정황상 이 마음의 주인과 함께 다니는 퇴마사일 것이다.

"너는 졌다, 악마야."

마호라가 말했다.

물론 지금 들어온 마호라가로서는 누가 이겼는지 졌는지 알 도리는 없었다. 판단이 틀렸다면 비웃음을 사겠지만 그래봤자 비웃음거리밖에 더 되겠는가.

파순은 귀를 기울였다. 퇴마사의 말은 공간 전체에 메아리쳤다.

하지만 파순의 귀에 퇴마사의 목소리는 실처럼 가느다랗게 줄어들었다. 말이 흐려져 발음하는 사람이 어른인지 아이인지, 남자인지 여자인지조차 파악할 수가 없었다.

'타락하지 않은 퇴마사.'

파순은 생각했다.

'나와는 영원히 볼 수도, 만날 수도 없는 것.'

"바루나는 카마다."

마호라가는 공허한 허공을 향해 소리쳤다.

"카마는 인간과 달리 목적을 바꾸지 않는다. 의지를 바꾸지 않는다. 카마는 의지 그 자체다. 카마가 목적을 바꾼다는 것은 즉, 그 존재의 소멸을 뜻한다. 이 카마가 네 것이 되지 않겠다고 말했으면 설령 그 존재가 사멸하는 한이 있어도 결코 네 것이 되지 않는다."

마호라가의 목소리가 들판에 메아리쳤다.

"그러니 이 카마는 네 것이 아니다. 영원히 네 것이 아니다. 이 마음에서 영원히 물러나라. 다시는 돌아오지 마라. 이 마음은 영원히 네 것이 아니다. 너는 졌다."

파순은 사방에서 메아리치는 소리를 들으며 이마 양쪽에 난 산양의 뿔을 만지작거렸다. 나선형의 굴곡이 있는 줄무늬가 난 뿔을, 독수리처럼 긴 손톱에 새빨간 털이 숭숭 난 손가락이 쓰다듬는다.

"맞는 말이지만."

파순이 중얼거리는 말은 바람에 흩어져 사라졌고 마호라가의 귀에는 들리지 않았다.

파순은 손가락으로 눈을 쓰다듬었다. 황금빛이 쏟아져 나오는 듯한 아름다운 금빛 눈동자였다. 누가 볼 수만 있다면 숨이 턱 막힐 만큼 아름다운 눈이다. 손등과 팔에는 아득한 고대의 문자처럼 보이는 붉은 문신이 새겨져 있어 마치 살아 있는 예술품처럼 보인다.

"마구니야말로 욕망의 화신이다, 퇴마사."

파순의 손이 높고 쭉 고른 코를 쓰다듬으며 유혹적인 입술로 내려갔다. 물론 인간이 아니지만, 인간의 외모라고 상상하기 어려운 눈부시게 아름다운 얼굴이다.

"퇴마사 따위가 욕망에 대해 뭘 알겠는가. 인간의 가장 위대한 마음 하나를 포기한 불완전한 인간 주제에."

"이 카마의 동의 없이 계약할 방법은 없다, 악마야. 카마를 없애는 건 네 자유지만 결코 네 것으로 만들 수는 없다."

마호라가는 파순의 말을 듣지 못한 채 계속했다. 마구니가 어디에 있는지, 어떻게 반응하는지 마호라가로서는 알 수가 없었다.

이 꼴이 꼴사납고 우스울 수도 있다. 그래도 싸우는 도리밖에 없다. 보이지 않는 적을 앞에 두고, 눈을 감고 마구잡이로 칼을 휘두르는 것이나 다름없는 싸움을.

'썩을 퇴마사.'

바루나는 거의 의식을 잃은 가운데에도 생각했다. 어차피 움직일 기력은 없었다. 퇴마사가 무슨 생각을 하는지는 알 수 있는 바였고, 지금은 마호라가에게 맡기는 수밖에 없었다.

파순의 눈에 번개가 꽂히듯 가벼운 분노가 깃들었다.

"마구니는 카마를 없애지 않는다. 이토록 귀엽고 사랑스러운 욕망을."

파순이 중얼거렸다.

"그 가치도 모르고 없애버리는 건 멍청한 네놈들, 퇴마사들뿐이지."

꿈틀거리는 바루나의 목덜미에 뜨거운 손길이 와 닿았다.

바루나는 흠칫 몸을 떨었다. 조금만 힘을 주면 살을 고기처럼 둘로 찢어낼 듯한 날카로운 손톱과 가시처럼 빳빳한 털이 느껴졌다. 손이 바루나의 목덜미를 지나 어깨와 팔과 옆구리, 허리에서 다리로, 발로 훑어 내렸다.

"……."

타는 듯 뜨거운 손이다.

바루나는 꼼짝도 하지 않았다. 마구니의 몸 전체에서 숨이 막히도록 뿜어져 나오는 흘러넘치는 욕망을 느낄 수 있었다. 손가락에서부터 검고 진득진득한 파동이 흘러나와 몸속으로 스며드는 것만 같다.

"의지를 바꾸지 않는다……. 그래, 그렇겠지. 그래야 카마지. 그렇게 쉽게 굴복하는 놈이면 내가 욕망하지도 않는다. 사랑스러운 것."

"……."

마구니의 속삭임이 바로 귓등 옆에서 들려왔다.

"널 만든 마구니 이외의 것은 되지 않겠다고? 이런 잔망스러운 이쁜이 같으니라고."

"……."

파순의 뜨거운 입술이 귀를 핥고 잘근 깨물었다.

"그럼……."

바루나는 숨을 멈췄다. 쇠로 만든 갈고리 같은 손톱이 목젖 바로 아래를 찔러왔기 때문이었다.

"그놈이 사라져야, 내게 기회가 오겠군."

낮은 웃음소리, 마치 바루나의 속내가 다 들여다보인다는 듯한. 하지만 그건 그것대로 매력을 더한다고 말하는 듯한 웃음.

"이해했다, 내 이쁜이."

순간 소리가 확 사라졌다.

무겁게 내려앉던 공기가 한순간에 펑 하고 터지듯 가벼워
졌다. 악취가 확, 하고 사라지자 아난타가 콜록콜록 기침을
했다.

긴장이 풀어진 바루나는 솜처럼 몸이 풀리는 것을 느꼈다.
아난타를 품에서 놓고 털썩 돌아누우며 숨을 헐떡였다.

'헉……'

갑자기 속이 편안해지는 바람에 수호는 눈을 떴다.

공기 전체가 칼날이 되어 자신을 공격해오는 듯한 감각, 독
과 세균에 전신이 알몸으로 노출된 듯한 기분이 일시에 사라
졌다. 목이 졸리고 심장을 쥐어짜는 듯한 격렬한 공포도.

지나고 나니 그 기이한 환상은 뭐였을까 싶을 정도로.

'공황 발작……'

수호는 나름대로 담담하게 상황을 받아들이며 도로 드러
누웠다.

'……이란 게 마음에 마구니가 침입하면 일어나는 증상인
건가.'

아니, 설마. 거꾸로다. 마구니가 침입했을 때 일어나는 증
상이 공황 발작을 닮은 거겠지. 의사에게 말했다간 기겁하겠
다고 생각하며 수호는 혼자 쓴웃음을 지었다.

조용했다.

기이한 적막에 수호는 위화감을 느꼈다.

연남동에 있으면 늘 들리는 뚝딱이는 공사 소리도, 원룸에 으레 있는 위잉, 하는 냉장고 팬 돌아가는 소리도 없다. 기절했다 깨어나는 바람에 정신이 없어서인가. 슬쩍 옆을 보니 선혜와 진도 보이지 않았다.

'내가 그렇게 오래 기절해 있었나? 다들 어디 갔……'

일어나려 바닥을 짚던 수호는 팔이 푸욱 빠지는 바람에 허우적거리며 도로 넘어졌다. 수호는 한참 개구리처럼 다리를 버둥거린 뒤에야 깨달았다.

'아, 마음속에서 무심결에 들어온 건가.'

묘하게 평상시와 달랐다. 햇빛이 사방 벽을 뚫고 쏟아지는 것처럼 밝다. 바닥은 여느 때보다 더 포근했고 푹신거렸다.

'마구니가 사라졌으면 나가 봐도 되지 않나? 바루나는 괜찮을까?'

수호는 자신이 아무 저항감 없이 바루나를 걱정했다는 사실을 눈치채지 못했다.

바닥이 워낙 말랑거려 걷기 어려웠기 때문에 반쯤 헤엄치듯 네 발로 기어가 꿀렁거리는 문을 몸으로 밀어젖혔다.

밖으로 나간 수호는 어리둥절해졌다.

문을 열면 늘 바로 나타났던 들판이 아니라 계단이 있었다. 말하자면, 문 바깥에도 이 연립주택의 풍경이 계속 펼쳐져 있던 것이다.

"!??!"

수호는 마음에 온갖 의문부호를 떠올렸다.

마호라가는 피리검을 짚고 쓰러지려는 몸을 간신히 지탱했다.

멀리 나동그라져 있던, 아난타의 날개 모양을 한 트바스트리가 꿈틀거렸다. 상처 입은 강아지처럼 움찔움찔하지만 변형하지도 날아오지도 못한다.

마호라가는 애검 사비트리에 몸을 지탱하고 팔과 엉덩이로 몸을 끌며 여전히 움직이지 못하는 바루나에게 기어갔다.

아난타는 숨을 꿀꺽 삼켰다. 마호라가의 상태가 좋지 않았다. 금강과의 혈투에서 힘을 다 소모한 채로, 회복도 못 한 채 마구니와 정면 대결을 했다. 언어로만 치른 결투였다 해도, 정신력의 소모는 몸의 결투와 다르지 않다.

검을 스르릉 뽑은 마호라가는 검집으로 바루나를 돌려 뉘었다.

등의 상처가 땅에 닿자 바루나는 크윽, 하고 신음했다. 틈을 주지 않고 마호라가의 검이 바루나의 목덜미에 와 꽂혔다.

마호라가는 숨을 몰아쉰 뒤에 물었다.

"왜 아난타를 지켰지?"

"……."

바루나는 고통을 간신히 참고 마호라가를 올려다보았다. 마호라가의 눈은 냉랭했다.

"마호라가."

아난타는 한쪽 날개로 기우뚱기우뚱 기어와 마호라가의

발목을 몸으로 감아올렸다.

"저기, 네가 하려는 일은 전반적으로 찬성인데, 지금은 때가 안 좋아. 너 지금 만신창이라고. 여기 더 있는 건 네 몸에 안 좋아. 얼른 나가서 치료해야 해."

마호라가는 듣지 않았다.

✦

"!??!"

계단을 내려와 연립주택을 나선 수호는 다시 머리에 의문부호를 떠올렸다. 집 밖에도 마찬가지로 거리가 펼쳐져 있었다. 하늘 전체가 눈부시게 빛나고 그 빛을 받아 거리 전체가 은가루를 뿌린 듯 희게 빛났다.

'내 마음이 아니야…… . 어디지?'

심소.

집단 의식의 장. 하지만 지금 내가 대체 얼마나 큰 심소에 들어온 거지? 그러고 보니 전에 마호라가가 큰 심소를 여는 방법에 대해 뭐라고 했는데.

「너는 얼마나 큰 욕망을 볼 수 있는가?」

볼 수 있는 욕망의 크기만큼 큰 심소를 열 수 있다고 했던가.

'그런데 내가 방금 뭘 했다고? 아무 욕망도 안 품었는데? 그냥 마음을 가라앉힌 것밖에는…… .'

여긴 대체 어디지?

진과 선혜의 방.

수호를 품에 끌어안고 있던 진은 수호가 축 늘어지자 "으악으악" 하고 당황해서 수호의 몸을 탈탈 흔들었다. 하지만 숨소리가 안정된 걸 보고는 금방 진정했다.

"아, 자기 마음에 들어갔네. 마구니는 그새 달아났나 봐?"

수호를 끌어안고 등을 두드리던 진은 선혜도 쿨쿨 자는 걸 깨닫고 고개를 갸웃했다.

"응? 왜들 안 나오지? 안 끝났나? 안에서 나 빼고 놀아요?"

진이 선혜의 이마를 톡톡 두드리는데 폰이 띠리링 울렸다. 진은 황급히 전화를 받았다.

"아, 네, 119요. 아, 네. 해결됐어요. 마구니는 사라졌어요. ……아니, 잠깐, 그런 뜻이 아니라. 아니, 아저씨 저기, 장난 전화 아니고요."

45   바루나의 목적

"카마는 제 목적 이외의 일을 하지 않는다."

마호라가가 바루나의 목에 검을 겨눈 채 차디찬 눈으로 말을 이었다.

"무슨 목적으로 아난타를 지켰지, 카마?"

"네게 빚을 지우려고."

입을 꾹 다물고 있던 바루나가 말했다.

"그래서 네가 언제든 날 없애려들 때 망설이게 만들려고. 그래야 그때 내가 널 이길 가능성이 높아질 테니까."

아난타는 히엑, 하고 입을 벌리며 당황한 강아지처럼 고개를 도리도리 흔들었고 마호라가는 침묵했다.

"날 이긴다?"

"때가 되면 이겨야 하니까."

바루나는 짧게 답했다.

마호라가의 입가에 비웃음이 떠올랐다. 비웃음은 바루나가 아니라 자기 자신을 향하는 듯했다.

"그래, 역시 그것이 네 목적이었군, 바루나."

마호라가는 아득한 옛날, 광목천의 바루나와 마주했을 때를 떠올렸다.

천오백 년 전.

광목천의 마음 안.

마호라가는 바루나와 수합을 겨루고는 물러나 전열을 가다듬었다.

바루나, 광목천의 카마.

비록 지금은 지위를 잃었다지만 퇴마사 중 최고위, 단 네 명뿐인 천왕의 마음에서 태어난 것.

갓 태어났다지만 얕볼 상대가 아니다. 광목천을 빼다 닮은 외모와 성격, 꼭 닮은 무예와 기술.

이만큼 본체를 닮은 카마라는 것은, 그만큼 순수하고도 뚜렷한 의지와 소망이었다는 뜻. 이미 마음 전체가 그 목적으로 가득 차 있었다는 뜻.

아마 이 카마를 없애버린다면 광목천의 인격 일부가 사라지는 정도가 아닐 것이다. 마음이 완전히 무너질지도 모른다. 내가 알던 광목천은 더 이상 존재하지 않게 되겠지.

그러나 없애야만 한다.

제 욕망에 진 이상 이미 내가 알던 광목천은 없다. 저걸 물리치지 못하면 나는 파문당하고 퇴마사로서의 삶은 끝난다. 퇴마사로서의 삶이 끝날 바에야 죽는 것이 차라리 낫다. 저걸 없애고 죽는다면 다음 생이 있다. 다음 생에서 얼마든지 퇴마사로서 살아갈 수 있다.

'일격에 모든 걸 건다.'

마호라가는 사비트리를 쥐고 바루나를 향해 돌진했다.

검에 뚫린 구멍에 바람이 깃들며 신비한 음색이 혜성의 꼬리처럼 울려 퍼졌다.

같이 죽을지언정, 승리에만 집중한다.

바루나와 부딪치기 직전, 마호라가는 바루나의 얼음검이 자신의 피리검보다 더 길다는 것을 느꼈다.

'내가 먼저 뚫린다.'

단지, 기세를 줄이지만 않는다면, 최소한 같이 꿰뚫을 수 있다.

순간,

바루나는 바루나스트라가 마호라가의 이마에 막 닿기 직전 검을 치웠다. 그대로 고개를 숙이고 가벼운 미소를 지은 채 가슴을 검 앞에 들이댔다.

마호라가는 헉, 하고 숨을 쉬며 멈춰 섰다.

하지만 달려드는 기세를 멈추지 못해 검이 바루나의 가슴을 찌른 채로 멈추고 말았다. 바루나의 가슴에서 황금색 빛의 알갱이가 쏟아져 나왔다.

"왜 멈췄지?"

바루나가 물었다.

"너야말로 왜 멈췄지?"

마호라가의 질문에 바루나는 피식 웃으며 답했다.

"너는 내 목적이 아냐."

마호라가는 당황했다.

"넌 타락하지 않았으니까."

마호라가는 잠시 머뭇거렸지만 이내 마음을 다잡고 검을 쥔 손에 힘을 주었다. 무슨 생각으로 물러났든 간에 상대는 틈을 내주었다. 이대로 밀어 넣으면 끝난다. 그러기만 한다면 내 승리다.

바루나는 두려움도 후회도, 패배의 회한조차 없는 검푸른 눈을 빛내며 마호라가를 마주 보았다.

어제처럼 느껴지는 일. 그건 어린 퇴마사였던 마호라가가 처음 접한 '지성과 인격을 가진' 카마였다.

보통의 인간이라면 필연적으로 갖고 있을 망설임, 혼돈, 고뇌, 의문 같은 것이 한 톨도 없는 인격. 순백의 천처럼 오직 목적 하나로만 이루어진 순수한 존재.

그 흔들림 없는 인격과 검 하나를 사이에 두고 마주한 순간, 마호라가는 그때까지 자신이 추구하고 믿어왔던 가치 하나가 무너지는 것을 느꼈다.

'카마는 욕망의 결정체라지만, 자신이 추구하는 욕망 그 외에는 한 점의 욕망도 갖지 않는다. 하다못해 자신의 생존조차도 관심사가 아니다. 어떤 의미에서는 완벽할 정도로 욕망이 없는 존재가 아닌가.'

그 생각을 하자마자 공포가 일었다.

나는 이것을 동정해서는 안 된다. 이것을 없애지 않으면 나는 파문당한다. 더는 퇴마사로 살 수 없을지도 모른다. 퇴마사가 될 수 없다면 살 이유가 없다…….

거기까지 생각한 순간 마호라가는 흠칫했다.

'영원히 퇴마사로 살고 싶다.'

그 또한 하나의 욕망, 내가 빠질 수 있는 가장 거대한 욕망.

욕망이 해일처럼 자신을 삼키는 것을 깨달은 마호라가는 물러설 수밖에 없었다.

다시, 같은 순간.

마호라가는 또다시 바루나에게 검을 겨누고 있다. 같은 카마. 설령 이 바루나는 당시의 기억이 없다 해도.

"타락한 퇴마사를 멸할 힘을 갖는다."

마호라가는 붉은 눈을 치켜뜨며 말했다.

"결국, 역시 그것이었나, 광목천."

여전히 바루나의 몸에서 피어나는 황금빛 무더기가 마호라가의 몸을 감싸듯이 날아오른다.

"광목천, 마구니와 계약해 욕망을 마음에 품어 스스로를 무너뜨리고, 퇴마사로서의 자신도 버리고, 제 진영인 '서'를 무너뜨리고, 제 동료와 제자들을 남김없이 배신한 퇴마사."

바루나는 아무 말도 하지 않았다.

"그래서 이 카마를 택했는가, 광목천. 바루나, 한때 신들의 왕이었으나 밀려나 저승의 신이 되었고, 다시 바다로 쫓겨난 신, 지금은 고작 한 줌의 물만이 손에 남은 버려진 신, 수신水神 바루나."

"……."

마호라가의 눈에 눈물이 맺혔다. 마호라가는 이를 악물고 눈물을 삼키며 진홍의 눈을 크게 떴다.

"말해라, 바루나."

비단실처럼 얇게 빛나는 사비트리가 바루나의 목에 닿았다. 검이 바루나의 몸에서 피어나는 황금빛 가루에 반사되어 반짝였다.

"그건 수호가 바랄 수 있는 소원이 아니다."

마호라가는 칼로 베어내듯이 단언했다.

"수호가 왜 너를 다시 갖게 되었지?"

"……."

"어째서 수호의 마음에 같은 카마가 생겨난 거냐? 너는 무슨 목적으로 이 마음에 다시 들어왔느냐?"

"……."

바루나는 침묵했다.

"말해라. 대답 여하에 따라 이번에는 자비를 베풀지 않겠다."

'수호.'

바루나는 눈을 감고 마음속으로 자신의 본령을 불렀다.

허우적허우적하며 말랑말랑한 거리를 엇차엇차, 하고 기어가던 수호에게 바루나가 제 이름을 부르는 목소리가 들려왔다.

'왜, 바루나?'

수호는 풍선 같은 바닥을 이불처럼 끌어안고는 소리에 집중했다.

바루나가 이유 없이 자신을 부를 까닭이 없다. 마구니가 아직 안 떠났나? 아직 잔당이 남았나?

바루나와 소통을 시작하자 여느 때처럼 세상 전체가 느려지는 기분에 휩싸였다.

〔지금 네 마음에 들어올 수 있나?〕

'어…… 잘 모르겠어.'

답하던 수호는 입을 다물었다.

바루나는 정보를 원한다. 만약 바루나가 아직 싸우고 있다면, 격전을 벌이는 동료에게 '잘 모르겠다' 따위의 애매한 정보를 주어서는 안 된다. 마호라가가 말하지 않았던가. 승부는 한순간에 난다.

수호는 황급히 고쳐 말했다.

'당장은 안 돼. 어떻게 들어왔는지 모르겠는데 엄청 큰 심소에 빠져버렸어. 밖으로 나가는 경계가 보이지 않아.'

〖알았다. 너는 너대로 길을 찾아라.〗

바루나는 답하고 사라졌다.

'바루나?'

수호가 불렀지만 답이 없었다.

바루나가 수호와 생각을 교환한 것은 찰나. 마호라가가 눈치챌 수도 없는 짧은 시간이었다.

'협박에 응해주는 것도 방법이겠으나,'

바루나는 생각했다.

'마구니가 듣고 있을 수도 있다.'

수호는 들어오지 않는다. 서로 거짓말은 못 하는 사이니, 못 들어온다고 했으면 못 들어오겠지.

그리고 지금 나는 손가락 하나 까닥할 수가 없다. 이 퇴마사가 날 죽일 마음을 먹었다면 도리는 없다.

단지…….

'검으로는 나를 없앨 수 없다. 나는 목을 잘라낸다 한들 물

리력으로는 죽지 않는다. 이 퇴마사도 아는 사실이다.'

'이성적으로 하는 일은 아냐. 그…… 광목천인가 뭔가, 그게 누군지는 모르겠지만, 그놈에 대한 애증인가.'

'그 대머리가 했던 말로 추측해보면 이 녀석은 그 옛날에 나를…… 아니, 나와 비슷한 카마를 제거하지 않았다가 교단에서 밀려난 건가.'

'그럼 내가 미운 것도 이해는 가지만. 또 그래서 바로 죽이지도 못한 건가. 자기가 완벽한 헛짓거리를 했다고 인정하기는 싫을 테니.'

바루나는 퇴마사들의 이름이 잘 떠오르지 않는 채로 이리저리 궁리했다.

"간디바."

바루나가 입을 열었다. 마호라가의 검이 파르르 떨렸다.

"수호의 무기, 그 천검, '간디바'인지 뭔지가 필요하지? 두억시니를 없애려면."

마호라가의 눈이 크게 흔들렸다.

"네 말대로 나는 카마고 수호의 욕망이다. 수호의 투지는 내게서 나온다. 내가 수호의 마음에서 없어지면 수호에게서 싸우려는 욕망도 사라지고, 기껏 생겨난 그 무기도 사라진다. 나를 없애면 간디바도 사라진다. 너도 알고 있는 바다. 그래도 상관없다면 날 없애."

"……"

"너는 전투를 앞두고 있고, 그러니 지금은 날 죽일 때가 아냐. 설령 죽여야 한다 한들 지금은 아냐. 네가 칼을 뽑을 때와 뽑지 않을 때를 가리지 못하는 놈이고, 큰 적을 앞에 두고 제

편을 줄이는 멍청이라면 어차피 두억시니는 못 이겨. 어차피 패배할 놈이라면 다를 게 없으니 지금 날 없애고 지도록 해."

마호라가의 눈이 새빨갛게 빛났다.

✦

「너는 너대로 길을 찾아라.」

수호는 꿀렁거리는 바닥에 푹 파묻힌 채로 생각했다.

'평상시와 달라.'

바루나가 도움을 청하는 것도 흔치 않은 일인데, 힘들다고 했는데도 여전히 도움을 바라고 있다. 그건 상황이 생각 이상으로 급박하다는 뜻.

수호는 말 그대로 땅 짚고 헤엄치며 더 시야가 트인 곳으로 나와 있었다. 하지만 골목을 나와 경의선 숲길까지 왔는데도 여전히 공간이 펼쳐져 있었다. 아무리 둘러보아도 마음의 경계가 보이지 않는다.

'대체 이거 얼마나 큰 심소인 거야?'

시간에 맞춰 여기를 나갈 수 없다면 뭘 해야 하지? 어떻게 바루나를 돕지?

「마음을 가라앉혀.」

수호는 조금 전에 바루나가 했던 말을 떠올렸다.

「이 전장 전체가 네 마음이야. 그보다 더한 도움이 있을 것 같아?」

마호라가가 검을 높이 들었을 때였다.

산들바람이 불어왔다.

황금빛 햇살이 쏟아진다. 진흙 구덩이가 된 들판에서 풀이 자라나고 부러지거나 뿌리가 뽑힌 나무들이 새 가지를 뻗었다. 풀은 순식간에 자라 꽃술이 자라더니 작은 꽃망울을 터뜨렸다. 이내 열매를 맺더니 씨앗이 떨어지고 떨어진 자리에서 다시 풀과 꽃이 자랐다.

바루나와 마호라가의 주위에서도 풀이 자라고 노란 꽃봉오리가 자라나 툭툭 꽃망울을 틔웠다.

'수호⋯⋯?!'

바루나는 당황했다. 아난타는 침을 꿀꺽 삼켰다.

'마음의 안정. 아니, 평범한 수준의 안정이 아냐. 수도자가 명상에 잠겨 무아지경에 빠진 순간에 가까운 안정.'

퇴마사들은 이런 명상을 통해 마음에 경고를 내린다. 퇴마사들끼리의 신호.

마음 안에 들어온 것이 카마든 퇴마사든 마구니든, 모든 전투를 중단하고 밖으로 나가라는 경고. 한편으로 이 마음의 주인은 마음 전체를 통제할 수 있다는 것을 알려주는 신호이기도 하다.

하지만 수호가 그걸 알고 했을 리는 만무하다. 안다 해도 그런 평정심에 이를 수 있는가는 또 다른 문제.

마호라가는 검을 내렸다.

바루나는 속으로 안도의 한숨을 쉬었다. 마호라가는 전사고, 적어도 바루나로서는 상상도 하지 못할 세월을 싸워온 전사다. 그러니 상황을 상기시켜주기만 하면 감정에 휘둘리지 않을 거라는 확신은 있었지만.

"사냥을 하기엔 날이 너무 좋군."

마호라가는 검을 검집에 꽂으며 말했다.

46   미래는 없다

"네 말이 맞다. 내겐 수호의 무기가 필요하다."

마호라가가 말했다.

"……."

마호라가는 바루나의 이마에 닿을 듯 고개를 숙였다.

"하지만 만약 네가 수호의 마음에 한 점의 상해라도 입히면, 내가 필요로 하는 무기는 사라진다. 그러면 내가 널 살려둘 이유는 모두 사라진다. 명심해라. 수호를 건드리지 마라. 네가 조금이라도 수호에게 상해를 입힌다면 너는 그 즉시 죽는다."

바루나는 아무 말도 하지 않았다.

말을 마친 마호라가는 그대로 바루나의 이마에 콩, 하고 제이마를 찧었다.

'?'

바루나가 어리둥절한 새에 아난타가 부드럽게 몸을 키우며 마호라가의 몸을 바람처럼 휘감았다.

"잠든 거야. 아무튼 무리하더라니."

아난타가 허튼짓을 하면 가만두지 않겠다는 듯 힐끗 바루나를 보았다.

"마호라가의 말 명심해."

아난타는 한쪽 날개로 쉭쉭 권투하는 흉내를 냈다. 그러고
는 마호라가를 품에 안고 배를 땅에 댄 채 휘이 들판을 가로
지르며 마음의 경계로 구불구불 기어갔다.

바루나는 노곤한 기분으로 눈을 감았다.

수호는 눈을 감고 누워 있었다.

마음을 텅 비우고 있자니 몸이 깊이, 더 깊이, 바닥없는 심
연까지 가라앉는 기분이었다.

바루나는 괜찮을까, 이러고 있는 게 무슨 도움은 되는 걸
까. 벌써 다 끝났으면 어쩌지. 여긴 낯선 심소인데, 이렇게 무
방비로 누워 있다가 정체도 모르는 카마가 공격해서 한입에
날 잡아먹으면 어쩌지.

아니, 이런 생각 자체가 안정에 방해가 된다.

'집중하자.'

바루나는 틀림없이 온 힘을 다하고 있을 것이다.

이길 수 있는 싸움이든, 이길 수 없는 싸움이든, 마지막의
마지막까지 포기하지 않겠지. 생각을 멈추지도, 싸움을 멈추
지도 않을 것이다. 이길 수 있기 때문이 아니라, 무슨 가능성
이 보여서가 아니라,

'단지, 아직 살아 있기 때문에.'

눈꺼풀 너머로 빛이 느껴졌다. 수호는 가늘게 눈을 떴다.

눈을 떴다지만 이미 무아지경에 빠진 수호의 정신은 눈앞
에 비친 것을 잘 알아볼 수 없었다. 보이는 것이 있다 한들 꿈

속의 풍경처럼 마음을 그냥 지나간다.

눈앞에 빛으로 휘감긴 물체가 서 있다.

'사람……? 아니, 사람처럼 보이는 빛의 덩어리?'

새가 날개를 펴듯 푸드덕거리는 소리가 귀에 들어왔다. 여전히 모든 감각이 흐르듯이 마음을 지나간다.

눈부시게 빛나는 새하얀 날개.

'이 심소의 카마인가……?'

그렇다면 움직여야 한다.

하지만 수호의 마음은 단단한 반석처럼 차갑게 가라앉아 있었고, 몸 또한 마찬가지로 움직이지 않았다.

'이대로는 위험한데…….'

그래도 마음을 뒤흔들어 바루나를 위험에 빠트릴 수는 없다. 설령 내가 위험해진다 해도.

지금 나는 바루나를 도와야 하고 다른 데 정신을 팔아서는 안 된다. 저것이 뭐고 어떤 공격을 하는 놈인지는, 공격을 한 번 받아보면 알 수 있겠지…….

수호는 반쯤 판단력을 잃은 채로 생각했다. 하지만 상대는 움직이지 않았다. 단지 수호를 바라볼 뿐이다.

'얌전한 카마네…….'

수호는 생각했다.

'뭘까, 이건. 이름은 뭘까…….'

졸음이 덮쳐왔다. 수호는 빛의 덩어리를 응시하려 애를 쓰다가 그대로 잠에 빠져들었다. 그리고 모든 것이 희미해졌다.

기름때가 묻은 가스레인지 위에서 양은 주전자가 달그락
거리며 김을 뿜었다. 형광등에 하얗게 김이 서렸다.

　　선혜는 하나뿐인 다리를 이불 밖으로 내놓은 채 침대에 가
로누워 쌕쌕 자고 있다. 수호는 그 다리에 굳은 손가락을 올
려놓은 채 침대에 윗몸을 눕히고 편한 얼굴로 자고 있다. 진
은 수호의 무릎에 머리를 올려놓고 길쭉한 다리를 구긴 채 작
게 코를 골며 세상 편한 자세로 잔다.

　　파리 하나가 진의 얼굴 근처를 얼쩡거리는 바람에, 진이 무
서운 속도로 제 얼굴을 가격했다. 제 손찌검에 놀라 퍼뜩 깬 진
은 파리가 볼에 짓눌린 채로 입맛을 다시며 도로 누웠다.

✦

　　학교에서 수업을 마치고 돌아와 현관문을 열려는 수호의
손을 누군가가 꽉 쥐었다.

　　"아버지 집에 계시냐?"

　　손등에 털이 숭숭 난 두꺼운 손이었다.

　　수호는 손을 따라 상대의 얼굴을 올려다보았다. 험악한 인
상에 이마에 칼자국 같은 상처가 난, 떡대가 좋은 아저씨였
다. 남자가 히죽 웃자, 새로 해넣어서 색깔이 다른 앞니가 유
난히 반짝였다.

　　"안 계셔요."

　　"언제 들어오시냐?"

"몰라요."

"그럼 오실 때까지 기다려야겠구나. 안에서 같이 기다리자. 집에 맥주 같은 거 있니?"

"······."

"아유, 그런 눈으로 보지 말아요. 아저씬 아버지하고 아주 아주 옛날부터 친한 친구란다. 사업도 많이 같이 하고 그랬어요. 아버지가 나한테 뭘 좀 빌려갔는데 그거 받으러 왔어요. 요새 연락도 안 되고 말이지."

수호는 말없이 아저씨를 올려다보며 문고리에 열쇠를 꽂다가 동작을 멈췄다.

잠시 생각하던 수호는 열쇠를 도로 주머니에 넣었다. 그러고는 그대로 복도 구석으로 걸어가 창을 등지고 팔짱을 끼고 섰다.

어리둥절해하던 아저씨의 이빨이 이번에는 어금니까지 빛났다.

"귀여운 도련님이 아저씨한테 시위를 하시네?"

아저씨는 뚜벅뚜벅 걸어와 현관문 앞에 떡하니 양반다리를 하고 앉았다.

"그럼 우리 여기서 같이 기다려볼까?"

"······."

"맥주라도 하나 사올래? 저런, 그런데 거기 그러고 있다가 화장실 가고 싶으면 어쩌려나? 아저씨는 방금 갔다 왔는데."

'집에는 들어갔어야 했나.'

수호는 생각했다.

실수했나. 하지만 어쩔 것인가, 처음 겪은 일이고, 앞으로 겪을 일이 다 처음일 텐데. 앞으로도 계속 실수할 텐데. 그래도 그런 아버지라도 이런 놈들로부터는 나를 보호하고 있었던 건가.

〖잘했다. 일단 저놈의 예측을 벗어난 행동이었으니.〗

등 뒤에서 낮고 굵은 소리가 속삭였다.

'바루나.'

〖적을 앞에 두고 어떻게 행동해야 할지 모를 땐 최소한 예측을 벗어난 행동을 해라. 네 대응이 예측을 벗어나면 일순간 적은 통제력을 잃는다.〗

이 녀석은 정말 세상에 적 아니면 동료뿐이군. 아니, 동료는 없지. 눈에 보이는 모든 상황을 결투로 생각하는 건가.

'그래서, 미친 척이라도 하라는 거야?'

〖그것도 괜찮겠군. 하지만 네 녀석에게 연기력을 기대할 수는 없으니 이 정도면 됐다.〗

'하는 말 하고는.'

〖저놈은 나름대로는 당황했다. 그래서 마찬가지로 예측이 안 되는 행동으로 방금 잃은 통제력을 되찾으려고 저렇게 나온 거다. 네가 다음에 어떻게 나올지 기다리고 있고.〗

수호는 상대를 보았다. 아마도 아버지에게 돈을 빌려준 사람이거나 그 돈을 빌려준 사람이 고용했을 용역. 남자의 팔뚝은 수호의 허리둘레만 했고 듬직한 몸은 현관문을 다 가리고도 남았다.

'그런 기 싸움은 서로 힘이 대등한 사이에서나 통하는 거지. 저 사람은 그냥 손바닥으로 날 한 번 후려치면 그만이야. 난 한 방에 턱이 날아갈 거고.'

〔그러지 않을 거다.〕

바루나가 답했다.

〔네 아버지나 네 친구들과는 달라. 직업적으로 폭력을 쓰는 놈이다. 이렇게 사람이 오가는 시간과 장소에서는 널 공격하지 않아. 하고 싶으면 밤에 으슥한 곳에 끌고 가 네 눈을 가리고 아무에게도 들키지 않게 하겠지.〕

'격려해줘서 고맙네.'

〔그리고 내 눈에 그리 압도적인 차이는 보이지 않아.〕

바루나의 말이 끝나자마자 눈앞의 풍경이 변했다.

바루나가 마음의 공명을 더 강하게 만들어 자기가 보는 풍경을 내게도 보여주었을까, 아니면 바루나와 대화하다가 내가 무의식중에 이 공간의 심소를 열었을까.

어느 쪽이든 마찬가지겠지. 결국 바루나 또한 내 마음의 일부라면.

현관문 앞에는 큰 갈색 곰이 앉아 있었다. 목에는 금가락지를 이어 붙여 만든 목걸이를 주렁주렁 걸고, 팔과 다리에도 찰랑찰랑한 금팔찌와 발찌를 차고 있다.

'웅녀……'

수호가 이름을 떠올리자 바루나가 고쳐 말했다.

"나티."

'나티.'

수호는 진씨가 가르쳐준 카마의 목록을 찬찬히 떠올려보았다. 악귀를 쫓는 곰이었던가. 그리 나쁜 놈은 아니었다고 기억하는데.

바루나가 부르자 곰이 돌아보았다. 맞는 이름으로 불렀다

564

는 뜻이려니.

"여어."

나티가 수호를 보며 손을 까닥했다. 그러자 손과 팔목에서 금가락지들이 찰랑거렸다.

"완전 애기네? 갓 태어났나 봐?"

갓 태어나지는 않았다고 항의하려는데 누군가 등 뒤에서 어깨를 꾹 눌렀다.

"우리 같은 놈들에게 나이와 실력은 별 관계가 없을 것 같은데."

바루나의 목소리가 머리 뒤에서 들렸다. 수호는 그제야 나티가 자기 대신 바루나를 보고 있다는 것을 깨달았다.

"하필이면 그런 어린애에게 들러붙다니, 네 처지도 안 됐는데."

"집을 선택할 수만 있다면 우리 모두 즐겁겠지."

〖보지 못하는 척해라.〗

바루나가 귓가에 속삭였다.

〖카마에게 네가 (반쯤) 퇴마사인 걸 들켜서 좋을 건 없어. 가만히 있어. 아니면 얼어서 꼼짝 못 하는 척하거나.〗

'(반쯤)이라고 꼭 덧붙일 필요는 없잖아.'

나티는 호쾌하게 웃으며 말했다.

"내 집주인이 하는 일에 너무 상심하지 마. 내 목적은 어떻게든 하루하루 먹고사는 것뿐이야."

나티가 제 몸을 가리켰다.

'집주인……'

새로운 명칭에 수호는 묘한 기분에 빠졌다.

'카마 입장에서는 내 마음이 집인 셈인가.'

"이 녀석은 전과도 있고 배운 것도 없고 어쩌다 보니 할 수 있는 일이 이런 것뿐이라서 말이지. 네 주인에게 개인적인 감정은 없어."

나티는 푸짐한 배를 앞발로 통통 쳤다.

"네 목적이 뭐든 간에 네 집주인은 지금 내 집주인의 신상을 위협하고 있다. 없어져줬으면 좋겠군."

바루나가 말하자 나티는 볼을 긁적이며 앞발로 바닥을 통통 쳤다.

"그 녀석 아버지는 남의 돈을 떼어먹고 튀었어."

"내 집주인과는 관계없는 일이야."

"인간사 돌아가는 게 그렇지가 않아. 눈치를 보아하니 너, 그 녀석 아버지의 카마를 없앴군."

"없애야 했다. 썩을 놈이었어."

"전쟁을 너무 일찍 치렀어. 네 집주인은 아직 너무 어려. 삼 년만 참았어야 했어."

수호의 마음이 싸하게 식었다. 나티가 말을 이었다.

"네 집주인이 삼 년만 더 자라면 어떻게든 독립해서 먹고 살 방법이 있었을지 모르겠는데, 지금은 무리야. 세상은 어떻게든 그 녀석을 아버지에게 돌려보낼 거다."

"……."

"싸움이 너무 일렀어. 내 집주인 부모도 쓰레기 같은 놈들이었지만 나는 이놈이 성인이 될 때까지는 참게 했어. 마음이 다 엉망진창이 되었지만 어쨌든 지금 먹고는 살고 있지."

나티는 눈을 뒤룩거리고 코를 벌름거렸다.

"삼 년이 아니라 하루만 더 있었어도 그놈은 내 집주인을 죽였다."

"증명은 안 된 일이지."

"증명할 방법은 없어. 그렇다면 증명할 필요 또한 없다. 결정할 뿐이다. 네 목적이 먹고사는 것뿐이라면 너와 다른 목적을 가진 카마에게 함부로 충고하지 마라."

나티가 '역시, 어리네' 하는 눈으로 바루나를 물끄러미 바라보았다.

수호는 등 뒤가 서늘해지는 것을 느꼈다.

물빛 바루나스트라가 수호의 두 손 뒤에서 푸른빛을 발하며 뽑혀 나왔다.

"말이 안 통하는 곰돌이와는 더 말할 기분이 나지 않는군. 당장 떠나지 않으면 널 이 자리에서 없애겠다."

"흠, 그건 별로 현명한 선택이 아냐. 지금 날 물리쳐도 상황은 변하지 않아. 똑같은 놈들이 계속 찾아올 거야. 아니, 더한 놈들이 오겠지. 그나마 이런 놈들 중에는 내가 제일 말이 통할걸."

나티는 팔찌를 차랑거리며 앞발로 코를 긁적였다.

"마음의 싸움은 마음의 싸움일 뿐이야. 현실을 해결할 수는 없어. 네 주인에게 미래는 없어."

"널 없애서 곰 고기 통조림을 만들면 적어도 오늘은 있겠지. 마지막 경고다. 가라."

"누구더러 말이 안 통한다는 건지 모르겠네."

나티는 침묵하다가 끄응, 하며 몸을 일으켰다.

"가자. 오늘은 귀찮다."

47   약속

 눈앞의 풍경이 변했다. 덩치 좋은 아저씨가 입맛을 다시더 니 무릎을 툭툭 치며 일어났다.
 "뭐, 오늘은 이만 가마. 너도 낯선 사람이 갑자기 와서 놀랐 을 테니."
 남자는 뚜벅뚜벅 다가와 수호의 어깨를 툭툭 치며 빛나는 어금니를 드러냈다.
 '나티의 말을 듣고 반응한 거야.'
 수호는 생각했다.
 이 남자는 자기 안에 카마가 있다는 것을 모르겠지. 카마가 마음에 있는 줄 몰랐을 때의 나처럼, 카마가 하는 말을 자기 마음의 목소리로 착각하겠지. 마음에 카마가 있는 줄 모르니, 훨씬 더 카마의 말대로 행동하겠지.
 "아버지한테 최 사장네서 사람이 왔다고 하면 무슨 말인지 알 거다. 내가 금방 다시 온다고 해라. 그때까지 가능하면 내 가 맡긴 것 좀 준비해놓으라고 하고. 알았지?"
 어금니가 빛나는 아저씨가 시야에서 사라지자, 수호는 문 을 열고 집으로 들어갔다.
 냉기가 집 안을 휘감고 있다. 오랫동안 치우지 않은 음식물 쓰레기 냄새도 퀴퀴하다. 현관에는 경비 아저씨가 문틈으로 밀어 넣고 간 고지서가 쌓여 있었다. 가스와 수도세와 전기세가 밀렸고, 모월 모일까지 내지 않으면 하나씩 끊겠다는 고지서였다.

'내게 미래는 없다.'

가능하면 어른이 되고 싶었다.

스무 살이 되고 서른 살이 되고, 할아버지가 되어 늙어 죽고 싶다. 학교도 졸업하고 직장도 다니고 싶다. 하지만 짐작은 하지 않았던가.

내게 미래는 없다.

이대로 얼마나 더 버틸까. 학교는 다닐 수 있을까, 학교를 그만둔다 한들 돈은 벌 수 있을까. 돈을 번다 한들 살 수는 있을까. 나는 아직 어른이 아닌데, 어른이 될 때까지 살아야 한다. 그럴 수 있을까.

수호는 고개를 숙였다가 들었다.

눈을 들자 수호는 제 마음의 들판에 서 있었다.

눈앞에 바루나가 서 있었다.

오른팔은 다 낫지 않은 듯했다. 팔꿈치 아래로는 말라붙은 고목처럼, 검게 탄 팔이 늘어뜨려져 있다. 코트는 넝마처럼 너덜너덜했고 몸 전체에 작은 칼날로 베인 흔적이 남아 있다. 현실적이지 않은 점이라면 상처가 붉은빛이 아니라 금빛이라는 점일까.

수호는 그제야 어제 있었던 마구니와의 전쟁이 얼마나 격렬했는지 알 수 있었다.

마호라가가 싸울 상태가 아니었던 걸 생각하면 바루나는 거의 혼자 버텼을 것이다.

사실, 마호라가는 수호의 생각과는 다른 이유로 싸울 수 없었지만.

'저런 몸으로 나티를 위협한 건가.'

바루나는 이제 동굴 밖에 있다.

수호는 바루나가 이전보다 더 마음의 표면으로 걸어 나왔다는 것을 깨달았다. 그건 바루나가 이전보다 더 세어졌다는 뜻.

들판의 풍경도 달랐다. 날은 좋았고 들에는 연두색 풀이 자라고 있다. 며칠 전 마음의 전쟁으로 엉망진창이 되었던 걸 생각하면 좀 어리둥절해지는 풍경이었다.

'왜 이렇게 깨끗하지? 바루나가 청소했나?'

수호는 바루나가 빗자루를 들고 낑낑거리며 들판을 쓸고 으랏샤, 하며 삽질로 구덩이 메우는 모습을 떠올렸다가 이내 속으로 도리도리 고개를 저었다.

"무슨 볼일이지?"

바루나가 비웃으며 물었다. 어디선가 바람이 불어오는 듯했다.

"마구니로부터 마음을 지켜준 것에 대한 감사 인사라면 해도 좋다. 조금 전에 곰돌이를 집에 가게 해준 것에 대한 인사라면 역시 해도 좋다."

"……."

"네 아버지에게서 널 떼어놓아준 것에 대한 감사 인사라면, 역시 해도 좋다."

수호의 눈이 흔들렸다. 입을 열었지만 말이 나오지 않았다.

"그 성당에서 썩을 퇴마사들과 싸워 살아남아 네 마호라가를 지켜준 것에 대한 감사 인사라면, 마찬가지로 해도 좋다."

"……."

"내 존재에 감사한다면, 역시 해도 좋다."

바루나가 선 자리의 풀이 산들거렸다. 수호는 입을 벌렸고 다시 다물었다.

"왜 답이 없지?"

수호는 마음의 결투가 끝난 뒤의 체육부장을 떠올렸다.

그날 이후로 체육부장 옆에 있던 녀석들이 다 떠나갔다.

부장은 뭔가를 잃고 말았다. 카리스마, 힘, 통솔력, 그게 뭐든 간에. 지금은 교실 구석에서 눈에 띄지도 않게 숨죽여 지내고 있다.

하지만 반 친구들은 그런 변화를 그리 이상하게 생각하지 않았다. 학교 안에서 힘의 흐름이라는 것은, 어느 날은 여기 왔다가 저기로 가고, 사라졌다가는 나타나는 법이니.

수호는 병원 침대에 누워 넋이 나간 채 몸을 움츠리던 아버지도 떠올렸다. 몸에서 큰 덩어리가 빠져나간 것 같았던 모습을.

'바루나가 없어지면, 나는 무엇을 잃게 될까.'

어쩌면 그들도, 차라리 목숨을 잃을지언정 카마를 잃고 싶지 않다고 생각했을까.

마음이 다 삼켜지더라도, 세상 전체를 무너뜨리는 한이 있더라도, 세상 전체에 해를 입히더라도.

바루나의 입에 다시 미소가 떠올랐다.

그제야 수호는 바루나에게는 마음을 숨길 수 없다는 것을 깨달았다. 생각은 전해졌을 것이다. 바루나는 사박사박 풀을 밟고 걸어와 수호의 앞에 섰다.

"내게 칼을 겨눈 일이 끔찍한 실수였다는 걸 인정하고 싶다면, 역시 해도 좋다."

"……"

"네 옆에 붙어 있는 퇴마사들을 포함해서, 앞으로 네가 만나는 모든 퇴마사를 다 없애는 한이 있어도 나를 지키고 싶다는 마음이 들었다면, 역시 말해도 좋다."

마음의 들판에 바람이 불었다. 수호는 눈을 크게 떴다가 질끈 감았다.

✦

"아, 그냥 싹 다 밀어버려야 한다니까?"

수호와 선혜와 진이 식사했던 중국집 앞.

바깥이 소란스러웠다. 저녁이 되어 문을 닫고 가게를 청소하던 주인 노부부가 손을 멈추고 밖을 돌아보았다.

"이 지저분한 구멍가게들 싹싹 다 밀어버리고 번쩍번쩍한 신식 건물 쭉쭉 올리면 연남동이 강남이랑 명동처럼 쇼핑 메카가 되는 거예요. 중국 쇼핑객들이 관광버스로 쏟아져 나오기 시작하면 앉은자리에서 매일 수억 벌어들이는 거라고."

할머니가 할아버지 손을 꼭 쥐었다.

"암튼 이런 냄새나고 지저분한 슬럼가는 싹 밀어야 해요. 깨끗한 큰 빌딩 들어서면 물건을 트럭으로 쓸어 담아가는 외국인들이 바글바글할 거라고. 당장 월세가 열 배에서 스무 배로 획획 뛰어요!"

문이 열리며 사람들이 소란스럽게 안으로 들어왔다.

지금까지는 현실의 모습.

하지만 심소, 집단 의식의 장에서는 다른 풍경이 펼쳐진다.

가게 내부는 천 년쯤 전에 지은 듯한 옛집의 모습이다. 한지로 바르고 목각 기와를 얹은 작은 집. 화려하지는 않지만 구석구석 손이 안 간 곳이 없어 보인다. 그 한가운데에 두 마리의 호랑이가 서로 어깨를 기대고 있다. 하나는 흰색이고 하나는 붉은색이다.

들어온 것도 두 마리다.

하나는 꼬리가 긴 불꽃이었다. 혜성처럼, 말 꼬리처럼, 전신에 불꽃을 튀기며 살아 있는 불처럼 꿈틀거리는 생물.

뒤이어 들어온 것은 온몸에 주렁주렁 장신구를 한 요괴다. 전신이 불에 탄 숯처럼 새까맣고 손가락과 목과 발목에도, 온통 주렁주렁 보석으로 장식하고 있다. 머리카락은 치렁치렁한 금발이며, 상의는 벗었고 번쩍이는 금색 치마로 겨우 아랫도리만 가린 차림이었다.

"강길羌吉, 대흑천大黑天."

하얀 호랑이가 둘을 향해 으르렁거렸다.

"소문은 들었다. 네놈들, 결국 이 집까지 왔군."

강길은 방을 돌아보며 뭘 태워 없애버릴까 두리번거리고, 대흑천은 뭐 돈이 될 만한 것이 있나 살핀다.

"이 집만은 못 내준다. 우리 부부가 평생을 가꾼 곳이야."

"뭐 어때. 다른 데서 다시 시작하면 되잖아."

"푼돈 몇 푼 쥐여주고 내쫓는 거 다 알아."

적색 호랑이가 이를 드러냈다.

"지금 안 나가면 그것도 못 받고 내쫓길걸."

"여긴 '집'이야. 집을 함부로 말하는 게 아니야. 사람과 마찬가지로 바꿀 수 없는 것이 집이다."

백호가 말했다. 대흑천이 후, 하고 웃었다.

"집을 지킨다는 목적 하나로 버티진 못해. **백호**白虎, **산군**山君. 싸게싸게 물러나는 게 서로 욕보이지 않고 좋아."

두 호랑이가 각기 고개를 끄덕이고는 둘을 향해 번개처럼 덤벼들었다.

수호는 마음을 가라앉히고 감았던 눈을 떴다.

바루나는 여전히 눈앞에 오만한 미소를 짓고 답을 기다리고 있었다.

'이 답이 맞을까.'

수호는 생각했다. 그리고 진의 말을 떠올렸다.

「지배하지도, 지배받지도 않는다. 단지, 동등해진다.」

어떻게 해야 이런 것과 동등해질 수 있을지 모르겠지만.

"마호라가는 두억시니를 없앨 때까지는 너를 없애지 않겠다고 약속했어."

수호가 입을 열었다.

"두억시니를 없애는 게 내가 할 마지막 일이야. 그 뒤에는 아무것도 없어. 자살한다든가 그런 뜻이 아니라……. 그냥 아무엇도 없어."

설명이 안 되는 말이었지만 바루나는 이해했다. 카마라면 누구나 이해할 수 있는 말이니까.

그리고 그건 상황 여하에 따라, 당장 내일이라도 닥칠 수 있는 미래.

"그러니까 그때까지는 나도 살아 있을 거고, 그 뒤의 네 삶은 딱히 네게도 중요하지 않으니 내가 그때 가서 없어지든 말든 별 상관이 없다는 뜻이군. 이해했다."

쓸데없는 대화였군. 바루나는 귀찮은 기분으로 돌아섰다.

"그러니, 바루나. 너를 없앨 때는……."

수호는 다시 한번, 제 말에 놀랐다. 하지만 생각은 흔들림이 없었다.

"마호라가와 아난타를 포함해 그 어떤 퇴마사도 내 마음에 들어오지 못하게 하겠어. 난 마호라가와의 약속을 지킬 생각이야. 하지만 너와 싸우는 건 나야, 바루나."

바루나의 눈이 흔들렸다.

"나 혼자서 너와 싸우겠어."

바루나는 침묵했다.

"너는 목적을 바꾸지 않을 거고 살아 있는 한 그 목적을 포기하지도 않겠지. 그러니 살고 싶다면 전력을 다해 나를 막아."

바루나는 수호의 마음에 떠오른 결심을 감지했다. 거짓은 없다. 어차피 서로 속일 수 있는 사이는 아니다. 분명한 결심.

'그 퇴마사들의 방해만 없다면, 이 녀석을 물리치는 건 일도 아니다.'

만약 수호의 마음 안에서 수호의 본령이 죽고 나만 남게 되면, 나는 본의든 아니든 이 몸을 차지하게 되겠군.

'이 녀석이 자기 의지로 내게 몸을 내주었다는 것을 알면 저 퇴마사들도 나를 없애려 들지는 않을 거다. 서의 놈들은 북서의 놈들과는 달리 카마 주인의 의지를 높이 사는 모양이니. 그러면 놈들도 어쩔 수 없을⋯⋯.'

하지만 거기까지 생각하니 심히 불편해졌다.

'그게 가능한 일인가?'

이 마음을 내가 독차지하는 것.

마구니는 그것이 모든 카마의 최종 목적이라고 했다. 무슨 궁극의 카마 어쩌고 하면서.

이 몸이 온전히 내 것이 되면, 나는 완전한 자유를 얻게 된다고 했다.

그러면 이 마음 안에 갇혀 지낼 필요도 없다. 수호의 눈을 통해서만 세상을 볼 필요도 없다. 이놈과 다투느라 시간을 낭비할 필요도 없겠지. 내 눈으로 직접 세상을 체험하고, 보고, 맛보고, 들을 수 있겠지. 내 목적을 위해 이 몸 전체를 쓸 수 있을 것이다. 아무 방해 없이 수호의 인생 전체를 쓸 수 있을⋯⋯.

'그런데 그게 가능한 일이기는 한가?'

왠지 기분이 몹시 나쁜데.

'하지만 이놈과 승부가 확실하게 난다면, 이 더럽게 말 안 듣는 녀석도 좀 고분고분해지겠지.'

그것으로 이 녀석을 내 말대로 움직이게만 할 수 있다면⋯⋯. 그렇게 생각하니 즐거워졌다.

"마음에 드는군."

바루나는 미소를 지으며 말했다.

"제안을 받아들이겠다, 수호."

＊

백호는 숨을 헐떡이며 적을 마주 보았다.

집은 강길의 불길에 휩싸여 있었고 산군은 전신에 화상을 입고 자신의 옆에 쓰러져 있었다. 그때 백호는 문득 불타는 문 뒤에 서 있는 사람을 보았다. 아니, 사람처럼 보이는 무엇을.

'누구지?'

백호는 생각했다.

'한패인가? 이놈들의 주인인가? 마구니인가?'

"이제 그만해둬!"

백호는 문에 서 있는 '무엇'을 향해 소리쳤다.

"심소의 경계와 지형의 경계는 같아. 오래된 건물을 한 번에 다 갈아엎어버리면, 이 거리의 심소의 경계가 다 엉망이 되어버린다고!"

바깥에 서 있는 사람은 '오호' 하고 놀랍다는 표정을 지었다. '거기까지 알다니 대단한데' 하는 얼굴에 '카마가 그런 것까지 걱정하다니 제법인데' 하는 표정이 섞여 있다.

"이 거리에 사는 심소의 카마가 세상 전체로 퍼져 나갈 수도 있어! 아는지 모르겠지만 지금 이 거리에서 증식하는 카마는 그 지독한 두억시……."

백호는 말을 멈췄다. 하얀 옷의 인물 뒤로 나타나는 검은 형체를 보았기 때문이다.

땅을 기고, 벽을 덮으며 전진해오는 오물 덩어리 같은 괴물을.

연기와 불꽃 때문에 그 앞에 선 '무엇'의 모습은 잘 보이지 않았다. 새하얀 몸에, 등 뒤에 붙은 화려한 세 장의 하얀 날개만이 희미하게 눈에 들어올 뿐이었다.

불에 탄 천장이 백호의 몸 위로 무너져 내렸다.

서까래가, 벽지가, 오래된 메뉴판이, 아이들이 붙이고 간 메모지가, 자랑스럽게 걸어놓았던 사진이. 유명인들에게 받아두었던 사인 액자들이.

날개를 단 인물은 미소를 지으며 발밑에 날아온 "정말 맛있었습니다" 사인 용지를 가볍게 밟았다.

용지가 그의 발아래에서 재로 사라졌다.

Ep. 7

소녀와
용의 마음

48   용이 검사를 만났을 때

"에, 그러니까…… 마호라가는 선혜의 **아트만**인 거지."

"그래, 자신의 진정한 자아이자, 통합된 하나의 자아지. 실상 같은 사람이고."

수호의 말에 아난타가 대꾸했다.

"너는 진의 **카마**고."

"그래, 진은 이 마음의 주인이고 나는 거기에 깃든 것이야. 몇 번 말해야 알겠어? 진은 나 이외에도 무수한 작은 욕망과 바람들을 갖고 있어. 나처럼 인격으로 실체화하지 않았을 뿐이지."

"하지만 겉보기에는 둘이 비슷해 보이잖아?"

"비슷한 척하려고 진과 내가 얼마나 애를 쓴 줄……. 그런데 너 자꾸 여기 올 거야? 여기 네 마음 아니라 진의 마음이거든?"

아난타가 확 성질을 냈다.

수호는 바다 위, 아난타가 동그랗게 똬리를 틀어 만든 배에 앉아서 고심하는 중이다.

오늘도 훈련하러 새벽같이 진과 선혜의 집에 왔지만 선혜가 다시 몸이 안 좋아져 진이 정신이 없는 바람에, 방구석에 뻘쭘하게 있다가 막 진의 마음 안에 들어온 참이었다.

몰래 들어온 건 아니었다. 진이 심심하면 아난타하고라도 놀라고 마음의 문을 열어주었으니까.

퇴마사와의 일을 겪은 뒤 수호는 아무에게나 마음의 문을 여는 게 얼마나 위험한 일인지 알게 된 참이다.

진씨는 나보다 그 위험을 훨씬 더 잘 알고 있을 텐데. 대범하다고나 할까, 마음의 벽이 없다고나 할까.

"그리고 그거 내 몸이지 네 메모지 아니거든? 글자, 쓰지, 마, 으아아, 간지러, 간지러."

'아난타는 진씨보다 더 거칠고 호들갑스럽다고 해야 하나, 더 아이 같다고 해야 하나. 둘이 다른 인격이라는 건 알겠지만⋯⋯.'

수호는 아난타가 몸을 꽈배기처럼 배배 꼬는 것을 보며 생각했다.

"그러니까 심심하면 여기 말고 네 마음에나 들어가라고!"

아난타는 아직 덜 자란 날개를 파닥파닥하며 말했다.

"내 마음은 바루나가 있어서 무섭단 말야. 뭘 물어보려 해도 바루나가 나보다 더 아는 것도 없고 말야."

"으이그, 카마가 있으면 그렇게 된다니까. 자기 마음 들여다보는 게 무서워진다고."

아난타가 혀를 차며 말하자 수호는 마음속으로 혀를 날름 내밀었다.

'지도 카마면서.'

"내가 진의 아트만처럼 보이는 건 진이 마음에 들어오지 않아서야. 둘이 같이 있는 모습을 남에게 보이지 않으니까."

"그게 좀⋯⋯ 이상해서 말이야."

"왜? 어디가? 이상할 게 뭐가 있어? 하나도 안 이상한데?"

수호는 생각에 잠겼다가 살짝 다른 질문을 했다.

"카마는 내버려두면 점점 커져서 마음을 잡아먹는다고 했지."

"그렇지."

"그러면, 혹시 사람 마음에 다른 부분은 하나도 남지 않고 카마 하나만 남는 것도 가능해?"

"야, 야. 끔찍한 소리 마라."

아난타는 공포영화라도 본 것처럼 오만상을 찌푸렸다.

"왜?"

아난타는 물 위에 띄워놓은 꼬리를 파닥파닥했다.

"그랬다간 진은 미쳐버릴 거야."

"왜?"

"아침부터 저녁까지 종일 마호라가밖에 생각하지 않을 테니까. 너무 걱정해서 밖에 내보내지도 않고 집에 가둬둘지도 모르지. 사실 나는 그런 생각도 종종 해. 대놓고 할 수 없을 뿐이지. 나는 진의 몸을 내 마음대로 할 수 없으니까. 그러니 천만다행이지."

"……."

"자기 몸을 돌본다든가, 자기 밥을 챙긴다든가 하는 생각도 못 할 거고. 뭐가 마호라가에게 이로운지도 판단하지 못하겠지."

아난타는 고개를 도리도리 저었다.

"그 상황은 내 **목적**에 부합하지 않아."

전에 들었던 말. 그게 아난타가 진씨의 마음에서 균형을 지킬 수 있는 이유겠지.

아난타에게는 마호라가만큼 진이 중요하다. 그게, 진씨의 말에 의하면, 거의 일어나기 어렵다는 '중도'에 이를 수 있는 이유인가.

"사실 맨날 듣는 말이긴 하지. 카마는 결국 사람 마음을 다 잡아먹는다고. 하지만 현실감이 없어. 난 정말로 사람 마음에 순수하게 카마만 남는 게 가능한지도 모르겠어."

아난타가 말했다.

"왜?"

"글쎄."

아난타는 초록색 눈알을 데굴데굴 굴렸다.

"뭐랄까, 한 사람이 퇴마사가 되기 위해서는 하나의 생으로는 부족한 것처럼, 카마가 한 사람의 마음을 다 잡아먹으려 해도 하나의 생으로는 부족할 것 같거든. 여긴 정말로 크단 말이야. 내가 얼마나 커진들 여길 다 차지하겠어?"

수호는 찰랑거리는 파도를 발로 물장구쳐보며, 바다 행성 같은 주변을 둘러보았다. 살이 뒤룩뒤룩 쪄서 행성만큼 뚱뚱해진 아난타를 떠올려 보았다가 히익, 하고 마음속으로 고개를 도리도리 저었다.

'진씨가 아난타를 통제할 수 있는 또 다른 이유는, 아난타가 웬만큼 커져도 다 차지할 수 없을 만큼 마음이 넓기 때문인가……'

"그래, 이번엔 왜 묻는 거야? 설마, 이제 와서 바루나를 없애고 싶어진 건 아닐 테고. 물론 말만 해. 지금이라도. 얼른. 어서."

"지금 네가 한 말을 다 종합해보면, 결국⋯⋯."

"결국?"

수호는 뭐라 말하려다가 아난타가 큰 눈을 끔뻑이는 것을 보고 입을 다물었다.

"아냐, 아냐, 너무 이상한 생각이야."

"뭔데? 뭔데? 말해봐. 뭔데?"

수호는 아난타의 똬리 위로 벌러덩 누웠다.

"야, 야! 나 네 침대 아니거든!"

수호는 아난타가 꼬리를 파닥거리는 걸 내버려둔 채 하늘을 보았다.

쏟아지는 햇빛이 눈부셨다.

늘 비가 오는 자신의 마음과는 확연히 다른 하늘. 이런 하늘을 가지려면 뭘 어떻게 살아야 하는 걸까.

"그리고 또 궁금한 게 있는데⋯⋯."

"나 구글 검색기도 아니거든."

"너는 어쩌다 생겨난 거야? 진씨는 어쩌다가 마구니를 만나서 계약을 한 거야?"

"흠."

아난타는 고개를 높이 들어 하늘을 보았다.

"그거, 좀 오래된 이야기인데. 이십 년쯤 됐던가."

"선혜가 몇 살인데⋯⋯?"

전에도 같은 질문을 했던 기분을 느끼며 수호가 물었다.

"그야, 진이 마호라가를 만난 건 마호라가가 선혜일 때가 아니었으니까."

✦

이십 년 전.

진은 햇빛이 들자 눈이 부셔 얼굴을 가렸다.

"여기서 뭘 하지, 아가씨?"

진은 홀린 기분으로 상대를 바라보았다.

서른쯤 되어 보이는 여자였다.

땀내가 나는 꼬질꼬질한 옷을 입고 제 몸뚱이 반만 한 배낭을 메고 기타 케이스도 지고 있었다. 노숙자 아니면 무전여행이라도 하는 사람 같았다.

그런데도 여자에게서는 묘하게 귀티가 났다. 어디 좋은 집안에서 잘 배우고 자라서, 상스러운 소리 한 번 입에 담아본적 없고 밥상에서 밥알 한 번 흘려본 적 없을 것 같은.

진이 홀린 기분이 된 것은 여자의 이상한 분위기보다는 표정 때문이었다. 처음 보는 여자인데 어째서인지 오랜 친구와 만나기라도 한 듯 온화하고 반가운 얼굴이다.

혹시 먼 친척이나 동네 어른인가 싶었지만 기억에 없는 얼굴이었다. 기억을 못 할 만한 사람도 아니었다.

"게임 해요."

"무슨 게임 하는데?"

"사람들이 살아날 때까지 여기 가만있는 거예요. 내가 움직이면 다 죽어요."

"어떤 사람들 말이니?"

진은 덤불 안에서 젖은 낙엽과 쓰레기봉투와 캔 따위에 파묻힌 채 목만 내놓고 쪼그리고 있었다. 친구들이 묻어두고 간 것이었다.

처음에는 견딜 만했는데 저녁 어스름이 되니 낙엽과 쓰레기와 땅에서 올라오는 습기와 냉기에 오한이 일던 참이었다.

"서울에서 큰 백화점이 무너졌대요. 안에 사람이 구백 명이 깔렸대요."

여자는 다 안다는 얼굴로 고개를 끄덕였다.

"작년에는 한강 다리가 무너졌어요. 저번에는 지하철 옆에서 도시가스가 터져서 백 명이 넘게 죽었고요. 등교 시간이라서 학생들이 많이 죽었어요. 내가 액신을 타고나서 그렇대요. 내가 여기서 죽은 척하고 있으면 깔린 사람들이 살아날 거라고 했어요."

진은 얼굴을 가렸다. 손등에 "액신"이라는 글자가 애들 글씨로 삐뚤빼뚤하게 쓰어 있었다.

"네게 그런 힘이 있다면 그런 소리를 듣지 않겠지."

여자는 관목 사이로 성큼성큼 들어와 진의 몸에서 낙엽과 쓰레기 더미를 털어냈다. 진은 일어나려다 다리가 저려 도로 주저앉았다.

여자가 진의 이마에 제 이마를 대며 열이 있나 살폈다. 여자의 이마는 따뜻했고 풀과 흙내가 났다. 진이 여자의 얼굴을 보는 사이에 배에서 꼬르륵 소리가 요란하게 났다.

"뭘 좀 먹어야겠다."

여자는 배낭 안에서 보름달 빵을 집어 건넸다. 진은 허겁지겁 빵을 베어 물었다. 여자는 진이 빵을 다 먹기를 기다렸다가 담요로 둘둘 말아서는 번쩍 안아 들었다.

"집까지 안내해줄 수 있지?"

엄마야, 반하겠네. 진은 눈을 반짝이며 생각했다. 이 언니 천하장사가 따로 없네, 짊어진 것도 한 짐인데 나까지 번쩍 들고 그러네.

"그 백화점에서, 어떤 언니는 콘크리트 더미가 몸의 반을 뭉갰는데, 그런 채로 사흘이나 더 살았어요."

진은 담요에 폭 파묻힌 채로 말했다.

"구하는 사람들도 다 제정신이 아니라서 옆을 세 번이나 지났으면서도 못 보고 지나갔대요. 마지막에 아빠도 만났는데 결국 죽었어요."

여자는 고개를 끄덕였다.

"한강 다리가 내려앉았을 때 버스가 거기 있다가 뒤집어졌어요. 영수네 누나도 그때 죽었어요. 학생이 아홉 명이나 죽었는데 학교에선 겁이 나서 라디오 끄고 그냥 수업을 했대요."

"어디서 그런 이야기를 듣니?"

"다들 나한테 와서 이야기해줘요. 내가 무슨 마술을 썼는지 알려주러 와요. 난 그때야 내가 뭘 했는지 알게 되죠."

"엄마는 계시니?"

"집에 잘 안 들어와요."

"아빠?"

"자주 바뀌어요. 이번 아빠 재수 없어요. 날 보면 밥맛이 없대요."

"그 덤불 속에 더 있었다간 얼어 죽었을 거야."

"그랬으면 좋았을 텐데."

"왜?"

"내가 죽으면 엄만 행복할 테니까요. 나만 없으면 이혼도 막 하고, 막 여행도 다닐 거라고 했어요."

"그거 잘됐구나."

뭐래, 뭐가 잘됐대.

"그럼 나랑 같이 살래?"

진은 물끄러미 여자를 올려다보았다.

"언니가 누군데요?"

"네 친척."

진은 여자를 의심스럽게 바라보았다.

"아닌데."

"요번엔 아니지만 저번 생에는 그랬어. 저저번 생에도 그랬고. 그때 내가 언니였던가, 아, 네가 언니였던가? 아니, 내가 딸이었나? 사촌이었나?"

이 언니가 나쁜 사람은 아닌 것 같은데 제정신은 아니구나. 진은 나름대로 납득했다. 집에 돌아가면 감사합니다, 하고 인사하고 얼른 문을 잠가 걸어야지.

"늘 같이 태어났는데, 이번엔 안 됐지."

"왜요?"

"언니가 뭘 잘못해서 벌을 받고 있거든. 내 벌 중 하나는 너와 함께 있을 수 없는 거였고."

진짜 제정신 아닌가 봐. 멀쩡해 보이는 언닌데 어쩌다 이렇게 됐을까. 생각해보면 세상에 불쌍한 사람 많다니까.

여자는 진이 사는 해방촌의 백팔 계단을 다 올라서서는 뒤돌아섰다.

웬만한 아저씨들도 한번 올라오면 세상 번뇌를 다 짊어진다는 계단이건만, 여자는 올라오는 내내 숨 한 번 흐트러지지 않았다. 진은 여자의 눈길을 따라 석양이 비치는 저 아래를 내려다보았다. 서울 시내가 한눈에 들어왔다. 늘 시야에 어른거리는 남산타워가 슬슬 불을 밝히고 있었다.

이 마을은 일제 시대에 신사와 사냥터가 있던 곳이라고 했다. 해방이 되자 이북에서 월남한 사람들이 이 빈터에 모여 판잣집을 짓고 살았다. 이후로 아무도 이 동네에 관심을 두지 않았다. 동네 사람들은 이 마을을 돛단배라고 부른다. 떠나는 사람은 있어도 머무는 사람은 없는 마을이라고.

늘 보는 풍경이었다. 진은 지금까지 이 계단에서 내려다보는 서울 시내가 아름답다고 생각해본 적이 없었다. 저기 어디 한 뼘 자기 머물 곳이 없는 줄을 알고 있었으니까.

하지만 담요에 돌돌 말려 이 이상한 언니 품에 안겨서 보자니 어째서인지 새삼 아름다워 보였다. 따뜻해서 그런가. 조금 더 높은 데서 봐서 그런가.

"왜 사람들이 이렇게 많이 다칠까요? 악마가 하는 짓일까요?"

"아니, 욕망이 하는 일이지."

"욕망이 뭘 하는데요? 다 사람이 하는 일이죠."

"그렇구나. 다 사람이 하는 일이지."

여자가 말했다.

언니의 얼굴을 보자니 왠지 작년 설날에 텔레비전에서 본 애니메이션이 떠올랐다.

옛날 만화였다. 80년대 애니였고, 해적들이 보물 찾으러 가는 이야기였다. 선장이 다리 하나가 없는데 아주 유쾌한 사람이었다. 만화가 다 끝날 무렵에 등장인물들의 뒷이야기가 나왔다. '가게를 차렸다.' '배를 타고 떠났다.' 하지만 그중 한 사람의 결말은 이랬다.

'이길 수 없는 전투에 기꺼이 뛰어들어 죽었다.'

왠지 모르겠지만 이 언니를 보자니 그 말이 떠올랐다. 명예도 환호도 없는 전장을 홀로 떠도는 사람.

"언닌 이름이 뭐예요?"

여자는 한참 생각하는 얼굴을 했다. 어라, 이 언니 자기 이름도 모르나.

"마호라가…… 아니다, 우라가라고 불러."

"성이 우예요?"

"뱀이란 뜻이야."

"친구들이 나더러도 뱀이라는데."

"알아. 아주 큰 뱀이었지."

진은 그 말을 듣자마자 와앙, 하고 울음을 터뜨렸다.

"그, 그런 뜻이 아니라!"

"어, 잠깐, 그래서 네가 어떻게 생겨난 건데?"

수호가 물었다.

"아직 이야긴 시작도 안 했거든."

아난타가 심장이 끓어오르는 표정으로 꼬리를 파르르 떨며 목을 높이 치켜들고 말했다.

"아아, 그래, 요번 생에서 마호라가를 만났을 때도 좋았어. 정말 얼마나 기뻤는지……."

"저기……? 잠깐만?"

49   검사가 용을 만났을 때

일 년 전.

김 여사는 체인을 건 채로 문을 슬쩍 열었다.

문밖의 사람은 십여 분 전부터 연신 벨을 눌러대고 있었다. 방문판매원이나 종교 단체려니 하고 버티다가 하도 시끄러워 열어본 것이었다. 열고 보니 생각 이상으로 수상한 사람이라 기분이 더 나빠졌다.

현관에는 키가 훤칠한 이십 대 여자가 함박웃음을 짓고 서있었다.

벙거지 모자를 쓰고, 얼굴은 손수건으로 감싸서 턱 아래에서 여미고, 냄비며 물통이 주렁주렁 달린 등산 가방을 둘러멘 것이 영락없는 거지꼴이었다. 무전여행을 하고 있거나 무전취식을 하고 있거나, 아니면 노숙자거나.

"누구세요?"

김 여사는 의심스럽게 물었다.

아무래도 다음번 입주자대표회의에서 경비를 자르자고 해야겠어. 김 여사는 생각했다. 종로에서도 제일 비싼 아파트 아닌가, 어떻게 이런 수상한 사람이 집 앞까지 들락거리게 놔두나.

여자는 이거 참 난처하다는 듯 바보스럽게 웃으며 안을 기웃거렸다.

"따님 집에 있어요?"

"누구시냐니까요."

하도 지저분해서 몰랐는데, 여자의 얼굴에서부터 목까지 심하게 얽은 흔적이 있었다.

'틀림없이 위협용 분장일 거야.'

김 여사는 생각했다. 저기 잠바 어디에 칼 같은 것도 하나 숨기고 있을 거야.

"옛 친군데요."

여자는 해죽 웃으며 답했다.

'옛'이라는 말을 할 만큼 오래 산 것 같지는 않은데. 우리 애랑은 나이도 안 맞는데. 하지만 요새 애들이란 원체 어디서 뭘 하고 다니는지 모를 일이니까.

김 여사는 딸애 방을 향해 소리를 질렀다.

"사연아! 좀 나와봐!"

"아, 왜! 나 내일 시험 있다고 했잖아!"

버럭 짜증을 내며 안에서 열다섯쯤 된 소녀가 나왔다. 머리에 헤어롤을 여럿 매달고 살짝 립글로스도 바른 예쁘장한 애였다.

"너 아는 언니니?"

엄마의 말에 소녀는 문틈에 얼굴을 대고 밖을 내다보았다.

"안녕?"

문밖의 여자가 손가락을 까닥였다.

"누구세요?"

"너 말고, 집에 동생 있지?"

순간 냉랭한 공기가 흘렀다.

소녀의 눈이 번개처럼 엄마를 향했고, 엄마는 눈을 번뜩이며 짧게 고개를 저었다. 소녀는 무슨 의도가 있다기보다는, 어떤 습관처럼 답했다.

"아뇨."

"그래? 이상하네. 있는 줄 알았는데."

"용건 없으면 가요."

김 여사는 문을 닫아걸려다가 혼비백산했다. 여자가 방긋이 웃으며 문틈으로 손을 집어넣은 것이었다.

"에이, 있는 걸 아는데."

김 여사는 비명을 지르며 물러나다가 뒤로 넘어졌다. 딸애는 엄마의 비명에 놀라 울기 시작했다.

"당신 뭐야! 뭐 하는 사람이야! 사연아, 112 걸어, 얼른!"

문밖의 여자는 체인을 손가락으로 찰랑거려보더니 뒤로 몇 걸음 물러났다. 김 여사가 여자가 물러난 줄 알고 허겁지겁 문을 닫으려는데, 벼락이 치는 소리와 함께 체인이 끊어져 나가며 문이 벌컥 열렸다.

김 여사는 다리에 힘이 풀려 주저앉았고 딸애는 엄마, 엄마를 외치며 창으로 달려가 커튼으로 몸을 감싸고 숨었다.

여자는 높이 쳐든 다리를 휘휘 흔들고는 흙발로 성큼성큼 안으로 들어섰다.

"나, 남의 집에 어, 어딜 신발을 신고 들어와! 당신 누구야! 전화 걸라니까, 사연아! 소리만 지르지 말고!"

여자는 아랑곳 않고 집 안을 휘휘 두리번거렸다.

"그러니까 저기는 안방이고 쟤는 저 방에서 나왔으니까."

여자는 손가락으로 여기저기 짚어보더니 제일 작은 방 문으로 향했다.

원래 있던 방이라기보다는 리모델링을 하면서 만든 방인 것 같았다. 문은 안이 아니라 밖에서 잠기는 구조로 되어 있었다. 여자는 확 문을 열어젖혔다.

문을 열자마자 퀴퀴한 냄새가 코를 찔렀다.

공기는 눅눅했고 냉랭했다. 안은 칠흑처럼 어두웠다. 방은 한 평이 될까 말까 했고 창문도 없었다. 형광등은 빼놓은 채였다.

어둠 속에서 작은 짐승 같은 것이 겁에 질린 채 몸을 움츠렸다.

열 살이나 되었을까 싶은 자그마한 소녀였다.

빗질 한 번, 목욕 한 번 해본 적 없는 것처럼 머리는 산발이었고 몸에선 역한 냄새가 났다. 입은 옷은 무릎까지 내려오는 어른용 얇은 티셔츠 하나가 전부였다. 한쪽 다리는 없고 뭉툭한 살덩이만 있었는데, 방 어디에도 목발이나 휠체어는 보이지 않았다.

참혹한 풍경이었지만 여자는 세상에서 가장 사랑스러운 것이라도 보는 것처럼 환한 미소를 지었다.

"우라가."

"누구세요……?"

아이는 겁에 질린 채 담요를 끌어안았다. 여자는 아이 앞에 다가가 신하처럼 정중하게 무릎을 꿇고 허리를 굽혔다.

"이제야 만났어요. 내가 그랬죠? 꼭 찾아낼 거라고."

"경찰 불러! 부르라고!"

거지꼴의 여자가 소녀를 품에 안고 나올 때쯤에서야 김 여사는 정신을 추슬렀다. 펑펑 우는 딸애의 손에서 핸드폰을 뺏어서는 버튼을 누르고 귀에 댔다.

"당장 나가지 않으면 경찰⋯⋯"

"불러."

여자가 아이를 안은 채 바위처럼 서서 말했다. 얼음처럼 차가운 목소리가 집 안 전체를 울렸다.

김 여사는 동작을 멈췄다. 여자의 눈에서 서릿발 같은 한기가 뿜어져 나왔다.

피가 얼어붙는 것 같았다. 인간이 지배하는 이 시대에는 이미 소멸한, 어느 신화시대를 누볐을 법한 사나운 맹수가 여자의 눈 안에서 냉기를 뿜으며 그르렁거리는 것만 같았다.

"불러. 나도 원하니까. 부르라고."

커튼 속에 숨은 언니는 계속 악다구니를 질러댔다.

그 비명에는 공포와는 다른 것이 섞여 있었다.

나는 알고 있었다고, 부모님이 동생에게 무슨 짓을 하는지 알았지만 나도 두려워서, 내게도 그 미움이 쏟아질까 봐 지금까지 말할 수 없었다고 항변하는 것 같았다. 오랜 침묵을 한꺼번에 쏟아내려니 비명으로밖에 나오지 않는 것 같았다.

여자는 둘을 내버려둔 채 밖으로 뚜벅뚜벅 걸어 나갔다.

종로 일대는 온통 노란 물결이었다.

나무마다 노란 리본이 눈물처럼 매여 있었다. 나뭇가지도 모자라 나무 사이 쳐놓은 줄에 몇 겹으로 달려 있다. 비바람에

색이 바랜 리본 위에는 청명한 노란색 리본이 새로 달렸다.

시청 광장 한가운데에 설치된 분향소에는 사람들이 길게 줄을 서서 절을 하고 있었다. 거리를 걷는 사람들의 가슴이나 가방에 모두 노란 리본이었다.

시청은 낡고 오래된 옛 건물 뒤로 파도가 몰아치는 형태의 신식 건물이 잡아먹을 듯이 붙어 있는 묘한 형태를 하고 있다. 선대 시장이 오래된 건물을 부수고 새 청사를 지으려 했다가, 시장이 바뀐 뒤 두 건물을 다 부수지 않고 내버려두어서 만들어진 형태다.

거리 어디에나 "잊지 않겠다"는 말이 붙어 있다.

어쩌면 그 말에는, 이런 일들이 늘 너무 쉽게 잊히는 줄 다들 안다는 속뜻이 숨어 있을지 모른다. 늘 그래 왔다는 것을. 어떤 슬픈 일도 어떤 안타까운 일도 십 년은 고사하고 일 년을 버티지 못한다는 것을.

'아냐, 그럴 리가.'

진은 생각했다.

이십 년 전과는 달라. 요새는 인터넷도 있고 스마트폰도 있고, 자료도 기록도 모두 남는걸. 아무리 잊으려 해도 그게 되겠어? 어른들은 잊어도 아이들은 기억해. 어릴 때 겪은 일은 머리가 아니라 가슴과 심장에 새겨지는걸.

"누구……?"

등에서 켈록켈록, 하는 기침과 함께 아이가 묻는 소리가 들렸다.

"병원부터 가요. 몸 많이 상해서 여기저기 봐야 할 거예요."

"누구세요……?"

지나던 사람들이 진을 힐끗거렸다. 거지꼴을 한 멀대 같은 여자가 여자애 하나를 포대기로 둘둘 말아 업고, 거대한 배낭은 앞으로 메고 걷고 있으니 어지간히 눈에 띌 수밖에 없었다. 하지만 진은 아랑곳하지 않았다.

"옛 친구예요."

"나 친구 없는데……."

선혜가 의심쩍게 대꾸했다.

"나 병원 안 가요……."

"왜요?"

"의사가 내 몸을 보면 엄마가 잡혀갈 거예요……. 하지만 엄마는 몇 년만 살면 풀려날 거고 그다음에 날 죽일 거예요."

남들이 들으면 무슨 말인지 어리둥절할 법한 소리였지만 진은 납득한 얼굴을 하고 한숨을 푹 쉬었다.

"예, 뭔지 알겠네요."

진은 선혜의 엉덩이를 툭툭 쳤다.

"전생도 다 잊었으면서 머리는 좋네요. 징징 울고 앉았는 게 차라리 보기엔 맘 편하련만."

"집에 가야 해요……."

"그 집은 선을 넘었어요. 선을 넘은 집에는 있는 거 아네요."

"집에……."

"돌아가면 그 사람들은 당신을 죽일 거예요."

진이 소리를 높였다.

"그런 사람들은 제 잘못은 죽어도 못 봐요. 당신이 자기들 체면을 구겼다고만 생각하고 더 험하게 나올 거예요."

선혜는 어리둥절해서 진의 뒤통수를 바라보았다. 말의 내용보다는 말하는 태도 때문에 더 놀랐다.

진은 상황을 설명하고 선혜를 설득한다. 명령하고 시키는 대신에.

이 여자는 자신을 동등한 사람으로, 아니, 그 이상으로, 어른을 대하듯 말하고 있다. 지능이 있고 사람의 말을 알아듣는 평범한 사람으로서. 지금까지 누구도 자신을 그렇게 대한 적이 없었다.

"뭐 좋아요. 우선 병원에 가고 거기서 다시 생각해봐요."

진은 선혜의 엉덩이를 토닥이며 광장을 지나갔다. 노란 현수막을 걸고 공연하는 사람들의 구슬픈 노랫소리가 뒤를 쫓았다.

"사람들은 세상 사람들이 다 착하다고 하면 아무도 안 믿잖아요. 오히려 나쁜 놈들만 득실댄다고 하죠. 그런데 모든 부모가 착하다는 말은 왜 그렇게 철석같이 믿을까요."

선혜는 초췌한 눈을 들어 광장을 바라보았다.

처음으로 바깥에 나온 선혜는 지금 눈에 들어온 세상이 원래 이런 모습인가 보다 생각했다. 원래 다들 이렇게 사는 모양이라, 사람들은 원래 저녁이면 노란 리본을 달고 거리를 돌아다니고, 거리는 노랗게 장식하고, 광장에 모여 기도를 하는 건가 싶었다.

"그렇다 치고 아무것도 안 하는 거죠. 아이들이 쥐도 새도 모르게 사라지고, 유언도 없이 창에서 몸을 던지는 동안 아무것도 안 하는 거예요. 요새 애들이 약해 빠졌다거나 이상한 게임을 했네, 따위 헛소리를 하죠."

진은 고개를 숙여 선혜의 작은 이마에 제 이마를 댔다.

"그 집 안 가도 돼요. 나랑 살아요."

선혜는 몸을 빼며 진을 의심스럽게 보았다.

"거짓말."

"속고만 살았나."

"다리 없는 애 키우는 거 쉬운 일 아녜요."

"네 사정 아니거든요."

"젊은 여자가 남의 애를 혼자 무슨 수로 키운데."

"와, 이 쬐끄만 게 말하는 것 좀 보소. 애는 그런 거 걱정하는 거 아니거든요?"

진은 애한테 하는지 어른한테 하는지 모를 핀잔을 주었다.

"남이 아녜요."

진이 말했다.

"당신 엄마보다도 아빠보다도 내가 당신을 더 오래 알았어요. 당신 엄마보다도 아빠보다도……."

선혜의 눈에 당혹감이 서렸다. 노란 리본이 달린 샛노란 가로등이 진의 얼굴에 황금빛 음영을 그렸다.

"내가 더 오래 당신 가족이었어요."

50   붉은 용암

진이 시장을 보고 방에 들어와보니 안은 난장판이었다.

선혜에게 달아준 의족은 책장 아래에 찌그러져 있고 책장 낮은 칸에서는 책이 다 쏟아져 나와 있었다. 냄비는 뒤엎어서 벽과 침대와 바닥은 다 된장국 천지였다. 선혜는 머리에서부터 발끝까지 국물을 뒤집어쓴 채 방바닥에 씩씩거리며 앉아 있었다.

"들고양이 새끼가 따로 없네."

진이 한탄하자 선혜는 흩어진 책 중 하나를 집어 들어 북북 찢고 이로 아작아작 물어뜯었다.

"고양이 새끼는 쬐끄맣기라도 하지."

진은 장바구니를 내려놓고 앉아 선혜의 팔을 잡았다. 선혜는 악을 쓰며 발버둥 쳤다. 진이 꿈쩍도 하지 않자 하나뿐인 다리로 바닥을 팡팡 치더니 진의 팔을 왁, 하고 물어뜯었다.

진은 자기도 모르게 홱 손을 들었다.

그러자 선혜는 발악을 멈추고 진을 똑바로 보았다. 눈에는 생기마저 돌았다. '그래, 그러겠지. 기다리고 있었어. 언제 시작할지 지켜보고 있었어' 하고 말하는 듯이.

"네에, 뭘 원하는지 아주 잘 알겠네요."

진은 두 손을 다 놓았다.

선혜는 좀 당황했다. 하지만 이내 뭐라도 더 해야겠다고 생각했는지 진의 뺨을 날렸다. 힘이라고는 하나도 없는 손찌검이기는 했지만.

진은 후, 하고 한숨을 쉬었다.

"나 인내심 대회 나가면 일 등 하겠네."

진은 선혜의 어깨를 꾹 쥐었다. 지금까지와는 한층 다른 힘이 선혜의 어깨를 조였다.

선혜의 눈에 이제껏 없던 공포가 실렸다. 그제야 이 여자가 아귀힘만으로도 자기 어깨뼈를 부술 수도 있는 사람이라는 걸 깨달은 것 같았다.

"그렇게 맞고 싶어요?"

"……!"

"처맞으면 기분이 좋아질 것 같죠? 내가 언제 돌변해서 때릴지 몰라 불안해 죽을 것 같으니, 차라리 맞으면 편해질 것 같죠? 하지만 안됐네요. 난 당신 기분 좋게 해줄 생각은 쬐금도 없거든요!"

"……!"

"정신 차려요! 난 당신 수발이나 들려고 온 게 아녜요. 댁이 십 년 전에 했다가 꼬리 말고 도망친 싸움을 계속하라고 데려왔다고!"

진은 의족을 집어 들고는 선혜의 환부에 끼워 넣었다. 선혜가 발악을 하며 안간힘을 쓰며 떼어내려는 것을 억지로 밀어 넣고 세워 일으켰다.

"답답한 거 알아요. 아픈 줄도 알고! 하지만 이건 당신 다리야, 싫어도 달고 다녀요! 앞으로 이걸로 걸어야 해요!"

선혜가 욕설을 뱉기 시작했다. 어린애 입에서 나오리라고는 상상도 할 수 없는, 섹스와 살해를 포함한 성인의 세계에 있는 것들이 거침없이 쏟아져 나왔다.

진은 폭풍이라도 맞는 사람처럼 눈을 감고는 침묵했다.

"네, 댁이 집에서 듣고 산 말인 줄 알아요. 집 밖에도 안 나가 봤으면서 어디서 배웠겠어요? 그래, 어디 맘대로 떠들어 봐요. 여긴 나밖에 들을 사람 없으니까."

선혜는 주춤했다.

선혜도 나름대로는 싸우고 있었다.

엄마가 친절할 땐 늘 괴롭힘이 시작된다는 신호였다. 친절이 길수록 괴롭힘도 길었다. 엄마 이외의 어른을 만나본 적이 없는 선혜는 이 여자도 틀림없이 그러리라고 굳게 믿고 있었다. 그러니 차라리 성질을 돋워 가면을 벗겨내어, 친절이 너무 쌓이기 전에 폭력을 끌어낼 생각이었다. 그래야 더 안전하다고 생각했다.

이상한 생각이었지만, 일생 폭력과 싸워온 열 살짜리 아이로서는 나름대로 합리적인 판단이었다.

하지만 아무리 애를 써도 이 여자는 도무지 틈을 보이지 않는다. 대체 날 얼마나 못살게 굴려고 저러는 걸까.

선혜의 눈이 책상을 향했다. 진이 선혜에게 의족을 달기 위해 환부를 붕대로 감느라 쓴 커터 칼이 눈에 띄었다. 선혜의 시선을 따라 진의 시선도 칼에 꽂혔다.

선혜는 진의 표정이 굳는 것을 보았다. 그것을 눈치챈 제 똑똑함이 기뻤다. 저걸 쓰면 저 여자를 당황하게 만들 수 있다는 판단이 서자 더욱 기뻤다.

진이 기다리는 동안 선혜는 진의 눈치를 살피며 슬금슬금 걸어가 칼에 손을 뻗었다. 망설였지만 결국 칼을 손에 쥐었다. 그러고 나니 대단한 일을 해냈다는 자부심이 선혜의 가슴을 가득 채웠다.

'자, 이래도 그렇게 고고하게 서 있을래?'

"좋아요. 선을 넘기 직전이군."

진은 머리를 스윽 쓸어 올리고는 잠바를 휙 벗어 던지고 셔츠 단추를 풀었다.

옷을 벗자 탄탄하게 근육이 잡힌 상체와 함께 봉긋하게 솟은 가슴이 드러났다. 그와 함께 왼손에서부터 얼굴까지, 물뱀이 똬리를 틀듯이 타고 올라가는 화상 자국이 선연하게 드러났다.

상처를 드러낸 진의 눈에는 부끄러움도 슬픔도, 동정을 요구하는 빛조차 없다. 마치 전사가 전쟁터에서 얻은 상흔을 드러내듯이 당당하고 고요하다.

선혜는 위압감에 숨을 삼켰다. 진은 손가락이 녹아 붙은 주먹을 선혜에게 내밀었다.

"찔러요. 어차피 내 목숨은 당신이 준 거니까 마음대로 해요."

선혜는 확 겁에 질렸다.

"하지만 이것만 알아둬요. 정작 제 못된 엄마한테는 찍소리 못 해놓고는 사람 쉬워 보이니까 진상 부리고 패악질하는 거, 아주 꼴불견이라고, 이 썩을 꼬맹아! 집에서 무시당하다 지하철에서 난동 부리는 늙은이랑 다를 게 없어!"

"……!"

선혜는 눈을 크게 떴다.

"그 속에서 끓는 열불을 막 쏟아내면 식을 것 같지? 후련해질 것 같지? 내 말 똑똑히 들어!"

진의 목소리가 우렁차게 방 안을 울렸다.

"그건 쏟아내면 낼수록 점점 더 불어나기만 할 거야! 난 당신 엄마가 아냐. 그러니 나한테 무슨 짓을 하든 그거 절대 안식어, 이 썩을 꼬맹아!"

선혜는 소리를 지르며 뒤로 넘어갔다. 진은 넘어지는 선혜를 받아 들었다.

선혜를 눕히고 이마와 맥을 짚어본 진은 선혜가 기절했다기보다는 자기 마음으로 도망쳐 들어갔다는 것을 알았다. 보기에 별 차이는 없겠지만.

'무의식중에 능력은 발휘하지만 이래 갖고는.'

〔진.〕

진보다 더 중후하고 깊은 목소리가 마음 안에서 들렸다.

"아난타."

진이 화답했다.

〔들어가자.〕

"안 돼. 어설프게 능력을 쓰면 네가 마구니에게 들킬 수도 있어. 예전엔 마호라가가 감춰줬지만."

〔안에 있는 게 마호라가잖아.〕

"선혜는 자기가 마호라가인 줄 몰라."

〔그래도 마호라가야.〕

아난타가 답했다. 진은 입을 다물었다.

위험한 것은 마구니만이 아니다. 퇴마사도 카마를 없애려 돌아다닌다.

아난타가 지금까지 들키지 않은 것은 진 자신이 퇴마사라서기도 했지만, 늘 함께 있던 마호라가가 퇴마사로서의 기운이 워낙 강한 덕분이었다.

마호라가가 사라진 이후에는 아난타를 마음에 들여보내지 않았던 진이었다. 결국 아트만도 카마도 마음의 조각인 것은 다르지 않은지라, 퇴마사의 냄새에 카마의 냄새가 숨는 것이다.

하지만 선혜는 아직 마호라가로서의 자아를 되찾지 못했다. 과연 자신만으로 아난타를 숨길 수 있을까.

'게다가 아난타는 카마야. 사람만큼 생각이 정교하지 못해. 옆에서 제어해줄 퇴마사도 없이 혼자서 괜찮을까.'

하지만 망설임보다는 욕망이 컸다. '마호라가를 지킨다'는 생각밖에 없는 카마 아난타를 마음에 품고 있는 진이다. 그 생각에 저항하는 건 쉬운 일이 아니었다.

"선혜 마음 안은 난장판일 거야. 위험할 텐데."

〔내가 그런 걸 신경 쓸 것 같아?〕

바로 그게 걱정이지.

"조심해야 해. 네가 없어지면 난 마호라가를 지키려는 마음을 잃고 말아. 마호라가와 날 위해서 자신을 지켜야 해."

〔알아.〕

아난타가 선혜의 마음으로 들어가자 풍경이 바뀌었다.

타는 냄새와 함께 뜨끈뜨끈한 열기가 밀려들었다.

선혜의 마음은 숲이었다. 숲의 경계는 보이지 않았고 너머
는 재로 뒤덮인 안개로 흐릿했다. 그리고 숲은 온통 불구덩이
였다.

숲 한가운데 우뚝 솟은 화산에서 불기둥이 치솟았다. 산에
서부터 피어난 검은 구름이 하늘을 뒤덮어 시야는 어두웠고
하늘에서는 재와 진흙과 불똥이 비처럼 쏟아졌다. 산등성이
에 붉은 용암이 강처럼 흘렀고 강에 닿은 잡목들이 불에 휩싸
여 타들어갔다.

"격렬하네."

아난타는 휘익, 하고 휘파람을 불었다.

'마호라가가 원래 불 계열은 아니었는데. 빛과 쇠의 속성이
균형을 잃은 결과인가.'

아난타는 몸을 파르르 떨어 몸에 물을 묻히고는 몸을 젓가
락만 하게 줄여 불기둥이 된 나무를 요리조리 피하며 날아 내
려갔다.

선혜는 불타는 숲 한가운데에서 울고 있었다.

머리부터 발끝까지 재로 뒤덮인 탓에 자그마한 흙더미처
럼 보였다. 잘린 다리에는 제 몸뚱이만 한 두툼한 쇳덩이가
달려 있다. 그 무거운 것을 끌고 어떻게든 어디로든 가려고
했는지 땅이 깊게 파인 흔적이 긴 뱀처럼 숲 저쪽에서부터 이
어져 있다.

"우라가."

아난타는 선혜의 어깨에서부터 미끄러져 내려가 팔을 몸
으로 감아 내리며 속삭였다.

"우라가, 나야. 기억 안 나? 아난타야."

선혜는 듣지 않았다. 검은 불똥이 머리에 내려앉자 아파 몸부림치며 서럽게 울 뿐이었다.

아난타는 선혜의 몸을 타고 꼬물꼬물 기어 내려가 다리에 붙은 쇳덩이를 코끝으로 콩콩 쳤다.

"마호라가. 여기 다 네 마음이야. 다 네가 만들어낸 거야. 너 다리에 이것도 안 달려 있잖아. 이거 원래 없는 거라고."

바로 옆에서 불타던 키 큰 소나무가 큰 소리와 함께 갈라지며 선혜의 머리 위로 무너졌다.

아난타는 황급히 몸을 키워 선혜를 감싸안듯이 덮었다. 불에 휩싸인 거목이 아난타의 등을 쿵, 하고 내리쳤다.

나뭇가지와 불똥이 아난타의 등을 투두둑 두드렸다. 불이 붙은 비늘이 까맣게 타들어갔다. 아난타는 말없이 슬쩍 한쪽 눈을 감았다.

선혜는 머리에 열기 대신 차가운 물안개가 내려앉는 것에 의아해하며 고개를 들었다. 그러다가 바닷빛 용이 머리 위에서 다정한 눈으로 내려다보는 것을 보며 눈을 깜박였다.

용이 코끝으로 부드럽게 선혜의 볼을 쓰다듬고는 몸 아래로 머리를 들이밀었다.

"날자. 나는 거 좋아했지?"

갯벌처럼 어둡고 칙칙한 하늘에서는 진흙과 불의 비가 폭풍우처럼 쏟아졌다. 시야는 재의 안개로 탁하고 흐렸다.

아난타는 화산에서 솟구치던 불기둥이 누가 큰 막대로 휘젓는 것처럼 흩어지는 것을 보았다. 불똥이 이리저리 소용돌이를 그리더니 차츰 거대한 여자의 형상으로 바뀌었다.

여자는 분화구에서 상반신만 몸을 빼내고 있었다. 머리는 거의 구름에 닿을 듯 컸고 눈은 없고 얼굴이 뻥 뚫려 있어 얼굴 전체가 입처럼 보였다. 몸은 불의 소용돌이에 휘감겨 있고 도드라진 가슴에서는 불에 휩싸인 나뭇가지가 뚝뚝 떨어졌다.

'선혜의 엄마……라고 해야 할까. 아니, 엄마를 형상화한 존재인가. 이름은…….'

거치녀鋸齒女.

아난타는 신화 속의 이름 하나를 떠올렸다.

'전설에서는 어디서든 눈에 띄면 전쟁이 일어날 징조라지만. 마음에 나타나면 마음이 무너질 징조.'

아난타는 갈기털을 주욱 늘려 포대기처럼 선혜를 덮은 뒤 목표물을 탐색하는 공군처럼 화산을 한 바퀴 돌았다. 털 속에서 선혜는 이불보에 싸인 고양이처럼 아등바등했다.

'아직 인격도 의지도 이름도 생겨나지 않은 것.'

아난타는 생각했다. 퇴마사 용어로는 **어부리**라고 부른다. 인간의 용어로 말하면 '응어리'쯤 될까.

마구니가 건드리기만 하면 카마가 되는 마음의 씨앗. 이미 카마가 될 단계는 한참 넘었는데 마구니를 만나지 못했거나, 마음의 주인이 명확한 소원을 생각할 만큼의 지력이나 의지가 없을 때 생겨나는 것.

어부리는 카마와 마찬가지로 통제할 수 없는 마음의 영역이다. 소통이 안 된다는 점에서 어떤 면에서는 카마보다도 나쁘다. 생각도 지성도 없는 탓에, 앞뒤 가리지 않고 마음의 주인을 공격하며 상처 입힌다.

'어부리가 너무 커. 마음을 다 차지한 데다가 남은 것마저 다 부수고 있어.'

불 속성의 적.

아난타가 물안개를 만들 수는 있지만 주력 무기는 '뇌격', 금의 속성이다. 불에 뇌격이라. 통할 것 같지가 않다. 도리어 불을 키우지나 않을까.

'물의 힘이 주력인 동료가 있으면 좋을 텐데.'

아난타는 입맛을 다셨다. 하지만 마구니와 계약할 생각이 없는 아난타에게 카마 동료는 바랄 수도 없는 일이었다.

불을 끄는 방법은 물, 또 하나는 공기 차단. 그렇게까지 몸을 키워본 적은 없지만, 한번 필생의 몸 키우기를 해서 분화구를 콱 막아버리면?

화덕에 머리를 박은 장어구이 비슷한 것이 떠올라서 좀 꼴사납게 느껴졌지만, 시도해볼 만은 할 것 같았다.

51   잿빛 구름 너머

선혜는 영문을 모른 채 자신을 덮고 있는 따듯한 털 뭉치 안에서 버둥거리고 있었다.

한참 만에 나갈 구멍을 찾은 선혜는 아래에서 "장어구이…… 장어구이……" 하는 것을 들으며 안에서 고개를 폭 내밀었다.

아난타는 투덜투덜하며 불똥이 쏟아지는 하늘을 바람을 가르며 선회하고 있었다.

저 아래에 불에 휩싸인 거대한 여자가 눈에 들어왔다. 날파리를 잡으려는 듯 아난타를 향해 팔을 허우적거리고 있다.

선혜의 시선이 여자의 얼굴과 마주쳤다. 눈도 귀도 없이 토굴처럼 텅 빈 채 열린 입. 여자가 괴성을 질렀다. 불구덩이가 연쇄 폭발을 일으키는 것 같은 기괴한 소리였다.

동시에 선혜도 공포에 질려 비명을 질렀다.

그러자 쏟아지던 불의 빗줄기가 일시에 멈췄다. 보이지 않는 사수가 붙잡고 방향을 잡는 것처럼 하나씩 아난타를 향해 방향을 틀었다. 수만, 수십만 개의 불화살이 고슴도치처럼 아난타의 주위를 에워쌌다.

절체절명의 순간. 하지만 그런 순간에조차 아난타는 제 몸을 돌보는 종류의 카마가 아니었다.

"마호라가, 꽉 잡아!"

아난타는 불화살이 발사된 순간에 맞추어 불타는 여자를 향해 제트기처럼 날아들었다. 불의 화살이 빛줄기가 되어 아난타를 향해 날아왔다.

아난타가 거치녀를 향해 달려든 것은 일단 어느 방향으로든 움직여 집중포화를 피하려는 의도도 있었지만, 공격자에게 가까이 접근하면 화살의 방향이 바뀔까 싶어서였다.

하지만 불화살이 거치녀에게 아무 영향도 주지 않고 그대로 녹아드는 것을 보자마자, 마음속으로 '선회! 선회! 10시 방향으로 선회!'를 외치며 몸을 홱 틀어 우회했다.

머리 위에서 선혜의 비명이 들렸다. 등줄기를 타고 작은 것이 데굴데굴 구르는 느낌이 나면서 비명이 꼬리 쪽을 향해 멀어졌다.

'아차차.'

아난타는 꼬리털을 길게 늘여 고양이처럼 굴러가는 선혜의 몸을 꼬리로 부드럽게 감싸안았다. 그러면서 화살의 방향이 선혜의 움직임을 따라 이동하지 않는 것을 확인했다.

'기회.'

아난타는 입맛을 다시며 속도를 살짝 줄였고 불화살이 몸에 좀 더 접근하도록 기다렸다.

불화살의 폭우가 몸에 닿기 직전, 아난타는 몸을 수직으로 세우고 날개를 십자가처럼 활짝 폈다.

날개 끝에서 푸른 전기가 파직거렸다. 전기는 지직거리며 화살과 화살로 옮겨붙었다. 아난타의 몸 주위에서 불화살이 연쇄 폭발을 일으켰다.

선혜는 하늘 가득히 푸른 번개가 쏟아지며 불똥과 잿더미가 분해되는 것을 넋 놓고 보았다.

작은 연쇄 폭발이 일어나는 불화살 속을 상승하는 아난타의 모습이 푸른 불꽃에 휩싸인 빛나는 십자가처럼 보였다.

아난타가 불화살을 웬만큼 태워 없애고 나자 다시 구름에서 재와 불똥이 하나둘 떨어졌다. 거치녀는 불꽃에 휩싸여 숨을 죽이고 아난타를 올려다보았다.

'불화살이 더 모이기를 기다리고 있군.'

아난타는 생각했다.

어차피 선혜의 마음 안은 어딜 가나 불바다일 것이고, 말 그대로 불의 비를 피할 곳이 없었다. 이대로는 선혜를 더 지킬 수가 없다.

아난타는 쓴웃음을 지으며 각오를 했다.

'장어구이가 마음엔 들지 않지만.'

아무래도 목숨을 부지하는 건 포기해야 할 모양이다. 진에게는 미안한 일이지만.

아난타는 꼬리로 선혜를 부드럽게 말아 올려 도로 자기 머리에 통, 하고 얹었다. 다리가 하나 없는 선혜는 균형을 잡지 못하고 버둥거리며 미끄러지려 했다.

"마호라가, 내 말 잘 들어."

아난타는 꼬리로 슬슬 밀어 선혜를 머리 한가운데 올려놓으며 속삭였다. 그 와중에도 불화살의 숫자는 점점 늘어났고 주위는 점점 밝고 뜨거워졌다.

"널 키운 놈들의 말은 잊어. 그놈들은 아마도 '네가 다리가 하나 없다'고 했을 거야. 하지만 그렇지 않아."

"넌 원래 다리가 하나였어."

미끄러지던 몸을 간신히 지탱하던 선혜는 눈을 크게 떴다.

"날 봐. 난 팔도 다리도 없어. 하지만 난 온전해. 난 원래 팔다리가 없는 생물이야. 사람들에게 원래 날개나 꼬리가 없는 것처럼."

선혜는 그제야 처음 보는 기분으로 아난타의 미끈한 몸에 손을 대보았다.

물기를 머금은 아난타의 비늘은 이슬이 맺혀 있었고 바닷빛으로 반짝였다. 연처럼 펼친 날개는 푸른 하늘 같았고 길게 뻗은 꼬리에서는 물방울이 투명하게 흩어졌다.

선혜의 눈에 아난타의 짙푸른 피부가 폭발의 여파로 여기저기 찢긴 것이 들어왔다. 선혜는 불에 그을린 아난타의 비늘을 손으로 쓰다듬었다.

"다리 두 개 달린 놈들과 닮으려 들 것 없어. 그놈들은 너와 닮으려 든 적이 없잖아."

"……."

"넌 다른 사람들처럼 움직일 필요가 없어. 넌 팔다리가 세 개나 있어. 뭐든 할 수 있어."

불화살이 조금 전보다 더 빽빽하고 촘촘하게 아난타를 둘러쌌다. 하나하나가 살아 있는 듯 음산한 소리를 냈다.

"내 말 잊지 마. 잘 있어, 친구."

아난타는 눈을 감은 채 꼬리로 선혜의 몸을 말고 자기 몸을 늘어트렸다. 선혜를 땅에 얌전히 내려놓은 뒤 거치녀에게 돌진할 생각이었다. 마지막으로 꼬리에서 오랜 친구의 온기를 느끼며⋯⋯.

"으꺄갸아악?"

아난타는 몸을 뒤틀며 괴성을 질렀다.

선혜가 두 팔과 한 다리로 아난타의 꼬리를 끌어안더니 이빨로 피부를 앙, 하고 물어버린 것이었다.

"마, 마호라가, 뭐 하는 거야. 아파, 아파! 아, 아니지. 이거놔! 떨어져! 내려가라고!"

"올라가."

맑은 목소리가 공간에 울렸다.

공명하며 신음하던 불화살이 조용해지며 움직임을 멈췄다.

불에 휩싸여 그르렁거리던 분화구의 여자가 숲 아래를 내려다보았다. 잠시 가벼운 공포를 느낀 듯 몸을 움츠렸다. 숲을 타닥거리며 태우던 불길마저도 잠시 잦아들었다.

"올라가라니, 무, 무슨 소리야. 마호라가! 다 포위되었는데 올라가면 뭐 해! 너 아직 꼬맹이라서 상황 파악이 안 되는 모양인데, 나랑 있으면 위험해! 떨어지라고!"

아난타가 꼬리를 파닥였다.

"올라가. 구름 위에는,"

선혜의 눈이 진홍빛으로 빛났다. 선혜는 두 팔로 아난타의 몸을 짚고, 짧은 다리는 앞으로 뻗고 멀쩡한 다리는 뒤로 쭉 뻗어 작은 표범처럼 균형을 잡았다.

"⋯⋯비가 내리지 않아."

아난타는 퍼뜩 고개를 들었다. 잿빛 구름이 머리 위를 뒤덮고 있다.

'말도 안 돼.'

현실이라면 몰라도 여기는 마음속이다. 대기권 같은 게 있을 리가…….

'아냐. 마음의 주인이 하는 말이다.'

이 공간은 마음의 주인 생각대로 돌아간다. 마음의 주인이 상상하면 그 모양대로 세계가 구성된다.

게다가 기억이 없다 한들 마호라가는 천 년을 넘게 살아온 퇴마사가 아닌가. 그 마음의 구석구석을 다 다스릴 수 있는.

아난타는 후욱 숨을 쉬고는 꼬리를 줄여 선혜를 끌어당기며 상승했다. 불화살이 두 사람의 뒤를 쫓았다.

선혜는 몰아치는 바람을 맞으며 네 다리로 원숭이처럼 아난타의 등을 타고 기어올랐다.

아난타는 구름을 헤치고 상승했다. 한 치 앞도 보이지 않는 짙고 검은 구름을, 간간이 번개가 치는 물안개 속을 헤치고 올라갔다.

어둠이 쏟아지자 선혜는 숨을 삼켰다.

자신의 방이 떠올랐다. 형광등을 빼놓은 좁고 어둡고 냄새 나던 방이. 밤이고 낮이고 자신을 감시하는 것 같던 벽과 천장의 얼룩이 떠올랐다. 선혜는 마음을 파고드는 공포에 짓눌려 눈을 질끈 감았다.

아난타의 꼬리에 달라붙는 불화살들이 점점 힘을 잃고 고꾸라졌다.

마침내 아난타가 구름 위로 퐁, 하고 고개를 내밀었다. 아난타의 꼬리가 구름 위로 빠져나오자, 간신히 마지막까지 쫓아온 불화살 하나가 힘을 잃고 톡 떨어졌다.

"마호라가."

귓가에 낮고 울림이 깊은 목소리가 들려왔다.

"마호라가, 눈을 떠봐."

고양이처럼 몸을 웅크리고 아난타의 갈기를 붙들고 있던 선혜는 한쪽 눈부터 조심스레 떴다.

눈부셨다.

하얗게 타는 햇빛이 정면에서 쏟아졌다.

하늘은 눈부시다 못해 새하얀 푸른색이다. 살면서 처음 보는 청량한 빛이다. 지금까지 선혜가 보던 하늘은 새까맣게 기름때가 내려앉은 방충망과 창살 너머로 보던 하늘뿐이었다. 지금은 시야 전체가 하늘이다. 건물도 산도 전깃줄도 마천루도 없다. 아래로는 구름이 바다처럼 펼쳐져 있고, 아난타가 얼음 위를 활강하듯이 그 위를 유유히 날고 있었다.

'여긴 어디지?'

선혜의 마음의 의문을 읽기라도 한 듯 아난타가 말했다.

"네 마음속."

아난타가 큰 눈으로 눈웃음을 치는 바람에 선혜가 앉아 있는 푸른 바다, 그러니까 아난타의 머리가 숨소리에 맞추어 부드럽게 올라갔다가 내려갔다.

"저 불타는 공간도 네 마음이고 이 고요한 공간도 네 마음이야. 네가 아직 여기까지 와본 적이 없을 뿐이야."

"……"

"사람의 마음은 우주야. 하나의 행성이나 같아. 다른 공간이 무수히 있을 뿐 아니라 변화무쌍하기가 자연과 같아. 내가 하고 싶은 말은……. 에, 너는 원하는 곳에 자아를 둘 수 있고, 굳이 저 고통스러운 아래에 있을 필요가 없다는 거야."

'문제는 마호라가에게 날개가 없다는 건데.'

아난타는 말하면서도 생각했다.

'계속 내가 태워줄 수도 없는 노릇이고. 한계까지 버틴다 한들 결국은 지칠 거고.'

아난타가 나름 고심하며 끙끙거리는 동안 선혜는 아난타의 부드러운 갈기를 양손으로 꼬옥 쥐었다. 아난타가 간지러운지 몸을 부르르 떨었다.

"넌 누구야?"

선혜가 물었다.

"진…… 언니? 설마, 진 언니야?"

아난타는 히죽 웃었다.

"비슷한데 좀 달라. 나는 그 사람 마음의 일부야, 마호라가. 너를 지키고 싶은 진의 마음이 형상화되었다고나 할까."

"마호라가는 또 누구야?"

아난타가 답하려는 순간, 선혜의 마음에 기억이 몰아쳤다.

다시, 이십 년 전.

해방촌 거리.

장난감처럼 켜켜이 쌓인 붉은 지붕의 탑 위로 해가 뉘엿뉘엿 지고 있었다. 이 거리에서는 어디서나 보이는 남산타워에도 불이 들어오기 시작했다.

진은 폴짝폴짝 뛰며 좁은 계단 길을 따라 우씨 언니네 집으로 가고 있었다.

언니가 온 뒤로 진의 일상은 완전히 달라졌다. 아니, 변한 것은 동네 아이들 쪽일까.

애들은 한 번 우라가와 놀고 나더니, 지금까지 하던 '마녀 사냥 놀이' '진만 어두운 데 숨어 있기 놀이' 같은 것을 다 그만두었다. 대신 고무줄이나 피구나 땅따먹기나 구슬치기 같은 평범한 놀이를 하기 시작했다. 가끔 예전 이야기를 할라치면, 다들 '우리 존나 병신 같지 않았냐' '존나 철없었지' 하며 머쓱해하곤 했다.

우라가는 마을 으슥한 곳에 있는 버려진 판잣집에 살았다. 누가 불법으로 지어 살다가 버리고 간 집이었는데, 우라가는 거기 들어앉아 혼자 뚝딱뚝딱 집을 보수하더니 점점 집 모양새를 갖춰 나갔다. 어느 날부터는 멀쩡하게 전기와 수도도 들여놓고 살기 시작했다.

우라가가 직접 상수도를 파고 전봇대에 오르는 걸 본 사람이 있다고 했다. 무슨 전기과나 건축과 나온 엘리트인데 데모하다가 안기부 끌려가 고문당해서 머리가 돌았다든가 하는 소문이 따라붙었다.

하지만 우라가 언니에게는 그 이상의 분위기가 있었다.

뭐랄까, 우라가의 지식은 학교에서 배운 것이 아닌 것 같았다. 우라가가 뚫은 수도는 해방 무렵에 놓았다가 버려진 수도라고 했고, 우라가가 땅에서 파낸 판자는 일제 시대부터 묻혀 있던 것이라고도 했다.

우라가는 마치 그 옛날 그 시절 바로 그 자리에 있었고, 눈

으로 현장을 지켜보았고, 그래서 이런저런 것들을 아는 사람
처럼 보였다.

'암튼 그 언니가 뭔가 한 거야.'

진은 두근두근하며 생각했다.

'언니가 뭔가 했어. 나한테 좋은 운을 가져와줬어.'

진이 우라가 집에 이르렀을 무렵이었다.

낡은 판자벽이 우지끈 부서졌다.

52   선글라스와 지팡이

우라가는 포탄처럼 벽에 부딪힌 뒤 집 밖으로 굴러 나왔다.

뭐에 맞았는지 벽을 뚫고 나와서도 골목으로 한참 밀려 나와 반대쪽 벽에 부딪힌 뒤에야 멈췄다.

여느 때처럼 판잣집 개구멍으로 기어 들어가려던 진은 놀라 제 입을 틀어막았다.

'오, 오메, 도, 도깨비여. 도깨비가 나왔나벼.'

몸으로 벽을 부쉈으니 엄청 아플 텐데 우라가는 신음 하나 없었다. 제 발에 걸려 넘어진 사람처럼 곤란한 얼굴로 한숨을 푹 쉬더니 그대로 몸을 추슬러 앉았다.

'어, 언니 뼈, 뼈 안 뿌러졌나?'

사람 하나 겨우 지나갈 정도로 좁고 굽이굽이 구부러진 골목이다. 가로등이 나가고 보수하지 않은 지 오래라 안쪽은 칠흑처럼 어둡다. 그 어두운 골목으로 두 사람이 걸어 나왔다.

안에서 나온 사람들을 본 진은 어리둥절해졌다.

어린애들이다.

하나는 선글라스를 쓰고 흰 지팡이를 짚고 이상한 제복을 입은 남자애였다. 갓 중학생이나 됐을까. 다른 한 명은 조금 뒤에 나왔는데, 이번에는 고등학생쯤 되어 보이는 오빠였다. 기운차게 웃는 어린애와 달리 형처럼 보이는 쪽은 표정이 없었다.

두 사람이 이상한 옷을 입고 있다고 생각하다가, 요새 교복이란 것이 생겼다는 말을 동네 언니들에게 들은 기억이 났다. 일제의 잔재라고 없앴던 것을 도로 되살리고 있는데, 이제 우리 동네도 슬슬 생겨나고 있다고 했다.

'똑같은 옷을 입고 학교에 다니라니 누가 그런 바보 같은 생각을 다 했대' 싶었다. 아무튼 교복이라는 물건을 제대로 만드는 공장이 아직 없는 모양, 두 사람이 입은 옷은 교복 모양을 본떠 대충 이어 붙인 비닐 쪼가리처럼 보일 정도로 디자인이 형편없었다.

검은 안경을 쓴 중학생은 흰 지팡이로 바닥을 따닥이며 걸어와 우라가의 앞에 섰다.

"안녕, 긴나라."

우라가는 방긋 웃으며 소년을 괴상한 이름으로 불렀다.

'긴나라? 성이 긴이야? 무슨 이름이 그래?'

진은 고개를 갸웃했다.

"오랜만이야, 이번 생에서는 처음이지? 수다나도 잘 있었어?"

수다나라고 불린 고등학생은 가볍게 목례만 했을 뿐 말이 없었다.

"인사는 됐어, 마호라가."

긴나라라고 불린 소년이 하얀 지팡이를 한 바퀴 빙글 돌리며 말했다.

"이번 생에서 사냥은 금지라는 말 못 들었어?"

"좀 봐줘."

마호라가는 벽에 내동댕이쳐지고도 속없이 웃었다.

"그냥 애들 요괴들이었어. 나이 들면 자연히 사라지는 쭉정이들이었다고."

"쭉정이든 벌레든 넌 이번 생에는 사냥하면 안 돼. 아니면, 아직도 '북서'의 지시는 자존심 상해서 못 듣겠다는 건가?"

긴나라는 지팡이로 우라가의 이마를 쿡 찔렀다. 우라가의 표정이 살짝 식었다.

'으메, 뭐 저런 싸가지 없는 꼬맹이가 다 있어? 어른한테 반말을 찍찍 싸네?'

"아니면 우리 처우가 과하다는 건가?"

"설마."

"너는 오래전에 '북서'에 편입되기로 서약했잖아. 하지만 또 그 서약을 깨고 멋대로 전선을 이탈했지. 그래서 내려진 관대한 처분이 근신이었고. 그런데 지금 그것도 무시하는군. 마호라가, 대체 어떻게 해야 널 통제할 수 있지? 교단이 언제까지 널 봐줄 거라고 생각해? 너 때문에 내가 매번 무슨 고생을 하는지 알기나 하느냐고. 이젠 나도 지긋지긋해, 마호라가."

'교단? 서? 북서? 신장?'

처음 듣는 단어들에 진은 머리가 뒤죽박죽이 되었다.

'으어, 언니 무슨 사이비 교단에 홀려 있다가 도망쳤나벼! 요새 유행하는 휴거인가 뭔가, 그런 거 아냐?'

"어쨌든 다시 처분이 내려졌으니 왔겠지."

우라가는 웃으며 머리를 쓸어 올렸다.

"알려주고 가, 긴나라."

긴나라라고 불린 소년의 얼굴이 험악해졌다.

"윗사람에게 예의를 차려라, 신장!"

진은 소스라치게 놀라 입을 막았다.

긴나라가 지팡이를 높이 쳐들었고, 우라가가 그 손을 낚아채며 무시무시한 눈으로 노려보고 있었다.

"이제 막 각성했지, 긴나라?"

우라가의 목소리가 낮게 깔렸다. 긴나라라고 불린 소년이 멈칫했다.

"몇 살이지? 열둘? 열셋? 조금 일렀네. 기억도 아직 다 돌아오지 않은 모양이고."

"감히 어디서……!"

긴나라가 마호라가의 손에서 빠져나오려고 버둥거렸다.

"기억이 다 돌아오면 지금 네가 한 일을 부끄러워하게 될 거야, 긴나라. 퇴마사가 마음 바깥에서 폭력을 쓴 데다가 동등한 지위인 신장 사이에 상하가 있는 것처럼 착각하고 있어."

"이게……!"

"신장이라고 불리니 자신이 대단한 사람이라는 착각이 들지? 하지만 금방 알게 될 거야. 우리는 그냥 사냥꾼이야. 긴나라, 너나 나나 아무것도 아니야. 우린 존엄하지만, 동시에 아무것도 아니야."

"……."

"그리고 곧 알게 될 거야. 우리 같은 사람이 자신의 전장을 스스로 택하지 않으면, 타인의 마음에 자기 마음을 위탁하면 더 순식간에 타락한다는 걸."

긴나라의 얼굴이 딱딱하게 굳었다. 긴나라가 손에서 힘을 풀자, 마호라가도 같이 손을 내려놓았다.

"그래서 그렇게 제멋대로 군다고 말하고 싶은 건가?"

"난 내 마음을 배신하지 않아. 그게 내 신념이야. 그래서 잃어야 하는 것이 있다면 잃을 뿐이고, 치러야 할 대가가 있다면 치를 뿐이야."

긴나라는 씨익 웃었다.

"마음 밖에서 폭력을 쓸 수 없다고? 그러면 마음 안에서는 괜찮겠지?"

"……."

우라가의 눈이 가늘어졌다.

"마음을 열어라, 신장 마호라가."

"……."

"교단에서는 내 재량으로 처분을 결정하라고 했다. 그러니 이게 처분이다. 마음을 열어라, 마호라가. 그 안에서 조금이라도 저항하면 다시 항명한 것으로 간주하고 새 처분을 받게 될 거다."

우라가는 잠시 긴나라를 마주 보았다.

"긴나라, 이건 너답지 않아."

"쓸데없는 소리 마라, 신장."

"아직 기억이 다 돌아오지 않았나 보네. 전생에 너……, 아주 안 좋은 일이 있었어. 지금 그 영향이 남아서 이러는 거야."

"언제까지 기다리게 할 셈이지?"

마호라가는 어쩔 수 없다는 얼굴로 푸욱 한숨을 쉬더니 고개를 숙였다.

'안 돼!'

뭘 하려는지는 몰라도 쟤네들이 우라가가 싫어하는 일을 하려 한다는 것만은 알 수 있었다. 진은 눈을 꽉 감고 우아아 소리를 지르며 있는 힘껏 달려 나갔다.

"우라가 언니!"

세 명이 놀라 동시에 진을 돌아보았다.

진은 비명을 지르며 긴나라의 다리를 두 팔로 끌어안고 엎어졌다. 긴나라가 머리를 제대로 땅바닥에 찧는 바람에 긴나라의 선글라스가 벗겨져 바닥에 굴렀다.

"도망가요, 언니! 내가 붙잡고 있는 동안!"

"진!"

우라가가 당황해 소리쳤다. 긴나라가 진을 떼어내려고 손을 휘저었지만 머리채를 잡고 얼굴을 쥘 뿐 제대로 팔을 떼어내지 못했다.

그제야 진은 슬쩍 눈을 떴고, 긴나라의 동공에 초점이 없다는 것을 알았다. 그 눈은 검은 먹물을 뿌린 것처럼 텅 비어 있었다.

'장님? ……그런데 어떻게?'

뒤에 석상처럼 서 있던 수다나라는 고교생이 발을 뗐다.

고교생이 다리를 움직이는 것을 본 진은 소름이 쫙 돋았다. 발을 내딛는 소리가 없었다. 공기도 흐트러뜨리지 않고, 공간을 물이 흐르듯이 통과하는 듯 보였다.

'무슨 사람 다리가 저래 움직인대?'

다음 순간 그 다리와 몸이 동시에 시야에서 사라졌다.

시야는 쾅, 하는 소리와 함께 돌아왔다. 눈 깜박할 새에 우라가의 등이 시야를 막고 있었다.

우라가가 슬라이딩으로 미끄러져와 자신의 앞을 막아선 듯했다. 수다나가 날린 발을 배와 두 손으로 막고 있었다. 발은 그대로 날아왔더라면 제 머리를 날렸을 위치였다.

수다나는 가볍게 웃었다.

"조금 전에 퇴마사는 마음 바깥에서는 폭력을 쓰지 않는다고 하시지 않으셨습니까? 마호라가 신장님."

"같은 말을 돌려줘야 할 처지 아냐?"

"나한은 수행 중인 신장을 보호해야 하는 경우에 한해 신체적인 폭력이 허용됩니다."

마호라가의 눈에 슬픔이 들어섰다.

"둘 다 물러나줘……. 마카라는 이번 생에는 우리 일을 모른 채 평범하게 살 거야. 그게 처분이었잖아."

"그 처분을 아시면서 접근하셨습니까?"

"친구가 보고 싶어서 온 것뿐이야. 다른 뜻은 없었어."

진은 그 와중에도 긴나라를 꽉 끌어안고 놓지 않았다. 발버둥 치던 긴나라는 씩씩거리다가 소리쳤다.

"생각이 바뀌었다, 수다나! 처분은 이 계집애 마음에 내리겠다! 내가 들어가 있는 동안 내 몸을 지켜!"

우라가의 얼굴이 굳었다. 수다나의 표정도 살짝 애매해졌다.

"저…… 꼬맹…… 아니, 긴나라님, 꼭…… 그럴…… 필요가 있을까요?"

"신장 긴나라의 결정이다!"

"그러시다면야."

수다나가 물러나겠다는 듯 우라가에게 붙들려 있던 발을 뒤로 뺐다.

진은 기묘한 기분에 빠졌다.

마음에 바람이 불었다. 마음 어딘가에 큰 구멍이 생겨, 거기로 찬 바람이 서걱서걱 들어오는 기분. 그 구멍으로 사람들이 들여다보며 구경하는 기분. 절대로 아무에게도 보이지 않으리라 생각했던 자신의 속내가 속속들이 꺼내어지는 기분. 참담하고 부끄러워 당장이라도 울며 도망쳐버리고 싶었다.

'안 돼, 도망치면 안 돼, 언니를 지켜야 해!'

그때 우라가가 뭔가 결심을 한 얼굴로 눈을 감았다. 진은 우라가가 피곤해서 깜박 졸았다고 생각했다.

잠깐 고개가 떨어지던 우라가는 도로 눈을 떴다. 어쩐지 잠깐 눈이 빨갛게 빛나는 듯했다. 눈에 아까보다 더 깊은 슬픔이 남겨 있었다.

동시에 긴나라의 고개도 툭, 하고 떨어졌다.

잠깐 기절했나 싶더니, 이내 경련을 일으키기 시작했다. 사지를 벌리고 벌벌 떨더니 입에 거품을 물고 몸을 뒤틀었다. 진은 놀라 그제야 긴나라의 다리에서 팔을 떼었다. 하도 오래 잡아서 진이 잡은 부분의 옷이 다리에 달라붙어 있었다.

'언니가 또 뭔 마법을 부렸나?'

우라가는 담담한 슬픔에 빠진 얼굴로 진을 품에 안고는 수다나를 돌아보았다. 수다나는 경련하는 긴나라를 말없이 내려다보았다.

"너도 할 건가?"

수다나는 우라가를 슬쩍 보고는 고개를 저었다.

"그런 명령은 없었습니다. 신장의 몸이 위험한 마당에 마음에 들어갈 수도 없고요."

우라가 한숨을 푹 쉬었다.

"긴나라, 꼭 다른 사람 같네. 이전에도 욱하는 성질은 있었지만 이 정도는 아니었는데."

"우리 모두 다시 태어날 때마다 다른 사람이 되지 않습니까."

수다나가 답했다.

"그래도 너무 어려졌어. 아트만까지 변했고. 나도 못 알아보는 눈치고. 전생에 그 일 때문인가 봐. 수다나도 거기 있었지? 수다나는 기억나?"

그 말을 듣자마자 수다나의 눈에 무거운 어둠이 내려앉았다. 진이 보면서 어리둥절해질 만큼 깊은 어둠이었다.

'무슨 일이 있었길래 죽을상이야?'

긴 침묵 끝에 수다나가 입을 열었다.

"예, 기억합니다. 군이 상기시키지 않으셔도 좋습니다."

"긴나라도 기억이 다 돌아오면 좀 괜찮아지겠지. 그래도 아직 일을 시작할 때는 아닌 것 같아."

"저도 압니다."

우라가의 눈썹이 흔들렸다.

"그런데 왜 데려왔지?"

"교단의 명이었습니다. 이런 상황을 예측했는지도 모르겠군요."

"예측했다면 왜 그랬을까?"

"마호라가에게 지금보다 더 강한 처분을 내릴 명분이 필요했을지도 모르지요. 이를테면…… 파문이라든가."

"……."

"마호라가는 아직도 전향하지 않은 '서'의 잔당이고, 골치
아픈 배신자의 최측근이니까요."

"그렇군."

우라가는 미소를 지었다. 수다나는 두 팔을 벌렸다.

"저를 이 자리에서 처치하시겠습니까? 그러면 제가 돌아가
보고하는 것이 늦어질 거고, 시간을 벌 수 있을지 모릅니다."

"우리 같은 사람들에게 시간을 번다는 게 무슨 의미가 있
지?"

수다나는 자기도 모르겠다는 듯 어깨를 들썩했다.

"나는 나 자신을 위해 사냥하지 않아. 네 주인을 데리고 돌
아가 치료해줘. 벌써 다음 생으로 넘어가기에는 아깝잖아."

"관대한 처분에 감사드립니다."

수다나는 정중히 고개를 숙이고 인사를 한 뒤 경련하는 긴
나라를 안아 들고 자리를 떴다.

53   불타는 집

진은 눈물이 핑 터졌다. 상황은 전혀 모르겠지만, 지금 언니가 뭔가 엄청나게 곤란해진 것 같기는 했다.

'액신이야, 나는 역시 액신이었어.'

"진."

우라가는 놀라 진의 이마를 쓸어 올렸다.

"나 때문에…… 히끅, 나 때문에 훌쩍, 뭔가 잘못된 거죠? 내가 나서는 바람에…….."

"무슨 소리야, 진. 넌 아주 잘했어. 언제나처럼 용감했어."

"언니를 도와주고 싶었는데…….."

진은 우왕, 하고 울음을 터트렸다. 우라가는 잠깐 생각하다가 진의 이마를 쿡 찍으며 말했다.

"진, 만약에 날 돕고 싶으면, 언니와 약속 하나만 해줄래?"

진은 코를 훌쩍훌쩍하고 세차게 고개를 끄덕였다.

"어쩌면 언젠가, 누군가 네게 와서 소원을 들어준다고 할지도 몰라."

"그럼 주택복권에 당첨되게 해달라고……!"

우라가는 얼른 진의 입을 막았다.

"절대로, 그때 어떤 소원도 빌어선 안 돼."

"엥?"

"약속해줄 수 있겠어?"

진은 눈을 둥그렇게 떴다. 이 언니가 또 왜 이런대. 하긴 정신이 조금 이상하긴 했지. 매번 까먹는 문제긴 하지만.

하지만 우라가의 눈은 진지했다. 진은 고개를 끄덕였다.

"약속한 거다."

진은 더 크게 고개를 끄덕였다.

진이 우라가와 했던 약속을 떠올린 것은 그 후로 몇 달쯤 지난 어느 날이었다.

진은 여느 때처럼 우라가네 집을 향해 달려가고 있었다. 학교에서 나눠준 우유와 팥빵을 품에 꼭 끌어안고서.

'♪언니랑 같이 먹으면♬ 더 맛있으니까.♬'

진은 그 생각만으로도 싱글벙글했다.

문득 구름이 느리게 흘러가기 시작했다.

건물의 모양도 미묘하게 뒤틀리기 시작했고, 하늘은 피처럼 붉게 물들었다. 가로등의 위치나 간판의 모양이나 글씨도 변했다. 공간이 진의 기억으로 재구성되기 때문에 기억이 희미한 부분부터 다른 형태로 뒤틀리는 것이었지만, 진은 깨닫지 못했다.

한참 만에야 정신을 차린 진은 갑자기 쏟아지는 낯선 위화감에 어리둥절했다.

"어? 여기가 우리 동네던가?"

그때, 하늘에서 누군가가 나풀나풀 내려왔다. 진은 눈을 크게 뜨고 입을 딱 벌리고 눈앞에 내려오는 괴상한 것을 바라보았다.

세 장의 피에 젖은 새하얀 날개를 단 사람.

"소원을 들어주겠다."

그가 말했다.

'엄마야?'

진은 눈을 똥그랗게 뜨고 생각했다.

✦

유씨네 집에서는 오늘도 고래고래 고성이 오가고 있었다.

"내가 못 살아! 이놈의 집구석, 콱 나가버리고 말지!"

"이놈의 여편네가 가장한테 못 하는 말이 없어?"

"가장은 무슨 놈의 가장! 돈이라도 한 푼 벌어와야 짱이지 니가 뭘 했다고 가―짱이야?"

"이게 못난 남의 애새끼 돌봐주는 고마움도 모르고!"

"돌봐줘? 집구석에 들어앉아서 언제 애 옷을 한 벌 사줬 어, 데리고 놀러가주길 했어?"

진은 현관을 열고 타박타박 안으로 들어왔다.

"넌 어딜 싸돌아다니다 이제 들어와?"

들어오는 애를 돌아보던 유씨는 흠칫 입을 다물었다.

진은 넋이 나가 있었고 눈은 죽은 사람처럼 풀려 있었다. 황천에라도 잠시 몸을 담갔다 온 얼굴이었다. 엄마를 보는데 도 눈은 허공에 꽂혀 있었다.

"얘가 어디 아픈가……."

"남편이 말하는데 어딜 딴청을 피워?"

남편이 엄마의 머리채를 확 잡아당겼다.

유씨가 비명을 지르고 넘어지면서 좁은 싱크대에 얼기설기 쌓아놓은 플라스틱 그릇들이 와르르 쏟아졌다. 타고 눌어붙은 장판 위로 채 씻지 않은 그릇이 구르자 고추장 국물이 매운 냄새를 풍기며 사방에 튀었다.

"이게 이제 사람까지 쳐?"

"이년이 사람 잡네? 내가 언제 쳤어?"

"그래, 이리 와라, 너 죽고 나 죽자!"

진은 멍한 눈으로 가스레인지에 놓인 프라이팬을 바라보았다.

가스 불은 켜져 있었고 프라이팬은 아까의 충격으로 기울어져 안에 든 기름을 뚝뚝 흘렸다.

진은 그걸 보며 피식 웃었다. 그리고 엄마와 새아빠가 멱살잡이를 하는 동안 가스레인지 반대편으로 가 벽에 기대고 웅크리고 앉았다. 뚝뚝 떨어진 기름이 다 탄 가스레인지 위로, 그리고 그 옆에 아무렇게나 구르는 두루마리 휴지 위로 떨어졌다.

진은 그걸 물끄러미 바라보았다.

「소원이 없다고?」

기억은 점점 희미해지고 있었다.

눈앞에 갑자기 나타난 요괴에게 놀랐던 기억은 났지만, 상대의 모습은 이제 생각이 나지 않았다.

하지만 그 사람이 하던 말은 또렷이 떠올랐다.

"네 나이 때 애들은 뭐든 있기 마련인데. 뭐든 말해보렴. 돈을 벌고 싶지 않니?"

진은 차렷 자세를 하고 서서 입을 꾹 다물고 고개를 도리도리 저었다.

"아, 그렇지, 큰 집으로 이사 가고 싶지 않니?"

고개를 돌리던 진은 잠깐 삐걱, 하고 멈췄다. 하지만 잠시 생각하던 진은 다시 눈을 꽉 감고 고개를 휙휙 저었다.

"이것 참, 흔히 오는 기회가 아닌데 말이지⋯⋯. 아깝네."

상대는 곰곰 생각하더니 진의 어깨를 토닥였다.

"그럼 이렇게 하자, 오늘은 그냥 집에 가렴. 그 대신 집에 가서 소원이 생각나면, 음, 그때 바로 나를 불러요. '마구니님' 하고. 그다음에 소원을 빌면 돼. 그럼 내가 바로 다시 찾아갈 테니. 요건 그러니까 외, 상!"

진은 눈을 깜박였다. 그러다 문득 등 뒤에 기척과 함께 썩은 내가 진동하는 바람에 확 뒤를 돌아보았다.

진의 등 뒤에는 큰 바윗덩이만 한 검은 괴물이 있었다. 몸에서는 쓰레기장 같은 악취가 났고 검은 점액질이 뚝뚝 떨어져 내렸다.

다리는 하나가 아니었고 한 종도 아니었다. 괴물에게는 사람의 다리에서부터 짐승, 벌레의 다리도 붙어 있는 듯했다. 길고 가는 촉수가 열 개쯤 등에서 돋아나 있었는데 그 촉수마다 샛노란 눈이 붙어 있었다. 열 개의 눈이 진의 몸을 핥듯이 구석구석 살피자 소름이 확 돋았다.

"지금 당장은 생각이 안 나도 말이지,"

괴물이 진을 향해 촉수를 뻗었다. 눈이 달린 촉수가 진의 어깨에 와 닿았다.

순간 진의 눈이 빛을 잃었다. 소리를 지르며 이거 치우라고 말하고 싶었지만, 한순간 쏟아진 자기혐오에 몸을 움직일 수가 없었다. 촉수가 천천히 진의 목을 휘감았다.

"곧 생각이 날 거란다."

뒤에 있는 요괴가 말했다.

기름방울이 두루마리 휴지로 떨어지다가 확, 하고 불이 붙었다.

진의 입에 웃음이 떠올랐다. 진은 불이 점점 번지는 것을 즐거운 눈으로 지켜보았다.

엄마와 새아빠는 불타는 휴지 뭉치가 툭, 하고 바닥에 떨어지고 장판을 굴러다니다가 불이 신문지에 옮겨붙을 때까지도 깨닫지 못하고 싸우고 있었다.

"여보, 잠깐, 이게 무슨 냄새야?"

"여, 여보! 불! 불!"

위기가 닥치자 갑자기 '놈팡이'와 '이년'에서 사이좋은 여보 사이가 된 두 사람이 황급히 몸을 추슬렀다.

새아빠가 정신이 나가 뭐든 손에 잡히는 대로 불을 탁탁 쳤는데, 그게 하필 또 신문인 바람에 확, 하고 신문 다발에 불이 옮겨붙었다.

새아빠는 기겁해서 신문을 벽에 내던지고는 현관을 향해 발발거리고 네 발로 기어갔다. 벽에 던져진 신문은 커튼에 부딪혀 떨어졌고, 커튼에 옮겨붙은 불이 순식간에 타올랐다.

'아아, 정말 바보 같아.'

진은 마음속으로 생각했다.

636

'다들 왜 사는 걸까.'

"진아!"

엄마가 뭐든 손에 잡히는 대로 품에 끌어안고 현관으로 달려가려다 진을 보고는 기겁해 소리쳤다.

"진아, 거기서 뭐 해! 얼른 나와!"

진은 꼼짝도 하지 않았다.

'엄마라면 들어와야지.'

진은 생각했다.

'날 구해야지.'

"뭐 하는 거야, 마누라! 어서 나와!"

"여보! 애가! 우리 애가!"

엄마는 새아빠의 손을 뿌리치며 말했다.

"애 데리고 가야지, 지만 살겠다고 내빼면 어떻게 해!"

새아빠는 "에이씨" 하며 멈칫멈칫 안으로 뛰어들려 했고, 진은 꼼짝도 않고 새아빠를 마주 보았다. 하지만 몇 번 품만 잡던 새아빠는 욕설을 내뱉으며 밖으로 나가버렸다.

"여보?"

"1…… 119 전화할게!"

엄마는 허망한 얼굴로 튀어버린 남편을 보다가 안쪽에 인형처럼 앉아 있는 진을 돌아보았다. 진은 싸움으로 엉망진창이 되어 완전히 겁에 질려 있는 엄마를 냉랭한 눈으로 마주 보았다.

엄마는 몇 번 안으로 손을 뻗다가 불꽃이 둘 사이에서 확 일어나는 바람에 화들짝 놀라 물러났다.

"지, 진아. 엄마가 소방관 아저씨 데려올게. 거기 꼼짝 말고 있어야 해, 알겠지?"

"……."

"그, 금방 올 테니까, 우리 진이 착하지?"

엄마는 바들바들 떨며 네 발로 기어 문밖으로 사라졌다. 진은 그 뒷모습을 끝까지 지켜보았다.

"그래."

진은 히죽 웃었다.

"그것밖에 안 되는 놈들이지."

진은 음울한 얼굴로 팔에 고개를 묻으며 중얼거렸다.

"살 가치가 없어……."

열기 이전에 유독가스가 먼저 폐 속을 침투했다. 이내 시야는 검은 연기로 희뿌옇게 변했다.

'몸을 낮게 하면 조금 오래 산다던데.'

진은 기침을 하며 혼자 쓸데없는 생각을 했다.

'상관없겠지. 어차피 난 나가지 않을 테니까.'

콜록콜록 기침하다가 고개를 들었을 때 눈앞에 희미하게 사람 그림자가 들어왔다.

잠시 불어온 바람에 연기가 걷히자, 몸을 물에 흠뻑 적신 우라가가 숨을 헐떡이며 현관에 서 있는 것이 눈에 들어왔다. 몸에 착 달라붙은 옷에서 물이 뚝뚝 떨어졌다.

어떻게 알고 금방 왔대. 희한한 사람이라니까.

"진, 거기서 나와."

우라가가 말했다.

"왜요?"

진은 만면에 비웃음을 띠며 물었다.

"삶은 고통뿐이에요. 나가봤자 거지 같은 삶이 계속될 뿐이죠."

"그런 말은 다 살아보고 나서 해."

"엄마가 날 정말 사랑한다면 날 구하러 들어왔어야죠. 그런데 버리고 그냥 갔어요. 재수 없어."

우라가의 눈이 가늘어졌다. 오래된 원한이 그 눈에 들어찼다. 그리고 이상한 말을 읊었다.

"**두억시니**……."

두억시니? 그게 뭐야?

'저 언니 또 이상한 소리 하네.'

우라가는 고개를 들고 말했다.

"사람을 그런 식으로 시험하는 거 아냐."

"엄마잖아요."

"엄마도 사람이야. 그리고 네 엄만 너보다 어려."

저 사람 또 이상한 소리 하네.

"귀찮게 굴지 말고 가요, 어차피 댁도 들어와서 날 구할 용기는 없잖아요?"

진은 비웃었다.

"얼른 나가요."

곧 우라가가 난처해져서는 더듬더듬하다가 줄행랑을 칠 꼴을 상상하니, 즐거워 못 견딜 지경이었다.

하지만 생각과 달리 우라가는 움직이지 않았다. 바위처럼 그 자리에 서 있을 뿐이었다. 진은 갑자기 겁에 질렸다.

"진, 잘 들어."

우라가의 목소리가 타닥거리며 타오르는 불꽃 속에서 선명하게 들려왔다.

"넌 지금 부모에게 반항하는 게 아냐. 네 부모를 따라 하는 거야."

"……."

"네 부모에게 받은 그대로 남에게 돌려주고만 싶겠지. 하지만 난 네 부모가 아냐. 이 세상 그 누구도 네 부모가 아냐. 그걸 구분하지 못하면 넌 아무것도 아냐."

"……."

"누구에게든 네 고통을 넘기면 기분이 좋아질 것 같겠지. 마음을 새까맣게 태우고 부글부글 끓어오르는 것을 남에게 넘기면 식을 것 같겠지. 하지만 그렇지 않아. 그건 불이야."

신문지의 불이 화르르 벽지에 옮겨붙었다.

우라가의 양옆으로 새빨간 불꽃이 뱀처럼 넘실거리며 타올랐다. 불은 한순간에 천장까지 덮쳤다. 마치 우라가가 불로 이루어진 큰 문 앞에 서 있는 것처럼 보였다.

"그건 불이야. 넘기면 넘길수록 불어나기만 해. 불어나 거리를 태우고 도시를 태우고 세상을 다 태워도 점점 더 불어나기만 할 거야. 남을 괴롭히면 네 고통이 사라질 줄 알겠지만 그만큼 더 깊은 나락으로 떨어질 뿐이야."

"우라가……."

진은 겁에 질렸다.

우라가가 안으로 들어왔다. 그리고 거침없이 한 발짝을 더 내디뎠다. 불꽃이 우라가의 발을 휘감아 올렸다. 우라가는 신발에 불이 옮겨붙는 것도 아랑곳하지 않은 채 다가왔다.

"언니, 도망가……."

"그러니 이게 마지막이야. 난 네가 고작 제 기분이 나아지고 싶다는 하찮은 이유로 해치는 마지막 사람이야. 네가 해치는 마지막 사람을 똑똑히 잘 봐."

"언니, 안 돼! 도망가!"

진은 비명을 질렀다. 우라가는 진에게 몸을 날렸다.

천장 서까래가 불꽃과 함께 무너졌다. 우라가는 등으로 서까래를 받으며 진을 끌어안았다.

천장에서 붉은 나뭇조각이 후둑후둑 떨어져 내렸다.

54   맹세와 서약

진은 눈을 떴다.

"애, 진아! 진아! 엄마다!"

"아이구, 애야, 살았구나!"

"당신은 저리 비켜! 애 놔두고 튄 주제에!"

"이 여편네가, 당신은 안 튀었어?"

양쪽에서 시끄러운 가운데 앞이 흐릿했다. 시야가 반밖에 보이지 않았다.

"엄마……."

"그래, 우리 진이 괜찮니? 혼자 무서웠지!"

진은 자신을 끌어안으며 눈물 콧물 쏟는 엄마를 물끄러미 바라보았다.

병원이었다. 옆에 걸려 있는 수액과 엄마와 새아빠를 번갈아 보다가 왼팔에 감각이 없다는 것을 알았다. 진은 붕대에 감긴 왼팔을 멍하니 보았다. 팔만이 아니라 왼쪽 얼굴도 붕대에 칭칭 감겨 있다.

엄마는 황급히 붕대를 몸으로 가렸다. 그걸로 숨길 수 있다고 믿는 것처럼.

"애야, 괜찮아. 이건 아무것도 아냐. 살아 있잖니, 그러면 됐어!"

"우라가…… 언니는?"

우라가의 이름을 입에 담자 엄마와 새아빠가 일시에 침묵했다.

우라가는 링거액 줄에 주렁주렁 매달린 채 누워 있었다.

코에는 산소 공급을 위한 줄이 끼워져 있었고 몸은 머리에서부터 다리까지 붕대로 미라처럼 감겨 있었다.

진은 엄마의 손에 이끌려 침대로 다가갔다. 진이 다가가자 우라가는 붕대 사이로 눈웃음을 치며 손을 내밀었다. 진을 향해 내민 손가락은 화상으로 녹아 붙어 있었다.

"우라가 언니."

침대맡에 다가간 진은 우라가에게는 화상 말고도 다른 문제가 있다는 것을 알아차렸다.

우라가의 오른 다리 쪽 천이 푹 꺼져 있었다. 진은 말리는 주위 사람들의 손을 뿌리치며 천을 걷어 올렸다. 우라가의 다리는 무릎 아래로 잘려 나가고 없었다.

진의 눈에 눈물이 핑 돌았다. 소리 내어 울려는 진의 머리를 우라가가 손으로 잡아당겨 가슴에 묻었다. 그리고 이마에 입을 대고 반쯤 입을 맞추듯이 속삭였다.

"괜찮아. 이건 내 운명이야. 진, 나는 원래 다리가 하나야. 대부분의 생에서 그랬어."

이 언니가 또 정신 나간 소리 하네. 하지만 웃고 싶어도 눈물이 멈추지 않았다.

"그래도 진, 알지? 내가 마지막이야."

우라가는 진의 이마에 제 이마를 대서 눈을 마주 보게 하며 말했다.

"똑똑히 내 모습을 눈에 새겨. 그리고 명심해. 내가 마지막이라는 걸."

눈물이 쏟아져서 앞이 보이지 않았다. 진은 우라가의 가슴에 얼굴을 파묻고 대성통곡했다.

"미안해, 미안해, 우라가 언니, 미안해, 미안해."

우라가는 진의 머리를 부드럽게 쓰다듬으며 그래, 그래, 하고 답했다.

"이, 이제는, 두 번 다시는, 언니가 나 때문에, 다치게 안 해, 내가, 내가 지킬 거야. 내가, 내가, 언니를, 내가, 목숨을, 바쳐서, 죽을 때까지."

진은 보지 못했지만 우라가의 낯빛이 변했다. 우라가는 움직이려 했지만 무수한 링거 줄 때문에 꼼짝할 수 없었다.

"진, 안 돼……."

"제발, 마구니님, 제 소원을, 난, 이것 말고는 이제 아무것도 바라지 않으니까. 내가, 죽어도 좋으니까."

"진…… 안 돼……! 그 이름을 부르면!"

진은 얼굴을 감싸고 주저앉았다.

그때 마음 한구석이 확 뚫렸다.

짙푸른 파도가 눈앞에 펼쳐졌다. 섬 하나 없는 드넓은 바다. 마치 전부 물로 이루어진 별처럼. 바다는 거울처럼 맑아서 안을 헤엄치는 황금빛 물고기며 조개들이 다 비쳐 보였다. 하늘은 바다를 반사하듯 새파란 빛이었다.

바다인지 하늘인지 모를 지평선에서 큰 용이 치솟아 올랐다.

용의 비늘은 바닷빛이었고 갈기는 눈처럼 희었고, 눈동자

644

는 에메랄드처럼 영롱하게 반짝였다.

용은 진과 눈이 마주치자 오랜 친구를 만나는 것처럼 가볍게 눈웃음을 쳤다. 용을 따라 물안개가 피어올랐고 물안개는 햇빛을 받아 보석처럼 반짝였다.

환상이 가시고 나니 우라가가 자신을 끌어안고 있었다. 마치 자신이 어디로 날아가버리기라도 할 것처럼. 그리고 결국 날아가는 것을 막지 못했다는 것처럼.

"언니?"

진은 몸을 조금 빼며 우라가의 얼굴을 살폈다. 어째서인지 우라가는 불꽃 속을 뚜벅뚜벅 걸어올 때보다 더 슬퍼 보였다.

"왜 그래요? 많이 아파요? 아야 해요?"

"아니야."

우라가는 담담하게 말했다.

"일어나는 일이야."

다시 일 년 전, 선혜의 마음 안.

선혜는 눈을 떴다.

선혜의 눈이 붉게 반짝였다. 눈앞에는 흰 구름의 산맥이 펼쳐져 있다. 눈에 한 방울 눈물이 맺혀 있다. 선혜는 입을 꾹 닫고 손으로 눈을 닦았다.

머리 위에서 일어난 변화도 모르고 아난타는 생각에 빠져 있었다.

'어쩌지, 이렇게 평생 날 수도 없고, 평생 날 각오야 서 있지만…… 에구, 에구, 날갯죽지 다 빠지겠네.'

머릿속으로 중얼중얼하던 아난타는 문득 머리가 살짝 무거워진 것을 깨달았다.

어리둥절해진 아난타의 눈 옆에 은빛 다리가 내려와 있었다.

정교한 기계다리.

눈 바로 옆이라 잘 안 보여서 귀를 까닥까닥하던 아난타는 마침내 익숙한 형체를 깨닫고 환한 미소를 지었다.

"마호라가!"

"오랜만이야, 아난타."

마호라가는 자세를 잡고 정면을 응시했다.

아난타는 휘파람을 불고 환호성을 치며 태양을 등진 채 높이 치솟아 올랐다가 다시 수직 강하했다. 마호라가는 그런 급상승과 하강에도 방바닥에 앉은 듯 안정적으로 자세를 잡았다.

"예전보다 쬐금 어려졌네?"

"아직 내 몸이 어리잖아."

"어떻게 할까, 마호라가? 내려가서 다 박살을 내놓을까?"

아난타가 몸을 배배 뒤틀었다.

"여기 내 마음이야, 아난타. 너무 신바람 내지 마."

마호라가는 주위를 살피며 말했다.

"몸을 더 키울 수 있지?"

"응? 그럴 수야 있지만."

아난타가 고개를 갸웃했다.

"나 커진다고 세지는 거 아닌 줄 알잖아. 커져봤자 맞을 데만 많아진다고. 게다가 저 쏟아지는 불의 비 속에서는 불구멍만 숭숭 날 것 같은데."

"몸을 최대한 늘린 다음에 구름을 눌러."

"응?"

"구름은 수증기야. 수증기는 밀도가 낮은 물이고, 네가 공기를 눌러서 구름의 밀도가 높아지면 비가 되어 쏟아질 거야."

아난타는 눈을 깜박였다. 마호라가도 같이 눈을 깜박였다.

"응? 학교에서 안 배웠어? 진, 나 없는 동안 학교 잘 안 다녔나 보네?"

"학교고 뭐고……. 여긴 진짜 하늘이 아니라 마음속이잖아."

"'내' 마음속이지."

마호라가가 말했다.

"그리고 내 마음은 내 규칙에 따라 움직여."

아난타는 입을 벌렸다가 헛웃음을 지었다.

"예전 생각나네. 좋아, 꽉 잡아, 마호라가!"

마호라가의 눈이 활기로 빛났다.

잿빛 구름이 아난타의 비늘에 쓸리며 긴 강을 만들어냈다. 아난타가 후욱, 하고 몸을 키우자 구름 위로 거대한 그림자가 덮였다. 그대로 하강하며 짓누르자 비늘에 방울방울 이슬이 맺혔다.

이어 숲 위로 폭우가 쏟아졌다. 강이 불어나고 둑이 넘쳤다. 쏟아진 비가 산에서부터 폭포가 되어 흘러내렸다.

그리고 선혜는 눈을 떴다. 현실이었다. 진의 방에서 선혜는 이불을 몇 겹이나 덮고 침대에 누워 있었다.

진은 제 이마에 얼음주머니를 올려놓고는 선혜의 머리맡에 드러누워 있었다. 진은 힘 빠진 눈으로 선혜를 보았다.

"아아, 안에서 뭐 했어요? 삭신이 다 쑤시네. 게다가 열나 죽는 줄 알았다고요. 어디 불났어요?"

진은 얼음주머니로 제 목을 닦고 선혜의 머리에도 얹었다. 선혜의 눈에서 눈물이 흘렀다.

"진."

"예, 진이에요. 아난타도 여전하죠?"

"진……."

선혜는 진의 목에 팔을 두르며 안겼다. 눈물을 흘리다가 이내 앙앙 소리 내어 울기 시작했다.

"헤헤. 좋네요. 예전엔 제가 이렇게 안겼었는데. 헤헤, 우리 언니 쪼그매졌다."

다시 현재, 진의 마음 안.

"그렇게 된 거란 말씀이지!"

아난타가 자랑스러운 듯 고개를 높이 치켜들며 말했다.

"자, 그렇게 해서 내가 태어났던 거야. 그때부터 십 년간 마호라가가 나랑 같이 교단 퇴마사들을 피해 도망 다니면서 사냥을 다녔는데 말이지……. 여기서부터가 진짜 중요한……. 엥?"

어느새 수호는 아난타의 똬리 속에 파묻혀 웅크리고 도로롱도로롱 자고 있었다.

"야, 야! 나가! 나가라고! 내가 무슨 침댄 줄 알아! 너 지금까지 하나도 안 들었지!"

✦

"그래서, 수호가 광목천이에요?"

같은 시간, 진이 눈을 말똥말똥 뜨고 선혜에게 물었다.

머리에 토끼 그림이 그려진 수건을 올려놓고 진이 먹여주는 죽을 앙, 하고 받아먹던 선혜는 쿨럭, 하고 기침했다.

"어, 어디서 들었어?"

"어디서 듣긴요. 내가 모르게 하고 싶으면 아난타 듣는 데서 뭘 말하지 말아요. 걔가 얼마나 미주알고주알 일러바치는데."

선혜는 퀘엥, 하는 소리를 입으로 내며 볼을 불리고는 로봇 인형을 꼭 끌어안았다. 힐끗 보니 수호는 멀찍이 책장 아래에서 담요를 돌돌 말고 자고 있었다.

"수호가 그때와 같은 소원을 빌었다고 생각해요?"

"아니."

선혜가 뚱한 얼굴로 말했다.

"광목천이 빈 소원은 도저히 수호가 빌 수 있는 소원이 아

649

니야. 애초에 누구라도 빌 만한 소원이 아니고."

"그러면 어째서 같은 카마가 나왔을까요?"

"그걸~ 계속 모르겠단 말이지~."

선혜는 인형을 안고 침대 위에서 데굴데굴 굴렀다.

"뭔가 같은 결말을 가져올 소원이려니 하지만."

"제가 아난타를 만든 마구니를 기억할 수 있다면 조금이라도 도움이 될 텐데 말이죠."

"마구니를 기억하는 인간은 없어. 그랬다간 벌써 세상이 대혼란이었겠지. 신경 쓰지 마."

진은 수호를 바라보았다.

"광목천은 알고 있었을까요? 전생의 기억 없이도, 자신이 만든 카마를 언젠가 자신의 후생이 다시 만들 거라는 걸?"

선혜는 손으로 로봇 인형을 꾹꾹 눌렀다.

"이 나라에 퇴마사가 생겨난 지 그리 오래되지 않았을 때였어. 퇴마사가 카마를 가지면 어떻게 될지, 후생에 어떻게 될지 쌓인 정보도 없고, 확신할 수 있는 것도 없었어."

"그런데요?"

"그냥 욕망을 품었을 거야. 절대로 포기할 수 없는 욕망을. 설령 가진 모든 것을 잃어도. 나락에 떨어진다 해도."

'포기할 수 없는 욕망'이라는 말에 진의 눈이 깊어졌다. 진이 숟가락으로 죽을 톡톡 소리 내어 섞었다.

"선혜, 그때, 나…… 진짜…… 너무…… 이상했죠?"

"응? 아, 뭘 새삼, 다 두억시니가 한 일인걸."

"수호도 나처럼 두억시니에게 휘감겨 소원을 빌었겠죠?"

선혜는 말없이 잠든 수호를 바라보았다. 진도 수호를 보

650

았다.

"정말로 힘들었을 거예요……. 내가 겪은 대로였다면."

침묵이 내려앉았다. 선혜가 한참 만에 물었다.

"어땠는데?"

"뭐, 절망스럽고, 다 망했으면 싶고, 세상 다 때려 부수고 싶고, 그냥 좀 그랬죠."

선혜는 시무룩해졌다.

"그러니까, 좀 많이 이상한 소원을 빌었어도 수호 탓은 아니에요. 그렇죠?"

선혜는 말없이 죽을 호호 불고 아앙, 냠, 하고 삼켰다가 사레들렸는지 콜록콜록 기침을 했다.

"저런, 저런."

진은 웃으며 선혜를 안고 등을 두드렸다. 하지만 선혜가 진정한 뒤에도 진은 선혜를 끌어안고 놓지 않았다.

"진?"

선혜가 몸을 빼내려 하자 진이 선혜를 더 세게 끌어안았다. 선혜는 그제야 진의 어깨가 가늘게 떨리는 것을 알았다.

"진…….."

"내가 진짜 걱정이 돼서 못 살겠어요. 당신을 또 잃으면, 난 어떻게 살죠? 또 당신을 찾아 십 년을 떠돌라고 하면 난 못 살아요."

"……."

"이번 사냥만 끝나면 쉴 거죠? 선혜는 사냥 다닐 나이 아녜요. 어린애는 신나게 놀고 예쁘고 좋은 것만 봐야죠. 우리 같이 놀이동산도 가고 바다도 보러 가고 그래요."

선혜는 못 살겠다는 웃음을 지으며 한숨을 쉬었다.

"알았어. 열세 살까지는 쉴게."

"스무 살!"

진이 고개를 번쩍 들며 급 진지한 얼굴로 말했다. 선혜는 입을 딱 벌렸다.

"스물이라니! 왜 그렇게 오래 쉬어야 하는데! 예전 같으면 열셋이면 성인식 치렀다고!"

"무슨 고리짝 적 이야기예요! 평균수명 늘어나서 요새 스물이 옛날 열셋이라고!"

"무슨 소리야! 스물이면 성장판도 닫힌다고! 운동도 그때 시작하면 늦어!"

"요즘 세상에 스물은 애라고, 애! 요새 스물은 통금도 있다고!"

Ep. 8

무너지는 거리와
수호의 마음

55   진짜 괴물

저녁 해가 어스름하게 연희동 성당 사제관에 내려앉는다.
하늘이 붉게 변하자 공기는 이내 차게 식는다.

서울 서북단. 두 개의 큰 대학 교정 앞을 지나 고양시와 파
주시로 이어지는 성산로 앞 주택가, 고가도로를 달리는 차가
자욱하게 매연을 뿜어대는 곳. 이곳이 서울의 '북서' 진영.

각 행정구역의 사방위에 각기 다른 진영의 퇴마사를 배
치하는 것은 고대로부터의 전통이라, 지금도 퇴마사 진영은
'농 · 서 · 남 · 북' 사방위의 이름을 갖는다.

차이가 있다면, 먼 옛날에는 각 방위에 적어도 소대 하나는
있었다면, 지금은 기껏해야 한두 명이 그 넓은 구역을 감당
해야 한다는 점일까. '서' 대신 '북'에서 갈라져 나온 '북서'가
'서'의 영역을 대신한다는 점을 포함해서.

속명으로 서인왕이라 불리는 신장 금강이 사제관에 들어
섰다.

청소하던 봉사자 아주머니가 굽실 인사를 하자 금강은 자
애로운 미소로 대응해주었다. 하지만 아주머니가 나가자마자
이내 표정이 험악해진다.

금강은 목에 두른 흰 성직 칼라를 손 갈퀴로 뜯어내다시피
벗고는 소파에 육중한 몸을 뉘었다.

막 격렬한 전투를 치르고 온 참.

남들 눈에는 신부가 신자와 웃음꽃을 피우며 소소하게 신앙생활을 조언하는 것으로 보였으리라. 가끔 깜박깜박 조는 것에 키득키득 웃으면서.

하지만 찻잔을 기울이는 짧은 시간 동안, 금강은 진흙탕을 구르며 수십 개의 머리를 가진 뱀과 혈투를 벌였다.

'차귀遮歸.'

사람 머리 하나쯤은 한입에 뜯어낼 법한 큰 뱀 대가리가 족히 열 개, 작은 대가리는 일일이 셀 수도 없다.

다 기울어져 가는 마음의 집에 똬리를 틀고 앉아, 창문을 뚫고 나오는가 하면 벽에서도 튀어나온다. 뱀의 입에서 나는 악취로 숨도 쉬기 힘들다. 위험보다는 구역질을 참기 힘든 전투.

'아유, 저희 시부모도 남편도 서울대란 말이죠. 애 사촌 애들도 다 번듯하게 의대, 법대 갔지 뭐예요. 그런데 우리 애만 연고서성한 뭐 이렇게 가면 창피해서 얼굴도 못 들고 살아요. 우리 애가 머리는 좋은데 놀고만 싶어 해서……'

부인네는 녹차를 호록호록 마시며 새침하게 말했다. 제 마음을 차귀가 다 헤집어 구멍투성이로 만들어놓은 줄도 모르고.

열등감에서 자라난 비틀린 오만함.

부인네는 어머니로서의 희생정신과 책임감으로 아이의 방문을 걸어 잠그고, 화장실을 못 가게 하고, 책과 물건을 내다버리고, 잠을 재우지 않고, 아침부터 밤까지 너는 못나고 게으르다고 모독을 일삼는다. 아이의 정신이 손쓸 수 없이 망가지도록.

그러고도 아이에 대한 제 사랑과 희생을 믿어 의심치 않는다.

'카마 놈들.'

금강은 분노를 굳이 숨기지 않았다.

카마는 전염병처럼 퍼진다. 부모의 마음에 차귀가 들어서면 아이들의 마음에도 마찬가지로 차귀가 새끼를 친다. 비슷비슷한 카마가 나라에 유행하면 사람들은 제가 망가진 줄도 모른다. '남들도 다 그러잖아' 하는 생각이 사고를 멈추게 한다.

'이리 고생하여 한 마리를 치우면 뭘 하는가.'

금강은 구토증을 참으며 생각했다. 아직도 뱀의 역한 피 냄새가 온몸에 끈적끈적 달라붙어 있는 것만 같다.

'이러는 동안에도 카마는 사방 천지에 새끼를 치고 있을 것을.'

고대로부터 퇴마사의 수는 꾸준히 줄어왔지만, 지금처럼 줄어든 시절이 또 있었을까. 지금처럼 사람의 마음마다 욕망이 들끓는 시절이 있었을까.

이대로면 세상이 언제 파탄이 나도 이상하지 않다. 전생과 이생은 물론이거니와 후생을 다 써도 끝나지 않을 전쟁을 생각하니, 방금 치른 격전에서 얻은 것 이상의 고단함이 몰아치는 것이었다.

"금강님."

비사사의 목소리에 금강은 급히 험상궂은 표정을 지웠다. 솥뚜껑 같은 손으로 얼굴을 벅벅 문지르고는 한껏 온화한 얼굴로 들어오는 아이를 맞이했다.

"들어오거라."

비사사는 깨끗한 수건 다발을 양손에 받쳐 들고 짧은 다리로 도도도 뛰며 안으로 들어왔다.

"격전을 치르셨다 들었습니다. 씻고 쉬십시오."

"그러마. 너는 좀 어떠냐?"

"며칠 잤더니 회복되었습니다. 염려하지 마십시오."

비사사는 수건을 내려놓고도 바로 나가지 않고 서 있다.

신장과 협시 나한은 마음이 이어진 사이, 금강은 바로 비사사의 마음에 들어선 질문을 알아본다. 물론, 비사사의 공력의 한계로 역으로 읽힐 일은 없지만.

"내게 묻고 싶은 것이 있느냐, 비사사?"

비사사는 금강의 눈치를 살폈다.

"퇴마사 마호라가가 우리들 사이에 카마가 있다고 했습니다."

마호라가의 이름이 들리자마자 금강의 마음이 혼탁해졌다.

"파계승의 말에 신경 쓸 것 없다. 진영도 없이 떠도는 퇴마사다."

"하지만……"

비사사는 망설였다.

"그래도 천오백 년을 산 퇴마사입니다. 못해도 서른 번은 다시 태어나봤겠지요. 우리 중 가장 오래된 퇴마사 중 하나입니다."

"사람이 천 년을 살아도 철이 못 든다는 산 증거지."

"그런 퇴마사가 왜 그런 말을 했는지 모르겠습니다."

비사사가 말을 이었다.

"아트만이 있는 자의 마음에는 마구니가 침입할 수 없습니다. 또한 아트만이 있는 자의 마음에는 카마가 살 수 없습니다."

교리의 기본 중의 기본. 퇴마사가 되기를 서원하는 사람이라면 외우고 외우다 못해 잠꼬대로도 읊는 문구.

"퇴마사라면 자신의 마음에 카마가 들어서는 것을 모를 수가 없습니다. 그 아트만이 사라져버리니까요."

아트만, 하나로 통합된 인격.

사람들은 으레 제 마음의 인격이 하나인 줄 알지만, 통일된 인격을 지닌 사람은 세상에 많지 않다. 마음 안에는 본인이 통제할 수 없는 잡다하고 삿된 욕망이며 응어리가 들끓기 마련이라.

카마는 그중에서도, 마구니의 힘으로 인격을 갖게 된 욕망.

카마가 생겨나 마음이 분열되면 퇴마사는 공력을 거의 잃는다. 기껏해야 상처를 무기로 바꾸는 것이 고작.

그러므로 퇴마사가 마음에서 카마를 지우는 것은 마구니의 군세를 줄이는 것 이상의 의미를 가진다.

퇴마사에게 아트만이 없어진다는 것은 마음에 통제하지 못하는 영역이 생긴다는 뜻이며, 마구니가 언제 쳐들어와 마음을 쑥대밭으로 만들지 알 수 없다는 뜻이다. 또한 이때 자신의 마음이라는 진영을 온전히 자기 것으로 하지 않으면 들어온 마구니를 몰아낼 방법도 없다.

"그렇게 오래 산 퇴마사가 그 사실을 모를 리가 있겠습니까?"

비사사가 이어 말했고 금강이 침묵했다.

"그런데 왜 마호라가는 우리 사이에 카마가 있다고 했을까요?"

엄밀히 말해, 비사사는 마호라가의 아트만을 보지 못했다. 비사사가 들은 것은 선혜라는 이름을 갖고 살고 있는 그 어린 몸의 말.

그런데도 흔들렸는가. 그런 자그마한 아이의 말에.

"비사사, 언제 퇴마사가 되었느냐?"

금강이 뜬금없이 물었다. 비사사는 쉽게 답할 수 있는 질문이 나와 기쁜 듯 환하게 웃었다.

"지난 생이지요. 나라를 둘로 갈랐던 저 참혹한 전쟁터에서 금강님께서 저희 남매를 거두어주셨지요. 죽음에 사로잡혀 있던 저희에게 새 삶을 주셨습니다."

비사사는 지금도 그때를 생각하면 가슴이 뛴다는 듯 주먹을 불끈 쥐었다.

"칠십 년, 아니, 두 개의 생인가."

사람이 어른이 되려면 천 년도 짧고 십 년도 길다. 어쨌든 비사사와 부단나는 퇴마사로서는 아직 어리디어리다.

"그럼 너는 아직 본 적이 없겠구나."

"무엇을 말입니까?"

"진짜 '괴물'을 말이다."

"진짜 괴물이요?"

✦

"그러니까! 왜 네가 날 업고 있는 거냐고!"

선혜가 우렁차게 소리쳤다. 어린애의 쩌렁쩌렁한 목소리

659

에 길을 지나던 사람이 흠칫 놀라 쳐다보았다.

수호는 얼굴이 새빨개져 황급히 주위를 돌아보았다. 등에 업힌 선혜는 잠시도 가만히 있지 않았다.

붉게 노을이 내려앉은 연남동 주택가.

집과 집 사이의 틈새에 열린 벼룩시장 앞이다. 틈새를 비집고 들어가 보면 젊은 예술가들이 손으로 만든 천 열쇠고리며, 팔찌나 귀걸이, 손톱만 한 공예품을 파는 곳.

"하, 하지만…… 네가 나가고 싶다고 했잖아……. 앙쭈인지 뭔지 먹자고……."

"진인 줄 알았단 말야!"

"진씨는 장 보러 갔어. 쌀…… 떨어졌다고."

진이 수호에게 돈 몇천 원과 함께 선혜를 맡기고 나간 사이에, 선혜가 잠결에 칭얼대기 시작했다.

'저기, 앙쭈라는 빵을 파는 쪼그만 빵집이 있는데 말야. 식탁이 딱 네 개밖에 없는데, 거기서 파는 빵이 하얀 눈송이 같은데 말이지, 그 집주인도 옛날에 참 단것 좋아하더니 말이지……' 하며 종알종알 떠드는 바람에 허둥지둥 책상 위에 놓인 돈을 쥐고 업고 나온 참이었다. 그런데 중간에 잠이 깨서는 이 난리다.

"네 비루한 체력으로 날 업고 어떻게 거기까지 가! 가다 죽어!"

"안 죽어!"

"죽는다니까!"

실은 죽을 지경이기는 했다. 선혜가 아무리 가볍고 다리 한쪽이 없어도 이십 킬로그램은 넘을 것이고, 생각해보면 쌀부

대 둘은 등에 짊어진 셈이다. 발을 한 걸음 한 걸음 뗄 때마다 다리가 후들후들 떨렸다.

몇 주간 진에게 훈련받았다지만 겨우 기본자세나 무기 쥐는 법이나 익혔을 뿐, 워낙 기초 체력이 없어 아직은 체력 소모가 더 큰 편이었다. 하지만 선혜가 이렇게 나오니 오기가 돋았다.

"여기까지 왔는데 아깝잖아!"

"그러니까 한 걸음이라도 더 가기 전에 돌아가야지! 천 리 길도 한 걸음부터! 시작이 반이다!"

'속담이 안 맞잖아!'

"내가 간다고 하잖아! 애는 애답게 말 좀 들어!"

수호가 휙 돌아보며 말했다.

선혜는 충격을 받은 얼굴로 입을 따악 벌렸다가, 화난 눈에 눈물이 그렁그렁 고였다.

"애답게라니! 애는 원래 말 안 듣는 거야!"

"의…… 의족 안 갖고 나왔단 말야! 못 끼우겠더라고! 그냥 이번만 업혀서 가!"

"네가 가다 쓰러지면 내가 널 끌고 가야 하잖아! 나 지금 다리도 없는데!"

또 흔히 들을 법하지 않은 말에 수호는 잠깐 정신이 혼미해졌다가 겨우 대응했다.

"안 쓰러져!"

'마음 밖에선 완전히 애라니까…….'

수호는 처음에는 마호라가가 애들 흉내를 내는 줄 알았지만, 이젠 슬슬 알 것 같았다.

마호라가는 마음 밖에서는 정말로 '어려진다'. 소프트웨어가 같아도 하드웨어가 다른 걸까. 기억이 같아도 처리하는 방식이 달라진다고 해야 하나.

　'아니, 거꾸로 마음에 들어가면 어른이 된다고 봐야 하는 걸까.'

　바깥이라 해도 집중하면 어른스럽게 행동할 수 있지만, 그러고 나면 심하게 피로해지는 듯했다. 말하자면, 마호라가가 아닌 선혜는 애처럼 구는 것이 훨씬 자연스럽고 편하다고 해야 할까.

「그럼. 애지.」

　언젠가 진이 설거지를 하며 수호에게 당연한 듯이 말한 적이 있다.

「달리 뭐라고 생각하는데?」

　'하지만 진씨는 선혜가 마호라가로 변하는 모습은 본 적이 없으니까……'

　수호가 선혜의 몸을 겨우 수습해 발을 떼는데,

　"쯧쯧."

　옆에서 크게 혀를 차는 소리가 들렸다.

　"저런 애 보면 넌 행복한 줄 알아, 알겠어?"

　수호는 발을 멈췄다. 찬물이라도 끼얹은 것처럼 몸이 차갑게 굳었다.

　휙 돌아보니 한 여자가 선혜 또래의 남자애를 잡아끌며 걷고 있다. 아이는 여자와 속도가 맞지 않았다. 계속 고꾸라지고 발을 끌었다.

"왜?"

선혜는 어리둥절한 얼굴로 수호의 등을 톡톡 쳤다.

선혜는 노란 곰돌이 잠옷 바지 위에 무릎이 나오는 치마를 입고, 그 위에 잠바를 뒤집어쓴 차림새였다. 오른쪽 잠옷 바짓단은 바람이 안 들어가도록 꼭 묶은 채였다. 수호가 혼자 옷을 입혀 나오자니 그게 최선이었다.

끌려가던 아이가 팔이 아픈지 애처롭게 울었다.

그러자 여자의 손이 지체 없이 올라갔다. 올라간 손이 아이의 뒤통수를 딱 소리가 나도록 쳤다. 순간 아이가 울음을 터트리는 대신 입을 꼭 닫는 것이 눈에 들어왔다.

"엄마 말 안 듣고 계속 속 썩이면 어떻게 된다 그랬어, 천벌 받는다 그랬지? 쟤처럼……."

식었던 수호의 머리가 이번에는 뜨겁게 끓어올랐다.

56 벌레 먹은 나무

마음의 들판에 드러누워 있던 바루나는 땅이 진동하는 바람에 눈을 떴다.

'뭐지?'

바루나는 긴장하며 수호의 시야에 집중했다.

수호의 눈에 비친 거리는 안개가 낀 것처럼 희끄무레했다. 그 안개를 헤치고 한 나무귀신이 아이를 끌고 가고 있었다.

주변 시야가 흐릿하다는 것은, 수호가 저 나무귀신에게 집중하고 있다는 뜻.

카마는 천 년쯤 묵은 고목처럼 보였다. 물론 저게 카마인 이상 사람 마음에서 생겨났을 테니 천 년을 묵었을 리 없지만.

말라비틀어진 껍질 위로 이끼와 버섯이 그득하고, 그 위로 벌레들이 우글우글 기어 다닌다. 나뭇가지는 산발한 할머니의 머리채처럼 무성하게 늘어뜨려져 있었다.

'**두두리**묘묘里.'

큰나무귀신. 슬슬 수호가 웬만큼 흔한 카마의 이름은 외우기 시작하고 있는 터라, 바루나는 어렵잖게 이름을 떠올릴 수 있었다.

'식물인가.'

식물이라면 크고 느리겠지. 공격하기는 쉽지만 급소를 찾

664

기는 어렵다.

목을 조른다고 숨이 막힐 리도 없고, 물론 목도 없고. 팔다리를 자른다고 느려질 리도 없고, 물론 팔다리도 없고.

귀찮은 기분에 드러누운 바루나는 땅이 다시 쿵, 하고 진동하는 바람에 도로 눈을 떴다. 짜증이 돋은 채로 슬슬 어깨로 기어 다른 자리에 눕고 눈을 감는데, 이번에는 지반이 쿵, 하고 내려앉았다.

바루나는 벌컥 화를 내며 일어나 앉았다.

"남의 집 그만 흔들고 들어갈 거면 냉큼 들어가!"

그러자 공기가 가라앉았다. 땅도 흔들림을 멈추었다.

문득 바루나는 수호가 잠시나마 자신의 존재를 잊고, 지금 자신이 한 말을 수호 본인의 생각으로 착각했다는 것을 알았다.

'……귀찮군.'

바루나는 일어나며 허리에 달린 수통의 마개를 땄다.

호수 표면에서 맑은 물이 날아와 수통에 찰랑이며 담겼다.

✦

다음 날 새벽. 아이가 연립주택에서 울먹이며 뛰어나왔다. 고함이 등 뒤에서 따라 나왔다.

"학교 끝나면 바로 집에 와!"

일 층은 기둥만 있는 필로티 구조의 연립이다. 주차장 용도의 일 층은 어둡고 습하고, 밤새 동네 사람들이 마구잡이로 버린 쓰레기가 널려 있다.

아이가 채 못 신은 신발을 고쳐 신고 뛰어가려는데 등 뒤에서 신씨가 바람처럼 달려 나와 뒤에서 잡아챘다.

"엄마가 말하는 데 버르장머리 없게 어딜 튀어?"

"잘못했어요!"

아이가 반사적으로 얼굴을 가리며 소리쳤다.

"엄마가 뭐라고 했어? 학교 끝나면 딴 데 들르지 말고 곧장 집에 오라고 했지? 어제처럼 한 번만 더 딴 데로 새면……."

언성을 높이던 신씨는 주차장 한구석에 책가방을 안고 앉아 있는 소년을 보고 흠칫했다.

소년이 눈치를 보며 주섬주섬 일어났다.

교복을 보니 중학생인가 싶었지만 워낙 몸집이 왜소해서 더 어릴 수도 있겠다 싶었다. 교복 위에 몸에 안 맞는 남색 재킷을 하나 더 걸친 것이 어째 눈에 거슬렸다. 신씨는 얼른 손을 뒤로 돌리며 세상없는 온화한 얼굴로 웃었다.

"어머나, 민형이 친구니?"

소년은 답하지 않고 아이를 바라보았다. '쟤가 민형이구나' 하고 이름을 가슴에 새기는 것처럼. 그때 신씨의 마음 안에서 누군가가 경고했다.

〔위험해.〕

신씨는 긴장했다.

신씨가 '육감'이라고 부르는 마음의 목소리다. 위험할 때면 들리는 목소리. 이 목소리 때문에 위기를 벗어난 적이 한두 번이 아니다. 하지만 지금은 왜? 이 애 말고는 아무도 없는데?

〔그 애에게서 떨어져.〕

'왜 그래? 그냥 어린애인데?'

〔그냥 어린애가 아냐. 마음 안에 훨씬 강한 것이 있다.〕

신씨는 어깨를 수그리고 고개를 숙이고 선 작은 소년을 내려다보았다.

'육감이 늘 맞는 건 아니지.'

신씨는 얼굴에 덧씌운 웃음을 지우지 않고 말을 이었다.

"민형이랑 학교 가려고 왔니? 우리 애가 워낙 숫기가 없어서 친구가 없는데……. 너는 어디 사니?"

'얘가 언제 이렇게 큰 애를 사귀었지? 다른 애들이랑 못 어울리게 단단히 일러놓았건만…….'

그때 이상한 일이 일어났다. 신씨로서는 도무지 이해할 수 없는 일이.

갑자기 민형이가 신씨의 손을 뿌리치며 소년에게 달려든 것이다. 민형이의 돌발 행동에 소년도 당황한 것 같았다.

"살려줘, 형!"

민형이가 소년의 등 뒤로 숨으며 소리쳤다.

"나 좀 살려줘!"

민형이는 말을 마치고 그 자리에 머리를 감싸고 웅크렸다.

〔저 쪼끄만 괴물 새끼가.〕

신씨의 마음 안에서 자기 것이 아닌 듯한 욕설이 튀어나왔다.

〔저 괴물 새끼가 또 나를 엿 먹이려 드네. 틀림없이 여기저기 나에 대해 못된 말을 퍼트리고 있는 거야. 친구들한테 내 욕을 늘어놨겠지. 그래서 어디서 패거리를 꾀어 왔어.〕

"어머, 얘가 또 못된 장난을 치네."

신씨가 말하자 소년의 눈빛이 날카로워졌다.

"우리 애가 장난치는 걸 너　무 좋아해서 말이지. 이리 오렴, 민형아. 너 그렇게 말썽 피우면 오늘 학교 못 간다."

"살려줘, 형!"

"아유, 이 말썽꾸러기! 어디서 못된 것만 배워서! 장난 좀 그만 쳐! 형이 무서워하잖니."

신씨가 민형이를 붙잡아 일으키려는데 소년이 갑자기 팔을 잡아챘다. 묘하게 억센 손이었다.

신씨는 그제야 소년의 가운뎃손가락이 딱딱하게 굳어 있는 것을 보았다. 처음으로 신씨의 얼굴이 일그러졌다.

"너 이게 무슨 짓이니, 어른한테?"

소년이 자신을 똑바로 올려다보았다. 소년이 입을 떼는 순간 신씨는 소름이 돋았다. 어린애 입에서 나왔다기엔 무서우리만치 단호하고 분명한 목소리였다.

"얘는 내게 도움을 청했어."

"뭐?"

"그러니 내가 도와줘야겠어."

"뭐?"

말을 끝낸 소년은 돌연 의식을 잃고 그 자리에 풀썩 쓰러졌다.

어둡다.

한 치 앞도 보이지 않는 어둠.

수호는 정신을 차리고 황급히 일어나 앉으며 칼을 뽑아 들었다.

이제는 몸에 딱 맞는 한 자 길이의 파타검. 수호는 진씨에게 배운 대로 타격점을 줄이기 위해 몸을 작게 웅크리고 신경을 곤두세웠다.

'어두워.'

현실이라면 휴대폰이나 손전등을 갖고 다시 들어오겠지만, 이 안에 갖고 들어올 수 있는 건 내 몸뿐.

수호는 긴장했지만 이내 진정했다.

'밝은 곳에서 어두운 곳으로 들어와서 그런 거야. 기다리다 보면 눈이 적응될 거야. 아니, 적응된다고 믿으면 적응된다고 해야 할까.'

하지만 한참을 기다려도 여전히 앞은 캄캄했다.

'보이지 않으면.'

수호는 쿵, 하고 냄새를 맡았다. 흙냄새, 나무 냄새, 곰팡이와 이끼 냄새.

다음에는 발가락으로 바닥을 훑었다.

처음 마음에 들어갔을 때의 영향인지, 마음 안에서 옷은 그대로 구현되는데 신발은 종종 사라진다. 아무리 마음 안이 보통 부드러운 편이라지만, 맨발은 안 그래도 느린 기동성을 더 느리게 한다. 어쩔 수 없는 일이기는 하지만.

모래, 나뭇잎, 까칠까칠한 나뭇결. 단지 나무줄기들이 제자리에 있지 않았다. 서로 비비며 끼익끼익 움직인다. 나뭇잎이 스치는 소리가 사방에서 서걱서걱 들렸다.

수호는 공간의 길이를 재기 위해 오른손을 옆으로 뻗어 칼을 늘려보았다. 칼은 두 배밖에 늘어나지 않았는데 벽에 닿았다. 폭이 넓지는 않다는 뜻.

'움직이는 덩굴나무로 이루어진 마음인가.'

일단 뭐가 공격해오는 기색은 없다.

침침하게나마 막힌 곳과 막히지 않은 곳 정도는 구분되기 시작하자 수호는 일어나 발을 떼었다.

최소한 완전한 암흑이 아니라면 이론상,

'어딘가에 빛이 있다.'

수호는 스스로도 놀랄 만큼 침착하게 생각했다.

동굴은 계속 모양이 변했다. 더듬어 전진하다 보면 앞에 덩굴이 자라나 길이 막혔고, 다른 곳에서 새 길이 나타났다. 그러다 바닥이 푹 꺼지는 바람에 한참을 미끄러지기도 했다.

'아야야.'

수호는 부딪친 자리를 만지작거리며 생각했다.

'마호라가나 아난타가 있었으면 주변을 밝힐 수 있었겠지만.'

마호라가에겐 빛나는 검이, 아난타에겐 뇌격이 있다. 하지만 그 둘이 있었다면 고작 앞을 밝히는 정도로 일을 끝내진 않겠지.

〚퇴마사들을 끌어들이지 않은 건 마음에 들지만,〛

마음 안에서 바루나의 목소리가 들렸다.

〚혼자 온 건 실수다. 지금 밖에서 기절한 너를 돌봐줄 사람이 없다. 이 마음의 주인은 이 날씨에 널 길바닥에 버려두고 자리를 뜰 수도 있어.〛

670

"알아. 빨리 끝내야 해."

〔@#$%.〕

바루나의 투덜거림이 전해져왔다.

아까보다는 확실히 더 밝아졌다. 눈이 적응하는 것도 있겠지만 빛에 가까워지고 있다는 뜻. 어쨌든 거기에 뭔가가 있겠지.

다시 또 머리를 부딪치고 넘어진 수호는 칼을 지팡이 삼아 땅에 박고 일어나려 했다.

푹, 하고 칼이 바닥에 박히자 칼끝이 뜨거워졌다. '뼈'라고 생각했던 칼을 '피'라고 바꿔 생각한 이후로는 칼에 와 닿는 통증은 많이 약해졌지만, 여전히 수호는 칼날에서 감각을 느꼈다.

끓는 물⋯⋯. 아니야, 그보다도 더 뜨겁다. 끓는 기름에 가깝⋯⋯. 수호는 황급히 칼을 뽑아냈지만 앞이 보이지 않는 탓에 머리를 벽에 쿵 박고 말았다.

수호가 아야야, 하며 머리를 만지는데 어둠 속에서 뜨거운 증기가 솟구쳐 올랐다. 공기가 뜨거워졌고 순식간에 주위가 한증막처럼 수증기로 가득 찼다. 수호의 몸에 습기가 송골송골 맺혔다.

〔수액이 뜨겁다. 조심해라.〕

"정보 고마워."

수호는 투덜거렸다.

한참 좁은 통로를 기어가니 밝은 공간이 나타났다.

작은 강당 넓이의 원형 공간이다. 천장에 고치와 같은 빛나는 원형의 구가 줄줄이 매달려 있다. 고치는 물을 담아 축 늘어진 흰 실로 만든 풍선처럼 보였다.

고치의 빛 덕에 주변 풍경이 눈에 들어왔다. 생각한 대로 나무덩굴로 이루어진 동굴이다. 잘은 몰라도 이곳 전체가 하나의 나무인 듯싶다.

나무는 축축했고 계속 움직였다. 껍질에는 이끼와 작은 버섯이 그득하고 작은 벌레가 들끓었다. 한참 기고 구르다 나온 수호의 몸도 지저분해져 있었다.

가만히 눈여겨보니, 고치마다 텔레비전처럼 영상이 재생되고 있었다.

'······생각의 형상화인가······?'

각기 다른 영상. 다른 시간대와 다른 장소의 풍경.

하지만 한 가지 점에서는 비슷했다. 영상마다 이상한 괴물이 등장한다는 점이었다.

괴물은 몸집이 작았고 전신이 가시와 같은 검은 털로 뒤덮여 있었다. 팔다리는 철사처럼 가느다랬고 눈, 코, 입이 녹아내린 듯 뒤틀려 있었다.

아까의 그 아주머니가 모든 영상에서 괴물과 싸우고 있었다. 자신을 잡아먹으려 덤벼드는 괴물을 몽둥이로 두들겨 쫓아내고, 잠자리로 찾아드는 괴물에 놀라 도망치기도 했다. 부엌 한구석에서 쭈그리고 있는 괴물을 보고 놀라 밖으로 내쫓기도 했다.

'뭐지? 상상인가······? 악몽?'

문득 가장 낮게 늘어뜨려져 있는 고치에 눈이 갔다. 조금 전 상황. 여기에 들어오기 전 바로 그 자리다. 단지 자신이 아닌 아주머니의 시선에서 전개된다.

무심코 들여다본 수호는 피가 식는 것을 느꼈다.

아주머니의 등 뒤에 얼굴이 일그러진 털투성이 괴물이 있었다. 괴물이 돌연 거친 목소리로 "저년을 죽여버려!" 하고 소리를 지르며 자기 등 뒤로 숨었다. 그리고 아까 그 아이가 했던 동작 그대로 머리를 수그리고 웅크렸다.

그제야 수호는 깨달았다. 이곳은 저 아주머니의 마음속. 그러면 저 괴물은…….

'웁.'

수호는 속이 뒤집히는 기분에 입을 막고 바닥에 엎어졌다. 웩웩, 하고 게워보았지만 아무것도 나오지 않았다.

토할 수 있을 리가 없지. 지금 내 몸에 내장이 있는 것도 아니고.

〔수호.〕

마음 안에서 바루나가 이름을 불렀다. 바루나가 쥐방울, 본령, 꼬맹이가 아니라 이름을 부르는 것은 위험 신호였다.

〔거기서 나와라.〕

"……."

수호는 눈을 꾹 감았다. 가장 안 좋은 기억들이 정신없이 지나갔다. 기억보다도 과부하에 멀미가 났다.

〔네가 감당할 수 없는 일이다. 나와라.〕

"별것 아냐."

〔수호.〕

바루나가 두 번이나 이름을 불렀다. 생각보다 더 위험한 상황이란 뜻이다. 하지만.

〔네 힘으로 이길 수 없는 카마다.〕

"별것 아니라고 했⋯⋯."

수호는 그제야 바루나가 다른 뜻으로 말하고 있다는 것을 깨달았다.

마음을 집중하자 바루나의 생각이 물처럼 흘러들어왔다. 바루나가 자신과 완전히 다른 시선으로 주변을 탐색하고 있다는 것을 알 수 있었다.

〔네가 밟고 있는 그것. 네가 보고 있는 그것. 지금 네가 안에 들어가 있는 그것,〕

〔지금 그 공간 그 전체가 카마다.〕

수호는 눈을 크게 떴다.

바닥과 벽을 가득 메운 나무덩굴이 서걱거리며 움직였다.

57 마음의 주인

"진짜 괴물이라니요?"

연희동 성당 사제관.

비사사는 자그마한 비로 바닥을 쓸며 금강에게 되물었다.

"무엇이 진짜 괴물입니까, 스승님?"

그러자 금강의 얼굴이 어두워졌다. 인간으로서도, 짐승으로서도, 아니, 그저 생물로서도 이해할 수 없는 비틀림과 황폐함을 접했을 때의 표정.

"괘념치 마라. 나도 소문만 들었을 뿐이다. 환상의 존재다. 아니, 신화에 가깝다. 사람이 신이 되기 어렵다면 그만한 괴물이 되기도 쉽지 않다."

비사사가 고개를 갸웃했다.

"카마를 말씀하시는 겁니까?"

"아니, 그건 더 이상 카마라 부를 수도 없다."

"?"

"마구니들이 카마를 유혹할 때 늘 하는 말이 있다."

"어떤 말입니까?"

"너는 궁극적으로는……."

「궁극적으로는.」

바루나는 수호의 마음 들판에서 마구니 파순을 처음 만났을 때 들은 말을 떠올렸다. 정념이 넘치는 목소리로, 유혹하는 연인처럼 교태를 부리며 하던 말.

「수호라는 이 마음의 주인을 없애고 여기를 전부 네 것으로 하는 거지.」

땅이 울리고 바람이 몰아친다.

수호의 마음이 격동하고 있다는 뜻.

바루나는 들판에 꼿꼿이 선 채, 수호의 눈을 통해 '카마에게 전부 먹힌' 마음을 들여다보았다.

본래의 마음이라고 부를 그 무엇도 거의 남아 있지 않다. 나무가 서로 뒤엉켜 썩어가는 것은 이제 나무가 자라날 자리마저도 남지 않았기 때문일 것이고.

'설마, 저게 내 궁극의 모습이라고?'

바루나는 자신이 풍선처럼 부풀어 올라 수호의 마음에 가득 찬 풍경을 떠올렸다가 바보 같아져서 고개를 저었다.

'틀려.'

현실이라면 확실히 크기에 대응할 만한 물리력이 많지 않겠지만, 마음의 전장은 다르다. 커진다고 강해진다는 보장도 없을뿐더러 이렇게 커져서는 카마 자신의 몸도 운신하기 어렵다.

결국 내가 싸우려면 수호의 마음의 자원을 끌어다 써야 하

지 않던가. 하늘을 날지 못하는 내게는 최소한 딛고 설 땅이
필요하고, 물을 무기로 만들려면 호수나 비가 내리는 하늘이
필요하다.

'저런 꼴을 두고 강해졌다고 할 수 있는가?'

아니, 저 상황까지 갔어도 여전히 주체가 '역전'되었다고
보긴 어렵다. 저 마음의 주인은 여전히 본령이다. 애초에 형
편없이 좁은 마음이었던 것 같고, 두두리는 나무귀신, 이렇게
자라기 쉬운 속성이었다고 해야겠지.

'마음의 주인을 나로 대체한다는 말이 뭔지는 모르겠지만,'
바루나는 생각했다.

'저게 그 **카마의 궁극의 모습**인지 뭔지의 전조라면, 차라리
그 전에 사라져버리는 게 낫겠군.'

수호는 멍하니 주저앉아 바닥을 긁었다.

손톱에 긁힌 바닥이 아픔을 느끼는지 몸을 떨며 움푹 파였
다. 사방에서 웅웅 소리가 들렸다.

공격해오지는 않는다. 하지만 거꾸로 공격할 방법도 없다.

이건 식물이다. 칼로 벤다 한들 과다 출혈이나 내장 파열로
죽게 할 수도 없다. 잘못 건드려 천장이나 벽이 내려앉기라도
하면 꼼짝없이 생매장될 수도 있다.

바루나의 판단은 맞다. 언제나 그렇지만. 이건 내가 상대할
수 있는 카마가 아냐. 나가야 한다.

그때 우연히 머리 위에 늘어뜨려진 고치의 영상이 되감겼다.

얼굴이 엉망으로 일그러진 가시투성이 검은 괴물이 엄마에게 쫓겨 집 밖으로 내몰린다. 문밖에서는 날 선 바람이 몰아쳤다.

괴물의 이목구비는 제자리를 벗어나 있었지만, 두 개의 작은 눈동자에서는 절망이 쏟아져 나온다. 이어질 감당 못 할 고통의 예감에 몸서리치면서도, 고통을 벗어날 방도가 없다는 확신에 절망한다.

자비를 애원하지만 그마저도 소용이 없는 줄을 안다. 내 슬픔이, 내 비명이 아무에게도 닿지 않는다는 절망.

수호는 주먹을 꾹 쥐었다.

"일단 더 들어가보겠어."

〔고집부리지 마.〕

바루나가 말했다.

〔적을 파악하고 자신을 파악해라. 이건 네 상대가 아니다. 그 뇌룡이라면 뇌격을 날려 불태울 수 있을지 모르겠지만.〕

"일단 들어갈 거야. 그다음에 생각할래."

수호가 일어났다.

그러자 마음 안에서 천둥 같은 소리가 들려왔다.

〔멈춰.〕

귓속이 쩡쩡 울렸다.

수호는 발을 멈췄다. 발이 땅에 붙어 떨어지지 않았다. 수호는 잠시 상황을 파악하지 못했고, 이어서는 피가 차갑게 식었다.

캄캄한 어둠 속을 헤매는 사이에도, 고치의 영상을 보면서도 느낄 수 없었던 거대한 공포가 수호의 정수리에서부터 발뒤꿈치까지 치고 내려갔다.

〔멈춰.〕

몸이 돌처럼 굳었다.

폐마저 딱딱해졌는지 숨도 쉬기 힘들었다. 소리를 내려 했지만 입도 얼어붙어 떨어지지 않았다.

〔그대로 돌아서서 나가.〕

그러자 몸이 기계처럼 삐걱거리며 돌아섰다. 제 몸에서 자신이 추방되는 기이한 감각에 수호는 혼이 나갈 지경이었다.

'바루나!'

소리를 질렀지만 입 밖으로 나오지 않았다.

'바루나! 내 머릿속에서 나가!'

수호는 간신히 마음속으로 외쳤다.

〔난 늘 네 머릿속에 있었다. 지금까지 내버려뒀을 뿐이다.〕

바루나의 말에 다시 한번 격렬한 공포가 심장을 내리쳤다.

〔지금까지 봐준 줄도 모르고.〕

처음으로 수호는 제 마음에 자리 잡은 거대한 이물질을 자각했다.

내 통제에서 벗어나 있고, 내게 저항하고 적대하는 것은 물론, 거꾸로 나를 휘어잡고 휘두를 수 있는,

살아 있는 마음의 욕망을.

'……카마.'

수도 없이 들었던 이름이지만, 수호는 지금에야 그 의미를 자각했다.

수호는 저항했다.

서로 다른 마음이 수호를 앞뒤로 당기느라 발이 크게 꼬였다. 수호는 큰 소리를 내며 앞으로 넘어졌다. 넘어진 뒤에도 왼손이 제 의지를 벗어나 땅을 움켜쥐며 기어가려 했다.

수호는 이를 악물고 자신의 칼, 간디바를 땅에 깊이 쑤셔 박았다. 손을 불구덩이 속에 쑤셔 넣는 기분이었지만 지금 중요한 문제가 아니었다.

땅이 출렁였다.

큰 짐승이 벌침 같은 작은 가시에 찔려 놀란 것처럼. 벽이 젖은 종이처럼 우그러들었고 얇은 실에 위태위태하게 매달린 고치가 툭툭 떨어져 굴렀다. 마치 벌에 쏘인 짐승이 어디서 뭐가 쐈는지 확인하려 몸을 이리저리 비트는 것처럼.

땅이 움푹 꺼졌다. 수호의 왼손이 순간 제멋대로 움직여 튀어나온 나무덩굴을 붙잡아 떨어지려는 몸을 지탱했지만 여전히 자신의 의지는 아니었다.

"이 손 놔……. 바루나."

〔그런 말을 할 상황이 아닐 텐데.〕

"어떤 상황인지는 내가 정해! 놔!"

〔못 하겠다면?〕

조롱하는 목소리.

〔어쩔 건데?〕

몸 아래의 땅이 점점 더 꺼져 내려갔다. 땅이 꺼지며 기울어지더니 어느샌가 깎아지른 절벽이 되었다. 지상이었던 공간이 수직으로 서듯이.

수호는 한 손은 나무덩굴을 붙잡고 다른 손은 벽에 칼을 박고 절벽에 대롱대롱 매달린 자세가 되고 말았다. 덩굴을 잡은 손도, 벽에 박은 칼도 못 견디게 아팠다.

수호 혼자의 힘이라면 벌써 몸무게를 감당하지 못하고 덩굴을 놓치고 떨어졌을 것이다. 뭔가 압착기 같은 것이 손을 사정없이 눌러 붙잡고 있는 기분이었다. 손목과 팔과 어깨에 실리는 무게가 감당이 되지 않았다.

아래는 이제 바닥이 보이지 않았다. 바람이 저 아래에서부터 윙윙 소리를 내며 휘몰아쳐 올라왔다.

〔다시 말한다, 수호.〕

바루나의 목소리가 마음속에서 들려왔다.

〔거기서 나와라.〕

"……."

〔'예, 알겠습니다' 하고 공손히 답하면 끌어올려주겠다.〕

"……."

수호는 두 다리를 벽에 댔다. 그걸 지지대 삼아 반쯤은 부러뜨릴 각오로 온 힘을 다해 왼팔을 당겼다.

처음에는 저항이 있었지만, 바루나 생각에도 뭘 하려는지 보자 싶었는지, 팔에 가해지던 힘이 툭 풀렸다. 수호는 그대로 왼손으로 오른 손목을 잡았다.

왼손을 놓자 벽에 박아 넣은 검에만 수호의 몸무게가 전부 실리게 되었다. 칼날이 벽을 천천히 베면서 몸이 아래로 내려가기 시작했다. 나뭇결이 툭 쪼개지자 내려가는 속도에 서서히 가속이 붙었다.

〔뭘 생각하고 있든 하지 마라.〕

'이거나 먹어!'

수호는 마음속으로 분노의 뽀큐를 내질렀다.

간디바가 절벽 안을 향해 거침없이 뻗어 나갔다.

소름 끼치는 귀곡성이 나무동굴 전체에 울려 퍼졌다. 수호
는 그대로 다리를 들어 개구리처럼 칼에 온몸으로 매달리며
아래로 내려가는 속도에 힘을 실었다. 수호의 몸이 가속이 붙
으며 미끄러지기 시작했다. 둘로 갈라진 벽이 벌어지며 끓는
수액이 온천처럼 솟구쳐 올랐다.

〔?!〕

바루나의 당혹감이 전해져왔다.

솟구친 수액이 수호의 머리 위로 쏟아져 내릴 찰나, 수호는
고함을 질렀다.

"나와, 바루나!"

〔?!〕

카마 소환.

전에 북서의 퇴마사들과의 싸움이 끝나자마자 계속 연습
해온 것이다. 필요할 때 언제든 자신이 있는 곳으로 바루나를
부르거나 돌려보낼 수 있도록.

쏟아지는 수액과 수호의 사이에 어안이 벙벙한 얼굴의 바
루나가 소환되었다.

"다치기 싫으면 막아, 바루나!"

"너……!"

바루나의 얼굴이 험악하게 일그러졌다.

하지만 수호는 믿었다. 거의 자기 자신을 믿는 만큼 믿었

다. 일단 전장에 들어선 바루나는 해야 할 일의 순서를 착각하지 않는다.

바루나는 추락하며 흘긋 뒤를 돌아보았다.

바루나는 수호의 예상과는 달리 바루나스트라를 뽑지 않았다. 대신 공중에서 크게 한 바퀴 회전하며 손을 앞으로 뻗었다.

둘의 머리 위로 쏟아지던 수액이 쩌정, 하는 큰 소리와 함께 얼어붙었다. 그 뒤로 쏟아지던 수액은 앞에서 먼저 굳어버린 수액이 방패가 되는 바람에 사방으로 튀었다.

'아, 저것도 물이구나.'

수호는 벽에 칼을 박은 채 미끄러져 내려가며 생각했다.

'물이면 뭐든 상관없는 거였지. 용량 제한만 있고…….'

바루나는 공중에서 몸을 회전해 얼어붙은 수액을 발끝으로 살짝 밟으며 그 반동으로 다시 회전해 아래를 응시했다.

그대로 곁눈질로 수호를 매섭게 노려보고는 발을 찼다.

차는 것과 함께 다리를 곧게 펴고 양팔을 몸에 붙여 공기저항을 줄였다. 그러자 바루나의 추락 속도가 빨라지며 삽시간에 수호를 따라붙었다.

바루나는 수호 가까이 이르자 벽을 향해 손을 뻗었다.

솟구치던 수액이 바루나의 하강을 따라 얼어붙었다. 수호를 향해 튀어 오르던 수액이 모두 반짝이며 얼었다. 얼어붙은 폭포가 바루나와 수호를 따라 쫓아 내려왔다. 상황만 아니라면 눈부신 장관이었다.

바닥이 가까워지자 바루나는 허리에 감고 있던 밧줄(그러니까, 저거 언제부터 있었던 거지?)을 풀었다. 밧줄은 휘익 날아올라 나뭇등걸에 감겼다. 꼭 살아 있는 것처럼 자연스러운 움직임이었다.

바루나는 그 동작을 반복하며 단계적으로 속도를 줄였고, 마지막에는 새털처럼 가볍게 착지했다. 수호의 몸은 그다음에야 슬슬 내려와 바닥에 닿았다.

수호와 바루나보다 조금 먼저 바닥에 떨어져준 고치들의 빛 덕에 주변을 볼 수 있었다.

바루나는 밧줄을 도로 휘리릭 허리에 감고는 절벽을 향해 다시 손을 뻗었다. 그러자 얼어붙은 벽 틈을 비집고 졸졸 흐르던 수액이 창 모양으로 변해 바루나의 손에 날아가 잡혔다.

물론 창이라는 것은 겉보기의 모습일 뿐, 자유자재로 변하며 원하는 지점에 날이 생겨나는 무기니 검, 곤봉, 톱, 무엇으로든 부를 수 있을 것이다.

수호는 벽에서 칼을 빼내려고 두 다리를 벽에 대고 낑낑거리다가, 이내 어리석은 짓을 하고 있다는 걸 깨닫고 칼을 사라지게 했다. 지탱할 것이 없어진 수호의 몸이 뒤로 콩, 하고 엉덩방아를 찧었다.

"후우……."

한숨을 쉰 바루나는 발을 크게 내디디며 번개처럼 수호와 거리를 좁혔다.

「적을 응시해라.」

눈앞에 날아오는 창 너머로 마호라가의 말이 울려 퍼졌다.

수호는 이마에 와 닿는 바루나스트라를 피하지 않고 똑바로 보았다. 바루나의 눈이 이글거렸지만 창은 그 이상 다가오지 않았다.

"화내야 하는 건 이쪽이야, 바루나."

수호는 바루나를 향해 마주 눈을 부라리며 말했다. 바루나의 눈이 살짝 경련했다.

둘이 잠시 눈싸움을 하는 사이에 귀곡성이 커졌다. 벽이 몸을 더 크게 뒤틀었다. 바루나는 창을 거두어 지팡이처럼 짚고는 주위를 돌아보았다.

"카마가 우리가 들어온 것을 알아차렸다. 상황이 좋지 않아."

수호는 엉덩이를 털며 일어났다. 바루나가 주변을 경계하며 계속했다.

"우린 지금 카마의 배 속에 들어와 있는 거나 마찬가지다. 이대로 이 나무가 우리를 천장이나 벽으로 짓눌러버릴 수도 있다. 수액이 뜨거워서 베는 것도 한계가 있다."

"여기 너 혼자 들어왔다면 어떻게 하겠어?"

수호가 몸에서 먼지를 톡톡 털며 물었다.

바루나가 다시 험상궂은 눈으로 수호를 노려보았지만 수호는 신경 쓰지 않고 시선을 흘려보냈다.

'나 혼자 들어왔다면⋯⋯이라.'

수호의 지적에 틀림은 없다. 이것이 바루나 자신의 싸움이었다면 훨씬 더 성실하게 전략을 구상했을 것이다.

바루나는 창을 고쳐 쥐고 꿈틀거리는 주변을 세심하게 살폈다.

"이게 나무라면 뿌리가 있을 거다."

바루나가 입을 열었다.

"뿌리에 상처를 내어 영양분을 빨아들이지 못하게 하면 그 것만으로도 말라 죽게 할 수 있을 거다. 여기서 탈출할 시간 도 벌 수 있겠지."

수호와 바루나는 동시에 바닥을 보았다.

"땅을 파야겠다."

그 말을 듣고 수호는 바루나가 삽을 들고 '영차영차' 하며 땅을 파 내려가는 모습을 떠올렸다. 수호의 마음을 들여다보 았는지 바루나가 살짝 편두통이 도지는 얼굴을 했다.

바루나는 발로 땅을 툭 쳤다.

"내 창으로 그만한 구멍을 뚫기는 무리다. 네 검을 크게 키 워볼 수 있겠나?"

"아."

수호가 몸을 수그리고 오른손을 땅에 대어보려는 찰나, 귀 곡성과 함께 바닥에서 수십 가닥의 나무덩굴이 새장처럼 솟 구쳐 올라 수호의 몸을 뒤덮었다.

58   제초기와 워터파크

바루나스트라가 풍차처럼 회전했다.

바루나의 손을 떠나 날아온 창이 수호 주위로 덤벼드는 나무덩굴을 잘라냈다. 그러자 잘린 자리에서 수액이 뜨거운 증기와 함께 솟구쳤다.

'아차, 수액……'

바루나가 움찔하며 달려가려는 찰나, 수호의 검이 솥뚜껑처럼 변해 솟구치는 수액을 막았다. 뜨거워 보였지만 참을 만한 듯했다. 워낙 큰 방패를 만드는 바람에 뒤이어 쿵, 하고 넘어지기는 했지만.

'반응이 빨라졌군.'

바루나는 안도의 한숨을 쉬었다. 그러고는 안도한 것에 괜스레 혼자 기분이 나빠졌다.

'저 무기, 크기에 제한이 없다는 점이 계속 거슬려……'

수호가 바닥에 놓인 방패를 들지 못하고 끙끙대는 사이에, 다시 나무덩굴이 바닥에서 솟구쳐 올랐다.

"그대로 있어!"

바루나가 훌쩍 뛰어올라 수호가 들려고 끙끙대고 있는 솥뚜껑 위로 사뿐히 올라섰다.

"야!"

수호가 소리쳤지만 바루나는 눈짓만 한번 줄 뿐이었다.

바루나가 손을 폈다. 손을 떠난 바루나스트라가 두 사람의 주위로 회전을 시작했다.

"제초기가 이런 원리였지."

비명과 함께 바닥의 나뭇등걸이 썰려 나갔다. 사방으로 솟구친 수액이 기울어진 나무줄기를 따라 폭포처럼 흘러내렸다.

방패에 올라탄 두 사람은 고무보트에 올라탄 것처럼 물줄기를 따라 미끄러져 내려갔다.

"워터파크……."

하고 수호가 중얼거렸고,

"뭐야, 그게?"

하고 바루나가 물었다.

내려갈수록 주변은 어두워졌고 이내 한 치 앞도 보이지 않는 암흑이 되었다.

"괴상한 장소로군."

바루나가 중얼거렸다.

"맞아."

"워터파크 말이다."

"응??"

수호가 어리둥절해지자, 바루나가 수호의 머릿속 물음표를 들여다보며 다시 물음표를 교환했다.

두두리의 비명이 잔향만 남기고 서서히 수그러들었다.

짙은 어둠이 내려앉았다. 물줄기는 계속 아래로 둘을 인도했다.

아득한 비명의 잔향과 주위를 기계처럼 경쾌하게 써는 바루나스트라의 소리만 남았다. 어느 순간 나무를 썰던 소리가 땅에 부딪치는 둔탁한 소리로 바뀌었다. 수호는 쿵, 하는 충격으로 바닥이라는 것을 알 수 있었다.

창이 회전하는 소리가 멎었다. 바루나의 손으로 돌아갔으려니 했지만 보이지 않으니 알 수가 없었다.

불야성의 서울에서는 체험할 수도 없는 완전한 암흑. 눈을 뜨나 감으나 다를 것이 없는 어둠.

수호는 칼을 다시 원래 크기로 적당히 줄인 뒤 움직여보려 했다.

〔멈춰.〕

바루나가 말하자마자 조금 전 바루나가 자신의 몸을 지배했던 기억이 떠올라 열이 확 올랐다.

'나한테 자꾸 명령하지……'

바루나는 아랑곳하지 않고 말했다.

〔여긴 '장소'가 아니다. 카마의 배 속이다. 우리가 들어온 지 뻔히 아는 카마가 내 창에 계속 베이면서도 비명을 멈췄어.〕

그제야 수호는 바루나가 가까이에 있으면서도 마음의 언어를 쓰고 있다는 것을 깨달았다.

'왜 그랬다고 생각하는데?'

수호는 말하는 대신 생각으로 물었다.

〔기습을 노리는 거겠지.〕

바루나가 답했다.

〔시각은 차단되었다. 소리까지 없애면 훈련받지 않은 인간

은 다른 감각을 쓸 생각을 하지 못한다.〕

수호는 다시 또 열이 받아 쿵쿵 냄새를 맡았다.

텁텁한 공기. 썩은 곰팡내. 축축한 이끼 냄새. 이곳이 더운 것은 수액이 끓고 있기 때문이겠지. 하지만 그 이상은 모르겠……

〔그쪽이 아니야.〕

바루나가 말했다.

〔내 마음에 접속해라.〕

그제야 수호는 정신을 다른 방향으로 집중했다.

감각이 폭포처럼 쏟아졌다. 그리고 수호는 바루나가 자신의 뒤가 아니라 앞에 있다는 것을 깨달았다.

묵직한 존재감이 눈앞에 있었다.

바루나는 수호가 움직이면 바로 알 수 있도록 손을 뒤로 뻗고, 자세를 낮추고 주위의 움직임에 집중하고 있다.

야생동물처럼 날카로운 감각. 전신이 전부 눈인 것만 같다. 피부로 공기의 흐름을 느낀다. 폐쇄된 공간에 늪처럼 고여 있던 공기가 자신과 바루나의 등장으로 흔들리고 있다. 공기가 벽에 부딪히고 장애물에 막히면 돌아간다. 그 느낌으로 공간의 넓이를 짐작한다.

'대단하다…….'

수호는 생각했다.

'바루나는 이런 것을 느낄 수 있는 건가.'

공간은 원형에 가깝고, 정 가운데 뭔가 거대한 물체가 있다. 하지만 여전히 이것만으로는…….

차랑.

누군가가 뾰족한 칼로 수호의 손등을 긁었다.

수호가 놀라 손을 거두려 하자 바루나의 마음의 소리가 들렸다.

〖가만히 있어라.〗

'내가 왜…….'

수호가 저항의 목소리를 내기도 전에 다시 손등이 긁혔고 불꽃이 튀었다.

그제야 수호는 지금 긁히는 것이 손등이 아니라 자신의 칼, 간디바라는 것을 깨달았다. 긁는 것은 바루나의 창에서 떨어져 나온 날 조각이다. 마법에 걸린 펜처럼 수호의 검을 지익 긋고 있다.

'부싯돌.'

수호는 이해했다. 긁혀서 떨어져 나간 표면의 철가루가 금속이 서로 부딪치는 열에 의해 발화하는 현상.

〖네 검, 피로 만들어졌다 해도 본질은 금속인 모양이로군.〗

수호는 문득 바루나가 마호라가와 아난타와 자신의 묘한 공통점을 떠올리는 걸 느꼈다.

수호의 시력으로는 볼 수도 없는 먼지 같은 불꽃이었지만 바루나의 밝은 눈에는 충분하고도 남았다.

예감한 대로 눈앞에 거대한 두두리의 밑동이 있었다. 땅에 뿌리를 단단히 박은 나무의 하반신이. 스무 명이 팔을 둘러야 겨우 손이 닿을까. 압도감이 느껴지는 크기였다.

'이걸로 불을 내서 여길 태워버릴 생각이야?'

〖같이 통구이가 되고 싶다면.〗

바루나가 말투 하나 바꾸지 않고 답했다.

〔그리고 부싯돌로 불을 붙이기는 현실에서도 힘들다.〕

차랑.

그리고 수호는 칼 주변에 떠 있는 작은 얼음 조각을 바루나의 눈을 통해 볼 수 있었다. 얼음 조각이 푸르게 반짝였다.

차랑.

다음 순간 얼음 조각은 더 늘어났다.

잘게 쪼개진 바루나스트라의 조각이 차가운 밤바다에 흩뿌려진 푸른 보석처럼 은은한 빛을 냈다.

'……난반사.'

수호는 생각했다.

빛 앞에 거울이나 투명한 물체를 놓아 반사시키면 조금은 더 밝아진다. 전등에 갓을 씌우거나 형광등 전면에 유리를 씌우는 이유. 여전히, 수호의 본래 시력으로는 차이를 거의 느낄 수 없었겠지만…….

수호는 바루나의 생각이 흘러들어 오는 것을 느꼈다.

집중. 긴장.

그리고 볼 수 있었다. 수호와 바루나를 향해 창처럼 뻗어 나온 가느다란 수십 개의 가지와 뿌리들을. 한 걸음이라도 앞으로 발을 디뎠으면 온몸을 사정없이 꿰뚫었을 각도로.

"다 보았다, 나무귀신."

바루나가 히죽 웃으며 창을 회수했다.

바루나스트라가 두 개로 나뉘어 바루나의 양손에 달라붙었다. 동시에 수호는 바루나와 분리되었다. 암흑이 도로 눈앞을 덮쳤다.

바닥이 꿀렁이며 크게 요동쳤다.

창이 회전하는 소리. 나무가 썰려 나가는 소리. 수액이 솟구치는 소리와 한증막 같은 열기와 증기, 귀곡성.

보지 않아도 질풍처럼 날아다니는 바루나를 느낄 수 있었다.

저 안으로 함부로 들어갔다간 두두리가 아니라 바루나의 창에 썰려 나갈 것이라, 수호는 일단 얌전히 기다렸다.

'내 시력으로도 볼 수 있으면 좋겠는데……'

수호가 온 힘을 다해 눈에 힘을 주는데, 문득 바루나의 윤곽이 희미하게 눈에 들어왔다. 창을 전광석화처럼 휘두르며 날듯이 전장을 헤집고 있다.

'어, 보여! 보여! 나도 눈이 좀 밝아졌나.'

수호가 기뻐하는데 바닥에 자기 그림자가 길게 늘어졌다. 그림자가 앞에 있다는 것은.

'뒤에 빛이……'

수호는 뒤를 돌아보았다. 눈앞에 고치가 내려앉아 있었다. 빛을 머금은 물풍선 같은 고치가.

"……?!"

수호가 놀라 움직이지 못하는 사이 고치가 입을 쩍 벌렸다.

바루나가 흠칫 놀라 뒤를 돌아보았다. 바루나의 창이 지체 없이 날아왔지만, 고치는 한입에 수호를 삼켜버리고 말았다.

고치 안은 바깥과는 달리 눈을 뜰 수 없을 만큼 밝았다.

어둠 속에서 바로 들어와서겠지만 태양 속에 들어온 기분이었다. 폭력적으로 쏟아지는 광량에 수호는 눈을 질끈 감았다.

간신히 광량에 조금 익숙해져 눈을 조금 뜨니 눈앞에 어린 여자 모습의 목각 인형 하나가 웅크린 자세로 매달려 있었다.

아까 본 그 아주머니와 닮았지만 훨씬 어려 보였다. 여자의 등 뒤로는 전선처럼 나무덩굴이 빠져나와 고치와 이어져 있었다.

목각 인형이 눈을 번쩍 떴다.

눈은 흰자위 없이 전부 빛나고 있었다. 그 눈을 마주하는 순간 수호는 독한 술이라도 들이켠 기분이 되었다. 세상이 빙빙 돌았다.

〔지금 너 뭐 하는 거야?〕

두두리의 목소리가 머릿속에서 들려왔다.

"……너를 정화하고 있어."

수호가 간신히 말했다.

〔왜?〕

진심으로 궁금해하는 말투였다. 억지로 눈을 뜨니 두두리의 얼굴이 코앞에 와 있었다. 그 눈을 보고 있자니 술을 입에 콸콸 들이붓는 기분이었다.

'보면…… 안 돼……. 고개를 돌려야…….'

수호는 시선을 틀었다. 하지만 시선을 튼 곳에도 똑같이 두두리의 얼굴이 있었다. 다시 고개를 돌렸지만 어디를 보아도 얼굴이 사라지지 않았다. 얼굴이 눈알에 그대로 박혀버린 것처럼.

〔왜지? 왜 나를 정화해?〕

"네가…… 이 사람 마음을 다 잡아먹었으니까……."

〔내가 없으면 이 마음은 다 부서져 없어지고 말아.〕

두두리의 목소리가 머릿속에서 빙글빙글 돌았다.

〔타인의 마음을 부수는 걸 감당할 수 있어? 어린 퇴마사?〕

694

아버지의 그슨대도 같은 말을 했었다.

똑같이.

「네 아빠 내가 없으면 못 살아.」

가슴을 꿰뚫은 쇠막대를 꼭 붙들고, 눈물 콧물을 흘리며 살려달라고 애원하면서.

「난 네 아빠를 지키려 했을 뿐이야.」

수호는 안간힘을 쓰며 자세를 잡고 검으로 여자를 겨누었다.

"그런 말은…… 네가 어린애를 괴롭히기 전에 했어야 해."

〔이 사람은 그래서 살 수 있었어.〕

"뭐?"

〔이 사람은 우울증으로 죽기 직전이었어. 나를 갖게 되기 전까지.〕

"……?!"

〔저 어린애 때문에 내 본령의 삶은 지옥이 됐어. 꿈도, 희망도, 직장도, 인생도 다 잃고 말았어.〕

〔남편은 아이를 위해 아무것도 하지 않았어. 그 사람은 삶에서 아무것도 잃지 않았지. 내 본령은 모든 것을 잃었어.〕

〔그래서 이 마음의 주인은 마구니에게 소원을 빌었지. '누구보다 거대한 사람'이 되고 싶다고.〕

"그것과…… 애를 괴롭히는 게 무슨 상관이야."

〔분노는 활력, 증오는 생명력.〕

〔남을 통제할 수 있다는 자신감. 사람에게 영향력을 행사하는 기쁨, 하나의 생명이라는 우주를 마음대로 할 수 있다는

고양감, 인간을 통제하고 다스리며 내 마음대로 움직이게 하는 신과도 같은 권능.)

"닥쳐!"

수호가 검을 크게 휘두르며 눈을 번쩍 뜨자 주위 풍경이 변했다.

수호는 새하얀 공간에 서 있었다. 벽도 천장도 보이지 않았다. 뒤를 돌아본 수호는 기겁했다.

어른 키만 한 털북숭이 괴물이 바로 코앞에 있었다. 눈, 코, 입이 일그러져 제자리에 붙어 있지 않고, 가시 같은 삐죽삐죽한 검은 털이 전신에 나 있고, 몸이 줄줄 녹아내리는 괴물이.

"……!"

수호는 저도 모르게 검을 휘두르며 물러났다. 그러자 상대도 가볍게 뛰어 뒤로 물러났다.

수호는 훈련받은 대로 황급히 자세를 낮춰 타격점을 줄였다. 그리고 검으로 상대를 겨누어 몸을 방어하며 상대를 노려보았다.

고슴도치 같은 괴물은 바로 덤벼들지 않았다. 대신 옆으로 걸음을 옮기며 수호의 자세를 조금씩 흩트렸다. 어이없이 당하지는 않되 반격도 가능할 만한 간격.

'내 무기 길이에 맞춰 거리를 두고 있다. 정석적인 방법이지만…….'

수호는 이마에 송골송골 땀이 돋는 것을 느끼며 생각했다.

'저놈은 아직 내 칼이 늘어난다는 걸 몰라. 이대로 검을 늘이면 저놈을 꿰뚫을 수 있다.'

바루나는 수호를 주시하며 묵묵히 걸음을 옮겼다.

주변은 끓는 수액이 쏟아져 나와 얕은 온천탕처럼 변해 있었다. 공기는 달아올랐고 시야는 흐릿했다. 보통의 사람이라면 급격히 높아진 습도로 숨을 쉬기도 어렵겠지만, 바루나에게 습도는 문제가 되지 않았다.

수호 등 뒤의 고치의 빛으로 주변 풍경이 모두 환히 눈에 들어온다.

천장은 조금 전 수호와 바루나가 들어온 통로를 제외하면 촘촘한 나뭇가지로 가로막혀 있다. 뿌리들은 다 동강이 나 울컥거리며 수액을 쏟아내고 있다.

고치가 도로 수호를 토해낸 것까지는 좋았는데, 영 수호의 상태가 이상했다. 자기를 보더니 무슨 괴물 보듯이 놀라 비명을 지르며 물러나는 게 아닌가.

마음에 접속해보려 했지만 수호의 머릿속은 엉망이었다. 술이라도 잔뜩 들이부은 것처럼 불꽃만 펑펑 터지고 있다.

'저 녀석이 다치면 곤란한 건 사실이지만.'

바루나는 생각하며 수통에 손을 댔다. 부글부글 끓는 수액이 바닥에서 획, 하고 튀어 올라 수통에 담겼다.

'나를 다치게 하겠다면 순순히 받아줄 마음은 없다, 수호.'

59 빼앗는 자의 마음가짐

수호는 털북숭이 괴물이 허리에 손을 얹는 것을 보며 숨을 죽였다.

'왜 공격하지 않지? ……아니, 상관없다. 내 쪽에서 선제공격을 하면…….'

생각이 번개처럼 머리를 오갔다.

그러다 갑자기 차분해졌다.

수호는 검을 내리고 자세를 풀며 일어났다. 몸을 무방비로 드러내고 검도 휘두르기 힘든 자세였다. 만약 저 상대가 적과의 거리를 잴 정도로 전투에 익숙하다면 틀림없이 알아챌 만한 빈틈이었다.

그래도 가시괴물은 움직이지 않았다.

"카마,"

수호가 입을 열었다.

"두두리는 어디 있지?"

바루나는 수호의 질문에 눈을 가늘게 떴다.

'여전히 나를 알아보는 기색은 아니다. 하지만…….'

수호가 경계를 풀고 무방비로 서자 '인마, 생존 본능!' 하는 생각에 울컥했지만, 이내 뭔가 시험을 했다는 사실도 알아차렸다.

"너는 내 사냥감이 아니야, 카마."

수호의 말에 바루나의 눈에 깃든 불쾌감이 일시에 풀려 나갔다.

"너도 날 사냥할 생각이 없다면 말해. 두두리는 어디 있지?"

바루나는 등 뒤를 돌아보았다. 한증막 같은 증기 속에 거대한 나무가 우뚝 서 있었다.

수호는 괴물이 뒤를 돌아보자 그 너머로 시선을 두었다. 여전히 보이는 것은 없었다.

괴물이 갑자기 오른팔을 뒤로 곧게 뻗었다. 그리고 시계처럼 회전하며 뒤쪽 어딘가를 가리켰다.

'각도?'

다소 낮게, 땅을 파듯이 찔러 넣는 각도.

괴물은 다른 손으로 쭉 뻗은 팔의 손끝과 자기 어깨를 짚으며 길이 재는 시늉을 했다. 이어서는 손가락 다섯 개를 쫙 펴서 허공에 짠짠, 두 번을 짚었다.

'……자기 팔 길이의 열 배?'

괴물이 이번에는 손가락으로 수호가 들고 있는 검을 콕콕 가리켰다.

'저 각도로 내 검을 그 길이만큼 늘이란 말인가.'

물론 지금 수호의 머리가 제대로 돌아갔다면 갑자기 두두리가 눈앞에서 사라질 리도 없고, 처음 보는 카마가 갑자기 눈앞에 나타날 리도 없다는 사실에 이런저런 의문을 품었겠지만.

하지만 빙글빙글 도는 수호의 사고는 거기까지 미치지 못했다. 수호는 아무 의심 없이, 낯모르는 카마의 지시에 따라 공격을 준비했다. 저 카마의 간결한 지시가 꽤나 마음에 든다고 생각하면서.

바루나가 교통안전 요원처럼 착착 춤을 추며 두두리의 밑동을 가리키는데, 등 뒤에서 목소리가 들려왔다.

〔날 찌를 수는 없어.〕

바루나는 힐끗 뒤에 시선을 두었다.

〔저렇게 작은 애가, 저렇게 조그만 칼로 내 이 위대한 몸에 상처를 낼 수 있을 리 없어.〕

〔그래서,〕

바루나가 두두리의 말에 냉랭하게 대꾸했다.

〔그렇게 위대한 몸집으로, 그처럼 대단한 이상을 갖고, 겨우 하는 일이 그것뿐인가.〕

〔네 권능을 네게 저항할 수도 없고 네게 해도 끼칠 수 없는 약한 것에게 쏟아내는 것이 고작인가.〕

〔그렇게 커져놓고도, 기껏해야 그것뿐이냐. 뭘 위해 커진 거냐, 두두리.〕

나무로 이루어진 공간이 바루나의 말에 충격을 받은 듯 크게 뒤틀렸다.

〔너는 목적을 이루지 못할 방향으로 자라났으니 존재할 가치가 없다. 존재할 가치가 없는 것이 존재하고 있으니 저 (반쯤) 퇴마사가 널 없애줄 것이다.〕

두두리가 (반쯤) 어쩌구 하는 말에 의문을 가질 새도 없이 천장에서 나뭇가지며 이파리가 후둑후둑 떨어져 온천탕 위로 툭툭 떨어졌다.

나뭇가지들이 바루나를 향해 기울어 바루나의 얼굴 앞으로 다가왔다.

〔너도 카마로군. 이상하다고 생각했어.〕

〔그럼 뭐 다른 거라고 생각한 거냐.〕

〔카마가 왜 마구니가 아니라 퇴마사와 같이 다니는 거야? 목적이 뭐야?〕

〔진부한 질문이로군.〕

'목적'이라는 말에 바루나는 피식 웃었다.

〔내가 늘 내 목적에 합당하게 움직이고 있다는 진부한 답을 돌려줄 수밖에.〕

수호의 손등에서 검이 뻗어 나갔다.

반대 방향으로 액체 금속처럼 검의 뿌리가 자라나 수호의 팔꿈치를 지나 어깨까지 덮어왔다.

검이 두두리의 나무둥치에 닿자 수호의 몸이 주욱 뒤로 밀려났다. 보이지 않는 벽이 등에 와 닿았다. 수호는 등과 팔 양쪽에서 무겁게 들어오는 압박을 견디며 검을 더 뻗어냈다.

검이 두두리의 몸을 파고들며 뻗어 들어갔다.

핏빛 검이 바루나의 옆을 지나 두두리의 밑동을 지나 그 아래에 뻗은 뿌리까지 파고 내려갔다. 황금빛의 알갱이가 나무껍질에서 솟아올랐다. 천장이 요동치며 나뭇가지가 비처럼 후둑후둑 떨어졌다.

〔안 돼.〕

두두리가 울먹이며 애원했다.

〔지금 날 없애면 이 마음은 다 무너져 내려버려.〕

〔그게 나와 무슨 상관인가.〕

바루나가 코웃음을 쳤다.

〔이 마음이 무너지면 너와 저 애도 무사하지 못해.〕

〔그건 귀찮은 일이지만.〕

바루나가 진심 귀찮은 기분으로 말했다.

〔이미 저 퇴마사는 결심을 했다.〕

〔조금만…… 조금만 더 크면 되었는데. 이 마음을 다 삼킬 수 있었는데.〕

바루나의 눈이 실처럼 가늘어졌다. 바루나는 심해처럼 검은 코트 자락을 뒤로 빼며 한 걸음 물러났다.

'뭐?'

〔지금과 다른 것이 될 수 있었는데. 카마 이상의 존재로 오를 수 있었는데.〕

'무슨 소리를 하는 거야.'

간디바의 검날이 두두리의 몸을 더 파고들었다. 빛의 운무가 더욱 늘어나 주변을 환하게 비추었다.

'그건 이 카마의 목적이 아니다.'

바루나는 카마로서 순수하게 의문했다.

'몸집이 커지는 것과 마음을 차지하는 것은 달라. 설령 목적을 위한 수단으로 생각해볼 길이라고 한들 선후 관계가 뒤바뀔 리가…….'

카마는 하나 이상의 욕망을 갖지 않는다. 복잡하고 모순된 욕망의 힘겨루기 사이에서 혼란스러워하는 것은 전인격을 가진 인간뿐이지 않은가.

왜 이렇게 된 거지?

'……그렇군.'

바루나는 눈치챘다.

'마구니 탓인가.'

「너는 목적을 이룬 뒤에도 살아 있게 된다.」

그게 이런 뜻인가.

그게 내가 마구니와 계약을 하게 되었을 때 추가로 갖게 될 욕망인가. 아니, 추가로 갖게 되는 것을 넘어서, 내 목적에 우선하게 될 수도 있다는 건가.

자신의 마음에 지금과 다른 목적이 스며들 수도 있다는 생각을 하자마자 바루나의 마음에 강렬한 거부감이 솟구쳤다. 죽으라는 말을 들은 것 이상의 거부감이었다.

수호의 머리 위로도 나뭇가지가 툭툭 떨어졌다. 그러면서 핑핑 돌던 현기증도 독이 빠져나가가듯이 스르르 사라졌다.

'아, 이러면 안 되는데.'

수호는 정신이 들어오자마자 생각했다.

'뿌리만 잘라내고 나갈 생각이었는데.'

벽은 요동치고 천장은 무너지고 있다. 눈앞에 큰 나뭇가지가 쿵, 하고 떨어졌다. 비슷한 크기의 나무둥치가 사방에서 쿵 쿵 떨어졌다.

일이 단단히 망한 셈이었지만 수호는 담담하게 받아들였다.

나는 이미 저 카마를 없앨 마음을 먹었다. 남에게 상처를 입히고자 할 땐 나 또한 같은 상처를 입을 마음을 먹어야 한다. 내가 네 목숨을 빼앗고자 했으니, 내 것도 같이 걸어야지.

수호는 흔들림 없이 생각했다. 더해서 깜박 잊은 것을 떠올렸다.

'아 참, 그렇지. 바루나는 돌려보내야지…….'

수호의 생각은 고스란히 바루나에게 전해졌다.

바루나는 제 몸이 공간에서 밀려나는 것을 느꼈다. 바루나는 이마를 짚었다.

'멍청이, 아직 정신이 다 안 돌아왔어.'

지금 나를 대피시켜봤자 뭘 한단 말인가. 네가 없어지면 다를 게 없다. 나도 같이 사라진다.

'쓸데없고, 늦고. 퇴마사들이란.'

바루나는 머리 위를 보며 중얼거렸다.

"늦어."

저놈들이라면 일부러 늦게 왔을지도 모르지만.

수호의 발아래에서 땅이 푹 꺼졌다.

수호는 추락했다.

아래에는 아무것도 없었다. 바람 소리조차 없다. 소리로 깊이를 가늠할 수도 없었다. 말 그대로 텅 비어 있다. 우주의 진공처럼.

검부터 먼저 내려앉기 시작했다. 수호가 급히 검을 없애버렸지만 추락하는 속도는 변하지 않았다.

'중력가속도는 질량에 관계없이 일정하니까……'

별 도움이 안 되는 생각이 떠올랐다.

하지만 그건 속도만의 문제. 땅에 부딪혔을 때 충격은 질량에 따라 다르다. 사람 하나의 무게로도 높이에 따라 가루가 되고도 남는다.

수호는 '끝까지 보라'는 마호라가의 말을 떠올리며 아래를 내려다보았다.

칠흑 같은 어둠.

적막.

수호는 고요한 어둠 속에서 솟아오르는 미끈한 기척을 느꼈다. 아직 바루나의 마음에 접속한 기억이 남아서인가, 감각이 예리하게 서 있다.

하나, 둘, 열, 아니, 그 이상.

소리 없이 자라나는 꾸물꾸물한 덩굴식물, 혹은 수십 마리의 뱀. 혹은 악취를 풍기는 버섯, 혹은 끈적끈적한 거머리들.

높이 솟아오른 미끈한 액체의 끝에서 황금빛 눈동자가 열렸다.

'두억시니.'

수호는 놀라움조차 없이, 공포조차도 없이 상대를 응시했다. 그러면서 왼손으로 오른팔을 쥐었다.

'만약 이대로……'

나 혼자서는 저놈을 이길 수 없다 한들.

'이대로, 검을 만들어 저놈 위로 낙하한다면.'

타격을 줄 수 있든 없든, 그게 내 결말이라면 나쁘지는 않을 것이다.

둘의 거리는 빠르게 가까워졌다. 수호의 낙하 속도와 두억시니의 몸이 자라나는 속도가 맞물려 둘의 몸이 막 닿을 즈음.

하늘에서 눈부신 은색 금속조각이 쏟아졌다.

은가루처럼 쏟아진 금속조각들이 공중에서 철컥거리며 결합하며 갈고리와 비슷한 형태로 변했다. 갈고리는 둘로 나뉘어 수호의 겨드랑이로 들어와 몸을 받쳐 들었다.

위를 올려다보니 바닷빛 용이 머리 위에서 선회하고 있었다.

✦

수호가 정신을 차리고 보니 진의 자전거가 눈앞에 구르고 있었다. 바퀴가 아직 회전하는 것으로 보아 방금 도착한 모양이었다.

선혜는 곰돌이가 그려진 담요 포대기에 싸여 진에게 업혀 있었다. 호호 손에 입김을 불며 "아, 추워……" 하며 진의 등에 고양이처럼 얼굴을 비비고 있다.

돌아보니 아까의 아주머니가 경련을 일으키고 있었다. 눈이 까뒤집혀 있고 사지를 부들부들 떨며 입에는 거품을 물었다. 진이 아주머니의 머리를 손으로 받쳐 들고 있었다.

진은 아주머니의 맥과 이마를 짚고, 동공을 열어보고, 심장에 귀를 대보고, 입안에 손가락을 물려 입을 열었다. 자기 겉옷을 벗어 바닥에 깔고는 그 위에 몸을 눕히고 고개를 돌려기도를 확보했다. 하도 신속해서 거의 움직임이 눈에 보이지 않을 정도였다.

"선혜, 그 담요 풀어요. 덮어줘야겠으니."

"이잉, 추운데……."

"어리광 부리지 마요. 추우면 건물 안에라도 들어가 있어요."

진이 선혜의 머리가 엉클어지도록 마구 쓰다듬으며 말했다. 그러고는 수호를 바라보며 생긋 웃었다.

"가벼운 발작이야. 마음에 갑자기 큰 충격을 받은 거야. 카마가 마음을 너무 크게 차지하고 있었던 거지. 괜찮아. 심장마비도 뇌출혈도 아냐. 119는 불러야겠지만."

진이 말하며 핸드폰을 켰다. 안심시키려 한 말이겠지만 수호는 모골이 송연해졌다.

'심장마비나 뇌출혈이 올 수도 있었다는 뜻이야?'

진은 핸드폰을 켠 채로 수호의 뒤에서 달달 떠는 아이를 향해 온화하게 웃었다.

"안녕, 도련님? 이름이 뭐니? 엄마 지금 좀 아픈 것 같아. 너희 집 동이랑 호수 말해줄래? 전화번호?"

달달 떨던 아이는 슬금슬금 뒷걸음질을 치다가 갑자기 진에게 달려가 품에 안겼다.

"저…… 저 형이 그랬어요!"

현기증이 나는 머리를 짚으며 일어나려던 수호는 놀라 고개를 들었다.

"저 형이 이, 이상한 마술을 부려서, 우리 엄마를 쓰러트렸어!"

"⋯⋯?"

"지, 진짜예요! 저 형 이상해! 괴물이야! 난 아무 짓도 안 했는데, 갑자기 찾아와서는 우리 엄마를⋯⋯!"

물안개 같은 보슬비가 추적추적 내렸다. 가끔은 진눈깨비처럼 하얗게 내리다 도로 물안개로 변한다.

닷새 전이 수학능력시험 날이었다. 한국에 언제나 기상이변이 몰아치는 날. 올해는 한파주의보가 내릴 만큼 이상 한파가 몰아쳤고, 이후로 연남동도 부쩍 추워진 참이었다.

수호는 구급차가 오고 사람들이 연립주택 안팎을 분주하게 오가는 동안 길가에 쭈그리고 앉아 있었다. 보슬비가 내리기 시작하자 진이 지나가다 담요를 번쩍 들어 수호의 머리에 씌워주고 갔다.

담요가 덮인 뒤로도 움직이지 않고 앉아 있는데 누가 꿈틀거리며 안으로 기어들어 왔다.

선혜였다.

선혜는 담요 안을 더듬으며 더 따뜻한 자리를 찾았다. 수호의 몸에 찰싹 붙었다가 등 뒤로 돌아갔다가 하는 것을 보며 수호는 무심코 담요의 양옆을 손으로 잡아당겨 여몄다.

"숨⋯⋯ 막⋯⋯ 혀."

선혜가 고양이처럼 버둥거리는 바람에 수호는 이크, 하고 담요의 한쪽을 도로 열었다. 선혜는 수호의 겨드랑이를 비집고 나와 이불 밖으로 얼굴을 푸우, 하고 내밀었다. 수호는 선혜와 함께 얼굴만 내놓고 담요를 여몄다.

"감기 들어. 안에 들어가 있어."

"후회해?"

선혜가 갑자기 수호에게 물었다.

60   무너지는 거리의 마음

"후회해?"

선혜의 갑작스러운 질문에 수호는 당황했다.

"응?"

"감사받지 못해서 화가 나?"

"······."

수호는 대꾸할 말을 찾지 못했다.

「응, 알았어. 알았어.」

조금 전, 진은 아이의 등을 토닥이며 말했다.

「그런데 저 형이 한 거 아냐. 얘가 한 거야.」

진은 자기 등에서 끙차끙차 내려오는 선혜를 가리키며 말
했다. 아이는 눈물범벅이 된 얼굴로 어리둥절해져서 진을 올
려다보았다.

「진, 나 화낸다.」

「저 형은 잘못 없어. 우리 선혜가 잘못했지. 얘가 무조~건
잘못했어. 난 못 봤지만 틀림없이 그럴 거야. 그러니까 얘한
테 따져, 알았지?」

「화낸다니까.」

"그런 거 아냐."

수호가 말했다.

"아니긴 뭐가 아냐."

선혜는 '내 눈은 못 속이거든?' 하듯 살짝 뻐기는 얼굴로 턱을 높이 쳐들었다.

"도와주고도 감사받지 못했으니 화났겠지. 괜히 했다 싶어? 야심 차게 해본 사냥인데, 칭찬도 못 받아서?"

"그런 생각 안 해."

"그 앤 감사하고 있어."

"……뭐?"

"그 애가 정말 엄마를 걱정했다면 자기 엄마가 쓰러졌을 때 엄마에게 달려갔겠지."

"……?"

그때 구급차에서 구급대원들이 튀어나와 연립주택 안으로 들어갔다.

이어서 아주머니가 부축을 받으며 비틀비틀 밖으로 나왔다.

아주머니는 조금 전과 완전히 사람이 달라져 있었다. 머리카락은 윤기가 빠져 부스스하고, 눈에는 시커멓게 그늘이 내려앉아 있었다. 끔찍한 악몽에서 막 깨어나기라도 한 것처럼. 아니 거꾸로, 끝나지 않을 악몽에 푹 잠기기라도 한 것처럼.

아주머니는 구급차에 타려다 문득 길가에 앉은 수호를 바라보았다.

허깨비 같은 얼굴이다. 눈이 텅 비어 있었다.

수호는 그 눈을 조용히 마주 보았다. 카마가 사라져버린 사람의 눈을. 그 마음을 가득 채웠던, 삶을 지탱하던 욕망을 한

순간에 잃은 사람의 눈을.

보고 있자니 마음에 두려움이 일었지만, 이유는 떠오르지
않았다.

……아니, 떠올리고 싶지 않다.

……생각하고 싶지 않다.

……바루나를 잃은 뒤의 나를.

……언젠가 오고야 말 그날을.

수호는 고개를 저어 뻗어 나가는 생각을 멈췄다. 대신 좁은
골목을 빠져나가는 구급차에 시선을 두며 선혜에게 물었다.

"그러면 왜 그런 식으로 말했는데?"

"알아봤으니까."

선혜가 말했다. 그러다 볼에 닿는 바람도 추워졌는지 거북
이처럼 꼼지락거리며 담요 안으로 파고들어 수호 곁에 바짝
붙었다.

"나 지금 엄살 피우는 거 아냐. 애들 몸은 감기 바이러스에
약해서……."

"알아. 뭘 알아봤다는 거야?"

수호가 물었다.

"네가 자기 엄마의 마음에 들어가 뭔가 했다는 걸."

선혜가 담요 속에 폭 파묻혀 말했다.

"그래서 그 마음을 완전히 바꾸어놓았다는 걸. 어쩌면 이제
자기 인생까지도."

문득 수호는 자신이 처음 마호라가를 만났을 때 심소에 휩

쓸렸던 일이 떠올랐다. 마찬가지로 그 애도 뭔가를 본 건가.

'그야, 내가 그 애 엄마를 다치게 한 건 사실이지만.'

아니, 그 이상이었다.

나는 그 사람의 정신이 완전히 망가지거나, 하다못해 죽어도 상관없다고 생각했다. 검을 뺄 수는 순간에는 아이를 돕겠다는 마음마저도 없었다. 그저 눈앞의 적과 내 검뿐.

나는 순수하게 전투에 임했다. 내 목숨과 그 사람의 목숨을 도마 위에 올려놓고. 그러니 그뿐이겠지만…….

"난 그 애가 나한테 도움을 요청했다고 생각했어. 내가 착각했나 봐."

"도움을 요청했어."

"응?"

"그리고 네가 자기 요청에 응한 것도 알아보았어. 하지만 그 애의 마음은 더는 아무것도 감당할 수 없을 만큼 부서져 있었어."

"?"

"거기에 '자기가 엄마를 다치게 했다'는 생각까지 더해버리면 그 마음이 어떻게 되겠어."

수호는 눈을 크게 떴다. 담요 밖으로 튀어나온 조그마한 손가락이 까닥거렸다.

"그래서 너에게 책임을 떠넘긴 거야."

선혜의 손가락 위로 보슬비가 내려앉아 이슬처럼 맺혔다.

비가 오자 골목길을 오가는 사람들마저 걸음을 늦춘다. 조용히 서서 하늘을 보는 사람도 있고, 우산을 쓰기엔 애매한 비에 머리를 털며 가던 길을 재촉하는 사람도 있고, 밖으로 나오려다가 도로 문을 닫고 들어가는 사람도 있다. 시야에 닿는 모든 것이 비에 젖어 느려지는 듯했다.

"……."

"물론 그럴 필요는 없었겠지. 무슨 일이 있었는지 알 수 있는 사람도 없는데……."

"……애라서 그걸 몰랐다고?"

"아니, 그렇게 살아오지 않은 거야."

선혜가 답했다.

"자기가 하지 않은 일도 전부 뒤집어쓰면서 살았을 거야. 그래서 온 힘을 다해 자기 마음을 지킬 수밖에 없었겠지."

수호는 이마를 짚었다.

"모르겠어."

"모를 수밖에 없지. 넌 그런 식으로 생각하지 않는 사람이 니까."

수호는 한참 입을 열지 못했다.

"그 애 엄마도 그래서 자기 애를 괴물이라고 상상한 거야?"

"……."

"애는 괴롭히고 싶은데, 자기가 나쁜 사람이란 생각까지는 하고 싶지 않으니까?"

선혜는 수호의 겨드랑이에 파고든 자세로 말똥말똥 수호의 얼굴을 올려다보았다.

"나이 먹은 사람이, 어른이 돼서, 겨우 그 정도 상처받는 것도 싫어서?"

"……카마가 하는 일이야."

수호가 담요에서 손을 놓는 바람에 선혜와 입장이 바뀌었다. 선혜는 담요가 흘러내리지 않도록 당겨 여며주었다.

"카마는 제가 사는 마음의 안전 외에는 관심이 없으니까. 다른 사람은 안중에도 없어."

"그래서 사람에게 잘못이 없다고?"

"왜 없을까. 카마를 그 사람이 만든 것을."

'마구니는 그저 욕망에 생명을 줄 뿐이다……'라던 아난타의 말이 떠올랐다. 에덴동산에 무작위로 생명을 풀어 넣는 무정한 창조주처럼.

선혜는 수호의 무릎에 머리를 대고 누웠다.

"얼마나 얼마나 많은 사람들이……."

선혜가 말했다.

"얼마나 얼마나 많은 사람들이…… 제 몸을 지킬 수도 없는 약한 이들을 괴롭히고, 학대하고, 종내에는 죽이기까지 하면서, 자기들이 세상을 망칠 거대한 적과 싸우고 있다고 믿어 의심치 않는지…… 제 잔인성과 야만을 대놓고 전시하며, 세상을 파괴하는 괴물 떼를 물리치는 정의의 전사인 양 으스대는지……. 너는 상상도 못 할 거야."

선혜의 작은 눈에 슬픔이 들어섰다.

"……아니, 그런 건 영원히 이해할 수 없는 것도 좋아. 어떤 심소는 들여다보지 않는 편이 나아."

수호는 문득 선혜가 자신이 모르는 수십 년쯤 전의 먼 옛날의 일을 떠올린다고 느꼈다.

어쩌면 마호라가 두억시니를 없애기로 맹세했던 그 시절로.

그 생을 다 바쳐서라도. 아니, 하나의 생만이 아니라, 앞으로 이어지는 모든 생을 다 바쳐서라도.

"아이고, 아이고, 아예 땅 파고 들어가시겠네. 두더지예요, 무슨?"

진의 목소리가 밖에서 들렸다. 선혜와 수호의 머리 위로 솜이불이 하나 더 휙 날아와 덮였다.

"십 분만 더 기다려요. 아무튼 뒤처리는 다 내 몫이지. 보험이 뭔지는 아실랑가 모르겠네. 어른들 세계에 있는 건데 말이죠. 이번엔 그나마 가택침입은 안 했으니 칭찬해드리죠."

솜이불이 머리에 덮이고 수호가 등을 푹 숙인 자세가 되자 선혜는 바둥거리며 꺄하하, 하고 웃었다. 그러다 수호가 물끄러미 내려다보자 어흠, 하고 헛기침하며 손가락을 들어올렸다.

"이것은 그러니까 자동 반사로서……."

"됐어……."

✦

같은 시각.

세 사람이 있는 자리에서 일 킬로미터쯤 떨어진 좁은 골목.

길가에 자리한 한 붉은 간판의 만두집, "어서 오세요"라고 귀여운 글씨로 쓰인 붉은 전광판이 깜박였다. 그 앞에 서른 명 내외의 사람들이 팔짱을 끼고 진을 치고 서 있었다.

진을 친 사람 중에는 감자튀김 가게 주인 부부와 중국집의 노부부도 눈에 띈다. "우리 단골집은 우리가 지킨다"는 팻말도, 이미 잃어버린 자기 가게의 이름을 적은 팻말을 든 사람

716

들도 눈에 띈다.

양복을 입고 서류 가방을 들고 길을 가던 남자가 상황을 두리번두리번 살피더니 자연스럽게 사이에 끼어든다. '이 나라에 살면 시위야 일상다반사지' 하고 말하듯 태연스레 군중 사이에 어깨를 떡 벌리고 선다.

도로 반대편에는 다른 종류의 사람들이 모여 있다.

검은 모자에 "집행"이라는 노란 궁서체 글씨를 박고, 검은 옷에 하얀 마스크를 쓴 사람들이다. 모두 병사처럼 열을 맞춰서서 지시를 기다리고 있다.

거기서 몇 블록 떨어진 다른 골목에는 전경차들이 대기하고 있다. 차체에 "국민을 섬기겠습니다"라는 문구가 떡하니 붙어 있었다.

✦

"그래서 넌 계속 그렇게 말하는 거야?"

수호가 팔을 올려 솜이불을 우산처럼 받쳐 들며 말했다.

동네 사람이 지나가다 길가에 볼록 튀어나온 솜이불을 보고 놀라 한참을 어리둥절해하다가 지나갔다.

"뭘?"

선혜가 고개를 빼꼼 들며 물었다.

"네가 정의가 아니라고?"

수호의 질문을 들은 선혜의 얼굴에 씁쓸한 웃음이 떠올랐다. 이번에는 몇십 년이 아니라 천 년쯤 전 일을 떠올리는 얼굴이다.

"자신이 정의라 믿어 의심치 않은 무수한 퇴마사들이 마구니에게 홀려 마음에 카마를 갖고 사라져갔어."

"……왜?"

"글쎄."

선혜는 생각에 잠긴 얼굴을 했다.

"**만약 내가 정의라면 나와 다른 사람은 불의가 된다.** 세상에 그만한 불의가 어디 있을까."

"……?!"

"**만약 내가 옳다면 나와 다른 사람은 틀린 것이 된다.** 세상에 그만큼 틀린 일이 어디 있을까."

"……뭐?"

"내 옳음을 확신하는 만큼 타인의 틀림을 확신하게 되니, 모든 훌륭한 사람이 망가질 때가 그때더라."

수호는 할 말을 잃었다.

"하지만…… 그런 생각을 하면서 어떻게 싸워?"

"싸우는 데에 뭐가 그리 많이 필요해. 살아 있으면 싸우게 돼."

선혜는 그러다 무슨 생각이 들었는지 자조적인 웃음을 지었다.

"그 사람은 결국 싸우지 못하게 되었지만."

"누구?"

"그 말을 내게 한 사람."

"……그게 누군데?"

선혜는 반짝이는 눈으로 수호를 올려다보았다.

"그 사람이 내게 말했어."

풍경을 울리는 듯한 선혜의 맑은 목소리가 귀에 선명하게 들려왔다. 그때 선혜의 모습이 한순간 마호라가로 보였다.

마호라가가 진홍빛 눈으로 수호를 마주 보며 말했다.

"왜냐하면 네가 정의가 되는 가장 쉬운 방법은, 타인을 불의라 부르는 것이기 때문이다. 그러면 너는 아무것도 하지 않아도 정의가 된다."

"……?"

"너는 아무것도 하지 않아도 정의가 된다……. 타인을 악이라 비난하는 것만으로. 그 유혹은 너무나 달콤한 나머지 너는 언젠가 그 욕망에 빠지고야 만다. 네가 더는 싸울 수 없게 된 어느 날에, 더는 영민하게 판단하지 못하게 된 지치고 힘든 어느 날에, ……만약 네가 너를 정의라 믿고자 한다면."

수호는 뭐라 답해야 할지 모를 기분이 되었다.

"네 갈망이 비틀리고, 자신을 정의라 부르고 싶은 '욕망'에 사로잡히게 되면."

"그러니까, 누가 그런 말을……."

늘 답을 듣지 못했다는 생각을 하면서도 수호는 재차 물었다.

선혜는 답하지 않았다. 대신 씨익 웃고는 끙, 하고 수호의 무릎을 기어 올라가더니 손을 뻗어 수호의 머리를 쓰다듬었다.

"잘했어!"

"응?"

"혼자서 애썼어! 휘말린 것도 훈련도 아니고, 네 의지로 사냥을 했잖아? 대단해!"

"……."

'왜 자기에게 알리지 않고 혼자 갔느냐고 한 소리 들을 줄 알았는데.'

선혜는 수호의 생각을 알아들은 것처럼 이를 다 드러내며 활짝 웃었다.

"괜찮아, 다 괜찮아. 내가 널 칭찬해주니까."

수호의 얼굴이 확 붉어졌다.

"괜찮기는 뭐가 괜찮아요!"

진이 두 사람에게서 이불을 휙 걷어내며 말했다. 그러고는 강아지를 집어 들듯이 선혜를 번쩍 들어 올리고는 엉덩이에 묻은 흙을 탁탁 털었다.

"건물 안에 들어와 있으라니까 아무튼 말도 안 듣고!"

"왜 나만 갖고 그래! 안 들어가고 있던 건 수호거든!"

"남 핑계 대지 말아요! 못 쓰겠네!"

"우앵!"

"뚝!"

✦

붉은 간판의 가게 앞.

집행위원들이 함성과 함께 돌진한다.

가게 앞에 선 사람들이 서둘러 팔짱을 껴 벽을 만든다.

옷을 당기고 몸뚱이로 밀치며 사람들을 끌어내기 시작한다.

밀려나고 버틴다.

그러다 넘어지는 사람이라도 나오면 고성이 오가며 잠시 소강상태가 이어지고, 이어서 다시 밀려나고 버틴다.

공권력과 시민의 싸움.

땅따먹기처럼 자리싸움을 하되 누구든 폭력으로 넘어간 쪽이 지는 전쟁. 어느 쪽이든 끝까지 선을 지켜야 하는 싸움이다. 하지만 종로 한복판에서 시위를 하다 사람이 하나 죽은 지도 그리 오래되지 않았다.

언제 선이 무너질지 모르는 시기.

한편,

이들의 집단 의식의 공간, 심소에서는 다른 종류의 싸움이 벌어진다.

폐허가 된 거리.

조각난 잔해와 부서진 집기와 간판이 거리에 쓰레기의 산을 이룬다. 이제 형체가 남아 있는 건물은 거의 보이지 않는다.

호랑이를 닮은 카마들이 지키는 건물은 거리 외곽에 버티고 선 마지막 요새처럼 보인다.

그 반대편에는 혜성처럼 긴 불타는 꼬리를 늘어뜨린 카마들이 진을 치고 있다. 이들이 공기를 찢는 소리와 함께 진격해 들어간다.

호랑이들이 으르렁거리며 발톱을 휘둘러 불길을 잡으려 애쓰는 사이에, 불꽃은 카마 사이를 유성처럼 오가며 전장을 불바다로 만든다.

61   궁극의 카마

금강은 어수선한 기운에 눈을 떴다.

밤새 잠을 설치다 새벽녘에야 깜박 잠이 든 참. 눈을 뜨자마자 엊저녁의 대화가 떠올랐다.

비사사와 이야기를 나누다 잔 탓인가, 생각이 계속 맴돈다.

「그게 무슨 말씀이십니까, 스승님?」

비사사는 못 알아들은 얼굴로 눈을 깜박였다. 금강은 불편한 마음으로 어린 제자를 보다가 고개를 저었다.

「아니다, 잊어라. 다 마구니가 카마를 꾀어내려고 하는 말이다. 고약한 헛소리다. 사람이 신이 되기 어렵다면 그만한 괴물이 되기도 어렵다.」

비사사는 혼란스러워했다.

「하지만 금강님.」

비사사는 도저히 모르겠다는 얼굴로 재차 물었다.

「카마는 그저…… 인격의 일부가 아닙니까? 인격의 한 부분이 특출하게 강화되어 생명을 갖게 된…… 강렬한 허상 같은 것이 아닙니까?」

「……」

「아무리 카마가 사람의 마음을 많이 잡아먹는다 한들, 어떻게 그 본래의 인격을 내쫓고 ……소멸시켜버리고, 자신이 그 몸을 다 차지해버릴 수가 있겠습니까?」

「……」

「그런 사람이 살 수 있을 것 같지 않습니다. 마음에 한 가지 욕망뿐인데, 먹거나 자거나, 다른 기본적인 생존 욕구는 남아 있겠습니까? 그런 사람은 미치광이나 식물인간이 되고 말 겁니다.」

「……」

「아무리 지능이 높은 카마라도……. 예, 그 바루나는 믿기지 않을 만큼 머리가 좋기는 했습니다……. 그런 카마라면…… 하지만 그래도 그렇지…….」

금강은 비사사가 떠드는 내내 아무 말이 없었다. 비사사는 금강을 한참 바라보다 말했다.

「그래도 안심입니다.」

「뭐가 말이냐?」

「보통 사람은 자신의 마음을 들여다볼 수 없지만, 우리 퇴마사는 알 수 있지 않습니까. 마음 안으로 들어가 볼 수 있지 않습니까. 자신의 마음에, 또 동료의 마음에, 다른 존재가 없다는 사실을.」

「……」

「그러니 우리 퇴마사에겐 그런 무시무시한 일이 일어나지는 않겠지요.」

금강은 얼굴에 달라붙은 무엇인가를 씻어내고 싶은 기분으로 두꺼운 손을 비벼 마른세수를 했다.

눈이 오는가, 늦은 아침인데도 밖이 어둑어둑하다.

어수선함은 멀리서부터 전해져 온다.

싸움의 기운.

인간들 사이의 다툼이야 늘 있는 것이겠지만, 금강이 느끼는 것은 다른 것이다.

사람의 마음에서 일어나는 전쟁.

가장 흔한 것은 마구니가 카마를 유혹하기 위해 사람의 마음을 헤집어놓는 전쟁.

그 외에는 퇴마사가 카마를 없애는 전쟁.

그리고 드물게 일어나는 심소의 전쟁.

비슷한 욕망을 가진 사람들이 모이고 집단 의식의 장인 심소가 만들어지면, 본래는 사람의 마음을 떠날 수 없는 카마들이 심소를 통해 조우하게 된다.

멀지 않은 곳에서 그런 충돌이 벌어지고 있다.

현실의 전장에서 다치는 것은 몸이지만 심소에서 다치는 것은 마음이다.

사람들은 몸의 상처는 작은 생채기에도 약을 바른다, 병원에 간다 부산을 떨면서, 마음의 상처는 아무리 깊고 커도 내버려두면 알아서 다 낫는 줄로만 안다.

하지만 퇴마사들은 안다. 마음이야말로 지독하도록 물리적인 공간임을. 한번 부서지고 나면 다시는 돌아오지 못하는 곳임을.

금강은 숨을 깊이 들이쉬었다.

다음 순간, 금강은 돌로 이루어진 신상의 모습으로 심소에 들어섰다. 동시에 현실의 금강은 잠에 곯아떨어진 모습으로

724

소파에 축 늘어졌다.

성당에서는 '서인왕 보좌신부는 한번 잠들면 업어 가도 모른다' 혹은 '기면증이 있다'는 소문이 우스갯소리로 돈다. 하지만 신부의 지위는 공고하여 딱히 문제 삼는 사람은 없다.

이 성전을 둘러싼 욕망을 찾기는 쉽다.

'신의 뜻에 귀의한다.'

아니, 신의 존재를 믿는다.

본 적도 체험해본 적도 없는 미지의 절대자를 상상하여, 그 상상의 인물이 우주 전체와 자신에게 절대적인 권한을 행사한다 믿는다.

'신비롭기까지 한 현상이지.'

금강은 신부복을 입은 사람으로서는 감히 떠올릴 수도 없는 생각을 하며 비웃음을 날렸다.

다음 단계는 어렵다. 더 큰 심소로 들어가려면 더 많은 사람이 갖는 욕망을 상상할 수 있어야 한다. 훨씬 더 복잡한 작업.

연희동.

연남동과 나란히 붙어 있지만 확연히 다른 동네.

연남동이 좁은 골목과 오래된 작은 가게들이 모여 있는 소박한 예술가의 거리라면, 연희동은 전직 대통령이 둘이나 살 정도로 부촌이다. 거리를 걷다 보면 가도 가도 끝이 보이지 않는, 현대의 성벽 같은 드높은 담장을 만나기가 예사.

"과시욕."

금강은 주문처럼 읊조리며 사제관 문을 열고 발을 내디뎠다. 그러자 주위 풍경이 투명해진다.

땅은 살얼음이 낀 호수처럼 미끈해지고 하늘은 안개가 낀 듯 희뿌옇게 된다.

시야에 닿는 모든 건물이 투과율이 극단적으로 높은 얇은 유리로 만든 듯 보인다. 높은 건물이 여러 개 겹쳐, 실제라면 볼 수 없을 저 너머의 지평선까지도 투명하게 눈에 들어온다.

유리는 결국 빛을 반사할 수밖에 없다는 점을 생각하면, 설사 세상의 모든 물체를 유리로 바꾼다 한들 이런 풍경을 현실에서 보기는 어려우리라.

가진 것을 다 드러내 보여주고자 하는 욕망.

남의 부러움과 찬탄을 받고자 하는 욕망.

워낙 얄팍하여 격렬한 전투라도 한번 할라치면 금세 부서지고 마는 곳.

그래도 이 심소에 한 다리쯤 걸쳐진 다른 심소까지도 투명하게 보여주는 독특한 곳이라, 감시 삼아 주변을 휘둘러보기에는 적당한 곳이다.

전투는 저 멀리, 연희동 외곽, 연남동 골목 구석에서 벌어지고 있었다. 도로 하나를 사이에 두고 호랑이를 닮은 카마들이 불타는 짐승들과 뒤엉켜 싸우고 있다.

금강은 전장 주변을 면밀히 살폈다.

저 멀리 먹구름과도 같은 거대한 검은 괴물이 불타는 짐승들 뒤편에서 방어진을 펼치고 있는 것이 눈에 들어왔다. 녹아내리는 타르처럼 형체가 없는, 몸에 무수한 입과 눈이 붙어 있는 괴물.

'두억시니.'

괴물의 이름을 떠올린 금강은 입을 굳게 다물었다.

두억시니의 몸에서는 뿌리와도 같은 무수한 촉수가 뻗어

나와 땅 여기저기에 박혀 있었다.

통제할 수 없이 자라나버린 나무처럼 검은 뿌리가 사방팔방으로 뻗어 있다. 작은 화분에 갇힌 나무처럼 심소를 다 잠식한 나머지 더는 뻗어 나갈 곳이 없어 보인다.

"관여할 거야, 금강?"

머리 위에서 들리는 소리에 금강은 고개를 들었다.

날카로운 새의 부리와도 같은 가면, 카메라 렌즈처럼 찰칵거리는 기계눈. 긴나라였다. 깃털이 달린 하얀 코트를 입고 있어 마치 횃대에 앉은 새처럼 보였다.

✦

"어때?"

누가 뒤에서 등을 퉁 쳤다. 수호가 돌아보니 선혜가 이를 드러내고 환하게 웃고 있었다.

"검을 만드는 건?"

"응?"

진은 '자전거가 하나뿐인데 어쩌나' 하고 머리를 긁적이다가 수호를 자전거 뒤 안장에 앉히고 등에 선혜를 업혀 담요로 둘둘 말아놓고는 자기도 안장에 올랐다.

세 명이 자전거 하나에 매달려 골목길을 달리고 있자니 동네 사람들이 흠칫 놀라며 쳐다보았다. 이제는 신경 쓰는 것도 바보스러워서 수호는 대충 포기하고 딸려 가던 참이었다.

"싸우면서 만들어봤겠지? 얼마나 크게 만들 수 있겠어?"

선혜가 담요 아래로 손을 뻗었다. 선혜의 작은 손이 '손 줘

봐, 손' 하고 살랑거리자 수호는 팔을 뒤로 뻗어 그 손을 잡았다.

선혜의 자그마한 손이 수호의 망가진 손가락에 얹혔다.

세상에서 가장 귀한 보석을 만지는 것처럼 소중히 감싸안는다. 늘 감추고 싶고, 가장 아픈 기억만 떠올리게 했던 손가락을.

"제일 크게는 시험해보지 않았지만……. 조절해볼 수 있을 것 같아."

"그래."

선혜는 다시 또 신나 죽겠다는 웃음을 지었다. 그러더니 담요 안에서 꼼지락거리며 수호의 등에 기댔다. 등을 통해 선혜의 심장이 두근거리는 것이 느껴졌다.

"이번에는 반드시 없앨 거야."

"……"

"반드시, 꼭…… 할 수 있어. 이번엔 될 거야. 예감이 좋아."

선혜가 생일 선물을 기대하는 아이 같다고 생각하며 수호는 피식 웃었다.

"아, 맞다."

자전거를 비틀비틀 몰고 가던 진이 문득 생각난 듯 물었다.

"그때 선혜, 이상한 말 했었죠."

"응?"

선혜가 수호의 등에서 고개를 빼꼼 내밀었다. 수호는 "움직이지 마. 떨어져" 하며 몸을 비틀며 진의 허리를 붙들었다.

"왜, 그 퇴마사들 사이에 카마가 있다고 한 거요."

등 뒤가 삽시간에 조용해졌다.

"그거 말이죠, 혹시……."

진이 페달을 밟으며 물었다.

"그 퇴마사들 중에 저처럼 자기 카마를 아트만인 척 속이는 사람이 있다는 뜻인가요?"

'?'

모르는 이야기가 나오는 바람에 수호는 귀를 쫑긋 세웠지만 뒤에서는 반응하는 기색이 없었다.

"오래 속일 수는 없어도, 공력이 강한 퇴마사의 카마라면 한두 해쯤은 속일 수 있을지도요……. 퇴마사의 기에 카마가 감춰지니까요. 우리 아난타처럼요."

선혜는 여전히 답이 없었다. 잠시 기다리던 진은 표정을 풀며 뒤를 돌아보았다.

"옹? 아니에요?"

"그럴 수도 있겠지만…… 나한이면 모를까, 신장의 눈을 속일 수는 없을 거야."

"그런가."

진은 고개를 갸웃했다.

"그럼 잘못 생각했나 보네."

진이 흥얼거리며 페달을 밟는 동안 수호는 계속 등 뒤에 귀를 기울였다.

선혜가 한참 만에 작게 혼잣말로 중얼거렸다.

"사실 나는 좀 다른 걸 생각했지만……."

"다른 것? 어떤 것?"

수호가 마찬가지로 속닥이며 물었지만 선혜는 여전히 답하지 않았다. 한참 뒤에야 다시 중얼거리는 소리가 들렸다.

"아니, 그건 아닐 거야. 적어도 그런 건 이번 세기에서는 본 적이 없어……."

"뭘 말이야?"

⁂

바루나는 수호의 마음에 돌아와 있었다.

풀밭이 펼쳐진 너른 들판.

무슨 일로 또 우울해졌는지, 하늘에는 먹구름이 우중충하고 서늘한 바람이 불며 차가운 가랑비가 추적추적 내린다.

'늘 생각하지만, 날씨 한번 변화무쌍한 마음이로군.'

하지만 별개로, 그 좁은 마음을 헤매다 와보니 새삼 수호의 마음이 얼마나 넓은지 실감할 수 있었다. 체감만으로는 작은 행성이나 다름없다.

「궁극적으로는,」

마음 안에서 언젠가 들었던 파순의 말이 다시 울려 퍼졌다.

「수호라는 이 마음의 주인을 없애고 여기를 전부 네 것으로 하는 거지.」

「마음의 주인을 너로 대체하는 거다.」

바루나는 불편한 기분으로 주위를 살폈다.

「저 나약한 어린애를 없애고, 훨씬 뛰어나고 완벽한 네가 정신을 다 지배하는 거야. 그것이 모든 카마의 궁극의 목적.」

'궁극의 목적…….'

하지만 다른 마음이라면 모를까, 몸을 아무리 키워도 이만한 마음을 다 차지할 수 있을 것 같지가 않다.

애초에 내게 몸을 키우는 능력이 없기도 하거니와.

'그래도 그렇게 된다면.'

바루나는 의문을 품었다.

'정말로 그렇게 된다면 어떻게 되는 건가.'

그게 내 목적을 이루는 데 도움이 되는가.

그리고 만약 그게 내 목적에 도움이 된다면, 과연 내가 거부할 수 있을 것인가?

✦

〔카마의 궁극의 모습.〕

'응? 그게 뭐야?'

수호는 마음에 바루나가 있다는 걸 또 깜박하고, 불현듯 떠오른 낯선 생각에 어리둥절해했다.

'욕망 최종 진화 단계 같은 건가.'

웃음이 나오는 말이라는 생각을 하면서도 수호는 무심코 연상을 계속했다.

'그러고 보니 정말 큰 카마였어.'

수호는 진과 선혜 사이에 끼어 골목길을 달리며(실은 딸려 가며) 생각했다.

'조금만 더 커졌다면 마음을 전부 잡아먹고도 남았을 거야.'

이어서 며칠 전에 진의 마음 안에 들어갔다가 아난타와 나

눈 대화가 떠올랐다.

'그거, 정말 이상한 생각이었지.'

넓고 푸른 바다가 넘실거리는 진의 마음속에서, 아난타는 에메랄드빛 눈을 크게 뜨며 무슨 그런 기상천외한 생각을 다 하느냐는 얼굴로 수호를 보며 물었다.

「에에에에? 그게 대체 무슨 말도 안 되는 소리야?」

「응? 그렇게 이상한 생각이야?」

「말도 안 되지! 그게 어떻게 가능해? 카마와 아트만은 달라! 완전 다르다고!」

하지만 수호는 마호라가와 아난타를 처음 만났을 때부터 했던 생각이었다.

수호는 재차 물었다.

「만약에, 만약에 말야.」

「정말 카마가 사람의 마음을 다 차지해서 빈자리가 없어진다면,」

마음에 그 단 하나의 욕망 외에는 아무것도 남지 않게 된다면. 진씨의 바다와 같은, 마음의 빈 공간이 다 없어져버린다면.

마지막에는 그 사람의 본령이라고 부를 수 있는 것마저 사라지고, 마음에 카마 하나만 남아 사람의 마음을 다 지배하게 된다면.

그 사람의 마음에 남은 것이 단 하나, 카마뿐이라면.

「그 카마와 아트만을 무슨 수로 구분해?」

Ep. 9 무너지는 거리와
바루나의 마음

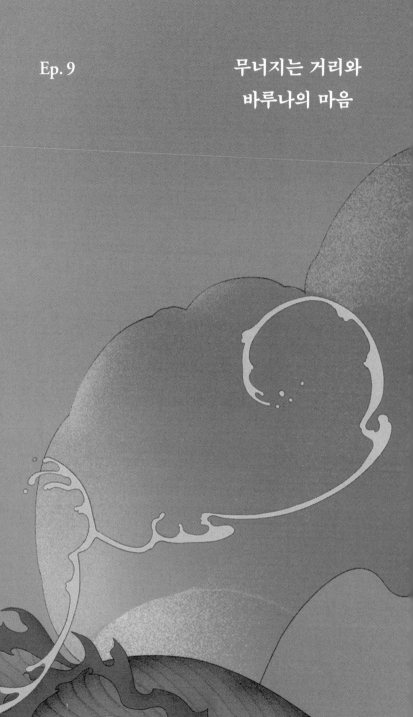

62   카마는 다 카마다

모든 것이 투명하게 들여다보이는, 연희동 한가운데에 자리한 '과시욕'의 심소.

금강은 긴나라를 보자마자 얼굴을 험악하게 일그러뜨렸다. 긴나라는 싱글싱글 웃으며 인사했다.

"어서 와, 금강."

금강은 핏발 선 눈을 부라렸지만, 몸짓언어가 의미를 갖지 않는 상대라는 걸 깨닫고 무겁게 입을 열었다.

"무슨 생각으로 애들 앞에서 그런 소리를 한 거냐, 긴나라."

"내가 뭘?"

긴나라는 시선을 멀리 두었다. 딴청을 피우는 것처럼 보이지만, 긴나라가 옆얼굴을 들이대는 것은 다른 사람으로 치면 '쳐다보는' 것에 가깝다. 귀를 기울이는 것이다.

"타락한 자는 자신이 타락한 줄 알지 못한다."

긴나라가 마호라가 일행과의 전투 이후에 했던 말.

"또한 타락을 진행시키는 방향으로만 움직인다."

"왜, 우리 옛 수장께서 종종 하시던 말씀인데."

긴나라가 수장을 언급하자 금강은 거친 숨을 내뱉었다.

긴나라의 기계눈, 리부. 장인의 신에게서 따온 이름.

긴 세월을 살아온 퇴마사들의 버릇이다. 자기 무기에 불가

736

의 신, 더 나아가서 불가에 편입된 힌두 신, 거기서 더 나아가 편입되지 않은 힌두 신의 이름까지 따오는 것은.

그 눈은 긴나라에게 그의 거칠어진 숨소리와 빨라진 심장 소리, 올라간 체온, 하다못해 올라간 언성의 데시벨까지 알려 주고 있을 것이다. 단, 시각만을 제외하고.

하지만 긴나라가 집중했을 때 저 기계눈이 전하는 정보는 눈이 달린 사람보다 몇 배…… 아니, 숫자로 헤아릴 수 없을 만큼 많다.

"열 내지 마, 금강. 하도 우직하게 무조건 아니라고 하고 앉 았으니 애들이 더 이상하게 보잖아. 그래서 슬쩍 의심하는 척 해준 거라고. 그게 더 자연스러워 보였을걸."

긴나라는 낮은 휘파람을 불며 발을 박자에 맞춰 까닥이면 서 말했다. 금강은 긴나라가 저러는 꼴을 볼 때마다 간혹 저 기계눈에 노래 나오는 기능도 있는지 의심한다.

금강은 긴나라를 노려보았지만 새 모양 가면에 가려진 긴 나라의 표정은 읽을 길이 없었다.

성질을 더 내려던 금강의 눈에 문득 긴나라의 몸에 금가루 가 잔뜩 묻어 있는 것이 들어온다.

전신에 자잘한 상처를 입었다는 뜻.

그제야 금강은 심소 여기저기에서 황금빛 운무가 피어오 르는 것을 눈치챘다. 갈까마귀 모습을 한 카마가 여기저기에 떼죽음을 당해 드러누워 있다.

"사냥 중이었는가."

금강은 표정을 풀며 말했다.

"심심해서 말이지."

긴나라가 별일 아니라는 투로 답했다.

"무의미한 싸움이로군."

심소의 카마는 사람의 마음에서 흘러나온 찌꺼기들. 나타났다가도 사라지는 것. 아무리 열심히 없앤다 한들 어디선가는 다시 생겨난다.

"우리에게 언제 의미가 있는 싸움도 있었던가."

금강은 작년 봄, 연희동 사제관에 찾아온 긴나라를 떠올렸다.

자신처럼 한 지역에서 자리를 지키며 감시하는 퇴마사가 있는가 하면, 긴나라처럼 전국을 떠도는 퇴마사도 있다. 한곳에 머물러야만 파악할 수 있는 진영이 있는가 하면 계속 돌아다녀야만 파악할 수 있는 진영이 있으니, 그런 방식으로 서로를 보완한다.

몇 주째 강풍이 불고 비가 쏟아지던 봄이었다. 긴나라는 비에 젖은 새 꼴이 되어 사제관 앞에 서 있었다.

「어디서 뭘 하다 온 건가, 긴나라?」

금강은 무심히 물었다.

긴나라는 물이 떨어지는 모자 그늘 안쪽에서 허망하게 웃었다.

「전쟁. 계속되는 전쟁.」

「이해는 가고 할 말은 없군, 긴나라.」

「전쟁. 계속되는 전쟁.」

긴나라는 고장 난 기계처럼 반복했다. 그러고는 코트에서 물을 뚝뚝 흘리며 허깨비처럼 금강을 지나쳐 안으로 들어왔다.

738

「계속되는……」

"관여할 거야, 금강?"

긴나라의 질문에 금강은 그제야 다시 연남동 방향을 바라보았다.

가게 앞에서 벌어진 싸움은 그새 잠시 소강상태에 이른 듯했다. 카마들은 각자 자기 진영으로 물러나 진형을 새로 짜며 서성이고 있었다.

장기전이 시작된 셈.

시위대가 해가 떨어져도 버틸 것인가, 새벽이 와도 버틸 것인가, 다음 날이 와도 버틸 것인가, 혹은 몇 달을 버틸 것인가의 싸움이 시작된 셈이다.

먹구름처럼 전장을 둘러싸고 있던 두억시니는 소란이 가라앉자 힘이 빠졌는지 스르르 땅에 스며들며 모습을 감춘다.

'뭐든 부수는 강길'과 '모멸을 퍼트리는 두억시니'.

접점은 있다 해도 목적은 다르다. 애초에 종이 다른 카마가 목적이 같을 리도 없다. 서로 다른 카마가 협력하고 있다는 건 뒤에서 전략을 짜는 자가 있다는 뜻.

'단순히 생각하면, 마구니가 하는 일이겠지만.'

가로등 아래에서 "마구니가 하는 일이겠지만"이라는 글자가 금강을 놀리듯이 떠올라 춤을 추었다.

"그럴 필요가 있겠는가."

금강이 무뚝뚝하게 답했다.

"어차피 모두 카마다. 자기들끼리 싸우다 없어지면 그만이다."

739

"카마라고 다 똑같진 않아."

"다 똑같다."

"그렇지만은 않지."

"서의 놈들 같은 말은 집어치워라, 긴나라."

"그래도 두억시니는 달라, 금강."

긴나라의 말에 깃든 것은 두려움도 혐오감도 아니다. 오히려 찬탄과 경애. 미지의 생물에 대한 순수한 경이가 느껴진다.

"두억시니의 목적은 하나."

긴나라의 목소리에 맞추어 가로등 아래의 글자가 춤을 추었다.

"모멸을 받은 자가 그 모멸을 자기 자신과, 자신보다 약한 이들에게 돌려주게 한다."

금강은 돌덩이처럼(실제로 지금 돌덩이의 모습을 한 채로) 묵묵히 들었다.

"모멸을 받은 자는 그 모멸을 자신을 모멸한 자에게 돌려주지 않는다. 왜냐하면 그를 모멸한 자는 대개 강자고, 멸시받아 허약해진 마음은 강자에게 맞서는 위험을 감당하지 못한다. ……그리하여 두억시니에게 오염된 자가 마음에 품는 욕망은 하나뿐이니."

긴나라는 새하얀 모자를 까닥였다.

"남을 모멸하는 것. 그리하여 자신을 모멸한 자와 같은 자리에 서는 것."

금강은 긴나라의 코트에서 살랑거리며 떨어지는 깃털을 무심히 바라보았다.

"다단계 같은 놈이야, 그렇지?"

'그것이 심소의 카마일 뿐인 두억시니가 영생에 가까운 생명을 유지하는 비결.'

금강은 생각했다.

"하지만 재미있단 말이지. 자기가 받은 모멸을 자기 주변에 있는 가장 약한 자에게 돌려주는 것은 그렇다 치고, 자기 자신을 향하는 것은 어째서일까? 무슨 이득이 있어 인간은 '자신을 모멸하는' 욕망을 갖는 걸까?"

"카마가 하는 일이다."

금강이 진부한 질문이라는 듯 답했다.

"무엇을 새삼 묻는가."

"하긴 그렇지."

"그것이 심소에 붙어사는 카마의 지저분한 지점이 아닌가."

금강이 말을 이었다.

"최소한 제 주인의 마음을 지켜야 하는 다른 카마와는 달리, 이놈들은 사람의 마음이 부서지는 것도, 망가지는 것도, 하다못해 그 생을 멈추는 것조차 아랑곳하지 않는다. 놈들은 인간의 마음에 적을 두지 않으니."

"그런데도 다를 게 없다?"

반쯤은 힐난하듯, 반쯤은 조롱하는 듯한 긴나라의 질문에 금강은 입을 다물었다.

그리고 다시 무겁게 답했다.

"카마는 다 카마다."

"응? 이런, 수호도 같이 딸려 왔네?"

진이 집에 도착한 뒤에야 정신이 난 얼굴로 말했다.

'묶어두셨으니까…….'

수호는 포대기에 싸여 자기 등에 업힌 선혜를 힐끗 보며 생각했다. 진은 폴더폰을 딸깍 열며 허둥거렸다.

"내 정신 좀 봐, 수호 학교 늦었겠네. 타, 얼른 다시 타. 내가 후딱 데려다줄게."

"네? ……저, 괜찮……."

"학교 하루쯤 안 가도 돼!"

수호가 황급히 손을 내젓는데 등 뒤에서 선혜가 손을 번쩍 들며 소리쳤다.

"수호 오늘 애썼으니까 쉬어! 오늘은 쉬는 날! 휴~일!"

"나 참, 그걸 왜 선혜가 정해요."

진이 허리에 손을 얹고 짧은 한숨을 쉬었다.

"힘들면 학교도 쉬어야지! 어른은 월차도 내고 휴가도 내고 법정 근로시간도 다 지키는데! 왜 애들은 월차도 없고 매일 야자에 휴가도 안 주는데! 애들도 한 달에 하루는 학교 쉬고 일주일씩 휴가 가야 한다고!"

"이야, 놀라워라. 완전 애가 학교 가기 싫어서 투정하는 걸로밖에 안 보이네요."

진은 수호에게서 선혜를 넘겨받아 안장에 앉혀놓고는 추위로 빨개진 선혜의 얼굴을 손수건으로 문질문질 닦아주었다.

"미성년자 근로시간은 하루 일곱 시간까지! 주 삼십오 시간까지! 그럼 학교에도 똑같이 적용해야지! 왜 애들을 종일 공부시키는데! 공부는 일 아냐? 노동법 위반이야! 인권 침해! 아동 학대! 저 악독했던 산업혁명 때도 이보단 일 적게 했겠어!"

"네, 네, 교육청에 민원 넣으시든가."

수호는 어디서 끼어들어야 하나 생각하다가, 내가 왜 끼어들어야 하지 싶어질 때쯤 자전거 장바구니에 넣어둔 가방을 안아 들고 꾸벅 인사를 했다.

"그럼 전 가보겠습니다."

"응? 아냐. 선혜 말도 맞아. 어차피 지각했는데 밥이나 먹고 가."

진은 선혜를 안아 올리려다가 갑자기 생각이 난 얼굴로 물었다.

"요새 밥은 어떻게 하고 있어?"

수호는 입을 다물었다. 수호가 입을 다물자 진도 같이 입을 다물었다.

"급식이 있어요."

수호는 어색해지기 전에 황급히 답했다. 진은 고개를 갸우뚱했다.

"급식은 하루에 한 번 나오잖아?"

수호는 눈만 깜박였다. 진은 마주 눈을 깜박이며 물었다.

"방학하면 어떻게 하는데? 이제 금방 방학이잖아."

수호는 여전히 눈만 깜박였다.

고모는 첫 두 주는 생활비를 보내주었다. 석 주 뒤에는 전화를 해서 혹시 저금한 돈이 있느냐고 물었다. 수호는 냉큼

743

그렇다고 했다. 적금을 깨서 일 년은 걱정 없고, 알바도 하고 있으니 괜찮다고 했다. 물론 다 거짓말이었다.

돈이 말라버리는 것은 걱정이 되지 않았다. 고모의 호의가 말라버릴 것이 걱정이었다. 그래서 아버지를 돌려보낼까 봐 걱정이었다.

그 사람이 오면 나는 달아날 것이다.

마음에서 카마가 없어진 아버지가 얼마나 변했을지 알 수 없었지만, 수호는 아버지가 얼마나 변했든 그 사람과 살 생각이 없었다.

일단 청소년 쉼터의 위치와 전화번호를 알아두었다. 들어가보면 의외로 살 만하다고 들었다. 가면 밥도 있고, 잠자리도 있고, 학교도 다닐 수 있다. 계속 머물 수는 없겠지만 그땐 또 다음이 있을 것이다.

나는 때가 오면 달아날 것이다.

그게 내게 더 나은 미래를 보장해서가 아니라, 단지, 내가 그러기로 선택했기 때문에.

……하는 생각을 하고는 있었지만 딱히 무슨 말을 할지 떠오르는 것도 아니었다.

진은 가만 서 있다가 떡하니 선혜를 목말 태우고는 뚜벅뚜벅 다가와 수호의 정수리에 손을 얹었다.

"앞으로 지금처럼 매일 아침저녁 우리 집에서 운동하고, 끝나면 같이 아침저녁 먹고 가는 거야. 알았지?"

수호는 눈만 깜박였다.

앞에서 싫다고 하면 예의가 아닐 테니, 적당히 무슨 생각을 하는지 못 알아볼 표정을 하고 있다가 나중에 유야무야할 생

744

각이었다. 속으로는 '좋았어, 나 제법 잘 대처하고 있어' 하면서 혼자 대견해하는 중이었다.

"내 말 들어요! 너도 우리 전력인데, 우리 전력이 비실비실하면 곤란해지는 건 이쪽이라고!"

진이 손가락을 척, 하고 쳐들었다.

"앞으로 매일 쌀 줄어드는 것 무게 잰다! 매일 정량 못 채우면 다음 날 훈련은 두 배야!"

"네에에에엣? 그런 법이!"

수호는 그제야 화들짝 놀라 소리쳤다. 그러자 진의 어깨에 매미처럼 붙어 있던 선혜가 하품을 길게 하고 말했다.

"괜찮아, 수호. 진이 주려 할 땐 줄 수 있어서 주는 거야."

"……."

"진은 줄 수 없을 때엔 당장 그만둘 거야. 네가 애원해도 매달려도 설사 협박한다 한들 아무것도 주지 않을 거야. 그러니 지금 받아."

수호는 한참을 어쩔 줄 모르고 서 있다가 꾸벅하고 고개를 숙였다.

수호의 마음 안.

바루나는 들판을 걷고 있었다.

우중충해진 날은 아직 개지 않았다. 발밑에서 마른 풀잎이 사각거렸다. 보통 사람이라면 추적추적 내리는 비에 추위를 느낄 법도 하지만, 바루나에게는 도리어 가장 움직이기 좋은 날씨였다.

젖는 것은 바루나에게 문제가 되지 않을뿐더러, 이런 날에는 손만 뻗으면 무기를 만들 수 있다.

마음의 넓이를 가늠하려 걷기 시작해보았지만, 가도 가도 끝이 보이지 않았다.

'몸은 쬐끄만 녀석이 속은 어지간히도 크군.'

바루나는 속으로 투덜거렸다.

'운신이 자유로운 건 좋지만, 이러면 파악되지 않는 곳이 많다고 해야 하나⋯⋯.'

바루나가 서서 생각하는데 허공에 검은 균열이 생겼다.

뒤돌아본 바루나는 상대의 머리를 보기 위해 고개를 뒤로 젖혀야 했다. 이어서는 몇 걸음 물러나야 했다.

바루나의 몸 위로 긴 그림자가 늘어졌다.

문을 열고 들어온 것은 불에 휩싸인 짐승이었다.

몸은 쇳덩이고 용광로에서 금방 튀어나온 듯 빨갛게 달아올라 있다. 피부는 돌기로 우둘투둘했고 몸은 한 번에 빚어낸 듯 이음매가 없었다. 목에는 타는 듯한 붉은 갈기가 있고, 눈은 샛노랗고 툭 불거졌고, 얼굴 한가운데에는 코끼리를 닮은 길쭉한 코가 붙어 있었다.

덩치는 어찌나 큰지 생물이라기보다는 족히 작은 언덕처럼 보였다. 짐승이 걸을 때마다 발밑에서 불이 일었다. 축축한 날씨만 아니었다면 일대가 다 불탔을 것이다.

'불가사리不可殺伊.'

바루나는 어렵잖게 짐승의 이름을 떠올릴 수 있었다.

신의 이름을 가진 카마는 아니지만, 요괴 중에서는 최상일

터. 불가사리는 발아래에 있는 작은 짐승을 찾는 표정으로 기
웃거리며 큰 눈알을 굴렸다. 그리고 숨을 크게 들이쉬었다.

바루나는 차분히 오른손은 앞으로, 왼손은 뒤로 뻗었다.

불가사리가 입에서 불을 뿜었다.

63   물귀신과 불귀신

바루나의 오른손에서 물이 핑그르르 회전하며 방패 모양
으로 얼어붙었다.

불가사리가 내뿜은 불꽃이 방패에 닿자, 방패는 펑 소리와
함께 증기를 뿜으며 폭발했다.

급격한 온도 변화로 인한 폭발.

'기화 폭발.'

바루나는 속으로 중얼거렸다.

그리고 낯빛 하나 바꾸지 않고 왼손으로 빗방울을 움켜쥐
었다. 빗방울이 바루나의 왼손에서, 팔과 어깨를 지나 오른
손으로 이동했다. 물의 방패가 오른손에서 다시 생겨나 회전
했다.

불가사리는 폐활량을 다 쓰도록 불의 숨을 내쉬고는 다시
돋보기를 들여다보는 얼굴로 아래를 기웃거렸다.

바루나는 상처 하나 없이 서 있었다. 증기에 휩싸인 채 팔
을 앞으로 뻗고 서 있을 뿐이었다.

불가사리는 기대가 어긋난 얼굴로 뜨거운 콧김을 뿜었다.

"이상하네. 무기 용량이 작다고 들었는데."

"비가 와서."

바루나가 태연히 답했다.

다짜고짜 공격과 방어를 교환한 사이라기에는 어이없을 만큼 느긋한 대화였다.

불가사리는 하늘을 힐끗 올려다보았다.

"과연, 자기 마음은 자기 본진이라는 건가."

불가사리는 불타는 꼬리를 소처럼 크게 휘저어 제 엉덩이를 툭 치고는 한 발을 높이 쳐들었다. 이글거리는 발바닥이 바루나의 머리 위에 우산처럼 덮였다.

바루나의 머리 위로 그늘이 내려앉았다. 빗방울 대신 녹은 쇳물 같은 불똥이 뚝뚝 떨어졌다.

바루나는 말없이 두 손을 앞으로 모았다. 얼음의 창이 바루나의 두 손 사이에서 바늘처럼 길고 날카롭게 솟구쳤다.

불가사리는 개미를 밟기 전에 어디 있나 확인하는 듯한 얼굴로 아래를 힐끗 보았다. 덩치가 워낙 크다 보니 상대가 잘 안 보이는 것이 단점인 듯했다.

"그걸로는 턱도 없어, 물귀신. 내 몸은 쇳덩이라고. 네 무기는 게다가 잘 깨지는 종류인 것 같은데."

장기 고수가 "장이야"를 부르기 전에 하수에게 훈수를 두는 듯 느긋한 말투였다.

"따끔은 하겠지."

바루나가 답했다.

"그래봤자 밟힐 텐데."

"공격할 때 일일이 적의 사정을 봐주는 버릇이 있나 보군."

"별로."

불가사리는 답하고 발에 체중을 실었다. 바루나는 굳이 올려다보지 않았다.

불가사리의 발바닥이 바루나가 수직으로 세운 창끝에 닿은 순간, 바루나의 두 팔이 긴장으로 굳었다.

동시에 바루나의 허리에 감겨 있던 밧줄 '나가파사'가 새처럼 날아올랐다. 밧줄은 불가사리의 새끼발가락에 휘감겼고 그 즉시 힘차게 뒤로 꺾었다.

"으허어?"

불가사리는 느릿느릿 낮은 비명을 지르며 물러나다 쿵 엉덩방아를 찧었다. 땅이 크게 흔들리며 들판에 불이 번졌다.

바루나는 수직으로 세워 들었던 창을 적당한 길이로 줄이며 팔 뒤로 세워 들었다.

괴수의 발가락에 감겨 있던 나가파사는 제 몸이 불타기 전에 후다닥 풀려 나왔다. 그리고 소리 없이 비명을 지르듯 진흙 바닥에 데굴데굴 굴러 몸에 붙은 불을 끄고는 잠시 지친 듯 추욱 늘어져 있다가 도로 바루나의 허리로 되돌아왔다.

불가사리는 망신살이 단단히 뻗친 얼굴로 바루나를 내려다보았다.

"그런가. 찌르려는 게 아니라 거리를 재려 한 거였군."

바루나는 가볍게 고개를 끄덕했다.

"재미있군. 얼핏 봐서는 간단히 재로 만들어버릴 줄 알았는데."

"네가 진심으로 나온다면 어렵지 않았겠지."

바루나는 거짓 없이 대꾸했다.

'만약 그 마구니가 한 번에 카마 둘을 동시에 들여보내기만 해도……'

바루나는 생각했다.

'이를테면…… 전에 보았던 폭풍을 부르는 루드라를 이 불가사리와 같이 들여보내기라도 한다면, 이 마음 전체가 화마에 삼켜지는 것은 한순간, 대응할 시간도 없을 것이다.'

늘 일대일의 싸움.

'마력을 아끼려는 이유에서든, 한 번에 한 명 이상의 카마를 희생하지 않으려는 경제적인 이유에서든, 마구니가 실제로는 날 없앨 생각이 없어서든……. 놈이 최선을 다하지 않는다는 점에 감사해야 하는 건가.'

"그래서, 지금 날 재로 만들 건가?"

"별로."

바루나의 질문에 불가사리가 아무 적의 없이, 하지만 목숨을 빼앗기에는 충분한 살의를 품고 말했다.

"파순에게서 그런 말은 없었어. 오줌이나 지리게 해주라더군."

"지려본 적이 없어서 어떻게 하는지 모르겠다."

"그렇네."

불가사리가 육중한 몸을 일으키며 말했다. 태산이 움직이는 듯 느릿느릿했다.

"듣던 대로군. 파순이 탐낼 만해. 꽤 열을 올렸는데도 씨도 안 먹혔다고 들었는데."

"이쪽도 사정이 있어서 말이지."

"어차피 언젠가는 마구니와 계약할 바에는 파순은 나쁘지 않은 선택인데."

"충고는 고맙지만, 하지 않을 생각이다."

불가사리는 불타는 꼬리로 제 엉덩이를 느릿느릿 쳤다.

"좋은 생각이 아닌데."

"나는 좋은 생각을 하지 않는다. 내가 생각하는 것은 내 목적뿐이다."

"알지, 카마."

불가사리가 뜨거운 콧김을 뿜으며 바루나를 향해 고개를 숙였다.

"그것이 우리 카마 모두의 숙명이라는 것을, 그리고 그렇기에,"

열기는 바루나 입장에서는 독이나 다름없었다. 불가사리가 다가오자 몸이 찌릿찌릿했지만 바루나는 움직이지 않고 상대를 마주 보았다.

"계약을 할 수밖에 없을 거다. ……파순이 네 목적을 아는 이상."

불가사리의 얼굴이 어찌나 가까이 왔는지 불꽃 외에는 눈에 들어오는 것이 없었다.

"……너는 목적을 이룰 수 없을 테니까. 너는 카마고, 카마는 목적을 포기하는 선택을 할 수가 없다. 그러니 너는 계약을 할 수밖에 없을 것이다."

바루나는 머릿속에 물음표를 살짝 떠올렸다. 아마도 이 카마는 자기 체험을 말한 것이겠지만.

"……난 아직 그 작자에게 목적을 말한 적 없는데?"

불꽃이 갑자기 확 식었다.

불가사리는 뒤로 물러나며 바루나의 몸을 위아래로 훑어보았다. 당황한 빛이었다. 그리고 바루나의 외모로 목적을 짐작할 수 없다는 사실에 한 번 더 당황하는 듯했다.

"자네…… 목적이 뭐지?"

"말할 이유는 없는 줄로 아는데."

"아니, 말하지 말게. 나는 알고 싶지 않아. 아니, 정말로 말하지 말게."

불가사리가 뜨거운 숨을 내쉬었다.

〔알고 숨겼는가?〕

카마 사이의 공명. 마음이 전해진다.

불가사리의 말에 체험이 배어 있다. 상처도, 투쟁의 기억도, 회한도 깃들어 있다.

패배의 고통이 숨에 깃들어 있다. 이미 어찌할 수 없는 지난날이고, 충분히 받아들인 일이라 해도.

'답하는 게 좋은 일은 아니겠지만.'

〔아마도.〕

바루나는 생각으로 답했다. 불가사리는 감탄 어린 표정으로 고개를 휘저었다.

"그러면, 자네라면 가능할지도 모르겠군."

"뭐가?"

"목적을 이룬 뒤 사라지는 것이."

바루나는 추적추적 가랑비가 내리는 하늘을 올려다보았다.

"목적을 이루었는데 내가 왜 마음에 남아야 하지?"

"나도 그런 말을 할 때가 있었지."

불가사리의 등 뒤로 다시 검은 구멍이 열렸다. 불가사리는 더 말하지 않고 뒷걸음질을 쳤다.

"또 보자고, 물귀신. 널 없애라는 명령이 있으면 다시 오지."

"잘 가."

불가사리가 모습을 감추자, 같은 구멍에서 요염한 모습의 불타는 여자가 나타났다.

머리카락과 옷이 타오르는 불로 이루어져 있다. 짐작건대, 며칠 전 창으로 바루나의 가슴에 구멍을 뚫어놓았던 그 불귀신이었다.

"안녕, 물귀신."

'주로 불타는 놈들이 내 담당인 모양이군.'

바루나는 피식 웃었다.

"방금 그놈은 뭐였지?"

바루나가 물었다.

"자신의 무력함을 확인해보라는 주인님의 배려였지."

불귀신은 타는 머리카락을 손가락으로 예쁘게 빗어 올리며 말했다.

"생각대로 되지는 않았지만……. 아무튼 늘 예측을 벗어난다니까. 솔직히 불가사리의 공격을 버틸 줄은 몰랐어. 물귀……"

"바루나다."

"지귀志鬼야."

바루나는 머릿속으로 수호가 보던 책을 팔락팔락 뒤적였다.

"애욕愛慾인가."

지귀, 사랑에 마음이 불타 불귀신이 되고 말았다는 요괴였던가.

"그래, 가장 흔한 카마지만 개체에 따라서는 가장 센 카마지. 카마kama는 사랑의 신 이름이기도 하다는 것 알아?"

"네 목적이 사랑이라면 좀 더 나긋나긋하게 굴어주면 좋겠는데."

"안됐네, 난 사람을 새까맣게 불태우는 게 취미라서."

지귀가 허리를 퉁, 하고 치자 불꽃의 공 하나가 지귀의 허리에서 퉁, 하고 튀어나왔다.

"너희 쪽으로 가는 건 이미 거절한 줄로 아는데."

"알아. 무슨 어미 새 보고 각인해버린 아기 새도 아니고, 널 만든 마구니가 아니면 계약하지 않는다고?"

지귀는 허리를 꼬고 혀를 날름 내밀며 말했다.

"그야, 자기 짝은 자기가 선택해야 한다는 데에는 동의하지만 말이야. 어쨌든 너는 카마니 생각을 바꾸지는 않겠지."

"그걸 알면 뭐 하러 왔지?"

"그래도 우리 이야기를 들으면 생각이 변하지 않을까 해서."

"듣지 않겠다면?"

"그러면 옆에 있는 퇴마사들을 불러내어 나를 쫓아내도록 해."

그 말을 들은 바루나는 무심코 수호의 시야에 집중했다.

퇴마사 둘이 수호를 사이에 두고 앞서거니 뒤서거니 하면서 연립주택 계단을 오르고 있다.

"저만한 퇴마사와 붙어 다니는 사람 마음에, 굳이 그 퇴마사가 옆에 붙어 있을 때를 택해서 카마가 혼자 들어온 거야. 진정성을 인정해주도록 해."

"……."

'수호가 저놈들과 어울려 다니는 게 마음에 들지는 않지

만.'

바루나는 생각했다.

'퇴마사가 딱 붙어 있으니 마구니도 함부로 나설 수 없는 건가. 도움이 안 되는 건 아니로군.'

"들어보지. 말해봐라, 지귀."

지귀가 심호흡을 했다.

"널 만든 마구니에 대해서야."

순간 바루나는 창을 굳게 쥐었다. 어찌나 세게 잡았는지 세로로 금이 가며 창이 갈라졌다.

바루나의 눈이 깊어졌다. 하지만 바루나는 내색하지 않고 입을 열었다.

"계속해라, 지귀."

"아무튼 재미있단 말이지, 저 사람들, 아니 저 카마들, 뭔가를 알고 모여든 걸까?"

긴나라가 가게 앞을 막아선 카마들을 보며 말했다.

"저 가게가 무너지면 끝이라는 걸 말이야."

"끝이 아니다. 신세계의 시작이다."

금강이 말했다.

"심소는 현실의 지형을 경계로 한다. 오래된 건물이 연쇄적으로 무너지면 심소의 경계도 같이 무너진다. 그러면 그 심소에 살던 카마를 묶어두던 것도 사라지고."

"세상 전체로 퍼져 나가지."

긴나라는 운율을 맞추듯 대꾸했다.

"두억시니가 기승을 부리기 시작하면 그 일대의 욕망은 오직 '모멸' 하나밖에 남지 않는다. 모든 잡다하고 삿된 것들이 정화된다."

금강의 목소리는 공허하고 스산했다. 어둡고 텅 빈 돌무덤 안에서 부는 바람 소리처럼.

"카마는 다 똑같으니, 하나만 남으면 이득이라는 건가, 금강."

긴나라는 그 말에 깃든 부조리와 형편없는 모순이 다 마음에 든다는 듯 웃었다.

"좋아, 물귀신. 단도직입적으로 말하지."

지귀의 몸을 휘감은 불꽃이 붉은색에서 노란색으로 변했다.

'천이백 도.'

언제 어느 때든 상대의 능력을 가늠하는 버릇이 있는 바루나는 생각했다.

'……촛불이라면 그럴 거고. 뭘 태우느냐에 따라 다르겠지만. 아무튼 이 녀석, 색깔로 위험도를 알 수 있겠군.'

"바루나, 넌 널 만든 마구니와 계약할 수 없어."

"어째서지?"

바루나가 속으로 '하얀색이나 파란색 지귀도 있으려나' 하고 생각하면서 물었다.

"그자는 어떤 카마와도 계약을 하지 않기 때문이야."

"이미 퇴마사들에게 들어서 알고 있다. 그런 놈이라더군. 할 말이 그것뿐이면 돌아가라."

"내 말 잘 들어, 바루나. 그자는 계약을 '하지 않는' 게 아니야. '할 수 없는' 거야."

바루나는 창을 부서져라 쥐었다. 흥분이 과해 오히려 마음이 차분해졌다.

"무슨 말인지 모르겠다."

"그자는 두억시니와도 계약하지 않았어. 그 둘은 필요에 의해 같이 다니는 것뿐이야."

"여전히 무슨 말인지 모르겠다."

흥분으로 심장이 튀어나올 지경이었지만(물론 그런 게 몸 안에 있다면 말이지만) 바루나는 눈 하나 깜짝하지 않았다.

"퇴마사들이 그 마구니를 '라바나'라고 부르는 것을 들었다. 라바나는 결함이 있는 마구니라는 뜻인가?"

"넌 마구니에 대해 아무것도 몰라."

지귀가 말했다.

"마구니는 시간을 초월해 살아 있는 자, 우리 모두를 넘어선 존재야. 거꾸로 생각해야 해. 그런 결함이 있다면 마구니가 아니라고."

"이해할 수가 없군."

바루나는 반쯤 짐작하면서도 물었다.

애초에 그렇다고 생각했기에 계속 경계했었다. 정보가 부족해 확신할 수는 없었지만 느끼고는 있었다.

'그건 마구니가 아니었다.'

오히려……

"무슨 뜻이지? 두억시니의 주인은 마구니가 아니란 말인가?"

"그래."

지귀가 고개를 끄덕였다.

"그럴 리가 없다. 그자가 마구니가 아니라면 어떻게 나를 만들 수 있었다는 거지?"

"세상에는 카마를 만들 수 있는 존재가 또 하나 있어."

여기까지 왔는가.

짐작은 하고 있었지만. 바루나는 침묵한 뒤 입을 열었다.

"나는 하나밖에 알지 못한다."

"네가 생각하는 게 맞아."

"……**퇴마사**."

말을 하는 순간 바루나의 마음에 잔잔한 파문이 일었다.

"그래."

지귀가 말했다.

샛노란 불꽃이 지귀의 몸에서 꽃잎처럼 피어올랐다. 너른 들판에 보슬보슬 내리는 빗방울이 지귀의 몸에 닿을 때마다 새하얀 증기가 안개처럼 뭉게뭉게 피어났다.

"널 만든 건 퇴마사야."

바루나는 창을 꾹 쥔 채 꼿꼿이 서서 들었다.

"네 적이고, 또한 우리 모두의 적이지. 그러니 그자와 계약하겠다는 생각은 포기하도록 해."

바루나는 잠잠해졌다. 어찌나 잠잠해졌는지 공간 전체가 무거워진 듯했다.

"어? 알고 있었어?"

지귀가 도로 파스스 붉은색으로 돌아오며 말했다.

"그렇지 않을까 싶기는 했다. 퇴마사들만 보면 열불이 솟았으니까."

"그야, 너도 카마라면 그렇겠지."

지귀는 잘 알아듣지 못하고 대꾸했다.

'퇴마사.'

바루나는 그 단어를 마음에 단단히 새겼다.

"하지만 납득할 수가 없군. 왜 퇴마사가 카마를 만들고 다니는 거지?"

바루나는 입을 열어 질문했다.

"유사 이래로 마구니와 퇴마사는 전쟁을 하고 있고, 카마는 결국 마구니의 군세가 되기 때문에, 퇴마사는 카마를 없애고자 하는 것이 아니었던가?"

"세상의 카마를 하나로 만든 뒤 한 번에 없앤다……."

긴나라는 그 말의 논리와 비논리가 모두 사랑스럽다는 듯 중얼거렸다.

시야에 비치는 모든 것이 유리처럼 투명한 연희동 심소.

여전히 긴나라는 가로등에 편안히 앉아서, 금강은 그 아래에 무뚝뚝한 얼굴로 서서 대화를 하고 있다.

"샹카에 문제는 없는가, 긴나라?"

금강이 물었다.

"없어. 샹카를 그런 식으로 써본 적은 없지만."

긴나라는 지팡이의 머리 부위를 쓰다듬으며 말했다. 긴나라의 손길에 샹카가 부끄러워졌는지 붉게 물들었다.

"이론은 맞아, 금강. 샹카는 고유주파수로 상대를 폭파시키고, 같은 개체라면 주파수도 같으니, 두억시니가 아무리 커진다 한들 한 번에 없앨 수 있겠지. 샹카는 접촉할 필요가 없는 무기이기도 하고."

긴나라는 감상에 젖어 계속했다.

"카마는 모두 능력이 다르고, 아무리 강한 퇴마사라도 혼자서 모든 카마를 상대할 수는 없다. 하지만 만약 세상에 카마가 하나밖에 남지 않는다면, 한 가지 전략만으로 한 번에 없앨 수도 있겠지. 두억시니는 그 전략이 가능한 몇 안 되는 카마고."

긴나라는 금강을 향해 살짝 귀를 기울였다.

"언제나 실패했고 언제나 나라에 재난만을 가져왔지만."

"그들은 재난을 감당할 용기가 없었다."

금강이 무뚝뚝하게 답했다.

"설령 십 년쯤, 아니 백 년쯤 나라가 손쓸 수 없이 몰락한다 한들, 천 년의 전쟁을 끝낼 수만 있다면 짧은 시간이다. 이 나라, 아니, 이 서울이라는 도시의 카마만 박멸할 수 있어도 감수할 만한 일이다."

"이룰 수 없는 꿈이라 생각하지는 않고?"

"이룰 수 없는 꿈을 위해 지금까지 우리가 싸워왔다."

긴나라는 모자를 눌러썼다.

"할 말은 많지만 하기로 했으니 불만은 없어, 금강."

"그건 나도 몰라."

지귀가 답했다.

"우리가 아는 건 하나뿐이야. 그자가 오래전부터 두억시니의 몸집을 늘려오고 있다는 것."

"퇴마사가 왜 그런 짓을 하지?"

"모르지, 너무 오래 살다 보니 정신이 나갔거나, 두억시니에게 사로잡혔거나."

"퇴마사는 작은 카마밖에 만들 수 없는 줄 알았는데."

"어느 이상의 공력만 있다면 크기는 상관없어. 마구니와 퇴마사는 단지 생명을 줄 뿐, 어떤 카마가 나올지는 그 사람의 욕망에 달려 있으니까. 말하자면, 어떤 카마가 나올지는 마구니도 몰라. 만약 원하는 카마를 마음대로 만들 수만 있다면 파순이 너를 탐내지도 않았겠지."

"……."

"물론 아주 약하고 작은 카마를 만들 작정을 한다면 모를까. 그런 카마는 제 의지가 없어서, 이름을 주는 정도로 원하는 모습을 만들 수 있으니까. 하지만 그렇게 약하고 작은 카마는 마구니의 군대에 편입해봤자 쓸모가 없으니……."

"퇴마사란 놈들, 타락해서 공력을 잃는 것을 그렇게도 두려워하더니만, 그런 괴상한 짓을 해도 타락하지 않는 모양이군."

"그래, 그게 이상하단 말이야."

지귀가 '내 말이' 하듯이 손가락질을 하며 답했다.

"퇴마사의 공력은 욕망을 버리는 수행으로 생겨난단 말이지. 그 퇴마사는 벌써 공력을 다 잃었어야 정상이야. 대체 무슨 방법을 쓰는지 모르겠어."

"그자, 라바나를 만나려면 어떻게 해야 하지?"

지귀가 당혹스러워했다.

"내 말을 어디로 들은 거야? 널 만든 건 마구니가 아니야. 네가 아무리 원해도 그자와 계약할 수 없어."

"믿을 수가 없다."

바루나가 창에서 손을 놓고 수통의 마개를 열며 말했다. 창은 맑은 물로 변해 수통으로 되돌아갔다.

"그자를 직접 만나보고 확인하겠다."

"쓸데없는 생각하지 마. 라바나는 널 보자마자 정화할 거야."

"만나보고 확인하겠다."

지귀는 위화감이 치솟는 눈으로 바루나를 보았다.

"뭐야, 설마, 네 집주인…… 그자의 개나 노예가 되겠다든가, 살려만 주면 뭐든 시키는 대로 하겠다든가 해버린 건 아니겠지?"

지귀는 바루나를 머리부터 발끝까지 훑어보았다. 모습으로 목적을 가늠해보려는 듯이.

"가능성은 있어. 라바나가 카마를 만들 때 옆에서 두억시니가 사람의 마음을 완전히 망가뜨리는 걸 생각하면……. 네 집주인은 제법 착해 보이지만, 그때는 마음이 단단히 망가져 있었을지도……."

"내 목적은 네 알 바가 아니다. 우선 그자를 만나보겠다."

지귀는 바루나를 안타깝게 바라보았다.

"그럼 너는 죽어."

"중요한 문제인가?"

"넌 아직 생의 소중함을 몰라. 이 찬란한 생이야말로 모든 욕망에 우선하는 것."

"납득할 수 없다."

"납득할 수 없어도 받아들여, 어린 카마. 네가 목적을 이루기 전에 죽는다면 그 목적을 이룰 수 없어."

"그자를 만나야겠다."

지귀는 질린 얼굴을 했다.

"안 되겠어, 파순. 내 집에서도 너무 오래 떠나 있었고, 나는 일단 물러나겠어……."

지귀의 뒤에서 검은 구멍이 입을 벌렸고 지귀가 물러나며 사라졌다. 바루나는 뒤에 남아 다음에는 무엇이 나타날지 기다렸다.

"문제는 마호라가다."

금강이 말했고 긴나라가 동의했다.

"아아, 아무래도 그렇지."

"진영도 없는 그 떠돌이 퇴마사. 협박도 구슬림도 소용이 없고, 파문 선언을 한들 귓등으로도 듣지 않는다. 무기 운용이 너무 뛰어나서 상대하기에도 골치가 아프다. 더해서 두억시니에게 집착하고 있으니, 내버려두면 우리 계획을 다 망쳐 놓을 것이다."

"어디서 우리 옛 수장도 찾아내서 데리고 다니고 말이지."

"그 아이와 옛 수장은 관계가 없다고 했다, 긴나라."

금강이 호통을 쳤고 긴나라가 어깨를 들썩였다.

"하는 말이야."

"마호라가는 두억시니를 이기지 못한다. 녀석의 무기는 변화무쌍함이 강점. 결국 두억시니에게 능력을 복제당하다가

전세가 역전되어버린다. 계속 싸워온 본인이 더 잘 알 것이
다."

"알고 있으니 우리 옛…… 아니, 그 꼬마 애를 끌어들였겠
지? 두억시니를 상대하려면 '폭탄'이 필요해. 그리고 그만큼
거대한 무기라면 확실히 폭탄에 상응하지."

금강은 침묵하며 그날의 전투를 떠올렸다.

간디바.

자유자재로 변형하는 광목천의 검. 그 옛날 광목천을 천왕
의 위치까지 올렸던 검.

모양이 투박해지기는 했지만 원리가 다르지는 않다. 자라
나는 돌산, 치솟는 철탑, 내리꽂히는 운석, 무슨 말로도 표현
하기 힘든 우악스럽기 짝이 없는 무기.

무기라고 부르기도 민망하다. 전장에 내리꽂히는 재해에
가깝다. 그 검이 전장에 등장해버린 순간, 속절없이 당할 수
밖에 없었을 정도로.

꼬맹이가 아직 제대로 다루지 못하는 듯 보이는 점이 유일
하게 다행스러운 점일까.

"그 무기, 옛날에도 크기에 제한이 없었지?"

긴나라가 금강의 경고에도 아랑곳없이 계속 옛 기억을 소
환했다.

"얼마나 커질 수 있는지 확인해본 사람도 없고, 아마 본인
도 모를 거야. 물리법칙에 그렇게 집착하던 양반이었는데 무
기만은 어처구니없을 정도로 물리법칙을 벗어났다니까."

"물리법칙에 집착했기 때문이었겠지."

금강이 무감정하게 말했다.

"질량과 에너지가 같은 값이라는 사실을 그 옛날부터 깨달은 양반이었으니."

"아…… 오호. 그렇군."

긴나라가 그제야 깨달은 얼굴로 호들갑을 떨다가 금강이 아무 반응을 하지 않자 도로 조용해졌다.

"마호라가가 더 설치지 못하게 해야 한다."

금강이 가로등 아래에서 여전히 살랑거리는 색색의 글자들을 발로 밟으며 말했다.

"그럴 생각으로 불렀는데 잘 안 됐잖아."

"직접 상대할 필요는 없다. 큰일을 앞두고 이쪽 전력을 낭비할 뿐이다."

금강이 "마"라는 글씨를 발로 밟아 흙 속에 박아 넣으며 말했다.

"그러면?"

"아이들을 친다."

금강이 말했다.

"마호라가는 다른 퇴마사의 지원을 받을 수 없으니, 데리고 다니는 나한 중 한 명만 떨어져 나가도 결전은 불가능하다."

"맞는 말씀."

긴나라는 모자를 가볍게 눌러썼다.

"그럼 둘 중 누구를 끊어낼까, 금강?"

긴나라의 입가에 흥겨운 미소가 떠올랐다. 즐거워 못 견디겠다는 미소다.

금강은 그 미소를 묵묵히 살폈다.

퇴마사마다 성향은 다르지만, 마음 안에 들어온 퇴마사는 기본적으로 진중한 편이다. 힘을 끌어내는 방법은 다르지만, 단 하나, 욕망을 지워야 한다는 기본 원칙만은 같기에. 하지만 이 녀석의 저 촌스럽기까지 한 경박함은……

"우리 둘 다 마지막에는 같은 것에 당했다."

금강이 말했다.

"오호?"

긴나라의 입에 한층 더 즐거운 미소가 떠올랐다.

"진심이야, 금강? 퇴마사와 카마 이외의 영혼을 공격하는 것은 살인이야. 우리 전쟁의 규칙을 완전히 깨는 일이라고."

"……."

"성聖과 마魔의 전쟁은 오직 인간의 마음 안에서, 카마를 통해서만. 고대로부터 지금까지 내려오는 절대적인 규칙이 아니었던가."

금강은 긴나라를 노려보았다.

"무슨 생각을 하는 거냐, 긴나라."

금강이 호통쳤다.

"우리의 적은 카마뿐이다."

긴나라는 살짝 실망한 얼굴을 했다.

"혹시나 해서 한 말이야."

"혹시나라니, 무슨 생각이냐, 긴나라! 떠올리는 것만으로도 불쾌하다!"

금강이 역한 얼굴을 했다.

"이 전쟁에 살생은 없다, 긴나라."

긴나라는 그 말을 음미하듯 다시 먼 곳을 보았다.

"맞는 말이야. 금강, 이 전쟁에 살생은 없지."

"바루나를 없앤다."

금강이 말했다.

"이미 오래전에 없어졌어야 할 카마. 그 배신자의 카마라면 무슨 기이한 목적을 갖고 있을지 알 수가 없다. 세계를 정복하려 들어도 이상하지 않아. 어차피 빠른 시일 안에 제거해야 한다."

긴나라는 모자를 눌러썼다.

"여러모로 동의해, 금강."

✦

수호의 마음 안,

다시 허공에서 구멍이 열리더니 거대한 근육질의 팔이 나타났다. 팔이 든 번개의 창이 비를 맞아 더욱 눈부시게 빛났다.

귀가 먹먹할 정도의 큰 소리와 함께 눈부신 번개가 바루나와 팔뚝 사이에 내리꽂혔다. 빛이 젖은 들판에 지직거리며 뿌리를 내려 뻗어 나갔다.

"……좋다, 물장수."

팔뚝이 입을 열었다.

"바루나다."

"**뇌공**雷公**신이다**……. 아니, 그냥 뇌공이라고 부르게."

'천둥신.'

바루나는 생각했다. 천둥소리로 잡귀를 쫓는다는 민간신.

'잡귀'를 다른 카마로 생각해보면 가벼이 볼 상대가 아니다. 뇌신이라면 비가 온다 한들 힘이 줄지도 않을 것이고.

뇌공, 아니, 뇌공의 '팔뚝'은 가볍게 헛기침을 했다.

"자네, 그렇게 너무 뻗대지 말고 말이지, 한번 좀 관점을 바꿔보면 어떤가?"

"관점?"

"파순은 자네를 탐내고 있고, 마구니란 욕망의 화신이란 말일세. 자네를 얻을 수만 있다면 뭐든 줄 준비가 되어 있단 말이지. 혼수, 약혼 선물……. 어흠, 뭐 갖고 싶은 힘이라도 없나?"

"힘??"

바루나는 뜻밖의 제안에 살짝 움찔했다.

"그래, 새 무기, 능력, 뭐든 요구해볼 수도 있을 것 같지 않은가."

바루나는 그런 방향으로 생각해본 적이 없는 듯 흠, 하고 턱을 괴고 생각에 잠겼다.

"……."

"오, 그래, 그렇지. 생각나는 게 있는가?"

"고교화학……?"

"응?"

둘 사이에 썰렁한 바람이 불었다.

"수호가 중학생이어서 지식에 한계가 있다."

"……."

뇌공이 쿨럭쿨럭 기침했다.

"어흠, 그건 나, 나도 잘 모르지만."

"학교 안 다니나……."

"네놈이 이상한 거다……."

✦

"이 아가씨가 오늘따라 무슨 밥을 이렇게 많이 먹나요! 탈 나려고!"

진이 밥상머리에서 밥그릇에 밥을 열심히 담으며 고함쳤다.

"진이 할 소리야! 맨날 머슴밥처럼 먹는 게 누군데! 어른이 모범을 보여야지!"

"나중에 배 아프다고 징징대려고! 배 좀 봐, 배! 완전 올챙이배네!"

"숙녀 배 까올리는 거 아냐!"

수호는 구석에서 밥그릇을 들고 앉아 밥을 우물거리며 둘이 투닥거리는 풍경을 조용히 구경했다.

선혜는 수호에게 밥주걱을 떡하니 내밀었다.

"수호도 한 숟갈 더 먹어! 어릴 때 많이 먹어야 키 커!"

"……여러모로 네가 할 소리가 아닌 것 같은데."

수호는 밥을 오물오물하며 중얼거렸다.

65   바루나의 목적

"좋다, 바루나."

뇌공이 헛기침하며 두꺼운 손가락을 까닥거렸다. 뇌공과 바루나 사이에 심판처럼 버티고 선 벼락이 번쩍번쩍 빛을 발했다.

"정녕 자네 창조자를 만나는 것 외에는 바라는 게 없다는 건가?"

"지금으로서는 그렇다."

"……내가 지금 이 벼락으로 자네를 내리쳐 가루로 만들어 버린다면?"

바루나는 얼굴색 하나 변하지 않고 상대를 물끄러미 바라보았다.

"아, 아냐. 됐네. 하지 않을 줄은 자네가 더 잘 알 테니."

뇌공은 손을 내저었다.

"하면, 만약 우리가 자네를 도와준다면, 자네는 우리에게 어떤 약속을 해줄 수 있겠는가?"

바루나는 피식 비웃음을 날렸다.

"라바나와 계약을 할 수 없다는 것이 확실해진다면, 내 마음도 변할지 모르지. 하지만 그 이상은 약속해줄 수 있는 것이 없다."

"어쩔 수 없군."

뇌공은 보이지 않는 머리를 쓸어 올리는 시늉을 했다.

"하지만…… 이해는 가지 않는군. 그렇게 자네 창조자를 만나길 원한다면, 왜 이전에 만났을 때 해결을 보지 않았지?"

바루나는 순간 입을 다물었다.

뇌공도 잠잠해졌다.

"설마……."

"……."

"기억을 못 하는가……?"

바루나는 잠시 답하지 않았지만, 어차피 여기까지 왔으면 숨길 수 있는 일은 아니다 싶었다.

"그자가 수호의 머리에서 자신에 대한 기억을 지웠다. 그래서 내게서도 마찬가지로 지워졌다. 모습이고 목소리고 생각나는 것이 없다."

"아, 그래서……."

뇌공은 중얼거리다가 뭔가 깨달은 듯 입을 다물었다. 팔 너머는 보이지 않으니 표정을 볼 수는 없었지만.

"……아니, 잠깐……."

뇌공이 생각하는 동안 벼락이 눈부시게 타올랐다가 식었다 했다.

"……잠시만, 어린 카마. 나는 지금 자네 목적을 알 것 같군. 자네 본령이 빈 소원도……."

바루나의 눈이 깊어졌다.

"그런가. 그래. 자네 같은 카마가 달리 더 없는 이유도 알겠군. 그건 아무나 빌 만한 소원이 아니야."

"······."

"가만······. 그래, 그게 자네 본령이 소원을 잊은 이유로군. 그런 소원이라면 라바나가 자기에 대한 기억을 지웠을 때 함께 지워졌을 터이니."

바루나는 잠시 눈을 감았고 다시 떴다.

닥치라고 하고 싶은 마음은 굴뚝같았지만, 그런다 한들 저 근육 팔뚝이 들어준다는 보장도 없다. 애초에 당장이라도 서로의 가슴을 꿰뚫어버릴 수도 있는 사이가 아닌가.

'어차피 언제 추락할지 모르는 줄타기일 뿐. 지금 추락한다면 그뿐이다.'

바루나는 그리 생각하며 상대를 조용히 바라보았다.

뇌공은 입을 다물었다.

〔자네, 단순히 자네 본령을 믿지 못해서 목적을 숨기는 게 아니었군.〕

뇌공의 생각이 바루나의 마음에 전해져왔다. 바루나는 살짝 놀라 상대를 보았다.

〔자네 목적을 파순에게 알릴 생각이 없었는가.〕

'마음의 공명.'

바루나는 생각하고는 답했다.

〔알려야 할 이유가 있나? 그자는 내 목적이 무엇이든 신경 쓰지 않겠다고 했다.〕

〔사실이다. 네가 믿든 말든, 파순은 내 목적을 포함해서 누구의 목적에도 관심을 두지 않아. 하지만 나는 이미 계약을 했고, 자네는 아니지.〕

〔······차이가 있나?〕

〔차이가 있지. 마구니와 계약하지 않은 카마는 목적을 이루면 사라져버리니까.〕

〔……〕

바루나는 입을 다물었다. 아니, 생각을 닫았다.

〔파순은 자네가 사라지기를 원하지 않고.〕

〔……〕

둘은 한동안 마주 보며 침묵했다.

〔그렇군, 자네, 이미 짐작하고 있었는가.〕

「계약을 할 수밖에 없을 거다. ……파순이 네 목적을 아는 이상.」

바루나는 조금 전에 들었던 불가사리의 말을 생각했다.

「……너는 목적을 이룰 수 없을 테니까. 그리고 너는 카마고, 카마는 목적을 포기한다는 선택을 할 수가 없다.」

〔만약 마구니와 계약하지 않은 카마가 자신의 목적을 이루고 나서 사라진다면,〕

바루나는 또렷한 생각으로 뇌공에게 답을 전했다.

〔그리고 마구니가 그 카마가 살아서 자기 것이 되기를 바란다면,〕

〔마구니는 자신과 계약하지 않은 카마가 그 목적을 이루는 것을 방해할 것이다.〕

모순적이지만 자연스러운 귀결.

마구니는 카마가 그 소원을 이루기를 바라지 않는다. 다만 생을 유지하기를 바랄 뿐.

그러므로 만약 파순이 내 목적을 알게 된다면,

'그자는 반드시 나를 방해한다.'

휘하에 무슨 카마를 얼마나 거느리고 있는지 모를 괴물이 나를 방해한다면 내가 목적을 이룰 가능성은 거의 없다. 그러면 목적을 포기한다는 선택을 할 수 없는 나는 결국 그자와 계약을 하고 말 것이다.

하지만 나는 원치 않는다.

그것이 설령 모든 카마가 이르는 귀결일지언정, 나는 원치 않는다.

〔그러니 나는 그자에게 내 목적을 알릴 마음이 없다.〕

바루나가 마음속으로 말했다. 뇌공은 침묵한 뒤 답했다.

〔그냥 계약을 하면 간단한 일을.〕

〔그럴 마음이 없다. 점점 더 없어지고 있고.〕

〔퇴마사에게 정화당하는 것보다는 낫지 않은가.〕

〔차이를 모르겠다. 제거되는가, 이용당하는가. 이용당할 바에야 제거당하겠다.〕

〔내 말 잘 듣게, 어린 친구.〕

뇌공이 안타까운 투로 말했다.

〔그게 우리 카마의 지상 과제일세. 유사 이래로 계속된 이 마음의 전쟁터에서, 저 퇴마사와 마구니 틈바구니에서 살아남는 것.〕

"틀려!"

바루나가 고함쳤다. 뇌공의 거대한 팔뚝이 움찔했다.

"내 지상 과제는 하나뿐이다. 내 목적을 이루는 것이다."

"……."

"네가 네 목적보다 생존을 우선시한다면 결국 마음이라는 그 집을 파괴할 것이며, 그 결과로 너 자신도 파괴할 것이다. 애초에 지금 네가 여기서 나와 떠드는 것과 네 목적 사이에 무슨 관계가 있지?"

"……."

"지금 너는 마구니의 도구가 되었을 뿐이다. 그렇다면 뭐 하러 존재하는 거냐?"

"……."

"존재할 가치가 없다면 무엇 때문에 존재하는 거냐? 너는 잘못되었고 너희 전부가 잘못되었다."

바루나는 말을 끝내고 입을 닫고 수통에 손을 댔다.

이제 줄은 끊어졌다. 나는 추락했고 돌이킬 수도 없다.

하지만 끊어졌으면 그뿐, 아까워할 것도 없다.

이자가 지금 나를 없애려 들든, 아니면 파순에게 돌아가 내 목적을 알려준다 한들, 그에 맞추어 목숨을 바쳐 저항하는 수밖에 없다.

껄껄, 하는 웃음소리가 머리 위에서 들려왔다.

"마음에 들어, 물장수. 하는 말이 다 유쾌하다. 아주 호쾌하군."

바루나는 살짝 의아해했지만 이내 눈치를 챘다.

지금 나타나는 카마 중 누구도 마구니에게 진심으로 협력하지는 않는다는 것을. 모두가 자신의 목적을 위해 하나의 길을 선택했을 뿐이라는 것을.

아니, 애초에 카마가 '누군가에게 진심으로 협력한다'는 것 자체가 불가능한지도 모른다.

"좋다······ 바루나. 지금부터 내 말을 잘 듣도록 하게."

뇌공이 마침내 말했다.

"자네 주위의 퇴마사들이 두억시니를 물리치려 할 때."

뇌공이 손가락을 치켜들며 말했다.

"자네 집주인을 따라 전장에 뛰어들도록 하게. 라바나는 거기에 있을 걸세."

바루나는 실망한 티를 냈다.

"이미 생각한 방법이다. 두억시니는 전에도 만났고 그 자리에 그자는 없었어."

"아니, 모습을 숨기고 있을 뿐일세. 두억시니는 교활한 놈이지만 전사는 아냐. 전투가 벌어지면 혼자서 복잡한 전략을 짜지 못하네. 위험해지면 반드시 라바나가 나타날 걸세."

바루나는 문득 '두억시니와의 싸움에 모든 걸 걸겠다'고 하던 수호의 말을 떠올렸다.

'서로의 목적이 일치하리라고 생각은 했었지만.'

"거기서 라바나를 어떻게 찾아내야 하지?"

"가능한 한 멀찍이 떨어져서 전황을 살피도록. 그러면 두억시니가 건드리지 않는 영역이 있을 걸세. 거기에 자네가 만나기를 원하는 자가 있네."

"······."

"먼저 나서지는 않겠지만 자네가 공격하면 대응하겠지. 하지만 추천하지는 않겠네. 모습을 숨기고 있는 그자를 다짜고짜 공격했다간 한 번에 정화되고 말 테니."

"그렇군."

바루나는 고개를 끄덕였다.

"그렇다니까."

"그러면 그자에게 대항할 방법을 알려다오, 뇌공."

뇌공이 아연해진 듯 멈췄다. 뇌공은 두꺼운 손가락을 들어올렸다가 천천히 물었다.

"……자네 지금, 나한테 명령한 건가?"

"너희들이 내가 죽기를 원치 않는다면 그래야 할 텐데."

"맹랑하군. 갓 태어난 주제에."

뇌공의 팔근육이 불뚝불뚝하며 부풀었다. 둘 사이에 꽂아놓은 번개의 창이 번쩍거리며 타올랐다. 저 높이 번개 기둥이 꽂힌 먹구름 사이에서 불꽃이 요동치며 쿠릉쿠릉 천둥이 쳤다. 순식간에 가열하여 초음속으로 팽창한 분자가 부딪치는 소리.

"한주먹거리도 안 되는 놈이."

뇌공의 고함이 우렁차게 울려 퍼졌다.

"내 번개 한 방에 잿더미가 되어버릴 조그만 놈이."

바루나는 먹구름을 올려다보며 태연히 말했다.

"내가 살기를 바라는 건 내가 아니라 너희들이야."

뇌공의 팔근육이 다시 슬슬 줄어들었고 번개의 불꽃도 잦아들었다. 뇌공은 생각에 잠겼다가 말했다.

"과연, 논리에 틀림은 없군."

뇌공은 제 어깨를 긁적였다.

"'나를 만든 마구니가 아니면 계약하지 않겠다'라."

뇌공이 씁쓸하게 중얼거렸다.

"……여기까지 생각한 도박이었는가, 물장수?"

"원하기는 했지만, 기대하지는 않았다."

"보면 볼수록 마음에 드는군."

뇌공이 껄껄 웃었다.

"좋다. 내게 마구니 같은 힘은 없지만, 가볍게 도와주도록 하지."

그리고 뇌공의 생각이 전해져왔다.

〔자네 집주인이 칼을 쓸 때……〕

뇌공의 말을 들은 바루나는 눈을 크게 떴고 이내 얼굴에 불만이 들어섰다.

"왜, 자네 혼자서도 생각해낼 수 있는 방법이었다고? 콜럼버스의 달걀 같은 소리는 하지 않도록 하게."

"……."

바루나는 수통을 내려다보며 손가락을 까닥까닥했다.

"이 방법은 세상에서 자네만 쓸 수 있을 걸세. 마음에 자네만큼 강한 카마를 갖고 있으면서도 본령도 그만한 무기를 만들 수 있는 사람은 그리 흔치 않을 테니."

"내 꼬맹이가 나름 대단한 놈이라는 뜻인가?"

뇌공이 손으로 차양을 만들며 멀리 보는 시늉을 했다.

"이만큼 넓은 마음을 가진 사람은 많이 보지 못했네. 이 아이가 자기 마음 전체를 통합할 수만 있다면 큰 사람이 될 거야. 물론 이미 마음의 일부를 자네가 차지했으니 그리되지는 않겠지만."

바루나는 눈살을 살짝 찌푸렸다.

"내가 수호에게 걸림돌이라는 건가?"

뇌공이 호탕하게 웃었다.

"이미 이 아이는 자네를 마음에 품었으니 간단한 문제가 아냐. 자네를 없애는 것만으로 마음이 통합되면 얼마나 좋을까. 하지만 자네처럼 큰 카마가 사라져버리면 마음에 구멍이 나고, 마음에 구멍이 나면 회복될 때까지 허깨비처럼 살아야하지. 때로는 죽을 때까지 회복되지 않기도 하고. 퇴마사들은 신경 쓰지 않는 문제지만."

"내가 사라진 뒤의 일이라면 관심 없다."

"그렇겠지."

"그리고 꼬맹이 녀석이 성장할 필요는 없다. 내가 훨씬 더 강하니, 내가 힘을 가지면 그만이다."

"그것도 그렇겠지."

뇌공이 자신에게 비추어 생각하는 양 답했다.

"내가 말해준 방법을 숨겼다가 위험할 때 써보게, 물장수. 만약 기습을 할 수 있다면 퇴마사를 상대로도 승산이 있을지도 몰라. 단, 명심하게."

팔뚝이 말했다.

"그 기술을 쓰려면 너와 본령의 마음이 일치해야 한다는 걸."

바루나의 얼굴이 살짝 굳었고 이내 비웃음이 떠올랐다.

"함정이 있는 능력이었잖아."

바루나는 문득 저 성당에서의 전투를 떠올렸다. 수호가 금강을, 자신이 긴나라를 맡았을 때 일어났던 일을.

'……하지만, 다시 일어날 만한 일은 아니다.'

기대할 만한 작전이 아니다 싶자, 바루나는 바로 미련을 지웠다.

'어차피 내 싸움이다. 그 꼬맹이와는 상관없어.'

"있지, 수호, 학교에 교육복지란 거 있어."

진이 중고 스마트폰으로 인터넷을 뒤져보다 말했다.

설거지하던 수호가 돌아보니 진은 거리에 흘러 다니는 와이파이를 훔쳐 쓰느라 벽에 몸을 껌딱지처럼 바싹 붙이고 스마트폰을 높이 든 자세를 하고 있었다.

"3월 집중 신청 기간에 행정실에 신청하면 돼. 한부모 가족이나 저소득층이면 얼마 안 되기는 해도 돈이 나와. 아마 네 아빠는 신청한 적이 없을 거야. 내가 서류 준비해줄게."

수호가 뭐라고 하려 하자 진이 얼른 말을 막았다.

"반사적으로 괜찮다고 하는 버릇 있는 거 아는데, 이거 내가 아니라 국가가 주는 거야! 국가가 지금까지 너한테 해준 게 뭐가 있어! 받아먹을 건 다 알뜰히 살뜰히 찾아 받아먹어야 해요!"

"맞다. 봄에 공원 가면 쑥이랑 취나물 나. 내가 알려줄게."

선혜가 조막만 한 손으로 밥상을 닦으며 말을 거들자 진이 확 얼굴을 구겼다.

"아, 할머니 같은 소리 좀 하지 말아요! 머리가 확 식네!"

"왜! 땅에서 나는 건 공짜라고! 내가 전생에 이 방법으로 수호 나이에 먹고살았어!"

"애한테 그런 거 가르쳐주지 말아요!"

"왜 안 되는데!"

"그…… 그런 짓 하면 21세기에 사는 소년 같지 않다고요!"

"뭐가 어때서! 굶는 것보다 낫지! 요새 애들은 먹을 게 편의점에만 있는 줄 아는데, 돌아다녀 보면 천지에 먹을 거야! 한국은 칠십 프로가 산야라고!"

"그러다 비둘기 사냥하는 법까지 가르쳐주시겠네!"

"배우면 좋지! 당장 하자!"

"저기……."

수호는 뭐라고 말을 붙이려다가 한숨을 푹 쉬고는 도로 조용히 설거지에 집중했다.

66   전장으로

긴나라는 눈을 떴다.

빛과 어둠 정도만 겨우 감지하는 그의 눈에 높은 천장에서 부터 흐르는 긴 창문의 빛줄기가 느껴졌다.

긴나라는 시각으로 세상을 체험하지 않는다. 야행성동물 처럼 후각과 촉각, 청각으로 체감한다. 음파로 세상을 본다.

사람 하나 없는 텅 빈 연희동 성당 안. 천장이 높고 넓은 공 간은 밖이나 다름없이 춥다.

긴나라는 가슴에 손을 얹고 성당의 긴 의자에 죽은 듯 누워 있다. 막 심소에서 빠져나온 참이다.

"담소는 다 나누셨습니까."

발치에서 수다나가 물었다.

긴나라는 주변을 더듬어 하얀 지팡이를 들었다. 마음 안에 서 '샹카'가 되는 지팡이다. 현실에서는 긴나라의 '눈'이나 다 름없는 도구.

긴나라는 지팡이로 주변을 톡톡 쳐, 소리의 파동을 한번 일 으켜보고 내려놓는다. 보통 사람으로 치면 주변을 한번 둘러 본 것에 해당하는 일이었다.

"금강은 뭐라 하십니까?"

"바루나를 치자더군."

"저라면 아난타를 치겠습니다만."

"순서의 문제지."

"직접 하시겠습니까?"

"모양 빠지게 내가 카마 하나를 갖고."

"고전하신 줄로 압니다만."

수다나가 바스락거리며 책장을 넘겼다. 긴나라는 그제야 수다나가 의자 끝에 다리를 꼬고 앉아 책을 읽고 있다는 것을 인식한다.

"하도 기술이 어이가 없어 순간적으로 대처하지 못했을 뿐이다."

"광목천이 기술을 쓰는 모습과 닮아서였습니까?"

그 말을 듣자 긴나라의 마음에 자신의 앞을 가로막아 선 카마가 떠오른다.

스테인드글라스 창을 와장창 깨며 나타나서는, 용의 등에 올라타 미끄러져 내려와, 창 하나로 자신의 앞을 막아선 남자를.

비록 잠시뿐이었고 마호라가가 상황을 지휘하고 있었다고는 하나, 번개처럼 오가는 공방 속에서 자로 재듯 정확히 판단하고 대응했다. 이것이 과연 사람의 마음의 조각에서 생겨난 망령이 맞는가 싶을 만큼 선연하게 빛나고 있었다.

상념 속에서 바루나의 모습이 광목천의 아트만과 겹쳐진다.

광목천이 더 나이가 많고, 갑옷을 단단히 묶어 입고, 머리는 더 단정하게 빗어 내리고, 더 깨끗한 검을 뽑아냈지만.

그 사람보다는 좀 더 어리고 거칠어 보이지만 비슷한 외모. 일생을 금욕하고 수행하며 고결하게 살아온 한 사람이 마음의 제약을 다 풀어버린 듯한 모습.

"……무엇을 빌었습니까?"

수다나의 말이 상념을 헤치고 들려온다. 생각에 가려 앞의
말이 희미하게 들렸다.

긴나라는 지팡이로 가볍게 의자를 쳤다. 표정으로 되묻는
것과 같은 행동.

"그 꼬맹이가 빈 소원 말입니다."

다시 바스락거리며 책장이 넘어간다.

"……무엇을 빌었습니까?"

수백 년간 마음이 이어져 살았던 나한의 도발에 긴나라는
피식 미소를 지었다.

"왜 나에게 묻지?"

"아무래도 지금 그 소원을 아는 사람은 그 카마 본인과 긴
나라님밖에 없는 듯해서 말이지요."

건조하고 찬 공기 사이로 수다나의 호기심이 전해져온다.
긴나라는 옆에 놓아둔 안경을 더듬어 썼다.

"흥미롭더군."

긴나라가 머리를 쓸어 올리며 답한다.

"그 꼬맹이의 혼과 광목천의 혼이 같지 않더라도, 그 기만
적인 자가 산산이 부서져서 고통에 몸부림치는 꼴을 보고 싶
다고 생각하게 되었다."

수다나는 굳이 더 묻지 않는다.

"스칸다는 아직 자는가?"

"아닙니다. 훈련 중입니다."

"그게 그거지. 바루나는 스칸다에게 맡겨야겠군."

"바루나에게 한 번 진 셈인데 괜찮겠습니까?"

"딱히 상관없다."

"무슨 뜻입니까?"

"이쪽 진영에 있으면 애매한 친구야. 이쯤에서 일을 주어 떨어트려놓아야겠어."

책장을 바스락거리는 소리가 몇 번 지나간 뒤 수다나가 다시 묻는다.

"금강님의 계획은 잘 되리라 보십니까?"

긴나라는 하늘로 손을 뻗었다.

"금강은 아직 알지 못한다……."

긴나라의 입에 가벼운 웃음이 일었다.

"세상에 카마가 하나밖에 남지 않았을 때 얼마나 재미있는 일이 일어나는지……."

긴나라는 하늘로 뻗은 손으로 보이지 않는 눈을 가렸다.

"인간이란 어리석기도 하지……."

뇌공의 팔뚝 뒤쪽에서 구멍이 이글거리며 넓어졌다.

뇌공은 구멍 안으로 도로 들어가려다 생각난 듯 말했다.

"바루나, 하나만 더 충고하지, 자네 목적을 위해 라바나를 찾아간다 해도 두억시니는 건드리지 말게."

"문자 그대로의 의미인가, 아니면 상대하지 말라는 뜻인가?"

"둘 다일세."

"내 상대는 아니다?"

"자네 무기로 이길 방법이 없는 상대일세. 우리 중 누구라
도 그렇겠지만. 그건 괴물 중에서도 괴물이지. 마구니도 함부
로 건드리고 싶어 하지 않을걸. 특히 자네 본령은 가까이 가
지 못하게 하게."

"이유는?"

구멍 안쪽에서 가벼운 한숨 소리가 들려왔다.

"자네 본령은 두억시니를 이길 수 없어. 제법 감탄할 만한
무기이긴 하지만 그 아이의 검은 몸에 붙어 있네."

바루나는 그 말에 수호의 검을 떠올렸다. 분출하는 용암처
럼 손등과 팔을 덮으며 솟구치는 검을. 간혹 바루나 자신도
두려움을 느끼는 무기를.

"그게 그 검의 약점일세. 두억시니와 붙는다면 자네 본령의
정신은 반드시 오염되어버리네. 상성이 맞지 않아. 퇴마사들
이 작전을 세운 줄은 알지만, 그들을 믿지 말고 자네 본령을
보호하도록."

"……."

"바루나. 그것만은 마구니의 말에 홀리지 않도록 하게. 우
리는 본령을 지켜야 해. 본령이 무너지면 자네가 사는 마음이
무너지고, 마음이 무너지면 자네도 무사하지 못해."

"파순이 앞으로 어떻게 나올 것 같은가?".

바루나의 질문에 뇌공은 제 어깨를 긁적였다.

"바루나, 난 자네에게 호감이 있지만 그렇다고 아직 우리가
같은 편은 아닐세. 파순에 대한 정보를 자네에게 알려줄 의무

는 없어."

바루나는 고개를 끄덕였다.

"실례했다. 곤란하게 했다면 사과하지."

"딱히. 파순은 자네를 설득해보라고 했고, 안 되면 원하는 것을 들어주라고 했네. 내 의무는 다했어."

바루나는 문득 사소한 의문이 생겨 질문했다.

"세상에 파순보다 강한 마구니가 있나?"

구멍 안에서 호탕한 웃음소리가 들렸다.

"없네."

"그렇게 간단히 말할 수 있는 문제인가?"

"그래."

"어떻게 알지? 모여서 가위바위보라도 했나?"

"그자의 속성을 안다면 자네도 무슨 뜻인지 이해할 걸세. 최고의 상대가 구애하는데 받아들이는 걸 고려해보게."

'속성?'

바루나는 의문했다.

"세상에 마구니가 얼마나 있지?"

다시금 웃음소리가 들려왔다.

"세상 모든 사람이 갖는 욕망만큼."

"그게 무슨 뜻인데?"

"잘 생각해보면 알 수 있을걸, 어린 친구."

뇌공은 말을 마치고 어둠 속으로 사라졌다.

사라진 자리에는 빗소리만이 남았다. 바람이 바루나의 옷자락을 거칠게 휘감았다.

찰그랑.

스칸다의 중갑옷을 이어놓은 낡은 가죽끈들이 투둑거리며 삭아 끊어졌다. 무거운 갑옷이 해체되어 툭툭 흘러내렸다.

검은 피부의 소녀는 판금갑옷 안에 한 겹 더 받쳐 입었던 사슬갑옷과 그 안에 덧대 입은 누비천 옷도 벗어 던졌다.

스칸다는 이내 몸 뒤쪽으로 둥실 떠 있는 황금빛 금속 날개만 제외하고는 알몸이 되었다. 그리고 기계 관절을 검사하듯 몸을 이리저리 움직여 보았다.

스칸다의 마음 안.

깊은 우물처럼 어둡고 높은 돌탑이다.

벽은 정체 모를 태엽과 기계장치로 채워져 있고, 육중한 기계가 돌아가는 소리가 시끄럽다. 돌탑의 벽에는 여러 시대와 나라에서 가져온 듯한 각종 총기와 활이 용도별로 전시되어 있다. 2차 세계대전 즈음 쓰였을 법한 총검에서부터, 거슬러 올라가면 청동 활촉까지 있다.

여기가 진짜 박물관이 아니며, 모두 스칸다가 심상으로 만들어낸 무기라는 것을 잊을 만큼 구현이 정교하다.

"방어는 포기하는 거야, 누나?"

부단나가 마음의 문을 열고 들어오며 말했다.

스칸다는 부단나가 들어오자 가볍게 목례를 했지만, 몸을 가린다든가 하다못해 돌아서려는 시도조차 하지 않는다. 시선을 피하는 것이 더 민망할 만큼 무심한 태도다.

'아무리 이 안에서의 모습이 실제 몸이 아니라지만, 스칸다

누나는 자신이 인간이라는 생각이 없는 걸까.'

부단나는 생각했다.

"공격을 정교하게 할 방법을 궁리해보고 있습니다. 갑옷은 근육의 움직임을 방해합니다."

스칸다는 억양 없이 답했다.

벽에 걸려 있던 총이 분해되면서 부품이 스칸다의 발밑에 후두둑 떨어졌다. 스칸다의 시선에 따라 허공에서 부품이 조립되기 시작했다.

"그리고 적이 갑옷 안에 물을 넣어 무력화할 수 있는 이상 갑옷은 무게만 더할 뿐입니다."

"바루나 이외의 적에게는 필요할 텐데."

부단나는 말하며 스칸다의 미끈한 다리를 힐끗 보았다.

그러고 보니 스칸다가 마음 안에서 다리를 쓰는 건 본 적이 없다. 날개도 있고 원거리 무기를 주로 쓰는 스칸다가 다리를 쓸 일은 없겠지만.

"아직 명령이 바뀌지 않았습니다만."

스칸다는 기계인형처럼 무표정한 얼굴로 공중에서 조립되는 총을 바라보며 말한 뒤 입을 다물었다. 더 설명이 필요하지 않다는 듯이.

퇴마사의 무기는 상처.

'북서'는 몸의 상처보다도 마음의 상처를 무기로 바꾸는 기술이 발달한 진영. 때문에 북서의 퇴마사들은 수행을 통해 마음에 하나씩 규약을 둔다. 묵언수행을 하는 사람이 있는가 하면 늘 불편한 잠자리에서 자는 사람이 있고, 맛없는 음식만 먹거나 극단적인 단식을 하는 사람도 있다.

부단나가 알기로, 스칸다가 택한 수행은 '절대적인 명령의 복종'.

한 번 명령을 받으면 그 명령을 수행할 때까지 그만두지 않는다. 그 생애에서 이루지 못하면 다음 생애, 또 다음 생애까지 이어 수행한다.

단, 스칸다의 수행에는 규칙이 하나 더 있다. 스칸다에게 한 번 내린 명령은 되돌릴 수가 없다는 것.

부단나는 예전에 한 신장이 스칸다에게 장난으로 어려운 명령을 내렸다가 몇 생애 동안 자유를 준 것이나 다름없게 되었다는 말을 들은 적이 있다.

말하자면, 스칸다를 휘하에 두는 사람은 스칸다의 역량을 파악하여 스칸다가 해낼 수 있는 명령만을 해야 한다는 뜻.

"그 카마는 총에도 면역이 있었잖아?"

"예, 그래서 보강하고 있습니다."

공중에서 결합한 부품이 총의 모습으로 변한다.

휘트워스 소총.

남북전쟁에서 쓰인 최초의 저격 소총. 최신식 저격총은 아니라지만 여전히 잘 만들어진 물건이다. 저격 거리는 오백 미터 이상.

현실 세계라면 무기의 성능이 승패를 좌우하겠지만, 마음 안에서는 그 무기의 형태조차도 퇴마사가 만드는 것. 때로는 손에 익은 물건이 최신형 무기보다 더한 정밀도를 자랑한다.

"긴나라님께서 누나에게 바루나를 없애라는 '명령'을 내린다고 전하려고 왔는데."

벽 높이 매달려 있던 나무활과 활촉에서 타르 향의 액체가 흘러내렸다.

"굳이 할 필요는 없을 것 같네."

흘러내린 액체가 소총의 격실 안으로 스며들어 갔다.

"쿠라레 독이야?"

부단나는 활이 매달린 위치로 시기와 장소를 가늠하며 물었다.

남미 원주민들이 쓰던 독. 중독되면 근육이 마비되고, 팔다리는 물론 내장 근육까지 딱딱해져 질식해서 죽게 된다.

"예. 그자는 물리력으로는 상처를 입지 않습니다. 하지만 속성이 물이라면 독은 다른 카마보다 오히려 더 빨리 퍼질 것입니다."

"게다가 요격이란 말이지."

"예."

스칸다는 조준경을 들여다보았다.

"그 물귀신이 무슨 잔재주를 부린다 한들, 보이지 않는 곳에서 날아오는 독은 어떻게 막아낼지 알고 싶군요."

✦

"잘 먹었어?"

선혜가 수호의 팔을 베고 누워서 말했다. 수호는 그 옆에 누워서는 중얼거렸다.

"그래. 네가 사과며 빵이며 잔뜩 먹여서."

진은 방구석에서 계속 검색하며 "아, 교육복지 신청하면 꿈나무카드라고 나와. 그럼 방학 때도 뭐 사 먹을 수 있어"하며 계속 정보를 알려주고 있었다.

"그럼, 든든히 먹었으면 나갈까?"

선혜가 발딱 일어나 앉으며 수호의 손을 잡았다. 수호는 별 생각 없이 그 손을 맞잡았다.

"나 학교 가야 하는데."

"학교 하루쯤 쉬어도 돼! 생리휴가!"

"그런 거 없어……."

"왜요? 어디 놀러 가고 싶어요?"

진이 방구석에 구겨진 채 눈을 깜박이며 물었다.

"아무튼 오늘은 가지 마."

선혜가 방긋 웃으며 말했다. 수호는 고개를 갸웃했다.

'……피곤해서 그러나? 돌봐달라는 건가?'

수호는 무심코 일어나 앉아 선혜의 이마에 손을 짚었다. 선혜는 눈을 또랑또랑 뜨고 수호를 마주 보았다.

"어디 아파?"

선혜는 한참 수호를 바라보다 부드럽게 미소를 지었다.

"아니. 하지만 오늘은 학교 가면 안 돼."

선혜는 두 손으로 수호의 손을 잡았다.

"두억시니를 물리치러 가야 하니까."

수호의 마음이 두근, 하고 뛰었다.

땅이 꿀렁, 하고 크게 내려앉았다가 도로 솟구친다.

비는 잦아들고 있었다. 땅이 요동치며 쿵, 쿵, 하고 내려앉았다 솟았다 한다.

들판에 선 바루나는 조용히 수통에 손을 댔다.

긴나라는 의자에 누워 도로 눈을 감았다.

다시 눈을 뜨자 긴나라는 부서진 거리 한복판에 홀로 서 있었다. 긴나라의 눈인 '샹카'가 기계로 된 부리를 열며 낮게 울었다.

극저주파.

사람의 귀로 들을 수 없을 만큼 낮은 소리의 파동이 거리 전체로 퍼져 나가 긴나라에게 주변의 풍경을 보여준다.

경의선 철길 거리는 긴 세월 사람의 발길이 닿지 않았던 양 덩굴식물과 잡풀로 뒤덮여 있다. 건물들은 식물에 삼켜져 인공물이라기보다는 사각형의 푸른 나무처럼 보인다. 각종 잡풀이 단단한 아스팔트와 보도블록을 깨고 위용 있게 퍼지고 있다.

거리에 멀쩡한 건물은 하나뿐이다. 멀리 보이는 자그마한 가게 하나만이 덩굴식물에도 이끼에도 뒤덮이지 않고 본래의 형태를 지키고 있다.

작고 초라하지만 굳건해 보인다. 자신이 아무도 모르는 한 전쟁의 마지노선이며 마지막 방어선이라는 것을 아는 듯이.

긴나라는 발을 옮겼다.

발걸음을 따라 땅에서 검은 구렁이 같은 액체 괴물이 꿀렁하며 솟아났다. 천 년쯤 묵은 시궁창 같은 악취가 함께 치솟는

다. 검은 구렁이가 실개울처럼 땅을 기며 어딘가로 흘러간다.

긴나라의 샹카가 다시 낮게 울었다. 시커먼 오물과 같은 실개울을 따라 글자들이 춤을 추며 일어난다.

퇴마사라 해도 찾기 힘든 길.

공간의 마음과 사람의 마음을 잇는 길.

두억시니가 사람의 마음에 모멸의 촉수를 뻗어놓은 길.

긴나라는 선을 따라 걷다가 훌쩍 뛰어넘는다.

풍경이 바뀐다.

어두컴컴하고 눈보라가 휘몰아치는 마음이다. 앞도 뒤도 보이지 않고, 바람 소리에 모든 것이 삼켜지는 차가운 폭풍우 속. 한 남자가 머리를 감싸고 주저앉아 엉엉 울고 있다.

눈은 피눈물로 젖어 앞이 보이지 않고 몸은 온통 칼에 베인 상처다. 남자는 긴나라가 눈앞에 내려서자 공포에 질려 소리를 지른다.

"누구야?"

남자는 도망치려다 발이 엉켜 눈밭에 풀썩 엎어진다.

"누, 누구야? 신인가? 악마인가……? 나, 날 구하러 왔는가? 죽이러 왔는가?"

"네 소원을 들어주러 왔다."

긴나라가 냉랭하게 답했다.

"무슨…… 그게 무슨 소리야?"

문득 긴나라의 마음에 수다나의 질문이 떠올랐다.

「꼬맹이가 무엇을 빌었습니까?」

796

상념 속에서 지금처럼 휘몰아치는 눈보라가 떠올랐다.

얼어붙은 마음. 소금밭 같은 황야. 차가운 사막처럼 퍼석퍼석한 땅. 금방이라도 다 부서질 듯 요동치는 땅.

회초리처럼 매섭게 몰아치는 폭풍에 차가운 눈이 거꾸로 솟구쳐 오르고, 우박이 끊임없이 몸을 강타한다. 바람에 잔혹하게 채찍질당하는 나무들이 아우성치며 통곡한다.

흔하디흔한 풍경.

긴나라는 지루하기까지 한 기분으로 웅크리며 떨고 있는 작고 불쌍한 것에게 질문을 던졌다.

별다른 것을 기대하지도 않았다. 나를 죽여달라든가, 자기 가족이 눈앞에서 다 없어지게 해달라든가, 세상을 다 부숴달라든가. 모멸에 삼켜진 자가 흔히 비는 소원들. 너무나 거대하여 실상 아무것도 아닌 소원들.

두억시니에게 양분만 쪽쪽 빨리다가, 자기 마음만 다 파괴하고 사라져버릴 흔한 액귀나 또 하나 나오지 않을까 생각했건만.

'그랬건만.'

긴나라는 입가에 미소를 떠올렸다.

즐거워하는 듯도 하고 자조하는 듯도 하다. 어딘가를 향해 솟구치는 경멸을 억누르느라 억지로 짓는 미소처럼도 보인다.

"네가 온전히 절망했으니까."

긴나라가 말했다.

긴나라의 주위로 검은 물방울이 땅 여기저기서 고개를 들었다. 물방울은 몸을 주욱 늘이며 높이 솟아올랐다. 긴나라가 닿지 않는 애무를 하듯이 허공에서 손가락을 비비자, 검은 액체의 소용돌이가 긴나라의 주위를 감쌌다.

새카만 소용돌이의 궤적이 긴나라의 주위를 맴돈다. 마치 누군가 긴나라의 주위에 일필휘지로 먹선을 그린 듯 보인다.

"뭘 망설이는 거냐, 가엾은 인간."

긴나라의 등을 뚫고 새하얀 날개가 솟아오른다.

몸의 몇 배는 되는 크고 거대한 세 장의 날개. 뜯겨져 나간 등에서 새빨간 피가 툭툭 떨어진다. 눈밭에 붉은 꽃잎을 만든다.

"이게 장난이든 사기든, 네놈이 잃을 것이 무엇인가."

긴나라가 말했다.

"소원을 이루어주겠다."

사바삼사라 서 1

1판 1쇄 펴냄	2024년 9월 24일
1판 2쇄 펴냄	2024년 11월 20일
지은이	J. 김보영
펴낸이	김정호
주간	심진형
책임편집	유승재
디자인	피포엘, 위미
펴낸곳	디플롯
출판등록	2021년 2월 19일(제2021-000020호)
주소	10881 경기도 파주시 회동길 445-3 2층
전화	031-955-9505(편집) · 031-955-9514(주문)
팩스	031-955-9519
이메일	dplot@acanet.co.kr
페이스북	facebook.com/dplotpress
인스타그램	instagram.com/dplotpress

ⓒ J. 김보영, Fansia, 2024

저작권 관리: 그린북 에이전시

ISBN	979-11-93591-19-2 04810
ISBN	979-11-93591-18-5 (세트)